復旦百年經典文庫

中國傳敘文學之變遷
八代傳敘文學述論

朱東潤 著
陳尚君 編

復旦大學出版社

朱東潤先生(1896—1988)

詩詩四論

這是我四年以來的一部舊作,也是用力最多的舊作。一九四〇年由商務印書館出版,內容有從言論風出於民間論貲發詩大小雅說聽等詩說據意舍詩心論等凡五篇,其中《國風出於民間論貲發》一篇先後費時二年始能寫定。

在《讀楚十國文學批評史》中,我認為中國文學都和《詩經》楚辭有密切的關係,不理解《詩經》就不能理解中國文學。我讀詩經的時候,戴力篇就看詩,讀詩說,讀《詩記》朱熹集傳陳與義毛比伊藤馬端尾毛詩,又通讀以及其他諸家之說,末其詩燕蘇雲杜語到以後,甚說"這樣辦法那一天
才完呢,但是畢竟給我讀完了。我所得的結論是這些:

(一)四家詩在內部都是統治階級的,而毛傳所謂"國人"實際上是其國風所引舉八十個證據證明這是統治階級的作品,即毛傳所謂"國人"實際上是其國的士大夫,並不是人民,這一切都有實證。可據事實上,自從人類分為階級以來,統治階級從來没有把被統治者的作品作為紳瑟宴舍中的雅樂,更行於春秋時代的人民是處於農奴的地位,那人生身和自由都沒有。人民當然是會用歌唱發抒他們的

朱東潤先生手跡

凡 例

一、"復旦百年經典文庫"旨在收録復旦大學建校以來長期任教於此、在其各自專業領域有精深學問並蜚聲學界的學人所撰著的經典學術著作,以彰顯作爲百年名校的復旦精神,以及復旦人在一個多世紀歲月長河中的學術追求。入選的著作以具有代表性的專著爲主,並酌情選録論文名篇。

二、所收著作和論文,均約請相關領域的專家整理編訂並撰寫導讀,另附著者小傳及學術年表等,系統介紹著者的學術成就及該著作的成書背景、主要内容和學術價值。

三、所收著作,均選取版本優良的足本、精本爲底本,並盡可能參考著者手稿及校訂本,正其訛誤。

四、所收著作,一般采取簡體横排;凡較多牽涉古典文獻徵引及考證者,則采用繁體横排。

五、考慮到文庫收録著述的時間跨度較大,對於著者在一定時代背景下的用語風格、文字習慣、注釋體例及寫作時的通用説法,一般予以保留,不强求統一。對於確係作者筆誤及原書排印訛誤之處,則予以徑改。對於異體字、古體字等,一般改爲通行的正體字。原作中缺少標點或僅有舊式標點者,統一補改新式標點,專名號從略。

六、各書卷首,酌選著者照片、手跡,以更好展現前輩學人的風采。

總　目

中國傳叙文學之變遷 …………………………………………………… 1

八代傳叙文學述論 …………………………………………………… 173

附錄 ………………………………………………………………… 367

　探索中國傳叙文學發展道路的珍貴記録
　　——讀朱東潤先生的兩種遺著 ………………… 陳尚君　369

　朱東潤先生傳略 ……………………………………………………… 386

　朱東潤先生論著要目 ………………………………………………… 387

中國傳叙文學之變遷

目　錄

《晏子春秋》………………………………………………… 4
《史記》及史家底傳叙 ……………………………………… 13
《三國志注》引用的傳叙 …………………………………… 32
《世説新語注》引用的傳叙 ………………………………… 40
《法顯行傳》………………………………………………… 48
《高僧傳》…………………………………………………… 55
《續高僧傳》………………………………………………… 64
附：《續高僧傳》所見隋代佛教與政治 …………………… 75
《大慈恩寺三藏法師傳》述論 ……………………………… 100
唐代文人傳叙 ……………………………………………… 113
宋代底三篇行狀 …………………………………………… 122
宋代底年譜 ………………………………………………… 139
全祖望《鮚埼亭集》碑銘傳狀 ……………………………… 144
傳叙文學與人格 …………………………………………… 153
傳叙文學底真實性 ………………………………………… 163

《晏子春秋》

《四庫全書總目》説:"紀事始者稱傳記始黄帝,此道家野言也。究厥本原,則《晏子春秋》是即家傳,《孔子三朝記》其記之權輿乎!"又説《晏子春秋》"雖無傳記之名,實傳記之祖也"。現在專談傳叙文學,像《孔子三朝記》這樣的記載,當然可以置之不問,其他古代著作,如《穆天子傳》,一則西晉年間得自汲冢,來歷不盡可恃,二則止是想象底叙述,而不是事實底記載,無從認爲傳叙。所以要談到古代傳叙文學,止有從《晏子春秋》説起。

假如認定《晏子春秋》是中國傳叙文學之祖,我們便得承認這止是一個狠寒傖的祖宗。這裡看不到整個的體系,看不到傳主生卒年月,看不到他的世系,看不到他的心理發展。所有的止是若干片段的記載:這些記載有時還是重複的,矛盾的,乃至莫衷一是的:縱使中間確有不少優美的篇幅。至于作者及成書的時代,仍然是一個無從斷定的問題。

《史記·管晏列傳》贊:"吾讀《管氏·牧民》、《山高》、《乘馬》、《輕重》、《九府》及《晏子春秋》,詳哉其言之也。既見其著書,欲觀其行事,故次其傳。"這是認定《晏子春秋》是晏子自撰的。《漢書·藝文志》和《隋書·經籍志》都主此説。柳宗元《辨晏子春秋》:"司馬遷讀《晏子春秋》高之,而莫知其所以爲書。或曰,晏子爲之而人接焉;或曰,晏子之後爲之;皆非也。吾疑其墨子之徒有齊人者爲之。"書中記晏嬰之死,不止一處,而且記明"田氏殺君荼,立陽生;殺陽生,立簡公;殺簡公而取齊國"。這是晏子死後數十年之事,所以認爲晏子自撰,當然是一種錯誤。不過像柳宗元那樣斷定是墨子之徒爲之,也不可信。宗元的理由是:

(一)墨好儉,晏子以儉名於世,故墨子之徒尊著其事,以增高爲己術者。(二)且其旨多尚同兼愛,非樂節用,非厚葬久喪者,是皆出墨子。(三)又非孔子,好言鬼神事,非儒明鬼,又出墨子。(四)其言問棗及古冶子等尤怪誕。(五)又往往言墨子問其道而稱之。此甚顯白者。

倘使宗元底理由,可以分爲五點,我們不妨提出對案。第一點是假定,不是理由。第二,《晏子春秋》没有明顯的尚同、兼爱、非樂底理論。第三,晏子非孔子,在孔子適齊,景公欲封之以爾稽《史記》作"尼谿"的時候,這時正在魯昭公奔齊,齊處昭公乾侯之後。參《史記·孔子世家》。但是夾谷之會以後,晏子稱孔子爲聖相,見地全然改觀,所以第三點也不能成立。第四點更與墨家無涉。第五點固然不錯,但是書中也説:"仲尼聞之曰:'小子識之,晏子以一心事百君者也。'"卷四第二十九章。這是孔子聞其道而稱之了。所以宗元認爲"非齊人不能具其事",固然可信;但説"非墨子之徒,則其言不若是"。不盡可信。本來當時顯學,儒墨之徒偏天下,加以齊處海濱,方士之説又盛,所以在《晏子春秋》裡,往往看到儒家、墨家乃至方士的踪跡。如問棗。

因爲書中各片段底重複,矛盾,以及思想底不一致,所以狠容易地顯露作者不止一人。也許晏子身後,齊人關于晏子有許多不同的記載,中間某一時代,經過某種編輯,書名《晏子春秋》也成立了,但是也正因爲編輯者不止一人,所以本子又各各不同。傳到西漢劉向校書的時候,還是説:"所校中書《晏子》十一篇,臣向謹與長社尉臣參校讎,太史書五篇,臣向書一篇,參書十三篇,凡中外書三十篇,八百三十六章。除復重二十二篇,六百三十八章,定著八篇二百一十五章;外書無有三十六章,中書無有七十一章,中外皆有以相定。"這裡狠看出原本的凌亂錯雜了。所以要斷定《晏子春秋》的作者,雖然不易,但是要推定《晏子春秋》的整理者,自然是劉向了。

劉向對他整理底成績,説:

> 其書六篇,皆忠諫其君,文章可觀,義理可法,皆合六經之義。又有復重,文辭頗異,不敢遺失,復列以爲一篇;又有頗不合經術,似非晏子言,疑後世辨士所爲者,故亦不敢失,復以爲一篇:凡八篇。其六篇可常置旁御觀。

六篇之中,又分三類,各有上下兩篇,故有《諫上》、《諫下》、《問上》、《問下》、《雜上》、《雜下》的篇目:這都是《内篇》。此外則有"外篇重而異者","外篇不合經術者"兩個篇目。當然篇目都是劉向題的,和《晏子春秋》四種原本無涉。

正和一切整理過的書籍一樣,本來不過是重複矛盾,現在雖然面目一新,但是竟成爲支離破碎。晏子原來不管經術的,但是劉向偏要把"合六經之義"和"頗不合經術"分爲内外了;《晏子春秋》原有復重,但是劉向究竟憑何標準,分成或内或外,我們也無從判斷。所以從書底精神方面說,不但非晏子所作,亦非其後齊人所作,簡直成為劉向底作品。

這樣的整理,實在是一種面目全非的改作。也許《晏子春秋》還不能算是傳叙文學,但即使是的,也經不起這樣的蹂躪。姑舉英國的格蘭斯敦(William Ewart Gladstone)為例罷。十九世紀中,他從政六十年,做過四次的首相,在政治生活方面,多少有些和晏子相似。身沒以後,他的後輩而曾經同僚的穆萊(John Morley)替他寫了八十萬言的三冊專傳。這自然無須整理的。假如有人要把傳中的故實,也分《諫篇》、《問篇》、《雜篇》,加以重而異者一篇,不合基督教旨者一篇;在各篇之中,又不問事迹前後,止以相關之人,聯名相從,例如關於皮爾(Sir Robert Peel)幾章,關於格藍威爾(Lord Granville)幾章,關於哈定敦(Lord Hantington)幾章,一定都要以次相屬。那麼,這裡怎會看到《格蘭斯敦傳》呢?這個當然止是一種比擬,並不是說《晏子春秋》是和穆萊的《格蘭斯敦傳》一樣。

《晏子春秋》底完成,大致是在戰國時期,我們有幾個理由,可以為這個假定的根據:

(一)《內篇·諫上》第十一章:"景公殁,田氏殺君荼,立陽生;殺陽生,立簡公,而取齊國。"田氏代齊,這是戰國的事實。

(二)《內篇·諫上》第十四章:"楚巫曰:'公神明之主,帝王之君也。公即位十有七年矣,事未大濟者,神明未至也。請致五帝以明君德。'"這裡以帝王稱景公,顯然是諸國稱王以後的習慣。五帝之說,也不是春秋時人的思想。

(三)《內篇·雜上》第二十六章:"晏子曰:'燕,萬乘之國也;齊,千里之塗也。泯子午以萬乘之國為不足說,以千里之塗為不足遠,則是千萬人之上也。'"晏子怎樣說的,我們無從斷定,但是春秋中,燕還是小國,固然談不到萬乘,就是當時的齊,也談不到萬乘,晏子不會有萬乘的觀念。這顯然是戰國時代,作者對於萬乘的觀念,印象太深,不知不覺地把它放到晏子口吻裡。

(四)《內篇·雜下》第七章:"晏公病疽,在背。高子、國子請公曰:'職當撫瘍。'高子進而撫瘍。公曰:'熱乎?'曰:'熱。''熱何如?'曰:'如火。''其色何如?'曰:'如未熟李。''大小何如?'曰:'如豆。''墮者何如?'曰:'如履辨。'……晏子入,呼宰人具盥,御者具巾,刷手溫之,發席傳薦,跪請撫瘍。公曰:'其熱何如?'曰:'如日。''其色何如?'曰:'如蒼玉。''大小何如?'曰:

'如璧。''其墮者何如？'曰：'如珪。'晏子出，公曰：'吾不見君子，不知野人之拙也。'"在這一段文字裡，作者借齊景公極力奚落高子、國子，顯然已在高、國失勢之後，而且把高子、國子寫成三家村的村農一樣，一心止在豆底大小，李底生熟底問題。這並不是高國底寒酸，而是作者已是另一時代的人物，久已不知春秋世卿底身分。

我們假定《晏子春秋》是戰國時代齊人關於晏子種種片段記載底集合，這裡當然有傳敘底原料，甚至是晏子傳敘最重要的原料。但是還靠不住，因為書中充滿了無數的矛盾，所以它底價值不會超過傳說以上。最可惜的就是關於晏子底出生，沒有正式的提示，關於晏子底死亡，沒有翔實的記載。

晏子出仕，經過了齊靈公、莊公、景公，在這三個時代裡，都曾經受到某種的重視，所以大家稱他"事三君而得順焉，是有三心。"在《內篇》卷四，這個疑問放在梁丘據口中，到了《外篇》卷八，便放到孔子口中了。究竟是誰提出的，我們不能決定，因為都狠近情；梁丘據是景公底幸臣，和晏子意見不合；孔子最後至齊，更受了晏子底歧視，也不免有些怨望。至於晏子在靈公一朝底事蹟，在《晏子春秋》裡就完全看不到。《左傳》魯襄公十八年(周靈王十六年，齊靈公二十六年紀元前五五六年)："齊晏桓子卒，晏嬰麤縗斬，苴絰帶，杖，菅屨，食鬻，居倚廬，寢苫，枕草。其老曰：'非大夫之禮也。'曰：'唯卿為大夫。'"次年，晉人伐齊，齊侯禦諸平陰，范宣子把魯、莒二國準備攻齊底計劃告知齊大夫子家。《左傳》記着："子家以告公，公恐。晏嬰聞之，曰：'君固無勇，而又聞是，弗能久矣。'"從這兩件記載裡，我們知道晏嬰是齊國底世大夫，而且因為從政的關係(齊靈公沒於二十八年，晏嬰出仕必在晏桓子既卒，靈公未歿以前)，我們可以假定晏子生於紀元前五七六年左右。

《晏子春秋》關於晏子底死亡，記載不止一處，記清年數者在卷八第十八章："晏子沒十有七年，景公飲諸大夫酒，公射出質，堂上唱善，若出一口。"景公在位五十八年，假如出質唱善底事，就在這一年，那麼晏子底死，至遲不過景公四十一年(周敬王十三年，魯定公三年)，即紀元前五〇七年。但是《史記·齊太公世家》却認定了晏子之卒在齊景公四十八年(周敬王二十年，魯定公十年，紀元前五〇〇年)，恰恰在夾谷之會和歸魯侵地以後。這個雖然差了七年，但是假如《晏子春秋》沒有其他的矛盾，我們當然還是要承認景公四十一年為晏子卒年。

但是事態沒有這樣的容易。《左傳》定公十年記夾谷之會，"齊侯將享公，孔丘謂梁丘據曰：'齊魯之故，吾子何不聞焉？'"可見斯時梁丘據尚未死，但是《晏子春秋》記着梁丘據死，景公召晏子而告之。《內篇・諫下》第二十二章。這裡看到梁丘據死，在夾谷之會以後，晏子之死，更在梁丘據死之後。書中又說景公予魯君地山陰數百社，使晏子致之。《內篇・雜上》第十八章。景公一代予魯地者止此一次，當然即指夾谷以後之事，晏子致地於魯，其死於會後可知。所以即使梁丘據、晏子死亡相繼，他們底死，必定不在景公四十一年，而在四十八年。這樣一來，《晏子春秋》底矛盾，顯然可見，而《齊世家》之說，也得到相當的證明。

事態還不是這樣的。《內篇・問下》第二十八章，記着曾子問晏子，《雜上》第二十三章，又記着曾子將行晏子送之而贈以善言。曾子生年是信而有徵的。《仲尼弟子列傳》記着曾子少於孔子四十六歲。孔子生於周靈王二十一年，魯襄公二十二年，即紀元前五五一年，那麼曾子生於周敬王十五年，魯定公五年，即紀元前五〇五年。所以假如晏子卒於景公四十一年，那時曾子尚未生；假如卒於四十八年，那時曾子止有六歲。在這兩種假定之下，晏子、曾子酬對之事，皆無從成立。或者以為這是好事者相傳之說，但是《禮記》、《荀子》、《說苑》都有類似的記載，不至全是好事者之說，所以我們不妨再作第三個假定。

我們假定晏子、曾子晤談底記載是翔實的，那麼第一，晏子底沒年應當向後推移，和曾子底成年相去較近，同時還要看到曾子是否有遊齊底記載。在《晏子春秋》裡，除去上述兩章以外，固然沒有載明曾子底行踪，但關於孔子底行踪，却有切實的記載，曾子隨着孔子，知道孔子，就知道曾子了。文如次：

> 仲尼相魯，景公患之，謂晏子曰："鄰國有聖人，敵國之憂也。今孔子相魯，若何？"晏子對曰："君其勿憂。彼魯君弱主也，孔子聖相也，君不如陰重孔子，設以相齊。孔子彊諫而不聽，必驕魯而有齊，君勿納也。夫絕于魯，無主于齊，孔子困矣！"居期年，孔子去魯；之齊，景公不納；故困於陳、蔡之間。

卷八第六章

孔子為政以後，齊人洶懼，這是事實。《史記・孔子世家》："齊人聞而懼曰：'孔子為政必霸，霸則吾地近焉，我之為先拜矣，盍致地焉。'"這個齊人，當然指齊景公，定公十四年，孔子果然去魯，以後展轉衞、陳、曹、宋之間，一度還直至河上，所經之地當然有齊在內，不過除《晏子春秋》外，別無明文可考。其後哀公五年，齊景公卒；六年，孔子困於陳蔡之間。我們假定魯哀公五年（周敬王三十年，齊景公五十八年,紀元前四九○年)孔子之齊,景公不納,是年晏子、曾子相見,其後晏子、景公先後下世。是時曾子十六歲,晏子如存,當在九十六歲左右,所以二人底會面,事實上還是可能。或者把假定的時期,提前三二年,那麽曾子十三四歲,晏子九十三四左右,有這樣的問答,也還在人情之內。固然晏子底年齡似乎高了一些,但是古代的衞武公九十五歲,猶作詩以自儆,近代的格蘭斯敦也享了九十歲的高齡,政治家底克享大年,並不是没有的事實。

當然這是一個大膽的假定,但是惟有靠此纔能解釋晏子、曾子底晤談,也惟有靠此纔能解釋晏子、孔子底凶終隙末。魯昭公二十年,齊景公、晏子適魯,見《史記·齊世家》及《孔子世家》,不見《左傳》。問于孔子,這是晏子、孔子相識之始。其後二人之間交誼極密,所以《史記·仲尼弟子列傳》説,孔子之所嚴事,於齊晏平仲。孔子説:"晏平仲善與人交,久而敬之。"《論語·公冶長》。又説:"其言曰:'君雖不量於臣,臣不可不量於君。'是故君擇臣而使之,臣擇君而事之,有道順命,無道橫命,晏平仲之行也。"《大戴禮·衞將軍文子》。《晏子春秋》也説:孔子"命門弟子曰:'救民之姓而不夸,行補三君而不有,晏子果君子也。'"孔子對於晏子,總算是客氣得狠了。但是晏子畢竟是認爲國家底利益超過一切的,所以無論個人底私交怎樣,看到魯用孔子,對於齊國造成威脅以後,就輕輕地下了一着,孔子起初還不明白,直待到了齊國,受到景公底冷落以後,纔開始痛恨晏子底辣手。《晏子春秋》卷八記着孔子之齊,不見晏子,景公對他説:"先生奚不見寡人宰乎?"子貢也説:"見君而不見其從政者,可乎?"晏子也論及孔子説:"孔子之所以不逮舜,孔子行一節者也。"一件凶終隙末底故事,幸虧這"頗不合經術"之第八篇,還能保留着,這個自然也是《晏子春秋》底價值。

這種假定,可以解釋許多的困難。《史記》記載底異同,原可不問,在《晏子春秋》裡面:"晏子没十有七年,景公飲諸大夫酒"兩句,依然是這種假定底障礙。也許這個年字是日字之誤吧,這自然很近情,因爲君父之喪,有時而既,何況止是一個大臣,豈有在十七年之後,景公仍然念念不忘之理。不過假定儘管在事理上説得通,我們究竟没有據此改字底把握。

中國古代的傳叙,無論篇幅大小,對於傳主底生卒年月,常常記不清楚,以致關於古人底生卒,我們依然不能得到結論,這不能不算一件憾事。倘使我們承認《晏子春秋》是傳叙之祖,對於這一點,自然不能忽略。至於書中文章之美,確有不少的幾段,姑録一節於次,這裡狠看到晏子個性的描寫。

崔杼既弒莊公而立景公，杼與慶封相之，劫諸將軍大夫及顯士庶人于太宮之坎上，令無得不盟者。爲壇三仞，埳其下，以甲千列環其內外。盟者皆脫劍而入，維晏子不肯，崔杼許之。有敢不盟者，戟鈎其頸，劍承其心，令自盟曰："不與崔慶而與公室者，受此不祥。"言不疾，指不至血者死，所殺七人。次及晏子。晏子奉梧血，仰天嘆曰："嗚呼！崔子爲無道，而弒其君，不與公室而與崔慶者，受此不祥。"俛而飲血。崔杼謂晏子曰："子變子言，則齊國吾與子共之；子不變子言，戟既在脰，劍既在心，維子圖之也。"晏子曰："劫吾以刃而失其志，非勇也；回吾以利而倍其君，非義也。崔子，子獨不爲夫《詩》乎？《詩》云：'莫莫葛藟，施于條枚；愷悌君子，求福不回。'今嬰且可以回而求福乎？曲刃鈎之，直兵推之，嬰不革矣！"崔杼將殺之。或曰："不可，子以子之君無道而殺之，今其臣有道之士也，又從而殺之，不可以爲教矣。"崔子遂舍之。晏子曰："若大夫爲大不仁，而爲小仁，焉有中乎？"趣出，援綏而乘。其僕將馳，晏子撫其手，曰："徐之！疾不必生，徐不必死。鹿生于野，命懸于廚，嬰命有繫矣。"按之成節而後去。《詩》云："彼己之子，舍命不渝。"晏子之謂也。《內篇‧雜上》第三。

這裡當然不免有些文飾之詞，晏子底率直，以及他對於崔杼大膽的拒絕，在其他的記載裡，都有類似的佐證；但是當着"戟鈎其頸，劍承其心"的時候，還問崔杼讀《詩》與否，這便有些不近情了。倒是上文《大雅‧旱麓》四句，和下文《鄭風‧羔裘》兩句，連帶對照，使人感覺這一段多分是儒家底記載，他把自己底氣息放到晏子口吻中去了。這段故事，也見《韓詩外傳》，以後又見《呂氏春秋》和《新序》，那便成爲相傳的因襲了。

《內篇‧諫下》第二十章，《景公路臺成逢于何願合葬晏子諫而許》，也是一章絕妙的文字。逢于何之母死，但是父墓在路臺之下，要請晏子向景公先容，許其合葬：

晏子曰："嘻！難哉。雖然，嬰將爲子復之，適爲不得，子將若何？"對曰："夫君子則有以，如我者儕小人，吾將左手擁格，右手梱心，立餓枯槁而死，以告四方之士：'于何不能葬其母者也。'"晏子曰："諾。"遂入見公曰："有逢于何者，母死兆在路寢當壖下，願請合骨。"公作色不說，曰："自古及今，子亦嘗聞請合葬人主之宮者乎！"

在這寥寥幾行之中,我們看到逢于何底狂熱的期望,晏子底故意的幽默,以及景公底合理的怫怒。無論這是不是現實的對語,但把三個人底神態完全寫出,當然是傳叙文字底妙品。《晏子春秋》卷七還有《景公臺成,盆成括願合葬其母》一章,這和上面是同一個故事,但是逢于何又訛變爲盆成括,文字也大體類似。《晏子春秋》是許多傳說底集合,不出一手,這也是一個證明。

晏子底率直,書中還有其他底記載:

> 晏子使于晉,晉平公問曰:"吾子之君,德行高下如何?"晏子對以小善。公曰:"否,吾非問小善,問子之君德行高下也。"晏子蹵然曰:"諸侯之交,紹而相見,辭之有所隱也。君之命質,臣無所隱,嬰之君無稱焉。"平公蹵然而辭,送,再拜而反,曰:"殆哉吾過!誰曰'齊君不肖',直稱之士正在本朝也。"

《內篇‧論下》第十六章

這樣的率直,當然和儒家"父爲子隱,子爲父隱"的原則不相容,但是晏子止是晏子,不是儒家,從《晏子春秋》中,我們還能看到他底面目。《論語‧季氏》也說:"齊景公有馬千駟,死之日,民無德而稱焉。"這更佐證了晏子底批判,不是沒有根據。

晏子底幽默,從"鹿生于野,命懸于厨"兩句可以看到。書中記着晏子使楚,楚人爲小門,晏子不入,說:"使狗國者從狗門入。"又說:"橘生淮南則爲橘,生于淮北則爲枳。……今民生長于齊,入楚則盜,得無楚之水土使民善盜耶?"這兩段故事,久已成爲小學課文,多少總嫌有些貧嘴,也許古代外交辭令,止是如此,後代如吳蜀通使、宋遼、宋金通使,也有許多類似的事態,沒有什麼可稱的地方。但是書中田無宇非晏子有老妻,工女欲入身于晏子幾章 卷八,都可以看出晏子底幽默。自然這些是小節,但是整個的人生,正是無數小節的綜合,我們對於傳主的認識,往往從小節上看出,所以《晏子春秋》底記載,正是傳叙文學底作法。

書中看到"晏子中食而肉不足",《內篇‧雜下》第十七章。還有"晏子方食,景公使使者至,分食食之,使者不飽,晏子亦不飽。"《內篇‧雜下》第十八章。"晏子食脫粟之食,炙三弋,五卵,苔菜而已。"《內篇‧雜下》第二十六章。"晏子布衣麂裘。麂即麤字之首。《外篇》第二十六章。"晏子朝,乘弊車,駕駑馬";《內篇‧雜下》第二十五章——這是晏子簡單的生活。但是間或也有異樣的色采,例如:"齊人甚好轂擊,相犯以爲樂,禁之不止,晏子患之,迺爲新車良馬,出與人相犯也。曰:'轂擊者不祥!'"《內篇‧雜下》第二章。更妙者,齊景公有所爱槐,下令:"犯槐者刑,觸槐者死。"偏偏一位醉漢犯了令,在無可如何之中,他底女兒去見晏子説:"負郭之民賤妾,請有道于相國,不勝其欲,願得充數乎下陳。"晏子笑道:"嬰其淫于色乎,何爲老而見奔! 雖然,是必有故。"《内篇·諫下》第二章。在這許多小節底後面,我們看到晏子底人性。

因爲一般傳敘注重大事而忽略小節,所以關于《晏子春秋》中底小節,特别提出來,并不説這只是一本專記身邊瑣事的記載。我們看到莊公之死,高國之亂,連帶着景公一朝的政績。固然關于晏子底大事,不一定狠完備,例如齊莊公納欒盈以後引起齊晉底戰爭,當時晏子也曾諫阻,見《左傳》及《史記·齊世家》,《晏子春秋》失載,不能不算是缺憾。至於晏子底主張,書中都有狠扼要的敘述。例如:

> 景公問晏子曰:"古之盛君,其行如何?"晏子對曰:"薄于身而厚于民,約于身而廣于世。"卷三第十一章。
>
> 叔向問晏子曰:"世亂不遵道,上辟不用義,正行則民遺,曲行則道廢。正行而遺民乎,與持民而遺道乎,此二者之于行,何如?"晏子對曰:"嬰聞之,卑而不失尊,曲而不失正者,以民爲本也。苟持民矣,安有遺道;苟遺民矣,安有正行焉?"卷四第二十一章。
>
> 叔向問晏子曰:"意孰爲高,行孰爲厚?"對曰:"意莫高于愛民,行莫厚于樂民。"卷四第二十二章。
>
> 晏子飲景公酒,令器必新。家老曰:"財不足,請斂于氓。"晏子曰:"止! 夫樂者上下同之,故天子與天下,諸侯與境内,大夫以下,各與其僚,無有獨樂。今上樂其樂,下傷其費,是獨樂者也,不可!"卷五第十四章。

從這幾章,看出晏子底主張,多少有些和墨子相近,然而和墨子並不一樣。晏子是墨子底前驅,墨子是晏子底後勁。有了晏子底行爲,到了墨子方纔成爲思想,成爲主義。至於墨子聞其道而稱之,正和仲尼聞其道而稱之,大抵相同,不能認定《晏子春秋》便是墨家底著述。

《四庫全書總目》説《晏子春秋》是傳敘文學之祖,正和達爾文説猿猴是人類之祖一樣。猿猴不是人,《晏子春秋》也還不是傳敘文學。這裡没有整個的計畫,整個的篇幅,所有的止是片段的文章,矛盾的記載。在書的後面,隱隱約約地看到晏子底形迹,但是印像狠模糊,狠零亂,有許多地方簡直不像晏子。假如認定這便是中國傳敘文學,那是一件狠大的缺憾。但是倘使認定是晏子言行錄,那却比較地適當,縱使中間還有些不必要的段落。

《史記》及史家底傳叙

古代史家和傳叙家底分野,常常不清,希臘、羅馬時代如此,中國古代也是如此。我們誤認古代底史家就是傳叙家,所以常説史傳,我們也誤認司馬遷、班固底著作是傳叙底標準。這實在是一種混亂的觀念,現在必須看清,所以要把《史記》紀傳底意義説明白,連帶也把一切史家底傳叙談一下,以後就可以把史家底著述,完全擱下了。這一章本來可算是節外生枝,但是爲着澄清一般的觀念,還是必要。

通常認定二十四史是正史,這實在是流俗底誤解。本來史有二體,所以劉知幾説:"三五之代,書有典墳,悠哉邈矣,不可得而詳。自唐虞以下,迄于周,是爲古文《尚書》,然世猶淳質,文從簡略,求諸備體,固以闕如。既而丘明傳《春秋》,子長著《史記》,載筆之體,於斯備矣。後來繼長,相與因循,假有改張,變其名目,區域有限,孰能逾此。蓋荀悦、張璠,丘明之黨也;班固、華嶠,子長之流也。"《史通內篇・二體》。因此《史記》是正史,《左傳》也是正史;《漢書》、《後漢書》是正史,《漢紀》、《後漢紀》也是正史。編年式的正史,和傳叙文學無關,我們所討論的止是紀傳式的正史。

有人説二十四史不是史,止是歷朝帝王底家傳,英雄底記載。這個當然也有一部分的理由,尤其是我們看到《史記》百三十卷,本紀、世家、列傳占去了百十二卷;《漢書》百卷,本紀、列傳占去了八十二卷;《三國志》六十五卷,除了列傳以外,什麼都沒有。現代史學家認爲在二十四史裡面,不易看到時代潮流,社會情形,甚至關於典章文物,法令制度,所載的也不完備,他們底不滿,正是最可理解的事。

假如説二十四史是帝王底家傳,英雄底記載,那麼二十四史便是二十四部傳叙文學底總集了。從傳叙家底立場看,這是不能承認的。尤其是關於帝王底方面,更無法認爲傳叙。史家常把本紀當爲全書的綱領,多半像《春秋》的經文一樣,例如《秦始皇本紀》裡,我們看到:"二年,鹿公將卒攻卷";"四年十月庚寅,蝗蟲往東方來蔽天,天下疫,百姓納粟千石,拜爵一級"這一類的文字,在文字底後面,我們看不到秦始皇。所以本紀常是一張大事年表,或是年號表,而不是傳叙;而帝王底生平,也只剩了一些大綱和年表,而不是血肉之軀。他沒有憎,沒有愛,沒有思想和感情,而止有若干的表格。所以假如說二十四史是帝王底家傳,這實在是一種無意的,然而刻骨的譏諷。傳叙家當然不應該這樣說。

這裡自然也有例外,《史記·項羽本紀》便是一篇好文章,那邊看到項羽底才氣逼人,叱咤慷慨。但是古代的史學家已經認爲不對。劉知幾說:"如項王宜傳而以本紀爲名,非唯羽之僣盜,不可同于天子,且推其序事,皆作傳言,求謂之紀,不可得也。"《史通內篇·列傳》。又說:"《項紀》則上下同載,君臣交雜,紀名傳體,所以成嗤。"同上。劉知幾底是非,姑且不談,我們藉此狠可看到前人對於本紀底看法。其實像《項羽本紀》一類的文字,本來狠少。司馬遷以後的史家,完全把本紀寫成表册的公式,所以帝王是沒有傳叙的。

那麼英雄底記載便是傳叙嗎?《史》、《漢》底列傳,《三國志》底全部,都是傳叙文學嗎?這又不然。近代底傳叙,應當是真相底探求,而不僅是英雄底記載。在史家底叙述裡,常常認定這是聖賢,這是名臣,或則這是佞邪,這是篡盜,於是就在文字裡從這一方面發揮,其結果我們所看到的往往不是本人底故事,而止是表格底填充。不幸而史家底見地,不狠健全,於是一切文字底叙述,便成爲對於古人的誣衊。劉知幾也說:

> 案《後漢書·更始傳》稱其懦弱也,其初即位,南面立,朝群臣,羞愧流汗,刮席不敢視。夫以聖公身在微賤,已能結客報仇,避難綠林,名爲豪傑,安有貴爲人主,而反至於斯者乎?將作者曲筆阿時,獨成光武之美,諛言媚主,用雪伯升之怨也。且中興之史,出自東觀,或明皇所定,或馬后攸刊,而炎祚靈長,簡書莫改,遂使他姓追撰,空傳僞錄者矣。
>
> ——《史通內篇·曲筆》

還有史家對於所寫的時代,根本不能明瞭,於是一切的叙述,都經過一種歪曲。這種情形,在《史記》裡狠容易看到。司馬遷對於漢武帝一朝的史跡,充滿了怨憤,因此也就不能理解。本來武帝這一朝,在中國史上是一個劃時代的時期,許多上古的遺風,到這一時期截止;許多中古的習尚,從這一時期開始。在這個時期裡面的人,因爲時代太近了,也許看不出轉換的痕跡,這原是狠自然的,但是像司馬遷那樣地不去瞭解所寫的時代,不能不算一件少有的事。《史記‧匈奴傳》贊說:"堯雖賢,興事業不成,得禹而九州寧。且欲興聖統,唯在擇任將相哉,唯在擇任將相哉!"這裡我們看出他的諷刺,所以在《平津侯傳》和《平準書》裡,對於公孫弘、桑弘羊都有深刻的不滿。尤其是他對於衛青、霍去病的批評,更常常從字外看到。語如次:

衛青、霍去病亦以外戚貴幸,然頗用材能自進。
——《史記‧佞幸傳》贊

大將軍爲人仁善退讓,以和柔自媚於上,然天下未有稱也。
——《史記‧衛將軍傳》

蘇建語余曰:"吾嘗責大將軍至尊重,而天下之賢大夫毋稱焉,願將軍觀古名將所招選擇賢者,勉之哉! 大將軍謝曰:'自魏其、武安之厚賓客,天子常切齒。彼親附士大夫,招賢絀不肖者,人主之柄也。人臣奉法遵職而已,何與招士!'"驃騎亦放此意,其爲將如此。
——《史記‧衛將軍驃騎傳》贊

天子爲治第,令驃騎視之,對曰:"匈奴未滅,無以家爲也。"由是上益愛幸之。然少而侍中,貴不省士。其從軍,天子爲遣太官齎數十乘,既還,重車餘棄粱肉,而士有饑者。其在塞外,卒乏糧,或不能自振,而驃騎尚穿域蹋踘,多此類。
——《史記‧驃騎傳》

本來漢武帝最大的政績,在他對外的方面,固然平東越、南越,滅朝鮮,開西南夷,不能不算是好大喜功。但是對付匈奴,這是爲着了整個民族生存的問題,實在是不得已。開西域以斷匈奴的右臂,也是不得已。自從漢高祖以來,經過了孝惠、呂后、孝文、孝景諸朝,以至武帝底初年,中國不斷地用着納宗女、獻歲幣的政策對付匈奴,然而匈奴還是繼續地南侵,沿邊諸郡,自遼東、遼西、右北平、雁門、雲中、九原,以至北地、上郡,沒有一處不受到匈奴的屠戮。最後武帝纔決定採用賈生底策略,實現文帝底決心。起初用韓安國、李廣、王恢諸將,但是因爲他們不是大將之才,所以不能成功。其後一切的戰畧,都由武帝獨斷,恰恰遇着衛青、霍去病承意順命,如臂使指,當然攻無不克,一直等到匈奴北徙,幕南無王庭之後,中華民族纔得到喘息的機會。以後再由元帝收拾全局,但是這個民族生存的大功,還是在武帝手內奠定的。要說將相的人才,當然陶青、劉舍、許昌、薛澤這一班貴胄不是相才,連帶公孫弘、劉屈氂也不是相才,韓安國、李廣、王恢這一班戰將不是將才,連帶衛青、霍去病也不是大將之才。但是有甚麼關係呢?當時的漢武帝便是第一等的相才,第一等的將才。以第一等的人才,當着民族存亡的關頭,領導民族抗戰的事業,偏偏遇着一個不能理解的史家,認爲好大喜功,認爲將相無人,實在是歷史上的奇事。司馬遷對於當時的認識,既然不夠,於是認定衛青、霍去病阿諛順旨,以和柔自媚於主上,當然兩人底列傳,也止寫成了這麼可憐相的篇幅。幸虧《武帝本紀》失去了,後來拿着半篇《封禪書》權行代用,否則要是司馬遷底原本具在,那麼不僅是武帝底生平會寫得全不對題,連帶地也更加降低了《史記》底價值。

　　史家把傳主的生平看錯了,自然會寫成全不中肯的文章,即是看對了一部分,也常會把傳主的一生看成表格,於是一切的敘述,止成爲填表,而不是作傳,上面已經說過了。那麼現代的傳敘家和史家的態度,有什麼分別呢?這裡引莫利哀底意見於次。

> 誠實的近代傳敘家絕不會想到:"這是偉大的君主,偉大的政治家,偉大的作家,他底聲名曾引起某種的傳說,我底著作,就以這種傳說爲惟一的根據。"不然的。他這樣想:"這是一個人,關於這個人我有某種的檔案,某種的證件。我正在開始替他畫一幅肖像。是怎樣的一幅呢?我沒有概念。在沒有完成以前,我也不願知道。我準備接受長期觀察所得的結果,也準備在發現新的事實以後,再加以修正。"(Andre Maurois: *Aspects of Biography*)

　　史家底敘述和傳敘家底敘述有一個根本的差別,就是史家以事爲中心,而傳敘家以人爲中心。因爲如此,所以在一部整個的史書裡,往往先有成見,認爲幾件大事是一代政績的骨幹,和這幾件大事有關的人,當然都收進列傳,但是傳中所載,也僅僅把他對於這幾件大事的關係寫出,其餘都不妨付之闕如。傳敘家不應當這樣的。他應當把傳主底人性完全寫出。凡是和這種人性底發展有關的,都是傳敘家底材料。最顯然地,和人性底發展有關的事態,不一定是歷史上的大事,所以傳敘家所用的材料,和史家所用的材料不同,而兩家所得的結果,也必然地不會一致。因此要把史家底傳敘認爲傳敘底標準,當然是一種錯誤。不過初期的史家如司馬遷、班固等作品,也常能注意到傳主的人性,例如《史記·項羽本紀》寫着項王悲歌忼慨,泣數行下;《萬石君傳》寫着石慶執策數馬;《漢書·陳萬年傳》寫着陳咸睡觸屏風,萬年大怒;《蕭望之傳》寫着蕭育手案佩刀,不肯詣曹之類。這些確是傳叙中底名筆,但是在史傳中,究是罕見的例外。

史家底傳叙,既然爲幾件大事而作,而在每件大事底當中,傳主因有一部或全部的參加,當然會發生相當的責任,因此在史家底紀載裡,便發生彰善癉惡的問題。在史家抱有一定成見的時候,這種褒貶,必定不得其公,這固然在傳叙裡,留下了不斷的遺憾,但是即使史家力求公正的時候,也必然地不能滿足傳主遺族底意念。在褒的方面,常常嫌他語氣的不充分,在貶的方面,更加嫌他是非的不得當。這實在是自古迄今的通病。司馬遷底著作,即蒙謗書之譏;以後如班固受金、陳壽借米的故事,更加糾纏不已。史家以外,例如韓愈《平淮西碑》之爲李愬不滿,以致敕令段文昌重作;歐陽修《范文正公神道碑銘》之爲范氏諸子不滿,以致擅自刊削,也是一般人都知的故實。主要的原因還在心理的差別。一個人對於自己的認識,或是遺族對於祖先的認識,常常以爲這是最真確的;那麼在他看到傳叙家或史傳家底描繪,看到那些和他底認識多少有些不同的地方,必然地會發生一種不安,甚至不滿。於是史傳家便發生了直筆曲筆的問題。所謂直筆便是據事直書,曲筆便是意存回護;直筆常常遭到當時的人禍,曲筆也難免遇到後代的指摘。劉知幾說:

夫爲於可爲之時則從,爲於不可爲之時則凶;如董狐之書法不隱,趙盾之爲法受屈,彼我無忤,行之不疑,然後能成其良直,擅名千古。至若齊史之書崔弑,馬遷之述漢非,韋昭仗正於吳朝,崔浩犯諱於魏國,或身膏斧鉞,取笑當時,或書填坑窖,無聞後代。夫世事如此,而責史臣不能申其強項之風,勵其匪躬之節,蓋亦難矣。是以張儼發憤,私存《默記》之文;孫盛不平,竊撰遼東之本。以兹避禍,幸獲而全,足以驗世途之多隘,知實錄之難遇耳。

——《史通內篇·直書》

自梁、陳以降,隋、周而往諸史,皆貞觀年中群公所撰,近古易悉,情僞可求。至如朝廷貴臣,必父祖有傳,考其行事,皆子孫所爲,詢諸故老,事有不同,言多爽實。昔秦人不死,驗苻生之厚誣;蜀老猶存,知葛亮之多枉。斯則自古多歎,豈獨於今哉!

——《史通內篇·曲筆》

關於勸懲和畏忌的方面，史家底地位和傳叙家的地位，往往相同。史家抱着勸善懲惡的目標立傳，傳叙家也常常是這樣的——傳叙家的著作，不完全是勸善的，有時也有懲惡的，例如宋楊克弼底《僞豫傳》一卷，明不著撰人姓氏底《汪直傳》一卷都是，正和《史記》有《佞幸傳》，《漢書》有《王莽傳》，以及後代底《奸臣傳》、《貳臣傳》一樣。史家因爲畏忌的關係，有時不能直書，傳叙家也常常是這樣的。在畏忌的方面，史家和傳叙家同樣地因爲曲筆而留下了自知的遺憾。至於勸懲的方面，即使他們謹慎從事，然而也不免因爲當時見地的限制，或是材料的缺乏，以至整個的結論，都不可信，而傳中事實的記載，也因此蒙到重大的影響。在這些方面，傳叙家正和史家一樣，沒有什麼不同。

但是有一個最大的差別，這就是所謂"互見"。在史家底著作裡，一部書往往包括若干人底事蹟，這若干人必然有若干共同的事蹟，要把每個人底事蹟，都在本傳裡叙述，那麼必然有若干的重複或雷同，而這一部書也添進許多可省的篇幅，所以史家常把這些共同的事蹟，僅僅在主角底本傳裡記一下，連帶寫着與此事有關的諸人，那麼在其他諸人底本傳裡，就可以節省筆墨，止說見某某傳——甚或連這一句都可以省去了。這便是所謂"互見"，其主要的目的是避免重複。傳叙的目標是個人，所以在每個人底傳叙裡，應當把他底事蹟完全寫進，無論這是他單獨的事蹟，或是他與其他諸人共同的事蹟。在他與諸人共同的事蹟裡，他是一個主角，或許僅是一個不重要的配角，優良的傳叙家必然認定他底主從的關係，而給他相稱的叙述，這是另一問題。但是無論如何，止要這是和他底人性發展有關的，傳叙家便不應把這一件事蹟忽略或放棄。

傳叙是以記載個人事蹟爲本位的，但是也有一部總傳裡面，包含着若干的別傳。例如中國的《陳留耆舊傳》，英國的《維多利亞朝名人傳》(Lytton Strachey: *Eminent Victorians*)。但是應當認清，總傳止是若干傳叙底合刻，這裡還是以個人爲本位，而與史書以事爲本位的不同。所以《史記》雖是百三十篇，而止是一部書；《維多利亞朝名人傳》僅有四篇，而不妨認爲四部書，至少也應當認爲四篇單獨著作底合刻。關於這一點，也許還需要一些不重要的討論，現在卻省去了。因此在史傳裡，互見之例有它存在的理由，但是在單獨的傳叙裡，根本就談不到，即是在總傳裡，互見之例也沒有必要。

史傳互見之例底主要目的，是避免重複，但是同是一件事，應當在本傳裡叙述與否，這自然是史家底權衡了。這一種權衡當然不一定是讀者能夠同意的事。例如《史記·管晏列傳》。在《管仲傳》裡，我們止看到管鮑之交、管仲底主張兩節。在《晏嬰傳》裡，我們止看到晏子侍齊三世、顯名于諸侯，晏子交越石父，晏子薦其御爲大夫三節。我們對於管仲底事業，晏子底大節，都看不到，甚至連二人底沒年，也無從知道。假如我們要就《管晏列傳》探求管、晏底爲人，那是必然地失望。但是止要看到《齊太公世家》，那就明白了。

在《齊世家》裡，我們看到在乾時之役以後，召忽自殺，管仲請囚。接着就是鮑叔牙薦管仲於齊桓公，桓公厚禮以爲大夫任政。桓公三十年，伐蔡，遂伐楚，這便是召陵之役，《世家》裡把管仲責楚之辭，完全記下。三十八年，齊使管仲平戎於周，周欲以上卿禮管仲，管仲三讓，乃受下卿禮以見。四十一年，管仲卒，臨死對桓公說，豎刁、易牙、開方不可用，桓公不用管仲言，卒近用三子，三子專權。這些都是管仲底大事，假使要認識管仲，就非讀《齊世家》不可。

同樣地在《齊世家》裡，我們看到了崔杼弑齊莊公，晏子枕公屍而哭。其後崔杼立景公，景公以崔杼、慶封爲相，二人與國人盟："不與崔、慶者死。"晏子仰天說："嬰所不獲，唯忠於君、利社稷者是從。"不肯盟。景公二十六年，公入魯，與晏嬰俱問魯禮。三十二年，彗星見，景公坐歎，群臣皆泣，晏子笑。公怒，晏子說："君高臺深池，賦斂如弗得，刑罰恐弗勝，弗星將出，彗星何懼乎？"四十八年，晏嬰卒。這些都是晏子的大事，也是要認識晏子的人，應當讀的。

爲什麼要把管、晏底大事都放到《齊世家》去，而在列傳裡，止剩下一些不關重要的節目，這是一件不易明白的事。或許一、司馬遷認爲世家比列傳重要，所以把大事放在世家，小事留在本傳；二、再不然，他以爲管、晏底大事都與國家有關，所以放在世家，就是他們底存沒，都有關大局，所以沒年的記載，寧可放在世家，而不放在本傳。大致第二說比較地更近情。無論如何，司馬遷不把列傳看重，這是顯而易見的事實。讀《史記》的時候，必須認識互見之例，而後始能看清傳主底本事。

互見之例在司馬遷手裡，又發生了褒貶底作用。這就是所謂彰善癉惡。本來史家對於褒貶，可以運用隱惡揚善之例，但是遇到善人之惡無可諱言，惡人之善不容不說的時候，於是用了互見之例。在善人底本傳裡止看到善，惡人底本傳裡止看到惡，而把善人之惡，和惡人之善，放到另外一篇去。止要你肯讀全書，你自然會看到史家底定論；倘使你專讀本傳，你所看到的，止是史家底偏見。在《史記》裡面，這樣的例證特多，尤其因爲司馬遷底成見，是一般讀者所共認，我們可以斷定這是史家底故意的寫法，而不是偶然的疏忽。

《史記‧魏公子列傳》是一篇有名的著作，我們看到司馬遷對於信陵君是怎樣的崇拜。傳中說："秦聞公子死，使蒙驁攻魏，拔二十城，初置東郡。其後秦稍蠶食魏，十八歲而虜魏王，屠大梁。"這便隱隱地逗出信陵君底生死，影響到魏國底存亡。這個當然是一種偏見，所以在《魏世家》贊說："說者皆曰：'魏以不用信陵君，故國削弱至於亡。'余以爲不然。天方令秦平海內，其業未成，魏雖得阿衡之佐，曷益乎？"這裡又說魏國之亡，與不用信陵君無關。這是史論底互見。

信陵君最大的事業，便是將兵救趙之役。《魏公子傳》說：

　　公子遂將晉鄙軍，勒兵，下令軍中曰："父子俱在軍中，父歸；兄弟俱在軍中，兄歸；獨子無兄弟，歸養。"得選兵八萬人，進兵擊秦軍。秦軍解去，遂救邯鄲，存趙。趙王及平原君自迎公子於界，平原君負韣矢，爲公子先引，趙王再拜曰："自古賢人未有及公子者也。"

邯鄲解圍，當然是戰國時期最重大的一個關鍵，但是事實決沒有《魏公子傳》這樣的簡單。因爲要證明史傳互見之例底運用，所以我們止能引用《史記》底材料，推求這次戰役底真相。

邯鄲之圍是長平之役底後果。在長平之役，趙人用趙括爲將。趙括也是當時有名的大將，決不如後代以耳爲目的史論家所說那樣的庸妄。所不幸的秦將白起是一個更能幹的將才，所以趙括一出，"秦將白起聞之，縱奇兵，詳敗走，而絶其糧道，分斷其軍爲二"。《史記·廉頗藺相如列傳》。這是戰略上的大失敗，正同一九四〇年世界大戰，德國軍隊把法國第一軍團以及英比聯軍截斷在佛蘭德斯一樣。趙括將兵，到了非死即降的時候，"出銳卒自搏擊，秦軍射殺趙括。括軍敗，數十萬之衆遂降秦，秦悉坑之。"同上。信陵君底將畧，未見勝過趙括，趙軍底善戰，向來在魏軍之上，其人數又遠過於魏軍，再加趙軍爲祖國爲生存而戰，更非魏軍之勞師救人可比。假如趙括數十萬之衆，不能擊秦，而信陵君八萬之衆，居然一戰破秦，救邯鄲存趙，這不但是白起將畧底失敗，而且戰事勝負底因素都屬無效，而成爲歷史上無雙的奇跡。

其實信陵君之行，本來沒有決勝底把握，所以最初便"欲以客往赴秦軍，與趙俱死。行過夷門，見侯生，具告所以欲死秦軍狀，辭決而行"。《魏公子列傳》。這一點侯嬴看得狠清楚，後來爲公子畫策，奪晉鄙軍，只是一種計劃，原想因此死得更加有意義，並沒有認爲有什麽決勝的可能。所以傳中又說："公子過謝侯生，侯生曰：'臣宜從，老不能，請數公子行日，以至晉鄙軍之日，北鄉自剄，以送公子。'"

"公子與侯生決，至軍，侯生果北鄉自剄。"侯生認定信陵君即是奪到軍隊以後，仍舊逃不了必然的死亡，而戰國時期的賓客，有和主人翁同死的義務，所以北鄉自剄，完成了武士最後的節操。假如魏公子救趙之役，還有成功的因素，那麼侯生底自剄，成爲可笑的愚駭，而信陵君聽見自剄之約，不加阻止，也未免是不經意的疏忽。但是信陵君知道奪到軍隊也免不了死亡，所以下令軍中，父歸兄歸獨子歸養的三條，本來止是減少損害的辦法，並不期望什麼激勵軍心的作用。

然而邯鄲解圍畢竟是歷史的事實，這是怎樣的呢？除了《魏公子傳》以外，《史記》還有以下的紀載：

> 秦圍邯鄲。武垣令傅豹、王容、蘇射率燕衆反燕地。趙以靈丘封楚相春申君。（孝成王）八年，平原君如楚請救。還，楚來救，及魏公子無忌亦來救，秦圍邯鄲乃解。
> ——《趙世家》

> （考烈王）六年，秦圍邯鄲，趙告急楚，楚遣將軍景陽救趙。七年，至新中，秦兵去。
> ——《楚世家》

> 楚使春申君將兵赴救趙，魏信陵君亦矯奪晉鄙軍往救趙，皆未至。秦圍邯鄲，邯鄲急，且降，平原君甚患之。邯鄲傳舍吏子李同說平原君，……於是平原君從之，得敢死之士三千人。李同遂與三千人赴秦軍，秦軍爲之卻三十里。亦會楚、魏救至，秦兵遂罷。
> ——《平原君傳》

> 邯鄲告急于楚，楚使春申君將兵往救之，秦兵亦去，春申君歸。
> ——《春申君傳》

> 昭襄王四十八年十月，秦復定上黨郡。秦分軍爲二：王齕攻皮牢，拔之；司馬梗定太原。韓、趙恐，使蘇代厚幣說秦相應侯曰："……今趙亡秦王，王則武安君必爲三公，君能爲之下乎？雖欲無爲之下，固不得已矣。……今亡趙，北地入燕，東地入齊，南地入韓、魏，則君之所得民，亡幾何人，故不如因而割之，無以爲武安君功也。"於是應侯言于秦王曰："秦兵勞，請許韓、趙之割地以和，以休士卒。"王聽之，割韓垣雍、趙六城以和。正月，皆罷兵。
> ——《白起列傳》

秦既解邯鄲圍,而趙王入朝,使趙赫約事於秦,割六縣而媾。

——《虞卿列傳》

從這許多記載裡面,我們看到邯鄲解圍,真是一件不容易的事,當時運用了一切外交上的策畧,連帶在秦國還有些幕後的牽線。其實救趙的軍隊,除了楚、魏兩國見於明文外,尚有已經出動之齊,正在準備之燕。見《魯仲連列傳》。四國之外,還有與趙自上党、長平以來同患難之韓。所以在外交形勢上,成立了六國敵秦的戰線。固然當時的將才沒有白起的敵手,而且楚在屢敗之後,齊、魏、燕的援助,多分並不積極。但是趙人還有支撐的勇氣,而春申君毅然地北伐,不能不算是有力的威脅,再加以趙孝成王、平原君一面抵抗一面屈服的方案,所以邯鄲畢竟是解圍了。秦所以不能一舉滅趙之故,論大局則因為六國還沒有完全削弱;論形勢則因為韓、魏沒有滅亡,秦人有後顧之憂;論個人底政績,那麼平原君底憂國如家,奔走匡救,其功第一,而救趙的春申君、信陵君次之。

但是《魏公子列傳》卻把救邯鄲存趙的大功完全放在信陵君身上,這不能不算是司馬遷底偏見。假使我們不把其他的記載看清,那便完全看錯了。

其次關於信陵君個性的描寫,在本傳所看到的,是"公子為人仁而下士,士無賢不肖,皆謙而禮交之,不敢以其富貴驕士。士以此方數千里爭往歸之"。從本傳所載關於侯嬴、朱亥、毛公、薛公底故事,也的確證實了信陵君仁而下士的個性,所以從文章論,《魏公子列傳》當然是一篇完整的篇幅。這是信陵君底一個方面,但是他還有他陰影的方面,也見於《史記》:

魏齊夜亡,出見趙相虞卿,虞卿度趙王終不可說,乃解其相印,與魏齊亡間行,念諸侯莫可以急抵者,乃復走大梁,欲因信陵君以走楚。信陵君聞之,猶豫未肯見,曰:"虞卿何如人也?"時侯嬴在旁,曰:"人固未易知,知人亦未易也!夫虞卿躡屩擔簦,一見趙王,賜白璧一雙,黃金百鎰;再見,拜為上卿;三見,卒受相印,封萬戶侯。當此之時,天下爭知之。夫魏齊窮困過虞卿,虞卿不敢重爵祿之尊,解相印,捐萬戶侯而間行,急士之窮而歸公子。公子曰'何如人'。人固不易知,知人亦未易也!"信陵君大慚,駕如野迎之。魏齊聞信陵君之初難見之,怒而自剄。

——《范雎列傳》

這不能不算是信陵君的慚德。尤其是我們知道魏齊也是魏之公子,曾爲魏相,所以他是信陵君底兄弟叔姪之輩,而且也常常見面的。在虞卿可以放棄一切,陪着朋友亡命,而同宗的信陵君偏偏拒不見面,無怪要引起侯嬴底嘲譏了。我們在同傳裡看到秦昭王把平原君騙到秦國,軟禁起來,向他追究魏齊,平原君止是説:"貴而爲交者爲賤也,富而爲交者爲貧也。夫魏齊者,勝之友也,在固不出也,今又不在臣所。"倘使把平原君底勇決,和信陵君底遲疑,比較一下,那麽我們更可明白司馬遷底《魏公子列傳》對於信陵君之褒,並不是全褒,而他底《平原君傳》贊對於平原君之貶,也不是全貶。這便是史傳互見之例底運用。

對於武帝時的大臣,司馬遷最不滿意的要算是田蚡了。在《魏其武安侯列傳》裡面,我們看到田蚡未貴以前對於竇嬰的殷勤,及其既貴以後的暴橫,我們看到他對兄東鄉的驕妄,看到他挑逗李廣、程不識的陰險,而最後致竇嬰、灌夫二人於死的毒辣。這一篇也是很完整的篇幅。但是倘使我們把全書讀過以後,對於田蚡的見地,或許有些兩樣。

> 至建元三年,閩越發兵圍東甌。東甌食盡,困且降,乃使人告急天子。天子問太尉田蚡,蚡對曰:"越人相攻擊,固其常,又數反覆,不足以煩中國往救也。自秦時棄弗屬。"於是中大夫莊助詰蚡曰:"特患力弗能救,德弗能覆。誠能,何故棄之?且秦舉咸陽而棄之,何乃越也!今小國以窮困來告急天子,天子弗振,彼當安所告愬,又何以子萬國乎?"上曰:"太尉未足與計。"
>
> ——《東越列傳》

> 今天子元光之中,而河決于瓠子,東南注巨野,通於淮、泗。於是天子使汲黯、鄭當時興人徒塞之,輒復壞。是時武安侯田蚡爲丞相,其奉邑食鄃,鄃居河北,河決而南,則鄃無水菑,邑收多。蚡言於上曰:"江河之決皆天事,未易以人力爲强塞,塞之未必應天。"而望氣用事者,亦以爲然。於是天子久之不事復塞也。
>
> ——《河渠書》

就當時的情形論,對於兩越的興兵,確是有些疲中國以事四夷的意味。田蚡底主張,不得不認爲正論。《平準書》裡也説:"嚴助、朱買臣等招來東甌,事兩越,江淮之間蕭然煩費矣。"可見司馬遷對於田蚡底主張,也有同情。至於黄河決口以後,不去疏瀹宣導,止是一味地堵塞,實在是一件狠笨的事,而且也必然歸於失敗。武帝塞河底最大的成績,便是宣房之役,在《河渠書》裡也有記載。武帝底《瓠子歌》,更是有名的作品,流爲文學史的佳話。但是宣房塞了以後,黄河依然決口,一直到太始二年,武帝纔看明白,報齊人延年説:"延年計議甚深。然河迺大禹之所道_{同導}也,聖人作事,爲萬世功,通於神明,恐難改更。自塞宣房後,河復北決于館陶,分爲屯氏河,東北經魏郡、清河、信都、勃海入海,廣深與大河等。故因其自然,不堤塞也。"《漢書·溝洫志》。從元光三年田蚡建議以後,至此前後三十七年,經過了長久的歲月,費去了無數的國帑,所得的結果,止是認識了田蚡判斷的正確。太始二年,司馬遷尚在,止是因爲已在《史記》斷限之後,《史記》終於太初,余別有考。所以武帝報書在《史記》裡没有記載,而北決館陶的事實,也諱去了。可是《史記·平準書》説:"河決觀,梁、楚之地固已數困,而緣河之郡,堤塞,河輒決壞,費不可勝計。"這便明白地説了。《河渠書》贊又説:"甚哉水之爲利害也,余從負薪塞宣房,悲《瓠子》之詩,而作《河渠書》。"司馬遷之悲,一定是悲塞河之徒勞無功,因爲這是他身歷其境的。所以《河渠書》載田蚡底主張,縱使對於他底動機,也還不免有些惡意的推測,但是同《東越列傳》一樣地把田蚡"老成謀國之言"_{錢大昕論田蚡底建議説:"此老成謀國之言。當時惡蚡者,謂蚡邑在河北,故阻塞河之役,其實非公論也。"}完全發表,可見《武安侯列傳》對於田蚡之貶,也不是全貶。這又是互見之例。

　　用互見之例以示褒貶外,其他的作用便是明忌諱。本來直筆底結果,往往可致殺身之禍,《春秋》以後的史家,逐漸地看到這一層。《史記·匈奴列傳》贊説:"孔氏著《春秋》,隱、桓之間則章,至定、哀之際則微,爲其切當世之文,而罔褒忌諱之辭也。"以後又説:"堯雖賢,興事業不成,得禹而九州寧。且欲興聖統,唯在擇任將相哉!唯在擇任將相哉!"最後三句,便是司馬遷底提示。《史記》是仿《春秋》而作的,孔氏著《春秋》,至定、哀之際則微,這就是説,司馬遷著《史記》,至武帝之際則微。《河渠書》之言塞宣房是微詞;《匈奴列傳》之言擇任將相,也是微詞。乃至《封禪書》之言:"天子益怠厭方士之怪迂語矣,然羈縻不絶,冀遇其真。自此之後,方士言神祠者彌衆,然其效可睹矣。"也是微詞。《平準書》之言:"烹弘羊,天乃雨。"更是微詞。自此以外,爲《平津侯主父列傳》、《衛將軍驃騎列傳》、《東越列傳》、《西南夷列傳》、《儒林列傳》、《酷吏列傳》,都可看到微詞,也就隱隱約約地在這許多篇幅之後,看到漢武帝底影子。這個當然只算微詞,卻不必認爲互見之例底明證。

　　假如認定武帝時代是《史記》底定、哀時期,那麼楚漢之間的時代,便是文、宣、成、襄時期了。在這一個時期裡,或許不能如先秦時代那樣地應用"隱、桓之際則章"的原則,但也用不到如武帝時代那樣地應用"定、哀之際則微"的原則。在這個不章不微的時代,最是應用互見之例的時期。

楚漢之間的時代,只是劉邦、項羽爭天下的時代。從傳叙文學底立場看,當時只有兩個英雄,其餘的一切人物和社會環境,止是他們底背景。司馬遷底同情完全寄託在項羽身上,但是他底地位,卻不許他不稱揚劉邦,這是一種心理底矛盾。後來陳壽著《三國志》的時候,關於劉備、諸葛亮和他們對於曹魏的關係,也陷在同樣的地位。因此司馬遷對於劉、項二人的寫法,常常發生異樣的色采。大致從正面寫的,劉邦是一個長者,而項羽是一個暴君;但在側面寫的,卻恰恰相反。所以如果讀者止讀《項羽本紀》、《高祖本紀》,決然得不到二人底真相。止有讀到其他的篇幅,纔認識司馬遷底作法。這也是互見之例。

關於劉、項二人的正面文字,見於《高祖本紀》:

> 懷王諸老將皆曰:"項羽爲人僄悍猾賊。項羽嘗攻襄城,襄城無遺類皆坑之,諸所過無不殘滅,且楚數進取,前陳王、項梁皆敗。不如更遣長者扶義而西,告諭秦父兄。秦父兄苦其主久矣,今誠得長者往,毋侵暴,宜可下。今項羽僄悍,今不可遣,獨沛公素寬大長者,可遣。"

這裡對於二人的不同,經過這樣地語重心長的叙述,再加以篇首高祖爲人"仁而愛人,喜施,意豁如也"十字,更加顯得劉、項仁暴的區別,當然可以取信了。但是事情不是這樣的。《史記》裡另有左列的記載:

> 漢王謂陳平曰:"天下紛紛,何時定乎?"陳平曰:"項王爲人恭敬愛人,士之廉節好禮者,多歸之;至於行功爵邑,重之,士亦以此不附。今大王慢而少禮,士廉節者不來;然大王能饒人以爵邑,士之頑鈍嗜利無恥者,亦多歸漢。誠各去其兩端,襲其兩長,天下指麾則定矣。然大王恣侮人,不能得廉節之士。顧楚有可亂者,彼項王骨鯁之臣,亞父、鍾離眜、龍且、周殷之屬,不過數人耳,大王誠能出捐數萬斤金,行反間,間其君臣,以疑其心,項王爲人意忌信讒,必内相誅,漢因舉兵而攻之,破楚必矣。"
> ——《陳丞相世家》

> 王曰:"丞相數言將軍,將軍何以教寡人計策?"信謝,因問王曰:"今東鄉爭權天下,豈非項王邪?"漢王曰:"然。"曰:"大王自料勇悍仁彊,孰與項王?"

漢王默然，良久曰："不如也。"信再拜賀曰："惟信亦爲大王不如也。然臣嘗事之，請言項王之爲人也。項王喑噁叱吒，千人皆廢，然不能任屬賢將，此特匹夫之勇耳。項王見人恭敬慈愛，言語嘔嘔，人有疾病，涕泣分食飲，至使人有功當封爵者，印刓敝，忍不能予，此所謂婦人之仁也。"

——《淮陰侯列傳》

高祖置酒雒陽南宮。高祖曰："列侯諸將，無敢隱朕，皆言其情。吾所以有天下者何？項氏之所以失天下者何？"高起王陵《集解》：孟康曰："姓高名起。"瓚曰："《漢帝年紀》，高帝時有信平侯臣陵、都武侯臣起。魏相丙吉奏事，高帝時奏事有將軍臣陵、臣起。"錢大昭曰："魏相傳述高帝時受詔長樂宮者，但有將軍陵，無臣起，《漢紀》亦無'高起'二字，二字當衍文。"對曰："陛下慢而侮人，項羽仁而愛人。然陛下使人攻城略地，所降下者因以予之，與天下同利也。項羽妒賢嫉能，有功者害之，賢者疑之，戰勝而不予人功，得地而不予人利，此所以失天下也。"

——《高祖本紀》

陳平、韓信底話，在劉邦尚未出漢以前，所以比較地更切實。王陵底話在項羽已死，漢高已得天下以後，所以著下妒賢疾能的幾句。但是三個人説："恭敬愛人"、"恭敬慈愛"、"仁而愛人"，確然寫出項羽底人性。在這三人之中，陳平、韓信都是棄楚歸漢的人，王陵之母在楚，也死於非命，他們對於項羽，當然不會有過分的好評，所以他們底話，都相當地可信，而"仁而愛人"落在項羽身上，尤其在和《高祖本紀》篇首的幾句對看以後，令人發會心的微笑。

論到項羽底失敗，倘使把當時雙方戰略和天下大勢擱開不説，那麽其中最大的原因，或許恰如陳平等所説：項羽對於部下的賞賚，是比較地慎重，換言之，就是"慎重名器"。倘使我們把殷周之間的遺風，以及春秋、戰國之間的故事，甚至秦始皇平六國之際的情形看過，當然知道這是自古以來相傳的精神，也就是孔子"惟名與器不可以假人"的本意。項氏世世將家，知道這是古代的遺風，我們無從菲薄項羽。但是就在他爭天下的時期，整個時代已經不知不覺地變了。劉邦止是一個無賴，他手下的大多是時代底渣滓，這正是陳平説的"士之頑鈍嗜利無恥者"。渣滓當然有渣滓底道理。在這一大群的頑鈍無恥之徒，他們沒有宗旨，沒有信義，所看到的止是高官厚禄，玉帛子女。恰恰劉邦看清楚這一點，所以他成功了。他底成功的因素，就在不惜名器，所以一到南陽就封宛守爲殷侯，陳恢爲千户，入關中以後，部下封執珪，執帛，乃至封侯者就不少，以後一路的勝利，完全得力於此。高祖十年,陳豨反,劉邦底對策,也還是這一着。

> 上問周昌曰:"趙亦有壯士,可令將者乎?"對曰:"有四人。"四人謁,上謾罵曰:"豎子能爲將乎?"四人慚伏。上封之各千戶,以爲將。左右諫曰:"從入蜀漢,伐楚,功未遍行,今此何功而封?"上曰:"非若所知!陳豨反,邯鄲以北皆豨有,吾以羽檄徵天下兵,未有至者。今唯獨邯鄲中兵耳。吾胡愛四千戶,不封此四人,以慰趙子弟!"
>
> ——《韓信盧綰列傳》

封賞最濫的,尤其是在封王。韓信平齊以後,請爲假王,劉邦經過張良、陳平底勸導以後,罵曰:"大丈夫定諸侯,即爲真王耳,何以假爲!"乃遣張良往立信爲齊王。《淮陰侯列傳》。這是史有明文的。《高祖功臣侯者年表》,祁侯繒賀,"漢王敗走,賀方將軍擊楚追騎,以故不得進,漢王顧謂賀:'祁子留彭城。'"這裡祁子底子字,《漢書》作王,《史記》傳寫之訛。顏師古說:"謂之祁王,蓋嘉其功寵號之,許以爲王也。"這當然狠清楚的,至於以後祁王仍舊降爲祁侯,大致正和韓信由齊王、楚王降爲淮陰侯一樣,幸虧繒賀止是一個戰將,所以"得保首領以歿",不曾得到韓信底遭際。至於爲什麼又降級,那麼當時的封轉本來沒有一定的原則,夏侯嬰賜爵勝公以後,至霸上,賜爵列侯,封昭平侯,其後賜食祁陽,更食汝陰,便是一例。《樊酈絳灌列傳》。總之從劉邦看來,一切的名號封賞,都是他爭天下的工具,等到得天下以後,再慢慢地計較。其實高祖六年,諸將坐沙中語的一幕,與其說是相聚謀反,毋寧說是要求兌現。張良說:"今軍吏計功,以天下不足徧封。"《留侯世家》。這便看出劉邦底封賞,是怎樣地太濫。

假如把項羽底封賞,和劉邦底封賞,比較一下,就可看出項羽是怎樣地慎重。項羽入關以後最大的事,便是分封十八王之舉。其後劉邦數項羽十大罪,便有"項羽皆王諸將善地,而徙逐故主,令臣下爭叛逆"的一條。其實事情的真相不一定是如此的。本來草創之際,韓廣、趙歇這一類的君主,對於臧荼、張耳這一般大將,君臣的名分原是算不得什麼的。武臣韓廣畧地燕趙,便可自立爲王,要想在張耳、臧荼破關滅秦立了大功以後,不自立爲王,這是情勢所不許的。要在關中爲王,那時關中塞、雍、翟三王並立,不容自立,那麼只有各回本國。在君臣之分不算什麼的時代,要想他們自擇惡地,當然不近情理,於是造成了趙歇徙代,韓廣徙遼東,而由張耳王常山,臧荼王燕的局勢。所以十九王連同西楚共十九王底分立,正是時勢推演的結果。項羽固然負責,臧荼、張耳乃至劉邦這一般大將必然同意,縱使趙歇、韓廣等未必情願。《漢書·高帝本紀》詔曰:"故衡山王吳芮與子二人,兄子一人,從百粵之兵,以佐諸侯誅暴秦,有大功,諸侯立以爲王。"既說諸侯立以爲王,這便見到十九王底分立,毋寧說是十九王底相王,當然不能認爲項羽底封賞。至於十大罪的說法,那麼因爲和漢詔自相矛盾,顯然有些誣陷的意味,那正是無賴底本色。

倘使把十八王分封的事隔開,我們便看到項羽是怎樣地慎重名器。劉邦不斷地封侯爵賞,但是西楚諸將封侯的便不多;劉邦的部下有丞相,有左丞相,右丞相,乃至假相,但是項羽的部下,就沒有這些名號。陳平稱項羽"至於行動爵邑,重之",韓信稱爲"至使人有功當封爵者,印刓敝,忍不能予",都恰恰中了項羽底所短。他們棄漢歸楚的動機,或許就是這一點。劉邦一邊拜韓信爲大將,陳平爲護軍,一邊與陳平黃金四萬金,恣所爲,不問其出入:這正是利用人類的弱點。以後劉邦底成功,多多得力於此。不過在陳平所數亞父、鍾離昧、龍且、周殷四人之中,除了周殷反楚以外,其餘都是至死不變,還保留了一份士氣。

劉邦攻擊項羽最大的口實,便是放殺義帝一件事。《項羽本紀》說:"乃使使徙義帝長沙郴縣,趣義帝行,其群臣稍稍背叛之,乃陰令衡山、臨江王擊殺之江中。"《高祖本紀》也是這樣說,其後十大罪也數到"項羽使人陰弒義帝江南"。這些當然是正面文章。但是《黥布列傳》卻說"項氏立懷王爲義帝,徙都長沙,乃陰令九江王布等行擊之。其八月,布使將擊義帝,追殺之郴縣。"這樣一來,兇手便從衡山王、臨江王轉移到九江王布了。在這三人之中,衡山王吳芮或許會來一下。臨江王共敖始終爲楚,一直到垓下兵敗以後,臨江沒有變節,就共敖的個性言,既能始終不背項羽,那麼曾爲義帝柱國,一定也是始終不背義帝;就情理言,共敖萬一身與其事,也絕無把項羽底陰令加以宣揚之理。黥布出身群盜,做兇手的可能性最大,但是也不會是黥布。本傳載隨何說黥布:"夫楚兵雖強,天下負之以不義之名,以其負盟約而殺義帝。"假如黥布確有其事,隨何斷無在遊說之際當面揭其陰私之理。所以義帝底被殺,雖是事實,而主謀和行兇之人,並未成爲定案。《高祖本紀》、《項羽本紀》以及《黥布列傳》底矛盾,正見當時游移不定之詞,而"陰令"二字更加有些"莫須有"底氣息。就事理言,義帝底被殺多半和大順皇帝李自成底被殺,同樣是勢窮衆潰底結果;就嫌疑言,毋寧說是劉邦主使的嫌疑更大,因爲被認爲正犯的吳芮、黥布,其後都被劉邦重用的原故。

《項羽本紀》載范增說項羽曰："沛公居山東時,貪於財貨,好美姬,今入關,財物無所取,婦女無所幸,此其志不在小。"范增是否故作此說,激勵項羽,原不可知,但是接着下面"項羽引兵西屠咸陽,殺秦降王子嬰,燒秦宮室,火三月不滅,收其貨寶婦女而東",更加顯出劉、項仁暴底差別。這當然也是正面文章。

　但是事實上不是如此。《留侯世家》"樊噲諫沛公出舍,沛公不聽"句下,《集解》云:

　　　徐廣曰:一本噲諫曰:"沛公欲有天下耶?將欲為富家翁耶?"沛公曰:"吾欲有天下。"噲云:"今臣從入秦宮,所觀宮室帷帳珠玉鐘鼓之飾,奇物不可勝極,入其後宮,美人婦女以千數,此皆秦所以亡天下也。願沛公急還霸上,無留宮中。"沛公不聽。

在《史記》異文裡,徐廣所引本是比較可以相信的。余別有《徐廣一本異文考》。據此,我們可以看到劉邦是怎樣地貪戀秦宮中底貨寶婦女,雖然後來聽了張良底話,還軍霸上,但是看到劉邦獻項王白璧一雙,獻亞父玉斗一雙,賜張良金百溢,珠二斗;與陳平黃金四萬斤,恣所為,不問其出入,那樣地慷慨,我們很疑惑項羽所得的貨寶婦女,多分是劉邦底唾餘。漢二年四月,劉邦入彭城,收其貨寶美人,日置酒高會,《項羽本紀》。更加看出他底本性。那麼"財物無所取,婦女無所幸"所寫的止是劉邦底一面,要對他作整個地認識,還要明白《史記》互見之例。

　《高祖本紀》說劉邦仁而愛人,但是在其他的篇幅裡常常有相反的記載,下面就是幾個好例:

　　　漢七年,高祖從平城過趙,趙王朝夕袒韝蔽,自上食,禮甚卑,有子婿禮。高祖箕踞罵,甚慢易之。
　　　　　　　　　　　　　　　　　　——《張耳陳餘列傳》
　　　酈生說豹,豹謝曰:"人生一世間,如白駒過隙耳。今漢王慢而悔人,罵詈諸侯群臣,如罵奴耳,非有上下禮節也。吾不忍復見也。"
　　　　　　　　　　　　　　　　　　——《魏豹彭越列傳》
　　　於是王欲召信拜之,何曰:"王素慢無禮,今拜大將,如呼小兒耳,此乃信所以去也。"
　　　　　　　　　　　　　　　　　　——《淮陰侯列傳》

昌嘗燕時入奏事，高帝方擁戚姬，昌還走。高帝逐得，騎周昌項，問曰："我何如主也？"昌仰曰："陛下即桀紂之主也。"

——《張丞相列傳》

酈生曰："沛公不好儒，諸客冠儒冠來者，沛公輒解其冠，溲溺其中，與人言，常大罵，未可以儒生說也。"

——《酈生陸賈列傳》

至漢興，高祖至暴抗也。

——《佞幸列傳》

從這許多記載裡，我們看出劉邦是怎樣地暴而無禮，恰恰和"仁而愛人"一句對照。周昌稱爲桀紂之主，大致與事實相去不遠。十二年，蕭何請上林中空地，願令民得入田，漢高大怒，下廷尉械擊之。其後得釋，蕭何徒跣謝，高帝說："相國休矣！相國爲民請苑，吾不許。我不過爲桀紂主，而相國爲賢相，吾故繫相國，欲令百姓聞吾過也。"《蕭相國世家》。這是一段疲賴的話，但桀紂主三字，從漢高口中逗出，正是自卑情綜底作用，所以《佞幸傳》稱爲暴抗，這也是漢高本性底流露。

孟子說："好名之人，能讓千乘之國，苟非其人，簞食豆羹見於色。"《盡心下》。在孟子底時候，止看到好名之人。到了後來，好利之人，有時也可以非常慷慨，像漢高祖底封韓信、繒賀那樣地，以至"軍吏計功，以天下不足徧封"。這便是《高祖本紀》所說的"喜施，意豁如也"。但是這一切都是爲着爭天下的目標。等到天下到手，那便是"苟非其人"的時候了。漢高祖以吏繇咸陽，吏皆送奉錢三，蕭何特地送了五個。其後大封功臣的時候，《史記》說："是日悉封何父子兄弟十餘人，皆有封邑，乃益封何二千戶，以帝嘗繇咸陽時，何送我獨嬴奉錢二也。"《蕭相國世家》。這一種不棄細故的性格，全沒有豁如的意態。漢宣帝微時，陳遵相隨博弈，數負進，其後宣帝即位，遵遷至太原太守。宣帝詔曰："制詔太原太守。官尊祿厚，可以償博進矣，妻君甯時在旁，知狀。"同樣的遊戲文章，在宣帝是幽默，在高祖止看到寒傖。

關於高祖底器量，《史記》還有下列的記載：

高祖微時，嘗辟事，時時與賓客過巨嫂食。嫂厭叔，叔與客來，嫂詳爲羹盡，櫟釜，賓客以故去。已而視釜中，尚有羹，高祖由此怨其嫂。及高祖爲帝，封昆弟，而伯子獨不得封。太上皇以爲言。高祖曰："某非忘之也，爲其母不長者耳！"於是乃封其子信爲羹頡侯。

——《楚元王世家》

當然巨嫂不是長者，但是劉信不是沒有軍功的，信以兄子從軍，擊韓王信，爲郎中將，見《高祖功臣侯者年表》。封侯是他應得的，但是因爲櫟釜之故，置之不侯，臨到不得不封侯的時候，還給一個羹頡的名號，這完全是睚眥必報的器度。要說是豁達大度，那也不盡可信了。

史傳有了互見之例，不但重複可以避免，而且可以示褒貶，明忌諱，但是必待研討全書而後纔能看到事實的眞相，倘使僅讀本傳，那麼不但不能得到眞相，甚至所得的印像，止會是朦朧而不確實。這也是互見之例底結果。在傳叙文學裡，無論在專傳或傳叙總集裡，情形便不同了。所以要認史傳和一般傳叙文學有密切的關係則可，倘是認爲史傳就是傳叙文學，或是傳叙文學底標準，那麼不但在格局上不能一致，連帶在性質上，也是大相逕庭。

《三國志注》引用的傳叙

　　史籍底盛行,經過整個的漢朝,傳叙文學底發達,比較遲緩,大約在西漢末年開始萌芽,一直到漢魏之交,纔有著名的篇幅。《隋書·經籍志》説:"又漢時阮倉作《列仙圖》,劉向典校經籍,始作《列仙》、《列士》、《列女》諸傳,皆因其志尚,率爾而作,不在正史。後漢光武始詔南陽撰作《風俗》,故沛三輔有《耆舊》、《節士》之序,魯廬江有《名德》、《先賢》之讚,郡國之書由是而作。魏文帝又作《列異》以序鬼物奇怪之事,嵇康作《高士傳》以叙聖賢之風,因其事類相繼而作者甚衆,名目轉廣而又雜以虛誕怪妄之説。推其本源,蓋亦史官之末事也。"志中稱劉向諸書,率爾而作,當然是適當的批評。其下便直指後漢以來,許多傳叙總集,帶着濃厚的地方色采的原因,這確是中國傳叙文學特有的性質。

　　《隋書·經籍志》記載着不少的後漢以來的傳叙目録,但是并不完備,而且比較地注重傳叙總集,而没有注意到單篇的傳叙。關於這一點,幸虧有裴松之底《三國志注》,總算彌補了缺憾。陳壽《三國志》作於西晉,裴松之注作於劉宋,所以漢末直至西晉的傳叙文學,有許多都收在裡面。至於《隋書·經籍志》、《舊唐書·經籍志》所載漢晉雜傳未經裴松之引用的,當然還有。我們止是舉出這一個時期中傳叙文學底大概,關于目録底事,無須羅列。

　　《三國志注》引用的最古的傳叙總集,便是《三輔决録》,漢太僕趙岐撰,晉摯虞注,後來唐人作《隋書·經籍志》的時候,也推爲最前的作品。《三輔决録》狠簡單,到了摯虞作注,便成爲骨肉停匀的文字。例如《魏志》卷三《明帝傳》裴注引:

　　　　《三輔决録》曰:"伯郎,涼州人,名不令休。"其注曰:"伯郎,姓孟名他,扶風人。靈帝時,中常侍張讓專朝政,讓監奴典護家事。他仕不遂,乃盡以家財賂監奴,與共結親,積年,家業爲之破盡。衆奴皆慙,問他所欲。他曰:'欲得卿曹拜耳。'奴被恩久,皆許諾。時賓客求見讓者,門下車嘗數百乘,或累日不得通。他最後到,衆奴伺其至,皆迎車而拜,徑將他車獨入。衆人悉驚,謂讓與他善，爭以珍物遺他。他得之，並以賂讓，讓大喜。他又以蒲桃酒一斛遺讓，即拜涼州刺史。"

自傳底風氣，從司馬遷《史記》自序起，以後接着有班固底《漢書叙傳》，王充《論衡》底《自紀》，都帶有自傳底意味。曹丕《典論自叙》一篇，更是論文者所常言。《三國志注》也曾引用，但這和以上諸篇一樣，止是全書底一章，不但形式上沒有獨立，而且作用上也止是申述作書的宗旨居多，記載個人的事迹較少。揚雄《自叙》見《文選注》，內容如何，不得而詳。到高貴鄉公曹髦，纔完成了自傳底形式。《魏志》卷四《高貴鄉公傳》注稱：

> 帝集載帝自叙始生禎祥曰："昔帝王之生，或有禎祥，蓋所以彰顯神異也。惟予小子，支胤末流，謬爲靈祇之所相祐也。豈敢自比於前喆，聊記錄以示後世焉。其辭曰：惟正始三年九月辛未朔，二十五日乙未，直成予生。于時也天氣清明，日月暉光，爰有黃氣，烟熅於堂，照耀室宅，其色煌煌。相而論之曰：'未者爲土，魏之行也；厥日直成，應嘉名也；烟熅之氣，神之精也；無災無害，蒙神靈也。'齊王不弟，顚覆厥度，羣公受予，紹繼皇祚，以眇眇之身，質性頑固，未能涉道而遵大路，臨深履冰，涕泗憂懼。古人有云：'懼則不亡。'伊予小子，曷敢怠荒，庶不忝辱，永奉蒸嘗。"

高貴鄉公集隋時已亡，所以我們無從確定本篇底眞相，也許僅僅止此一段，但是已經不是專書底叙錄，顯然可見。此外尚有司馬彪序傳，見《魏志》卷十五《司馬朗傳》注，大致也是獨立的篇幅，和高貴鄉公自叙一樣，所引一節特別注重先代底世系。

論者常言："不當作史之職，無有爲人立傳者，故有碑有誌有狀而無傳。"顧炎武《日知錄》。這個止是一偏之見。唐人以前，史家著述，本來止是私人底作品，無論司馬遷、班固、陳壽、王隱、謝承、范曄，這些人的著作止是自成一家之言，最初並沒有奉命作史的經過。所以說："不當作史之職，無有爲人立傳"，這全是不符事實的話。在《三國志注》，就看到許多爲人作傳的故實。《魏志》卷十八《龐淯傳》注引皇甫謐《列女傳》言，"故黃門侍郎安定梁寬追述娥親，爲其作傳。"這是作專傳的故事，文章却沒有引入。至於有名的文人爲人作傳者，則有何劭、傅玄、鍾會、陸機，皆見《三國志注》。

《魏志》卷二十八《鍾會傳》注引何劭作《王弼傳》。弼是當時有名的哲學家，何劭便把他底哲理完全寫出。節錄於次：

> 何晏以爲聖人無喜怒哀樂，其論甚精，鍾會等述之。弼與不同，以爲聖人茂於人者神明也，同於人者五情也。神明茂故能體沖和以通無，五情同故不能無哀樂以應物，然則聖人之情應物而無累於物者也。今以其無累，便謂不復應物，失之多矣。弼注《易》，潁川人荀融難弼大衍義，弼答其意，白書以戲之曰："夫明足以尋極幽微，而不能去自然之性。顏子之量，孔父之所預在，然遇之不能無樂，喪之不能無哀。又常狹斯人，以爲未能以情從理者也，而今乃知自然之不可革，是足下之量，雖已定乎胸懷之內，然而隔踰旬朔，何其相思之多乎？是知尼父之於顏子，可以無大過矣。"

《魏志》卷二十九《杜夔傳》注言："時有扶風馬鈞巧思絶世，傅玄序之。"序當然就是傳，這是一證。又《鍾會傳》注引鍾會爲其母傳。爲母立傳，在後代狠少有的，多半止是事畧、行狀之類，其實都是虛文，倒不如鍾會底直截。傳中一節説得異常質實：

> 夫人張氏字昌蒲，太原茲氏人，太傅定陵成侯之命婦也。世長吏二千石。夫人少喪父母，充成侯家，修身正行，非禮不動，爲上下所稱述。貴妾孫氏，攝嫡專家，心害其賢，數讒毀，無所不至。孫氏辨博有智巧，言足以飾非成過，然竟不能傷也。及妊娠，愈更嫉妒，乃置藥食中。夫人中食，覺而吐之，瞑眩者數日。或曰："何不向公言之？"答曰："嫡庶相害，破家危國，古今以爲鑒誡。假如公信我，衆誰能明其事？彼以心度我，謂我必言，固將先我，事由彼發，顧不快耶！"遂稱疾不見。孫氏果謂成侯曰："妾欲其得男，故飲以得男之藥，反謂毒之。"成侯曰："得男藥佳事，闇於食中與人，非人情也。"遂訊侍者，具服，孫氏由是得罪出。成侯問夫人何能不言，夫人言其故。成侯大驚，益以此賢之。黃初六年，生會，恩寵愈隆。成侯既出孫氏，更納正室賈氏。

這是全傳中底一節，我們看到鍾會之母，止是鍾繇之妾，而且當時衆妾争寵傾軋，陰森可怖，張氏不一定賢淑，但是以智自衛，結果孫氏被逐。這是寫實的文章，也是傳叙文學應有的作風。

《吳志》卷七《顧譚傳》注:"陸機爲《譚傳》曰:'宣太子正位東宮,天子方隆訓導之義,妙簡俊彥,講學左右,時四方之傑畢集,太傅諸葛恪等雄奇蓋衆,而譚以清識絕倫,獨見推重,自太尉范慎、謝景、羊徽之徒,皆以秀稱其名而悉出譚下。'"裴氏所引,僅此一節,當然在陸機底著作裡,算不得什麼。但是清朝儀徵派論文,以爲陸機《文賦》,止稱詩賦碑誄銘箴頌論奏說十體,不及傳叙,因此以爲傳叙不在文章範圍以内,現在看到陸機底《顧譚傳》,那麼儀徵派底主張,便失却立論的根據了。

比較地最接近於現代傳叙文學的便是《曹瞞傳》。《舊唐書·經籍志》有《曹瞞傳》一卷,注云"吳人作"。那麼這是一部獨立的著述,是顯然的了。至於作者的姓名,今不可考,《唐書》稱爲吳人作,大致亦是想象之辭。《魏志》卷一所引尤詳,因爲這是一部已佚的佳作,錄於次:

太祖少好飛鷹走狗,游蕩無度,其叔父數言之於嵩,太祖患之。後逢叔父於路,乃陽敗面喎口,叔父怪而問其故。太祖曰:"卒中惡風。"叔父以告嵩,嵩驚愕呼太祖,太祖口貌如故。嵩問曰:"叔父言汝中風,已差乎?"太祖曰:"初不中風,但失愛於叔父,故見罔耳。"嵩乃疑焉。自後叔父有以告嵩,終不復信。太祖於是益得肆意矣。

太祖初入尉廨,繕治四門,造五色棒,縣門左右,各十餘枚。有犯禁者,不避豪彊,皆棒殺之。後數月,靈帝愛幸小黃門蹇碩叔父夜行,即殺之。京師斂迹,莫敢犯者。近習寵臣咸疾之,然不能傷,於是共稱薦之,故遷爲頓丘令。

公聞攸來,跣出迎之,撫掌笑曰:"子卿遠來,吾事濟矣。"既入坐,謂公曰:"袁氏軍盛,何以待之?今有幾糧乎?"公曰:"尚可支一歲。"攸曰:"無是,更言之。"又曰:"可支半歲。"攸曰:"足下不欲破袁氏耶?何言之不實也!"公曰:"向言戲之耳,其實可一月,爲之奈何?"攸曰:"公孤軍獨守,外無救援,而糧穀以盡,此危急之日也。今袁氏輜重有萬餘乘,在故市烏巢屯,軍無嚴備,今以輕兵襲之,不意而至,燔其積聚,不過三日,袁氏自敗也。"公大喜,乃選精銳步騎,皆用袁軍旗幟,銜枚,縛馬口,夜從間道出,人抱束薪。所歷道有問者,語之曰:"袁公恐曹操鈔畧後軍,遣兵以益備。"聞者信以爲然,皆自若。既至,圍屯,大放火,營中驚亂,大破之。盡焚其糧穀寶貨,斬督將眭元進、騎督韓莒子、呂威璜、趙叡等首,割得將軍淳于仲簡鼻,未死,殺士卒千餘人,皆取鼻,牛馬割唇舌,以示紹軍,將士皆恒懼。時有夜得仲簡,將以詣麾下。公謂曰:"何爲如是?"仲簡曰:"勝負自天,何用爲問乎?"公意欲不殺,許攸曰:"明旦鑒於鏡,此益不忘人。"乃殺之。

　　既寒且旱,二百里無復水,軍又乏食,殺馬數千匹以爲糧,鑿地入三十餘丈,乃得水。既還,科問前諫者,衆莫知其故,人人皆懼,公皆厚賞之,曰:"孤前行乘危以徼倖,雖得之,天所佐也,故不可以爲常。諸君之諫,萬安之計,是以相賞,後勿難言之。"

　　公將過河,前隊適度,超等奄至,公猶坐胡床不起。張郃等見事急,共引公入船。河水急,比渡,流四五里,超等騎追射之,矢下如雨。諸將見軍敗,不知公所在,皆惶懼。至見,乃悲喜,或流涕。公大笑曰:"今日幾爲小賊所困乎!"

　　公遣華歆勒兵入宮收后,后閉戶匿壁中,歆壞戶發壁牽后出。帝時與御史大夫郗慮坐,后被髮徒跣過,執帝手曰:"不能復相活耶?"帝曰:"我亦不自知命在何時也。"帝謂慮曰:"郗公,天下寧有是乎?"遂將后殺之,完及宗族死者數百人。

　　爲尚書右丞司馬建公所舉,及公爲王,召建公到鄴,與歡飲,謂建公曰:"孤今日可復作尉否?"建公曰:"昔舉大王時,適可作尉耳!"王大笑。建公名防,司馬宣王之父。

　　是時南陽間苦繇役,音於是執太守東里襃與吏民共反,與關羽連和。南陽功曹宗子卿往說音曰:"足下順民心,舉大事,遠近莫不望風。然執郡將,逆而無益,何不遣之?吾與子共勠力,比曹公軍來,關羽兵亦至矣。"音從之,即釋遣太守。子卿因夜踰城亡出,遂與太守收餘民圍音,會曹仁軍至,共滅之。

　　太祖爲人佻易,無威重,好音樂,倡優在側,常以日達夕,被服輕綃,身自佩小鞶囊,以盛手巾細物。時或冠帢帽以見賓客,每與人談論戲弄言誦,盡無所隱,及歡悅大笑,至以頭投杯案中,肴膳皆沾污巾幘,其輕易如此。然持法峻刻,諸將有計畫勝出己者,隨以法誅之,及故人舊怨,亦皆無餘,其所刑殺,輒對之垂涕嗟痛之,終無所活。初,袁忠爲沛相,嘗欲以法治太祖,沛國桓邵亦輕之。及在兗州,陳留邊讓言議頗侵太祖。太祖殺讓,族其家,忠、邵俱避難交州。太祖遣使就太守士燮盡族之。桓邵得出首,拜謝於庭中,太祖謂曰："跪可解死邪？"遂殺之。常出軍，行經麥中，令士卒無敗麥，犯者死。騎士皆下馬，付麥以相持。於是太祖馬騰入麥中，敕主簿議罪，主簿對以春秋之義，罰不加於尊。太祖曰："制法而自犯之，何以率下？然孤爲軍帥，不可自殺，請自刑。"因援劍割髮以置地。又有幸姬，嘗從晝寢，枕之臥，告之曰："須臾覺我。"姬見太祖臥安，未即寤，及自覺，棒殺之。常討賊，廩穀不足，私謂主者曰："如何？"主者曰："可以小斛以足之。"太祖曰："善。"後軍中言太祖欺衆，太祖謂主者曰："特當借君死以壓衆，不然，事不解。"乃斬之，取首題徇曰："行小斛，盜官穀，斬之軍門。"其酷虐變詐，皆此之類也。

這些都見《魏志》卷一《武帝傳》注，關於曹操的個性，寫得生動活躍，超過了陳壽底本傳，而且還有許多所刪畧的史料。裴松之作注的時候，引用《曹瞞傳》，本意也必在此。文中直斥曹操酷虐變詐，不像曹魏時的著作。《舊唐書》稱爲吳人作者，即以此故。但是吳人底著作，稱曹操爲太祖，也不近情。大致這是魏晉之間的作品。魏元帝咸熙元年(二六四)五月癸未，追命舞陽宣文侯爲晉宣王，次年(二六五)十二月壬戌，禪位於晉。《曹瞞傳》稱司馬懿爲司馬宣王，那麼這是一部咸熙以後的作品無疑了。易代之際，當然不妨直稱曹瞞，也就無須忌諱，同時因爲晉承魏統，所以稱曹操爲太祖，要是吳人底著作，就沒有稱敵國先祖爲太祖之理了。

這一個時期裡還有一部有名的著作，也經裴注引用的，便是《漢末英雄記》。這是一部傳叙總集，記載袁紹、公孫瓚這一般人底故事，裴注簡稱爲《英雄記》。《隋書·經籍志》雜史類有《漢末英雄記》八卷，注稱王粲撰，殘缺，梁有十卷。《舊唐書·經籍志》則作十卷，注稱王粲等撰。《魏志》卷二十一《王粲傳》祇說粲著詩賦論議垂六十篇，沒有《英雄記》十卷之說。曹丕《典論》及《與元城令吳質書》都提到王粲底著作，但是也沒有提到此書。《魏志》卷一《武帝傳》注引《英雄記》："(袁)紹後用(袁)遺爲揚州刺史，爲袁術所敗。太祖稱長大而能勤學者，惟吾與袁伯業耳。語在文帝《典論》。"王粲死在建安二十二年，其時曹丕尚未即位，所以從"語在文帝《典論》"一句，我們可以斷定《英雄記》不是王粲底著作，而是魏明帝以後的作品。

《三國志注》引用的傳叙總集狠多，除去《三輔決錄》、《漢末英雄記》以外，可舉的還有《先賢行狀》、《漢末名士錄》、《魏末傳》、張隱《文士傳》、《列異傳》、皇甫謐《高士傳》、《列女傳》、葛洪《神仙傳》。其他帶有地方色采的，則有虞溥《江表傳》、《楚國先賢傳》、《零陵先賢傳》、《汝南先賢傳》、《陳留耆舊傳》、陳壽《益部耆舊傳》、陳壽《益部耆舊雜記》、《會稽典錄》。此外尚有《文章叙錄》，多少也有些傳叙總集底性質，例如《魏志》卷九《夏侯淵傳》"淵子惠，樂安太守"下，注引"惠字稚權，幼以才學見稱，善屬奏議，歷散騎黃門侍郎，與鍾毓數有辨駁，事多見從。遷燕相、樂安太守，年三十七卒"。這當然是一部小傳底總錄。

在這時期還有世譜底著作。《魏志》卷四《陳留王傳》引《魏世譜》，《蜀志》卷四《後主傳》引孫盛《蜀世譜》。世譜便是家傳底彙集，也不專門記載君主底世族，例如：

  《蜀志》卷十一《費詩傳》注："孫盛《蜀世譜》曰：'詩子立，晉散騎常侍。自後益州諸費有名位者，多是詩之後也。'"

  《蜀志》卷十三《呂凱傳》注："《蜀世譜》曰：'呂祥後爲晉南夷校尉。祥子及孫，世爲永昌太守。李雄破寧州，諸呂不肯附，舉郡固守，王伉等亦守正節。'"

世譜以外，又有當時大族底氏譜，裴注所引有《庾氏譜》、《孫氏譜》、《嵇氏譜》、《劉氏譜》、《陸氏譜》、《王氏譜》、《郭氏譜》、《胡氏譜》、《崔氏譜》、《諸葛氏譜》。此外則有《荀氏家傳》、《會稽邵氏家傳》、《袁氏世紀》、《杜氏新書》、傅暢《裴氏家紀》，也是同類的作品。從《裴氏家紀》，我們更可看到家傳有時也可由外人代作，這樣更易得到名人底手筆。至若《陸氏世頌》、《陸氏祠堂像贊》之類，當然也屬氏譜一類。又《魏志》卷十三《華歆傳》注引《華嶠譜叙》："歆少以高行顯名，避西京之亂，與同志鄭泰等六七人閒步出武關，道遇一丈夫獨行，願得俱，皆哀欲許之。歆獨曰：'不可，今已在危險之中，禍福患害，義猶一也，無故受人，不知其義，既以受之，若有進退，可中棄乎？'衆不忍，卒與俱行。此丈夫中途墮井，皆欲棄之，歆曰：'已與俱矣，棄之不義。'相率共還出之，而後別去。衆乃大義之。"這一件故事，《世說新語》記作華歆、王朗乘船避難的故事，和《譜叙》頗有出入。劉孝標注《世說》，引《華嶠譜叙》，加以訂正，字句也微有異同。

單行的傳叙在這時期已經狠盛，除了上述《曹瞞傳》、《王弼傳》、《顧譚傳》、《鍾會母張夫人傳》，及《馬鈞序》以外，則有《獻帝傳》、《荀彧別傳》、《鄭玄別傳》、《邴原別傳》、《王朗別傳》、《孫曉別傳》、《孫資別傳》、《曹志別傳》、《劉廙別傳》、《任嘏別傳》、《華陀別傳》、《管輅別傳》、《趙雲別傳》、《費禕別傳》、《虞翻別傳》、

《機雲別傳》、《諸葛恪別傳》。《隋書·經籍志》雜傳類有管辰撰《管輅傳》三卷,那麼這是一部卷帙較多的著作,但是從《三國志注》引用的看來,零碎雜亂,似不足觀。《華陀別傳》篇幅較長,也是多記雜驗,和《管輅別傳》一樣。《獻帝傳》以皇帝之尊,亦稱爲傳,大致魏晉之間,對於紀傳之分,還不如後代的嚴格,所以有此。其後晉太康年間汲縣人發魏襄王墓,得《穆天子傳》,古代未必有此標題,穆天子稱傳,大致也是受了《獻帝傳》底暗示。

《世説新語注》引用的傳叙

宋劉義慶著《世説新語》，梁劉孝標又爲《世説新語注》。注中引用的傳叙比《三國志注》引用的更多。這些裡面有一部分是裴松之引用過的，而且還有些作者確是漢魏之間的人物，所以無從認爲全部是裴松之到劉孝標中間的著作。許多兩晉劉宋人物底別傳，在性質上與《三國志》無關，當然裴松之用不到引證，但是仍不妨爲裴松之以前的作品。不過劉宋以後的別傳還是狠多，普泛地説，我們可以看到南朝傳叙文學底盛況。

這一個時期裡，有名的作者還是繼續地從事於傳叙底著述，例如嵇紹底《趙至叙》，和夏侯湛底《羊秉叙》：

至字景真，代郡人，漢末其祖流宕客緱氏。令新之官，至年十二，與母共道旁看。母曰："汝先氏非微賤家也，汝後能如此不？"至曰："可爾耳。"歸便求師誦書，蚤聞父耕叱牛聲，釋書而泣。師問之，答曰："自傷不能致榮華，而使父老不免勤苦。"年十四，入太學，觀時先君在學寫石經古文，事訖去，遂隨車問先君姓名。先君曰："年少何以問我？"至曰："觀君風器非常，故問耳。"先君具告之。至年十五，陽病，數數狂走五里三里，爲家追得，又灸身體十數處。年十六，遂亡命，徑至洛陽，求索先君不得。至鄴，沛國史仲和是魏領軍史渙孫也，至便依之，遂名翼，字陽和。先君到鄴，至具道太學中事，便逐先君歸山陽，經年。至長七尺三寸，絜白，黑髮，赤唇明，鬢鬚不多，閒詳安諦，體若不勝衣。先君嘗謂之曰："卿頭小而鋭，瞳子白黑分明，視瞻停諦，有白起風。"至論議清辯，有從橫才，然亦不以自長也。孟元基辟爲遼東從事，在郡斷九獄，見稱清當。自痛棄親遠遊，母亡不見，吐血發病，服未竟而亡。卷一《言語》注。

秉字長達，泰山平陽人，漢南陽太守續曾孫。大父魏郡府君，即車騎掾元子也。府君夫人鄭氏無子，乃養秉，韶齓而佳，小心敬慎。十歲而鄭夫人莞,秉思容盡哀。俄而公府掾及夫人並卒,秉羣從父率禮相承,人不間其親,雍雍如也。仕參撫軍將軍事,將奮千里之足,揮沖天之翼,惜乎春秋三十有二而卒。昔罕虎死,子產以爲無與爲善,自夫子文没,有子產之歎矣。亡後有子男,又不育,是何行善而禍繁也!豈非司馬生之所惑歟? 卷一《言語》注。

在傳叙文字裡,寫得較多的要推顧愷之。愷之有《顧氏家傳》,又爲父悦作傳,或許便是家傳底一篇。此外又有《晉文章記》,其中也有類似傳叙的篇幅。

敷字祖根,吳郡吳人,滔然有大成之量。仕至著作郎,二十三卒。卷四《夙惠注》引《顧愷之家傳》。

君以直道陵遲於世,入見王,王髮無二毛,而君猶斑白。問君年,乃曰:"卿何偏蚤白?"君曰:"松柏之姿,經霜猶茂,臣蒲柳之質,望秋先零,受命之異也。"王稱善久之。卷一《言語注》引顧愷之爲父傳。

阮籍勸進,落落有宏致,至轉説,徐而攝之也。卷二《文學》注引顧愷之《晉文章記》。

關於自叙底篇目,《世説新語》注引的有曹丕《典論自叙》,和庾放《人物論自叙》,前篇已見《三國志注》,後篇是一篇不甚著名的文字。此外則有馬融《自叙》,自稱"少而好問,學無常師"。其餘的事實,見《後漢書·馬融傳》。

在總傳裡面,地方性的總傳不狠多見,這裡看到六朝的作者,多少有些和魏晉之間的作者不同。惟一可舉的是劉義慶底《江左名士録》,但是到了晉宋以後,江左名士指當時中朝名士而言,所以並不帶有什麽濃厚的地方色彩。

比較可注意的便是氏譜底大盛。除了《荀氏家傳》、《華嶠譜叙》、《袁氏世紀》、《王氏譜》、《陸氏譜》、《諸葛氏譜》、《劉氏譜》、《庾氏譜》等,都見《三國志注》以外,其餘但就目録以論,幾乎超過了裴注的幾倍。

在這許多氏譜裡面,稱譜的有《陳氏譜》、《周氏譜》、《謝氏譜》、《吳氏譜》、《孔氏譜》、《羊氏譜》、《許氏譜》、《桓氏譜》、《馮氏譜》、《殷氏譜》、《顧氏譜》、《傅氏譜》、《虞氏譜》、《衛氏譜》、《魏氏譜》、《温氏譜》、《曹氏譜》、《索氏譜》、《戴氏譜》、《賈氏譜》、《郗氏譜》、《郝氏譜》、《韓氏譜》、《袁氏譜》、《荀氏譜》、《阮氏譜》、《司馬氏譜》。

稱家傳的,則有《袁氏家傳》、《裴氏家傳》、《李氏家傳》、《褚氏家傳》,以及前舉的顧愷之《家傳》。此外又有《摯氏世本》、《陶氏叙》、《袁氏世紀》、《太原郭氏錄》，大致也是同類的作品。特殊是袁氏既有譜，又有《世紀》，又有《家傳》，必然是一個富於文獻的大族。

總傳之中，還有《晉百官名》，這是一種表錄，但是也有相當詳密的叙述。例如卷五《簡傲》注引："嵇喜字公穆，歷揚州刺史，康兄也。阮籍遭喪，往弔之，籍能爲青白眼，見凡俗之士，以白眼對之。及喜往，籍不哭，見其白眼，喜不懌而退。康聞之，乃齎酒挾琴而造之，遂相與善。"本書共三十卷，見《隋書・經籍志》，不題作家名氏。同樣的著作，還有《王朝目錄》、《晉東宮官名》、《明帝東宮官屬名》、《齊王官屬名》、《征西寮屬名》、伏滔《大司馬寮屬名》、《永嘉流人名》、《名德沙門題目》。除了《晉百官名》一種見裴注外，其餘皆未見。

裴注引用摯虞《文章志》、荀勗《文章叙錄》，這些多少也帶着傳叙的意義。《世說新語注》除了《文章叙錄》以外，還引用《文章傳》、丘淵之《文章錄》、顧愷之《晉文章記》、《續文章志》、宋明帝《文章志》、《文字志》。

《世說新語注》裡所看到的最特殊的現象，便是別傳底盛行。《三國志注》引用的別傳和總傳，在數量上相去無幾，到了《世說新語注》裡，別傳底篇名，較總傳多出四倍，我們便可約畧認爲晉宋以後，一般社會對於別傳感到興趣，因此別傳的流行，發生了特盛的現象。我們再將引用的百篇左右傳叙加以分析，關於漢魏人物的傳叙，僅有嚴尤《三將叙》、《東方朔傳》、《樊英別傳》、《郭泰別傳》、《陳寔傳》、《司馬徽別傳》、《曹瞞傳》、《管輅別傳》、《孔融別傳》、《王弼別傳》這幾篇。這些之中當然有漢魏之間的著作，但是也有晉宋之間的追叙。不過自大體上我們可以假定晉宋以來，一般的社會注意到個別的人物，同時也注意到別傳底著作。

在這個時期裡，我們又可以看到關于一人的生平，可以有幾種不同的傳叙。例如王弼死後，何劭爲之作傳，見《三國志注》，但是《世說新語注》却別引了一篇何劭以外的著作。

> 弼字輔嗣，山陽高平人。少而察惠。十餘歲便好莊老，通辯能言，爲傅嘏所知。吏部尚書何晏甚奇之，題之曰："後生可畏，若斯人者，可與言天人之際矣。"以弼補臺郎。弼事功雅非所長，益不留意，頗以所長笑人，故爲時士所嫉。又爲人淺而不識物情。初與王黎、荀融善，黎奪其黃門郎，於是恨黎，與融亦不終好。正始中，以公事免，其秋遇癘疾亡，時年二十四。弼之卒也，晉景帝嗟嘆之累日，曰："天喪予。"其爲高識悼惜如此。卷二《文學》注引《王弼

別傳》。

這是一篇晉人代魏以後的追叙,所以有景帝之稱。其次如《二石傳》,見《隋書·經籍志》史部霸史類,題晉北中郎參軍王度撰。這是一部記載石勒、石虎遺事的著作,但是《世說新語注》却引着:

> 勒字世龍,上黨武鄉人,匈奴之苗裔也。雄勇好騎射。晉元康中,流宕山東,與平原茌平人師歡家傭,耳恒聞鼓角鞞鐸之聲,勒私異之。初,勒鄉里原中生石,日長類鐵騎之象,國中生人參,葩葉甚盛,父老相者皆云:"此胡體貌奇異,有不可知。"勒邑人厚遇之,人多哂而不信。永嘉初,豪傑並起,與胡王陽十八騎詣汲桑,爲左前督。桑敗,共推勒爲主,攻下州縣,都于襄國。後僭正號,死謚明皇帝。卷三《識鑒》注引《石勒傳》。

這樣簡畧的叙述,當然不會是王度《二石傳》底一部,所以我們可見晉宋以來的社會,因爲注重別傳底著作,一個人物往往會有兩篇或更多的傳叙。

至於別傳底所以得名,或說因爲另有正傳,所以稱爲別傳,或說因爲正史已有本傳,所以稱爲別傳。在理論上都不甚完密。第一,晉宋之間傳叙盛行的時代,正史還没有完成。第二,即使另有正傳,而別行的有時止稱傳,不稱別傳,例如上面所行的《石勒傳》。所以上述兩種理由,不能成立。還有《世說新語注》所引的百篇左右的傳叙,有的稱傳(卷一《德行》注引《陳寔傳》),有的稱世家(卷一《德行》注引《王祥世家》),有的稱叙(卷一《言語》注引嵇紹《趙至叙》),有的稱家傳(卷一《言語》注引《謝車騎家傳》),有的稱言行(卷三《政事》注引《殷羨言行》),有的稱行狀(卷四《賞譽》注引《趙吴郡行狀》),有的稱本事(卷四《賞譽》注引《徐江州本事》)——這些止占四分之一,其餘的四分之三全稱爲別傳。假如劉孝標作注的時候,把原有的正傳、本傳故意搁置,偏偏大部分引用別傳,以及類似別傳的篇目,這不能不認爲變態心理底作用。所以我們更可進一步地假定別傳止是單獨的傳叙之稱,至於本來有無正傳和本傳,與別傳底存在,没有連帶的關係。

別傳有時是非常簡畧的篇幅,例如卷一《言語》注引《王含別傳》:

> 含字處弘,琅玡臨沂人,累遷徐州刺史、光禄勳。與弟敦作逆,伏誅。

這短短二十五字,寫盡了王含底事業,中間未必經過什麼刪節。但是要認爲單篇流傳,未必如此之簡;要認爲《王氏譜》底一節,又無庸着此"琅玡臨沂人"五字;要認爲見於他書,劉孝標又沒有提起其書的總名。這是一個無從解答的疑問。《隋書·經籍志》有《新傳》三十六卷,原注:任昉撰,本一百四十七卷,亡。《雜傳》四十卷,原注:賀蹤撰,本七十卷,亡。《雜傳》十九卷,原注:陸澄撰。《雜傳》十一卷。我們或許可說《世說新語注》所引的別傳,有些是見於這些雜傳的。至於別傳的名稱,是否注家因爲它是雜傳中的篇幅,爲着避免稱爲雜傳某某傳的累贅,而止稱爲某某別傳,我們沒有建立這個假定的根據,但是事實還是可能的。

別傳底叙述,有時非常地生動而切實。其後史家立傳,多分取材於此。舉例如次。

> 融四歲,與兄食梨,顧引小者。人問其故,答曰:"小兒法當取小者。"年十歲,隨父詣京師,河南尹李膺有重名,融欲觀其爲人,遂造之。膺問:"高明祖父嘗與僕周旋乎?"融曰:"然。先君孔子與君先人李老君同德比義而相師友,則融與君累世通家也。"衆坐莫不嘆息。僉曰:"異童子也。"太中大夫陳韙後至,同坐以告,韙曰:"人小時了了,長大未必能奇。"融應聲曰:"即如所言,君小時豈了了乎?"皆大笑,顧謂融曰:"長大必爲偉器。"卷一《言語》注引《孔融別傳》。

這一段故事,在《世說新語》和《後漢書》裡,就多少有些不同:

> 孔文舉年十歲,隨父到洛。時李元禮有盛名,爲司隸校尉,詣門者皆儁才清稱,及中表親戚,乃通。文舉至門,謂吏曰:"我是李府君親。"既通,前坐,元禮問曰:"君與僕有何親?"對曰:"昔先君仲尼與君先人伯陽,有師資之尊,是僕與君奕世爲通好也。"元禮及賓客莫不奇之。太中大夫陳韙後至,人以其語語之,韙曰:"小時了了,大未必佳。"文舉曰:"想君小時,必當了了!"韙大踧踖。《世說新語》卷一。

> 年十歲,隨父詣京師。時河南尹李膺以簡重自居,不妄接士,賓客敕外自非當世名人,及與通家,皆不得白。融欲觀其人,故造膺門,語門者曰:"我是李君通家子弟。"門者言之。膺請融,問曰:"高明祖父嘗與僕有恩舊乎?"融曰:"然。先君孔子與君先人李老君同德比義,而相師友,則融與君累世通

家。"衆坐莫不歎息。太中大夫陳煒後至,坐中以告煒,煒曰:"夫人小而聰了,大未必奇。"融應聲曰:"觀君所言,將不早慧乎?"膺大笑曰:"高明必爲偉器。"《後漢書》卷一百《孔融傳》。

這裡不妨着一些枝節的考證。孔融生年歿年,《後漢書》本傳不載,但是他與曹操論盛孝章書:"五十之年,忽焉已至,公爲始滿,融又過二。"《文選》卷四十一。所以孔融長於曹操二歲,是不爭的事實。曹操歿於建安二十五年,是年曹丕即位,改爲黃初元年。年六十六歲,逆數當生於桓帝永壽元年。孔融永壽元年三歲,所以孔融十歲見李膺的時候,正值桓帝延熹五年,也是不爭的事實。《後漢書·孔融傳》章懷太子注曰:"膺穎川襄城人。《融家傳》曰:'同漢中李公清節直亮,意慕之,遂造公門。'李固漢中人,爲太尉,與此傳不同也。"按李固死於建和元年,孔融生於建和三年,所以《家傳》之說,更是悠謬無稽之談。是年馮緄平武陵蠻夷,推功於從事中郎應奉,薦以爲司隸校尉。《後漢書》卷六十八《馮緄傳》及卷七十八《應奉傳》。其後馮緄、劉祐、李膺得罪,司隸校尉應奉上疏曰:"竊見左校弛刑徒前廷尉馮緄、大司農劉祐、河南尹李膺等執法不撓,誅舉邪臣,肆之以法,衆庶稱宜。"《後漢書》卷九十七《李膺傳》。這大致是延熹五六年間的事。至於李膺拜司隸校尉,又在其後。所以《孔融別傳》及《後漢書·孔融傳》記孔融十歲時,李膺爲河南尹,都不錯。而《世說新語》李元禮爲司隸校尉一句是誤記。其次《別傳》止說"融欲觀其爲人,遂造之",這是極樸素的記載。《世說》和《後漢書》所記兩語,"我是李府君親","我是李君通家子弟",便有些矯飾。至於《別傳》記融對陳韙說:"即如所言,君小時豈了了乎?"這也是狠自然的,所以下面"皆大笑"以及"顧謂融曰"的一句,正是會心的幽默,不但"衆坐"如此,連帶陳韙也包括在內。《世說》把孔融底話寫成"想君小時,必當了了!"《後漢書》更加強語氣,寫成反問否定式,"觀君所言,將不早慧乎?"那就無怪"韙大踧踖"了。《後漢書》再贅上"膺大笑曰"一句,於是成爲衆坐默然,更形出陳韙底不堪。陳韙或陳煒史傳不詳,《後漢書》卷九十六《陳蕃傳》,蕃以太中大夫,延熹八年代楊秉爲太尉。所以在延熹五年,也許陳蕃正爲太中大夫,假如韙或煒都是蕃字之誤,那末以陳蕃那樣的高明的人物,而孔融竟如《世說》及《後漢書》所說地加以嘲弄,不但孔融有些荒謬,就是李膺底大笑,也不能不認爲失態,而"高明必爲偉器"的褒獎,便成爲孔子所說的"賊夫人之子"。

《世說新語》和《後漢書》是劉宋時代的著作。《孔融別傳》大致是劉宋以前的著作,劉孝標注中引用別傳或許有些糾正本書的意思,書中其他的注釋,也常常如此。至於《孔融家傳》,見於唐人所引,那當然是狠後的著作,又在《世說》及《後漢書》以外，更增加了其他的訛傳。從這一點考證，我們得到的結論，就是和傳主的時代接近的著作，比較地可靠，而時代愈後的著作，可靠的成分愈少。分別言之，就是有時史傳和家傳不一定可靠，而別傳反而比較地接近事實。更就孔融而論，顯然地魏晉以後，輕易通脫的風氣既經養成，孔融底品格，透過了這個時代，後人也止覺得他是輕易通脫，於是因爲孔、李通家的雋語，便造出謬語門者的狡獪；因爲小時了了的典實，更造出菲薄尊客的狂態。孔融底故事，既然經過轉變，那末在《世說》和《後漢書》裡都無從得其真相，倒不如《孔融別傳》底可信了。

關於別傳底史的價值看清楚以後，我們更可以欣賞同時代別傳底文學的價值。例如《司馬徽別傳》、《荀粲別傳》、《孟嘉別傳》。

徽字德操，潁川陽翟人。有人倫鑒識。居荊州，知劉表性暗，必害善人，乃括囊不談議。時人有以人物問徽者，初不辨其高下，每輒言其佳。其婦諫曰："人質所疑，君宜辨論，而一皆言佳，豈人所以咨君之意乎？"徽曰："如君所言，亦復佳。"其婉約遜遁如此。嘗有人認徽豬者，便推與之，後得其豬，叩頭來還，徽又厚辭謝之。劉表子琮往候徽，遣問在不。會徽自鋤園，琮左右問："司馬君在耶？"徽曰："我是也。"琮左右見徽醜陋，罵曰："死庸！將軍諸郎欲求見司馬君，汝何家田奴，而自稱是耶！"徽歸，刈頭著幘，出見琮，左右見徽故是向老翁，恐向琮道之，琮起，叩頭辭謝徽。徽謂曰："卿真不可，然吾甚羞之，此自鋤園，唯卿知之耳！"有人臨蠶求簇箔者，徽自棄其蠶而與之。或曰："凡人損己以贍人者，謂彼急我緩也。今彼此正急，何爲與人？"徽曰："人未嘗求己，求之不與，將慚。何可以財物令人慚者！"人謂劉表曰："司馬德操，奇士也，但未遇耳。"表後見之，曰："世間人爲妄語，自直小書生耳。"其智而能愚，皆此類。荊州破，爲曹操所得，操欲大用，惜其早死。卷一《言語》注引《司馬徽別傳》。

粲常以婦人才智不足論，自宜以色爲主。驃騎將軍曹洪女有色，粲於是聘焉，容服帷帳甚麗，專房燕婉歷年。後婦病亡，未殯，傅嘏往喭粲，粲不明而神傷。嘏問曰："婦人才色並茂爲難，子之聘也，遺才存色，非難遇也，何哀之甚？"粲曰："佳人難再得，顧逝者不能有傾城之異，然未可易遇也。"痛悼不能已已，歲餘亦亡，亡時年二十九。粲簡貴，不與常人交接，所交者一時俊傑，至葬夕，赴期者裁十餘人，悉同年相知名士也，哭之感動路人。粲雖褊隘，以燕婉自傷，然有識猶追憶其能言。卷六《惑溺》注引《荀粲別傳》。

嘉字萬年,元夏鄳人。曾祖父宗,吳司空。祖父揖,晉廬陵太守,葬武昌陽新縣,子孫家焉。嘉少以清操知名,太尉庾亮領江州,辟嘉部廬陵從事。下都還,亮引問風俗得失。對曰:"行還,當問從事吏。"亮舉麈尾,掩口而笑,語弟翼曰:"孟嘉故是盛德人!"轉勸學從事。太傅褚裒有器識,亮正旦大會,裒問亮:"聞江州有孟嘉,何在?"亮曰:"在坐,卿但自覓。"裒歷觀久之,指嘉曰:"將無是乎?"亮欣然而笑,喜裒得嘉,奇嘉爲裒所得,乃益器之。後爲征西桓溫參軍。九月九日,溫遊龍山,參察畢集。時佐史並著戎服,風吹嘉帽墮落,溫戒左右勿言,以觀其舉止。嘉初不覺,良久如厠,命取還之,令孫盛作文嘲之,成,著嘉坐。嘉還即答,四坐嗟嘆。嘉喜酣暢,愈多不亂。溫問:"酒有何好,而卿嗜之?"嘉曰:"明公未得酒中趣爾。"又問:"聽伎絲不如竹,竹不如肉,何也?"答曰:"漸近自然。"轉從事中郎,遷長史。年五十三而卒。卷三《識鑒》注引《孟嘉別傳》。

要從晉宋流行的別傳裡,舉出幾篇特殊的文章來,本屬不易,這三篇大致可以認爲代表作了。在這三篇裡面,司馬徽、孟嘉兩篇是全篇,《荀粲別傳》或許止是全傳的一部分。有一點相同的,就是我們可以從對話和小節目裡,看出三個人的特性。這一種寫法,在《晉書》的列傳裡,也還保留着,不過後人認爲《晉書》底小說意味太重,那更可以看出史傳和一般傳叙的分野。

《世說新語注》還有一件可以注意的,就是沙門的傳叙,在這個時期已經狠發達。本來佛教的輸入,止是東漢末年的事,但是到了晉宋之間,開展到這樣的地步,便可注意了。見於注中的總傳有《高逸沙門傳》,卷一《言語》注引。《名德沙門題目》,同上。別傳有《高坐別傳》,同上。《佛圖澄別傳》,同上。《支法師傳》,卷二《文學》注引。《安法師傳》,同上。《安和上傳》,卷三《雅量》注引。《支遁別傳》。卷四《賞譽》注引。《支法師傳》和《支遁別傳》都是記的支遁,正和《安法師傳》和《安和上傳》都是記的道安一樣。但是不但篇名各各不同,而且從內容方面,也可斷定支遁、道安各有兩種不同的傳叙。那更可看見傳叙文學在當時的發展和沙門的受人注目了。

《法顯行傳》

自傳底方式,從《史記‧太史公自序》開始。這是一篇屢經改竄的文章,所以一入手就説:"昔在顓頊,命南正重以司天,北正黎以司地。"這裡重和黎是兩個人,在顓頊時代,擔任兩種不同的職務。這便和本書《楚世家》所説:"楚之先祖出自帝顓頊高陽,高陽者,黄帝之孫,昌意之子也。高陽生稱,稱生卷章,卷章生重黎,重黎爲帝嚳高辛居火正。"完全不同了。重黎是一人或是二人,是顓頊底大臣或是他底曾孫,顯然成爲問題。假如認爲自序的話不錯,那麼接下"至于夏商,故重黎氏世序天地,其在周,程伯休甫其後也"便不易解。重黎世序天地,固然可能,但是要説程伯休甫是二人之後,事理上便不通:而且程伯休父見《大雅‧常武》篇,爲宣王司馬,上與"世序天地"不合,下與本文"司馬氏世典周史"也不合。改竄之迹,昭然若揭。至於下文"遷生龍門,耕牧河山之陽,年十歲則誦古文,二十而南游江淮……",無端於許多地名之間,插入誦古文的一段經過,也是非常可疑。總之無論這一篇的文字之美何如,其曾經竄亂,是無可懷疑的事實。

班固的《漢書叙傳》,多少也有些自傳的意味,上篇叙述班氏底世系和班彪底著作,下篇則給《漢書》紀表志傳百篇各作一段韻語的小序,所以其實不能認爲自傳底好例。至於魏晉間的自傳,在上文約畧談過,文章儘有,但是没有完整的篇幅。

晉宋之間,却有兩篇自傳,一篇是有名的陶潛底《五柳先生傳》,一篇便是《法顯行傳》。

《五柳先生傳》是一篇一百幾十字的小品文章,對於自己的個性,確有近情的描寫。我們讀"閒静少言,不慕榮利,好讀書,不求甚解,每有會意,便欣然忘食。性嗜酒,家貧不能常得,親舊知其如此,或置酒而招之,造飲輒盡,期在必醉,既醉而退,曾不吝情去留。環堵蕭然,不蔽風日,短褐穿結,簞瓢屢空,晏如也。"這是一幅速寫,看到陶潛的輪廓,但是對於他一生的經過,仍舊没有什麼啟示。所以這篇止是優美的小品文,然而不是傳叙。

就在這時，產生了一部有名的自傳，這便是《法顯行傳》。

《隋書·經籍志》雜傳部有《法顯傳》二卷，又有《法顯行傳》一卷，地理部有《佛國記》一卷。《開元釋教錄》作《歷遊天竺記傳》一卷，原注亦云《法顯傳》自撰，述往來天竺事，見《長房錄》。《貞元新定釋教目錄》卷五作《歷遊天竺記傳》一卷，原注亦云《法顯傳》，法顯自撰，述往來天竺事，見《長房錄》。同書卷二十三則作《法顯傳》，原注亦云《歷游天竺記傳》。《通典》卷百九十一則作《法明遊天竺記》。原注：國諱改焉。其後對於同書，宋元明清藏經則稱爲《法顯傳》，其收入《秘册彙函》、《津逮秘書》、《説郛》、《漢魏叢書》、《唐宋叢書》、《學津討原》者，則稱爲《佛國記》。

綜言之，則《隋書·經籍志》之二卷本《法顯傳》其後失傳，至一卷本之《法顯行傳》，則有《佛國記》、《歷遊天竺記傳》、《法明遊天竺傳》、《法顯傳》之異名。日本足立喜六作《法顯傳考證》，以《法顯傳》爲名，合稱《法顯行傳》，以還《隋書·經籍志》之舊。

《法顯傳》二卷本已亡，其詳不得而知。因爲《法顯行傳》是法顯自作，記其歷遊天竺始末，所以不妨假定《法顯傳》是時人或時代畧後之人爲法顯所作。證以晉宋間傳叙之風甚盛，每人或有傳叙兩種以上之情態，此種假定，當可不誤。進一步我們可以假定梁釋慧皎《高僧傳·宋江陵辛寺釋法顯傳》中的材料，凡不見於《法顯行傳》者，皆出於《法顯傳》二卷本，其後慧皎即據之以作傳。這是一種更膽大的假定，但不是不可能的。

《法顯行傳》第一句便是："法顯昔在長安，慨律藏殘闕，遂以弘始二年，——足立喜六考定作元年，——歲在己亥，與慧景、道整、慧應、慧嵬等同契，至天竺尋求戒律。"在一部記載旅程的行傳，這個起句，是很應當的。《高僧傳》裡便多了許多故事。我們看到法顯姓龔，平陽武陽人，有三兄，並齠齔而亡。法顯三歲度爲沙彌，十歲遭父憂，葬畢仍即還寺。禪門常説，"法顯不怕黑師子，但看不得白絹扇。"黑師子底故事，不見於《法顯行傳》，而見於《高僧傳》，語如次：

> 將至天竺，去王舍城三十餘里，有一寺，逼冥過之。顯欲詣耆闍崛山，寺僧諫曰："路甚艱阻，且多黑師子，丞經噉人，何由可至？"顯曰："遠涉數萬，誓到靈鷲，身命不期，出息非保，豈可使積年之誠，既至而廢耶？雖有險難，吾不懼也。"衆莫能止，乃遺兩僧送之。顯既至山，日將曛夕，欲遂停宿，兩僧畏懼，捨之而還。顯獨留山中，燒香禮拜，翹感舊跡，仰覩聖儀。至夜有三黑師子，來蹲顯前，舐脣搖尾。顯誦經不輟，一心念佛，師子乃低頭下尾，伏顯足

前。顯以手摩之,呪曰:"若欲加害,待我誦竟,若見試者,可便退矣。"師子良久乃去。

法顯歸國以後,就佛馱跋陀,於道場寺譯經百餘萬言,其後卒於辛寺,年八十餘,皆見《高僧傳》。大致二卷本《法顯傳》所載與此畧同,此外是否尚有其他的細目,因爲沒有佐證,祇有置之不論。

法顯以後秦弘始元年出國,是年即東晉安帝隆安三年;其後回國,於義熙八年,到達青州,次年至京口,夏坐畢,復至建康。義熙十年甲寅,始作《行傳》,其自跋云:

　　法顯發長安六年,到中國,——即中天竺——停六年還,三年達青州。凡所游歷,減三十國。沙河已西,迄於天竺,衆僧威儀法化之美,不可詳説。竊惟諸師未得備聞,是以不顧微命,浮海而還,艱難具更。幸蒙三尊威靈,危而獲濟。故竹帛疏所經歷,欲令賢者同其聞見。是歲甲寅。

在自跋後,還有一篇大跋,這是劉宋時僧人所作的:

　　是歲甲寅,晉義熙十二年,歲在壽星,夏安居末,迎法顯道人。既至,留共冬齋。因講集之際,重問遊歷。其人恭順,言輒依實。由是,先所畧者勸皆詳載,顯復具叙始末。自云:"顧尋所經,不覺心之汗流,所以乘危履嶮,不惜此形者,蓋是志有所存,專其愚直,故投命於不必全之地,以達萬一之冀。"於是感歎斯人,以爲古今罕有。自大教東流,未有忘身求法,如顯之比。然後知誠之所感,無窮否而不通,志之所將,無功業而不成。成乎功業者,豈不由忘夫所重,重夫所忘者哉。

在某種意義上,《法顯行傳》底性質和玄奘底《大唐西域記》類似,因爲兩書都是天竺經行的記載,而且作者也是同樣的高僧。但是中間有一個區別。在《法顯行傳》裡,我們看到法顯底爲人,一切叙述也充滿了主觀的見地;但是在《大唐西域記》裡,我們看不到玄奘而祇看到所經諸國的叙述。所以前一部是自傳——當然和許多自傳一樣,這僅是生命中底一段旅程,而不是整個的生命,——而後一部則是地志。我們不採用《佛國記》底名稱,而仍稱爲《法顯行傳》,原因在此。

法顯同行之人，除去上述慧景、道整、慧應、慧嵬以外，尚有智嚴、慧簡、寶雲、僧景、慧達。其後智嚴、慧簡、慧嵬還高昌；慧達、寶雲、僧景相會於弗樓沙國以後，皆還秦土。同契祇餘四人，慧應在佛缽寺無常，慧景、道整兩人先發至佛頂骨寺；慧景病，道整留寺看護，法顯獨踰嶺過山。其後三人復會，共度小雪山，不久以後，慧景亦死。《法顯行傳》記載此事，有一節極其悱惻的文字：

　　法顯等三人南度小雪山，雪山冬夏積雪。山北陰中遇寒風暴起，人皆噤戰。慧景一人不堪復進，口出白沫，語法顯云："我亦不復活，便可時去，勿得俱死。"於是遂終。法顯撫之悲號，本圖不果，命也奈何。

最初同行諸人，至此祇賸法顯和道整，經過了種種困難，終於到達拘薩羅國舍衛城祇垣精舍。《行傳》說：

　　法顯、道整初到祇垣精舍，念昔世尊住此二十五年，自傷生在邊城，共諸同志，遊歷諸國，而或有還者，或有無常者，今日乃見佛空處，愴然心悲。彼眾僧出，問顯等言："汝從何國來？"答云："從漢地來。"彼眾僧歎曰："奇哉！邊地之人，乃能求法至此。"自相謂言："我等諸師和上，相承已來，未見漢道人來到此也。"

從祇垣精舍以後，經過幾處聖跡，始到耆闍崛山，《行傳》底叙述，不僅寫盡鷲峯底古跡，而且曲傳法顯底悲哽：

　　入谷搏山東南上十五里，到耆闍崛山。未到頭三里，有石窟南向，佛本於此坐禪。西北三十步，復有一石窟，阿難於中坐禪。天魔波旬化作雕鷲，住窟前恐阿難。佛以神足力，隔石舒手，摩阿難肩，怖即得止。鳥跡手孔今悉存，故曰雕鷲窟。山窟前有四佛坐處。又諸羅漢各各有石窟坐禪處，動有數百。佛在石窟前，東西經行，調達於山北嶮巇間，橫擲石，傷佛足指處，石猶在。佛說法堂已毀壞，止有塼壁基在。其山峯秀端嚴，是五山中最高。法顯於新城中，買香華油燈，倩二舊比丘，送法顯上耆闍崛山，華香供養，燃燈續明，慨然悲傷，收淚而言："佛昔於此處，說《首楞嚴》。法顯生不值佛，但見遺跡處所而已。"

這幾節文字裡,很明顯地看到《法顯行傳》不僅是一篇遊歷底記載,而是一篇人性底叙述。我們看到悲歡離合,看到生死無常,看到法顯底慨然生悲,看到印度諸僧底相顧駭歎。這裡所見的不僅是事跡而是人生,所以這一篇便成爲有價值的自傳。

道整、法顯前往天竺的目標雖同,但是他們終極的目標便不一致。道整求法是自度,法顯求法是度人,所以在天竺數年以後,兩人分道,在《行傳》裡留下後列的記載:

  從波羅捺國東行,還到巴連弗邑。法顯本求戒律,而北天竺諸國,皆師師口誦,無本可寫。是以遠步乃至中天竺。於此摩訶衍僧伽藍,得一部律,是《摩訶僧祇衆律》,佛在世時,最初大衆所行也。於祇洹精舍傳其本。自餘十八部,各有師資,大規不異於小小不同,或用開塞,但此最是廣說備悉者。復得一部抄律,可七千偈,是薩婆多衆律,即此秦地衆僧所行者也。亦皆師師口相傳授,不書之於文字。復於此衆中得《雜阿毗曇心》,可六千偈。又得一部《綎經》,二千五百偈。又得一卷《方等般泥洹經》,可五千偈。又得《摩訶僧祇阿毗曇》。故法顯住此三年,學梵書梵語,寫律。道整既到中國,——即中天竺——見沙門法則,衆僧威儀,觸事可觀,乃進歎秦土邊地,衆僧戒律殘闕,誓言自今已去得佛,願不生邊地,故遂停不歸。法顯本心欲令戒律流通漢地,於是獨還。

法顯在《行傳》裡,留下這段素樸的記載。他沒有覺到他底大願,遠在道整不生邊地的意境以上,所以祇是淡漠地提到,反把道整底誓言,源源本本地叙下,這種不自覺的流露,正是自傳中崇高的意境。《莊子》説:"賊莫大乎德有心而心有睫,及其有睫也而内視,内視而敗矣。"自傳裡面過分的自覺,常常落到心有睫的境地,正是作家不得不留意的場所。

法顯本心在於求法,所以自跋説:"沙河已西,迄於天竺,衆僧威儀法化之美,不可詳説。竊惟諸師未得備聞。是以不顧微命,浮海而還,艱難具更。"在他到達青州以後,傳言"法顯遠離諸師久,欲趣長安,但所營事重,遂使南下向都,就律師出律"。所營之事即指出律,《高僧傳》裡有更詳的記載:

  頃之,欲南歸,青州刺史請留過冬,顯曰:"貧道投身於不反之地,志在弘通,所期未果,不得久停。"遂南造京師就外國禪師佛馱跋陀,於道場寺譯出《摩訶僧祇律》、《方等泥洹經》、《雜阿毗曇心論》,垂有百餘萬言。

法顯抱定本心,不受任何的誘惑,所以終竟達到出律的宏願。但是法顯還是一個血肉交瑩的人,在他底《行傳》裡,也有自然的流露,所以在記載師子國的一節說:

> 佛至其國,欲化惡龍,以神足力,一足躡王城北,一足躡山頂,兩跡相去十五由延。王於城北跡上起大塔,高四十丈,金銀莊校,衆寶合成。塔邊復起一僧伽藍,名無畏山,有五千僧。起一佛殿,金銀刻鏤,悉以衆寶。中有一青玉像,高二丈許,通身七寶炎光,威相嚴顯,非言所載,右掌中有一無價寶珠。法顯去漢地積年,所交接悉異域人,山川草木,舉目無舊,又同行分披,或留或亡,顧影惟己,心常懷悲,忽於此玉像邊,見商人以晉地一白絹扇供養,不覺悽然,淚下滿目。

一個絕域捨身,忘身求法,無常無我,應無所住而安其心的高僧,看到白絹扇而悽然下淚,這實在是不可思議的奇蹟。"舉目無舊"、"顧影惟己"兩句,更見出他是怎樣地執著現在,沾泥帶絮,終於不能解脫。然而正從這幾句裡,我們認識法顯不僅是一個高僧,而且是和我們一樣地有知覺有感情的人物。倘使我們認定傳叙文學底目標是人性底真相的叙述,那麼,在中國文學裡,《法顯行傳》便是一部重要的著作。

法顯行傳最後的一段,寫着從獅子國錫蘭到耶婆提足立喜六定爲蘇門答臘中央至東南之海岸。然後再從耶婆提到長廣郡的海程,是不可多得的文字,今記於此。

> 法顯住此國二年,更求得彌沙塞律藏本,得《長阿含》、《雜阿含》,復得一部雜藏,此悉漢土所無者。得此梵本已,即載商人大船上,可有二百餘人,後係一小船,海行艱險,以備大船毀壞。得好信風,東下二日,便值大風,船漏水入,商人欲趣小船,小船上人恐人來多,即斫絚斷。商人大怖,命在須臾,恐船水漏,即取粗財貨,擲著水中。法顯亦以君墀及澡灌并餘物,棄擲海中,但恐商人擲去經像,唯一心念觀世音及歸命漢地衆僧:"我遠行求法,願威神歸流,得到所止。"如是大風晝夜十三日,到一島邊,潮退之後,見船漏處,即

補塞之，於是復前。海中多有抄賊，遇輒無全。大海瀰漫無邊，不識東西，唯望日月星宿而進。若陰雨時，爲逐風去，亦無准。當夜闇時，但見大浪相搏，晃然火色，黿鼉水性怪異之屬。商人荒遽不知那向。海深無底，又無下石住處。至天晴已，乃知東西，還復望正而進。若值伏石，則無活路。如是九十日許，乃到一國，名耶婆提。其國外道婆羅門興盛，佛法不足言。

　　停此國五月日，復隨他商人，大船上亦二百許人，齎五十日糧，以四月十六日發。法顯於船上安居。東北行趣廣州，一月餘日。夜鼓二時，遇黑風暴雨，商人賈客皆惶怖，法顯爾時亦一心念觀世音及漢地衆僧，蒙威神佑，得至天曉。曉已，諸婆羅門議言："坐載此沙門，使我不利，遭此大苦，當下比丘置海島邊，不可爲一人令我等危峻。"法顯本檀越言："汝若下此比丘，亦并下我，不爾便當殺我。汝其下此沙門，吾到漢地當向國王言汝也。"漢地王亦敬信佛法，重比丘僧，諸商人躊躇不敢便下。於時天多連陰，海師相望僻誤，遂經七十餘日，糧食水漿欲盡，取海鹹水作食，分好水人可得二升，遂便欲盡。商人議言："常行時正可五十日便到廣州爾，今已過期多日，將無僻耶！"即便西北行求岸，晝夜十二日，到長廣郡界牢山南岸，便得好水菜。但經涉險難，憂懼積日，忽得至此岸，見藜藋依然，知是漢地。

《高僧傳》

研究中國學術轉變的人，應當知道從東晉以後，經過宋、齊、梁、陳直到隋、唐，在這一大段的時間裡，學術的中心已經漸漸脫離了今古文學、老莊清談的支配，而走向佛教思想的範圍。經生之業，止是出身的階梯，玄妙之言，資爲消閒的談助，在學術上的支配力量，都無從與佛教思想爭一席地。這是一件尚未公認，然而無從否認的事實。在哲理方面如此，在文學方面也如此。無論詩歌、散文，莫不受到佛教思想底顯著的影響。

無疑地，傳叙文學也跟着佛教思想而發展。在傳叙底主題方面，尤多關於佛教徒的叙述。中國傳叙文學盛行的時代，又恰巧與佛教盛行的時代印合。那麼，傳叙文學是隨着佛教而輸入，如唐末的變文、平話及宋代的戲劇呢？還是因爲佛教輸入而急遽改造，如六朝時代條理完整的散文和音調諧暢的詩歌呢？這是一個重要的問題。

幸虧裴松之、劉義慶替後人留下大批的史料，我們敢說傳叙文學是我們固有而天然產生的文學，但是因爲傳叙也還是散文的一部分，在條理方面當然到了晉、宋以後，受到西來的影響，這個止是間接的，次要的，甚至不甚明顯的。在篇幅方面，六朝時代的篇幅固然還比不上史傳底大篇，但是比之漢魏之間的別傳，也顯然地擴大。在《高僧傳》裡，《佛圖澄傳》約四千八百字，《鳩摩羅什傳》約四千二百字，《道安傳》約三千四百字，《慧遠傳》約四千四百字，這些都是漢魏別傳比不上的。或許《曹瞞傳》會有數千字，但是一則殘闕不全，無從考定，二則文同札錄，無從比擬。到了唐代，《大慈恩寺三藏法師傳》十卷八萬字，遂遠出《項羽本紀》以上，成爲傳叙文學最大的篇幅。這也是佛教徒底傳叙。

當然我們不能以篇幅的長短作爲判定優劣底惟一的標準，甚至也非主要的標準。但是惟有在廣大的篇幅裡，纔能得到完密的叙述。王充《論衡》說過："蓋寡言無多，而華言無寡。爲世用者，百篇無害；不爲用者，一章無補。如皆爲用，則多者爲上，少者爲下。累積千金，比於一百，孰爲富者？"《自紀》。佛教文字，比較地繁富,受到佛教影響的文字,也連帶地豐縟,在傳叙文學方面,對於傳主,因此得到更美滿充分的記載,這個當然是一種良好的影響。

東晉以來,高僧底別傳日多,而撰述總錄者,第一當推道安。《道安傳》說:"自漢、魏迄晉,經來稍多,而傳經之人,名字弗說,後人追尋,莫測年代,安乃總集名目,表其時人,詮品新舊,撰爲經錄,衆經有據,實由其功。"《高僧傳》。同書《安清傳》云:"安世高以漢桓帝建和二年,至靈帝建寧中二十餘年,譯出三十餘部經。"即爲道安《經錄》之一證。道安以後,關于佛教徒的總傳,見於《隋書·經籍志》者,則有釋寶唱撰《名僧傳》三十卷、釋僧祐撰《高僧傳》十四卷、釋法進撰《江東名德傳》三卷、王巾撰《法師傳》十卷、裴子野撰《衆僧傳》二十卷、釋僧祐撰《薩婆多部傳》五卷、皎法師撰《尼傳》二卷。宋釋贊寧《高僧傳三集》序又舉釋法濟撰《高逸沙門傳》、陸杲述《沙門傳》,無卷數,皆不見《隋書·經籍志》。

《高僧傳》,《隋書·經籍志》誤題釋僧祐撰。今所傳者爲釋慧皎《高僧傳》十四卷,《舊唐書·經籍志》著錄。慧皎見唐釋道宣撰《唐高僧傳》卷七。傳云:梁會稽嘉祥寺釋慧皎,會稽上虞人,住嘉祥寺,"以唱公所撰《名僧》,頗多浮沉,因遂開例成廣,著《高僧傳》一十四卷。其序略云:'前之作者,或嫌以繁廣,刪減其事,而抗奇之迹,多所遺削,謂出家之士,處國賓王,不應勵然自遠,高蹈獨絶。尋辭榮棄爱,本以異俗爲賢,若此而不論,竟何所紀。'又云:'自前代所撰,多曰《名僧》,然名者本實之賓也,若實行潛光,則高而不名,若寡德適時,則名而不高。名而不高,本非所紀,高而不名,則備今錄。故省名音,代以高字。'"

對於《高僧傳》,不是没有非議的。唐釋道宣《續高僧傳》自序:"昔梁沙門金陵釋寶唱撰《名僧》,會稽釋惠皎撰《高僧傳》,創發異部,品藻恒流,詳覈可觀,華質有據,而緝哀吴越,叙畧魏燕,良以博觀未周,故得隨聞成彩。"從這一點攻擊慧皎所據史料之不完備,是無可反駁的一點。

《高僧傳》裡屢次提到別傳、大傳、別記這一類的著作,可見在慧皎作傳的時候,曾經收集了不少的材料,而且有時還下過校勘的工夫。例如次:

> 且別傳自云:"傳禪經者比丘僧會。"會已太康初死,何容太康之末,方有安侯道人?首尾之言,自爲矛盾!正當隨有一書,謬指晉初,於是後諸作者,或道太康,或言吴末,雷同奔競,無以校焉。既晉初之説,尚已難實,而曇宗記云,晉哀帝時,世高方復治寺,其爲謬諸,過乃懸矣。《漢維陽安清傳》。

> 有別記云:"《菩薩地持經》,應是伊波勒菩薩傳來此土。"後果是識所傳

譯，疑識或非凡也。《晉河西曇無讖傳》。

道普臨終，歎曰："涅槃後分，與宋地無緣矣。"普本高昌人，經遊西域，徧歷諸國，遊履異域，別有大傳。附《晉河西曇無讖傳》。

時高昌後有沙門法盛，亦經往外國，立傳凡有四卷。同上。

有別記云："河北別有竺道安，與釋道安齊名，謂習鑿齒致書於竺道安。"道安本隨師姓竺，後改爲釋，世見其二姓，因謂爲兩人，謬矣。《晉長安五級寺釋道安傳》

王微以生比郭林宗，乃爲之立傳，旌其遺德。《宋京師龍光寺竺道生傳》。

道宣譏慧皎"博觀未周，隨聞成彩"，這是事實。《宋僞魏長安釋曇始傳》指出魏道武帝拓跋燾，因寇天師及崔浩之議，毀滅佛法，固是史蹟，但傳言曇"以元會之日，忽杖錫到宮門，有司奏云：'有一道人，足白於面，從門而入。'燾令依軍法，屢斬不傷，邃以白燾，燾大怒，自以所佩劍斫之，體無餘異，唯劍所著處，有痕如布線焉。時北園養虎於檻，燾令以始餧之，虎皆潛伏，終不敢近。試以天師近檻，虎輒鳴吼，燾始知佛化尊高，黃老所不能及，即延始上殿，頂禮足下，悔其謬失，始爲說法，明辯因果"。這一段記載，便有些齊東野人之談。其下又說："燾大生愧懼，遂感癘疾，崔、寇二人，次發惡病，燾以過由於彼，於是誅翦二家門族都盡。"崔浩之死，由於作國書三十卷，立石銘之，以彰直筆，爲元魏族人所嫉，因陷於死。《曇始傳》中之說，完全是佛教徒的訛傳，慧皎引爲史料，正是最可惜的事情。

佛教初入中國的時候，信徒都有那種傳教徒的勇氣和毅力，其後佛教之興，當然就是這種勇氣和毅力的結果。在《高僧傳》裡留下這些痕跡，是狠可寶貴的。例如《吳建業建初寺康僧會傳》說僧會遇孫權的故事：

會曰："如來遷迹，忽逾千載，遺骨舍利，神曜無方。昔阿育王起塔，乃八萬四千，夫塔寺之興，以表遺化也。"權以爲誇誕，乃謂會曰："若能得舍利，當爲造塔，如其虛妄，國有常刑。"會請期七日，乃謂其屬曰："法之興廢，在此一舉，今不至誠，後將何及！"乃共潔齋靖室，以銅瓶加几，燒香禮請，七日期畢，寂然無應。求申二七，亦復如之。權曰："此欺誑！"將欲加罪。會更請三七，權又特聽。會謂法屬曰："宣尼有言：'文王既沒，文不在茲乎！'法靈應降，而吾等無感，何假王憲，當以誓死爲期耳。"三七日暮，猶無所見，莫不震懼。既入五更，忽聞瓶中鏗然有聲，會自往視，果獲舍利。明旦呈權，舉朝集觀，五色光炎,照耀瓶上。權自手執瓶,瀉於銅盤,舍利所衝,盤即破碎。權大肅然,驚起,而曰:"希有之瑞也。"會進而言曰:"舍利威神,豈直光相而已,乃劫燒之火不能焚,金剛之杵不能碎。"權命令試之,會更誓曰:"法雲方被,蒼生仰澤,願共垂神迹,以廣示威靈。"乃置舍利於鐵砧磓上,使力者擊之,於是砧磓俱陷,舍利無損。權爲嗟服,即爲建塔,以始有佛寺,故號建初寺。

這當然是勇,然而還算不上義理之勇。僧會信仰舍利神變,不恤一死,以證其事,這是從信仰來的。因爲信仰的宗教意義較深,所以這一種勇氣,一大半還是宗教的力量,而不是自性的產物。道生的勇氣便不同了,他說一闡提人皆得成佛,這是他未見全經以前,自性產生的結果。《宋京師龍光寺竺道生傳》云:

> 生既潛思日久,徹悟言外,迺喟然歎曰:"夫象以盡意,得意則象忘;言以詮理,入理則言息。自經典東流,譯人重阻,多守滯文,鮮見圓義。若忘筌取魚,始可與言道矣。"於是校閱真俗,研思因果,迺言善不受報,頓悟成佛。又著《二諦論》、《佛性當有論》、《法身無色論》、《佛無浄土論》、《應有緣論》等,籠罩舊說,妙有淵旨。而守文之徒,多生嫌嫉,與奪之聲,紛然競起。又六卷《泥洹》,先至京都,生剖析經理,洞入幽微,乃說一闡提人皆得成佛。於是大本未傳,孤明先發,獨見忤衆,於是舊學以爲邪說,譏憤滋甚,遂顯大衆擯而遣之。生於大衆中正容誓曰:"若我所說反於經義者,請於現身即表癘疾;若與實相不相違背者,願捨壽之時,據師子座。"言竟,拂衣而逝。

從佛性當有,到頓悟成佛,再從頓悟從佛,到一闡提人皆得成佛,正是邏輯的推論。在譯經未全,滯義尚衆的時候,提出這樣的理論,不能不算是最大的勇氣。《道生傳》的中心在此。

史傳中常有詼詭之趣,例如《史記·滑稽傳》、《漢書·東方朔傳》,但是後來的傳叙中便少有了。慧皎的著作中,却留下一些痕跡,如次:

> 未終之前,隱士王嘉往候安。安曰:"世事如此,行將及人,相與去乎?"嘉曰:"誠如所言,師且前行,僕有小債未了,不得俱去。"及姚萇之得長安也,嘉時故在城內,萇與苻登相持甚久,萇乃問嘉:"朕當得登不?"答曰:"略得。"萇怒曰:"得當言得,何略之有?"遂斬之。此嘉所謂負債者也。萇死後,其子

興方殺登，興字子畧，即嘉所謂畧得者也。《晉長安五級寺釋道安傳》。

釋慧嵬，不知何許人，止長安大寺，戒行澄潔，多棲處山谷，修禪定之業。有一無頭鬼來，嵬神色無變，乃謂鬼曰："汝既無頭，便無頭痛之患，一何快哉！"鬼便隱形，復作無腹鬼來，但有手足。嵬又曰："汝既無腹，便無五藏之憂，一何樂哉！"須臾，復作異形，嵬皆隨言遣之。後冬時，天甚寒雪，有一女子來求寄宿，形貌端正，衣服鮮明，姿媚柔雅，自稱天女，以上人有德，天遣我來，以相慰喻。談説欲言，勸動其意，嵬厥志貞確，一心無擾，乃謂女曰："吾心若死灰，無以革囊見試。"女遂凌雲而逝，顧歎曰："海水可竭，須彌可傾，彼上人者，秉志堅貞。"《晉長安釋慧嵬傳》。

《高僧傳》中最引人注意者，爲《晉長安鳩摩羅什傳》及《晉廬山釋慧遠傳》兩篇。鳩摩羅什爲西秦翻經大德，自戒行論，羅什説不上什麼，他的傳中却把這一件事，完全地暴露，這是《高僧傳》帶來的一些真趣，讀者狠可從此知道傳家應有的忠實。傳中首先逗出破戒之機，以後把呂光、姚興的威脅完全寫出，而終以羅什底懷慙。

至年十二，其母攜還龜兹，諸國皆聘以重爵，什並不顧。時什母將什至月氏北山，有一羅漢見而異之，謂其母曰："常當守護此沙彌。若至年三十五不破戒者，當大興佛法，度無數人，與優波毱多無異。若戒不全，無能爲也，止可才明儁藝法師而已。"

光既獲什，未測其智量，見年齒尚少，乃凡人戲之，强妻以龜兹王女，什拒而不受，辭甚苦到。光曰："道士之操，不踰先父，何所固辭！"乃飲以醇酒，同閉密室，什被逼既至，遂虧其節。或令騎牛及乘惡馬，欲使墮落，什常懷忍辱，曾無異色，光憖愧而止。

姚主嘗謂什曰："大師聰明超悟，天下莫二，若一旦後世，何可令法種無嗣！"遂以伎女十人，逼令受之。自爾已來，不住僧坊，別立廨舍，供給豐盈，每至講説，常先自説譬，如臭泥中生蓮花，但採蓮花，勿取臭泥也。初，什在龜兹，從卑摩羅叉受律，卑摩後入關中，什聞至欣然，師敬盡禮。卑摩未知被逼之事，因向什曰："汝於漢地大有重緣，受法弟子可有幾人？"什答云："漢境經律未備新經及諸論等，多是什所傳出，三千徒衆，皆從什受法，但什累業障深，故不受師敬耳。"

鳩摩羅什的学问，從小乘到大乘，傳中狠著重這一點，最初是從蘇耶利蘇摩習學大乘，其後對本師盤頭達多還施大法，中間績師之喻，本是印度的故事，以後透過了西洋，還到中國，我們止知國王的外衣，而忘去本來的故事了。

　　蘇摩後爲什説《阿耨達經》，什聞陰界諸入皆空無相，怪而聞曰："此經更有何義，而皆破壞諸法？"答曰："眼等諸法，非真實有。"什既執有眼根，彼據因成無實，於是研覈大小，往復移時，什方知理有所歸，遂專務方等，乃歎曰："吾昔学小乘，如人不識金，以鍮石爲妙。"

　　俄而大師盤頭達多不遠而至，……什得師至，欣遂本懷，即爲師説《德女問經》，多明因缘空假，昔與師俱所不信，故先説也。師謂什曰："汝於大乘見何異相，而欲尚之？"什曰："大乘深淨，明有法皆空，小乘偏局，多滯名相。"師曰："汝説一切皆空，甚可畏也，安捨有法而愛空乎？如昔狂人，令績師績縣，極令細好，績師加意，細若微塵，狂人猶恨其麤。績師大怒，乃指空示曰：'此是細縷。'狂人曰：'何以不見？'師曰：'此縷極細，我工之良匠，猶且不見，況他人耶？'狂人大喜，以付績師，師亦效焉，皆蒙上賞而實無物。汝之空法，亦猶此也。"什乃連類而陳之，往復苦至，經一月餘日，方乃信服。師歎曰："師不能達，反啟其志，驗於今矣。"於是禮什爲師，言："和尚是我大乘師，我是和尚小乘師矣。"

在鳩摩羅什明揚大乘以後，他的事業應當爲大乘造論，但是他的工作全在譯經的方面，所以在本傳中，留下了新譯《小品金剛般若》、《十住》、《法華》、《維摩》、《思益》、《首楞嚴》、《持世》、佛藏、善薩藏、《遺教》、《菩提無行》、《呵欲自在王》、《因缘觀》、《小無量壽》、《新賢刧》、《禪經》、《禪法要》、《禪要解》、《彌勒成佛》、《彌勒下生》、《十誦律》、《十誦戒本》、《善薩戒本》，釋《成實》、《十住》、《中》、《百》、《十二門》諸論，凡三百餘卷的目錄。倘使我們要求羅什的著作，那就没有什麼，傳中止説："什雅好大乘，志存敷廣，常歎曰：'吾若著筆作大乘阿毗曇，非迦旃延子比也。今在秦地，深識者寡，折翮於此，將何所論！'乃悽然而止。"這樣證實了鳩摩羅什止是一個"才明儁藝法師"。

慧遠便是和鳩摩羅什截然不同的人物，他們屬於兩個範疇。羅什是明儁，慧遠是偉大；羅什是傳法的高僧，慧遠是宏道的大師；羅什一生的事業是譯經，慧遠没有譯經，但是對於譯經的事業，給與了弘大的影響；羅什爲吕光、姚興所迫，以至破戒,自喻臭泥蓮花,慧遠莊嚴博偉,雖一時梟傑劉裕、桓玄之徒,敢于窺竊神器,而不敢犯及遠公;羅什屈心僭偽,而慧遠樹沙門不敬王者之論。從人格方面論,慧遠與鳩摩羅什,簡直無從比儗。這是中國人的光榮,也是晉宋以後佛法大興的根源。慧皎爲遠公作傳,固有所本,在《高僧傳》裡,留下八千餘字的長篇,使我們認識第四世紀的名宿,畢竟是傳叙文學裡不可多得的著作。

《慧遠傳》中寫慧遠神態處不一,迻録於次:

> 遠神韻嚴肅,容止方稜,凡預瞻視,莫不心形戰慄。曾有一沙門,持竹如意,欲以奉獻,入山信宿,竟不敢陳,竊留席隅,默然而去。有慧義法師,強正不憚,將欲造山,謂遠弟子慧寶曰:"諸君庸才,望風推服,今試觀我如何!"至山,值遠講《法華》,每欲問難,輒心悸流汗,竟不敢語,出謂慧寶曰:"此公定可訝。"其伏物蓋衆如此。
>
> 盧循初下據江州城,入山詣遠,遠少與循父嘏同爲書生,及見循,歡然道舊,因朝夕音介。僧有諫遠者曰:"循爲國寇,與之交厚,得不疑乎?"遠曰:"我佛法中情無取捨,豈不爲識者所察?此不足懼。"及宋武追討盧循,設帳桑尾,左右曰:"遠公素主廬山,與循交厚。"宋武曰:"遠公世表之人,必無彼此。"乃遣使齎書致敬,并遺錢米,於是遠近方服其明見。
>
> 後桓玄征殷仲堪,軍經廬山,要遠出虎溪,遠稱疾不堪。玄自入山,左右謂玄曰:"昔殷仲堪入山禮遠,願公勿敬之。"玄答:"何有此理!仲堪本死人耳。"及至見遠,不覺致敬。玄問:"不敢毀傷,何以翦削?"遠答云:"立身行道。"玄稱善。所懷問難,不敢復言,乃説征討之意,遠不答。玄又問:"何以見願?"遠云:"願檀越安穩,使彼亦復無他。"玄出山,謂左右曰:"實乃生所未見。"玄後以震主之威,苦相延致,乃貽書騁説,勸令登仕,遠答辭堅正,確乎不拔,志踰丹石,終莫能回。

慧遠有這樣大無畏的精神,所以後來便能立《沙門不敬王者論》。本來在東晉成帝幼冲,庾冰輔政之時,發生了這個問題。庾冰以爲應當致敬,尚書令何允、僕射褚翌、諸葛恢等以爲不應致敬。其後桓玄也以爲應當致敬,與慧遠書説:"沙門不敬王者,既是情所不了,於理又是所未喻。"慧遠答書:"夫稱沙門者,何耶?謂當發矇俗之幽昏,啟化表之玄路,方將以兼忘之道,與天下同往,使希高者抱其遺風,漱流者味其餘津。若然,雖大業未就,觀其超步之迹,所悟固已弘矣。又袈裟非朝宗之服,鉢盂非廊廟之器,沙門塵外之人,不應致敬王者。"在這以後,慧遠又著《沙門不敬王者論》五篇,一曰《在家奉法》,二曰《出家》,三曰《求宗不順化》,四曰《體極不兼應》,五曰《形盡神不滅》。慧皎說:"自是沙門得全方外之迹。"這是慧遠採取的堅確的立場。傳中又說:"及桓玄西奔,晉安帝自江陵旋於京師,輔國何無忌勸遠迎候,遠稱疾不行。"我們看出傳家對於傳主的心契。

東晉正是佛法初盛的時期,所以譯經成為傳教徒的事業中心,慧遠雖沒有譯述,但是對於譯經的工作,確有重大的翼贊。傳中所見,不止一處:

初經流江東,多有未備,禪法無聞,律藏殘闕。遠慨其道缺,乃令弟子法淨、法領等,遠尋衆經,踰越沙雪,曠歲方反,皆獲梵本,得以傳習。昔安法師在關,請曇摩難提出《阿毗曇心》,其人未善晉言,頗多疑滯。後有罽賓沙門僧迦提婆,識博衆典,以晉太元十六年來至潯陽,遠請重譯《阿毗曇心》及《三法度論》。於是二學乃興,并製序標宗,貽於學者。孜孜為道,務在弘法,每逢西域一賓,輒懇惻諮訪。

後有弗若多羅來適關中,誦出《十誦》梵本,羅什譯為晉文,三分始二,而多羅棄世,遠嘗慨其未備。及聞曇摩流支入秦,復善誦此部,乃遣弟子曇邕致書祈請,令於關中更出餘分,故《十誦》一部,具足無闕。晉地獲本,相傳至今,葱外妙典,關中勝說,所以來集茲土者,遠之力也。

鳩摩羅什底入關,為佛教史上一件大事,不但帶來了許多經典,從事翻譯,而且闡揚大乘,廣啓法門。慧遠越境通好,正見出他底宏揚佛法的熱忱。書中說:"夫栴檀移植,則異物同薰,摩尼吐曜,則衆珍自積。是惟教合之道,猶虛往實歸,况宗一無像,而應不以情者乎!是故荷大法者,必以無執為心,會友以仁者,使功不自已。若令法輪不停輹於八正之路,三寶不輟音於將盡之期,則滿願不專美於前代,龍樹豈獨善於前蹤。"以後兩人書疏往還,不止一次。

在慧遠以前,佛教徒不讀教外的書籍,慧遠少為諸生,博綜六經,尤善莊老,其後引《莊子》解釋實相,所以其師道安特聽不廢俗書。在傳裡看到他和殷仲堪論《易》體要,為雷次宗、宗炳等講喪服。這是他在儒書方面的成就。在佛學方面,傳稱"先是中土未有泥洹常住之說,但言壽命長遠而已,遠乃歎曰:'佛是至極則無變,無變之理,豈有窮耶!'因著論曰:'至極以不變為性,得性以體極為宗。'羅什見論而歎曰:'邊國人未有經,便闇與理合,豈不妙哉!'"至於《佛影銘》的文字,妙悟獨絶,尤爲餘事。

《慧遠傳》記載遠公將死的一節,寫出臨終不昧,和曾子易簀的叙述,神態絶類,附載於此。

至六日困篤,大德耆年,皆稽顙盡飲豉酒,不許。又請飲米汁,不許。又請以蜜和水爲漿,乃命律師令披卷尋文,卷未半而終。

《續高僧傳》

慧皎《高僧傳》以後，有唐道宣之《續高僧傳》，又稱《唐高僧傳》；宋贊寧之《三續高僧傳》，又稱《宋高僧傳》；此後尚有四續、五續的著作，但是和慧皎原著，有相等價值的，止有道宣之《續高僧傳》，其他皆可不論。

《宋高僧傳》卷十四《釋道宣傳》，稱道宣歿於唐高宗乾封二年十月，春秋七十二，逆推當生於隋文帝開皇十六年，所以道宣的一生，恰當隋唐佛教全盛的時期。大業年中，道宣從智首律師受具，隋末居終南豐德寺。貞觀十九年玄奘至長安弘福寺從事翻譯，其時有綴文大德九人參與其事，道宣即是其中的一人。高宗顯慶元年敕建西明寺初就，道宣即爲上座；顯慶三年玄奘徙居西明寺翻譯，道宣再與其事。乾封二年，道宣歿後，高宗下詔令崇飾。傳稱"宣之持律，聲振竺乾，宣之編修，美流天下"。又言代宗大曆"十一年十月，敕：每年內中出香一合，送西明寺故道宣律師堂，爲國焚之禱祝"。懿宗咸通十年，敕諡澄照律師。從這些記載裡，我們看到道宣在唐代的聲名。《續高僧傳》也確是一部有名的著作。

《續高僧傳》成於何時，不得而知。從內容看，大致是一部累積的著作。《慧休傳》卷十五稱"貞觀九年，頻敕徵召，令入京師，並固辭以疾，無預榮問，至今十九年中，春秋九十有八"。《道亮傳》卷二十三稱道亮"至今貞觀十九年，春秋七十有七矣"；《慧乘傳》卷二十五稱"今上時爲秦王"。《智寶傳》卷二十五稱"主上時爲秦王"。《智命傳》卷二十九稱"今上任總天策"。這是太宗時所作的明證。但是《玄奘傳》卷四稱玄奘歿於麟德元年；《曇光傳》卷二十三稱"今麟德二年"。《法沖傳》卷二十七稱"至今麟德，年七十九矣"。這是高宗時所作的明證。所以《續高僧傳》的叙述，至遲必起自貞觀十九年，至早亦必終於麟德二年，中間至少歷時二十一年，這不能不算是一部用力至勤的著作。

道宣《續高僧傳》自序，攻擊慧皎《高僧傳》"緝裒吳越，叙略魏燕"，所以《續傳》的目標，除了叙述梁、陳、周、齊以來的高僧以外，還有補叙元魏高僧的宏願。在《續傳》裡留名的有下列諸人：

《譯經篇》：魏曇曜。

《義解篇》：魏曇鸞、道辯、道登、法貞。

《習禪篇》：魏天竺僧佛陀。

《護法篇》：東魏曇無最、西魏道臻。

《感通篇》：魏天竺僧勒那漫提、超達、慧達、明琛、道泰，魏末法力，魏僧朗、僧意、僧照。

《讀誦篇》：魏志湛、法建。

道宣《續高僧傳》序自稱："今余所撰，恐墜接前緒，故不獲已而陳，或博諮先達，或取訊行人，或即目舒之，或討讎集傳，南北國史，附見徽音，郊郭碑碣，旌其懿德，皆撮其志行，舉其器略。"這是列舉史料的來源。現在不計國史所載，以及關於碑誌的部分，單計傳狀的部分，也可以看出梁陳以來，下及唐初，這一段時間内傳叙文學的情態。

行狀方面，有《拘那羅陀行狀》，僧宗撰，卷一。《慧遠行狀》，僧猛撰，卷八。《靖嵩行狀》，道基撰，卷十。《志念行狀》，道基撰，卷十一。《曇遷行狀》，明則撰，卷十八。此外如《智顗傳》卷十七言沙門灌頂侍奉多年，歷其景行，可二十餘紙，大約亦是行狀之類。

自傳方面，見於書中者，卷十八《法純傳》引其自叙云："余初出家，依於山侣，晝則給供清衆，暮則聚薪自照，因而誦經得二十五卷。"

別傳方面，有《那連提黎耶舍本傳》，彥琮作，卷二。《靖嵩傳》，卷十。《僧曇別傳》，卷十。《靈璨別傳》，卷十。《信行本傳》，卷十六。《智顗別傳》，卷二十一。《智顗行傳》，法琳撰，卷十七。《曇遷別傳》，卷十八。《覺朗別傳》，卷二十二。《慧達別傳》，卷三十。《神尼智仙傳》，王劭撰，卷二十六。《明馭別傳》。卷二十八。自此以外，《寶相傳》卷二十九稱"別有紀傳，故不曲盡"；《法雲傳》卷五稱"及得善夢，如別記述"；《道辯傳》卷六稱"有別記云，'著衲擎錫，入於母胎，因而生焉'"，這都是別傳一類的著作。

《慧稜傳》卷十四稱慧稜"取一生私記焚之曰：'此私記與他讀之，不得其致矣。'"《岑闍黎傳》卷二十七稱"又遥記云：'卻後六十年，當有愚人於寺南立重閣者，然寺基業不虧，鬥訟不可住耳。'"皆與自傳相近。《法論傳》卷十稱法論"續叙名僧，將成卷帙"；《净辯傳》卷二十八稱净辯爲《感應傳》一部十卷；《闍提斯那傳》卷二十八稱闍提斯那對於天華及雲母之鑒別，以及隋文后崩，空發樂音，并感異香，隋文來問，闍提斯那答稱"西方净土，名阿彌陀，皇后往生，故致諸天迎彼生也"，即言見《感應傳》；這是總傳的一類。

但是一部分的材料，還是道宣自己的經歷。這個本是史家的成規，所以司馬遷著《史記》,歷述平生交遊,不過後來史家,狠少採用這樣的方法。道宣《續高僧傳》卻留下不少的例證。《慧頵傳》卷十四"余學年奉侍,歲盈二紀,慈誥溫洽,喜怒不形"。《僧達傳》卷十六"余以貞觀九年親往禮謁,骸骨猶存,寺宇遺迹,宛然如在"。《僧稠傳》卷十六"余以貞觀初年,陟茲勝地,山林乃舊,情事惟新"。《法喜傳》卷十九"傳者嘗同遊處,故略而述之"。《曇榮傳》卷二十"余因訪道藝,行達潞城,奉謁清儀,具知明略"。《志超傳》卷二十"傳者昔預末筵,蒙諸慧誥,既親承其績,故即而敘焉"。《智首傳》卷二十三"余嘗處末塵,向經十載,具觀盛化"。《慧進傳》記明瓚:"末齡風疾頓增,相乖儀節,雖衣服頹阤,而藥食無暇,余聞往焉,欣然若舊,敘悟猶正,年八十餘矣。"《法通傳》卷二十五:"余以貞觀初年,承其素迹,遂往尋之,息名僧綱,住隰州寺,親說往行,高聞可觀,欣其餘論,試後披叙。"《慧達傳》卷二十六:"余以貞觀之初,歷遊關表,故謁達之本廟,圖像儼肅,日有隆敬。"《明琛傳》卷二十六記常山蛇圖:"余曾見圖,極是可畏。"《僧朗傳》卷三十四:"襄陽法琳素與交遊,奉其遠度,因事而述,故即而叙之。"《智則傳》卷二十六:"自貞觀來,恒獨房宿,竟夜端坐,咳嗽達曙,余親自見,故略述其相云。"《普濟傳》卷二十九:"余曾同聚,目悅斯人。"《道休傳》卷二十九:"貞觀三年夏內,依期不出,就庵看之,端拱而卒。……四年冬首,余往觀焉。"《法誠傳》卷二十九:"又於寺南橫嶺,造華嚴堂,陲山闞谷,列棟開甍,前對重巒,右臨斜谷,吐納雲霧,下瞰雷霆,余曾遊焉,實奇觀也。"這樣的例子,書裡也許還有,不及備述。從交遊方面求史料,常常得到事實的真相,在叙述的時候,也增加親切的意味。不過偏重了這一面,其結果在史料固然難於完備,在叙述時,也嫌主觀的意態太重。《史記》記載鴻門之會的樊噲,神情活躍,而於同時平定三秦,在《功臣表》的功位與樊噲、酈商相次的魯侯,一字不提,甚至連姓名都失載,直待《漢書·功臣表》纔補進了奚涓的姓名,事業仍舊無從稽考。這便是司馬遷偏重交遊的結果。《史記·樊酈絳灌列傳》記樊噲之孫他廣云:"余與他廣通,爲言高祖功臣之興時若此云。"證實司馬遷記載高祖功臣事迹,不盡翔實的由來。道宣的著作,也有同樣的傾向,不免偏重交遊,全憑主觀。但是傳叙的著作,要絕對地專憑客觀,是一件不可能的事,總傳主題太多,尤其無從下手,這是我們應當知道的事。

《續高僧傳》還有不少生傳底例證,這是章學誠《文史通義》傳記篇所沒有引到的。《慧休傳》卷十五:"至今十九年中,春秋九十有八,見住慈潤,爽健如前,四衆懷仰,蒲柳之暮,猶執卷諮謀。"《道亮傳》卷二十三:"至今貞觀十九年,春秋七十有七矣。"《曇光傳》卷二十三:"今麟德二年,東都講說,師資導達,彌所欽羨焉。"《明導傳》卷二十三：“今年六十餘，東夏英髦，一期咸集，導於清衆，有高稱焉。”《通達傳》卷二十六：“今盛業京輦，朝野具瞻，敘事而舒，故不曲盡。”《法沖傳》卷二十七：“顯慶年言旋東夏，至今麟德，年七十九矣。”此外再如《慧進傳》附載的明瓚，也是生傳的例證。爲生存的人作傳，因爲其人一生尚未結束，沒有定論的原故，是一件相當危險的事。《史記》沒有生傳底例證，不能不推爲司馬遷的特見。道宣這樣大量地作生傳，是一件可以爲戒的事。

《續高僧傳》三十一卷，共分十篇：《譯經》第一，《義解》第二，《習禪》第三，《明律》第四，《護法》第五，《感通》第六，《遺身》第七，《讀誦》第八，《興福》第九，《雜科聲德》第十。每篇以後，各有一首總論。這是道宣著書的章法。

在道宣的著作裡，我們可以特殊看到的，(一)對於禪宗的不滿。(二)對於玄奘譯經的諍論。(三)對於周、齊、隋、唐佛道二教遞盛的記載。尤其是第三點，倘使我們加以注意，不難看到這段時期底宗教史。現在就此三項略記於次。

禪宗自達磨開宗以後，中間衰落，直至唐代弘忍、神秀、慧能以後，於是光焰大盛，分爲五宗，占據佛教底中心。但是在初起的時候，因爲不立語言文字，便引起他派底輕蔑。道宣爲南山律宗初祖，對於禪宗，自然難免歧視。《續高僧傳》卷十六《菩提達磨傳》：

> 有道育、慧可，此二沙門，年雖在後，而銳志高遠。初逢法將，知道有歸，尋親事之，經四五載，給供諮接，感其精誠，誨以真法。如是安心，謂壁觀也，如是發行，謂四法也，如是順物，教護譏嫌，如是方便，教令不著。然則入道多途，要唯二種，謂理行也。藉教悟宗，深信含生同一真性，客塵障故，令捨僞歸真，凝住壁觀，無自無他，凡聖等一，堅住不移，不隨他教，與道冥符，寂然無爲，名理入也。行入四行，萬行同攝。初報怨行者，修道苦至，當念往劫，捨本逐末，多起愛憎，今雖無犯，是我宿作，甘心受之，都無怨訴。經云：“逢苦不憂，識達故也。此心生時，與道無違，體怨進道故也。”二隨緣行者，衆生無我，苦樂隨緣，縱得榮譽等事，宿因所構，今方得之，緣盡還無，何喜之有？得失隨緣，心無增減，違順風靜，冥順於法也。三名無所求行，世人長迷，處處貪著，名之爲求。道士悟真，理與俗反，安心無爲，形隨運轉，三界皆苦，誰而得安？經曰：“有求皆苦，無求乃樂也。”四名稱法行，即性淨之理也。

達磨爲禪宗東來初祖，道宣與五祖弘忍同時，但是《續高僧傳》於《達磨傳》

外，僅爲慧可立傳，其餘姓名皆不附見。《慧可傳》卷十六言"後以天平之初，北就新鄴，盛開秘苑，滯文之徒，是非紛舉"。又言"道竟幽而且玄，故末緒卒無榮嗣"，這已經對於慧可法嗣加以打擊。末後又說有林法師與慧可同處，每慧可說法既竟，便說："此經四世之後，便成名相，一何可悲。"這是一句與懸記相類的預言，從達磨到弘忍，恰恰四世，從慧可到神秀、慧能，也是四世。道宣留下這一句，便是對於弘忍師徒的一着。《法沖傳》卷二十七更說："惠可 即慧可 禪師創得綱紐，魏境文學多不齒之，領宗得意者時能啓悟，今以人代轉遠，紕繆後學，可公別傳略以詳之，今叙師承以爲承嗣，所學歷然有據。"以下列舉慧可以後諸人，而三祖僧璨，四祖道信，皆不著名字，弘忍以下，更不待論。這正是道宣對於諸人的無視，而"四世之後，便成名相"一句，乃是對於諸人的惡評。又《慧可傳》稱"遭賊斫臂，以法御心，不覺痛苦，火燒斫處，血斷帛裹，乞食如故，曾不告人"，與《傳燈錄》所載慧可斷臂求法之說亦不合。

　　譯經的方面，從道宣底議論裡，看出他對於當時的不滿。玄奘法師自貞觀十九年回國至麟德元年沒世，這一大段的時期裡，在譯壇上占據了整個的局面。道宣雖曾兩度奉詔與玄奘同譯，其實他是否實際參與其事，還是問題。關於譯經的方法，兩人的見地截然不同。玄奘是主張直譯、廣譯的，道宣便稱爲"布在唐文，頗居繁複"。卷四《玄奘傳》。玄奘的主張，後來受到當時的非難，所以高宗顯慶元年下詔："玄奘所翻經論既新，翻譯文義須精。"詳見後。從這許多地方，我們看到當時關於譯經的兩派主張，而道宣恰恰代表了與玄奘相反的一派。

　　道宣在《續高僧傳》卷四《譯經篇》論中揭明他的主張。他說：

　　　　至如梵文天語，元開大夏之鄉，鳥迹方韻，出自神州之俗，具如別傳，曲盡規猷。遂有僥倖時譽，叨臨傳述，逐嚩鋪詞，返音列喻，繁略科斷，比事擬倫，語迹雖同，校理誠異。自非明喻前聖，德邁往賢，方能隱括殊方，用通弘致。

這是他對於廣譯的批評。又說：

　　　　原夫大覺希言，絕世特立，八音四辯，演暢無垠，安得凡懷，虛參聖慮，用爲標擬，誠非立言。雖復樂說不窮，隨類各解，理開情外，詞逸寰中，固當斧藻標奇，文高金玉，方可聲通天樂，韻過恒致。近者晉宋顏謝之文，世尚企而無比,況乖於此,安可言乎!必踵斯蹤,時俗變矣,其中蕪亂,安足涉言。

這是他對於直譯的批評。對於已往的譯者,他推崇"西涼法識,世號通人,後秦童壽,時稱僧傑,善披文意,妙顯經心,會達言方,風骨流便"。對於玄奘,他説:"世有奘公,獨高聯類,往還震動,備盡觀方。百有餘國,君臣謁敬,言議接對,不待譯人。披析幽旨,華戎胥悦,唐朝後譯,不屑古人。執本陳勘,頻開前失,既闕今乖,未遑釐正。"這是一段贊美的言詞,但是在文辭的後面,隱藏着一段諷刺。

卷二《隋翻經館沙門釋彦琮傳》載彦琮《辯正論》,首稱五失本,三不易,這是關於譯經的正面文字:

> 彌天釋道安每稱譯胡為秦,有五失本,三不易也。一者胡言盡倒而使從秦,一失本也。二者胡經尚質,秦人好文,傳可衆心,非文不合,二失本也。三者胡經委悉,至於嘆詠,丁寧反覆,或三或四,不嫌其繁,而今裁斥,三失本也。四者胡有義説,正似亂詞,尋檢向語,文無以異,或一千,或五百,今並刈而不存,四失本也。五者事以合成,將更旁及,反騰前詞,已乃後説而悉除此,五失本也。然智經三達之心,覆面所演,聖必因時,時俗有易,而刪雅古以適今時,一不易也。愚智天隔,聖人叵階,乃欲以千載之上微言,傳使合百王之下末俗,二不易也。阿難出經,去佛未久,尊大迦葉,令五百六通,迭察迭書,今離千年,而以近意量裁,彼阿羅漢乃兢兢若此,此生死人而平平若是,豈將不以知法者猛乎?斯三不易也。

以上是消極的規誡,在積極的,彦琮提出八備之説:

> 經不容易,理藉名賢,常思品藻,終慚水鏡,兼而取之,所備者八。誠心愛法,志願益人,不憚久時,其備一也。將踐覺場,先牢戒足,不染譏惡,其備二也。筌曉三藏,義貫兩乘,不苦闇滯,其備三也。旁涉墳史,工綴典詞,不過魯拙,其備四也。襟抱平恕,器量虛融,不好專執,其備五也。耽於道術,澹於名利,不欲高衒,其備六也。要識梵言,乃閑正譯,不墜彼學,其備七也。薄閲《蒼》、《雅》,粗諳篆隸,不昧此文,其備八也。

從這幾方面,狠容易看出道宣和玄奘主張不同之點,其後玄奘弟子彦悰_{此唐彦悰與}

隋彥琮不同作《玄奘法師傳》後五卷，重申師說，正是必然的結果。

從梁陳到隋唐，是佛道兩教爭長的時期；約略言之，蕭梁重佛，元魏重道，北齊重佛，後周重道，隋代重佛，唐初重道。正因爲兩教的互爲雄長，遂引起一般的勾心鬥角。道宣是佛教的重鎭，常以法將自居，所以在他底著作裡，反映了當前的時代；一部高僧底總傳，成爲宗教底史乘。或許，這不是傳叙作法的正宗，但是我們不能不認識這一點。

梁武崇尚佛法，這是史實。《智藏傳》卷五稱："時梁武崇信釋門，宮闕恣其遊踐，主者以負扆南面，域中一人，議以御座之法，唯天子所昇，沙門一不霑預。藏聞之勃然厲色，即入金門，上正殿，踞法座，抗聲曰：'貧道昔爲吳中顧郎，尚不慚御榻，況復迺祖定光，金輪釋子也，檀越若殺貧道，即殺，不慮無受生之處，若付在上方獄中，不妨行道。'即拂衣而起，帝遂罷敕，任從前法。"《慧榮傳》卷八亦稱："大弘法席，廣延緇素，時梁儲在座，素不識之，令問講者何名，乃抗聲曰：'禹穴慧榮，江東獨步，太子不識，何謂儲君！'一座掩耳，以爲慘怛之太甚也。榮從容如舊，傍若無人。"梁代高僧的氣槪，於此畢見。

北魏太武皇帝時代，因爲崔浩、寇謙之底慫恿，因此廢除佛敎，這是佛敎徒所稱三武之禍底第一次。但是後來又來了一次波瀾，《曇無最傳》卷二十四留下了魏明帝元光元年，詔佛道兩宗上殿論議，曇無最廷折清通觀道士姜斌的故事。傳中又言："佛法中興，惟其開務。"但是這已經是北齊時代的前驅了。

北齊時代，也有過佛道兩教爭執的故事，但是不久道教全歸失敗。當時主持佛敎全局的，便是法上。齊文宣帝下詔："法門不二，眞宗在一，求之正路，寂泊爲本。祭酒道者，世中假妄，俗人未悟，乃有祇崇。麴蘖是味，清虛焉在，胸脯斯甘，慈悲永隔。上異仁祠，下乖祭典，宜皆禁絕，不復遵事，頒敕遠近，咸使知聞。其道士歸伏者，並付昭玄大統上法師度聽出家。"見卷二十四《曇顯傳》。這是一件大事。《法上傳》卷八更說："上戒山峻峙，慧海澄深，德可軌人，威能肅物，故魏、齊二代歷爲統師，昭玄一曹純掌僧錄，令史員置五十許人，所部僧尼二百餘萬，而上綱領將四十年，道俗歡愉，朝庭胥悅，所以四萬餘寺，咸禀其風，崇護之基，罕有繼彩。既道光遐燭，乃下詔爲戒師，文宣帝布髮於地，令上踐焉。"這裡看到北齊佛教昌隆的一斑。

北周時代又和北齊不同，周武帝是一個英主，最初受衛元嵩、張賓底蠱惑，見卷二十七《衛元嵩傳》。決意廢佛，其後因爲佛道兩家底諍辯，佛道兩家同時並廢，但仍置通道觀，簡佛道兩宗有名者，普著衣冠爲學士見卷二十四《道安傳》。這便是廢佛而實不廢道的事實。《續高僧傳》慧遠卷八,靜藹、道安、僧猛、僧勔、智炫皆卷二十四、衛元嵩等傳皆留下不少的記載。道安、智炫兩傳寫得極好,但是《慧遠傳》的成就尤在其上。這裡看到理論精確的辯論,以及周武詞屈理窮、決心滅法的意氣,和慧遠鼎鑊刀鋸無所畏懼的神態。假如我們認定"傳叙的述作,多半是作者個性的流露"這句話,我們更可就此認識道宣律師了。節錄《慧遠傳》於次:

及承光二年春,周氏剋齊,便行廢教,敕前修大德,並赴殿集。武帝自昇高座,叙廢立義,命章云:"朕受天命,養育兆民,然世弘三教,其風彌遠,考定至理,多皆愆化,並今廢之。然其六經儒教,文弘治術,禮義忠孝,於世有宜,故須存立。且自真佛無像,則在太虛,遙敬表心,佛經廣歎,而有圖塔崇麗,造之致福,此實無情,何能恩惠?愚民嚮信,傾竭珍財,廣興寺塔,既虛引費,不足以留,凡是經像,盡皆廢滅。父母恩重,沙門不敬,勃逆之甚,國法豈容,並退還家,用崇孝始。朕意如此,諸大德謂理何如?"於時沙門大統法上等五百餘人,咸以帝爲王力,決諫難從,僉各默然。下敕頻催答詔,而相看失色,都無答者。遠顧以佛法之寄,四衆是依,豈以杜言,情謂理伏,乃出衆答曰:"陛下統臨大域,得一居尊,隨俗致詞,憲章三教,詔云'真佛無像',信如誠旨,但耳目生靈,賴經聞佛,藉像表真,若使廢之,無以興敬。"帝曰:"虛空真佛,咸自知之,未假經像。"遠曰:"漢明已前,經像未至,此土衆生,何故不知虛空真佛?"帝時無答。遠曰:"若不藉經教,自知有法,三皇已前,未有文字,人應自知五常等法,爾時諸人何爲但識其母,不識其父,同於禽獸?"帝亦無答。遠又曰:"若以形像無情,事之無福,故須廢者,國家七廟之像,豈是有情,而妄相尊事?"武帝不答此難,詭通後言,乃云:"佛經外國之法,此國不用,七廟上代所立,朕亦不以爲是,將同廢之。"遠曰:"若以外國之經,廢而不用者,仲尼所説,出自魯國,秦、晉之地,亦應廢而不學。又若以七廟爲非,將欲廢者,則是不尊祖考,祖考不尊則昭穆失序,昭穆失序則五經無用。前存儒教,其義安在?若爾則三教同廢,將何治國?"帝曰:"魯邦之與秦、晉,雖封域乃殊,莫非王者一化,故不類佛經。"七廟之難,帝無以通。遠曰:"若以秦、魯同遵一化,經教通行者,震旦之與天竺,國界雖殊,莫不同在閻浮,四海之内,輪王一化,何不同遵佛經,而令獨廢?"帝又不答。遠曰:"陛下向云'退僧還家崇孝養者',孔經亦云'立身行道以顯父母',即是孝行,何必還家方名爲孝?"帝曰:"父母恩重,交資色養,棄親向疏,未成至孝。"遠曰:"若如來言,陛下左右皆有二親,何不放之,乃使長役五年,不見父母?"帝云:"朕亦依番上下,得歸侍奉。"遠曰:"佛亦聽僧冬夏隨緣修道,春秋歸家侍養,故目連乞食餉母,如來擔棺臨葬,此理大通,未可獨廢。"帝又無答。遠抗聲曰,"陛下今恃王力自在,破滅三寶,是邪見人,阿鼻地獄不揀貴賤,陛下何得不怖!"帝勃然大怒,面有瞋相,直視於遠曰:"但令百姓得樂,朕亦何辭地獄諸苦!"遠曰:"陛下以邪法化人,現種苦業,當共陛下同趣阿鼻,何處有樂可得!"

這是一場激烈的辯論。周武帝認定真佛無像,主張毀像,在理論上本有相當的根據,但是佛教徒認定一切出於興道滅佛的意念。《僧勔傳》説:"周武季世,將喪釋門,崇上老氏,受其符籙,凡有大醮,帝必具其巾褐,同其拜伏。"因此更引起了宗教的狂熱。《慧遠傳》記着在辯論終結以後,武帝具敕"有司,錄取論僧姓字。當斯時也,齊國初殄,周兵雷震,見遠抗詔,莫不流汗,咸謂粉其身骨,煮以鼎鑊,而遠神氣儼然,辭色無撓。上統、衍法師等執遠手泣而謝曰:'天子之威如龍火也,難以犯觸,汝能窮之!大經所云"護法菩薩",應當如是,彼不悛革,非汝咎也。'遠曰:'正理須申,豈顧性命!'"《智炫傳》言智炫對武帝言:"'今欲廢佛存道,猶如以庶代嫡。'帝動色而下,因入内。羣臣眾僧皆驚曰:'語觸天帝,何以自保?'原注:以周武非嫡故。炫曰:'主辱臣死,就戮如歸,有何可懼?乍可早亡,遊神淨土,豈與無道之君同生於世乎?'"他如靜藹之言:"釋李邪正,人法混拜,即可事求,未煩聖慮,陛下必情無私隱,涇渭須分,請索油鑊殿庭,取兩宗人法俱煮之,不害者立可知矣。"以及宜州沙門道積"乃與同友七人,於彌勒像前,禮懺七日,既不食已,一時同逝"。皆見《靜藹傳》。都見到當時佛教徒衛道的熱忱。

到了隋代,佛教徒又遭逢了好運。隋文帝以外祖之尊,奪國於孤兒之手,本是歷史罕見之事,同時又有尉遲迥、王謙、司馬消難這一般周室舊臣的舉兵,雖幸而獲濟,畢竟是一個不易戡定的天下,因此便想到利用宗教的狂熱,作爲開國的規模。《隋書》卷六十九《王劭傳》説王劭"采民間歌謡,引圖書讖緯,依約符命,捃摭佛經,撰爲《皇隋靈感誌》,合三十卷,奏之。上令宣示天下"。便是這一件事。書中《道密傳》卷二十八言隋文自稱"我興由佛法,而好食麻豆,前身以從道人裡來"。亦可見其梗概。《靈藏傳》卷二十七又言:"開皇四年,關輔亢旱,帝引民眾就給洛州,敕藏同行,共通聖化。既達,所在歸投極多。帝聞之,告曰:'弟子是俗人天子,律師是道人天子,有樂離俗者,任師度之。'遂依而度,前後數萬。"假使我們再將仁壽元年五月國子學惟留學生七十人,太學四門及州縣學並廢的敕書見《隋書》卷二《高祖紀》下和《靈藏傳》比較，再證以同日頒舍利於諸州的故實，隋代重佛輕儒的政策，顯然可見了。

頒送舍利的諸僧，在書中有傳者甚衆，最可注意者，當推僧粲。《僧粲傳》稱卷九："仁壽二年，文帝下敕置塔諸州，所司量遣大德，多非暮齒。粲欲開闡佛種，廣布皇風，躬率同倫洪遵律師等參預使任。及將發京輦，面別帝庭，天子親授靈骨，慰問優渥。粲曰：'陛下屬當佛寄，弘演聖蹤，粲等仰會慈明，不勝欣幸。豈以朽老，用辭朝望？'帝大悦，曰：'法師等豈不以欲還鄉壤，親事弘化？宜令所司備禮，各送本州。'粲因奉敕送舍利於汴州福廣寺。初達公館，異香滿院，充塞如煙。及將下塔，還動香氣，如前蓬勃，又放青光，映覆寶帳。寺有舍利，亦放青光，與今送者，光色相糺。又現赤光，當佛殿上，可高五尺，復現青赤雜光在寺門上，三色交映，良久乃没。"

隋代高僧，首推智顗，受業南嶽慧思禪師。傳卷十七言："行法華三昧，始經三夕，誦至《藥王品》'心緣苦行，至是真精進'句，解悟便發，見共思師處靈鷲山七寶淨土，聽佛説法。故思云：'非爾弗感，非我莫識，此法華三昧前方便也。'"全傳共五千五百餘字，除《玄奘傳》卷四、卷五以外，在本書爲甚大之篇幅，惟於天台宗判教宗旨，三觀義諦，未能盡述，殊爲憾事。

唐人自謂李耳之後，復興道教，貶黜佛教，因此三教的順序，由隋代底佛道儒，一變爲道儒佛。這一大段完全是道宣身經的時代，所以全書對於這一段的爭點，也費了狠大的氣力。其實較之周武、慧遠之廷辯，其局勢遠不及其嚴重，止因爲作者身歷其境，看法便有相當的差別。

《法琳傳》卷二十五言："武德元年春，下詔京置三寺，惟立千僧，餘寺給賜王公，僧等並放還桑梓。"這是罷黜佛教的第一步。武德四年，太史令傅奕上廢佛事者十有一條，云："釋經誕妄，言妖事隱，損國破家，未聞益世。請胡佛邪教退還天竺，凡是沙門放歸桑梓，則家國昌大。"因此引起法琳底《破邪論》："原夫實相杳冥，逾道之要道；法身凝寂，出玄之又玄。惟我大師體斯妙覺，二邊頓遣，萬德斯融，不可以境智求，不可以形名取，故能量法界而興悲，揆虛空而立誓。所以現生穢土，誕聖王宮，示金色之身，吐玉毫之相。布慈雲於鷲嶺，則火宅焰銷；扇慧風於雞峯，則幽途霧卷。行則金蓮捧足，坐則寶座承軀，出則天主導前，入則梵王從後。聲聞菩薩，儼若朝儀，八部萬神，森然翊衛。宣涅槃則地現六動，説般若則天雨四花。百福莊嚴，狀滿月之臨滄海；千光照曜，如聚日之映寶山。師子一吼，則外道摧鋒；法鼓暫鳴，則天魔稽首，是故號佛爲法王也。豈與衰周李耳比德爭衡，末世孔丘輒相聯類者矣。"但是直到武德八年,高祖敕書仍稱"老教孔教,此土先宗,釋教後興,宜崇客禮。令老先,次孔,末後釋宗。"見卷二十五《慧乘傳》。

唐太宗對於佛教,縱使曾給予以相當的倡導,但是道先釋後的原則,仍然存在。貞觀十一年下詔:"今鼎祚克昌,既憑上德之慶,天下大定,亦賴無爲之功。宜有解張,闡茲玄化。自今已後,齋供行立,至於稱謂,道士、女道士可在僧尼之前。庶敦反本之俗,暢於九有,貽諸萬葉。"見卷二十五《智實傳》。因此智實發生諍論,其後被杖放歸,次年病卒。他如《玄續傳》卷十四稱玄續與綦江道士馮善英底爭執,也是貞觀間的事。

高宗顯慶三年,復有義褒與道士李榮底辯論。《義褒傳》卷十五稱:"內設福場,敕召入宮,令與東明觀道士論義。有道士李榮立本際義,褒問曰:'既義標本際,爲道本於際,爲際本於道耶?'答曰:'互得。'又問:'道本於際,際爲道本,亦可際本於道,道爲際原?'答:'亦通。'又問曰:'若使道將本際,互得相反,亦可自然與道,互得相法?'答曰:'道法自然,自然不法道。'又問:'若道法於自然,自然不法道,亦可道本於本際,本際不本道?'榮既被難,不能報,浪嘲云:'既喚我爲先生,汝便成我弟子。'褒曰:'對聖言論,申明邪正,用簡帝心。叅蕘嘲謔,塵黷天聽。雖然無言不酬,聊以相答。我爲佛之弟子,由以事佛爲師,汝既稱爲先生,則應先道而生,汝則斯爲道祖!'於時忸怩無對,便下座。"從這一節辯論,看出當時釋道的爭論,完全成爲詭辯,再加嘲詼,更見市井。這實在是一種墮落,或許佛道兩教衰落的命運,都從這個時期開始了。

在《續高僧傳》全書裡,《玄奘傳》是一篇最重要的文章,因爲要和《慈恩傳》比較立論,所以這裡不講,另見下篇。

附:《續高僧傳》所見隋代佛教與政治[①]

一

《史通》說:"隋史,當開皇、仁壽時王邵爲書八十卷,以類相從,定其篇目,至於編年、紀傳,並闕其體。煬帝世,唯有王冑等所修《大業起居注》,及江都之禍,仍多散逸。皇家貞觀初,敕中書侍郎顏師古、給事中孔穎達,共撰成《隋書》五十五卷,與新撰《周書》並行於時。"《外篇·古今正史》。王邵《齊志》,狠受劉知幾底推崇,但是他底《隋書》,便成問題。今《隋書》稱其"多録口敕,又採迂怪不經之語及委巷之言,以類相從,爲其題目,辭義繁雜,無足稱者"。卷六十九《王邵傳》。顏師古等底《隋書》,以王邵底《隋書》爲藍本,一部分的委巷不經之談,未盡删除,而且關於隋代的記載,常常受到當代政制底影響,以致陷於失實。在這方面,有時還期待後人底稽考。

唐僧道宣的《續高僧傳》,便是一部可供參考的書籍,尤其關於隋代佛教的一部分。討論隋代史實,過於着重佛教方面,或許有一點畸重的嫌疑,但是假使我們瞭解隋文帝的個性,和他得國的原因,以及其後諸子争立和佛教徒在當時知識界活躍的狀態,那麽我們會知道明白了隋代佛教的情形,便會認識隋代政制的一個方面。

道宣没於唐高宗乾封二年十月,年七十二,宋僧贊寧《宋高僧傳》卷十四《釋道宣傳》。逆推當生於隋文帝開皇十六年,所以道宣的一生,恰當隋唐佛教全盛的時期。唐高宗顯慶元年,敕建西明寺初就,道宣即爲上座;乾封二年道宣没後,高宗下詔崇飾,《傳》稱:"宣之持律,聲震竺乾,宣之編修,名滿天下。"在佛教徒中,稱爲南山

---

① 陳尚君按:本文在手稿中没有題目。本篇前一篇述《續高僧傳》末云:"在《續高僧傳》全書裡,《玄奘傳》是一篇最重要的文章,因爲要和《慈恩傳》比較立論,所以這裡不講,另見下篇"但手稿下一篇則緊接本文。知本文應在全書規劃以外,内容也不盡從傳叙文學立場論述,估計爲師當年讀《續高僧傳》别有感觸而成文。今仍按手稿次序編録,目録加"附"字以示區别,并另代爲擬題。

律宗初祖，其後代宗大曆"十一年十月，敕每年内中出香一合，送西明寺故道宣律師堂，爲國焚之，禱祝"。見《傳》。懿宗咸通十年敕謚澄照律師。從這些記載裡，我們看到道宣在唐代佛教徒中的地位。在估量《續高僧傳》的價值時，這是一個因素。

《續高僧傳》成於何時，不得而知。從内容看，大致是一部累積的著作。《道亮傳》卷二十三稱："至今貞觀十九年，春秋七十七矣。"《慧乘傳》卷二十五稱："今上時爲秦王。"《智實傳》卷二十五稱："主上時爲秦王"；《智令傳》稱："今上任總天策。"這是太宗時所作的明證。但是《玄奘傳》卷五稱玄奘没於麟德元年；《曇光傳》卷二十九稱"今麟德二年"；《法沖傳》卷二十七稱"至今麟德，年七十九矣"。這是高宗時所作的明證。所以《續高僧傳》的敘述，至遲必起自貞觀十九年，至早必終於麟德二年。中間至少歷時二十一年。這不能不算是一部用力至勤的著作。

道宣的著作，一部分雖成於顏師古等的《隋書》以後，但是一部分卻與《隋書》同時，或在其後不久。《住力傳》卷三十稱住力值大業"十四年隋室喪亂，道俗流亡，骸若菱朽，充諸衢市，誓以身命守護殿閣"。《智命傳》卷二十九稱："皇泰之初，越王即位，歷官至御史大夫。"案煬帝大業十三年，李淵入長安，立代王侑爲皇帝，改元義寧，遙遵帝爲太上皇；次年，煬帝被弒，元文都等立越王侗爲帝，改元皇泰。《隋書·煬帝紀》卷四削去大業十四年、皇泰元年的年號，直稱義寧二年。道宣的記載，證實了《續高僧傳》是一部不受《隋書》影響，乃至不受唐代影響的書，這也是值得注意的一點。

道宣《續高僧傳·序》自稱"今余所撰，恐墜接前緒，故不獲已而陳。或博諮先達，或取訊行人，或即目舒之，或討讎集傳。南北國史，附見徽音，郊郭碑碣，旌其懿德。皆撮其志行，舉其器略。"這是列舉史料的來源。現在不計國史所載以及關於碑誌的部分，單計傳、狀的部分，也可看出道宣搜討的勤勞。關於隋代高僧的傳狀，道宣叙陳的有《惠遠行狀》智猛撰，見卷八、《靖嵩行狀》道基撰，見卷十、《志念行狀》《道基傳》，見卷十一、《曇遷行狀》明則撰，見卷十八、《法純自序》卷十八、《那連提黎耶舍本傳》卷一、《僧曇別傳》卷十、《靈璨別傳》卷十二、《信行本傳》卷十六、《智顗別傳》卷十七、《智顗行傳》法琳撰，見卷十七、《曇遷別傳》卷十八、《智通本傳》行友撰，見卷十八、《覺朗別傳》卷二十二、《慧達別傳》卷三十、《神尼智仙傳》王邵撰，見卷二十八、《明馭別傳》卷二十八。自此以外，所舉別記卷二十九《寶相傳》、私記卷十四《慧稜傳》、遙記卷二十七《岑闍黎傳》，以及其他的記載例如卷十八《智顗傳》言：沙門灌頂歷其景行，可二十餘紙尚多。但是一部分的史料，還是道宣自己的經歷，全書中留下不少的例證，不及列舉。所以在史料的搜集方面，道宣曾經費了狠大的努力，而且許多是直接的史料，更增加了全書的價值。他敘述隋唐之間的高僧，難免偏重交遊，全憑主觀，但是傳叙的著作，要絕對地專憑客觀，是一件不可能的事，總傳主題太多，尤其無從下手，這是我們應當知道的事。

二

隋文帝的得國，在中國史上是一件狠平凡，然而狠難理解的事。在文事方面，《隋書‧音樂志》卷十四說："高祖素不悅學。"《榮毗傳》卷六十六稱開皇初年，榮建緒入朝，文帝因其對於禪代之際，未有贊同，"謂之曰：'卿亦悔未？'緒稽首曰：'臣位非徐廣，情類楊彪。'上笑曰：'朕雖不解書語，亦知卿此言不遜也。'"在武事方面，《隋書》雖沒有留下什麽不利的記載，但是《續高僧傳》提出"大隋受禪，闡隆象法，以文皇在周，既總元戎，躬履鋒刃，兵機失捷，逃難于并城南澤。後飛龍之日，追惟舊壤。開皇元年，乃於幽憂之所，置武德寺焉。"卷十二《慧覺傳》。又《道密傳》卷二十八稱："其龍潛所經四十五州，皆悉同時為大興國寺。"這四十五州是否都和失機逃難有關，沒有佐證，但曾經失機逃難是一件無可置疑的事實。

這樣的一個不學無術、臨陣脫逃的庸才，後來所以復起者，完全仗着女兒為周宣帝的皇后。但是即使如此，地位還是非常危險。《隋書》留下後列的記載：

> 帝有四幸姬，並為皇后，諸家爭寵，數相毀譖。帝每忿怒，謂后曰："必族滅爾家。"因召高祖，命左右曰："若色動，即殺之。"高祖既至，容色自若，乃止。
> ——《隋書》卷一《高祖紀上》

> 高祖為宣帝所忌，情不自安。嘗在永巷，私於譯曰："久願出藩，公所悉也，敢布心腹，少留意焉。"譯曰："以公德望，天下歸心，欲求多福，豈敢忘也，謹即言之。"時將遣譯南征，譯請元帥。帝曰："卿意如何？"譯對曰："若定江東，自非懿戚重臣，無以鎮撫。可令隋公行，且為壽陽總管，以督軍事。"帝從之。
> ——《隋書》卷三十八《鄭譯傳》

就在這一個剎那以後，宣帝不豫，於是朝廷權要爭奪大權。顏之儀謀引大將軍宇文仲輔政的計畫失敗了，而劉昉、鄭譯引隋文輔政的計畫成功。一個岌岌自危的楊堅，成為親受顧命、入總朝政的大丞相。從此誅諸王，滅宿將，一步步踏上了篡奪的路線。但是在尉遲迥稱兵鄴城的時候,還是危險。隋文派韋孝寬征討,韋孝寬便不甚可靠,派諸將出征,號令又不一。只得另派親信監軍,但是劉昉自言未嘗爲將,鄭譯又以母老爲辭。幸虧高熲請行,到了鄴城,戰事不利,更仗着攻擊觀戰士女的詭計,在轉相騰藉的狀況下面,討平尉遲迥。從此楊堅底權勢纔有把握,再從事以隋代周的布置。在最初的時候,一切沒有預期,成功的機緣,完全出於意外。

這已經可以使得隋文相信他的命運了。同時正因爲他是一個不學無術的人,更充滿了無謂的迷信。《隋書》卷二十四《食貨志》說:"帝以歲暮晚日,登仁壽殿,周望原隰,見宮外燐火彌漫,又聞哭聲。令左右觀之,報曰:'鬼火。'帝曰:'此等工役而死,既屬年暮,魂魄思歸耶?'乃令灑酒宣敕,以呪遣之。自是乃息。"《續高僧傳》卷三十《僧明傳》說,隋文滅陳以後,聞有晉道安造丈八金像,"乃遣迎接大内供養,以像立故,帝恒侍奉,不敢對坐。乃下敕曰:'朕年老,不堪久立侍佛,可令有司造坐佛,其相還如育王,本像送興善寺。'"從許多方面看到隋文止是一個又兇殘,又胆怯,又僥倖,又迷信的人。要把隋文和前不久的周武帝對比,回想到周武那種"真佛無像"的高論,見《續高僧傳》卷八《慧遠傳》。真是天壤相隔了。

周武的心理型態適合於毀法,而隋文的心理型態便適合於興法。這便是周、隋之間毀法興法的解釋。關於周武的事不談,專談隋文。

興王之初,都免不了相當的附會。在古帝先王佔有羣衆心理的時候,便附會到堯後舜裔;在儒家佔有羣衆心理的時候,便附會到讖緯符命。所以在佛教佔有羣衆心理的時候,便附會到佛經梵夾。隋文時代便有後列的記載:

> 劭於是採民間歌謠,引圖書讖緯,依約符命,捃摭佛經,撰爲《皇隋靈感誌》,合三十卷。奏之,上令宣示天下。劭集諸州朝集使,洗手焚香,閉目而讀之,曲折其聲,有如歌詠。經涉旬朔,徧而後罷。上益喜,賞賜優洽。
> ——《隋書》卷六十九《王邵傳》

> 時有秀才儒林郎侯白,奉敕撰《旌異傳》一部二十卷,多敘感應即事,亟涉弘演釋門者。……又有晉府祭酒徐同卿,撰《通命論》兩卷。卿以文學之富,鏡達玄儒等教,亦明三世因果,但文言隱密,先賢之所未辯,故引經史正文,會通運命,歸於因果。
> ——《續高僧傳》卷二《達摩笈多傳》

> 有王舍城沙門遠來謁帝,……將還本國,請《舍利瑞圖經》,及《國家祥瑞

錄》。敕又令琮翻隋為梵,合成十卷,賜諸西域。

——《續高僧傳》卷二《彥琮傳》

附會符瑞是隋文興法的一個動機,其次便是牢籠當時的智識階級。從晉宋到隋唐,在中國智識界取得領導地位的,是佛教徒而不是儒教徒,這是一個明顯的事實。再加以僧徒和一般民衆發生密切的關係,擁有廣大的民衆,更加鞏固了他們的地位。在周、齊對立的時候,周的佛教已經盛行,高齊更是佛化甚深的國家,當時有四萬餘寺,僧尼二百餘萬。《續高僧傳》卷八《法上傳》。及至周武平齊以後,繼以滅法,普廢天下佛寺。於是二百餘萬智識分子普遍失業,這便是周武種下的惡因,以後宇文周在佛教徒中遂引起甚深的嫉視。隋文得政以後,第一着便是復立佛寺。《慧遠傳》説:

> 大象二年,天元微開佛化,東西兩京各立陟岵大寺,置菩薩僧,頒告前德,詔令安置,遂爾長講少林。大隋受禪,天步廓清,開皇之始,蒙預落髮,舊齒相趨,翔於雒邑,法門初開,遠近歸奔,望氣成津,奄同學市。

陟岵寺底後身,便是隋代的大興善寺,在隋文帝時,負着領導全國的地位。《法藏傳》《續高僧傳》卷十九說:"大定元年二月十二日,丞相龍飛。……十五日奉敕追前度者,置大興善寺,爲國行道,自此漸開,方流海内。"其後國都改建,城曰大興城,殿曰大興殿,門曰大興門,縣曰大興縣。"乃擇京師中會,路均近遠,於遵善坊天衢之左而置寺焉,今之大興善是也。"卷二十二《靈藏傳》。《慧常傳》卷三十一稱:"興善大殿,鋪基十畝。"我們藉此可以想象建築之偉大。

隋文當權以後,改創大興善寺,接下來便是度百二十僧。《續高僧傳》有下列的記載:

> 大象之初,皇隋肇命,法炬還照,即預百二十僧,敕住興善。

——卷十七《曇崇傳》

> 隨文御寓,重啓法筵,百二十僧,釋門創首,昌曇獻之師昌律師廁此選也。仍僧別度侍者一人,獻預其位。

——卷二十一《曇獻傳》

> 逮天元遘疾,追悔昔愆,開立尊像,且度百二十人爲菩薩僧,延預在上

班，仍恨猶同俗相，還藏林藪。隋文創業，未展度僧，延初聞改政，即事縈落，法服執錫，來至王庭，面申弘理。未及敕慰，便先陳曰："敬聞皇帝四海爲務，無乃勞神？"帝曰："弟子久思此意，所恨不周。"延曰："貧道昔聞堯世，今日始逢。"云云。帝奉聞雅度，欣泰本懷，共論開法之模，孚化之本。延以寺宇未廣，教法方隆，奏請度僧，以應千二百五十比丘、五百童子之數。敕遂總度一千餘人，以副延請。此皇隋釋化之開業也。

——卷八《曇延傳》

天元即周宣帝，所謂追悔昔愆，這是指大象二年五月二十五日《隋書》不載日期，見《續高僧傳》卷十九《法藏傳》隋文作相以後的事。六月法藏下山，與隋文對論三寶，尋又還山。至七月初，追藏下山，更詳開化，至十五日，令遣藏共景陵公檢校度僧百二十人見《法藏傳》。這是佛化之始。以後曇延請度僧一千二百五十人、童子五百；曇崇上奏，更立九寺，這是佛化底第二步。《隋書·高祖紀》稱隋文爲丞相後，大崇惠政，天下悦之。這便是惠政底一端。以後再度三千人；《僧辯傳》卷十五："開皇初年，敕遣蘇威簡取三千人，用充度限，辯年幼小，最在末行。"即指此。最大的成就在開皇十年：

十年春，帝幸晉陽，敕遷隨駕。既達并部，又詔令僧御殿行道。至夜追遷入内，與御同榻。帝曰："弟子行幸至此，承大有私度山僧於求公貫，意欲度之，何如？"遷曰："昔周武御圖，殄滅三寶，衆僧等或剗迹幽巖，或逃竄異境。陛下統臨大運，更闡法門，無不歌詠有歸，來投聖德。比雖屢蒙招引度脱。而來有先後，致差際會。且自天地覆載，莫匪王民，至尊汲引萬方，寧止一郭蒙慶。"帝沈慮少時，方乃允焉。因下敕曰："自十年四月以前，諸有僧尼私度者，並聽出家。"故率土蒙度數十萬人，遷之力矣。

——卷十八《曇遷傳》

開皇十年，敕僚庶等，有樂出家者，並聽。時新度之僧乃有五十餘萬。

——卷十《靖嵩傳》

《曇遷傳》又説："十四年，柴燎岱宗，遷又上諸廢山寺并無貫逃僧，請並安堵，帝又許焉。因敕率土之内，但有山寺一僧已上，皆聽給額，私度附貫。遷又其功焉。"于是周、齊、梁、陳僧衆，除去死亡還俗以外，完全安堵。在弘揚佛化的方面，曇遷成了大功，在牢籠智識階級的方面，隋文也成了大功。

佛教徒入京以後，第一件事便是譯經。最先從事的是那連提黎耶舍，《傳》_{卷二}稱："二年七月，弟子道密等侍送入京，住大興善寺。其年季冬，草創翻業。敕昭玄統沙門曇延等三十餘人，令對翻傳。"同傳又稱沙門毗尼多流支開皇二年於大興善譯《象頭精舍》、《大乘總持經》二部，沙門法纂筆受，沙門彥琮製序。開皇三年，西域經至，敕彥琮翻譯_{卷二《彥琮傳》}。同年，敕招明贍翻譯，住大興善寺。_{卷二十五《明贍傳》}。開皇五年，沙門曇延等三十餘人奏請敕追闍那崛多翻譯。《闍那崛多傳》_{卷二}稱："爾時耶舍已亡，專當元匠，於大興善更召婆羅門僧達摩笈多，并敕居士高天奴、高和仁兄弟等同傳梵語。又置十大德沙門僧休、法粲、法經、慧藏、洪遵、慧遠、法纂、僧暉、明穆、曇遷等，監掌翻事，銓定宗旨，沙門明穆、彥琮重對梵本，再審覆勘，整理文義。"同時還有達摩般若，有敕召掌翻譯。見《闍那崛多傳》。開皇七年，沙門靈幹蒙敕令住興善，爲譯經證義沙門。_{卷十二《靈幹傳》}。開皇十年，達磨笈多奉敕翻經，移住興善。_{卷二《達磨笈多傳》}。開皇十一年，敕洪遵與天竺僧共譯梵文。_{卷二十二《洪遵傳》}。開皇十二年，下敕慧遠令知翻譯，刊之辭義。_{卷八《慧遠傳》}。這些都是開皇年間譯經的故事。

開皇年間，敕招諸州大德，以及下敕勞問的記載，不勝枚舉。最重要的是開皇七年敕召六大德入京的事。《續高僧傳》有下列的記載：

> 屬開皇七年秋，下詔曰："皇帝敬問徐州曇遷法師：承修敘妙因，勤精道教，護持正法，利益無邊，誠釋氏之棟梁，即人倫之龍象也。深願巡歷所在，承風飡德，限以朝務，實懷虛想，當即來儀，以沃勞望。弟子之內閑解法相、能轉梵音者十人，並將入京。當與師崇建正法，刊定經典。且道法初興，觸途草創，弘獎建立，終藉通人，京邑之間，遠近所湊，宣揚法事，爲惠殊廣，想振錫拂衣，勿辭勞也。尋望見師，不復多及。"時洛陽慧遠、魏郡慧藏、清河僧休、濟陽寶鎮、汲郡洪遵，各奉明詔，同集帝輦。遷乃率其門人，行塗所資，皆出天府。與五大德謁帝於大興殿，特蒙禮接，勞以優言。又敕所司並於大興善寺安置供給，王公宰輔，冠蓋相望。雖各將門徒十人，而慕義沙門，敕亦延及，遂得萬里尋師，於焉可想。
>
> ——卷十八《曇遷傳》

七年春往定州，途由上黨，留連夏講，遂闕東傳，尋下璽書，殷勤重請，辭又不免，便達西京。於時敕召大德六人，遠其一矣。仍與常隨學士二百餘人創達帝室，親臨御筵，敷述聖化，通乎家國。上大悅，敕住興善寺，勞問豐華，供事隆倍。

——卷八《慧遠傳》

這一件事在《慧藏傳》卷九、《洪遵傳》卷二十二皆有記載。曇遷敷宏《攝論》，受業千數；慧遠常居講說，四方投學七百餘人，皆見本傳。都是當時的盛集。

關於僧官底制度，《智聚傳》卷十說，開皇"十二年敕置僧官"，這是不甚可靠的記載。本來魏、齊、梁、陳都有僧官，見於《續高僧傳》者：魏有僧統；卷八《靈詢傳》。齊置十統，有大統，有通統；卷八《法上傳》。梁有僧正；卷五《法申傳》。陳有大僧都、卷九《慧暅傳》。大僧正。卷九《寶瓊傳》。隋初州置僧正，《僧晃傳》卷三十稱："大隋啟祚，面委僧正，匡御本邑。"可證。僧正之上有都統，《靈裕傳》卷九稱開皇三年相州刺史樊叔署舉靈裕為都統，可證。《慧遠傳》卷八稱"下敕授洛州沙門都，匡任佛法。"都與統亦有別，《那連提黎耶舍傳》卷二稱"昭玄統沙門曇延、昭玄都沙門靈藏"，可證。昭玄都、昭玄統為齊時官名，大抵由都轉統，《耶舍傳》："授昭玄都，俄轉為統。"《曇遵傳》卷八："年餘七十，舉為國都，尋轉為統。"可證。隋亦有國統，《靈裕傳》："仍詔所司盛集僧望，評立國統，眾議咸屬，莫有異詞。"可證。又有大統，《僧猛傳》卷二十四稱："尋授為隋國大統三藏法師，委以佛法，令其宏護。"大統似即國統，《法上傳》可為旁證。諸統之上，又有平等沙門，《曇延傳》卷八："敕又拜為平等沙門。"《智聚傳》："道俗稽請居平等沙門之任。"可證。隋文拜曇延為師，又敕楊素、蘇威躬訪智聚，接足頂禮，故二人資望，又在諸僧之上。這是關於僧官的設置。

《法應傳》卷十九稱："開皇十二年，有敕令搜簡三學業長者，海內通化，崇於禪府，選得二十五人，其中行解高者，應為其長。敕城內別置五眾，各使一人曉夜教習，應領徒三百，於實際寺相續傳習，四事供養，並出有司。"這是關於僧徒教育的設施。《亡名傳》卷七稱僧琨為隋二十五眾讀經法主；《僧粲傳》卷九稱："至十七年下敕，補為二十五眾第一摩訶衍匠。"《法彥傳》卷十稱："開皇十六年下敕，以彥為大論眾主。"《法總傳》卷十稱："開皇年中敕召為涅槃眾主。"《靈璨傳》卷十稱："開皇十七年中，下敕補為眾主。"《童真傳》卷十十稱開皇"十六年別詔以為涅槃眾主。"《寶襲傳》卷十二稱："開皇十六年敕補為大論眾主。"《慧遠傳》卷十一稱"開皇十七年請遷為十地眾主。"《洪遵傳》卷二十二稱："十六年，復敕請為講律眾主。"《智隱傳》卷二十八稱："至十六年，……下敕補充講論眾主。"皆可證。

關於隋文及獨孤后尊崇僧徒，親受戒法事，《續高僧傳》記載不一，略舉如後：

開皇之始,下敕徵召,延入京室,住大興善,供事隆厚,日問起居,屢止紫庭,坐以華褥,帝親供待,欽德受法。

——卷二十八《曇觀傳》

宮闈嚴衛,來往艱阻,帝卒須見,頻闕朝謁,乃敕諸門不須安籍,任藏往返。及處內禁,與帝等倫,坐必同榻,行必同輿,經綸國務,雅會天鑒。有時住宿,即邇寢殿,賵賜之費,蓋無競矣。開皇四年,關輔亢旱,帝引民眾就給洛州,敕藏同行,共通聖化。既達所在,歸投極多。帝聞之,告曰:"弟子是俗人天子,律師為道人天子,有樂離俗者,任師度之。"

——卷二十二《靈藏傳》

至六年亢旱,……帝遂躬事祈雨,請延於大興殿登御座,南面授法,帝及朝宰五品已上,咸席地北面而受八戒。……帝既稟為師父之重,又敕密戚懿親,咸受歸戒,至於食息之際,帝躬奉飲食,手御衣裳,用敦弟子之儀。

——卷八《曇延傳》

帝語蘇威曰:"朕知裕師剛正,是自在人,誠不可屈節。"乃敕左僕射高熲、右僕射蘇威、納言虞慶則、總管賀若弼等諸公,詣寺宣旨,代帝受戒懺罪。

——卷九《靈裕傳》

文帝聞純懷素,請為戒師,自辭德薄,不敢聞命。帝勤注不已,遂處禁中,為傳戒法。……開皇十五年,文帝又請入內,為皇后受戒。

——卷十八《法純傳》

崇既令重當朝,往還無雍,宮闈之禁,門籍未安,須有所論,執錫便進。時處大內,為述淨業,文帝禮接,自稱師兒,獻后延德,又稱師女。

——卷十七《曇崇傳》

此外如敕曇遷隨駕,"與御同榻,自稱弟子"卷十八《曇遷傳》之類,推崇僧徒已達極點,但是隋文對於佛教的認識,仍不外於經像報應之類。開皇十三年下詔,"諸有破故佛像,仰所在官司精加檢括,運送隨近寺內。率土蒼生,口施一文,委州縣官人檢校莊飾。"《曇遷傳》。《法藏傳》卷十九還有"十六年,隋祖幸齊州失豫,王公已下奉造觀音"的記載。這裡可以看到他對於佛教的認識,和梁武帝的信佛截然不同。開皇十一年,詔以平陳所得古器,多為妖變,悉命毀之。《隋書》卷二《高祖紀》。十五年,詔名山大川未在祀典者悉祠之。同上。這樣的人提倡佛教,正是佛教的不幸。

同時的道教是着重禎祥福應的,因此在僥倖而迷信的隋文時代,不但沒有因爲佛教的復興而受到壓迫，反而受到相當的重視。開皇二十年詔稱："佛法深妙，道教虛融，咸降大慈，濟度羣品，凡在含識，皆蒙覆護。"《隋書》卷二《高祖紀》。《續高僧傳》卷三十二《護法》論稱："有隋御宇，深信釋門，兼陳李館，爲收恒俗。"李館就是道觀，可以證明。在這個時期最不幸的是儒教。開皇二十年，廢國子四門及州縣學，唯置太學博士二人，學生七十二人。《隋書》卷七十五《劉炫傳》。又《高祖紀》作："仁壽元年，國子學唯留學生七十人，太學、四門及州縣學並廢。"紀年相差一年，人數亦異。儒家不言因果報應，遇到專言因果報應又不悅學的皇帝，這正是應有的結果。《李士謙傳》《隋書》卷七十七稱客問三教優劣，"士謙曰：'佛，日也；道，月也；儒，五星也。'"要以當時三教盛衰而論，儒止能説是爝火，去五星還遠，不過在這一時期裡，佛、道、儒的順序是不錯的。

隋文在位二十四年，計開皇二十年，仁壽四年。開皇年間是佛化的開始，仁壽年間是佛化的成熟。在成熟期中，主要的事是舍利塔的普造和大禪定寺的創設。舍利塔的事正和隋文的誕生同樣是一段神話。《高祖紀》言：皇妣呂氏"生高祖於馮翊般若寺，紫氣充庭。有尼來自河東，謂皇妣曰：'此兒所從來甚異，不可於俗間處之。'尼將高祖舍於別館，躬自撫養。皇妣嘗抱高祖，忽見頭上角出，徧體鱗起。皇妣大駭，墜高祖於地。尼自外入見曰：'已驚我兒，致令晚得天下。'"這件故事，見《續高僧傳》卷二十八《道密傳》，又言："乃命史官王劭爲尼作傳。"我們知道這便是撰《皇隋靈感誌》的王邵，那麼這件故事的價值，可想而知。其次便是舍利的故事，《續高僧傳》有兩種不同的記載：

> 文帝昔在龍潛，有天竺沙門以一裹舍利授之云："此大覺遺身也，檀越當盛興顯則，來福無疆。"言訖，莫知所之。
> ——卷十八《曇遷傳》

> 仁壽元年，帝及后官同感舍利並放光明，砧錘試之，宛然無損。
> ——卷二十八《道密傳》

舍利的來歷，好像有二，其實都是出自隋文帝、后。迷信的君主往往製造迷信，這正是他們統治現在、邀福將來的工具。《隋書》卷二《高祖紀》稱，開皇二十年六月頒舍利於諸州。其實這是仁壽年間的事，而且前後三次，共頒一百餘州。這個當然是《隋書》的疏漏。《曇遷傳》稱仁壽元年"乃出本所舍利，與遷交手數之，雖各專意，而前後不能定數。帝問所由，遷曰：'如來法身過於數量，今此舍利即法身遺質,以事量之,誠恐徒設耳.'帝意悟,即請大德三十人,安置寶塔爲三十道,建軌制度,一准育王"。這是第一度。二年春,下敕於五十餘州分布起廟,四年,又下敕於三十州造廟。見《曇遷傳》。又卷十四《童真傳》言前後諸州一百一十所。這是第二度、第三度。考其原因,大致國力充實,又加僧徒慫恿,隋文想模仿阿育王的故事,於諸州造塔,這是一;同時分派諸僧遠赴各州,也許在造塔以外,還有觀風省俗的使命,這是二。至於造塔之時,各地僧徒報稱靈瑞,這本是中國史常有的故事,漢人的獻符命和宋人的獻靈芝,情事全是一樣,不過這時的獻塔瑞,止由僧徒專美而已。隨有塔下,皆圖神尼,便和開國的故事印證。隋文又言:"我興由佛法,而好食麻豆,前身以從道人裡來。"更易取得僧徒的擁護。《道密傳》載當時塔銘,這是一種不易得的文獻,錄於次。

　　維年月,菩薩戒佛弟子大隋皇帝堅,敬白十方三世一切三寶弟子:蒙三寶福祐,爲蒼生君父,思與民庶共建菩提,今故分布舍利,諸州供養,欲使普修善業,同登妙果。仍爲弟子法界幽顯,三塗八難,懺悔行道。奉請十方常住三寶,願起慈悲,受弟子等請,降赴道場,證明弟子爲諸衆生發露懺悔。

關於當時造塔諸州及敕送舍利之僧徒列表於次,紀年用《續高僧傳》原文,泛稱仁壽者用仁壽字,不載年代者從闕。

年　代	敕送者	州	山　寺	備　註
仁壽初年	彥琮	并	今開義寺	卷二《彥琮傳》
仁壽末年	彥琮	復	方樂寺	卷二《彥琮傳》
仁壽二年	僧璨	汴	福廣寺	卷九《僧璨傳》
仁壽年末	僧璨	滑	修德寺	卷九《僧璨傳》
文帝	淨願	潭	麓山寺	卷十《淨願傳》
仁壽	法彥	汝	?	卷十《法彥傳》
仁壽四年	法彥	沂	善應寺	卷十《法彥傳》
仁壽歲初	法總	隋	智門寺	卷十《法總傳》
仁壽四年春	法總	遼	下生寺	卷十《法總傳》
?	僧曇	蒲	栖巖寺	卷十《僧曇傳》

續 表

年　代	敕送者	州	山　寺	備　註
仁壽末年	僧曇	殷	智度寺	卷十《僧曇傳》
仁壽	靈璨	懷	長壽寺	卷十《靈璨傳》
仁壽末年	靈璨	澤	古賢谷景净寺	卷十《靈璨傳》
?	慧重	泰	岱岳寺	卷十《僧曇傳》
仁壽	法瓚	齊	泰山神通寺	卷十《法瓚傳》
仁壽	寶儒	鄧	大興國寺	卷十《寶儒傳》
仁壽年中	慧最	荆	大興國寺龍潛道場	卷十《慧最傳》
?後	慧最	吉	發蒙寺	卷十《慧最傳》
仁壽	僧朗	番廣	靈鷲山果寶寺	卷十《僧朗傳》
仁壽	慧暢	牟	拒神山寺	卷十《慧暢傳》
仁壽	慧海	定	恒嶽寺	卷十一《慧海傳》
?後	慧海	熊	十善寺	卷十一《慧海傳》
仁壽二年	辯義	貝	寶融寺	卷十一《辯義傳》
仁壽四年	辯義	廬	獨山梁静寺	卷十一《辯義傳》
仁壽四年	明舜	靳	福田寺	卷十一《明舜傳》
仁壽末年	智梵	鄲	寶香寺	卷十一《智梵傳》
仁壽二年	法侃	宣	?	卷十一《法侃傳》
?	法侃	黎	?	卷十一《法侃傳》
仁壽二年	净業	安	景藏寺	卷十二《净業傳》
仁壽元年	童真	雍	終南山仙遊寺	卷十二《童真傳》
仁壽三年	靈幹	洛	漢王寺	卷十二《靈幹傳》
文帝	善冑	梓	牛頭山華林寺	卷十二《善冑傳》
仁壽	辯相	越	大禹寺	卷十二《辯相傳》
仁壽	寶襲	嵩	嵩岳寺	卷十二《寶襲傳》
仁壽二年	慧遷	瀛	宏博寺	卷十二《慧遷傳》
仁壽四年	慧遷	海	安和寺	卷十二《慧遷傳》
仁壽	靈潤	懷	?	卷十五《靈潤傳》

續表

年代	敕送者	州	山寺	備註
仁壽元年	曇遷	岐	鳳泉寺	卷十八《曇遷傳》
仁壽年中	靜端	豫	?	卷十八《靜端傳》
仁壽	智通	河東	栖巖道場	卷十八《智通傳》
仁壽四年	靜琳	華原	石門山神德寺	卷二十《靜琳傳》
仁壽二年	洪遵	衛	福聚寺	卷二十二《洪遵傳》
仁壽四年	洪遵	博	?	卷二十二《洪遵傳》
仁壽四年	覺朗	絳	覺成寺	卷二十二《覺朗傳》
仁壽元年	道密	同	大興國寺	卷二十八《道密傳》
仁壽之末	道密	鄭	黃鵠山晉安寺	卷二十八《道密傳》
仁壽	智隱	益	福聚寺	卷二十八《智隱傳》
?晚	智隱	莘	?	卷二十八《智隱傳》
?	明誕	襄	大興國寺	卷二十八《明誕傳》
仁壽初歲	明璨	蔣	栖霞寺	卷二十八《明璨傳》
仁壽	慧重	?	泰山岱岳寺	卷二十八《慧重傳》
仁壽四年	慧重	隆	禪寂寺	卷二十八《慧重傳》
仁壽初年	寶積	?	華岳思覺寺	卷二十八《寶積傳》
仁壽中年	道端	潞	梵境寺	卷二十八《道端傳》
仁壽	道璨	許	辯行寺	卷二十八《道璨傳》
仁壽	明芬	慈	石窟寺	卷二十八《明芬傳》
仁壽二年	僧蓋	滄	?	卷二十八《僧蓋傳》
仁壽四年	僧蓋	浙	法相寺	卷二十八《僧蓋傳》
仁壽之末	曇瑎	熙	環公山山谷寺	卷二十八《曇瑎傳》
建塔之初	道貴	德	會通寺	卷二十八《道貴傳》
?	道順	宋	?	卷二十八《道順傳》
仁壽末歲	法顯	隴州	三王山	卷二十八《法顯傳》
仁壽	僧世	萊	宏藏寺	卷二十八《僧世傳》
仁壽四年	僧世	密	茂勝寺	卷二十八《僧世傳》

續　表

年　代	敕送者	州	山　寺	備　註
仁壽	法周	韓	修寂寺	卷二十八《法周傳》
仁壽	慧誕	杭	天竺寺	卷二十八《慧誕傳》
仁壽	智光	循	道場寺	卷二十八《智光傳》
仁壽中年	智教	秦	永寧寺	卷二十八《智教傳》
仁壽	圓超	廣	化城寺	卷二十八《圓超傳》
仁壽中年	慧藏	觀	?	卷二十八《慧藏傳》
?	法順	江	廬山東林寺	卷二十八《慧藏傳》
仁壽	寶憲	洪	?	卷二十八《寶憲傳》
仁壽二年	法朗	陝	大興國寺	卷二十八《法朗傳》
仁壽中年	曇遂	晉	法吼寺	卷二十八《曇遂傳》
仁壽中歲	曇觀	莒	定林寺	卷二十八《曇觀傳》
仁壽中	靈達	恒	龍藏寺	卷二十八《靈達傳》
仁壽中歲	僧昕	毛	護法寺	卷二十八《僧昕傳》
仁壽二年	玄鏡	趙	無際寺	卷二十八《玄鏡傳》
仁壽之歲	智揆	魏	開覺寺	卷二十八《智揆傳》
?	僧範	冀	覺觀寺	卷二十八《僧範傳》
仁壽二年	寶安	營	梵幢寺	卷二十八《寶安傳》
仁壽	寶巖	幽	宏業寺	卷二十八《寶巖傳》
仁壽中年	明馭	濟	崇梵寺	卷二十八《明馭傳》
仁壽二年	道生	楚	?	卷二十八《道生傳》
仁壽之年	法性	兗	普樂寺	卷二十八《法性傳》
仁壽	辯寂	徐	流溝寺	卷二十八《辯寂傳》
仁壽二年	靜凝	杞	?	卷二十八《靜凝傳》
仁壽	法楷	曹	法元寺	卷二十八《法楷傳》
仁壽	智能	青	勝福寺	卷二十八《智能傳》
文帝時	曇良	亳	開寂寺	卷二十八《曇良傳》
仁壽	道嵩	蘇	?	卷二十八《道嵩傳》

續　表

年　代	敕送者	州	山　寺	備　註
仁壽	智嶷	瓜	崇敬寺	卷二十八《智嶷傳》
仁壽	道顔	桂	?	卷二十八《道顔傳》
?	浄辯	衡	岳寺	卷二十八《浄辯傳》

開皇年間興大興善寺,到仁壽年間復有禪定寺的崛起。《隋書·沈充傳》卷六十四稱:"初建禪定寺,其中幡竿高十餘丈。"這是禪定寺見於正史的一頁。隋代高僧在開皇年間住大興善寺,到仁壽以及大業年間,作大興善寺,和禪定的相等。東都慧日寺、西京日嚴寺都不能比。關於禪定寺創造的時期,共有兩說。或謂仁壽二年獨孤后崩後,始造禪定,例如卷十八《曇遷傳》。或謂隋文崩後,禪定鬱興。例如卷十《靖玄傳》。實則獨孤后崩後創造者禪定寺,隋文崩後創造者稱大禪定寺,所以卷二十五《明瞻傳》有"下敕於兩禪定各設盡京僧齋"的記載,《曇遷傳》中關於禪定寺有詳密的敘述:

及獻后云崩,於京邑西南置禪定寺,架塔七層,駭臨雲際,殿堂高竦,房宇重深,周閭等宮闕,林園如天苑,舉國崇盛,莫有高者。仍下敕曰:"自稠師滅後,禪門不開,雖戒慧乃宏,而行儀攸闕。今所立寺,既名禪定,望嗣前塵,宜於海内召名德禪師百二十人,各二侍者,並委遷禪師搜揚。"有司具禮,即以遷爲寺主。

綜觀隋文一代興法之事,不可謂不盛,但是當時有識之士不盡贊同。《道林傳》卷十九稱:"隋開皇之始,創啟玄宗,敕度七人,選窮翹楚,有司加訪,搜得林焉。文皇親命出家,苦辭不可,乃啟曰:'貧道聞山林之士,往而不返,浩然之氣,獨結林泉,望得連蹤既往,故應義絕凡貫。陛下大敞法門,載清海陸,乞以此名遺虛仰者。'"其後道林逃還太白山,再逃梁山之陽,對於當時的虛譽,避之若浼。這是一例。其次,《靈裕傳》卷九稱開皇三年,相州刺史樊叔署舉爲都統,靈裕逃往燕趙。開皇十年,在洺州靈通寺,夜於庭中,得書一牒,言述命報,厄在咸陽。十一年,隋文帝下詔召靈裕入京。"裕得書惟曰:'咸陽之厄,驗於斯矣。然命有隨遭,可辭以疾。'又曰:'業緣至矣,聖亦難違。'乃步入長安,不乘官乘。"其後衆議舉爲國統,靈裕堅辭還山,"告門人曰:'王臣親附,久有誓言,近則侮人輕法,退則不無遙敬,故吾斟酌向背耳。'"這又是一例。我們因此也可以遙想清初顧炎武、李顒等不應徵召的用意。仁壽造塔以後,諸州皆稱塔瑞,所言光相的故事不一而足,靈裕歎曰:"此相禍福兼表矣。"這不能不算是先見。歷史上一切獻符、獻芝的故事,都是如此。

三

隋代的僧徒,是當時領導社會的智識階級,因此常常和政治發生關係。《隋書·王誼傳》、《元諧傳》卷四十皆言胡僧告諧、誼謀反,這是一件。《高熲傳》卷四十一稱:"沙門真覺嘗謂熲云:'明年國有大喪。'尼令暉復云:'十七、十八年,皇帝有大厄。十九年,不可過。'"又是一件。《滕嗣王綸傳》卷四十四稱:"煬帝即位,尤被猜忌。……有沙門惠恩、崛多等,頗解占候,綸每與交通,嘗令……爲度星法。有人告綸怨望呪詛,帝命黃門侍郎王弘窮治之。"崛多即闍那崛多,《續高僧傳》卷二有傳,言:"隋滕王遵仰戒範,奉以爲師,因事塵染,流擯東越。"崛多塵染當指滕王得罪之事,《續高僧傳》言崛多死於開皇二十年,流擯之時,當更在其前,《隋書》繫之煬帝大業中,二說互異,不可考。

開國之後,誅戮功臣,這是常有的事。但是隋文五子,以次誅廢,最後煬帝亦不能善終,卻是自古少有的奇變。開皇十七年,秦王俊坐事免,二十年六月薨。是年十月,皇太子勇廢爲庶人,後四年賜死。仁壽二年,蜀王秀廢爲庶人,繫獄。四年,文帝崩,漢王諒反,兵敗請降,廢爲庶人,幽死。隋文諸子皆握重兵,皇太子勇失愛於獨孤后,於是兄弟之間發生奪嗣的陰謀,從設計陷害演變到稱兵爭奪,情事是相當的複雜。在每一個演變的中間,都隱藏着僧徒的踪跡,這是隋代的特色。

第一個失敗者是秦王俊。《隋書》本傳卷四十五稱其:"仁恕慈愛,崇敬佛道,請爲沙門,上不許。"《續高僧傳》也留下許多秦王崇敬佛道的故事。《慧曠傳》卷十稱:"秦孝王帝子之尊,建麾襄沔,聞風佇德,親奉規戒。"這是開皇八年的事。以後轉并州總管。《真觀傳》卷三十一稱:"秦王蒞藩,二延總府。"《慧瓚傳》卷十八稱:"秦王俊作鎮并補,宏尚釋門,於太原蒙山置開化寺,承斯道行,延請居之。"這都是并州以後的事。《彥琮傳》卷二有更詳密的記載,"秦王俊作鎮太原,又蒙延入安居内第,叙問殷篤。琮別夜寐,夢見黃色大人身長三丈,執頗梨椀授云:'椀内是酒。'琮於夢中跪受之曰:'蒙賜寶器,非常荷恩,但以酒本律禁,未敢輒飲。'寤已莫知其由。及後王躬造觀音畫像,張設内第,身量所執,宛同前夢。"其後秦王以奢縱免官。

第二個失敗者是皇太子勇。《普安傳》卷二十九稱："開皇八年，頻敕入京，爲皇儲門師。"《慧超傳》卷二十九稱："隋太子勇，召集名德，總會帝城。"太子勇以失愛於獨孤后失敗。其他諸王皆造佛寺，延僧徒，而晉王廣最甚，也是最後的成功者。

第三個失敗者是蜀王秀。蜀王門師最初是慈藏見卷二十七《法進傳》，其後是曇遷，但是曇遷始終沒有赴蜀，《傳》卷十八言："帝以遷爲蜀王門師，王置鎮梁益，意欲令往蜀塔所檢校爲功，宰輔咸以劍道危懸，塗經盤折，高年宿齒，難冒艱阻，更改奏之。"其時蜀王所造之寺爲法聚寺，代曇遷前往者爲慧藏弟子智隱，見卷二十八《智隱傳》。聲望遠在曇遷之下，宰輔當然指楊素等，這是當時政治上的一種作用。蜀王入益州的時候，同去的還有善冑。《善冑傳》卷十二稱："開皇將末，蜀王秀鎮部梁益，携與同行，岷嶓歸德，日望道成務。"

第四個失敗者是漢王諒。自廢太子勇失敗以後，競爭者止有太子廣、蜀王秀、漢王諒三個，所以在蜀王被廢的罪狀裡，有詛咒楊堅、楊廣、楊諒的事項。及至蜀王被廢，于是競爭場上止賸太子廣和漢王諒。但是仍沒有決定的勝負。太子廣的儲位雖定，因爲廢太子勇的先例，儲位究竟不是什麼保障。再加以漢王諒入都輔政的故事，所以事情的演變非常複雜。其後漢王復鎮并州，東至滄海，南距黃河，總管五十二州，左右如王頍、蕭摩訶，都是南朝的宿將。《蜀王秀傳》言："晉王廣爲皇太子，秀意甚不平。"《漢王諒傳》言："及蜀王以罪廢，諒愈不自安。"皆見《隋書》卷四十五。其實這一切都是隋文不學無術、處置失當的結果。

漢王造寺見《彥琮傳》卷二；受戒見《靜端傳》卷十八；度僧見《玄會傳》卷十五。但是與漢王關係最深，在政治幕後的則爲當時魏齊高僧志念法師。《志念傳》卷十一言念"遂騁垂天之翼，弘蓋世之功，俯仰應機，披圖廣論，名味之聚，緣重之識，卷舒复古之下，立廢終窮之前，大義千有餘條，並爲軌導。至如《迦延》本經，傳謬來久，《業犍度》中脫落兩紙，諸師講解，曾無異尋，念推測上下，懸續其文，理會詞聯，皆符前作，初未之悟也。後江左傳本，取勘遺蹤，校念所作，片無增減，時謂不測之人焉"。志念的著作有《迦延》、《雜心論》疏及《廣鈔》各九卷，受學者數百人。漢王諒作鎮并州，志念與徒衆四百餘人，受王供養。王於宮城之內更築子城，名爲內城寺。這便是和晉王廣東京內道場對立的建築。傳稱王令上開府諮議參軍王頗即王頍，《隋書》卷七十六《文學傳》有傳。宣教："寡人備是帝子民父，蒞政此藩，召請法師等遠來降趾，道不虛運，必藉人宏，正欲闡揚佛教，使慧日清朗，兆庶蒙賴，法之力也。宜銓舉業長者，可於大興國寺宣揚正法。"當時主持講席的便是志念，門衆有名者五百餘人。其後仁壽二年，獨孤后背世，《志念傳》有下列的記載：

  仁壽二年，獻后背世，有詔追王入輔。王乃集僧曰："今須法師一人，神解高第者，可共寡人入朝，擬抗論京華，傳風道俗。"衆皆相顧，未之有對。王曰："如今所觀，念法師堪臨此選。"遂與同行。既達京師，禪林創講，王自爲檀越，經營法祀。念登座震吼，四答冰消，清論徐轉，群疑潛遣。由是門人慕義，千計盈堂，遂使義窟經笥，九衢同軌，百有餘日，盛啟未聞。

當然志念的勝利，也就是漢王的勝利。這時期中由漢王諒、太子廣的對立，演爲内城寺、大興國寺及東都内道場、慧日寺的對立，又演爲禪林寺及太子廣所建日嚴寺的對立。《智脱傳》卷九稱："及獻后既崩，福事宏顯，乃召日嚴英達五十餘人，承明内殿，連時行道，尋又下令講《净名經》，儲后親臨，時爲盛集。"這是當時日嚴寺的佈置。《辯義傳》卷十一稱："仁壽二年，隋漢王諒遠迎志念法師，來萃京室，王欲衒其智術也，乃於禪林寺創建法集，致使三輔高哲，咸廢講而同師焉。義厠其筵肆，聆其雅致，乃以情之所滯，封而問之，前後三日，皆杜詞莫對。"辯義是日嚴寺的僧徒，這是他和志念接觸的一幕。但是當時日嚴徒衆都不是志念的敵手，所以辯義的詰問，傳稱爲"慧發不期，合京竦神傳聽"。

漢王諒還并州，乃與志念同行，以後再於寶基寺開講，"方面千里，法座輟音，執卷承旨，相趨階位"。但是智識分子的争衡，究竟不是最後的決勝。所以仁壽四年隋文下世，漢王諒立刻舉兵，争取決定的結果。不幸漢王諒究竟不是煬帝的對方，王頍儘管自負其才不下楊素，但是漢王諒究竟不及煬帝。最後王頍自殺，漢王諒請降，煬帝、楊素得到最後的勝利。志念止有乘驆歸里。及煬帝屢招往住慧日，志念頻辭不赴，保全了一生的節操。《曇遷傳》卷十八稱楊素入并州後，總集諸僧，擬置軍法，當時漢王諒和僧徒的關係於此可見。

四

  假如我們要把隋文和隋煬對比，顯然地他們屬於兩個不同的範疇。文帝陰狠，煬帝潤大；文帝鄙嗇，煬帝豪縱；文帝是校計升斗的田舍翁，煬帝是席豐履厚的世家子。要在中國史上找一個和煬帝相比的人物，我們只可推舉漢武帝：他們同樣是詞華橫溢的天才，雄才大略的君主。不過煬帝的結局，遇到意外的不幸，成爲歷史的慘劇，再加以唐代史家全無同情的叙述，和《迷樓記》這些向壁虛造的故事,於是煬帝更寫成童昏,留爲千秋的炯戒。這不能不算是歷史上的冤獄。但史家稱文帝"素無術學,不能盡下,無寬仁之度,有刻薄之資,暨乎暮年,此風逾扇,又雅好符瑞,暗於大道。"《隋書》卷二《高祖紀》。又稱"煬帝爰在弱齡,早有令聞,南平吳、會,北却匈奴,昆弟之中,獨著聲績。"《隋書》卷四《煬帝紀》。至少在這幾點還有不可掩者。

隋煬的一生,大致可分三個段落:第一個段落從開皇元年到開皇二十年,這是晉王廣的時代;第二個段落從仁壽元年到仁壽四年,這是太子廣的時代;第三個段落從大業元年到大業十四年,這是煬帝時代。在第一個段落的後期,他的主要工作是奪嫡。到了第二個段落目的移轉,他的工作便在怎樣排斥蜀王秀和漢王諒。到第三個段落,這便是他自己的時代了。在奪嫡固位的當中,他也會結權要,耍陰謀,甚至排擠誣陷,這裡證明了他是隋文的兒子。但是這是他奪取政治地位的手段,在他得國以後,作風一變,那是他和文帝不同的地方。

《煬帝紀》稱:"高祖幸上所居第,見樂器絃多斷絕,又有塵埃,若不用者,以爲不好聲伎,善之。上尤自矯飾,當時稱爲仁孝。"這是煬帝尚爲晉王的時代。本來隋文帝崇儉約,獨孤后惡姬侍,太子勇、秦王俊的失敗,都由於觸犯了帝、后的大忌。煬帝的不好聲伎,正是這個用意。其次帝后正在崇奉佛法的過程,晉王也就在這方面下功夫,投其所好。

晉王崇奉佛教,爲時甚早。《彥琮傳》卷二稱:"從駕東巡,旋途并部,時煬帝在藩,任總河北,承風請謁,延入高第,親論往還,允愜懸佇,即令住内堂,講《金光明》、《勝鬘》、《般若》等經,又奉別教撰修文疏,契旨卓陳,雅爲稱首。"這是開皇三年晉王廣爲河北道行臺尚書令的事。六年,晉王改雍州牧。八年,置淮南道行臺,晉王爲尚書令。九年,平陳,拜晉王廣爲太尉。十年,會稽人高智慧等作亂。《煬帝紀》稱進太尉後,"復拜并州總管,俄而江南高智慧等相聚作亂,徙上爲揚州總管,鎮江都,每歲一朝。"《隋書》卷三。大致鎮江都的事,必在開皇十年以後,自後十年中,晉王廣的根據地在江都,但是經營的目光始終不離東都和京師。

晉王在江都的時候,第一個注意到的是天台智者大師,這本是當時第一流的高僧,所以首先引起晉王的崇敬。《智顗傳》卷十七稱:"會大業在藩,任總淮海,承風佩德,欽注相仍,欲遵一戒法,奉以爲師,乃致書累請。顗初陳寡德,次讓名僧,後舉同學,三辭不免。"開皇十一年十一月,於揚州設千僧會,智顗傳戒授律,賜晉王法名總持,晉王亦奉智顗名爲智者。和智顗同來揚州的有智顗門人灌頂,這是後來稱爲章安大師的。《灌頂傳》卷十九稱:"開皇十一年,晉王作鎮揚州,陪從智者庋止邘溝,居禪衆寺,爲法上將。"以後晉王和智顗這一派的關係狠深,屢次手疏請還揚州。開皇十七年,智顗病重,"出所製《浄名疏》并犀角、如意、蓮華、香爐,與晉王别,遺書七紙,……囑以大法。"晉王五體投地,悲涙頂受見《灌頂傳》。即位以後,每逢智顗諱日,帝必廢朝。傳又稱:"隋煬末歲,巡幸江都,夢感智者,言及遺寄,帝自製碑,文極宏麗。"又隋煬爲智者造寺,因山爲稱,號曰天台,其後因智操奏《天台大師懸記》云"寺若成則國清",乃號爲國清寺,見《國清百録》。東京慧日道場道莊、法論講《浄名經》,煬帝命其全用智者義疏判釋經文。見卷十九《灌頂傳》。我們看到煬帝的推崇智者,那麼天台宗之所以卓然成立,和煬帝不無相當的關係。

　　慧日道場是晉王所設四大道場之一。《智脱傳》卷九稱:"煬帝作牧邘江,初建慧日,盛搜異藝,海岳搜揚。脱以慧業超悟,爰始霑預。"《法澄傳》卷九稱:"晉王置四道場,澄被召入。"四道場之説不詳。卷十五《義解》論云:"道場慧日法雲,廣陳釋侶,玉清金洞,備引李宗。"慧日、法雲、玉清、金洞似是四大道場之名,僧道各佔其二。法雲道場,其後無聞。慧日道場在東京,又稱内道場,或慧日寺,《道安傳》卷二十四言:"一時總萃慧日,道藝二千餘人",規模之大,可以想見。煬帝時,慧日寺的道莊、法論兩人始終處於主要的地位,所以《義解》論卷五稱:"煬帝嗣籙,重飛聲實,道莊顧言於内外,法論禮御於始終。"就指定莊、論二師用《浄名經》智者義疏一點看來,我們認識隋文父子雖然同是隆興佛法,但是隋文是崇拜佛法,而隋煬正經是領導佛法了。這是立場上的差異。慧日寺始終爲當時第一流的高僧所棄,智顗、灌頂不入慧日,志念也不來。《靖嵩傳》卷十稱:"隋煬昔鎮揚、越,立四道場,教旨載馳,嵩終謝遣,及登紫極,又敕徵召,固辭乃止。門人問其故,答曰:'王城有限,動止嚴難,雖内道場,不如物外。沙門名爲解脱,如何返以事業累乎?'"這便指明了他們不入慧日的原因。

　　晉王在京師造日嚴寺。《彦琮傳》言:"煬帝時爲晉王,於京師曲池營第林,造日嚴寺,降禮延請,永使住之。由是朝貴賢明,數增臨謁。"便是這一件事。日嚴、慧日兩寺關係甚深,所以道莊、法論、智脱、法澄皆卷十一、吉藏、智炬卷十三往往從慧日移住日嚴。這時正是漢王諒在并州弘道的時候。一邊晉王令召僧徒入住二寺,一邊漢王也召集諸衆同入河北。仁壽年間,河北居然佔有優勢。《道傑傳》卷十三稱仁壽二年,"法門大敞,宗師雲結,智景大論,十力攝乘,兩達《涅槃》,舜龕律部,一期總集,并晉中興。"兩達指并州兩慧達,見卷十四,舜指智舜,見卷二十一,龕指道龕,見卷二十七,和智景、十力,都是河北的英秀。他們的領袖便是志念法師。這時智識分子多在河北，但是最後的勝負還是決於軍事，所以河北的僧徒，在《續高僧傳》留下的踪跡，不及慧日、日嚴兩寺的僧徒。

太子廣時代，便是晉王廣時代的延長，在這一段時期以內，繼續着兩股勢力的對立。在獨孤后逝世的期間，日嚴諸僧有和志念法師諍論的故事。

煬帝即位以後，對於譯經的事，着着進行。《隋書》卷八十三《西域傳》稱煬帝遣侍御史韋節、司隸從事杜行滿使於西蕃諸國，至王舍城得佛經。這是正史的記載。《達摩笈多傳》卷二稱："煬帝定鼎東都，敬崇隆厚，至於佛法，彌增崇樹，乃下敕於洛水南濱上林園內置翻經館，搜舉翹秀，永鎮傳法。登即下徵笈多，并諸學士，並預集焉。"《彥琮傳》稱，大業二年於洛陽上林園立翻經館，令彥琮處之；又稱"新平林邑，所獲佛經，合五百六十四夾，一千三百五十餘部。并崑崙書，多梨樹葉，有敕送館，付琮披覽，并使編叙目錄，以次漸翻"。《無礙傳》卷二十一："大業二年，召入洛陽，於四方館刊定佛法。"《靖玄傳》卷十："東都譯經，又召明則入館，專知綴緝。"《道密傳》卷二十八："及大業伊始，徙治雒陽，上林園中置翻經館，因以傳譯，遂卒於彼。"同指此事。四方館大致即指翻經館，亦有論道講經的故事。《慧乘傳》卷二十五："大業六年，有敕郡別簡三大德入東都，於四方舘仁王行道，別敕乘爲大講主，三日三夜興諸論道，皆爲析暢，靡不泠然。"便是這一件事。

從開皇年間建四道場起，到大業末歲下敕九宮並爲寺宇卷二十二《靈藏傳》爲止，煬帝都在隆興佛法的過程中，但是僧徒的冒濫，已經是當時的現象。《隋書》卷七十四《王文同傳》："及帝征遼東，令文同巡察河北諸郡。文同見沙門齋戒素食者，以爲妖妄，皆收繫獄。比至河間，……求沙門相聚講論，及長老共爲佛會者數百人，文同以爲聚結惑衆，盡斬之。又悉裸僧尼，驗有淫狀非童男女者數千人，復將殺之。"文同或許止是一個酷吏，而僧徒的不理人口，已不可掩。因此大業年間復有屏除流徙隱逸的事。卷二十九《大志傳》。從隋文的安堵逃僧，到隋煬的屏除隱逸，中間便有一個狠大的距離。

隋文崇敬僧徒，自稱義兒，到了隋煬，便有敕令沙門致敬的事。從東晉起這是僧徒當前的一個難題。慧遠言："袈裟非朝宗之服，鉢盂非廊廟之器，沙門塵外之人，不應致敬王者。"因著《沙門不敬王者論》五篇，見慧皎《高僧傳》。到了隋煬，舊事重提。《續高僧傳》卷二十五《明贍傳》對於此事記載甚詳。

大業二年，帝還京室，在於南郊，盛陳軍旅。時有濫僧染朝憲者，事以聞上。帝大怒，召諸僧徒，並列御前，峙然抗禮，下敕責曰："條制久頒，義須致敬。"於時黃老士女，初聞即拜，惟釋一門，儼然莫屈。時以贍爲道望，衆所推宗，乃答曰："陛下必欲遵崇佛教，僧等義無設敬，若准制返道，則法服不合敬俗。"敕云："若以法服不合，宋武爲何致拜？"贍曰："宋氏無道之君，不拜交招顯戮。陛下有治存正，不陷無罪，故不敢拜。"帝不屈其言，直遣舍人語僧："何爲不拜？"如此者五。黃巾之族，連拜不已，惟贍及僧長揖如故。兼抗聲對叙，曾無憚懾。帝乃問："向答敕僧是誰？錄名奏聞。"便令視擬戮，諸僧合衆安然而退。明旦有司募敢死者至闕陳謝，贍又先登，雖達申遜之詞，帝夷然不述，但下敕於兩禪定各設盡京僧齋，再遣束帛，特隆常準。後迴蹕西郊，顧京邑語朝宰曰："我謂國内無僧，今驗一人可矣。"自爾頻參元選，僉議斯屬，下敕令住禪定，用崇上德故也。

"國内無僧"一語，不能不認爲隋煬的失言，但是像慧日道場諸僧，受王者供養，號爲家僧，見卷二十五《慧乘傳》。不以爲恥，實在也難引起時君的欽敬，可施之以廩禄者，可加之以鞭撻，這原是顛撲不破的定律。隋煬不戮明贍，比北周武帝的不戮慧遠，固然相等，但是以明贍的敕住禪定，和慧遠的遁還汲郡相比，煬帝之君人之度，似勝一籌。我們再看到蜀王秀、漢王諒争立失敗以後，都能免於顯戮，也可知道煬帝的爲人，究和傳説不同。道宣於卷二十五《護法篇》論此云："有隋御宇，深信釋門，兼陳李館，爲收恒俗。二世纘曆，同政前朝，悼像化之微行，襲宋桓之致敬。於時緇素相望慘然，明贍法師屈起臨對，夙未程術，衆或漏言，及覩其厲色格詞，抗揚嚴詔，皆謂禍碎其身首也，助慄不安其足。而贍逞怡顔色，欣勇綽然，帝後乃述釋門之有人焉，衆乃悟其脱穎也。知人其難，人實難知，知其難者，千載其一乎！"

煬帝興法關於經籍護持的一點，也值得注意。本來在後周滅齊、隋滅陳的兩度戰役中，經籍的摧殘，是無可避免的，加以周武的滅法，以及隋文滅陳以後，江南每州止留兩寺的限制，卷十二《慧覺傳》。于是經籍更受損失。《續高僧傳》提及幾次。卷十八《静端傳》："周滅法時，乃竭力藏舉諸經像等百有餘所，終始護持，冀後法開，用爲承緒。及隋開化，並總發之，經籍廣被，端之力也。"又卷十一《吉藏傳》："在昔陳、隋廢興，江陰陵亂，道俗波迸，各棄城邑，乃率其所屬，往諸寺中，但是文疏，並皆收聚，置于三間堂内，及平定後，方挑簡之。故目學之長，勿過於藏，注引宏廣，咸由此焉。"但這止是私人的收藏。《慧覺傳》卷十二言隋煬"江都舊邸立寶臺經藏，五時妙典，大備於是。及踐位東朝，令旨允屬掌知藏事，僉曰得人"。

江都寶臺又有寫經之事,《智果傳》_{卷三十一}稱晉王召令寫書,智果不可,"王大怒,長囚江都,令守寶臺經藏"。指此。

就文、煬二帝對於外國僧徒的設施,也看出絕大的距離。本來印度高僧的來華以及中國佛化東漸,促成高麗、百濟_{卷二十九《慧顯傳》作伯濟}、新羅的佛化,原是隋代以前的事,并不始於文帝。開皇之初,那連提黎耶舍移住廣濟寺,爲外國僧主,_{見卷二《那連提黎耶舍傳》}。這是文帝時的政制。但如《闍提斯那傳》_{卷二十八}的記載:

闍提斯那住中天竺摩竭提國,學兼群藏,藝術異能,通練於世,以本國忽然大地震裂,所開之處極深無底,於其岸側獲一石碑,文云:"東方震旦,國名大隋,城名大興,王名堅,意建立三寶,起舍利塔。"彼國君臣欣感嘉瑞,相慶希有,乃募道俗五十餘人,尋斯靈相,初發祖送,並出王府,路逢賊掠,所遺蕩盡,唯餘數人,逃竄達此,以仁壽二年至仁壽宮,計初地裂獲碑之時,即此土開皇十四年也。

這是一種不成事體的記述。但是到了煬帝,除了往天竺求經,於上林園譯經以外,還有於鴻臚館教授蕃僧的記載,於是中國完成了傳播佛教的使命,也就奠定了中國在東亞文化界的地位。記鴻臚館事如次:

大業四年,召入鴻臚館,教授蕃僧。
——卷十二《淨業傳》

大業九年,召入鴻臚,教授東蕃三國僧義。九夷狼戾,初染規猷,賴藉乘機接誘,並從法訓。
——卷十三《靜藏傳》

大業十年,召入禪定,尋又應詔請入鴻臚,爲敷大論,訓開三韓諸方士也。
——卷十三《神逈傳》

大業十年,被召入鴻臚教授三韓,并在本寺翻新經本。
——卷十五《靈潤傳》

又《敬脫傳》_{卷十二}稱:"以大業十三年卒于東都鴻臚寺。"大約亦是教授三韓蕃僧者。此外《慧乘傳》_{卷二十五}有奉敕爲高昌王麴氏講《金光明經》的故事,但是當時的傳播,還是集中在三韓和高麗,而東蕃高僧,見《續高僧傳》的亦不少。再經三韓傳到日本,《隋書》卷八十一《東夷列傳·倭國傳》:"大業三年,其王多利思比孤遣使朝貢。使者曰:'聞海西菩薩天子重興佛法,故遣朝拜,兼沙門數十人來學佛法。'"菩薩天子之稱,指煬帝。

五

講論的方面,隋代僧徒的力量集中在《大品》、《涅槃》、《法華》、《華嚴》、《淨名》、《地持》、《毗曇》諸經,《成實》、《十地》、《大智度論》、《三論》諸論。《攝論》初自南朝傳來,所以引起當時的觀聽。《靖嵩傳》卷十稱:"有天竺三藏,厥號親依,齎《攝》、《舍》二論,遠化邊服,初歸梁季,終歷陳朝,二十餘年,通傳無地,雖云譯布,講授無聞。"其後靖嵩入徐州崇聖寺,"於是常轉法輪,江淮通潤,遂使化移河北,相繼趨途,望氣相奔,俱諧《攝論》。"這是開皇十年以後的事。開皇七年曇遷奉敕入關,講授《攝論》,受業千數,傳稱"沙門慧遠,領袖法門,躬處坐端,橫經稟義"。關中《攝論》開宗之盛,於此可見。這些當然屬於佛學的範圍,今不具述。

隋代僧徒有一點特別引起注意的,便是導文的發展。導文是一種經誦,《法韻傳》卷三十一稱:"誦諸碑誌及古導文百有餘卷。"《真觀傳》卷三十一稱:"著諸導文二十餘卷。"皆可證。導文大抵臨景結構,沒有固定的方式,所以柳顧言、諸葛穎屬善權寫爲卷軸,善權答以"唱導之設,務在知機,誦言行事,自貽打棒,雜藏明誡,何能輒傳,宜速焚之,勿漏人口。"卷三十一《善權傳》。《法韻傳》言:"經導兩務,並委於韻。"當時對於導文的看重,可以想見。茲舉當時唱導之狀於次:

導達之務,偏所牽心,及身之登座也,創發聲欬,砰磕如雷,通俗斂襟,毛竪自整。至於談述業緣,布列當果,泠然若面,人懷厭勇。

——卷三十一《立身傳》

權與立身分番禮導,既絶文墨,唯存心計,四十九夜,總委二僧,將三百度,言無再述。身則聲調動人,權則機神駭衆,或三言爲句,便盡一時,七五爲章,其例亦爾。

——卷三十一《善權傳》

門人法綱,傳師導法,汪汪放曠,譎詭多奇,言雖不繁,寫情都盡。

——同前

每聞經聲唄讚,如舊所經,充滿胸臆,試密尋擬,意言通詣,即以所解,用諮先達,咸曰:"卿曾共習,故有今緣,不可怪也。"遂取瑞應,依聲盡卷,舉擲牽迣,囀態驚馳,無不訝之。

——卷三十一《法琰傳》

以梵唄之功,住日嚴寺,尤能却囀弄響,飛揚長引,滔滔清流不竭。然其聲發喉中,唇口不動,與人並立,推檢莫知,自非素識,方明其作。

——卷三十一《慧常傳》

時京師興善有道英、神爽者,亦以聲梵馳名,道英喉顙偉壯,詞氣雄遠,大眾一聚,其數萬餘,聲調棱棱,高超眾外。興善大殿,鋪基十畝,櫨扇高大,非卒搖鼓,及英引衆遠旋,行次窗門,聲聒衝擊,皆爲動震。神爽唱梵,彌工長引,遊囀連綿,周流內外,臨機奢促,愜洽衆心。

——同前

關於梵誦,《慧恭傳》卷二十九稱讀《觀世音經》"恭始發聲唱經題,異香氤氳,遍滿房宇,及入文,天上作樂,雨四種花,樂則嘹亮振空,花則霏霏滿地,經訖下座,自爲解座。梵訖,花樂方歇。"這當然是神秘的記述。從義解、習禪到雜科聲德,無論如何玄妙,不能不認爲佛教的通俗化。從隋唐到宋明,佛教徒的日漸消沉,原因在此。但是因爲注重雜科聲德,便注重到文字聲韻。《智果傳》稱智騫"造《衆經音》及《蒼雅字苑》,宏叙周贍,達者高之,家藏一本,以爲珍璧。晚事導述,變革前綱,既絶文縟,頗程深器。"又稱"京師沙門玄應者,亦以字學之富,皂素所推,通造經音,甚有科據矣"。在中國文字聲韻學方面,僧徒曾有鉅大的供獻,這便不得不歸功到雜科聲德了。

《大慈恩寺三藏法師傳》述論

一

就中國文學之各部門，擇其偉大之作品言之，言詩者多推《古詩爲焦仲卿妻作》一篇，言小説者多推《紅樓夢》，言戲劇者多推元人《西廂記》雜劇。今論中國之傳叙文學，則必推《大慈恩寺三藏法師傳》。書凡十卷，約八萬餘字，成於唐太宗、高宗間，觀其布局之偉大，結構之完密，不特爲中國文學中所罕見，即以第七世紀前歐西諸國之傳叙文學比之，亦尠有出其右者。

平心論之，傳叙文學在中國文學中實爲不甚發達之部門，《四庫全書總目》推《孔子三朝記》《晏子春秋》爲傳記之祖，實則雜記言行，固不得不認爲傳叙之材料，實亦無從推爲傳叙之正宗。《史記》《漢書》開後世通史、斷代史之例，觀《史記·項羽本紀》、世家、七十列傳，《漢書》諸傳，要皆爲傳叙之先河，然志在庀材，義取勸懲，又立互見之例，所載事實往往有本傳所未詳者，此則史家立言之原則，例諸傳叙，斯亦未爲通方者矣。魏晉以降，傳叙始盛，譜記別傳，往往可數，而零縑斷簡，未見大篇，或有書盈十卷乃至百卷者，要皆爲總傳雜録之流。考《隋書·經籍志》雜傳二百一十七部一千二百八十六卷之目，計亡書合二百一十九部一千五百三卷。其事可知。至唐始有《慈恩傳》十卷之作。又宋僧贊寧《宋高僧傳》稽大曆中西明寺翻經沙門圓照爲京兆大安國寺利涉作傳十卷，足知其言行之多云云 卷十七，其書卷帙與《慈恩傳》相等，今未見。

玄奘法師傳流行今世者，有《大慈恩寺三藏法師傳》十卷本。簡稱《慈恩傳》，《宋高僧傳》卷四《彦悰傳》云號《慈恩傳》，蓋取專題也。又有唐僧道宣《唐高僧傳》卷四、卷五《唐京師大慈恩寺釋玄奘傳》及《唐京師大慈恩寺釋玄奘傳之餘》兩卷。兩傳之外又有別傳：《慈恩傳》卷二云："其人五百身中陰生陰，恒服此衣，從胎俱出，後變爲袈裟，因緣廣如別傳。"又"窟門外更有衆多聖迹"句下注云："説如別傳。"卷五達摩悉鐵帝國迦藍下注云："寺立因緣，廣如別傳。"又媲摩城雕檀佛像下注云："因緣如别传。"语皆可证。大抵玄奘西行之事,彰彰在耳目间,其时述作之风甚盛,而古文家不为人立传之说未起,故为玄奘作传者不一而足。

道宣事迹见《宋高僧传》卷十四。其人生于隋开皇十六年(596),卒于唐乾封二年(667),盖先玄奘六年而生,后玄奘三年而卒。《慈恩传》卷六记贞观十九年玄奘至长安弘福寺,将事翻译,有缀文大德九人至,中有终南山丰德寺沙门道宣,即其人也。显庆三年秋七月敕玄奘徙居西明寺,见《慈恩传》卷十。寺以元年秋八月造,道宣即为上座,道宣传所谓"及西明寺初就,诏宣充上座,三藏奘师至止,诏与翻译"者指此。大抵玄奘、道宣同事译经者两度。第一度为贞观十九年至二十二年间。二十二年春,驾幸玉华宫,六月敕追玄奘赴宫,冬十月,车驾返京,玄奘亦从还,先是敕所司于北阙紫微殿西别营一所,号弘法院,既到居之,见《慈恩传》卷六、卷七。自是玄奘与于侍从之列,自亲近诸弟子外,殆已不与外人相接。第二度则为显庆三年至四年间。四年冬十月玄奘移居玉华宫肃成院,见《慈恩传》卷十。至是又与道宣隔别。以是奘与同事之时,为日甚浅,相知不深,就《唐高僧传》观之,二人对于译经之观点,又大相违异,斯知彦悰别为玄奘作传,其旨固有在也。

《慈恩传》共十卷,题唐沙门慧立本,释彦悰笺。《慈恩传》卷六记缀文大德九人,有幽州照仁寺沙门慧立。又卷八称永徽六年,玄奘译《理门论》,道俗兴诤,尚药奉御吕才更张衢术,指其长短。译经沙门惠立闻而愍之,因致书于左仆射燕国于公论其利害。慧、惠通用,即其人也。《宋高僧传》卷四有《唐京兆大慈恩寺彦悰传》云:"释彦悰,未知何许人也。贞观之末,观光上京,求法于三藏法师之门。然其才不迨光宝,偏长缀习学耳。于玄儒之业,颇见精微;辞笔之能,殊超流辈。"大抵玄奘、慧立之间,感情较深,又无慈恩、西明对立之嫌(语见后)。至于彦悰,则为奘师弟子,其亲近尤有不同者。

彦悰《慈恩传序》云:

> 传本五卷,魏国西寺前沙门慧立所述。立俗姓赵,豳国公刘人,隋起居郎司隶从事毅之子。博考儒释,雅善篇章,妙辩云飞,溢思泉涌,加以直词正色,不惮威严,赴水蹈火,无所屈挠。觏三藏之学行,瞩三藏之形仪,钻之仰之,弥坚弥远,因循撰其事,以贻终古。及削稿云毕,虑遗诸美,遂藏之地府,代莫得闻。尔后役思缠痾,气悬钟漏,乃顾命门徒掘以起之,将出而卒。门人等哀恸荒鲠,悲不自胜,而此传流离,分散他所,后累载搜购,近乃获全,因命余以序之,迫余以次之。余抚己缺然,拒而不应。因又谓余曰:"佛法之

事,豈預俗徒,況乃當仁,苦爲辭讓!"余再懷慚退,沉吟久之,執紙操翰,汍瀾胸臆,方乃參犬羊以虎豹,揉瓦石以琳璆,錯綜本文,箋爲十卷。後之覽者,無或嗤焉。

《彥悰傳》亦云:"有魏國西寺沙門慧立,性氣炰烋,以護法爲己任,著書五卷,分記三藏,自貞觀中一行盛化,及西域所歷夷險等。"又云,其書購獲,"弟子等命悰排次之,序引之,或文未允,或事稍虧,重更伸明,曰箋述是也,乃象鄭司農箋毛之詁訓也"。傳文大抵根據彥悰原序,象鄭箋毛之說,望文生義,尤爲無稽,蓋於《慈恩傳》未能深讀,故有此也。今以序文論之,傳本五卷,無從錯綜爲十,此其可疑一也。傳既削稿,何嫌何疑,埋之地下,此其可疑二也。及慧立將終,門人掘地得書,何因復至流離,此其可疑三也。彥悰標題,自稱箋傳,而統觀全書,不見箋註,此其可疑四也。又其論斷,稱爲箋述,亦僅見卷六卷七卷十,不見於前五卷,此其可疑五也。綜斯五端,知本傳標題,固不可信。

以愚觀之,本傳前五卷,爲慧立所作,其中有無彥悰竄亂之迹不可知,後五卷爲彥悰所續,與慧立無涉,則固皎然可信者也。傳終有慧立論贊云:"法師心期既滿,學覽復周,將旋本土,遂繕寫大小乘法教六百餘部,請像七軀,舍利百有餘粒,以今十九年春正月二十五日還至長安。"準此知是傳作於貞觀年間可知,今卷五所記至玄奘回國爲止,勘以傳本五卷之說,其數適合,知爲慧立所作也。至後五卷則爲彥悰所續。卷十云,"至總章二年四月八日,有敕徙葬法師於樊川北原。"斯知書成蓋在總章二年或其後。

今總玄奘諸傳論之,其先後蓋如次:

(一)別傳無主名,作於《慈恩傳》前。

(二)《慈恩傳》卷一至卷五,慧立作於貞觀十九年至二十三年間(645—649)。

(三)《唐高僧傳》卷四卷五,道宣作於麟德元年玄奘歿後至乾封二年道宣歿前(664—667)。

(四)《慈恩傳》卷六至卷十,彥悰作於總章二年(669)或其後。

彥悰作傳之時,《唐高僧傳》久已流傳,而必欲別爲一傳者,蓋彥悰認爲道宣對於玄奘譯經之觀念,認識錯誤,故不得不予以糾正。玄奘一生,自貞觀十九年以前,其中心事業爲求法,自貞觀十九年以後,其中心事業爲譯經。假使對於譯經之觀念,認識不正確,直不啻否定其後半之人生,彥悰之所以另作者以此。《唐高僧傳》卷四云：

> 自前代已來所譯經教，初從梵語，倒爲本文，次乃迴之順同此俗，然後筆人觀理文句，中間增損，多墜全言。今所翻傳都由奘旨，意思獨斷，出語成章，詞人隨寫，即可披翫，尚賢吳魏所譯諸文，但爲西梵所重，貴於文句鉤鎖，聯類重沓，布在唐文，頗居繁複。

自道宣言，固病其繁複，自玄奘言，則頗將順衆意，除繁去重爲憾，觀其譯《大般若經》時可知。道宣譏爲"意思獨斷"，其意亦明。《唐高僧傳·梵僧提那傳》云："以永徽六年創達京師，有敕令於慈恩安置，所司供給。時玄奘法師當途翻譯，聲華騰蔚，無由克彰，掩抑蕭條，般若是難。"卷五。此又奘、宣二人見地懸殊之證也。

於譯經觀點不同以外，又有慈恩、西明對立之嫌，事雖無從指實，然有可畧窺者。《宋高僧傳·唐京師西明寺圓測傳》云："奘師爲慈恩基師即窺基，玄奘高足講新翻《唯識論》，測賂守門者隱聽，歸則緝綴義章。將欲罷講，測於西明寺鳴鐘召衆，稱講《唯識》。基慊其有奪人之心，遂讓測講訓。奘講《瑜珈》，還同前盜聽受之，而亦不後基也。"卷四。同卷《大慈恩寺窺基傳》則謂圓測講《唯識論》，"基聞之慚居其後，不勝悵怏，奘勉之曰：'測公雖造疏，未達因明。'遂爲講陳那之論。"凡此所載，雖僅基、測二人之私隙，然斯時道宣爲西明上座，下願憒憒，此則二寺對立之嫌也。其後奘公就西明寺翻譯，不久即移住玉華宮，事亦可疑。

《慈恩傳》卷十載道宣乾封年中，見有神現，謂曰："師年壽漸促，文記不正，詿誤後人，以是故來示師佛意。"又記道宣問神古來傳法之僧德位高下，并問玄奘。神答云："自古諸師解行，互有短長而不一準，且如奘師一人，九生以來，備修福慧，生生之中，多聞博洽，聰慧辯才，於贍部洲脂那國常爲第一，福德亦然，其所翻譯，文質相兼，無違梵本，由善業力，今見生覩史多天慈氏内衆，聞法悟解，更不來人間受生。"此皆託諸神語，爲玄奘翻譯迴護，并斥道宣之意也。

彥悰別作一傳而必託之慧立，何也？慧立已作五卷，無煩更作，此其一。道宣殁後，樹塔三所，高宗追仰道風，下詔崇飾，見道宣傳。聲勢赫奕，不敢與抗，此其二。標題已名，嫌於譽揚師説，跡近偏私，此其三。綜斯諸端，遂託名慧立，又故爲流離分散，序引排次之説，於是得五卷本者，方以爲所得未完，得十卷本者，亦謂爲定本斯在。凡此種種，皆見作者用心，復於卷十之末，仍附慧立論贊，俾後世之善讀者,得窺其意旨。昔弘忍密以法衣寄託慧能,謂曰:"受吾衣者命若懸絲。"及慧能南歸,追者已躡迹而至,幸而獲免。其後神秀奏舉,慧能謝病不起,不復過嶺。弟子神會北行傳宗,而神秀弟子普寂,至嗾御史盧奕,誣會聚徒,疑蒙不利。蓋唐初宗門之爭如此,然則彥悰之舉,豈得已哉!

《慈恩傳》前後分屬慧立、彥悰二人,而不失爲傳叙文學之名著者,蓋以玄奘生平,顯然兩截,以貞觀十九年爲其分界。故二人所作,各得其事業之中心。而求法與譯經,雖顯爲兩事,實則一體,欲譯經則必先求法,能求法則自當譯經,此所以前後連繫而仍不失其爲完密之傳叙也。

《宋高僧傳·窺基傳》云:"《慈恩傳》中云,奘師龍朔三年,於玉華宮譯《大般若經》終筆,其年十一月二十二日,令大乘基奉表奏聞(中節)。彼曰大乘基,蓋慧立、彥悰不全斥,故云大乘基。"檢今本但云:"至十一月二十二日,令弟子窺基奉表聞",無"大乘基"之稱,蓋今本又與贊寧所見本有異。此則字句之殊,亦言校勘者所當知也。

二

關於玄奘歿年,彥悰、道宣同記爲麟德元年二月五日,惟于生年則所説有異,今疏慧立等三人之説於次。

《慈恩傳》卷一記貞觀三年(629)玄奘首途,"時年二十六也"。逆推當生於隋仁壽四年(604),歿時六十一歲,此慧立之説也。

《慈恩傳》卷十記顯慶五年(660)玄奘"汲汲然恒慮無常,謂諸僧曰,玄奘今年六十有五,必當卒命於此伽藍",逆推當生於隋開皇十五年(596),歿時六十九歲,此彥悰之説也。

《唐高僧傳》記玄奘"武德五年(622)二十有一,爲諸學府雄伯沙門"。逆推當生於隋仁壽二年(602),歿時六十三歲,此道宣之説一也。又記玄奘"時年二十九也。遂厲然獨舉,詣闕陳表(中節)。會貞觀三年時遭霜儉,下敕道俗隨豐四出",逆推當生於仁壽元年(601),歿時六十四歲,此道宣之説二也。又記玄奘麟德元年(664)自言"行年六十五年矣,必卒玉華",逆推當生於開皇十九年(600),歿時六十五歲,此道宣之説三也。

右總三人,凡爲五説。印度記時,本不完密,僧徒傳習,時有舛訛,固不足怪。按冥祥《玄奘法師行狀》記玄奘云:"今麟德元年,吾行年六十有三。"持較道宣第一説,與之相合,三訛爲王,爲傳寫時常有之事,故今定爲玄奘生於隋仁壽五年,歿時六十三歲,或者又疑彥悰、道宣皆有六十有五之記,似不至謬,實則玄奘果有此言,亦未爲定論。玄奘以貞觀三年出國,十九年正月歸至長安,歸途中經于闐,傳言其爲于闐諸僧講《瑜珈》等論,"時間經六月",是則至于闐時,至遲當在十八年春,而發于闐後經二千餘里方至樓蘭,自樓蘭至長安道里,尤不在內,斯則發時,至遲當在十八年冬,而在于闐上表,自言:"歷覽周遊,十有七載",時玄奘纔過四十,尤非歿時髦荒可比,蓋自計歲年,亦不免訛誤也。

三

《慈恩傳》前五卷及《唐高僧·玄奘傳》前半,皆取材《大唐西域記》,故記載雖間有疏密,迄無齟齬。《西域記》共十二卷,今題稱三藏法師玄奘奉詔譯,大總持寺沙門辯機撰,蓋玄奘口述,辯機筆受,故題稱如此。玄奘《進西域記表》云:"今所記述,有異前聞,雖未極大千之疆,頗窮葱外之境,皆存實錄,匪敢彫華,謹具編裁,稱爲《大唐西域記》,凡一十二卷。"其事可知。

記中所載皆玄奘經行之處,于本人事實,所記特少。然彥悰記永徽元年玄奘爲大慈恩寺上座,"寺內弟子百餘人咸請教誡,盈廊溢廡,皆酬答處分,無遺漏者,雖衆務輻湊而神氣綽然,無所擁滯,猶與諸德說西方聖賢立義,諸部異端,及少年在此周遊講肆之事,高論劇談,竟無疲怠,其精敏強力,過人若斯"。《慈恩傳》卷七。因知慧立、道宣所記,往往有本諸玄奘口授者。

玄奘前半期之生活,以求法爲中心,故《慈恩傳》中於其事之先兆及其西行之勇猛精準,所載特詳,持以較道宣所記,過之甚遠,畧摘於次:

既方事孤遊,又承西路艱險,乃自試其心,以人間衆苦,種種調伏,堪任不退,然始入塔啓請,申其意志,願乞衆聖冥加,使往還無梗。又法師初生也,母夢法師著白衣西去,母曰:"汝是我子,今欲何去?"答曰:"爲求法故去。"此則遊方之先兆也。卷一。

胡公因說:"西路險惡,沙河阻遠,鬼魅熱風,過無達者,徒侶衆多,猶數迷失,況師單獨,如何可行,願自斟量,勿輕身命!"法師報曰:"貧道爲求大法,發趣西方,若不至婆羅門,終不東歸,縱死中途,非所悔也。"卷一。

法師對曰:"奘桑梓洛陽,少而慕道,兩京知法之匠,吳蜀一藝之僧,無不負笈從之,窮其所解,對揚談論,亦忝爲時宗,欲養己修名,豈劣檀越燉煌耶?然恨佛化經有不周,義有所闕,故無貪性命,不憚艱危,誓往西方,遵求遺法,檀越不相勵勉，專勸退還，豈謂同厭塵勞，共樹涅槃之因也。必欲拘留，任即刑罰，奘終不東移一步，以負先心。"卷一對校尉王祥語。

自念我先發願，若不至天竺，終不東歸一步，今何故來！寧可就西而死，豈歸東而生。卷一至第四烽後自語。

王乃動色攘袂大言曰："弟子有異塗處師，師安能自去，必定相留，或送師還國，請自思之，相順猶勝！"法師報曰："玄奘來者為乎大法，今逢為障，只可骨被王留，識神未必留也。"卷一與高昌王麴文泰對語。

《唐高僧傳》載與高昌王對語事，但云："道俗係戀，并願長留。奘曰：'本欲通開大化，遠被家國，不辭賤命，忍死西奔，若如來語一滯此方，非惟自虧法足，亦恐都為法障。'"語氣輕重之間，頗為不倫。他如與胡公、王祥，及至瓜州第四烽後自語之事皆所未詳，遂使玄奘求法之勇，為之索然頓盡。

道宣於玄奘經論授受，亦未能詳盡。先是玄奘與兄長捷法師經子午谷入漢川，道逢空、景二法師，停月餘日，從之受學，又至成都後，更聽寶暹《攝論》《毘曇》及震法師《迦延》。皆見《慈恩傳》卷一。入印度後，至伊爛拏國，從但他揭多毱多、羼底僧訶二大德，讀毗婆沙《順正理》等，卷三。至馱那羯磔迦國，從蘇部底、蘇利耶二僧，學大衆部《根本阿馱達磨》等論，卷四。至摩揭陀國從般若跋陀羅學聲明因明等，卷四。凡此皆慧立所詳而道宣所署也。又在那爛陀寺，從戒賢法師聽《瑜伽》三遍，《順正理》一遍，《顯揚》、《對法》各一遍，《因明》、《聲明》、《集量》等論各二遍，《中》、《百》二論各三遍，卷三。而道宣但云，於《瑜伽》偏所鑽仰，自餘順理顯揚對法等並得諮稟，亦嫌未能完密，此則玄奘歸依所在，不容或署者也。

《慈恩傳》卷三又記玄奘至伊爛拏鉢伐多國孤山精舍，有刻檀觀自欲菩薩，乃發三願，其言云：

法師欲往求請，乃買種種華穿之為鬘，將到像所，志誠禮讚訖，向菩薩胡跪發三願。一者於此學已還歸本國，得平安無難者，願華住尊手。二者所修福慧，願生覩史多宮事慈氏菩薩，若如意者，願華貫掛尊兩臂。三者聖教稱衆生中有一分無佛性者，玄奘今自疑不知有不，若有佛性，修行可成佛者，願華掛尊頸項。語訖，以華遙散，咸得如言，既滿所求，喜歡無量。

其他又如學成以後，即作還意，諸德聞之，咸來勸住。玄奘報曰："法王立教，義尚流通,豈有自得霑心而遺未悟。"諸德既見不從,乃相呼往戒賢法師所陳其意,戒賢謂曰:"仁意定何如?"玄奘報曰:"此國是佛生處,非不愛樂,但玄奘來意者,爲求大法廣利羣生,自到已來,蒙師爲説《瑜伽師地論》,決諸疑網,禮見聖迹,及聞諸部甚深之旨,私心慰慶,誠不虛行。願以所聞歸還翻譯,使有緣之徒,同得聞見,用報師恩,由是不暇停住。"卷五。凡此諸節,皆於玄奘個性,所關甚鉅,而道宣畧之,良可惜也。

慧立所記,如瓜州妖鬼之易貌移質,倏忽萬變卷一;那揭羅喝國佛影之妙相熙融,神姿晃昱卷二;以及瞻波國牧牛人故事之怪誕卷四;僧迦羅國師子王故事之詼詭卷四;烏鍛國苾芻之神變卷五;皆異想天開,出人意外,牧牛人師子王故事尤與玄奘無涉,蓋當日玄奘於大慈恩寺高論劇談,慧立耳熟能詳,故記之於此,且往往有《西域記》所不及者,文亦逸態橫生,今不詳論。

四

就《慈恩傳》論之,大要前五卷信筆記事,無意爲文;後五卷則以彥悰方與道宣較論,極見矜持。至以傳中材料論之,則前五卷重在紀行,與《法顯行傳》相類,可名行傳;後五卷着重表啓令敕之類,大體與歐西之書簡傳類似。所謂書簡傳者,取材於傳主之書札簡牘,筆記日録,以及譜牒簿籍之類,咨令文移之屬,其材料既信而有徵,其事蹟自確然可考。歐西傳叙自十八九世紀以降,用之尤繁。吾國史傳中如《魯仲連傳》之《遺燕將書》,《屈原傳》之《漁父》、《懷沙》,皆畧具其意,然未有若《玄奘傳》之能大量採用,至於五十八篇之多者,雖近世歐洲傳叙,所引材料儘可十倍於此,然在吾國則僅有之例也。此五十八篇中,除第一至第三見前五卷外,記彥悰採用者五十五篇。又其所用,曾見道宣所作《玄奘傳》者僅有七篇,蓋傳叙中大量採用書簡,未有若彥悰之甚者也。

玄奘歸國以後,中心事業在於譯經,其西行所得,綜爲六百五十七部,所翻經論合七十四部,總一千三百三十五卷。《慈恩傳》卷十。自譯經外,又有翻唐爲梵之事,其見《唐高僧傳》者:(一)西使再返,敕二十餘人隨往印度,凡諸信命並資於奘,乃爲轉唐言,依彼西梵。(二)敕翻《老子》五千文爲梵言,以遺西域。(三)《大乘起信論》,出馬鳴菩薩,印度諸僧思承其本,奘乃譯東爲梵,流布五印度。三事《慈恩傳》皆失載,彥悰或不及知!或以爲與譯經大事無關。故畧之也。

譯經之法,當時主張有二;或嫌西域文重,務求簡畧,此道宣等之言也;或謂聖文尊嚴,宜從廣翻,此玄奘之言也。道宣之説見前,至於玄奘宗旨,則彥悰傳中,言之兩次。

　　帝又問:"《金剛般若經》一切諸佛之所從生(中節),未知先代所翻,文義具不?"法師對曰:"此經功德實如聖旨,西方之人,咸同愛敬,今觀舊經,亦微有遺漏。據梵本具云能斷金剛般若,舊經直云金剛般若。欲明菩薩以分別爲煩惱,而分別之惑堅類金剛,唯此經所詮無分別慧,乃能除斷,故曰能斷金剛般若。故知舊經失上二字。又如下文三問闕一,二頌闕一,九喻闕三。如是等什法師所翻舍衛國也。留支所翻婆伽婆者少可。"帝曰:"師既有梵本,可更委翻,使衆生聞之具足。然經本貴理,不必須飾文而乖義也。"故今新翻能斷《金剛般若》,委依梵本,奏之,帝甚悦。《慈恩傳》卷七。

　　至五年春正月一日,起首翻《大般若經》,梵本總有二十萬頌,文既廣大,學徒每請刪畧。法師將順衆意,如羅什所翻,除繁去重。作此念已,於夜夢中即有極怖畏事以相警誡,或見乘危履險,或見猛獸搏人,流汗顛慄,方得免脱。覺已驚懼,向諸衆説,還依廣翻。夜中乃見諸佛菩薩眉間放光,照觸己身,心意怡適。法師又自見手執華燈,供養諸佛,或昇高座爲衆説法,多人圍繞讚歎恭敬,或夢見有人奉己名果。覺而喜慶,不敢更刪,一如梵本。佛説此經凡在四處,一王舍城鷲峰山,二給孤獨園,三他化自在天王宮,四王舍城竹林精舍,總一十六會合爲一部。然法師於西域得三本,到此翻譯之日,文有疑錯,即校三本以定之,慇勤省覆,方乃著文,審慎之心,自古無比。或文乖旨奧,意有躊躇,必覺異境,似若有人授以明決,情即豁然,若披雲見日。《慈恩傳》卷十。

大要譯述之體,事本非易,故鳩摩羅什嘗言,"天竺國俗甚重文製,其宮商體韻,以入絃爲善,凡覲國王,必有讚德見備之儀,以歌歎爲貴,經中偈頌,皆其式也。但改梵爲秦,失其藻蔚,雖得大意,殊隔文體,有似嚼飯與人,非徒無味,乃令嘔噦也。"《高僧傳·鳩摩羅什傳》。玄奘之譯,重在義理,故太宗稱以經本貴理,不必飾文乖義。道宣之旨,在於順同此俗,其於玄奘,違失已多。

　　玄奘以貞觀十九年正月抵長安,旋謁太宗於洛陽宫,三月自洛陽還至長安,即居弘福寺翻譯,六月證義大德諳解大小乘經論至者十二人,又有綴文大德九人,字學大德一人,證梵語梵文大德一人。《慈恩傳》卷六。斯爲同事翻譯之大衆,其他筆受書手,尚不在内。及永徽六年吕才、柳谘因《理門論》道俗興諍以後,玄奘謂黃門侍郎薛元超、中書侍郎李義府曰："內闡住持由乎釋種，外護建立屬在帝王。"事在顯慶元年。既聞，高宗敕曰："玄奘所翻譯經論既新，翻譯文義須精。"因命于志寧、來濟、許敬宗、薛元超、李義府、杜正倫等，"時爲看閱，有不穩便處，即隨事潤色。"《慈恩傳》卷八。凡此皆與太宗貴理之言，正相違異，蓋諍論既興，自宜有此以資緣飾，在玄奘亦樂於聞此，俾增外護。實則所謂"時爲看閱，隨事潤色"者，事亦等於具文，《慈恩傳》載顯慶二年二月，車駕幸洛陽宮，玄奘陪從；並翻經僧五人，弟子各一人卷九，又載顯慶四年十月，玄奘從京發向玉華宮，並翻經大德及門徒等同去卷十。于志寧等朝廷大臣，固無從同行，即證義綴文諸大德，似亦未必盡與其事也。

玄奘譯經時期，約可分爲三期。

（一）貞觀十九年六月至二十二年十月，共三年四個月，所譯諸經見於《慈恩傳》者計有《菩薩藏經》、《佛地經》、《六門陀羅尼經》、《顯揚聖教論》、《大乘阿毗達磨雜集論》、《瑜珈師地論》，無性菩薩所釋《攝大乘論》，世親所釋《攝大乘論》、《緣起聖道經》、《百法明門論》，共一百八十卷。

（二）貞觀二十二年十二月至顯慶四年十月，共十年十個月，所譯諸經約爲五百五十五卷。按玄奘譯經共一千三百三十五卷，節去第一期之一百八十卷及第三期之六百卷，應得此數。第一期第三期中所譯，有不及列名者，故第二期所譯，或尚不及五百五十五卷。

（三）顯慶五年一月至龍朔三年十月，共三年十個月，所譯佛經，見於《慈恩傳》者計有《大般若經》六百卷。《慈恩傳》卷七記貞觀二十三年，玄奘還慈恩寺，"自此之後，專務翻譯，無棄寸陰，每日自立程課，若晝日有事不充，必兼夜以續之，遇乙之後，方乃停筆，攝經已，復禮佛行道，至三更暫眠，五更復起，讀誦梵本，朱點次第，擬明日所翻。"又卷九記顯慶之年，玄奘"時在積翠宮翻譯，無時暫輟，積氣成疾"。事在第二期中。然以成就論之，則第二期爲較少。自貞觀二十二年十二月至顯慶元年間，玄奘爲慈恩寺上座，諸務蝟集，不能專功。其後顯慶元年，則安置於凝陰殿院之西閣。二年二月車駕幸洛陽宮，玄奘隨從，安置積翠宮。四月上避暑明德宮，玄奘隨往，五月敕還積翠宮翻譯。三年四月駕自東都還西京，玄奘亦隨還。秋七月敕玄奘居西明寺。自是至四年十月，玄奘赴玉華宮，始不復在東西兩京矣。蓋自貞觀二十二年以後，玄奘已與於侍從之列，其不能盡力譯經之事，不足怪也。

彥悰作傳，於太宗、高宗重視玄奘之處，言之甚詳，往往給讀者以當時崇尚佛教之印象。其實則大不然。唐代諸帝自許爲老子之後，故當時所崇尚者，往往先道而後佛。高宗麟德元年，造老子像，敕送芒山，至勒州部僧尼，普令明送，見《唐高僧傳》卷二十九。尤爲輕佛侮僧之尤。乃彥悰不察，動輒以聖恩自詡，此則不特爲記載之不足信，抑且爲觀察之不正確，謬矣。且即以太宗論，其所以重視玄奘者，不在其求法譯經之精勤，而在其臨事之明察，故一見以後，即勸罷道助秉俗務。卷六。其後又謂"意欲法師脱須菩提之染服，掛維摩詰之素衣，昇鉉路以陳謨，坐槐廷而論道"。同上。意亦可見。高宗一朝，直視玄奘爲文史待詔之臣，齒於倡優卜祝之間，固主上之所戲弄，流俗之所輕也。所謂"四事供養"，"上手安置"，要皆文飾之餘事。自貞觀二十三年，至於顯慶四年，此十一年之歲月，皆流轉於此中，實爲玄奘譯經最少成就之時期。顯慶二年九月玄奘表請就少林寺翻譯，自言"玄奘少來頗得專精教義，唯於四禪九定，未暇安心，今願託虛禪門，澄心定水，制情猿之逸躁，縶意馬之奔馳，若不飲迹山中，不可成就"。卷九。是時高宗不許，敕令斷表，玄奘即不敢更言。顯慶四年冬，自西明寺移居玉華宮，是以後此第三期中得有《大般若經》之成就。龍朔三年譯畢，玄奘"合掌歡喜，告徒衆曰：'此經於此地有緣，玄奘來此玉華寺者，經之力也。向在京師，諸緣牽亂，豈有了時。今得終訖，並是諸佛冥加，龍天擁祐。'"卷十。讀此者應知玄奘當日，正以文學侍從爲苦，雖既嬰塵網，不能自脱，而無時不作山林之想。彥悰不知此義，方且以此爲榮，誠可笑也。

　　彥悰作傳，歷記當時儀仗之盛者三次。第一次爲貞觀十九年詔迎新至經像於弘福寺。

　　　　於是人增勇鋭，各競莊嚴，窮諸麗好，旛帳幢蓋，寶案寶舉，手別將出。分布訖，僧尼等整服隨之，雅梵居前，薰爐列後。至是並列朱雀街內，凡數百事，布經像而行，珠珮流音，金華散彩，預送之儔，莫不同詠希有，忘塵遺累，歎其希遇。始自朱雀街內，終屆弘福寺門，數十里間，都人士子，內外官僚，列道兩傍，瞻仰而立。人物闐闐，所司恐相騰踐，各令當處燒香散華，無得移動，而煙雲讚響，處處連合。昔如來創隆迦毗，彌勒初昇覩史，龍神供養，大衆圍繞，雖不及彼時，亦遺法之盛也。卷六。

其次則爲貞觀二十二年十二月敕送玄奘入大慈恩寺之事，彥悰記之云："敕太常卿江夏王道宗將九部樂，萬年令宋行質、長安令裴方彥各率縣內音聲及諸寺幢帳，並使務極莊嚴。"又云："是時緇素歡欣，更相慶慰，莫不歌玄學重盛，遺法再隆,遠近已來,未曾有也。"卷七第三次則爲顯慶元年,玄奘迎御製《大慈恩寺碑》入寺之事,彥悰云:"法師慚荷聖慈,不敢空然待送,乃率慈恩徒衆,及京城僧尼,各營幢蓋,寶帳旛華,共至芳林門迎,敕又遣太常九部樂,長安、萬年二縣音聲共送,幢最卑者上出雲霓,旛極短者猶摩霄漢,凡三百餘事,音聲車千餘乘。"卷九。

關於玄奘所受殊遇,卷九記顯慶元年冬十月,"中宮在難,歸依三寶,請垂加祐,法師啓曰:聖體必安和無苦,然所懷者是男,平安之後,願聽出家。"是日皇后施法師衲袈裟一領,幷雜物等數十件。五日後有赤雀飛來,止於御帳,奘乃上表慶賀,謂雀"迴旋蹀足,示平安之儀"。及皇子誕生,詔以内外舞躍,必不違所許,願法師護念,號爲佛光王。玄奘因進賀表。生滿三日,再進賀表。滿月敕玄奘爲王剃髪,玄奘又重慶滿月,幷進法服。次年佛光王晬日,玄奘又具表進法衣一具。凡此諸端,彥悰言皆歷歷。

自今觀之,彥悰所詫爲不世之榮,娓娓稱道者,實皆無關於玄奘之生平,不特不足爲榮,且使玄奘躋於侍從法師之列。蓋彥悰之於玄奘,所能窺見者止此,故其所記不能盡其爲人,此則玄奘之不幸也。

五

論其大體,《慈恩傳》自不得不推爲中國傳叙中有名之著作。玄奘爲第七世紀思想界有名之人物,其人足繋輕重,一也。其經歷所及,固有《西域記》所不及詳,至於當時印度學術界宗教界之情狀,自此傳所記外,無並時之記載,其事足繋重輕,二也。篇幅偉大,同時之傳叙,無以過之,三也。綜此三者,自足以定其價值。吾輩生於千三百年以後之今日,持今日關於傳叙之觀念,以衡量第七世紀之著作,其不能盡合固甚明,然不能以此遽貶其價值。何則?時代不同,則衡量之準繩自異也。

姑就今日之見地論之,凡爲人作傳者必才力有餘於傳之外,然後始能勝任而愉快。何謂有餘於傳之外?凡作傳者於傳主之見解及思想,必契合於無間,始能深切瞭解,分析綜合,疏通證明,判斷比較。自非然者,記一事不能得其首尾,論一人不能中其肯綮,即令粗載言行,畧舉故實,其所得者不過軼事瑣聞,稍具片段,不足以言傳叙也。降格以求,則爲人作傳者,必其見解思想,足與傳主接近,重之以好學深思,感之以懿親密友,斯其所得,雖不足爲鴻篇巨著,要亦一時之傑作矣。又下焉者則疲神於陳篇,博問於故實,孤詣苦心,銖積寸累,猶庶幾盡傳主之生平,以待後人之論定,至於自鄶以下,固不足數。

復就《慈恩傳》之作者論之，慧立、彥悰之才力，皆竭蹶於傳內，而不足與論玄奘之得失者也。慧立才力較長，其作傳時又不蘄其必傳，無意於得失，故下筆之時，意態從容。以彥悰之才，更不及慧立，當時譯經之是非，橫鯁胸中，方欲發之著作，消其塊壘，知尊其師而不知其師之所以尊，於是下筆多冗，議論亦不切當，所幸瑕瑜不掩，學者猶得就其字裡行間，畧得玄奘之爲人。至其違失，畧舉於次。

　　彥悰所記，自以譯經爲中心，然於第二期中玄奘所譯諸經及卷數，皆不載，不得謂爲完密。又玄奘翻經次第，有無用意，諸譯難易甘苦，自當有別，彥悰亦失載。至於同一梵本，東晉姚秦，先後重譯，其異同得失何若，在現代之傳叙家，固當論及，彥悰古今遼遠，自不足責。

　　玄奘譯經之事，有可記者，《唐高僧傳》卷三十五《法沖傳》云："三藏玄奘不許講舊所翻經。沖曰：'君依舊經出家，若不許宏舊經者，君可還俗，更依新翻經出家，方許君此意。'奘聞遂止。"道宣與玄奘同時，不容妄載。觀奘此舉，或有狹隘之譏，然教宗立論，原不以此爲怪，且諸佛所言，不宜省畧，玄奘既有此主張，則不許講舊所翻經，乃正見其衛道之勇。此則有關於玄奘個性者至鉅，一經失載，面目全非。彥悰不應不知，而付之闕如，固不可解。

　　慧立傳中於玄奘師承所在，言之至詳，然傳法之人，其重要正亦不下於此。諸書所載，玄奘弟子有窺基、法寶、普光、嘉光、宗哲、利涉諸人，玄奘歿後，弟子相繼取窺基爲折衷。又其譯經一千三百餘卷，十分七八，爲善光所筆受。《宋高僧傳·法寶傳》云："奘初譯《婆沙論》畢，寶有疑情，以非想見惑，請益之。別以十六字入乎論中，以遮難辭。寶白奘曰：'此二句四句，爲梵本有無？'玄奘曰：'吾以義意酌情作耳。'寶曰：'師豈宜以凡語增加聖言量乎？'奘曰：'斯言不行，我知之矣。'"卷四。此則諍臣諍子，法門龍象，玄奘欣然接納，尤見其進德之勇。彥悰皆不及詳。又《窺基傳》《宋高僧傳》卷四載玄奘諷窺基出家，"基抗聲曰：'聽我三事，方誓出家，不斷情欲、葷血、過中食也。'奘先以欲勾牽，後令入佛智，佯而肯焉。關輔稱基爲'三車和尚'，其後卒爲法器。"此語果信，玄奘知人之明，臨事之決，皆可概見，亦作傳者之所不宜忽也。

唐代文人傳叙

從三國到六朝,傳叙文學盛行,唐初遂有《大慈恩寺三藏法師傳》,這是傳叙文學最盛的時期;但是也在唐代,傳叙文學開始衰頹。中唐時代,韓愈、柳宗元都是聲勢驅駕一代的文人,但是他們不敢作傳,認爲這是史官的事。從此以後,開始了文人不當作傳的傳説。顧炎武《日知録》説:

> 列傳之名,始於太史公,蓋史體也。不當作史之職,無有爲人立傳者,故有碑有誌有狀而無傳。梁任昉《文章緣起》言傳始於東方朔作《非有先生傳》,是以寓言而謂之傳。《韓文公集》中傳三篇《太學生何蕃》、《圬者王承福》、《毛穎》。《柳子厚集》中傳六篇《宋清》、《郭橐駝》、《童區寄》、《梓人》、《李赤》、《蝜蝂》。何蕃僅採其一事而謂之傳,王承福輩皆以微者而爲之傳,毛穎、李赤、蝜蝂則戲耳而爲之傳,蓋比於稗官之屬耳。若段太尉則不曰傳而曰《逸事狀》,子厚之不敢傳段太尉,以不當史任也。自宋以後,乃有爲人立傳者,侵史官之職矣。
>
> ——《日知録》

清桐城派也有文家不當立傳的理論:

> 家傳非古也,必陋窮隱約,國史所不列,文章之士乃私録而傳之。獨宋范文正公、范蜀公有家傳,而爲之者張唐英、司馬温公耳。此兩人故非文家,於文律或未審,若八家則無爲達官私立傳者。
>
> ——方苞《答喬介夫》

> 劉先生云,古之爲達官名人傳者,史官職之。文士作傳,凡爲圬者、種樹之流而已,其人既稍顯,即不當爲之傳;爲之行狀,上史氏而已。
>
> ——姚鼐《古文辭類纂序目》引劉大櫆説

這個當然止是一偏之説,所以姚鼐又説:"余謂先生之言是也。雖然,古之國史不甚拘品位,所紀事猶詳,又實錄書人臣卒,必撮序其平生賢否,今實錄不紀臣下之事,史館凡仕非賜諡及死事者,不得爲傳。乾隆四十年,定一品官乃賜諡,然則史之傳者,亦無幾矣。余錄古傳狀之文,並紀兹義,使後之文士得擇之。"姚氏之言如此,倘使我們看到姚氏《朱竹君先生家傳》,以及其弟子梅曾亮《總兵劉公清家傳》、《王剛節公家傳》、《栗恭勤公傳》;魯一同《關忠節公家傳》,我們應當知道他們已經打破文人不當作傳的原則。姚氏所謂"使後之文士得擇之"者意在此。我們再看到蘇軾《陳公弼傳》,那麼八家無爲達官立傳的話,也不盡然。但是韓柳不肯立傳,這仍是事實。

清章學誠《文史通義·傳記篇》,舉宋人所撰《文苑英華》。今就《文苑英華》言,自卷七百九十二至卷七百九十六,共傳五卷。唐代傳叙不多,迻錄其目於次:

庾信《周使持節大將軍廣化郡開國公丘乃敦崇傳》。

李華《唐相國兵部尚書梁國公李峴傳》、《唐故東川節度使盧坦傳》。以上卷七百九十二。

盧藏用《陳子昂別傳》。

于邵《田司馬傳》。

陸羽《陸文學自傳》。

韓愈《圬者王承福傳》、《毛穎傳》、《下邳侯革華傳》。以上卷七百九十三。

柳宗元《宋清傳》、《種樹郭橐駝傳》、《童區寄傳》、《梓人傳》、《李赤傳》。

陳鴻《長恨歌傳》。以上卷七百九十四。

沈亞之《李紳傳》、《郭常傳》有錄無文、《馮燕傳》。

杜牧《燕將傳》、《張保皋鄭年傳》。

李磎《蔡襲傳》。

皮日休《何武傳》。以上卷七百九十五。

王勣集作績《無心子傳》、《負苓先生傳》、《仲長先生傳》、《五斗先生傳》。

釋皎然《强居士傳》。

白居易《醉吟先生傳》。

陸龜蒙《江湖散人傳》、《甫里先生傳》、《書李賀小傳後》。

李華《李夫人傳》。

李翱《楊烈婦傳》。

杜牧《竇烈女傳》。

皮日休《趙女傳》。以上卷七百九十六。

章學誠論諸篇云：即傳體之所采，蓋有排麗如碑誌者，庾信《丘乃敦崇》之類。自述非正體者，《陸文學自傳》之類。立言有寄託者，《王承福》之類。借名存諷刺者，《宋清傳》之類。投贈類序引者，《强居士傳》之類。俳諧爲遊戲者。《毛穎傳》之類。

在學誠所論以外，我們可以指出《負笞者傳》是論說不是傳叙；《書李賀小傳後》其實是《李長吉小傳》。還有《李紳傳》僅記其平生一小節，《燕將傳》、《蔡襲傳》兩篇着重在史實而不重人性，《長恨歌傳》是小說，《馮燕傳》是故事，都不能說是傳叙的正體。

李華是唐代有名的文人，所作三篇：《李峴傳》狠粗疏，《李夫人傳》也不詳密，《盧坦傳》便寫得威重得體，舉中古作品比論，這是一篇佳作。但是倘使我們從近代傳叙文學的立場看來，我想還應當推重《陳子昂別傳》。尤其建安郡王武攸宜進攻契丹，子昂參謀帷幕的一段，寫得慷慨淋漓。傳中引子昂上書：

> 人有負琬琰之寶，行於途，必被劫賊，何者？爲寶貴，人愛之。今大王位重，又總半天下兵，豈直琬琰而已，天下利器，不可一失，一失即後有聖智之力，難爲功也。故願大王於此決策，非小讓兒戲可了。若此不用忠言，則至時機已失，機與時一失，不可再得，願大王熟察。大王誠能聽愚計，乞分麾下萬人以爲前驅，則王之功可立也。

上書以後，"建安方求鬬士，以子昂素是書生，謝而不納"。子昂感激忠義，又進諫，言甚切至，最後：

> 建安謝絕之，乃署以軍曹。子昂知不合，因箝默下列，但兼掌書記而已。因登薊北樓，感昔樂生、燕昭之事，賦詩數首，乃泫然流涕而歌曰："前不見古人，後不見來者。念天地之悠悠，獨愴然而涕下。"時人莫知之也。

《陳子昂別傳》大意如此。陸羽底《陸文學自傳》、陸龜蒙底《甫里先生傳》，章學誠認爲自述非正體者，在叙述的方面，更忠實，沒有矯飾，比一般的自傳更值得注意。

《陸文學自傳》首先叙述自己的個性："而爲人才辯，爲性褊躁，多自用意，朋友規諫，豁然不惑，凡與人宴處，意有所適，不言而去。人或疑之，謂生多瞋。又與人為信，縱冰雪千里，虎狼當道而不罝也。"接下記着早年孤露，三歲以後，受到和尚竟陵積公底撫育，積公教以佛經，但是陸羽不肯學。於是：

> 公因嬌憐撫愛，歷試賤務，掃寺地，潔僧厠，踐泥圬牆，負瓦施屋，牧牛一百二十蹄。竟陵西湖無紙，學書，以竹畫牛背為字。他日於學者得張衡《南都賦》，不識其字，但於牧所倣青衿小兒，危坐展卷，口動而已。公知之，恐漸漬外典，去道日曠，又束於寺中，令芟剪卉莽，以門人之伯主焉。或時心記文字，懵然若有所遺，灰心木立，過日不作，主者以為慵墮，鞭之。因歎云："恐歲月往矣，不知其書。"嗚呼不自勝。主者以為蓄怒，又鞭其背，折其楚。因倦所役，舍主者而去。卷衣詣伶黨，著《謔談》三篇，以身為伶主，弄木人假令藏珠之戲。公追之曰："念爾道喪，惜哉！吾本師有言：'我弟子十二時中，許一時外學，令降伏外道也。'以吾門人眾多，今從爾所欲，可捐樂工書。"天寶中，郢人酺於滄浪，邑吏召子為伶正之師。

陸羽是盛唐人，陸龜蒙是晚唐人，時代較後，但是文字的真率，大體相等。《甫里先生傳》首先提出作詩的主張：

> 先生平居以文章自怡，雖幽憂疾痛中，茫然無旬日生計，未嘗暫輟，點竄塗抹者紙札相壓，投于箱篋中，歷年不能淨寫一本。或為好事者取去，後於他人家見，亦不復謂己作矣。少攻詩，欲與造物者爭柄，遇事輒變化不一其體裁，始則淩轢波濤，穿穴險固，囚鎖怪異，破碎陣敵，卒造平淡而後已。

此後又寫到他的生活：

> 先生居有地數畝，有屋三十楹，有田畸十萬步，有牛減四十蹄，有耕夫百餘指。而田汙下，暑雨一晝夜，則與江通也，無別田也。先生由是苦饑，因倉無升斗蓄積，乃躬負畚鍤，率耕夫以為區。由是歲波雖狂，不能跳吾防，溺吾稼也。或譏刺之，先生曰："堯舜黴瘠，大禹胼胝，彼聖人也，非聖人耶？吾一布衣，不勤劬，何以為妻子之天乎？且與其蚩蚩名器，雀鼠倉庾者，何如哉！"

在中古時代裡，不但身為伶工，為當時所諱言，就是治家人生產，亦為學士大夫所不願言,看到這兩篇自傳的敘述,我們不能不欽服作者底坦白。

顧炎武指出韓愈、柳宗元除了偶然着筆以外,不爲人作傳,這是事實。他們認爲作傳是史官之職,所以不肯下筆。韓愈甚至身爲史官,還是不肯着手作傳,因此和柳宗元發生一場辯論:韓集《答劉秀才論史書》,柳集《與韓愈論史官書》,皆可證。宗元《與史官韓愈致段秀實太尉逸事書》又云:"前者書進退之力史事,奉答誠中吾病。"可見韓愈另有答宗元論史書,今不見集中,無可考。

韓愈《答劉秀才書》,首言自古爲史者,不有人禍,必有天刑。繼稱:

> 唐有天下二百年矣,聖君賢相相踵,其餘文武之士,立功名跨越前後者,不可勝數,豈一人卒卒能紀而傳之耶?僕年志已就衰退,不可自敦率,宰相知其無他才能,不足用,哀其老窮齟齬,無所合,不欲令四海內有戚戚者,猥言之上,苟加一職榮之耳,非必督責迫蹙,令就功役也。賤不敢逆盛指,行且謀引去。且傳聞不同,善惡隨人所見,甚者附黨憎愛不明,巧造語言,鑿空構立善惡事迹,於今何所承受取信,而可草草作傳記,令傳萬世乎?若無鬼神,豈可不自心愧愧?若有鬼神,將不福人。僕雖騃,亦粗知自愛,實不敢率爾爲也。

韓愈這種態度,止是退縮畏葸,所以柳宗元與書,直言"是退之宜守中道,不忘其直,無以他事自恐。退之之恐,唯在不直,不得中道,刑禍非所恐也。凡言二百年文武士,多有誠如此者。今退之曰:'我一人也何能明。'則同職者又所云若是,後來繼今者又所云若是,人人皆曰'我一人',則卒誰能紀傳之耶!如退之但以所聞知,孜孜不敢怠;同職者,後來繼今者,亦各以所聞知,孜孜不敢怠,則庶幾不墜,使卒有明也。"在態度方面,當然是柳子厚不錯,但是要在政治混亂,是非不定的當中,寫成史傳,還是非常困難。韓愈在史官之位,不肯作傳,自有他的理由。因此成立了文人不作傳叙的風氣。在中國文學上,不能不算是一種損失。

韓愈四篇傳:《革華傳》不入《昌黎集》,《圬者王承福傳》入雜著類,《毛穎傳》入雜文類,《太學生何蕃傳》入書類。編制頗不易解。《毛穎傳》止是一種游戲文字,姑不論。《王承福傳》是一篇論說,臚述了古今興廢的感慨,而忽略了王承福的生活意義。《何蕃傳》更因雜在書類,所以一本止題作《何蕃書》。除了四篇以外,韓集有《張中丞傳後叙》一篇,記載南霽雲及張巡等遺事,這是一種補傳的意義,所以稱爲《後叙》。

《柳河東集》傳類共六篇，《曹文洽》、《韋道安傳》有録無文，《劉叟傳》、《河間傳》見外集，實共八篇。其中《童區寄傳》、《李赤傳》是敘事小篇，其餘諸篇都是直抒懷抱的議論，連《蝜蝂傳》也染上了作者底主觀色彩，和《毛穎傳》那樣以文爲戲的意味，完全不同。

我們可說韓柳集中，看不到傳敘，也看不到史傳；集中除了小小的記敘外，所有的傳止是文字的游戲，否則便是懷抱的攄述。要把魏晉南朝相比，這實在是傳敘意識的消沉。但是他們集中，類似傳敘的文字，不是沒有，我們在這裡舉出，以後關於同類的文人，便可從略。

第一是狀。狀便是行狀或逸事狀。在魏晉間，狀是一種傳敘底篇名，但是唐代的狀便不同，這只是史傳的原料，由死者底家屬或同情者供給史館，以備採擇的著作。因爲作用不同，所以體裁也不同。史傳往往謹嚴，但是行狀便不妨冗長；史傳有褒有貶，但是行狀便有褒無貶。史傳的態度要公正，但是行狀便不妨偏袒。唐代文人底傳，已經和現代的傳敘，意義不同，那麼在唐人底行狀裡，要追求公正確實的叙述，也不一定可能，不過這個也因爲情形不同而發生差異。韓愈《贈太傅董公行狀》，是一篇故吏底敘述，柳宗元《段太尉逸事狀》，是一篇旁觀者底敘述。他們底地位顯然不同，結果也自然有異。

韓愈作《贈太傅董公行狀》，因爲他曾從董晉於汴州，爲觀察推官，所以敘述扼要。曾國藩論爲"著意在諭回紇、諭李懷光及入汴州三事，餘皆不甚措意，惟有所略，故詳者震聾異常"。這是評論文章的風度。但是董晉爲相五年，相業無可稱，狀稱"在宰相位凡五年，所奏於上前者皆二帝三王之道，由秦漢以降未嘗言，退歸，未嘗言所言於上者於人。子弟有私問者，公曰：'宰相所職係天下，天下安危，宰相之能與否可見，欲知宰相之能與否，如此視之其可，凡所謀議於上前者，不足道也。'故其事卒不聞"。這當然是一種避實就虛的筆調。司馬光《資治通鑑考異》認定韓愈"作晉行狀，必揚美蓋惡，叙其爲相時事，止於此，則其循默充位可知"。又狀末稱"公之將薨也，命其子：'三日歛，既歛而行。'於行之四日，汴州亂，君子以爲知人"。"未嘗言兵，有問者，曰：'吾志於教化。'"作者對於董晉底言行，都給予一種善意的解釋，但是事實正指示着一個庸碌尸位，不顧大局的人物。

《段太尉逸事狀》是一篇寫得極其生動的文章。篇中寫着段秀實按法誅了郭晞的部下十七人之後，辭白孝德，往見郭晞。

孝德使數十人從太尉，太尉盡辭去，解佩刀，選老躄者一人持馬。至晞門下,甲者出,太尉笑且入,曰:"殺一老卒,何甲也!吾戴吾頭來矣。"甲者愕,因諭曰:"尚書固負若屬耶?副元帥固負若屬耶?奈何欲以亂敗郭氏!爲白尚書出聽我言。"晞出見太尉,太尉曰:"副元帥勳塞天地,當務始終,今尚書恣卒爲暴,暴且亂,亂天子邊,欲誰歸罪?罪且及副元帥。今邠人惡子弟,以貨竄名軍籍中,殺害人,如是不止,幾日不大亂?亂由尚書出,人皆曰:'尚書倚副元帥不戢士。'然則郭氏功名,其與存者幾何?"言未畢,晞再拜曰:"公幸教晞以道,恩甚大,願奉軍以從。"顧叱左右曰:"皆解甲散還大伍中,敢譁者死。"

篇中如此者不止一節,但是因爲不是段秀實底整個生活,所以稱爲《逸事狀》,不稱行狀。宗元《上史館狀》,自言"宗元嘗出入岐周邠䝅間,過真定,北上馬嶺,歷亭部堡戍,竊好問老校退卒,能言其事。太尉爲人姁姁,常低首拱手行步,言氣卑弱,未嘗以色待物,人視之儒者也。遇不可,必達其志,決非偶然者。會州刺史崔公來,言信行直,備得太尉遺事,覆校無疑,或恐尚逸墜未集太史氏,敢以狀私於執事"。這是一種審慎的態度。

傳狀以外,還有碑誌。立於墓上者曰碑,與之同類者有廟碑,神道碑,碑陰,墓表,阡表,墓碣。埋於土中者曰誌,與之同類者有墓誌銘,壙誌,磚誌,蓋石文。曾國藩《經史百家雜鈔》合傳狀碑誌爲傳誌類,其實不同。姚範論韓愈《楊燕奇碑》,言"公碑誌,金石之文也,以議論斷制,若云史傳,則非宜耳"。這是一點。再從作者心理立論,家傳行狀,上諸史館,語句之間,不能過分誇張,墓碑銘誌,施之丘隴,便不妨畧加鋪陳。韓愈《董公行狀》,立言尚有體段,在碑版文字中,便常有顛倒是非、淆亂白黑的語句,所以當時人稱爲諛墓。既應死者子孫之請作文,當然難免曲筆,這原不在人情之外。還有傳狀寫在紙上,碑誌刻在石上,因爲施工的難易,因此傳狀不妨有長至數萬字者,墓碑最多不過數千字。誌因爲埋在土中,更不能有大篇,所以通常在一二千字以內,甚至僅有一二百字。這是事實底限制,因此也影響到文字底體裁。

韓愈《贈太尉許國公神道碑銘》便是一篇諛墓的文字。許國公韓弘在平淮西一役,並沒有大功,但是《神道碑》便歸功於弘。姚鼐論爲"觀弘本傳及《李光顏傳》,弘以女子間撓光顏事,與碑正相反,退之諛墓亦已甚矣"。《清邊郡王楊燕奇碑》又是一種諛墓的方法。燕奇一生止爲偏裨,未當方面之任,但是碑言:"公結髮從軍,四十餘年,敵攻無堅,城守必完,臨危蹈難,歔欷感發,乘機應會,捷出神怪,不畏義死,不榮幸生,故其事君無疑行,其事上無間言。"在這段叙述裡,好像燕奇負了重大的責任,其實正與事實不合。又如《右龍武軍統軍劉公墓誌銘》,叙劉昌裔和吳少誠交通的事實,止説:"命界上吏不得犯蔡州人,曰:'俱天子人,奚爲相傷。'"其後昌裔爲蔡州所逼,倉皇入京,誌稱:"拜疏請去職即罪,詔還京師。即其日,與使者俱西,大熱,且暮馳不息,疾大發,左右手轡止之,公不肯,曰:'吾恐不得生謝天子。'"這些都是誄墓的實例。倘使我們據爲史實,便上了大當。

　　因爲碑誌文體省略的原故,在叙述方面,往往不能盡情,所以也無從據爲史實。韓愈《國子監司業竇公墓誌銘》:"公始佐崔大夫縱留守東都,後佐留守司徒餘慶,歷六府五公,文武細粗不同,自始及終,於公無所悔望,有彼此言者。"六府五公,當然有崔縱、鄭餘慶在內,其餘便不可考。柳宗元《故永州刺史流配驩州崔君權厝志》:"博陵崔君由進士入山南西道節度府,始掌書記,至府留後,凡五徙職,六增官。"所謂五徙職、六增官者,亦不可指。

　　但是碑銘中,寫人情處,有極緜密者,而且因爲作者運用文字的技巧,更值得後人的低徊諷誦。傳叙中有此筆調,自能動人。錄如次:

　　　　君天性和樂,居家事人,與待交游,初持一心,未嘗變節,有所緩急曲直薄厚疏數也。不爲翕翕熱,亦不爲崖岸斬絶之行。俸祿入門,與其所過逢吹笙彈筝,飲酒舞歌,詼調醉呼,連日夜不厭,費盡不復顧問,或分挈以去,一無所愛惜,不爲後日毫髮計留也。遇其空無時,客至,清坐相看,或竟日不能設食,賓主各自引退,亦不爲辭謝。與之遊者,自少及老,未嘗見其言色有若憂歎者。豈列禦寇、莊周所謂近於道者耶?
　　　　　　　　　　　　　　——韓愈《尚書庫部郎中鄭君墓誌銘》

　　　　妻上谷侯氏,處士高女。高固奇士,自方阿衡太師,"世莫能用吾言。"再試吏,再怒去,發狂投江水。初,處士將嫁其女,懲曰:"吾以齟齬窮,一女憐之,必嫁官人,不以與凡子。"君曰:"吾求婦氏久矣,惟此翁可人意,且聞其女賢,不可以失。"即謾謂媒嫗:"吾明經及第,且選,即官人。侯翁女幸嫁,若能令翁許我,請進百金爲嫗謝。"諾,許,白翁。翁曰:"誠官人耶?取文書來。"君計窮吐實,嫗曰:"無苦。翁大人,不疑人欺我,得一卷書,粗若告身者,我袖以往,翁見未必取眎,幸而聽我行其謀。"翁望見文書銜袖,果信不疑,曰:"足矣。"以女與王氏。
　　　　　　　　　　　　　　——韓愈《試大理評事王君墓誌銘》

始公以唯諾聞長安中,奔人危急,輕出財力,如索水火。性開蕩,進交大官,不視齒類,挾同列,收下輩,細大畢歡。喜博奕,知聲音,飲酒甚少,而工於糺謫謡舞擊号,纖屑促密,皆曲中節度,而終身不以酒氣加人。晝接人事,夜讀書考禮,收据策牘,未嘗釋手,以是重諸公間。

——柳宗元《唐故萬年令裴府君墓碣》

宗元《獨孤申叔墓碣》:"君短命,行道之日未久,故其道信於其友,而未信於天下。"因志與獨孤游者十三人姓名字里。其後作《先侍御史府君神道表》,復作《先君石表陰先友記》。韓愈亦言宗元之父柳鎮,所與遊皆當世名人,見《柳子厚墓誌銘》。宗元《先友記》列六十七人,於其爵里個性,一一備列,倘使我們把神道表認爲傳叙一類的著作,《先友記》便是一篇有價值的附錄。

宋代底三篇行狀

傳叙文學到了宋代文人手裡，和在唐代文人手裡，大致相同。他們不愛作傳，歐陽修集中止有《桑懌傳》一篇，蘇軾集中止有《陳公弼傳》、《方山子傳》、《率子廉傳》三篇。他們所作的是神道碑、墓誌銘一類的文字，當然不是傳叙文學的正宗，已見上文。就在這些著作裡面，像韓愈那樣生氣勃勃的文字，也不多見。歐陽修《瀧岡阡表》寫他底父親"嘗夜燭治官書，屢廢而嘆"；王安石《海陵縣主簿許君墓誌銘》寫許元"窺時俯仰，以赴勢物之會"，在當時作品中都算不可多得，但是止能給我們一些個性底輪廓。在古文家言簡意賅、抑揚頓挫的筆觸下面，埋沒了無數特立獨行的個人。

古文家的筆觸，常常要求簡略，歐陽修底《新五代史》便是一個實例，他作碑銘的時候也是一樣。《范文正公神道碑銘》，在歐集中是第一重要著述，亦止得二千字。碑言"其行己臨事，自山林處士、里閭田野之人，外至夷狄，莫不知其名字，而樂道其事者甚衆，及其世次官爵，誌於墓，譜於家，藏於有司者，皆不論著，著其繫天下國家之大者，亦公之志也歟。"這是一種鮮明的主張，但是行己臨事、世次官爵都可略去，那麼縱使碑中看到天下國家之大事，却不輕易看到范文正公底特性。修《與杜訢論祁公墓誌書》稱"修文字簡略，止記大節，期於久遠，恐難報孝子意，但自報知己，盡心於記錄，則可耳，更乞裁擇。范公家石刻，為其子擅自增損，不免更作文字發明，欲後世以家集爲信。"亦可證。

文人著作，常有强人就我的習氣，在《范文正公神道碑銘》也可看出。范仲淹與呂夷簡論事不合，以此坐貶。碑言"自公坐呂公貶，羣士大夫各持二公曲直，呂公患之，凡直公者皆指爲黨，或坐竄貶，及呂公復用，公亦再起被用，於是二公驩然相約，戮力平賊"。仲淹子純仁不以爲然，從歐陽辯，不可得，則自行削去"驩然相約"等語，見《邵氏聞見錄》。純仁名父之子，自可信賴，但是歐陽修從呂范相與的現實，寫出廉藺交驩的格局，這是事實，但是呂、范始終對立，不能不引起純仁的非難。

但是就在文人支配的局面中，還看到三篇行狀，比較接近傳叙文學底正軌。第一是蘇軾《司馬溫公行狀》，其次是朱子《張魏公行狀》，最後是黃榦《朱子行狀》。

古文家中，蘇氏兄弟底文章，比一般的作者，來得更自然，更從容：在形式方面，脫離了文人的矯飾；在思想方面，也不盡受儒教的範圍。蘇軾底特性，尤其顯著，他底碑誌也打破了簡畧的因習。本來他不寫這類文字的，所以《陳公弼傳》自稱"軾平生不爲行狀墓碑"，但是當着奉敕撰述或遇到平生故舊的時候，仍不能免。集中《富鄭公神道碑》六千八百字，《趙清獻公神道碑》三千五百字，《范景仁墓誌銘》四千四百字，《張文定公墓誌銘》七千三百字，都超出了文家底定限，尤其《富鄭公神道碑》，直從富弼奉使契丹寫起，記着"時虜情不可測，羣臣皆莫敢行，宰相舉右正言、知制誥富公，公即入對便殿，叩頭曰：'主憂臣辱，臣不敢愛其死。'上爲動色，乃以公爲接伴。"接下再寫富弼出境，力爭歲幣，在一千餘字的記載以後，下了綜合的結論："上從之，增幣二十萬而契丹平，北方無事，蓋又四十八年矣，契丹君臣至今誦其語，不忍敗者，以其心曉然，知通好用兵利惡之所在也。故臣嘗竊論之，百餘年間兵不大用者，真宗、仁宗之德，而寇準與公之功也。"經過了這樣的大開大闔以後，纔落到"公諱弼，字彥國，河南人"的叙述。這是蘇軾底創體。富弼一生事業，從奉使契丹起，自後除樞密副使，專主北事，以及上河北安邊十三策，經畧河東，乃至契丹爭界，上言河東地界決不可許，都以契丹爲關鍵，所以這一篇文字的布置，從契丹說起，全篇脉絡貫串，生動無比。但是因爲和一般文人的作法不同，難得後代底贊許，不能不認爲憾事。

《司馬溫公行狀》共九千五百字，比集中有名的《上皇帝書》(七千三百字)長二千餘字，這便開了長篇文字的記錄。本來在北宋熙寧元祐之間，司馬光形成當時舊派底領袖，他底一生滲入了當代的政治組織，再加以蘇軾和他的私交，對於他的私生活，保持密切的接觸，要用近代西洋底寫法，也許可以寫成數十萬字的傳叙。但是在北宋時代，這樣的一篇，已經是破格了。

《司馬溫公行狀》大體止是比一般的寫法加詳，沒有寫到私生活。對於司馬光平生大節，却寫得很得力，如請仁宗早立太子，便是一例。

　　初，至和三年，仁宗始不豫，國嗣未立，天下寒心而不敢言，惟諫官范鎭首發其議。公時爲并州通判，聞而繼之，上疏言："禮大宗無子，則小宗爲之後，爲之後者爲之子也。願陛下擇宗室賢者，使攝儲貳，以待皇嗣之生，退居藩服,不然則典宿衞,尹京邑,亦足以係天下之望。"疏三上,其一留中,其二付中書。公又與鎮書:"此大事,不言則已,言一出豈可復反,願公以死爭之。"於是鎮言之益力。及公爲諫官,復上疏,且面言:"臣昔爲并州通判,所上三章,願陛下果斷而力行之。"時仁宗簡默不言,雖執政奏事,首肯而已,聞公言,沈思久之,曰:"得非欲選宗室爲繼嗣者乎?此忠臣之言,但人不敢及耳。"公曰:"臣言此,自謂必死,不意陛下開納。"上曰:"此何害,古今皆有之。"因令公以所言付中書。公曰:"不可,願陛下自以意喻宰相。"……至九月,公復上疏,面言:"臣向者進説,陛下欣然無難,意謂即行矣。今寂無所聞,此必有小人言陛下春秋鼎盛,子孫當千億,何遽爲此不祥之事!小人無遠慮,特欲倉猝之際,援立其所厚善者耳。唐自文宗以後,立嗣皆出於左右之意,至有稱定策國老、門生天子者,此禍豈可勝言哉!"上大感悟,曰:"送中書。"公至中書見琦等,曰:"諸公不及今定議,異日夜半,禁中出寸紙以某人爲嗣,則天下莫敢違。"琦等皆"唯唯",曰:"敢不盡力。"

從這些記載裡,可以看到司馬光底勇決,以後歷英宗至神宗,"公上疏論修心之要三,曰仁曰明曰武,治國之要三,曰官人曰信賞曰必罰,其説甚備。且曰:'臣昔爲諫官,即以此六言獻仁宗,其後以獻英宗,今以獻陛下。平生力學所得,盡在是矣。"這是司馬光底主張,在行狀中也有力地寫出。神宗朝最大的事業便是變法,主張變法的是王安石,反對變法自韓琦、富弼以下,皆爲朝廷舊人,而反對最力的是司馬光,論新法之害最切的是蘇氏兄弟,所以行狀在這方面敘述最詳。抨擊理財及主張祖宗之法不可變兩點,理論不夠完密,但是傳主和傳家本來都不明白,所以這不是蘇軾個人底責任。節錄其語於次:

安石曰:"常袞辭賜饌,時議以爲袞自知不能,當辭位不辭禄,且國用不足,非當今之急務也。"公曰:"袞辭禄,猶賢於持禄固位者。國用不足,真急務,安石言非是。"安石曰:"不足者,以未得善理財者故也。"公曰:"善理財者,不過頭會箕斂,以盡民財,民窮爲盜,非國之福。"安石曰:"不然,善理財者,不加賦而上用足。"公曰:"天下安有此理,天地所生財貨百物,止有此數,不在民則在官,譬如雨澤,夏潦則秋旱,不加賦而上用足,不過設法陰奪民利,其害甚於加賦。此乃桑羊欺漢武帝之言,太史公書之,以見武帝不明耳。至其末年,盜賊蠭起,幾至於亂,若武帝不悔禍,昭帝不變法,則漢幾亡。"

邇英進讀,至蕭何、曹參事,公曰:"參不變何法,得守成之道,故孝惠、高后時,天下晏然,衣食滋殖。"上曰:"漢守蕭何之法不變,可乎?"公曰:"何獨漢也,使三代之君常守禹、湯、文、武之法,雖至今存可也。武王克商,曰:'乃反商政,政由舊。'則雖周亦用商政也。《書》曰:'無作聰明,亂舊章。'漢武帝用張湯言,取高帝法紛更之,盜賊半天下。元帝改宣帝之政,而漢始衰。由此言之,祖宗之法,不可變也。"後數日,呂惠卿進講,因言:"先王之法,有一年而變者,正月始和布法象魏是也;有五年一變者,巡狩考制度是也;有三十年一變者,刑罰世輕世重是也;有百年不變者,父慈子孝兄友弟恭是也。前日光言非是。其意諷朝廷,且譏臣為條例司官耳。"上問公:"惠卿言何如?"公曰:"布法象魏,布舊法也,何名為變?若四孟月朔屬民讀法,為時變月變耶?諸侯有變禮易樂者,王巡狩則誅之,王不自變也。刑新國用輕典,刑亂國用重典,平國用中典,是為世輕世重,非變也。且治天下,譬如居室,弊則修之,非大壞不更造也,大壞而更造,非得良匠美材不成。今二者皆無有,臣恐風雨之不蔽也。"

王安石理財變法,付託非人,以致青苗、保馬之政,行之一郡而效者,行之天下而大擾,這是事實。但是王安石底操守,理財變法之理論,無可非議,也是事實。司馬光不從青苗、保馬之擾民,切實抨擊,而從事於理論上之駁斥,便會落到論證不足,乃至是非倒置的謬誤。《史記·平準書》稱桑弘羊領大農,"一歲之中,太倉甘泉倉滿,邊餘穀諸物,均輸帛五百萬匹,民不益賦而天下用饒"。這是弘羊底大功。他底理財之法,完全着重在商賈底打倒,所以《平準書》稱弘羊"置平準於京師,都受天下委輸,召工官治車,諸器皆仰給大農,大農之諸官,盡籠天下之貨物,貴即賣之,賤則買之,如此富商大賈無所牟大利,則反本而萬物不得騰踊,故抑天下物,名曰平準"。在弘羊任事的時候,平物價,廢告緡,這不能不算有益於民的善政。弘羊之前,財貨既不在官,亦不在民,而在廢居貰貸的商人,在商賈打倒以後,財貨入官,"民不益賦而天下用饒",便是這個政策的成功。司馬光不能知此,反以盜賊蠭起歸罪弘羊,這是推論的謬誤。其次,"乃反商政,政用舊",出《武成》;"無作聰明,亂舊章",出《蔡仲之命》;兩篇皆偽古文,不足信。至論漢守蕭何之法,可以久存,更是違背史實。賈誼《陳政事疏》,是漢朝變政的先聲,由文、景以至武、宣,隨時看出變法的過程:分封諸王,北伐匈奴,都是賈誼底遺策。倘使繼續蕭何、曹參底故法:大國連城數十,則七國之亂不易平,平了以後也必復起;

與匈奴和親，不開河西諸郡，則匈奴日強，長安西北兩面都受到威脅，也許就在西漢會來一次靖康之禍。史實不容否認，所以司馬光底理論，不能成立。他說更造居室，非良匠美材不成，因此惟恐風雨之不蔽，這個自是守舊者底遁辭，但是我們不能不敬服老成謀國底用心。

神宗崩後，司馬光赴闕，衛士皆以手加額，稱爲司馬相公，百姓遮道爭呼："公無歸洛，留相天子，活百姓。"以後司馬光拜門下侍郎，從此便把新法完全改過，當時"進說者以爲三年無改於父之道，欲稍損其甚者，毛舉數事以塞人言"。司馬光說："先帝之法，其善者雖百世不可變也，若安石、惠卿等所建，爲天下害，非先帝本意者，改之當如救焚拯溺，猶恐不及。……況太皇太后以母改子，非子改父。"這便是元祐之政。

行狀中對於司馬光底個性，寫得狠清楚，尤其是在臨終的一節，我們直看到一個以身殉天下的大臣。

> 公忠信孝友，恭儉正直，出於天性，自少及老，語未嘗妄，其好學如飢之嗜食，於財利紛華，如惡惡臭，誠心自然，天下信之。退居於洛，往來陝郊，陝洛間皆化其德，師其學，法其儉。有不善，曰："君實得無知之乎？"博學無所不通，音樂律曆，天文書數，皆極其妙。晚節尤好禮，爲冠婚喪祭法，適古今之宜。不喜釋老，曰："其微言不能出吾書，其誕吾不信。"不事生產，買第洛中，僅庇風雨，有田三頃，喪其夫人，質田以葬，惡衣菲食，以終其身。自以遭遇聖明，言聽計從，欲以身徇天下，躬親庶務，不舍晝夜。賓客見其體羸，曰："諸葛孔明二十罰以上，皆親之，以此致疾，公不可以不戒。"公曰："死生命也！"爲之益力。病革，諄諄不復自覺，如夢中語，然皆朝廷天下事也。

行狀是子弟、親友、門生、故吏所述的事略，以備史館採擇的文章。因此在文章裡，有褒無貶，有叙述，無議論，體裁方面，受到必然的限制。《司馬溫公行狀》也是如此。就元祐之政而論，廢止青苗、保馬等法，固然減去了許多出乎預料的苛擾，但是廢止免役法，便要回到本來的差役法，不但喪失王安石立法的美意，而且恢復先前的苛政。這便是司馬光的褊狹，後世論者，無從爲之辯護。行狀止記着元祐元年"力疾上疏論免役五害，乞直降敕罷之，率用熙寧以前法，有未便，州縣監司節級以聞，爲一路一州一縣法，詔即日行之"。對於差役法的弊害，作者不著一辭。其實這正是蘇軾深知的。其後蘇轍《東坡先生墓誌銘》便有下列的記載：

元祐元年，公以七品服入侍延和，即改賜銀緋。二月，遷中書舍人。時君實方議改免役爲差役。差役行於祖宗之世，法久多弊，編户充役，不習官府，吏虐使之，多以破產，而狹鄉之民，或有不得休息者。先帝知其然，故爲免役，使民以户高下出錢，而無執役之苦。行法者不揭上意，於雇役實費之外，取錢過多，民遂以病。若量出爲入，毋多取於民，則足矣。君實爲人忠信有餘而才智不足，知免役之害而不知其利，欲一切以差役代之，方差官置局，公亦與其選，而君實始不悦矣。嘗見之政事堂，條陳不可，君實忿然。公曰："昔韓魏公刺陝西義勇，公爲諫官，争之甚力，魏公不樂，公亦不顧。軾昔聞公道其詳，豈今日作相，不許軾盡言耶？"

這便把差役、免役底利害，和司馬光、蘇軾底異同，完全寫出。而且"忠信有餘而才智不足"，也確是司馬光底定評。但是這種寫法，能見於《蘇軾墓誌銘》，而不能見於《司馬光行狀》，這便是前人作文的體裁。在這個體裁沒有打破以前，或是新的傳叙觀念沒有樹立以前，那麽縱使作者對於傳主底事實和行爲，有正確的認識，也止能任其掩没。隱惡揚善，固是一種美德，然而掩蔽史實，不能不算是著作底缺憾。

　　司馬光卒於哲宗元祐元年，張浚卒於孝宗隆興年間，乾道三年朱子作《張魏公行狀》，上距蘇軾作《司馬温公行狀》約八十年。在這八十年中間，文章的體例又經過一度變化。《司馬温公行狀》九千五百字，在當時已是狠大的篇幅，《張魏公行狀》便是四萬三千七百字，是《温公行狀》底四倍半。篇幅既大，内容更加充實，而且不僅叙述傳主底生平，更進而對於傳主底父母，有詳盡的叙述。這便使我們更能瞭解他早年的環境和遺傳的因素。固然史傳中這樣寫法，不是没有，但在行狀裡，究竟還不多見。

　　魏公之父張咸，後贈雍國公，元祐三年自華州判官，以近臣舉應賢良方正能直言極諫科，奏篇爲天下第一。其後閣試報罷無路上達，乃上書時相吕大防，"大略謂今民和時雍，守成求助，而戒飭警懼，不可以忽。況大憂未艾，深患未弭，博禍未去。……惟朝廷之上，去私意，公是非，明可否，一本於大中至正；法之可行，無問於新之與舊；議之可用，無問於今之與昔；除目前之害，消冥冥之憂，則所謂大憂者可轉而爲樂，所謂深患者可轉而爲安，所謂博禍者可轉而爲福。"這是雍公底第一着。又六年，復召試，考官寘高等。"宰相章惇覽其策，不以元祐爲非，且及廟堂用私意等事，無所回互，甚不悦。數日，公往謝之，惇嘻笑曰：'賢良一日之

間萬餘言,筆鋒真可畏。'……於是奏罷賢良方正科,而更置宏詞科。"朱子論兩科之別,深言:

> 初,祖宗立制舉,招延天下英俊,俾陳時政闕失,天子虛己而聽,得士爲多。自熙寧六年,用事大臣惡人議己,始令進士御試用策,而罷制科。司馬丞相輔元祐初政,以求言爲先務,遂復置焉。至是惇惡雍公辭直,又廢之而立詞科。詞科之文,如表章、贊頌、記序之屬,皆習爲佞諛者。以佞辭易直諫,蠱壞士心,馴致禍亂,而人不知。其廢置之源,蓋在此也。

行狀又言:"公生四年而雍公没,太夫人年二十五,父母欲嫁之,誓而弗許,勤苦鞠育,公能言即教誦雍公文,能記事即告以雍公言行,無頃刻令去左右。故公雖幼而視必端,行必直,坐不敧,言不誑,親族鄉黨見者,皆稱爲大器。"在這樣的遺傳和環境之下,所以張浚成爲偉大的人物。紹興六年,張浚當國,奏復賢良方正科,上從之。以後秦檜用事,浚屢經貶斥。狀稱十六年:

> 公念檜欺君誤國,使災異數見,彗出西方,欲力論時事,以悟上意,又念太夫人年高,言之必致禍,恐不能堪。太夫人覺公形瘠,問故,公具言所以。太夫人誦先雍公紹聖初對方正策之詞,曰:"臣寧言而死於斧鉞,不忍不言而負陛下。"至再至三,公意遂決,乃言曰:"臣聞受非常之恩者,圖非常之報;拯焚溺之急者,乏徐緩之音。竊惟當今時事,譬如養成大疽於頭目心腹之間,不決不止,決遲則禍大而難測,決速則禍輕而易治。惟陛下謀之於心,斷之以獨,謹察情僞,豫備倉卒,猶之奕棊,分據要害,審思詳處,使在我有不可犯之勢,庶幾社稷有安全之理。不然,日復一日,後將噬臍,異時以國與敵者,反歸罪正議,此臣所以食不下咽,不能一夕安也。"

這樣便從雍公到魏公,從廢賢良方正科到復賢良方正科,從章惇誤國到秦檜誤國,成爲文章的關鍵,這便是作者的用意。

靖康元年,張浚除太常寺主簿,這是入仕之始,以後畢生的事業,便全在南宋。金人陷汴以後,高宗即位南京,張浚星夜馳赴,流離之中,授御營參贊軍事,令同呂頤浩教習長兵,從此與聞軍政。建炎三年,苗傅、劉正彥脅迫高宗傳位,皇太后攝政,改元明受,張浚、呂頤浩聯絡韓世忠、張俊、劉光世起兵,從三月八日聞明受敕書起,至四月二日高宗復辟爲止,這二十五天是張浚一生最緊張的一節。行狀以四千字敘述此二十五日的經過,逐日記載。八日聞敕。九日得苗、劉移檄。十日首剳招赴杭州。十一日,再奉命赴杭州。十三日,約呂頤浩、劉光世以精兵會平江。十四日,詔除禮部尚書,仍令將所部人馬,速離平江。十五日,韓世忠海船到常熟,以書招之。十八日,世忠來會。十九日,頤浩、光世皆報軍行。二十日,犒張俊、韓世忠將士。二十一日,世忠前部進駐秀州。二十四日,頤浩兵至。次日,光世亦至。二十七日,傳檄討苗傅、劉正彥。二十八日,張俊、光世相繼前進。四月二日,浚至秀州。三日,軍次臨平,大戰,苗傅等敗走。四日,張浚、呂頤浩入朝。這一大段的記載,正是中國傳敘文學罕見的先例。

在軍事方面,張浚底事業與其稱爲成功,毋寧稱爲失敗。但是他底失敗,正是他底成功。靖康之變以後,高宗播遷東南一隅,困頓迫蹙,不可終日。當時韓、劉、張、岳雖皆稱名將,但是他們都是戰將之才,掌握時局中心底大責,落在張浚身上。狀言:"公素念國家艱危以來,措置首尾失當,若欲致中興,必自關陝始。又恐虜或先入陝陷蜀,則東南不復能自保,遂慷慨請行。"他底計畫是自任關陝,由韓世忠鎮淮東,呂頤浩、張俊、劉光世扈駕入秦。所以建炎三年十月抵興元,上奏:"臣頃侍帷幄,親聞玉音,謂號令中原,必基於此。臣所以不憚萬里,捐軀自效,庶幾奉承聖意之萬一。謹於興元理財積粟,以待巡幸。願陛下鑾輿早爲西行之謀,前控六路之師,後據兩川之粟,左通荊襄之財,右出秦隴之馬,天下大事,斯可定矣。"從此以後,張浚便一意經營關中,但是在經營就緒以前,建炎四年,金人大舉南下,逼不得已,出兵以圖牽制,牽制之功雖成,而關中之兵大衂,是爲富平之敗。從一隅講,這是失敗,從大局講,這是成功。《行狀》寫清這一點:

> 始公陛辭,上命公三年而後用師進取。至是上亦以虜欲萃兵寇東南,御筆命公宜以時進兵,分道由同州、鄜延以擣虜虛,公遂決策治兵,移檄河東問罪。八月十三日,收復永興軍。虜大恐,急調大酋兀术等,由京西路星夜來陝右,以九月二十日與粘罕等會,而五路之師亦以二十四日至耀州富平。大戰,涇原帥劉錡身率將士,先薄虜陣,自辰至未,殺獲頗衆。會環慶帥趙哲擅離所部,哲軍將校望見塵起驚遁,而諸軍亦退舍。公斬哲以徇,退保興州。

《行狀》對於富平之戰的結果,寫得太輕了。其實自此以後,關陝一帶完全淪陷,幸虧吳玠、吳璘保守和尚原、大散關,阻遏金人入蜀之計,但是從此東窺中原,幾於絕望,不能不由張浚負責。我們見到當時獻議退保夔州,更可看出情勢的嚴重。戰後,張浚以將軍曲端部校降金,因送獄論端死,時論謂其殺曲端、趙哲爲無辜,紹興三年遂解職。

紹興五年,張浚奉命進剿楊么。狀稱:"公在道,念國家任事不顧身者常遇禍,而畏避崇虛譽者常獲福,以爲國之大患。奏曰:'今未有疾於此,正在膏肓,庸醫畏縮,方且戒以勿吐勿下,姑進參苓而安養之,雖終至於必死,主人猶以爲愛己也。乃若良醫進剖胷洗腸之術,旁觀駭愕,指以爲狂,至其疾良已,尚不免於輕試之謗。"剿平楊么,止是安內,但是張浚底計畫,却側重於攘外。入相以後,復着着布置江淮,規劃進取。韓世忠守承楚,劉光世、楊沂中守濠廬,岳飛守襄漢,遏制劉麟、劉猊南下之師,一面再陳請車駕進駐建康。張浚方且以爲中興之功,指日可期,但是因爲他曾經援引秦檜,不意秦檜底思想發生變化,紹興七年,張浚落職,勒居永州,從此秦檜完成通和的策略。

紹興三十一年春,張浚始由永州居住奉到湖南路居住之命,恢復了局部的自由。這時金主亮南侵之勢已成,浚即奏稱:"今日虜勢決無但已,九月十月之間必有所向,願陛下與大臣計議,早定必守必戰之策,上安社稷。"狀稱:

> 未幾而亮兵大入,中外震動。十月,復公觀文殿大學士,判潭州。時虜騎跳梁兩淮,王權兵潰,劉錡引歸鎮江,兩淮之人奔迸南來,兩江百姓荷擔而立。遂改命公判建康府,兼行宮留守,金書疾置,敦促甚遽,長沙在遠,傳聞不一,人人危懼。公被命,明日即首途,曰:"吾君方憂危,臣子之職,戴星而趨,猶恐其緩。"至岳陽,遇大雪,亟買小舟,冒風濤,泛長江而下,且欲經歷諸屯,慰接將士。未至鄂,有士大夫自江東來者,云:"虜焚北采石,煙燄漲天,南岸人不可復立,公毋庸進也。"公愀然曰:"某被命即携二子來,正欲赴君父之急。今無所問,惟直前求乘輿所在耳。"長江是時無一舟行,獨公以小舟徑下,遭大風幾殆。北岸又近虜兵,從者憂悃甚,公不少顧。過池陽,聞亮被殺,然餘衆猶二萬,屯和州,李顯忠兵在沙上,公渡江往勞,以建康激賞犒之。一軍見公,以爲從天而下,驩呼增氣。虜諜報憚恐,一二日遁去,顯忠乘士氣銳追之,多所俘獲。

金主亮底南侵,聲勢之大,超過了三十年前兀朮底南下。幸虧這一次潰敗,纔穩定了南宋偏安一百五十年的局勢。潰敗的原因,主要還在金人底內釁,不但不是張浚底功績，連帶也不是劉錡、虞允文底功績。可是《行狀》"亟買小舟，冒風濤，泛長江而下"幾句，直畫出一個公忠體國的大臣。

張浚入朝以後，奉旨措置兩淮，兼節制建康、鎮江府、江州、池州、江陰軍駐屯軍馬。從此他又擔負保障東南半壁的重任，一步步地重新布置，用陳敏爲統制。"公謂虜長於騎，我長於步，制步莫如弩，衛弩莫如車，乃令敏專制弩治車。又謂三國以後，自北窺南，未有不由清河、渦口兩道，以舟運糧，蓋淮北廣衍，糧舟不出於淮，則懼清野無所得，有坐困之勢。於是東屯盱眙、楚泗，以振清河，西屯濠壽，以扼渦潁。"同時一面募福建海船，由東海以窺東萊，由清河以窺淮陽；一面以張子蓋才勇性剛，益以精甲，資以財用，俾屯江淮，措置招來。孝宗隆興元年，除張浚樞密使，召赴行在。浚在道上言：

> 今之議者，孰不持戰守之說，其下則欲復遵舊轍，重講前好。以臣觀之，戰守之說是也，然而戰守之道，本於廟勝。君天下者，誠能正身以正朝廷，正朝廷以正百官，正百官以正萬民，用之戰則克，用之守則固，理有決然者矣。今德政未洽於人心，宿弊未革於天下，揆之廟算，深有可疑。臣願陛下發乾剛，奮獨斷，於旬月之間，大布德章，一新內外，盡循太祖、太宗之法，使南北之人知有大治于後。人心既孚，士氣必振，於以戰守，何往不濟。

這時孝宗用張浚，方欲從事北伐，不幸當時宿將盡亡，安危所倚，止有李顯忠、邵宏淵二人，致有靈壁之敗。本來金都統蕭琦以萬餘人屯靈壁，萬户蒲察徒穆及知泗州大周仁以兵五千屯虹縣。蕭琦約降，其後中悔，李顯忠破之，琦所部降殺殆盡。邵宏淵進圍虹縣，蒲察徒穆、大周仁所部亦降。這是宋人底小勝。但是軍事隨着發生變化，狀稱：

> 公以盛夏人疲，急召顯忠等還師，而上亦戒諸將以持重，皆未達。僞副元帥紇石烈志寧率大兵至，顯忠等恃勝，不復入城，但於城外列陣以待，士卒頗疲矣。僞帥令於陣前打話，謂爾若破我，當盡歸河南之地。既戰，兵引却。明日復來戰，我師小不利，統制官有遁歸者，軍心頗搖。顯忠等率兵入城，虜衆進攻城，復殺傷而退。居數日，得諜者報，虜大兵將至。顯忠等信之，夜引歸，虜亦不能追也。時虜名酋勇將，降執系道，精甲破亡，不翅三倍，是後不復能爲靈壁、虹縣之屯矣。

《行狀》記靈壁之役，實在免不了規避責任的嫌疑。朱子《陳俊卿行狀》稱"幕府次盱眙，大將李顯忠、邵宏淵連下虹縣、靈壁，遂將乘勝長驅。公曰：'盛暑興師，深入敵國，皆兵家所忌，宜亟還。不然，師老力疲，遇敵恐不可用也。'張公然之，亟以檄召顯忠班師，則顯忠等已進破宿州，而虜大發河南之兵以來矣。顯忠身出，鏖戰城下，殺傷過當，會夜，兩軍不相聞知，各驚潰去，而道路流言，以爲官軍亡失數萬，賊且乘勝南來。素主和議者又侈其說，以搖衆心。公從張公駐兵不動，潰兵聞之，稍稍來歸，計其實，所亡失數千人。"這一節透露出潰散兵士必在萬數以上，而且在退師之令未達以前，責任亦不在將士。《魏公行狀》的寫法，仍舊免不了行狀有襃無貶的舊例。朱子與魏公之子張栻爲友，應其請而作，當然不免隱諱。

　　陳俊卿上疏言："竊聞之軍民士夫之論，皆曰：'張浚素懷忠義，兼資文武，且諳軍旅之事，可當閫外之寄。'臣素不識浚，且亦聞其爲人，意廣才疏，其初雖有勤王之節，安蜀之功，然陷陝服，散淮師，其敗事亦不少。特其許國之忠，白首不渝。""意廣才疏"四字，正是張浚一生底定評。朱子著其語於《陳俊卿行狀》中，頗有史傳互見的遺意。

　　假如我們把張浚一生事業的功罪相比，便不免發生瑜不掩瑕之感。趙翼《廿二史札記》嘗論宋人一代，以和而存，以戰而亡。其實倘使沒有主戰派堅決的主張，人心一失，并求和而不可得。北宋時代燕雲十六州的失地，止是一隅的得失，而且石晉以來，久經淪陷，一部分的人士，久已安之若素。到了南宋，事情便大變。中原的淪没，二帝的大讎，一切都在人民的心頭。倘使連這個都可以忘去，可以求和，以後就談不到抗戰，談不到立國，甚至談不到做人。在許多主戰者之中，張浚便是主張最激，不顧成敗利鈍的一個。陷陝服，散淮師，是他應負的責任，但是喚起民族的覺悟，激發同仇敵愾之心，他底成就，抵償了一切的損失。朱子《魏公行狀》從這一點着手，便捉住了文章的中心。靈壁之役既罷，和議又起，召張浚赴行在，行至鎮江，奏稱：

　　　　近者竊承朝廷已定遣使之議，臣身在外，初不豫聞。竊惟徽宗、欽宗不幸不反，亘古非常之巨變，凡在臣庶，不如無生。而八陵久隔，赤子塗炭，國家於虜，大義若何？況逆亮憑陵，移書侮嫚，要求大臣，坐索壤地，其事近在前歲。今議者不務力爲自強之計，而因虜帥一貽書，遽遣朝士奔走麾下，再貽書，欲遣侍從近臣，趨風聽命，復將哀吾民之膏血，以奉讎人，用猶子之禮，以事讎人，欺陛下以欵之名，而爲和之之實。其說固曰："吾將欵之而修吾兵政。"不知使命一遣，歲幣一出，國書一正，將士詭氣，忠義解體，人心憤怨，何兵政之可修！又不過曰："吾將欸之而理吾財用。"不知今雖遣使而兵不可省，備不可撤，重以歲幣之費，虜使之來，復有它須，何財用之可理！此可見欺陛下以欸之之名，實欲行其宿志也。彼方惟黨與之是立，惟家室之是顧，惟富貴之是貪，豈復以國事爲心哉！況兩朝鑾輿之望已絕，宗室近親，流落虜廷，戕賊殆盡，猶欲與之結和，不知於天理安否！臣實痛之。

在《行狀》中，《張魏公行狀》是最重要的一篇。不但因爲朱子和張栻私交甚深，而且因爲在心理上他和張浚完全一致，所以對於傳主，充分瞭解，便能寫出這樣一篇行狀。迴護的地方是有的，但不是有意的曲解，因此便不致過分影響文章底價值。

黃榦和朱子底關係，比朱子和張浚底關係，又親密得多了。他是從學朱子數十年的學生，也是朱子底女婿。朱子告人："直卿志堅思苦，與之處甚有益。"其後作竹林精舍成，與榦書有"他時可請直卿代即講席"之語。黃榦《辭知潮州復鄭知院書》稱："榦年方及冠，從遊於朱文公之門，其所以撫存而卵翼之者，不啻己子；其所以然者，非有他故也，以榦從學之久，庶幾粗得其立言垂世之大意，可以與後進之有志者，相與訂正，以垂之將來，庶不至微言之絕而大意之乖。"在性格方面，他們也有許多契合之處。朱子《上孝宗書》，稱天下之事，必得剛明公正之人而後可任。黃榦《答林季亨書》，亦稱"生平所聞於師友，可以終身行之者，只是獨立不懼四字"。這都是吃緊爲人處。作者和傳主性格契合，因此《朱子行狀》便成爲名作。縱使篇長僅一萬六千字，布局較小，仍不失爲有名的作品。

《朱子行狀》底價值，尤其重在敘述底態度。黃榦有《行狀書後》一篇，確實建立傳叙文學底理論，具錄於次：

行狀之作，非得已也，懼先生之道不明，而後世傳之者訛也。追思平日之聞見，參以敘述莫誄之文，定爲草藁，以謀同志，反覆詰難，一言之善，不敢不從，然亦有參之鄙意而不敢盡從者，不可以無辨也。有謂言貴含蓄，不可太露，文貴簡古，不可太繁者。夫工於爲文者，固能使之隱而顯，簡而明，是非愚陋所能及也。顧恐名曰含蓄而未免於晦昧，名曰簡古而未免於艱澀，反不若詳書其事之爲明白也。又有謂年月不必盡記，辭受不必盡書者。先生之用舍去就，實關世道之隆替，後學之楷式。年月必記，所以著世變；辭受必書,所以明世教。先生之行,又豈可以常人比,常體論哉!又有謂告上之語,失之太直,記人之過,失之太訐者。責難陳善,事君之大義,人主能容於前,而臣子反欲隱於後,先生敢陳於當世,而學者反欲諱於將來乎?人之有過,或具之獄案,或見之章奏,天下後世所共知,而欲没之,可乎?又有謂奏疏之文,紀述太繁,申請之事,細微必録,似非行狀之體者。古人得君行道,有事實可紀,則奏疏可以不述,先生進不得用於世,其所可見者,特其言論之間,乃其規模之素,則言與行,豈有異耶!事雖微細,處得其道,則人受其利,一失其道,則人受其害。先生理明義精,故雖細故,區處條畫,無不當於人心者,則鉅與細,豈有異耶?其可辨者如此,則其尤淺陋者,不必辨也。至於流俗之論,則又以爲前輩不必深抑,異學不必力排,稱述之辭,似失之過者。孔門諸賢至謂孔子賢於堯舜,豈以抑堯舜爲嫌乎?孟子闢楊墨而比之禽獸,衞道豈可以不嚴乎?夫子嘗曰:"莫我知也夫。"又曰:"知德者鮮矣。"甚矣聖賢之難知也!知不知不足爲先生損益,然使聖賢之道不明,異端之說滋熾,是則愚之所懼,而不容於不辨也。故嘗太息而爲之言曰:是未易以口舌爭,百年論定,然後知愚言之爲可信。

這是一篇極有見地的理論。黃榦又有《晦庵朱先生行狀成告家廟文》,自稱:"追思平日聞見,定爲草稾,以求正於四方之朋友,如是者十有餘年。一言之善則必從,一字之非則必改,遷就曲從者間或有之,褊愎自任者則不敢也。蓋合朋友之見,止於如此,則亦稍足以自信,至其甚不可從者,隱之於心而不安,質之於理而或悖,則尤足以見知德者之鮮,而行狀之作,不容以自已也。行狀成於丁丑之夏,然猶藏之篋笥,以爲未死之前,或有可以更定者,如是者又四年。今氣血愈衰,疾病愈甚,度不能有所增損矣,謹繕寫一通,遣男輅白之家廟,而併布其僭妄不得已之愚。"案朱子没於慶元六年,其後十七年爲嘉定十年,行狀始成,又四年爲嘉定十四年,今行狀末署"嘉定十四年門人黃榦狀",《書後》及《告家廟文》大致皆作於是年。

關於朱子底言行,朱子弟子李公晦有《朱子年譜》,明李古沖、清洪去蕪、王懋竑皆重加補輯。所以在這方面,《行狀》底記載更顯得簡署。例如乾道七年,朱子立社倉於五夫里,王懋竑《朱子年譜》引《文集・五夫社倉記》,又引《辛丑延和奏劄四》,於朱子底規模,能使讀者一目瞭然。但是《行狀》止說:"先生所居之鄉,每歲春夏之交,豪戶閉糴牟利,細民發廩強奪,動相賊殺,幾至挺變,先生嘗率鄉人置社倉，以賑貸之，米價不登，人得安業。"這裡我們看到動機和結果，但是對於社倉的創制和程序，還不深知。因此行狀究竟不是傳叙文學底正宗。

《朱子行狀》前半部，特別着重朱子對於治國平天下的抱負。本來朱子出仕未久，繼以罷黜，所以治平的事業，沒有什麼，止賸得若干抱負。黃榦下筆着重這一點，正是重大的見地。紹興三十二年，高宗内禪，孝宗即位，有詔求直言，朱子上封事，略言："聖躬雖未有闕失，而帝王之學，不可以不熟講；朝政雖未有闕遺，而修攘之計，不可以不早定。利害休戚，雖不可徧以疏舉，然本原之地，不可以不加意。……帝王之學，必先格物致知，以極夫事物之變，使義理所存，纖悉畢照，則自然意誠心正，而可以應天下之務。"以下便直接説到當世之務。本來南宋初年，從挣扎中求生存，言和言戰，稱臣稱姪，一切都是求生存的努力。孝宗即位而後，朝野增加了新生的希冀，所以朱子説：

> 今日之計，不過修政事，攘寇敵，然計不時定者，講和之説疑之也。金寇於我，有不共戴天之讎，則不可和也，義理明矣。知義理之不可爲而猶爲之，以有利而無害也。以臣策之，所謂和者，有百害而無一利，何苦而必爲之，願疇咨大臣，總攬賢策，鑒失之之由，求應之之術，斷以義理之公，參以利害之實，閉關絶約，任賢使能，立紀綱，厲風俗，使吾修政攘敵之外，了然無一毫可恃爲遷延中已之資，而不敢懷頃刻自安之意，然後將相軍民無不曉然知陛下之志，更相激厲，以圖事功。數年之後，志定氣飽，國富兵強，視吾力之強弱，觀彼釁之淺深，徐起而圖之。中原故地，不爲吾有而將焉往。

隆興改元以後，朱子奉召入對，復上三劄，行狀總稱："先生以爲制治之原，莫急於講學，經世之務，莫大於復讎。至於德業之成敗，則決於君子小人之用舍，故於奏對復申言之，蓋學有定見，事有定理，而措之於言者如此。"自此以後，朱子外任凡二十年，至淳熙八年，復召見延和殿，上《辛丑延和奏劄》七。狀稱其二言：

> 陛下即政之初，蓋將選建英豪，任以政事，不幸其間不能盡得其人，是以不復廣求賢哲，而姑取軟熟易制之人，以充其位。於是左右私褻使令之賤，始得以奉燕閒，備驅使，而宰相之權日輕。又慮其勢有所偏，而因重以壅己也，則時聽外廷之論，將以陰察此輩之負犯而操切之。陛下既未能循天理，公聖心，以正朝廷之大體，則固已失其本矣，則又欲兼聽士大夫之公言，以爲

駕馭之術。則士大夫之進見有時，而近習之從容無吏，士大夫之禮貌既莊而難親，其議論又苦而難入，近習便嬖側媚之態，既足以蠱心志，其胥吏狡猾之術，又足以眩聰明。此其生熟甘苦，既有所分，恐陛下未及施其駕馭之術，而先墮其數中矣。是以雖欲微抑此輩，而此輩之勢日重，雖欲兼采公論，而士大夫之勢日輕。重者既挾其重，以竊陛下之權，輕者又借力於所重，以爲竊位固寵之計。中外相應，更濟以私，日往月來，浸淫耗蝕，使陛下之德業日墮，紀綱日壞，邪佞充塞，貨賂公行，兵愁民怨，盜賊間作，饑饉薦臻，羣小相挺，人人皆得滿其所欲，惟有陛下了無所得，而國家顧乃獨受其弊。

淳熙十五年，朱子再奉召入延和殿奏事，上《戊申延和奏劄》五。行狀稱朱子上道時，"有要之於路，以正心誠意爲上所厭聞，戒以勿言者。先生曰：'吾生平所學，止有此四字，豈可回互而欺吾君乎？'"在最後一篇奏劄裡，實指孝宗，言：

陛下即位二十有七年，而因循荏苒，無尺寸之效，可以仰酬聖志。嘗反覆而思之，無乃燕閒蠖濩之中，虛明應物之地，天理有未純，人欲有未盡歟？天理未純，是以爲善不能充其量，人欲未盡，是以除惡未能去其根。一念之頃，公私邪正是非得失之機，明分角立交戰於其中，故體貌大臣非不厚，而便僻側媚得以深被腹心之寄；痛瘝英豪非不切，而柔邪庸繆得以久竊廊廟之權；非不樂聞公議正論，而有時不容；非不聖讒說殄行，而未免誤聽；非不欲報復陵廟讎恥，而不免畏怯苟安；非不欲愛養生靈財力，而未免歎息愁怨。凡若此彙，不一而足。願陛下自今以往，一念之頃，則必謹而察之，此爲天理耶，爲人欲耶？果天理耶，則敬以充之，而不使其少有壅閼；果人欲也，則敬以克之，而不使其少有凝滯。推而至於言語動作之間，用人處事之際，無不以是裁之，則聖心洞然，中外融澈，無一毫之私欲得以介乎其間，而天下之事，將惟陛下之所欲爲，無不如志矣。

這一篇奏劄，指陳孝宗病痛所在，直截剴切。我們看到孝宗底優容，同時也看到朱子底剛正。元明以來，專以道學爲明心見性之學，甚至直以依阿唯諾之人，爲道學家底典型。我們眼前，還留着這樣的不痛不癢之人。其實朱子底正心誠意格物致知，正是修齊治平的準備功夫。做到修政事，攘寇敵，總是義理。那麼高頭講章，便不是朱子底義理了。《行狀》給我們留下朱子底真相，便是它底價值。

淳熙十五年，延和殿面對，孝宗説：「知卿剛正，只留卿在這裡。」「剛正」二字，是朱子底定評。奏劄痛論當時風習，有云："大率習爲軟美之態，依阿之言，以不分是非，不辯曲直爲得計。下之事上，固不敢少忤其意，上之御下，亦不敢稍拂其情，惟其私意之所在，則千途萬轍，經營計較，必得而後已。甚者以金珠爲脯醢，以契券爲詩文，宰相可咯則咯宰相，近習可通則通近習，惟得之求，無復廉恥。一有剛毅正直、守道循理之士出乎其間，則羣譏衆排，指爲道學，而加以矯激之罪。十數年來，以此禁錮天下之賢人君子，復如崇宣之間所謂元祐學術者，排擯詆辱，必使無所容其身而後已。嗚呼！此豈治世之事，而尚忍言之哉！"直把南宋初年底情態，和盤托出。

朱子在奏劄中，攻宰執，攻親習，攻監司郡守，攻掊克聚斂之債帥，而歸本於孝宗之一心，所以説輔翼太子，選任大臣，振舉綱維，變化風俗，愛養民力，修明軍政，"此六事皆不可緩，而本在於陛下之一心，一心正則六事無不正，一有人心私欲以介乎其間，則雖憊精勞力以求正乎六事者，亦將徒爲文具，而天下之事愈至而不可違矣。"黄榦總論孝宗一代奏劄，稱爲"先生之盡忠，孝宗之受盡言，亦未爲不遇也。然先生進言皆痛詆大臣近習，孝宗之眷愈厚，嫉者愈深，是以一日不能安於朝廷之上"。

寧宗慶元元年，韓侂胄用事，誣丞相趙汝愚以不軌，逐去之，竄永州。朱子因作《楚辭集註》，《行狀》稱其愛君憂國，至老不忘，正指此事。狀中又言："丞相既逐，而朝廷大權悉歸侂胄，先生自念身雖閒退，尚帶侍從職名，不敢自默，遂草書萬言，極言奸邪蔽主之禍，因以明其冤，詞旨痛切，諸生更諫，以筮決之，遇《遯》之《同人》。先生默然，退取諫藁焚之，自號遯翁。"《年譜》，《同人》作《家人》，按《周易卦變圖》，凡二陰二陽之卦，皆自臨《遯》而來，《家人》卦二陰，則作《家人》爲是。又稱"子弟諸生更進迭諫，以爲必且賈禍，先生不聽；蔡元定入諫，請以蓍決之"。語更詳密。自是以後，禁用僞學，朱子亦削官，甚至有人勸朱子散了學徒，閉户省事。《朱子語録》稱："古人刀鋸在前，鼎鑊在後，視之如無物者，蓋緣只見得這個道理，都不見那刀鋸鼎鑊。"又説："死生有命，如合在水裡死，自是溺殺，此猶不是深奥底事，難曉底語。如今朋友都信不及，覺見此道日孤，令人意思不佳。""今爲避禍之説者，固出於相愛，然得某壁立萬仞，豈不益爲吾道之光。"這些都是朱子做人所在。

慶元二年朱子削職，六年朱子卒。在這四年之中，朱子伏處田里，事績不具。行狀後段對於朱子爲人、治學、論理諸大節，皆有詳核的綜論，分録於次：

先生平居惓惓，無一念不在於國，聞時政之闕失，則戚然有不豫之色，語及國勢之未振，則感慨以至泣下。然謹難進之禮，則一官之封，必抗章而力辭；厲易退之節，則一語不合，必奉身而亟去。其事君也，不貶道以求售；其愛民也，不徇俗以苟安。故其與世動輒齟齬。自筮仕以至屬纊，五十年間，歷事四朝，仕於外者僅九考，立於朝者四十日，道之難行也如此，然紹道統，立人極，爲萬世宗師，則不以用舍爲加損也。

其爲學也，窮理以致其知，反躬以踐其實。居敬者所以成始成終也，謂致知不以敬，則昏惑紛擾，無以窮義理之歸；躬行不以敬，則怠惰放肆，無以致義理之實。持敬之方，莫先主一，既爲之箴以自警，又筆之書，以爲小學、大學皆本於此。終日儼然，端坐一室，討論典訓，未嘗少輟。自吾一心一身，以至萬事萬物，莫不有理。存此心於齊莊靜一之中，窮此理於學問思辨之際，皆有以見其所當然而不容已，與其所以然而不可易。然充其知而見於心者，未嘗不反之於身也。不睹不聞之前，所以戒懼者，愈嚴愈敬，隱微幽獨之際，所以省察者，愈精愈密。思慮未萌而知覺不昧，事物相接而品節不差，無所容乎人欲之私，而有以全乎天理之正，不安於偏見，不急於小成，而道之正統在是矣。

若其措諸事業，則州縣之施設，立朝之言論，經綸規畫，正大宏偉，亦可槩見。雖達而行道，不能施之一時，然退而明道，足以傳之萬代。謂聖賢道統之傳，散在方策，聖經之旨不明，則道統之傳始晦，於是竭其精力，以研窮聖賢之經訓。於《大學》、《中庸》則補其闕遺，別其次第，綱領條目，燦然復明。於《論語》、《孟子》則深原當時答問之意，使讀而味之者，如親見聖賢而面命之。於《易》與《詩》則求其本義，攻其末失，深得古人遺意於數千載之上。凡數經者，見之傳注。其關於天命之微，人心之奧，入德之門，造道之域者，既已極深研幾，探賾索隱，發其旨趣而無遺矣。至於一字未安，一詞未備，亦必沈潛反覆，或達旦不寐，或累日不倦，必求至當而後已。故章旨字義，至微至細，莫不理明詞順，易知易行。於《書》則疑今文之艱澀，反不若古文之平易。於《春秋》則疑聖心之正大，決不類傳注之穿鑿。於《禮》則病王安石廢罷《儀禮》，而傳記獨存。於《樂》則憫後世律尺既亡，而清濁無據。是數經者，亦嘗討論本末，雖未能著爲成書，然其大旨，固已獨得之矣。

宋代底年譜

年譜是中國傳叙文學底一種特色。西洋傳叙文學有分年記載的,也有在每一段落以後,附載年表,甚至列舉傳主是年著作的,但是像中國傳叙文學這樣的編年叙述,實在沒有。這一種寫法,對於傳主逐年事蹟,常常可以得到狠清楚的記載,當然是一個優點,但是人生的事業常是一個貫徹前後的片段,要瞭解傳主的生平,也非通觀畢生行事,不能得其真相。所以傳叙文學應當以紀事本末體或紀傳體爲正宗,而以編年體爲例外。因此這裡止須記載宋人年譜發達的經過,至於以後的進展,便可從畧。

傳叙文學是史部底支流,但是年譜却是經部的支流,這是兩者間底區別。至於以後的合流,以及合流以後,仍留着分趨的餘跡,這又是文學史的問題了。

年譜底遠祖是詩譜。漢鄭玄有《詩譜》三卷,爲研究《詩三百篇》作者年代的最古的著作。鄭玄以後,經學家完全在訓詁方面下工,因此對於作者的年代,不甚注意,所以也沒有增補《詩譜》的作品。入宋以後,大家開始注意到詩義,因此便注意到作者的時代。第一個是歐陽修,他有《詩本義》十六卷,又有《補注毛詩譜》一卷,對於鄭《譜》加以訂正。其後便有李燾《詩譜》三卷,也是類似的著作。

研究《詩三百篇》,便要注意作品底時代,那麼研究後人底詩文,當然注意到作者底時代,以及某文某詩爲某年作,然後始能有確切的理解。所以從《詩譜》到詩人或文人底年譜,正是最邏輯的結論。第一個作年譜的人,值得我們底崇敬,這便是北宋的呂大防。大防作《杜詩年譜》、《韓文年譜》各一卷,自記云:

> 予苦杜詩、韓文之多誤,既讎正之,又各爲年譜,以次第其出處之歲月,而略見其爲文之時,則其歌時傷世,幽憂切—作痛歎之意,粲然可觀,又得以考其辭力,少而銳,壯而肆,老而嚴,非妙於文章,不足以至此。元豐七年十一月十三日,一本無此十字。汲郡呂大防記。

這裡看到大防作譜本意,着重在詩文歲月之研究,正和鄭玄《詩譜》如出一轍。因爲這是最初的年譜,今爲分別考證如次。

《杜詩年譜》雖稱着重年代,其實在杜甫一生五十九年之中,年譜有記載者僅二十年,每年記載,少則一行,至多不過三行,所以這實在是一部簡陋之至的著作。又大防自稱作譜見其爲文之時,今舉杜詩全集以論,見於呂譜者,不過五十三首。寶應元年譜云:"詩有'元年建巳月',乃是年也。"今按杜集是年有《戲贈友二首》,皆以"建巳"起句,作二首論。較之錢謙益考定作詩歲月共得四百餘首者,僅得八分之一。大致作始至難,故其成就僅能如此,然大防之功,終不可没。

至就全譜四十一行而論,其中紕謬,可得而舉者,蓋有數端。杜甫生於睿宗先天元年,没於代宗大曆五年,年五十九歲,此爲不争之事實。先天元年爲壬子歲,呂譜誤爲癸丑,自後逐年甲子皆誤,大曆五年庚戌,譜亦誤爲辛亥,徹底皆誤,此其一。天寶三載正月詔改年爲載,自是以後,稱載不稱年,至肅宗乾元元年,二月改元,復以載爲年,始得稱年,而呂譜稱天寶十一年、十三年、十四年、十五年,至德二年,記載不合,此其二。天寶十三載秋八月,文部侍郎韋見素拜中書門下平章事,集有《上韋左相二十韻》云:"鳳歷軒轅紀,龍飛四十春。"是歲玄宗在位四十二年,四十春指其大數而言,爲古人常事,而譜屬之天寶十一年,遂使韋左相全無着落,此其三。代宗廣德二年正月,合劍南東西川爲一道,以黄門侍郎嚴武爲節度使,是爲嚴武再鎮成都之事,而譜言"廣德元年,嚴武再鎮西川,奏甫節度參謀、檢校工部員外郎",記年不合,此其四。又是年譜言作《傷春五首》。今按詩言:"西京疲百戰,北闕任羣兇。"又言:"蒙塵清露急,御宿且誰供。"指廣德元年冬吐蕃陷京師,代宗東幸華州之事。至言"鶯入新年語,花開滿故枝。""春色生烽燧,幽人泣薜蘿。"時則杜甫在蜀,故次年春間始得消息,而有此詩。譜以屬之廣德元年,又不載長安淪陷事,遂使五詩全無交代,而杜甫忠君愛國之旨,亦無從見,"歌時傷世",其義何在?此其五。尤可異者,譜稱大曆五年夏,甫還襄漢,卒於岳陽。别造新説,與史誌皆不合,錢謙益箋注杜詩,辨之尤詳,附誌於此。

《舊書》本傳:"甫遊衡山,寓居耒陽,啗牛肉白酒,一夕而卒於耒陽。"元稹《墓誌》:"扁舟下荆楚間,竟以寓卒,旅殯岳陽。"公卒於耒陽,殯於岳陽,史誌皆可考據。自吕汲公《詩譜》不明旅殯之義,以謂是年夏還襄漢,卒於岳陽。于是王得臣、魯訔、黄鶴之徒,紛紛聚訟,謂子美未嘗卒於耒陽,又牽引《回櫂》等詩,以爲是夏還襄漢之證。按史,崔旰殺郭英乂,楊子琳攻西川,蜀中大亂,甫以其家避亂荆楚,扁舟下峽,此大曆三年也。是年至江陵,移居公安,歲暮之岳陽,明年之潭州,此於詩可考也。大曆五年夏,避臧玠之亂,入衡州。史云:"泝沿湘流,遊衡山,寓居耒陽以卒。"《明皇雜錄》亦與史合,安得反據《詩譜》而疑之。其所引登舟歸秦諸詩,皆四年秋冬潭州詩也,斷不在耒陽之後。《回櫂》詩有"衡岳蒸池"之句,蓋五年夏入衡,苦其炎暍,思回櫂爲襄漢之遊而不果也。此詩在耒陽之前,明矣。又安可據爲北還之證乎?以詩考之,大曆四年,公終歲居潭,而諸譜皆言是年春入潭,旋之衡,夏畏熱,復還潭,則又誤認《回櫂》詩爲是年作也。作年譜者,臆見揣度,遂奮筆而書之,其不可爲典要如此。吾斷以史誌爲證曰:子美三年下峽,由江陵、公安之岳。四年之潭,五年之衡,卒於耒陽,殯於岳陽。其他支離附會,盡削不載可也。

《韓文年譜》也是一部簡畧的著述,韓愈一生五十七歲之中,年譜有記載者僅有二十八年,韓詩韓文入記者亦僅有文十四篇,詩十篇,而且還充滿許多顯見的錯誤。就呂譜而考韓愈作文之時,畢竟還是辦不到。

就記事之顯然有誤者言之。(一)譜言:"貞元十三年,從董晉辟,爲汴宋潁亳觀察推官。"按韓集《董公行狀》言,十二年七月晉拜宣武軍節度使,韓愈實從。事在十二年。(二)譜言:"貞元二十年,移江陵掾,以四門博士徵。"按韓集《河南府同官記》言:"永貞元年愈自陽山移江陵法曹參軍。"事在貞元二十一年秋改元永貞以後,是年亦無以四門博士徵之事。(三)《憲宗實錄》言元和"七年二月乙未,職方員外郎韓愈爲國子博士"。按愈貞元年間爲四門博士,元和年間再爲國子博士,故《進學解》言"三爲博士",呂譜失載。(四)譜言:"元和十年,拜中書舍人"。按《唐實錄》云:元和"十一年正月丙戌,考功郎中、知制誥韓愈中書舍人。"事在十一年。(五)譜言:"元和十五年移袁州刺史。"按韓集《新修滕王閣記》言:"十四年以言事斥守揭陽,其冬以天子進大號,加恩區内,移刺袁州。"事在十四年。(六)譜言:"長慶二年二月,拜兵部侍郎。"按唐《舊紀》,拜兵部侍郎事在元年。(七)譜言長慶三年十月,由京兆尹"改兵部侍郎,尋拜吏部侍郎"。按《新唐書》本傳,韓愈使鎮州,歸奏其語,帝大悦,轉吏部侍郎。其後爲京兆尹,與御史中丞李紳不協,罷爲兵部侍郎,紳出爲江西觀察使,及帝留紳,愈亦復爲吏部侍郎。是愈再爲吏部侍郎,而呂譜止言拜吏部侍郎,失之太畧。

更就呂譜詩文繫年者言之。(一)《進學解》作於元和七年以後,而譜繫之貞元二十一年。(二)《豐陵行》爲順宗作,順宗以元和元年葬豐陵,故詩言:"羽衞煌煌一百里,曉出都門葬天子。"譜言作於永貞元年,與史實不合。(三)《釋言》云:"上命李公相。"李吉甫相於元和二年,是篇之作,必在其時,譜言作於元和元年,必誤。(四)元和十二年十月淮西平,次年正月十四日,敕韓愈撰《平淮西碑》文,見韓集《進撰淮西碑文表》,有明文可據。譜言元和十二年爲《淮西碑》,亦誤。

至入鎮州宣諭王廷湊事,尤爲韓愈平生大節所繫,本傳及行狀皆詳言之,深得傳叙文學之旨。呂譜僅著"宣諭鎮定"四字,於韓愈大節,無所表見,誠爲可異。要之大防作譜之初,原以署考杜詩韓文著作年月爲旨,其源出於《詩譜》,自與今人所言傳叙文學,不可並論。南宋以後,年譜之作大盛。若洪興祖之《韓子年譜》,所叙遂日即完密,始於譜主之生平,可知其詳,今不贅。

今録宋人年譜目録可考者於次:

《孔子編年》五卷。舊本題宋胡舜陟撰,見《四庫總目》傳記類。

《杜詩年譜》。呂大防撰,附《分門集注杜工部詩》。

《杜工部年譜》。黃鶴撰,附《分門集注杜工部詩》。

《杜工部年譜》。蔡興宗撰,附《分門集注杜工部詩》。

《杜工部年譜》一卷。趙子櫟撰,見《四庫總目》傳記類。

《杜工部年譜》一卷。魯訔撰,見《分門集注杜工部詩》。

《杜工部年譜》。梁權道撰,見錢謙益《杜工部詩箋》。

《翰林李太白年譜》一卷。薛仲邕撰,見王琦《李太白年譜》。

《韓文年譜》。呂大防撰。

《韓子年譜》一卷。洪興祖撰。

《韓文類譜》七卷。《四庫總目》題魏仲舉撰。按仲舉刊呂譜爲一卷,洪譜分爲五卷,又程俱《韓文公歷官記》一卷,共爲七卷。

《增考韓文公年譜》。方崧卿撰,見朱子《韓文考異》。

《柳子厚年譜》一卷。文安禮撰。

《周子年譜》一卷。度正撰,見《四庫總目》傳記類。

《范文正公年譜》一卷。樓鑰撰,見《四庫總目》傳記類。

《六一居士年譜》一卷。薛齊誼撰,見《宋史·藝文志》傳記類。

《歐陽文忠公年譜》。胡柯撰,附大全集。

《歐陽文忠公年譜》。孫謙益撰,見胡柯《歐陽文忠公年譜》。

《歐陽文忠公年譜》。曾三異撰,見胡柯《歐陽文忠公年譜》。

《伊川年譜》一卷。朱子撰,見王懋竑《朱子年譜》。

《尹和靖年譜》一卷。不著撰人名氏,見《四庫總目》傳記類。

《梅詢年譜》一卷。陳天麟撰,見《四庫總目》傳記類。

《三蘇年表》二卷。孫汝聽撰,見《四庫總目》傳記類。

《蘇軾年譜》一卷。王宗稷撰,見《宋史·藝文志》別集類,《四庫總目》作《東坡年譜》一卷。

《石室先生年譜》。家誠之撰,附《丹淵集》。

《山谷年譜》。任淵撰,附《山谷集》。

《后山年譜》。任淵撰,附《后山集》。

《朱勝非年表》一卷。孫昱上撰,見《宋史·藝文志》傳記類。

《吕忠穆公年譜》一卷。不著撰人姓氏,見《四庫總目》傳記類。

《朱子年譜》一卷。袁仲晦撰,見《四庫總目》傳記類。

《紫陽年譜》三卷。李公晦撰,見王懋竑《朱子年譜》附録李默序。

《綦仲禮年譜》一卷。綦煥撰,見《四庫總目》傳記類。

《饒雙峯年譜》一卷。不著撰人姓氏,見《四庫總目》傳記類。

全祖望《鮚埼亭集》碑銘傳狀

前清文人中最富於傳叙文學底意義者,要推全祖望,——這不是因爲他底叙述攸關明末死事諸人,而是因爲精神上的契合。本來從碑銘傳狀的成就看,曾國藩集中的作品,也許更完密,更充實,而且所記諸人,也比較更重要,但是曾國藩所寫的是同時諸人,事實清楚,叙述也容易,全祖望所寫的是七八十年前的故事,從渺茫錯亂的傳說中,加以考核和訂正,便需要更大的天才。

當然,在祖望底時代(康熙四十四——乾隆二十年),傳叙文學底精神還没有被人意識到,所以祖望底作品,還是和史傳接近,而和近代的傳叙文學相遠,這個我們不能不知。但是二百年前,文人底碑銘傳狀,够得上史傳的已經不多,所以他底成就,比一般的作品,更和傳叙文學接近。

甲申明亡以後,福王在南都自立,及清兵南下,南京陷落,這是乙酉之役。其後,熊汝霖、孫嘉績、錢肅樂等擁魯王監國,劃錢塘江自守,清兵進逼,魯王失敗入海,這是丙戌之役。唐王被殺,魯王仍在海上,最後在舟山一帶,作爲最後的根據地,中間曾經與吳勝兆、鄭成功等聯絡,一再北窺,張煌言且曾直至蕪湖,摇動整個長江下游,但是仍免不了最後的敗竄。當魯王盤據舟山的時期,寧波、餘姚一帶山寨林立,作爲海中的聲援,山寨没有陷落以前,清兵不敢下海,所以當時的山寨,正和最近抗戰中的中條山遊擊戰一樣,在民族戰爭中發生最大的牽制力量。

在山寨底挣扎當中,浙東世家子弟幾乎全參加了。祖望言其族祖美閑"國難後自以明室世臣,不仕異姓,集親表巨室子弟爲棄繻社"。《外編》卷八《族祖韋翁先生墓誌》。丙戌以後,棄繻社人物,完全參加當時的鬥争,視死如歸,保留了民族底生命。祖望又説:"嗚呼,大朝爲天命所眷,江南半壁且不支,何有於浙東?浙東一道且不支,何有於寧波?諸公之耿耿未下者,雖云故國故君之感,其如天意何!然而稽古在昔,終不能不比之厓山一輩人物,況又出自祭酒布衣,此其所以益難也。"《內篇》卷八《明兵科都給事中董公神道表》。

鄞縣全氏,本是明代世臣。世宗時,工部侍郎元立,是祖望底六世祖。元立曾孫大和，字介石，別號他山，大程字襄孫，別號式公。式公之子吾騏，字聿青，別號北空，出嗣他山，是祖望底祖父。他山、式公、北空恰恰生在明清之交。當時清兵南下，全氏一日棄諸生籍者二十四人，及魯王兵起，他山以大理寺評事徵，式公以太常寺博士徵，祖望說他們"見江上事不可爲，俱不受"。《外編》卷八《先曾王父先王父神道闕銘》。其實他山兄弟曾在軍中，見《外編》卷十一《明故都督張公行狀》，北空從軍亦見卷十二《徐都御史傳》。相傳祖望是錢肅樂轉生，祖望詩集中《五月十三舉一子》詩第二首："釋子語輪迴，聞之輒加嗔。有客妄附會，謂我具宿根。琅江老督相，於我乃前身。一笑妄應之，燕說漫云云。"當然這止是一種傳說，但是無疑地喚起了他對於明代遺民的景慕，因此使他更熱心於這些碑銘傳狀底撰述。

這種景慕的影子，在祖望文字裡，也曾經流露過。祖望曾經主講蕺山書院，這是劉宗周、黃宗羲這一班人講學的場所。一邊追憶蕺山、黎洲底遺蹤，一邊追憶六世祖侍郎元立底往事，狠容易喚起張良五世相韓底故實。所以祖望直題爲相韓舊塾，原是狠明白的，但是他作《蕺山相韓舊塾記》《內編》卷三十揭出宋代相州韓忠獻父子，卻是遁辭。《忠襄孫公神道碑銘》《外編》卷四："諸軍會於江上，張公國維指公言曰：'此真五世相韓之子弟也。'"《陸佛民先生誌》《外編》卷六："己亥，得年六十有七病卒，周明枕之股而哭之，曰：'吾家五世相韓之痛，更誰與吾分此志者乎？'是日也，諸子弟來會弔者，始見其髮毵毵然未有損也。""相韓"兩字底用法，見於《鮚埼亭集》者如此。

引起祖望撰著底動機者，當然是他底祖父北空公。他是曾經參加這次鬥爭的遺民，祖望幼時受書祖父，自然更加感到當日情事底親切。吟園從事徐孚遠軍中，《徐都御史傳》《外編》卷十二："蛟門方修縣志，以公有柴樓山寨之遺，來訪公事，先贈公指北空曾預公山寨中，知之最詳，予乃序次而傳之。"《李杲堂先生軼事狀》《外編》卷十一稱黃宗羲所作《杲堂墓誌》不能備悉，"予少得之先大父贈公所述者，蓋稍足具十之三四"。北空所著有《梓里諸忠傳略》二卷，《外編》卷八《先曾王父先王父神道闕銘》。祖望族伯母更是張煌言之女，祖望少時更從那裡聽到許多當時的史實。《明故太師定西侯張公墓碑》《外編》卷四："康熙庚子，先族母以展墓歸，予時年十六，從之問舊事。族母曰：'吾父與定西侯同事久，每言其志節之可哀，而謗口之多屈。'"《張督師畫像記》卷十九："予遂取姚江黃先生之志，楊徵士遴之記，及吳農祥傳，讀於旁，先伯母曰：'惟吳傳舛戾，無可信者。然吾所記軼事，雖耄忘十九，尚有足以補黃、楊之闕，汝其識之。'"《鮚埼亭集》中《兵部尚書張公神道碑銘》《內編》卷九、《定西侯張公墓碑》取材於此。此外鄞縣故家遺族與祖望往還者甚多，當然可供許多史料,尤其是錢肅樂底遺族。《明監察御史退山錢公墓石蓋文》《外編》卷五便是應錢濬恭之請爲肅圖作的。濬恭繼肅樂後,不及見肅樂,但是生父肅圖曾和肅樂同時起兵,文言"濬恭嘗謂余曰:'不肖年十二,即隨先君出而索食,每至江上,先君輒惝怳四顧,指謂不肖。'"以下歷指義兵瓜瀝六家軍,以及方國安七條沙軍,王之仁西陵軍營地,又言:"至若翁洲、健跳、石浦諸藩帥之强弱,琅江、長垣、鷺門諸藩帥之順逆,先君嘗終夜爲不肖輩言之,而惜其時年尚少,不能詳記。"祖望文中自稱:"予生也晚,不及奉諸遺老履絇,而世更百年,宛然如白髮老淚之淋漓吾目前也。斯即見斯文者猶將爲之涕泗不已,而何況於濬恭兄弟乎哉!"這裡便完全把撰述底意趣揭出。

黃宗羲底《南雷文集》、《明文案》,以及吳農祥、彭仲謀、錢謙益、毛奇齡的著作,都給予祖望以撰述的動機,但是他們供給祖望以材料的較少,而激起祖望底彈射的較多。本來祖望底史學上承萬斯同、萬經之統,負着追求史實的責任,當然不容不予以糾繩。《兵部尚書鄞張公神道碑銘》、《忠介錢公神道第二碑銘》後各附祖望與萬經一札,最看出這種精神。附錄於次:

> 黃先生作《蒼翁誌》,但據《北征錄》爲藍本,大段疏漏,不止誤以尚書爲侍郎也。如江上爭頒詔一案,是蒼翁始終爲王脈絡。中間又能轉移鄭氏,使化其舊隙,爲我合力,是蒼翁最大作用。晚年欲再奉王起事,及力必不逮,而後散軍,是蒼翁始終爲王結果。此乃十九年中三大節目也,而黃先生皆不及之。《答王安撫書》前半如謝叠山之卻聘,後半如陳參政文龍請漳泉三府以存宋祀之旨,皆不應不錄。而王之薨在壬寅冬十一月,可以考正。□□別有考。尊諭令某別撰碑文一首,某文豈敢續黃先生之後,然考證遺事,所不敢辭。謹呈上。
>
> 忠介事實之詳,宜莫如其弟退山先生之文,然亦有遺且誤者。如《急援平湖義兵疏》,乃江上第一好著,時不能行,不待次年之夏,知其無能爲矣。諸傳皆不載,并退山亦失之。江上頒詔之爭,張、熊、朱、錢分爲二,而忠介以此遂爲悍帥口實,此最有關係者,諸傳皆不載,并退山亦失之。江上有兵部侍郎之命,再辭不受,既至翁洲,有吏、戶二部尚書之命,退山皆失之。若披緇於閩,則劉氏神道碑中及《林太常傳》皆有之,而退山似諱其事,不知此不必諱也。鷺門確係鄭彩先舉兵,而以戎政召公,退山以爲彩因公言而起兵,今詳考諸家野史與劉碑、徐誄以正之。又公之入閣,馬公思理尚在,退山以

爲馬卒而後公繼之，舛矣。尊諭令某博考以正前人之失，某亦何敢，但是文於參稽頗詳審云。

此外如《梨洲先生神道碑文》《內編》卷十一考正王正中之敗，直指宗羲所作《王正中墓表》之溢美；又據宗羲《避地賦》"歷長埼與薩斯瑪兮，方粉飾夫隆平"，確定宗羲曾與於馮京第乞師日本之役。《姜忠肅公祠堂碑文》《內編》卷二十三駁正錢謙益、毛奇齡之謬妄。《贈戶部尚書沈公神道碑銘》《外編》卷四指明莒人溫氏、鄞人董氏、淞人楊氏三人所作沈廷揚傳之誤，因謂"生乎百年之後，以言舊事，所見異詞，所聞異詞，所傳聞又異詞，不及今考正之，將何所待哉"！《兵部尚書鍾祥李公事狀》《外編》卷九則言："予讀杭人吳農祥所作公傳，謂公與劉公中藻以治兵故有曠林之爭，互殺其中軍，將以相攻，劉公夫人勸之而止。此妄言也。劉公與公始終無間，農祥所記明末事，半出無稽，不特公傳也。"從這許多地方，看到祖望考證史事的周密。

祖望看到故國遺民，不忍聽其湮沒，因此對於明季諸人碑傳，致力甚勤，不但糾正文人底錯誤，而且還訂正《明史》和地方志乘底缺憾。《淮揚監軍道僉事鄞王公神道碑銘》《內編》卷六："聖祖仁皇帝修《明史》，已爲公立附傳於閣部卷中，顧猶稱其故官，予以應氏所言，參之《嘉禾高氏忠節錄》，乃知其已爲監司也。公之大節，豈在階列之崇卑，而確史則不可以荒朝之命而沒之。"《兵部尚書錢公神道第二碑銘》："惟公乙酉以後之事，見於碑誄者，皆互有缺略，聖祖修《明史》，史臣爲公立傳，據諸家之言，亦不詳也。"《甬上桂國三忠傳》《外編》卷十二亦言廣東道御史余鯤，"今《明史》附見《何騰蛟傳》，特不詳其晚節爲可惜"。此外則如《定西侯張公墓碑》《外編》卷四直攻翁洲志，力辯張名振之殺黃斌卿之不謬，因言："今之作翁洲志乘者，曲筆於斌卿而深文於公，混祀斌卿於辛卯死事諸公之首，而公兄弟反不豫，何其謬戾一至於斯耶！"浙江修《通志》，祖望因言翁洲六忠張煌言、吳鍾巒、朱永祐、李向中、董志寧、劉世勛當別立傳。志局囑祖望具藍本，因具鍾巒、永祐、向中三人事狀，并舊作《太傅華亭張公神道碑銘》、《兵部給事中董公神道表》、《翁洲劉將軍祠堂碑》俾之，雖其後《浙江通志》卒未立傳，但是祖望碑狀具在，爲翁洲諸人留下了不朽的記載。

假使追求祖望著述的動機，當然有些故國之感。正如《南嶽退翁和尚第二碑》《內編》卷十四所載退翁登堂說法，忽問："今日山河大地，又是一度否？"祖望擬作《明九相國世臣傳》見《外編》卷十二《推官溫公傳》也出於這類故家喬木的意念。但是儘管有此意念,祖望卻沒有反抗新朝的意識。所以祖望底曾祖父、祖父入山,"一門共修汐社,力耕之餘,清吟而已。"《外編》卷八《先贈王父先王父神道闕銘》。祖望甚至引高隱學之言,嘆爲"謝皋羽棄其子行遯,終身不相聞問,鄭所南則無子,未若全氏之駢聚也"。但是祖望入仕以後,遭逢大禮,貤封兩世,他底父親説:"非總憲以上,不得封曾祖,即欲貤封者,亦必登三品。吾非敢無厭也,然安得再展一世恩命乎?"《外編》卷八《先公墓石蓋文》。在貤封的時候,他底祖父已歿,固然不發生什麼矛盾,但是祖望父子,以新朝恩命貤封不仕之遺民,更欲贈及山寨抗敵之先人,言之津津,不能不算是怪事。這類事實,在前人自然有他們底解釋,我們所必須知道的,就是在祖望底叙述中,儘管一面景仰先烈,但是並不含有敵視清室的意義。

《鮚埼亭外集》有《華氏忠烈合狀》、《楊氏四忠雙烈合狀》、《屠董二君子合狀》,在文集中這是創體。祖望在《華氏忠烈合狀》自言:"在昔文章家無合狀之體,惟《葉水心集》嘗爲陳同甫、王道甫作合志,蓋出於史之合傳,予因援其例於狀。但古人於夫婦之間,未有不以婦統於夫者,今並舉之,何也?曰華夫人之烈,非凡爲婦者所可同也。"《外編》卷十。本來當時諸人在同一事態中殉難,因引合傳之例,以作合狀,原有創體的理由。

祖望著述的特點,就是他的直書不諱的態度。史傳常有互用之例,前已説過,但是祖望底著作不是史,所以不得不在本文載明瑕瑜不掩的意義。錢肅樂起兵甬東,擁戴魯王,最後客死琅琦,是祖望最推重的人物,但是在《都督江公墓碑銘》《外編》卷五言:"忠介肅樂諡故未嘗習軍旅,在江上,每日戎服登舟,鳴鼓放船,都督指麾既畢,則畫諾焉。"隱隱畫出一個庸才,這還算是互見之例。《梨洲先生神道碑文》《內編》卷十一言江上諸營既潰之後,"公遽歸入四明山,結寨自固,餘兵願從者,尚五百餘人,公駐軍杖錫寺,微服潛出,欲訪監國消息,爲扈從計。戒部下善與山民相結,部下不能盡遵節制,山民畏禍,潛焚其寨,部將茅翰、汪涵死之,公無所歸"。這便指實黃宗羲底失敗,因爲不能駕馭部下。《督師金華朱公事狀》《外編》卷九言朱大典"自行軍以來,頗不持小節,於公私囊槖無所戒,雖其後額餉多不至,賴前所入以給親軍,然謗大起"。對於大典底貪黷,也全無諱詞。對於張煌言底放誕,張名振底跋扈,所記尤多,節引於次。

公神骨清削勁挺,生而跅弛不羈,喜呼盧,無以償博進,則私斥賣其生產。刑部煌言父刑部員外郎主章怒,先宗伯公之中孫穆翁,雅有藻鑑,曰:"此異人也。"乃以己田售之，得金三百兩，爲清其逋，而勸以折節讀書。
　　　　　　　　　——《兵部尚書鄞張公神道碑銘》《内編》卷九

　　張督師蒼水爲諸生，放誕不羈，呼盧狂聚，窮晝極暮，自其父兄以至師友皆拒之，獨先生一見曰："斯異人也。"乃盡賣負郭田三百金爲償其負，而勸以折節改行。督師於儕輩不肯受一語，惟見先生，稍斂其芒角。
　　　　　　　　　——《穆翁全先生墓志》《外編》卷八

　　公與諸將議，海上諸島惟翁洲稍大，而斌卿負固，不若共討而誅之，則王可駐軍，乃傳檄討斌卿。斌卿見諸軍大集，度不能抗，乃上表待罪，請迎王以自贖，公許之，而進卒擊殺斌卿，沈之於海。斌卿頗能以小惠結士心，故其死也，多惜之者，甚且訴其死之屈，以爲公奪其地而誘殺之。然斌卿一拒監國於丙戌，微公棄地扈從，則監國閩中之二年，不可得延；再拒於己丑，微公合軍誅討，則翁洲之二年，不可得延；此事迹之顯然者，而乃據愚民之口，以混黑白，其亦昧矣。監國既居翁洲，晉公太師當國。庚寅，公殺平西伯王朝先。朝先本斌卿將，公與進招之，預平翁洲之功，公頗忌之，遂襲殺焉。朝先驍勇，翁洲人仗之，及死，部將遂多降於本朝，請爲鄉導，以攻翁洲。予嘗謂公之殺斌卿爲有功，而其以非罪殺朝先則有過，此則不能以相掩者也。
　　　　　　　　　——《明故太師定西侯張公墓碑》《外編》卷四

祖望關於魯王監國死事諸人的記載，主要篇名如次：

　　《明故兵部尚書兼東閣大學士贈太保吏部尚書謚忠介錢公神道第二碑銘》《内編》卷七
　　《明兵部給事中董公神道表》《内編》卷八
　　《明故權兵部尚書兼翰林院侍講學士鄞張公神道碑銘》《内編》卷九
　　《明太傅吏部尚書文淵閣大學士華亭張公神道碑銘》《内編》卷十
　　《梨洲先生神道碑文》《内編》卷十一
　　《明兵部尚書兼東閣大學士贈太保謚忠襄孫公神道碑銘》《外編》卷四
　　《明户部右侍郎都察院右僉都御史贈户部尚書崇明沈公神道碑銘》同上
　　《明故兵部右侍郎兼都察院右僉都御史王公墓碑》同上
　　《明故太師定西侯張公墓碑》同上
　　《明禮部尚書仍兼通政使武進吳公事狀》《外編》卷九

《明工部尚書仍兼吏部侍郎上海朱公事狀》同上
《明兵部尚書兼掌都察院事鍾祥李公事狀》同上
《明文華殿大學士兵部尚書督師金華朱公事狀》同上

這幾篇以外，便要數到三篇合狀。祖望寫得最出力的是錢肅樂第二碑銘和張煌言神道碑銘。肅樂奉魯王起兵失敗以後，遁跡入閩，唐王敗後，再奉魯王，進大學士，督師琅琦，但是前則受制於方國安、王之仁，後則受制於鄭彩。碑言其"每日繫艇於駕舟之次，票擬章奏，即於其中接見賓客。票擬封進，牽船別去，匡坐讀書。其所票擬，亦不過上疏乞官、部覆細小之事，大者則彩主之，雖王亦不得而問也。公每入見，即流涕不止，曰：'朝衣拭淚，昔人所譏，臣不能禁。'王亦為之潸然"。最後憂憤交至，絕食而死。所以在事業方面，紀載不多。祖望結論稱為：

> 嗚呼！公之在江上也，厄於方、王，公去江上，不旋踵而列戍崩潰，方、王同歸於盡。公之在海上也，厄於鄭氏，公死海上，未卒哭而閩土盡失，鄭彩亦見摧於延平以死，則甚矣庸妄人之害國以自害也。雖然，浙東列郡並起事，事敗之後，獨吾鄉山寨海樁，相尋不息，諸義士甘湛族之禍，敢於逆天而弗顧，卒延翁洲之祚，至辛亥而始斬，則公之感人者，深矣！

錢肅樂是一個孤忠耿耿的大臣，張煌言便是一個百折不回的鬥士。乙酉（順治二年），肅樂起兵，第一個響應的便是煌言。唐王失敗以後，煌言復奉魯王監國，碑言："時鄭成功軍甚盛，既不肯奉王，諸藩畏之，亦莫敢奉王，而公獨以名振之軍為王衛，時時激發諸藩，使為王致貢。然公極推成功之忠，嘗曰：'招討始終為唐，真純臣也。'成功聞之，亦曰：'侍郎始終為魯，豈與吾異趨哉！'故成功與公所奉不同，而其交甚睦。"以後煌言、成功，就在這樣的狀態下合作。癸巳（順治十年），煌言一入長江，登金山，遙祭孝陵。甲午（順治十一年），再入長江，至燕子磯。己亥（順治十六年），與鄭成功會師，三入長江。煌言建議奪取崇明，以為老營，倘有疏虞，進退可依，成功不從。六月二十七日，奪鎮江。七月四日，合圍南京。成功請煌言進扼蕪湖，這時大江南北相率來降者四府三州二十四縣。不幸成功大軍八十三營，在圍攻南京的戰役中，完全瓦解，放棄鎮江，全軍入海。煌言還想進攻九江，但因後路已斷，軍隊亦潰，煌言遂自英山、霍山，從江上至東流，再經建德、祁門山行，自東陽、義烏以出天台。碑言："公之在途中也，海上人未知所向。或曰：

'抗節死安慶。'或曰：'殉英霍山寨中。'或曰：'爲浮屠矣。'父老多北向泣下者。及聞公至，婦女皆加額，壺漿迎之。人謂是役也，以視文丞相空坑之逃，其險十倍過之，而其歸，則郭令公之再至河中也。"

三入長江，是煌言抗戰的大業。辛丑(順治十八年)，成功進取臺灣，抗戰勢力分散，煌言力爭不能得，從此恢復底希望，更加渺茫了。次年壬寅(康熙元年)，永曆帝死於雲南，成功亦病歿。先此魯王已去監國之號，至是煌言謀復奉監國，就在這一年魯王又死，煌言"哭曰：'孤臣之栖栖有待，徒苦部下相依不去者，以吾主上也。今更何所待乎？'"癸卯，遣使祭告魯王。甲辰六月，散軍。從乙酉到甲辰二十年，煌言在抗戰的奮鬥中，直到最後的一線希望也沒有了，纔肯放手。被獲以後，在杭州就刑，完成以身殉國的志願。《碑銘》："天柱不可一木撑，地維不可一絲擎。豈不知不可，聊以抒丹誠。亦復支吾十九齡，啼鵑帶血歸南屏。他年補史者，其視我碑銘。"祖望對於煌言的推許，從這幾句可以看出。

明末諸臣死事之烈，往往從祖望底記載中看出。略舉於次：

  泊舟鹿苑，五更颶風大作，舟自相擊，軍士溺死者過半，大兵逆之，岸上大呼薙髮者不死。名振與張都御史煌言、馮都御史京第，皆雜降卒中逸去。公嘆曰："風波如此，其天意耶，我當以一死報國，然無名而死則不可。"乃謂大兵曰："我都御史也，汝輩可解我之南京！"大兵以舟護之至江寧，四月十四日事也。經略洪承疇以松山之役，與公有舊，然不敢見，使人說公曰："公但薙髮，當有大用。"公曰："誰使汝來者？"曰："洪經略也。"公曰："經略以松山之難死，先帝賜祭十三壇，建祠都下，安得尚有其人？此唐子也！"承疇知公不可屈，乃行刑，部下贊畫職方主事沈始元，總兵官蔡德，遊擊蔡耀、戴啓、施榮、劉金城、翁彪、朱斌、林樹，守備畢從義、陳邦定，及公從子甲皆死之，而公之親兵六百人斬於婁門，無一降者。時以比田橫之士焉。

  ——《明戶部右侍郎都察院右僉都御史贈戶部
  尚書崇明沈公神道碑銘》《外編》卷四

  海道王爾祿延之入見，請觀絕命詞，公援筆書之。書畢，以筆摘其面而出。每日從容束幘，掠鬢修容，謂兵士曰："使汝曹得見漢官威儀也。"十二日，總督陳錦訊之，公坐地上，曰："無多言，成敗利鈍，皆天也。"十四日行刑，羣帥憤其積年倔強，聚而射之，或中肩，或中頰，或中脅，公不稍動，如貫植木，洞胸者三，尚不仆，刲額截耳，終不仆，乃斧其首而下之，始仆。而從公者二人,其一曰石必正,揚州人,一曰明知,餘姚人,皆不肯跪,掠之使跪,則跪而向公,並死公旁。大兵見之,有泣下者。

——《明故兵部右侍郎兼都察院右僉都御史王公墓碑》《外編》卷四

《鮚埼亭集》《內編》卷二十七《周思南傳》,更是一篇特殊的文字。思南名元懋,崇禎中知貴州思南府,未赴。魯王監國江東,招之,亦不出。傳言:

東江建國,先生服尚未闋,錢忠介公招之,故人徐錦衣啓睿亦招之,先生固辭不出,而破家輪餉弗少吝。丙戌六月,家人自江上告失守,先生慟哭,自沈於水,以救得甦,乃削髮入灌頂山中。先生故善飲,至是益日飲無何。又不喜獨酌,呼山僧,不問其能飲與否,強斟之,夜以達旦。山僧爲酒所苦,遂避匿,則呼樵者強斟之。樵者以日暮,長跪乞去。先生無與共,則斟其侍者。已而侍者醉臥,乃呼月酹之;月落,呼雲酹之。灌頂去先生家且百里,酒不時至,又深山難覓酒伴,始返其城西枝隱軒中。每晨起,輒呼其子弟斟之。子弟去,則覓他人。或其人他出,則攜酒極之於其所往斟之。不遇,則執塗之人而斟。於是浮石十里中,望見先生者皆相率避匿。不得已,乃獨酌。先生既積飲,且病,凡勸止酒者無算,大都以先生未有嗣子之説進,先生輒叱而去之,否則張目不答。先太常公祖望曾祖父嘗規之曰:"郎君不思養身以待時耶?"先生爲之瞿然,乃不飲者三日。既出三日,縱飲如初。先生雖困於酒乎,而江湖俠客有以事投止者,雖甚醉,輒蹶然起,一一接之,無失詞,傾其所有以輸之,惟恐其不給也。以是盡喪其家。庚寅,嘔血不可復止,竟卒,得年四十。其恭人俞氏亦以毁,相繼卒。前太常博士王公玉書哭之,曰:"德林元懋字之傀然狂放於麴蘖間,箕踞叫號,俾晝作夜,幾不知身外有何天地,是何世界,舍此且不知吾身置於何地。昔人詩云:'酒無通夜力,事滿五更心。'旨哉斯言!德林之所以爛然長醉,期於無復醒時,以自全也。"

傳叙文學與人格

爲什麽要有傳叙文學呢？司馬遷《太史公自序》："且余嘗掌其官，廢明聖盛德不載，滅功臣世家賢大夫之業不述，墮先人所言，罪莫大焉。"這是史家的議論，和研究傳叙文學者的目標，當然不同。黄榦《朱先生行狀跋》："行狀之作，非得已也；懼先生之道不明，而後世傳之者訛也"。這也是重在紀述傳主的方面。但是除此以外，傳叙文學還有對於讀者的作用。

狄士萊里説："用不到讀史，止要讀傳叙，因爲這是不帶理論的生活。"(Ben Jamin Dionaeli: *Constanimi Fleming*) 這一句當然帶着英雄崇拜的色采。在主張英雄崇拜論者，以爲這個世界止是若干英雄事業底成就，只要瞭解英雄，便可以瞭解整個的世界。當然在加萊爾《英雄與英雄崇拜》中，除了拿破崙這一類的人物以外，還有穆罕謨德、莎士比亞、哥德這些宗教家和詩人，和我國常用英雄專指將才的，有些不同。不過英雄究竟止是英雄，認定了世界只是英雄的事業，畢竟止是少數人底意見。

關於傳叙文學底作用，路易斯在《哥德傳》(G. H. Lewis, *Life and Works of Goethe*) 第一章解釋很清楚：

> 寇修斯(Quintus Curtius)告訴我們，在某些季節裡，大夏境内，充滿了風沙，把一切的道路都埋没，喪失了原來的蹤跡以後，流浪的人止得守着星星的出現，照着他們走上昏黯而危險的道路。在文學上不也是一樣嗎？在文學的道路上不特爲時代的渣滓所埋没，以致繭足的巡禮者找不到潛在的路綫。在這些時候，我們大夏人呀：對於眼前的擾攘不要注目，只要一面看着不朽的作家的行蹤；從他們的光明裡追求指導。在一切的時代裡，大人物傳叙充滿着教訓。在一切時代裡，他們的傳叙激起高貴的志願。在一切的時代裡，他們的傳叙正是當前的武庫，那裡的武器可以取出，獲得偉大的勝利。

路易斯的見解,特重大文學家的傳敘,但是也可以應用到一般偉大人物的傳敘。讀過偉大人物的傳敘,可以給我們一切的指導和激勵,這是無可否認的事實。

但是偉大人物的特徵,一經傳敘作者的敘述,寫成高不可攀的姿態,那麼傳敘文學的作用便會完全喪失。《史記·五帝本紀》記黃帝"生而神靈,弱而能言,幼而徇齊,長而敦敏,成而聰明"。《魏志·王粲傳》記:"初,粲與人同行,讀道旁碑,人問曰:'卿能闇誦乎?'曰:'能。'因使背而誦之,不失一字。觀人圍棋局壞,粲為覆之。棋者不信,以帕蓋局,使更以他局為之,用相比較,不誤一道。其彊記默識如此。"黃榦《朱子行狀》:"先生幼穎悟莊重,甫能言,韋齋指天示之曰:'天也。'問曰:'天之上何物?'韋齋異之。"洪榜《戴先生行狀》記戴震:"生十歲,乃能言。就傅讀書,過目成誦,日數千言不肯休。授《大學章句》'右經一章'以下,問其塾師曰:'此何以知其為孔子之言而曾子述之?又何以知其為曾子之意而門人記之?'師應之曰:'此先儒朱子所注云爾。'即問:'朱子何時人也?'曰:'南宋。''孔、曾何時人也?'曰:'東周。'又問:'宋去周幾何時矣?'曰:'幾二千年矣。'又問:'然則,朱子何以知其然?'師無以應,大奇之。"在這些記載裡面,黃帝、王粲的故事,多分只是一種傳說。朱子和戴東原的行狀出於黃榦、洪榜之手,他們曾經親炙於兩人之門,當然不會全憑傳說,也不至是有意的歪曲;但是把童時偶發的言論認為終身的象徵,便會引到歪曲史實的途徑。《世說新語》記晉明帝數歲坐元帝膝上,元帝問:"長安何如日遠?"答曰:"日遠,不聞人從日邊來,居然可知。"其後羣臣宴會,元帝更重問之,乃答曰:"日近。"元帝失色曰:"爾何故異昨日之言耶?"答曰:"舉目見日,不見長安。"明帝的早慧確是驚人,但是後來止是一個尋常的君主。

所以假使偉大人物的傳敘要激起人類向上的意念,我們止望這是一座攀躋可上的高峯,而不願是崢嶸縹緲的雲山。孔子説:"吾十有五而志於學,三十而立,四十而不惑,五十而知天命,六十而耳順,七十而從心所欲不踰矩。"雖然孔子以後更無孔子,但是這幾句畢竟指明孔子只是可學而能的;尤其《論語》"我非生而知之者"一句,切實指示入聖的途徑,不一定要"生而神靈,弱而能言"。

一切的傳敘最著重在人格的敘述。什麼是人格呢?人格兩字的應用是比較晚近的事,意義也偏重在完美的人格方面。所以通常認為人類最大的努力便是爭取人格,維持人格;而"無人格"一語成為詈罵的用語。甚至引申言之,一校之格局則曰校格,一省之格局則曰省格,一國之格局則曰國格,二十六年以後之抗戰,有人即稱為爭取國格的戰爭。在討論傳敘文學的時候,當然只從人格立論。

其實格只是格局，既有好的格局，便有壞的格局。《世說新語》記載古代人士的言行，從《德行》到《仇隙》，共分三十六個項目，除開幾個特有的項目，例如《傷逝》、《寵禮》之類以外，大約便是三個十多種格局。前半部是好的格局，也可稱爲好的人格，例如《方正》、《雅量》。後半部是壞的格局，也可稱爲壞的人格，例如《讒險》、《譎詐》。這實在是一部記載人格的名著，尤其在劉義慶只載事實不著論議的筆觸下面，我們更能認識人格是具體的，而不是若干抽象語句的綜合。

古代希臘討論人格最著名的是提阿梵特斯(Theophrastus)。他是亞里斯多德的大弟子，其後繼承亞氏講學，著有《人格論》(*The Characters*)。這本書在文學上，尤其傳叙文學上，發生重大的影響。他自序說：

> 縱使整個的希臘在同一的部位，全體的希臘人也有類似的教育，但是，我們的人格沒有同樣的構造。爲什麼呢？以前想到的時候，我便常常吃驚，以後還要繼續如此。對於人類的性質，經過長期觀察以後（因爲我已經九十九歲，對於各種意態的人都接談過，而且曾經仔細加以比較），我想應當把各種人的態度，好人和壞人的態度，寫成一本書，讀者便可看到各種人固定的行爲和生活的形態，分類羅列。我認爲我們的子孫只要看到這些記載，指示他們去選擇好人的議論和友誼，留心摹仿，使得自己和好人一樣，他們便可成爲更好的人了。

提阿梵特斯的主旨是要把各種人的態度，好人和壞人的態度寫下來；但是，不幸現有的《人格論》止殘存上半部，共三十篇，從第一篇《虛僞》起到第三十篇《慳吝》止，實際只成爲壞人人格論。在長短不等的篇幅裡，他指示了各種人的習性，但是沒有實例，這是和《世說》不同的地方。偶然也有影射的語句，例如第二十二篇《誇誕》，論者以爲隱指亞歷山大，第八篇《謠諑》，論者亦以爲確有其人（見 Lock Edition, Introduction），但是一切只是抽象，沒有具體。

這本書對於西洋傳叙文學的影響，莫洛亞在傳叙文學綜論曾經引證尼古爾遜的評論如次：

> 西阿梵特斯式的人格理論盛行以後，心理研究得到方法和統一。但是在別的方面，產生不良的影響：牠引導了傳叙家決定某種的型態，而後將一切的節目，迎合這樣的宿題。人類天性是歸納的現實，但是這種違反天性的

演繹方法，在當時史傳家所寫的人物處處可見也就使華爾登的總傳。不能達到純傳叙的美。

在人格方面，什麽是歸納，什麽是演繹呢？演繹的方法是預先假定某人的人格如此，而後把他一生的事實從這個觀點去解釋。這是説人格是固定的。歸納的方法便是不預先假定他的人格如何，只是收集他一生的事實，從各種觀點去解釋，以求最後的結論，這樣便走上了認爲人格也許并非固定的路綫。以往的史家、史傳家以至傳叙文學家常常採取了演繹的方法，認爲人格是固定的，在下筆之先，便有某種的成見；於是史實受到成見的影響，而傳叙的人物只成爲作家的心像，這正是近代傳叙家所要排斥的觀念。

其實人格不是一致的，也許有的一成不變，我們不妨稱爲定格；有的却是一生全在演進過程中，那便不是定格。

格是一種框架（《廣雅·釋室》："格，籓籬也"），從平面看，我們稱之爲格，從立體看，我們便稱爲器，格和器只是平面和立體的不同，所以有時兩字連用，稱爲器格。現代稱人常用格字，但是古代稱人常用器字，這是古今用字的不同。格既有好有壞，器也有大有小，有時還有其他的區別。

酒器見揚雄《酒箴》："常爲國器，託於屬車，出入兩宮，經營公家。"《汝南先賢傳》言陳仲舉嘗歎曰："周子居者，真治國之器也。"《後漢書》李膺謂孔融曰："高明必爲偉器。"此外如《老子》言："大器晚成。"本意也許不一定指人，但是後來嘗用爲對人的激賞。國器、偉器、大器是指好的方面。相反的如《論語·八佾》："管仲之器小哉"，便指壞的方面。《論語·子路》子貢問曰："今之從政者何如？"曰："噫，斗筲之人，何足算也！"《正義》解爲："孔子見時從政者皆無士行，惟小器耳，故心不平之。"也是以小器形容人格之壞。無論好壞，這些都是説的定格。

但是孔子却認定君子是沒有定格的，所以《論語·爲政》："子曰：君子不器。"何晏《集解》引包曰："器者各周其用，至於君子無所不施。"朱子《集注》："器者各適其用而不能相通，成德之士體無不具，故用無不周，非特爲一才一藝而已。"意義更加完密。孔子不輕以不器許人，所以《論語·公冶長》又説："子貢問曰：'賜也何如？'子曰：'女器也。'曰：'何器也？'曰：'瑚璉也。'"《集注》："子貢見孔子以君子許子賤，故以己爲問，而孔子告之以此。然則，子貢雖未至於不器，其亦器之貴者歟。"孔子認爲君子沒有定格，意義至嚴，證之以《孟子》所稱孔子"可以仕則仕，可以止則止，可以久則久，可以速則速"的那種意態，君子不器一語更有事實的證明。

不器便是沒有定格,豈但君子沒有定格,有時常人和小人也沒有定格。《孟子》說:"好名之人能讓千乘之國,苟非其人,簞食豆羹見於色",這是常人的不器。《易‧繫辭》:"小人而乘君子之器。"《康誥》:"民情大可見,小人難保。"《孟子》:"居之似忠信,行之似廉潔,自以為是,而不可與入堯舜之道。"這是小人的不器。

器是定格,不器便是沒有定格了。其實不但上面所說的幾等人,是沒有定格的。子貢問曰:"賜也何如?"子貢對於自己的定格顯然地發生懷疑,在孔子告訴他是宗廟貴器以後,子貢止是不贊一辭,是否心服不得而知,假使《史記‧貨殖列傳》可信的話,在看到他"結駟連騎,聘享諸侯"的時候,我們便會疑心他不一定是瑚璉之器。那麼孔子的定評便有修正的餘地,而子貢也還是一個不器之人。其實從主觀方面講,任何人都認為自己沒有定格,那是說,任何人都自以為不器;從客觀方面講,多少也有同樣的結論。本來器就是物,人和物的區別是顯然可見的。

既然不是定格,那麼便是創格了。每個人都是創格,所以在熟練的傳叙文學家的手裡,任何一個人的生平都可以寫成一部動人的傳叙。——這個當然止是一種理論,在事實方面也許還受到其他的牽掣。一點是很明顯的,每個人的生平都有獨特的色彩。一棵大樹有成萬的樹葉,要找兩種大小、形式、顏色、脈絡完全相同的葉片,便會遇到很大的困難,萬一偶有類似的兩張,但是神態姿勢還是絕對不同。

在定格和創格的區別以外,連帶還有成格、變格的問題。已往的史家常常認為人的器格是一成不變的,"生而神靈,弱而能言",正是這種認識的結果。也許人的格局儘有始終沒有顯著的變化,但是從少至老,生理上的細胞都在新陳代謝,心理上的組織也是前後轉變,這是無可否認的事實。但是我們習焉不察,常常以為前後只是一貫的不變。古來的故事很多指明人類的變格,孟母三遷,周處除三害,這是大家皆知的。戴淵少時,不治行檢,嘗在江、淮間攻掠商旅;陸機還洛,淵使少年劫掠,陸機對他說:"卿才如此,亦復作劫耶?"淵便泣涕,投劍歸機。其後過江,仕至征西將軍。他如祖逖之剽劫行旅,陶侃之局促下吏,其後也都成為東晉名佐。秦檜出身之初,何嘗不是激昂慷慨,欲報君父大仇的志士,後來只落得殘害忠良,主張稱姪稱臣的惡名。有人以為秦檜最初的激昂,正是沽名釣譽的行為;其實這是深文,一切只是心理的變遷,從志士到漢奸原有轉移的步驟。洪承疇、吳三桂的前後都是判若兩人,也不一定前半生是假,後半生是真。他們的生平都有發展的邏輯，并不是故意作僞，歐美的政治家常有早年急進而中年以後極端保守的成例，這不是本人政治生活的變節，而只是因爲個人心理的遷移，從而決定政治皈依的轉變。

　　傳叙文學家認識人格不是成格而是變格，然後始能對於傳主生活的各階段有切實的了解和把握。在他下筆的時候，始能對於傳主給與一個適當的輪廓。這種寫法，在中國傳叙裡面很少意識到這一點。作家對於傳主多半是把握住後半生的事實，而把前半生的矛盾完全放棄。再不然，便給一點最簡單的描繪。對於遷善的傳主，着重在自新一點加以襃揚，而對於變節的傳主又往往即此一點加以攻擊。假如認定傳叙的目標只要發生勸善懲惡的作用，這個辦法不能算錯，但是這不是我們所討論的傳叙文學。要望一個傳叙家能夠擔負認識個性忠實叙述的責任，我們便不能不望他認識傳主的人格多分只是變格而不是成格。

　　在西方，先前也認爲人的個性始終不變，這種影響通過了十八世紀以及十九世紀的大部分。莫洛亞說："很久以後，俄國的作家，尤其是篤斯道思奇，纔開始看到個人的心理有無量的重大的活力。其後勃路斯來了，更把整個特性的觀點完全摧毀。經過這種分析之後，纔知道個人的特點，除開他的姓名身體衣服以及一些外表的姿態以外，什麽都有。"（Andre Maurois: *Aspects of the Biography* 英譯本二十九頁）當然這是充類至盡的話，實則在人生的各個階段裡仍有各種不同的特點，這便是傳叙家應當捉住的事實。至於前後的轉變，每個人往往因着客觀的環境而發生主觀的理由，傳叙家能夠在這方面加以稽考和理解，便能獲得很大的成功。

　　跟着定格和成格兩種觀念，古代傳叙家往往有完格的觀念。他們認爲傳主常有好的人格，而且這種人格也是必然完整沒有絲毫的疵纇。孔子殺少正卯的故事，據《孔子家語》說："孔子爲政，誅之，曰：'天下有大患而盜竊不與焉：心逆而險，行僻而堅，言僞而辨，記醜而博，順非而澤。少正卯兼有之，不可不除。'"這件事原有問題，《家語》更是後來的記載，本無可言，但是《史記·孔子世家》只著"誅魯大夫亂政者少正卯"一句，坐實對方的罪案。朱子攻訐唐仲友的舉動，後人的議論很複雜，但是《朱子行狀》只說："唐仲友與時相王淮同里爲姻家，遷江西憲未行，先生行部，訟者紛然，得其姦贓僞造楮幣等事劾之。"查作者原以爲這樣便能確定後人的信仰，實則往往滋生後人的疑慮。當日孔子、朱子的行爲必然有他的理由，傳叙家把握着這個理由的真相，給與適當的叙述，那麼便不必有意曲解史實或是掩蔽內容，仍然可以喚起一部分讀者的同情，而充分提供傳主當日的本意。

例如東周之末,婚姻制度的束縛還不如後代的嚴密,孔氏三世出妻,曾子因蒸梨不熟出妻,乃至孟子亦因爲細故主張出妻。在那個時代,這是時代的反映,并非孔、思、曾、孟的失德,甚至也非他們的妻的失德。《韓非子‧説林》:"衛人嫁其子而教之曰:'必私積聚。爲人婦而出,常也;其成居,幸也。'"這裡看到當時的風氣,正和今日的美國一樣,離婚風氣已經普遍,夫婦結婚以後,發現不適合於同居的情實,隨時可以提出離婚。這裡沒有道德問題,甚至離婚以後他們還可以維持相當的友誼,那麼也許沒有感情問題。我們要爲一個美國人作傳而掩飾他的離婚的事實,這便忘却了他的地方性。那麼對於孔氏三世出妻加以曲解,也便陷於同樣的錯誤,是忘却了他的時代;但是以往的作者往往有此。崔述《洙泗考信錄》卷四:"伯魚之母出,子思之母出,子上之母又出,豈爲聖賢妻者必皆不賢,而爲聖賢者必皆使之出且嫁而後美也。又按《左傳》士大夫之妻出者寥寥無幾,而賢人之妻無聞焉,然則,不但孔子必無出妻之事,即子思之出妻亦恐未必然也。"崔述認定孔子是聖賢,聖賢斷無出妻之理,因而斷定必無其事。其實這不過是議論。但是《檀弓》所載子思之言:"昔者吾先君子無所失道,道隆則從而隆,道污則從而污,伋則安能!爲伋也妻者是爲白也母;不爲伋也妻者是不爲白也母。"這不能不算是事實。再進一步,也許《檀弓》的記載不免有誤,但是我們只能以事實駁倒事實,不能以議論駁倒事實,因爲議論的結果只是議論。

其實一切道德的標準都受到時代的影響,在孔子時代的中國,出妻并非惡德,正和現代的美國離婚并非惡德一樣。所以萬一傳叙家遇到類似的問題,便得認清傳主的時代。

有時本非失德,但是在心理興奮的狀態中也許認爲失德,甚至引起無謂的爭執。《世説》:"韓康伯與謝玄亦無深好,玄出征後,巷議疑其不振。康伯曰:'此人好名,必能戰。'玄聞之,甚忿,常於衆中厲色曰:'丈夫提千兵入死地,以事君親,故發,不得復云爲名。'"實則謝玄的憤恨只是缺乏幽默,好名不是失德,而因爲平素的好名,看出其人的高自期許,決不至有喪師辱國的事實,這正是韓康伯的卓識。傳叙家能够運用同樣的見地,對於傳主的行動,給以正當的解釋,便完成了傳叙家的責任。

但是有時確然是失德了,但是這樣的失德常常給我們更加瞭解傳主的機會。例如賭博,在現代是刑法禁止的,構成犯罪的行爲,古人不忌諱,所以在詩文裡常常提到;不過沉湎博場,當然止能算是失德。《世説》言桓溫少貧,戲大輸,債主敦求甚切,莫知所出,求救於袁耽,耽方居喪,遂變服懷布帽同往。這樣地沉湎當然是失德了,但是《世說》又言:"桓公將伐蜀,在事諸賢咸以李勢在蜀既久,承藉累業,且形據上流,三峽未易可克。唯劉尹云:'伊必能克蜀,觀其博,不必得則不爲。'"從這裡看,桓溫伐蜀全是一種博徒心理的作用,這種心理鑄定了克蜀的命運。賭博當然也有失敗的時候,以後桓溫枋頭之敗也是這種心理的結果。假使有人重爲桓溫立傳,抹去了嗜賭的故實,也不能理解他的博徒心理,這不能不算是一種損失。

所以傳主的失德本來不必諱言,我們能從失德方面理解傳主的行動,那更是古人所稱"觀過知仁"的結果。有時甚至因爲小小的失德,我們更加感到傳主的人性。元好問論東坡樂府,以爲"因病見妍",豈但文學作品如此,人生的生活也是如此。

人類止是人類,在人類中間尋找完人,當然要感到必然的失望。也許有人以爲這種說法是"吹毛求疵",實則疵終是疵,在龇毛彫落以後,終有暴露的一日,我們不能望傳叙家負起掩飾的責任。這個却和不能理解傳主,以至顚倒是非的作家不同。前者止是追求真相,後者便是故入人罪。一面是正常的傳叙,一面簡直是失實的記載。唐順宗時王伾、王叔文用事,韓泰、柳宗元一羣人認定這是惟一的機會。他們想把落在宦官手中的兵權奪回,起用宿將范希朝爲左右神策行營節度使,同時以韓泰爲行軍司馬。即使如一般人所言,志在奪取兵權,但是從宦官底手裡奪取兵權,正是執政者應取的步驟。不幸韓愈看不到這一點,他底《永貞行》:"君不見太皇諒陰未出令,小人乘時偷國柄。北軍百萬虎與貔,天子自將非他師。一朝奪印付私黨,懍懍朝士無能爲。"這便是顚倒黑白了,把宦官擅權的神策軍,說是天子自將,然後再從奪印,落到范希朝,輕輕地用私黨二字判定罪名,這是何等的羅織。也許韓愈是不明是非罷,但是把宦官底勢力,認作當然底勢力,在這樣底認識之下,便不會寫成好的傳叙。韓愈《柳子厚墓誌銘》:"子厚前時少年,勇於爲人,不自貴重,顧藉謂功業可立就,故成廢退。"看他對於韓泰、柳宗元等這一輩,完全不能理解。又韓集中《赴江陵途中寄贈三學士》詩云:"同官盡才俊,偏善柳與劉。或慮語言洩,傳之落冤讎。二子不宜爾,將疑斷還不。"這裡逗出在當時政爭中,韓柳採取不同的立場,韓愈充滿了猜疑,在墓誌銘中,自然難免失入。

除了偶然的例證以外,一般傳叙家常常故意把傳主寫成完美的個人。這是一種普遍而不能不制止的通病。鮑司威爾在《約翰遜博士傳》裡論到他對於傳主的寫法：

> 他止會依照實際的狀況而呈露着：我不是寫着止有讚揚的贊頌，而是寫着他底生活，縱使他是偉大而善良，他底生活決不能認爲絕對完美的。固然在我們這一生，一個人能够和他一樣，確是一篇贊頌底題材；但是每幅圖畫，應當都有光明和陰影，而在我直率地描繪他底肖像的時候，我止是遵照他底教訓和榜樣做成的。他曾經說過："在傳叙家根據個人底知識，急切滿足一般人底好奇心理的時候，或因利益，或因畏懼，或因感恩圖報，或因居心長厚，都有以此而喪失信心，以致縱不僞造事實而會掩飾事實的危險。許多人對於朋友底過失，即在從經暴露毫無障礙的時候，仍須加以掩護，以爲這是一件功德的舉動。因此我們看到大批的人物，充滿了同樣的贊頌，除了外來的或偶發的情態稍有不同以外，簡直無從識別。海爾說過：'在我判決的時候，覺到要顧念一個罪犯的時候，我應記清我也要顧念國家。'所以我們作傳的時候，對於傳主，固然應當致敬，但是對於知識，對於道義，對於真相，我們應當有更大的敬意。"
>
> ——《約翰遜傳》第一章

所謂對於真相底敬意，這是近代傳叙文學的精神。西方的傳叙，有時因爲對於傳主崇飾過甚，反而引起一般讀者的厭惡。最有名的例證是《阿爾伯特親王傳》。這是英國女王維多利亞底丈夫。在他死去以後，維多利亞命令侍從爲他寫傳。他們忠實地履行女王支配給他們的職務，要在公衆面前建立親王底完美的心象。關於他的概念，無論在道德、知慧或是形態方面，都用盡了最高級的字樣，止要有一點不完美，女王便會認爲這是不可想象的褻瀆：他是一個完人，也應當寫成一個完人。其結果止是一個最大的失敗。斯特拉哲在《維多利亞女王傳》第七章說：

> 結果是加倍的不幸。維多利亞充滿了失望和憤激，怨恨她底民衆，因爲他們不顧她底努力如何，拒絕按照塯王底評價加以估量。她不瞭解一幅完人底畫像，合不了大衆底脾胃。這一件事底原因，並不是對於完人的嫉視，而是惟恐不近人情的嫌疑。因此在公衆看到一種類似善書裡那些甜得發厭而不是和他們相同的血肉之軀的人物揭示出來，要他們贊歎，他們常常聳聳

肩膀，微笑一下，再加以鄙薄的言辭，掉頭而去。但是在這一點，公衆和維多利亞同樣地受到損失。其實阿爾伯特是一個比公衆所想到的，更有興趣的人物。正同一種罕有的諷刺，女王底愛情在民衆的想象裡建立了一座玉潔無瑕的蠟像，而蠟像代表的人物——真實的人物，充滿了毅力、力量和艱苦，神秘的然而不幸的，不能無過的然而入情入理的人物，——却完全消逝了。

斯特拉哲説的蠟像，其實石像也是一樣。傳叙文學是藝術，雕塑也是藝術，但因爲素地的不同，她們的成就便不一致。雕塑家底藝術在於認清像主的偉大性，不問是那一場合，那一時間，止要把握住那最偉大的一點，就能使他的作品不朽。傳叙家便不然，他的對象不是傳主的某一時間某一場合，而是整個的人生。在這大段的旅程中，傳主的生活有過無數的發展，經過無盡的變化。傳叙家的責任，便在叙述一切的事實而供給合理的解釋。他不但對於藝術負責，同時還得對於史實負責。在他的筆觸下面，不應當是固定的、成型的、完美的人；而止是獨有的、變幻的、而且不能十分完美的人生。

傳叙文學底真實性

傳叙文學是文學,同時也是史,因爲是史,所以在材料方面,不能不求十分的真實。傳叙文學失去了它底真實性,便成爲《毛穎傳》、《蝜蝂傳》、《魯濱遜漂流記》,文字儘管是好文字,但是我們不能承認這是傳叙文學。

近代傳叙文學底趨勢,的確有許多地方和小説很接近,尤其因爲着重心理分析,夾帶抽象的叙述,無微不信,便有些類似勃路斯底小説。高斯底自傳《父與子》(Edmund Gosse: *Father and Son*),寫到小時在家裡把一張椅子豎起來,對它膜拜,一邊等待着真神底處罰。這很類似小説了,然而不是小説,因爲這是寫着一個兒童底心理過程,沉浸在全書濃重的質樸氣息裡,更顯得一字一句的真誠。尼古爾遜底《擺倫行傳》(Harold Nicholson: *The Last Journey of Lard Byron*),寫勃萊新登夫人下車的風光旖旎,這是小説底女主角了,然而不是,因爲從許多的著作,和擺倫底自己記載裡都看到勃萊新登夫人是一位社交明星。所以我們知道縱使在表面上,近代傳叙文學和小説一步步地接近,其實截然不同,這便是貌同心異。

約翰遜博士説過:"一件故事底價值,全靠它底真實。一個故事或是個人事蹟底描繪或是人類通性底描繪,假如是僞造的便成爲無物的圖畫。"他是有名的英國傳叙文學,也是第一部英國傳叙文學的傳主。

要能取信,第一便須有徵。《論語·八佾》:"子曰:'夏禮吾能言之,杞不足徵也;殷禮吾能言之,宋不足徵也;文獻不足故也,足則吾能徵之矣。'"因爲不足,所以不能徵,因爲不能徵,所以也就不能言,這是孔子也無可奈何的事。果真孔子因魯史記作《春秋》,那麼必定因爲隱、桓以前,魯史已無可考,所以祇從隱公元年寫起。

《史記》是中國第一部正史,也是一部史傳底總集。《史記·自序》:"百年之間,天下遺文古事,靡不畢集太史公。太史公仍父子相續,纂其職。"又自稱:"罔羅天下放失舊聞。"從一部《史記》裡,我們看到所讀之書、所交之友、所遊之地,以及所問之故老，他底半生消磨在史料底搜尋方面，我們不能不欽服他底勤勞。再進一步，我們更看到他在立傳的時候，務求材料底充實，甚至開國功臣，即如魯侯之類，儘管和樊、酈、滕、灌齊名，并有功狀可據，功位可考，仍舊不能立傳。司馬遷寧可冒記載不備的嫌疑，決不肯作不根的叙述。《樊酈滕灌傳》贊：「余與他廣通，爲言高祖功臣之興時若此云。」他廣是樊噲之孫，這是口説。再證以《高祖功臣年表》序：「余讀高祖侯功臣」，以及《惠景間侯者年表》序之「太史公讀列封」的記載，然後加以叙述。再次司馬遷對於梁、趙諸人的事迹，所記特多的緣故，和他熟識的梁、趙之士，如馮遂、壺遂、田叔之類，當然也有相當的關係。（蘇轍言太史公與燕、趙間豪俊交遊，其言不可信。太史公交遊中無燕人，故託燕事亦特少。《燕世家》之作，則本諸燕史，大致其時燕史尚有殘存，故史公本之以作《世家》，其中言「今王喜立」，「今王喜四年」，則燕史原文，太史公未及改定，今尚殘存，可證。）就是周呂侯，在高祖初年都曾立大功，有《功臣表》功狀可考，但是《史記》不爲立傳，在本紀中也不可考，大致也是徵信不足，不完全因爲是呂后之兄的緣故。

最可惜的就是司馬遷對於史實的鑒別力，似不可盡信，試舉其例如次。（一）《趙世家》之言宜孟之夢、簡子鈞天之夢、原過三神之令、主父大陵之夢、孝成王之夢，完全是神怪之談了，但是司馬遷因爲馮王孫底傳説，認爲史實。（二）《蘇秦列傳》之言蘇秦相六國，乃投從約書於秦，秦兵不敢過函谷關十五年，全是無稽之談。司馬遷知道「世言蘇秦多異」，但是仍然未能擇别，認爲史實。（三）墨翟，「或曰並孔子時，或曰在其後」，完全失去史家傳底態度。（四）《屈原傳》大部皆與史實不合，洪興祖已言：「漁父假設問答以寄意耳，太史公以爲實録，非也。」今人關於屈原考證甚多，甚至疑及並無其人，其説亦足以自信。

總之作史傳不易，作傳叙亦復甚難，唐宋以來之文人，常常徇家屬之請，作行狀，作墓誌銘、神道碑，甚或根據死者家屬之請，爲之作傳，其實這是一件信今傳後的作家應當審慎考慮的事。黃榦《朱子行狀成後告家廟文》自言：「追思平日聞見，定爲草稿，以求正於四方之友朋，如是者十有餘年，一言之喜則必從，一字之非則必改。」這實在是一種正確的態度。

在真實性底方面，西洋傳叙文學家，便比較地更慎重，其記載也更翔實。關於這一點，我們不能不承認他底超越。他們底精神，完全和清代漢學家底治學一樣，值得我們底欽仰。一部大傳，往往從數十萬言到百餘萬言，任何一個節目的記載，常要經過幾種檔案的考訂。這種精力，真是令人吃驚。鮑司威爾底《約翰遜博士傳》，記約翰遜博士在王宮圖書館遇見英王喬治三世底故事，在全傳中，這是一個很小的節目,和約翰遜性格底發展,也沒有多大的關係,但是鮑司威爾自注這件故事的來源:(一)鮑司威爾親聞於約翰遜博士;(二)蘭頓博士在雷諾爾茲爵士家中親聞約翰遜博士對約瑟華登以及其他諸友的敘述;(三)巴納德底敘述;(四)印刷家斯特拉漢給華頗登主體的書簡;(五)穆龍爵士從高德威爾爵士嗣子所得的高德威爾威遺札。這樣已經是五種證件了。高德威爾威遺札復經龍稔爵士請求當時大臣甘馬善貴族轉呈英王喬治三世御覽,并且獲得英王底核准。從這裡看出鮑司威爾取材的審慎,除了親聞約翰遜底敘述以外,得到其他親聞者底旁證,并且還有喬治三世底證明。

這種風氣,在英國傳叙文學裡,一直保存到維多利亞時代,一切記載更加翔實而確切,而證明的文卷,亦更加繁重而艱辛,這纔引起二十世紀初年之所謂"近代傳叙文學"。這一派底作風,總想活潑而深刻,一邊擺脫證件底桎梏,其實仍舊一步步腳踏實地,沒有一點蹈空的語句。斯特拉哲底《維多利亞女王傳》算是這派的開山之作了,但是薄薄二百幾十頁的傳叙,便引用了書籍七十二種,其他出版物四種:每一小節的記載,雖然避免引語底累贅,也常常註明三五種出處。因此文字儘管活潑,其實仍是非常典重。研究西方近代傳叙底文學者,要忘去這一點,便會墮入不測的深淵。

傳叙文學既然重在真實,我們應當怎樣取材呢?約翰遜博士說過:"每個人底生活,最好由他自己寫。"因此在取材方面,常常注意到傳主底自傳、回憶錄、日記、書簡這一類的東西。在中國還有自著的年譜,例如明末陳子龍、黃宗羲,都有自撰年譜。

西洋傳叙底第一章,常常引用傳主底自傳或回憶。有名的著作,如《約翰遜博士傳》、《司各脫傳》、《哥德傳》等都是。在這一方面,材料都有相當的價值,因為出於傳主底自述。但是我們應當知道自傳不一定都是可靠的。白居易自稱白氏出於白乙丙及白公勝,這確是一個很大的謿誤。狄士萊里在他留下的自傳底斷片裡,記着他底家族是從威尼斯遷出的,其實他這一族底故居祇是一個名叫福里的小鎮。人類心理總有一些愛誇耀的傾向,姓李底遠祖當是唐太宗,姓趙底遠祖當是宋藝祖,這不一定是有意的作偽,然而當是無意的浮誇。

關於生平的回憶,也不一定可靠。哥德底自傳便是一部有名的例證。後來哥德傳叙底作家,常須費去很大的努力,指證哥德底錯誤再加以辯駁。本來作自傳的人,多在耄年以後,正當記憶力消失殆盡、自信力亢進非常的時候:寫作之中,他既不易博考已往的書簡或其他的證件,而且也不願,因此自傳不是一部最翔實的敘述。尤其是我們底回憶,常常受到各種心理上必然的影響。(一)我們最易回憶到特殊的節目,因此却把日常生活忘去了。其實日常生活正是生活中最大的部分,一經忘却,我們記憶中的生活,便完全變質。(二)我們對於已往生活中不愉快的斷片,常常給以自然的檢查。我們也許記得,但是永遠不會留下什麼記載的。這樣便會使得真相變形。(三)我們對於童年的回憶,常常不是直接的記憶而是間接的回憶。三歲時的一個節目,給父母看到了,在童年時期告給我們,以後祇是記憶父母底傳說,而不是記憶自身底故實。(四)即是在成人以後,一件事項經過以後,我們傳給別人,每次的復述,必會使事實逐步變形,到了最後自己著錄的時候,甚至會和事實相去絕遠。(五)我們對於一切的行為,都給與一種合理的解釋,人類是理性動物,這原是很自然的。戰爭中的將帥,儘管在事前有周密的計劃,但是臨陣的時候,或是電話斷了,或是傳令兵失底了(在這次抗戰中,便有一個大眾皆知的好例)。於是手足無措,人翻馬亂,也許在偶然中,獲得一個意外的勝利,但是在自敘中,照例是"指揮若定"。政局中的政客常會從極左走到極右,從焦土抗戰走到共存共榮,在旁人看來,完全是利祿薰心,不然便是小不忍以害大謀,但是局中人底記載,便有無數為國為民的理論,甚至習非成是,竟留下這樣的信心。(六)還有回護交遊的例子。在任何一個局面裡,和我們共事的還有其他的人們。我們對於往事,也許不問好壞,不妨盡情發表,但是因為要給親戚朋友或是其他的人們一點掩護,我們也會把事實掩蔽了。其他的例證尚多,不及備舉,因此我們知道回憶錄不一定可靠,儘管作者沒有掩蔽事實的存心,但是在傳叙家採用的時候,不能不給以審慎的考證。

　　日記當然是一種價值更大的材料。運用到傳敘裡面,很能博到讀者底信任,尤其在一件大事的敘述裡,更加喚起當日的精神。朱子《張魏公行狀》,記着張浚在平江興兵討逆那一節,最容易動人,顯然地曾經利用張浚日記底斷片。古人留下的日記雖不多,但是近代如《曾文正日記》、《翁方綱日記》、《越縵堂日記》,不但是很好的傳敘材料,而且也是很好的史料。不過發表的往往不是全部的日記,而且因為一般人物沒有感覺傳敘文學對於傳主的價值,死者底遺族,自己既不能利用,同時也不容許別人利用,這實在是一件可惜的事。寫作日記的時候,作者常常不預備發表,因此上面所說的弊病很少,對於傳敘家確是一種便利,西方傳敘文學久已盛行,名人底日記難免存心留待天下後世,因而有記載不實之病,這種徵象,在中國還沒有:不過不久以後,會傳染過來,而且因為一般人底信義感不甚健全,辨別真偽的興趣又不甚濃厚的緣故,一經傳染,勢必變本加厲,這是可以豫見的。

　　書簡更是一種很好的資料，歐西所稱為書簡傳的著作，簡直全部取材於此。從流傳下來的東坡尺牘、山谷尺牘之類，我們對於東坡、山谷底為人，也許比讀《宋史》本傳，可以認識得更親切。明清之間，流行許多尺牘選本，受人推重，大致也是因為更能流露作者心緒的緣故。但是書簡底寫作，是一種藝術，現代中國，除了幾位文人以外，一般人物似乎還不能運用自如：政治生活中的人物，更多假手幕僚之流，最易寫成固定的公式，祇有套數，沒有情感，而且也不一定有事實。其次大家對於保存書簡的習慣，也不發達，收信以後，往往隨手散失，即使他日有人作傳，徵求書簡，也便無從徵集，這不能不算是一種損失。

　　自訂年譜從明季以來，便很流行，作家自作的年譜往往和西方人底自傳有同樣的價值。在作年譜的時候，也難免和自傳有同樣的困難。近代有名的如南通張謇自訂的《嗇翁年譜》，其後其子孝若即據以作傳。但是張謇最後二十年中與沈壽底關係，在年譜中不著一字。沈壽字雪宧，張謇為作《味雪軒記》，言："雪何味，不可說"；又題雪宧照片："楊枝絲短柳枝長，旋縮旋開亦可傷，要合一池煙水氣，長長短短覆鴛鴦。"當然張謇有他底事業，在為他作傳的人，用不到著力寫他底私生活，但是惟有瞭解他底私生活，纔能瞭解他底整個生活。

　　自傳、回憶錄、日記、書簡、自訂年譜，——祇是傳敘底材料，材料豐富而且比較可靠的話，自然可以寫成較好的傳敘；否則便祇能寫成一部很平凡，乃至仍和前代著作相差無幾的作品。現在要討論什麼人最配擔任傳敘底工作。約翰遜博士說過："除了和傳主一同飲食、一同生活的人，沒有人能替他作傳的。"這個當然是最理想的境地。約翰遜恰恰有一個鮑司威爾，因此一部《約翰遜傳》成為不朽的名作。鮑司威爾在傳首說：

　　　　因為我在二十年以上曾經享受他的友誼；因為我時時記清為他作傳的計劃；因為他知道這個情形，隨時滿足我的要求，告給我許多早年的事態；因為我對於他那種有力而活躍的，其後成為他底性格中特點之一的談話，獲有記憶的才能，而且也勤於記載；因為我不辭辛苦，曾向一切方面，探求關於他的材料，而且也蒙他底朋友給予充分的答覆；我自詡以為很少的傳敘家在開始工作的時候，有比我更多的便利；至於文字之美，我自知和這類著作的大家，是無從比擬的。

鮑司威爾底目的，是在寫成一部真實的傳叙，——一部真實的生活。所以他自稱："在有説明，連絡，或補充底必要的時候，我纔加入記事底叙述；但在約翰遜底生活中，我總是據求年代底順序，而後儘量把他自己底記載書簡和談話記入，認爲這樣的方法，來得更活潑，而且也能使讀者比曾經和他會晤而接觸不多的人，更能瞭解約翰遜，因爲這裡是各種記載底綜合，他底性格可以藉此充分地説明而瞭解。"見傳首。

　　對於一位以訓迪後進爲事的人，這樣的記載，的確可以成爲一部有名的傳叙：《論語》和《朱子語録》不能成爲孔子、朱子底傳叙的緣故，就在當時記者沒有傳叙文學底意識，因此我們不能從龐雜的談話中，求得孔子、朱子底生活。記載談話也不一定是一件容易的事。在談話終了以後，要是不能立即著録，往往會使整個的談話，因此改形，甚至完全遺忘。人類底記憶力，本來不可深恃，經過相當的時間以後，常會把記者底思想滲入言者語句之中。孔子底言論，在莊子、韓非子底記載裡，常和《論語》所記的大異，固然莊周、韓非偽撰的迹象不是沒有，也難保不是孔子底議論，一經滲過莊周、韓非底思想，便完全變質。至於朱子底言論，門人記載各異，這是常人盡知的事。王陽明底言論亦復如此。

　　談話底內容，常常因爲聲調底抑揚、手勢底高低，而起相當的變化。這原是無從記載的。又有因爲對象底不同而立言不同的，《論語》言問仁問孝，處處不同，便是一個好例。子路問聞斯行諸，孔子答以"有父兄在，如之何其聞斯行之"。冉有問聞斯行諸，孔子便答以聞斯行之。直待公西華揭出發問，我們始知："求也退故進之，由也兼人故退之。"《論語》又載："子之武城，聞絃歌之聲，夫子莞爾而笑曰：'割雞焉用牛刀。'"幸虧子游進問　下，孔子纔説出："前言戲之耳。"否則後世便會以爲孔子認定小邑不必施以教化，這便不是孔子了。

　　還有在談話的時候，常常因爲逞才的緣故，便會不擇是非，漫言求勝。這種情形，聖賢很少，文人便很多。在鮑司威爾底記載裡，屢次看到約翰遜不問論題底是非，懸河注溜地一瀉無餘，這不易看出他底主張了。在這種場合，傳叙家底技巧，更當着重在抉擇底方面。

　　有時傳主還有種種不同的相，例如約翰遜，鮑司威爾看來，常是一位嚴正的前輩，但是鮑司威爾却能把他底一副輕薄相寫出，例如當他聽到他底朋友藍登立了遺囑以後，傳中記着：

　　　　平常人認爲無足重輕的故事，常會引起他極大的笑噱。這次看到一位朋友立了遺囑以後,他哄然底笑得我們都莫名其妙;他趕着這位朋友稱爲證人,又說:"我敢說他自己以爲做成一件大事了。他要直待回到鄉間,把這件奇蹟發表以後,纔肯罷手;路上息在棧房裡的時候,還得喊起棧主,和他說清人生底壽夭不定,時事莫測,而後勸他也及早訂立遺囑,說着:'先生,看呀,這是我底遺囑,一位英國最能幹的律師幫同立下的。'他還得把遺囑讀下去。(說的時候,總是大笑着。)他以爲他立了遺囑,其實不是的,這是你,張博時律師替他立的呀。張博時律師,我想你還有良心,不至教他寫着,'我是一位理智健全的人。'哈、哈、哈!我希望他在遺囑中也給我留下一份遺產。我得把他底遺囑寫成一篇詩,和一首民歌一樣。"

這是一場笑談,在鮑司威爾記載的時候,他也清楚地說出他所以這樣寫的原因,是便讀者認識這位人物底一切小節。

一部傳叙裡,小節往往佔據相當的地位。頰上三毫也許祇是三毫,但是一個人底神態,往往藉此畢現。鮑司威爾說:"關於傳主底事實,在我記憶中迴盪着,任何片段,我都不忍埋沒。一件小事,有些人以爲太瑣屑了,但是有些人卻以爲非常有味;任何一粒的火星,都增加了大火底光餤;因爲要滿足那些真誠熱烈的約翰遜崇拜者,而且祇要於約翰遜聲譽底光輝略有裨益,我對於一切譏刺的和惡意的攻擊,都置之不顧。"傳中還有一段討論種樹的事,約翰遜博士勸鮑司威爾種葡萄、蘋果、梨子,他說費了四十先令的地租,在果樹成熟以後,吃的也有,收藏的也有,失竊的也有,腐爛的也有。他又告訴他怎樣建築溫室、管理園丁的計劃。鮑司威爾說:"我記這件煩碎的事,有人以爲無關緊要,我正要清切地指出這位偉大的人物,縱使在文學方面,把握住廣大的問題,但是在日常生活上,有着豐富的知識,也愛加以討論。"(《約翰遜博士傳》第三册第二百八十五頁)

傳叙文學底目標是求真實,但是我們不能不知真實正是一個不能捉摸的東西。傳叙家第一要認識傳主底個性,可是在我們回想的時候,我們對於密切的朋友,究竟認識幾位呢?"歲寒然後知松柏之後彫也。"在春生夏長的時候,便看不出松柏之後彫;赤道左右的地點,植物經冬不彫,甚至始終不知道一回事。"士窮而見節義",假使他一生所處皆是順境,他底節操,也許便埋沒了。張儀直待入秦以後,纔知爲蘇秦所用,因說:"嗟乎,此吾在術中而不悟,吾不及蘇君明矣。"這還是幸虧蘇秦底舍人指示了,否則便會至死不悟。彭績《亡妻龔氏壙銘》言龔氏死後,"於是彭績得知柴米價,持門戶,不能奪精讀書,期年髮數莖白矣",指實龔氏治家之賢勞，假使幸而不死，彭績便會終身茫然。至於父母之對子女，更加不易認清，所以"人莫知其子之惡，莫知其苗之碩"，成爲古代的諺語。在親切如父子夫婦朋友，尚不能深知，那麽傳叙家對於傳主的認識，當然不免隔膜。

其實我們對於自己的認識，又何嘗完全正確。我們對於自己底行爲，常常推求當時的動機，發爲必然的判斷。現在把事後掩飾之詞，姑置不問，即使推求當時的情緒，那麽正如《大學》所言："身有所忿懥則不得其正，有所恐懼則不得其正，有所好樂則不得其正，有所憂患則不得其正。"在我們無法捐除忿懥恐懼、好樂憂患這些情緒以前，我們停在"不得其正"的階段上，怎樣會確實認識當時的動機，更下正確的判斷呢！

有人説過，在兩個人對話的時候，常常不易得到真確的認識，因爲甲心目中之甲和乙心目中之甲不同，乙心目中之乙和甲心目中之乙又不同，而真實的甲和乙，又和上幾種都不同；因此在對話中，明明甲乙兩人，實際便有三個甲和三個乙，那麽他們怎樣會相互瞭解呢！這個當然祇是一種説法，但是仍是一種很近事實的説法。

正確的認識既然不能絶對確定，我們所得的便不是真值，而祇是近似值。近似值當然不及真值，但是我們在追求近似值的過程中，仍不得不把真值作爲最高的目標。"大學之道，在止於至善。"什麼是"至"？《中庸》説得好："君子之道費而隱。夫婦之愚可以與知焉，及其至也，雖聖人亦有所不知焉；夫婦之不肖可以能行焉，及其至也，雖聖人亦有所不能焉。"這就告訴我們至善之道，聖人不能行。話是簡捷明快，但是仍不能把"至善"認爲大學之道；在無法探獲真值的時候，祇能追求近似值，原是無可奈何的事。但是傳叙文學家却不得不盡力把一切僞造無稽的故事刪去，把一切真憑實據的故事收進。

惠特曼曾經這樣説過：

　　大家知道林肯底性情習慣，以及一切顯著的特點；不久一切的故事都落到他身上了，——真的故事和假的故事，——無數的故事，靠得住的和靠不住的，於是林肯底人格便多少經過些僞造。但是我知道林肯是一位比任何理想化的英雄還要偉大的人物。正像一個人會比畫像更偉大，一片山水會比山水畫更偉大，所以一件事實會比我們所得的叙述更偉大。我常常想到實地的人物和傳説的人物是怎樣地不同，——環境，事態，和人事上的進退都錯亂地擱下，從錯雜混亂的人生中，從史實的斷片中，要尋求現實的本性，真是不易。

惠特曼也曾對他底傳叙作者特羅貝爾說過：

　　有一天你會替我作傳，記好要說老實話，無論你怎樣寫，可是不要替我打扮；我底胡言亂語，都要放進去。……我恨許多的傳叙，因爲它們是不真實的：我國許多的偉人，都被他們寫壞了，上帝造人，但是傳叙家偏要上帝修改，這裡添一點，那裡補一點，再添再補，一直等到大家認不得是什麼人了。（兩則皆見：Andre Morois: *Aspects of Biography*）

假使傳叙家要修改的話，大都是想把傳主底心像寫得更好一點。像周密《癸辛雜識》關於方回的記載，錢謙益《列朝詩集》底李夢陽、李攀龍小傳，全祖望《鮚埼亭集》底《毛檢討別傳》，以及《四庫總目》傳記類存目別錄之屬，故意把傳主寫壞，究竟是有限的例外。但是一經修改，便要失真，這正是真正的傳叙家不願做的。在中國像黃榦底《〈朱先生行狀〉自跋》便是一篇有力的反應；在歐西便有屈萊維顔《麥皋萊傳叙自序》一節，附錄於此。

　　有一派底議論，我看是無從應命的。批評家對我說，祇要我把那些理智褊隘或政見偏頗的信札或日記刪去一些，"你就能爲麥皋萊的名譽着想"，或是"多多幫助麥皋萊底忙了"。但是我認爲我底事業應當把我底舅父底真相寫出，而不是把我或他人對他的希望寫出。倘使在麥皋萊寫真的時候，必需有損於他底遺念，那麼我祇有讓別人去做了，但是在我既經工作以後，對於寫真底每一點，我要自省的不是這一點好看不好看，而是這一點像真不像真。在我們這些有機緣和他親近的人，都認爲他底一生，經得起嚴正，乃至精微的觀測，實際上我們底信任也没有錯誤。

八代傳叙文學述論

目　錄

序 …………………………………………………………………… 177

第一　緒言 ………………………………………………………… 180
第二　傳叙文學底名稱和流別 …………………………………… 193
第三　傳叙文學底蒙昧時期 ……………………………………… 207
第四　傳叙文學底產生 …………………………………………… 216
第五　傳叙文學底自覺 …………………………………………… 230
第六　幾個傳叙家底風格 ………………………………………… 247
第七　傳叙文學勃興底幻象 ……………………………………… 256
第八　劃時代的自叙 ……………………………………………… 266
第九　思想混亂底反映 …………………………………………… 273
第十　南朝文士底動向 …………………………………………… 280
第十一　《高僧傳》底完成 ………………………………………… 291
第十二　北方的摹本 ……………………………………………… 299

附錄第一　《東方朔別傳》………………………………………… 307
附錄第二　《鍾離意別傳》………………………………………… 310
附錄第三　《郭林宗別傳》………………………………………… 313
附錄第四　《趙雲別傳》…………………………………………… 316
附錄第五　《邴原別傳》…………………………………………… 318
附錄第六　《孫資別傳》…………………………………………… 321
附錄第七　《曹瞞傳》……………………………………………… 324
附錄第八　鍾會《張夫人傳》……………………………………… 328
附錄第九　何劭《荀粲傳》………………………………………… 330

附錄第十　何劭《王弼傳》……………………………………………… 331
附錄第十一　夏侯湛《辛憲英傳》……………………………………… 333
附錄第十二　傅玄《馬鈞序》…………………………………………… 334
附錄第十三　郭沖《諸葛亮隱沒五事》………………………………… 336
附錄第十四　皇甫謐《龐娥親傳》……………………………………… 338
附錄第十五　釋法顯《法顯行傳》……………………………………… 340
附錄第十六　陶潛《晉故征西大將軍長史孟府君傳》………………… 357
附錄第十七　蕭統《陶淵明傳》………………………………………… 359
附錄第十八　釋慧皎《晉廬山釋慧遠傳》……………………………… 361

序

民國三十一年寫定《八代傳叙文學述論》，是爲師友琅邪館撰述第四種。

師友琅邪館是我讀書之處。少年時候，最欽服郎曼容爲人，其後築宅，因取杜牧《長安雜題長句》"九原可作吾誰與，師友琅邪郎曼容"之意，建師友琅邪館。中年以後，更羡慕王述。《世說》記謝萬見述，直言曰："人言君侯癡，君侯性自癡。"述答："非無此論，但晚令耳。"因此又題書齋爲晚令齋。

民國二十九年，《讀詩四論》出版，是爲師友琅邪館撰述第一種。是年又取《史記考索》及舊著《中國文學批評論集》付開明書店，是爲第二種、第三種。此外所著《中國文學批評史講義》，於民國二十一年完成，中經刪訂兩次，擬重行寫定爲《中國文學批評史》；讀元雜劇四論，已完成《元人雜劇及其時代》一篇，尚待續寫；連同未經寫定的《晚令齋集》，共爲三種。關於這三種的手稿和書籍，大都寄存漢口，對日抗戰尚未結束以前，固然不易取出，即是抗戰結束以後，能否全部收回，亦不可知。所以這三種撰述底完成，遙遙無期，師友琅邪館撰述第五種，只有另行著手了。

在寫成《史記考索》的時候，我開始對於傳叙文學感覺到狠深的興趣。接着便擬叙述中國傳叙文學之趨勢，但是因爲參考書籍缺乏，罅隙百出，眼見是一部無法完成的著作，所以只能寫成一些綱領，從此束之高閣。在這個時期中，看到漢魏六朝傳叙文學，尤其不易捉摸。除了幾部有名的著作以外，其餘都是斷片，一切散漫在那裡。但是即使要看這些斷片，還得首先花費許多披沙簡金的功夫。嚴可均底《全兩漢三國六朝文》，總算是一種幫助，但是嚴可均所輯存的，不過百分之五，其餘還需要開發。就是幾部有名的著作，有單行本可見者，其中亦多真贋夾雜，仍需一番辯訂考證的工作。不過中國傳叙文學惟有漢魏六朝寫得最好，忽略了這個階段，對於全部傳叙文學，更加不易理解。所以我決定對於這個時期的傳叙文學，盡我底力量。

工作是相當地繁重，工具又是那樣地缺乏，有時連最普通的書籍都不易獲得。但是既經決定動手，便顧不得困難。最後總算在單行的著作以外，從斷簡殘篇中給我搜獲了四百餘種的著作：有時只是一句兩句，有時竟是萬字以上的大篇。由搜獲到鈔集，由鈔集到考訂，一切都是一手一足之烈，沒有人幫助，也找不到人幫助。"人言君侯癡，君侯性自癡"，真是值得玩味的言論。材料大體完備以後，工作便比較簡單，但是這種工作仍是在艱苦的狀況下完成的。

抗戰以來，已經五年，這五年之中，尤其到了最近的一兩年，整個的國家受到無數的危疑震撼。這個當然影響到人民底心理和生活。我們都在度着最艱辛的歲月，不過這是一般人共同感受的，姑不必論。

自從二十七年離別家庭，到達樂山以來，二十八年的冬季泰興便淪陷了，全家在淪亡的境地掙扎，只有我在這數千里外的大後方。路途是這樣遠，交通是這樣不方便，一家八口談不到挈同入川，自己也沒有重回淪陷區的意志。有時通信都狠困難，甚至三兩個月得不到一些音耗。在我離家的時候，最小的孩子還不到兩月，現在四歲了。聽到他牽着郵差，打聽父親消息的故事，確是有些依戀。大的孩子已經失學，其餘的只有暫入私塾，以免在不快意的學校裡讀書。故鄉是另一個世界，但是我底家庭偏在這個世界裡生活。杜甫說："老妻寄異縣，十口隔風雪。誰能久不顧，庶往共饑渴。"在他已經嗚咽涕零，在我只有不勝傾羨。

後方的生活也不見得高明。日減一日的是體重，日增一日的是白髮。捉襟見肘、抉履穿踵的日子，總算及身體會到。住的是半間幽暗的斗室，下午四時以後便要焚膏繼晷。偶然一陣暴雨，在北牆打開一個窟窿，光通一線，如獲至寶，但是逢着寒風料峭、陰雨飛濺的時候，只得以圍巾覆臂，對着昏昏欲睡的燈光，執筆疾書。這些只是物質的環境，對於精神，原算不到什麼打擊。然而也盡有康莊化爲荊棘的時候，只得把一腔心緒，完全埋進故紙堆裡去。這本書便是這種生活的成績。

著書只是一種痛苦的經驗。有的人底著作，充滿愉快的情緒，我們讀到的時候，好像看見他那種悠然心得，揮灑自如的神態。對於我，便全然兩樣。我只覺得是一份繁重的工作。這是一方田，一匹牛正拖着沈重的鐵犁，在田裡一來一往地耕着。套上繩索以後，牛便得向前，步伐儘管滯澀不堪，但是還得耕田。直到這方田耕完以後，才能透一口氣，眼睛已經看到第二方田，那邊還是要牛去耕。生活是不斷地壓迫着，工作也是不斷地壓迫着。

《讀詩四論》出版以後，曾題一首："彈指蔽泰華，冥心淪九有。小夫竊高名，君子慎所守。肯以金石姿，下羨蜉蝣壽！乾坤會重光，相期在不朽。"對於自己，這是一種心理的慰藉。其實僵化的蜉蝣,博物院裡有時珍若拱璧,而流金鑠石,何嘗不是數見不鮮的事!歐陽修說:"今之學者,莫不羨古聖賢之不朽,而勤一世以盡心於文字間者,皆可悲也。"事情很明白,道理也簡單之至,不過自己既經擇定這一份工作,便得盡力去做。縱使對於旁人,未必有什麼值得一提的價值,至少在工作的時候,自己總是這樣想着。民國三十一年五月,朱東潤自序於樂山寓廬。

第一　緒言

傳叙文學是文學底一個部門，發源狠古，到了近代，更加引人注意。二十世紀以來，在文學範圍裡佔有狠重要的位置。西方每年出版物中，傳叙文學是一個大宗。關於傳叙文學底理論和派別，在最近也經過不少的波動。祇有在近代的中國，傳叙文學的意識，也許不免落後，但是世界是整個的，在不久的將來，必然有把我們底意識，激盪向前，不容落伍的一日。溫故而後知新，在這個時代裡，我們對於古代傳叙文學底成就，確有重加檢討的必要。

傳叙文學是文學，然而同時也是史；這是史和文學中間的產物。現在就分史和文學兩個方面討論。

傳叙文學是史，但是和一般史學有一個重大的差異。一般史學底主要對象是事，而傳叙文學底主要對象是人。同樣地叙述故實，同樣地加以理解，但是因爲對象從事到人的移轉，便肯定了傳叙文學和一般史學底區別。率畧地說，文化較舊的民族，比較地注重事，而文化較新的民族，比較地注重人：因此一般史學底發達較先，而傳叙文學引起多數人底注意，乃是較後的事。這個當然祇是一個率畧的說法，而且因爲時代底急轉，也許會引起必要的修正，姑不深論。

其實就在史的叙述裡，也不免看出記載底重心，一步步從對事移轉到對人。龜甲文底卜射獵，卜征伐，這是事。金文底作鐘鼎，作敦盤，這也是事。乃至《春秋》隱公十一年的記載，"秋七月壬午，公及齊侯鄭伯入許。冬十有一月壬辰，公薨。"這還是事：公及齊侯鄭伯，都是人，不過在這種簡單的記載下面看不出人性的輪廓，所以也還是事。但是到了《左傳》底記載，便完全改樣了。我們看到"潁考叔取鄭伯之旗蝥弧以先登"；看到"子都自下射之顚"；看到鄭莊公使許大夫奉許叔居許東偏，使公孫獲處許西偏；又看到他詛子都；看到羽父請殺桓公；看到隱公底遲回；以後又看到桓公羽父底凶悖。這裡的重心便移轉到人了。從《春秋》到《左傳》，正是從對事到對人的例證。

但是《左傳》還是史，不是傳叙。爲什麼？因爲《左傳》寫人，仍舊着重在人性發展中的事態,而不是事態發展中的人性。主要的對象還是事而不是人,所以《左傳》是史而不是傳叙。同樣地《史記》底全部也是史而不是傳叙。一般的史傳也是史而不是傳叙。

跟着英雄崇拜這個觀念底抬頭,大衆開始認爲萬事萬物祇是英雄底事業,英雄是宇宙底主宰,是人類底導師,認識了英雄,便認識了一切。這樣便促進了對人的注意,而傳叙文學因此也受到更大的推動。這裡的英雄,當然不專指軍人,凡是佔據領導地位的宗教家、思想家、詩人、文人、科學家、工業家,以及音樂家、藝術家,都是。在這個觀念下面產生了無數的傳叙。

不過假如認爲世界祇是英雄底事業,因此便注重英雄底記載;在邏輯上,這裡所重的也還是事,而不一定是人。英雄在事態發展中,流露了英雄底個性,這個固然值得我們重視,然而世界畢竟是人底世界,一般人底世界而不是幾個英雄底戰場。每人底情感有喜怒哀樂;每人底身世有悲歡離合;在靜的時候,他有神態儀容;在動的時候,他有言語舉止。任何人都有自己的世界,自己的一生。這一生的記載,在優良的傳叙文學家底手裡,都可成爲優良的著作。所以在下州小邑,窮鄉僻壤中,田夫野老、癡兒怨女底生活,都是傳叙文學底題目。

傳叙文學是人性真相底流露,所以在熟練的傳叙文學家底手裡,任何一個人底生平,都可以寫成一部動人的傳叙——這個當然祇是理論,在事實上也許還要受到其他的牽掣。一點是狠明顯的,每個人底生平,都有獨特的色采。一棵大樹有成千成萬的樹葉,要找兩張大小形式顏色脈絡完全相同的葉片,便會遇到狠大的困難,萬一偶有類似的兩張,但是神態姿勢,還是絕對不同。

傳叙文學是史,但是它底主要對象是人,所重視的不是事實具體底記載,而是人性真相底流露。這是重大的差異。傳叙文學也是文學,但是和一般文學也有重大的差異,這裡所說一般文學底意義,特殊是指中國的文章。

《周禮·考工記》:"青與赤謂之文,赤與白謂之章,白與黑謂之黼,黑與青謂之黻。"這是指的畫繢之事,但是後來的文章,完全妃青儷白,恰恰走上了這一條路線。《文心雕龍》指陳用字的規律,"若夫義訓古今,興廢殊用,字形單複,妍媸異體,心既託聲於言,言亦寄聲於字;諷誦則績在宮商,臨文則能歸字形矣。"《練字》。關於字形底方面,尤其特殊。它説"瘠字累句,則纖疏而行劣;肥字積文,則黯黮而篇闇。善酌字者,參伍單複,磊落如珠矣。"同上。在宮商方面,《雕龍》説得最詳細:"左礙而尋右,末滯而討前,則聲轉於吻,玲玲如振玉,辭靡於耳,累累如貫珠矣。"《聲律》。從這些地方,我們看出中國人對於文章是怎樣地重視。文章是一種完美的藝術作品。在聽的時候,我們要它宮商調叶,音調鏗鏘;在看的時候,我們又要它行列勻稱,肥瘠適度。這類的文章,在六朝時最盛,唐宋以後,漸漸地衰落了,但是一直到清代,我們還看到這種優秀的作品。就是在一般的散文裡,作家也還注意到音律。清代桐城派因聲求氣的主張,正是一個有力的回響。前人流傳下來的關於鍊字鍊句的教訓,更是數不勝數。這些事代表一種觀念。

　　但是這種觀念所產生的文章,往往成爲枵響。聲調好聽,甚至形式也好看,但是後面祇是空的。韓愈說:"齊梁及陳隋,衆作等蟬噪。"《薦士》。這雖然祇就其時詩體而論,正不妨直指整個的六朝文學。其後蘇軾論韓愈"文起八代之衰",《潮州韓文公廟碑》。八代底衰徵,是無可諱言的。衰在那裡? 衰在祇注重文章底表面而忘去了文章底意義。於是真正的文學,便在形式的文章下面犧牲了。在傳叙文學方面,讀到王僧孺《任府君傳》,庾信《丘乃敦崇傳》,我們時時都有這樣的感想。這裡所寫的人,不是生人,而祇是粉捏化生,泥塑摩睺羅。也許這是文章,然而不是傳叙,甚至不是文學。這便是以辭害義。六朝的作品,常有這種病態,但是唐宋以來,這種病態依然存在;捏粉塑泥的藝術退步了,並不能證明化生摩睺羅不是化生摩睺羅而是血肉瑩好的生人。

　　文學已經到了蛻變的時期。在這個蛻變的時期中,我們會有進展,然而我們也必定有犧牲。其實從唐宋以來,我們正在做着不斷的犧牲,這原不是現代特有的事。書法是一種藝術,在藝術達到高潮的南朝,文人揮筆都成妙境,所以劉勰高談參伍單複,磊落如珠。但是唐宋以來,便談不上:韓愈底《鸚鵡賦》,恰恰證實黯默篇闇底可憎;蘇軾底筆仗,在後代是第一流,但是決趕不上晉人底高風逸韻。所以在字形方面,祇得犧牲。音律方面,雖然劉大櫆侈言"行文字句短長,抑揚高下,無一定之律,而有一定之妙";《論文偶記》。但是要比"玄黃律呂,各適物宜,欲使宮羽相變,低昂互節"沈約《宋書·謝靈運傳論》的文章,便如村塾兒童遇到三河少年。我們怎能說不是音律的犧牲呢? 我們循着這條路線走去,必然還有更大的犧牲。這個必然會使我們惋惜,甚至會使我們追悔。《文心雕龍》說過,"夫鉛黛所以飾容,而盼倩生於淑姿;文采所以飾言,而辯麗本於情性。"《情采》。我們祇得引以解嘲。不過看到鉛華落盡的情態,也許有些惆悵。

　　現階段的傳叙文學應當怎樣呢? 我們祇能提出"傳人必如其人,記事必如其事"的主張。這個祇是老生常談,卑之無甚高論的主張,不能算是新,不過對於一般傳叙文學,也還有相當的價值。

　　中國古代對於傳叙文學底意義,認識最清楚的,是作《朱子行狀》的黄榦。他底一篇《行狀書後》,建立了他對於傳叙文學的理論。他說:"有謂言貴含蓄,不可太露,文貴簡古,不可太繁者。夫工於爲文者,固能使之隱而顯,簡而明,是非愚陋所能及也。顧恐名曰含蓄而未免於晦昧,名曰簡古而未免於艱澀,反不若詳書其事之爲明白也。"黄榦又有《晦庵朱先生行狀成告家廟文》,自稱"追思平日聞見,定爲草稾,以求正於四方之朋友,如是者十有餘年。一言之善則必從,一字之非則必改,遷就曲從者間或有之,褊愎自任者,則不敢也。蓋合朋友之見,止於如此,則亦稍足以自信。至其甚不可從者,隱之於心而不安,質之於理而或悖,則尤足以見知德者之鮮,而行狀之作,不容以自已也"。

傳叙文學底價值,全靠它底真實。無論是個人事蹟的叙述,或是人類通性的描繪,假如失去了真實性,便成爲没有價值的作品。真是傳叙文學底生命。

要能取信,第一便須有徵。《論語·八佾》:"子曰:'夏禮吾能言之,杞不足徵也;殷禮吾能言之,宋不足徵也:文獻不足故也,足則吾能徵之矣。'"因爲不足,所以不能徵,因爲不能徵,所以也就不能言,這是孔子也無可奈何的事。果真孔子因魯史記作《春秋》,那麽必定因爲隱、桓以前,魯史已無可徵,所以祇能從隱公元年寫起。

《史記》是中國第一部正史,也是第一部史傳底總集。《史記·自序》:"百年之間,天下遺文古事,靡不畢集太史公,太史公仍父子相續,纂其職。"又言:"罔羅天下放失舊聞。"從一部《史記》裡,我們看到他所讀之書,所交之友,所遊之地,以及所問之故老。他底半生,消磨在史料底搜尋上面,我們不能不欽服他底勤勞。再進一步,我們更看到他在立傳的時候,務求材料的充實,甚至開國功臣,即如魯侯之類,儘管和樊、酈、滕、灌齊名,並有功狀可據,功位可考,仍舊不爲立傳。司馬遷寧可冒着記載不備的嫌疑,却決不肯作不根的叙述。《樊酈滕灌傳贊》:"余與他廣通,爲言高祖功臣之興時若此云。"他廣是樊噲之孫,這是口說;再證以《高祖功臣侯年表序》,"余讀高祖侯功臣"以及《惠景間侯者年表序》之"太史公讀列封"的記載,然後纔加以叙述。再次司馬遷對於梁趙諸人底事迹,所記特多的原故,和他熟識的梁趙之士,如馮遂、壺遂、田叔之類,當然也有相當的關係。(蘇轍言太史公與燕趙間豪俊交遊,其言不可信;太史公交遊中無燕人,故記燕事亦特少。《燕世家》之作,則本諸燕史,大致其時燕史尚有殘存,故本之以作《世家》,其言"子今王喜立",又"今王喜四年",則燕史原文,太史公未及刊定,今尚殘存,可證。)就是周吕侯吕澤、建成侯吕釋之,在高祖初年都曾立大功,有《功臣表》功狀可考,但是《史記》不爲立傳,在本紀中也無可考,大致也是徵信不足,不完全因爲他們是呂后之兄的原故。

　　總之作史傳不易，作傳叙亦復甚難。後代文人常常徇家屬之請，作行狀，作墓誌銘、神道碑，甚或根據死者家屬之言，爲之作傳。其實這是信今傳後的作家，所當審慎考慮的事。黃榦《朱子行狀》成後十餘年中，就正於四方之朋友，"一言之善則必從，一字之非則必改"。這實在是一種正確的態度。

　　在真實性底方面，西洋傳叙文學家都比較地更慎重，其記載也更翔實。關於這一點，我們不能不承認他們底超越。一部大傳，往往從數十萬言到百餘萬言。關於每一項目的記載，常要經過多種文卷的考訂。這種精力，真是使人吃驚。這種風氣，在英國傳叙文學裡一直保存到維多利亞時代。一切記載，更加翔實而確切，而證明的文卷，亦更加繁重而艱辛，於是引起二十世紀初年之"近代傳叙文學"。這一派底作風，總想活潑而深刻，同時極力擺脫證件的桎梏。其實仍是一步步腳踏實地，沒有蹈空的語句。斯特拉哲所著《維多利亞傳》，算是這派開山之作了，但是薄薄二百幾十頁的傳叙，便引用了書籍七十二種，其他出版物四種，每一小節的記載，雖然避免引語的累贅，也常常注明三五種出處。因此文字儘管活潑，其實仍是非常典重。研究西方傳叙文學者，要忘去這一點，便會走進不測的深淵。

　　傳叙文學既然重在真實，我們應當怎樣取材呢？西方人常説，每個人底生活，最好由他自己寫。因此在取材方面，常常注意到傳主底自叙、回憶錄、日記、書簡、著作這一類的東西。在中國還有自著的年譜：例如明末陳子龍、黃宗羲，都有自撰年譜。

　　西洋傳叙底第一章，常常引用傳主底自叙或回憶，因爲這是出於傳主底自述，所以篇首便能引起讀者底信任。不過我們應當知道自叙或回憶，不一定都是可靠的。《史記·太史公自序》，自稱爲南正重北正黎之後，這個姑且説是下語不當，遂似一人兩祖；其後又稱周程伯休甫之後，失其守而爲司馬氏；實則春秋之時，晉、齊、楚、宋、陳都有司馬氏，安見必爲程伯休甫之後。白居易自稱白氏出於白乙丙及白公勝，更是一個非常荒謬的錯誤。本來作自叙的人多在耄年以後，正是記憶力消失殆盡，自信力亢進非常的時候，寫作之時，既不易博考已往的書簡或其他的證件，而且也不願，因此無論自叙或回憶，都不一定是翔實的叙述。人類對於往事的記憶，常因受到心理上必然的影響，以致無形之中往往變質，所以儘管作者沒有掩蔽事實的存心，但是在傳叙家採用的時候，仍舊不能不給以審慎的考慮。

日記當然是一種價值更大的材料，運用在傳叙裡，常能博到讀者底信任，尤其在一件大事的叙述裡，更易喚起當日的精神。朱子《張魏公行狀》記張浚在平江興兵討逆那一節，最容易動人，顯然地曾經利用張浚日記底斷片。古人留下的日記雖不多，但是近代如《曾國藩日記》、《翁方綱日記》，不但是狠好的傳叙材料，而且也是狠好的史料。不過發表的往往不是全部的日記，而且因為一般人沒有感到傳叙文學對於傳主的價值，死者底遺族自己既不能利用，同時也不容許別人利用，實在是一件可惜的事。寫作日記的時候，一則逐日記載，不致遺忘；二則作者本不豫備發表，不會因為心理的影響而發生變形變質的弊病，因此對於傳叙家確是一種比較可靠的材料。西洋傳叙文學久已盛行，名人日記難免存心留待天下後世，因而有記載不實之病。這一種徵象，在中國還沒有，不過不久以後，會流傳過來，而且因為一般人底信義感不甚健全，辨別真僞的興趣又不甚濃厚的原故，一經流傳，勢必變本加厲，這是可以豫見的。

　　書簡更是一種狠好的資料。西洋所稱為書簡傳的著作，簡直全部取材於此。書簡最能流露作者底性情，讀過流傳下來的東坡尺牘、山谷尺牘之類，對於蘇軾、黃庭堅底為人，也許比讀《宋史》本傳可以認識得更親切。明清之交，流行許多尺牘選本，受人推重，大致也是因為更能流露作者性情的緣故。但是書簡是一種藝術，除了幾個文人以外，能夠運用自如的人，還不狠多。政治生活中的人物，更加假手幕僚之流，最易寫成固定的公式，祇有套數，沒有情感，而且也不一定有事實。大家對於保存書簡的習慣，也不發達，一經到手，往往隨即散失，即使他日有人作傳，徵求書簡的時候，也便無從收集，這不能不算是一種損失。

　　自訂年譜從明季以來便狠流行。作家自撰年譜，往往和西方人底自叙，有同樣的價值。在作年譜的時候，也難免和自叙有同樣的困難。年譜又有年譜底公式，在那種提綱挈領、條目井然的形式下面，對於一生事實，常有不能叙述盡致的弊病。作者對於自身底經歷，往往側重幾件大事，在私生活方面，大都置之不論。固然各人有各人底事業，即在根據自撰年譜從事撰述的傳叙家，原用不到著力寫他底私生活，但是惟有瞭解他底私生活，纔能瞭解他底整個生活。

　　傳叙文學底目的是求真實，但是我們不能不知道真實正是一個不能捉摸的東西。傳叙家第一要認識傳主底個性，可是在我們回想的時候，我們對於密切的朋友，究竟認識幾個呢？"歲寒然後知松柏之後彫也。"在春生夏長的時候，便看不出松柏之後彫；在赤道左右的地點，植物經冬不彫，甚至始終不知這一回事。"士窮而見節義。"假使他一生所處皆是順境，他底節操，也許便埋沒了。張儀直至入秦以後,纔知爲蘇秦所用,因説:"嗟乎,此吾在術中而不悟,吾不及蘇君明矣。"這還幸虧蘇秦底舍人指示了,否則便會至死不悟。彭績《亡妻龔氏壙銘》言龔氏没後,於是彭績"得知柴米價,持門户,不能專精讀書,期年髮數莖白矣"。指實龔氏持家之賢勞。假使幸而不死,彭績便會終身茫然。至於父母之對子女,更加不易認清,所以"人莫知其子之惡,莫知其苗之碩",成爲古代的諺語。親切如父子、夫婦、朋友,尚不能深知,那麽傳叙家對於傳主的認識,當然不免隔膜。

其實我們對於自己的認識,又何嘗完全正確。我們對於自己的行爲,常常推求當時的動機,發爲必然的判斷。現在把事後掩飾之辭,姑置不問,即使推求當時的情緒,那麽正如《大學》所言:"身有所忿懥則不得其正,有所恐懼則不得其正,有所好樂則不得其正,有所憂患則不得其正。"在我們無法捐除忿懥、恐懼、好樂、憂患這些情緒以前,我們停在"不得其正"的階段上,怎樣確實認識當時的動機,更下正確的判斷呢?

真確的認識,既然不能絶對確定,我們所得的便不是真值,而祇是近似值。近似值當然不及真值,但是我們在追求近似值的過程中,仍不能不把真值作爲最後的目標。"大學之道,在止於至善。"什麽是"至"?《中庸》説得好:"君子之道費而隱:夫婦之愚可以與知焉,及其至也,雖聖人亦有所不知焉;夫婦之不肖,可以能行焉,及其至也,雖聖人亦有所不能焉。"這就告訴我們,至善之道,聖人不能知,不能行。話是簡捷明快,但是仍不能不把"至善"認爲大學之道。在無法探獲真值的時候,祇能追求近似值,原是無可如何的事。但是傳叙文學家却不得不盡力把一切僞造無稽的故事删去,把一切真憑實據的故事收進。

横在我們面前的是一個大時代底轉變。我們對於許多因襲的不正確的觀念,必須脱然盡喪其所有,然後纔能開闢新的境界。從文學方面講,六朝底觀念不是漢魏底觀念,唐宋底觀念更不是六朝底觀念。從漢魏到六朝,從六朝到唐宋,中間經過不斷的演變。演變不一定是進化,然而確是變遷了。變遷之中,因爲要追求新的,就難免犧牲舊的。漢魏典雅淵懿的文章,六朝看不見了;而六朝清新隱秀的文章,到唐宋也沒有。這個也許是一種損失,但是正因爲沒有漢魏,纔有六朝;沒有六朝,纔有唐宋。在一步步的進展當中,便要有一步步的放棄。"予之齒者去其角,傅其翼者兩其足。"《漢書·董仲舒傳》。本是自然界的定律。

傳叙文學也是一樣。這裡所需要的是脱然盡喪其所有。在認定現代傳叙文學是文學的時候,我們要認識這裡不是文章,不是馬《史》班《書》,不是《任府君傳》、《丘乃敦崇傳》,不是《董晉行狀》、《段太尉逸事狀》,不是《張魏公行狀》、《朱子行狀》，而是一種新興的文學。新的傳叙文學所寫的人，不一定豐容盛鬋，也不一定淡粧素抹，甚至也不必是蓬頭亂髮，這裡所寫衹是一個人，是人就有人底必然的缺憾，也就有他不可掩没的光精。一切的文采都剝落了，衹是一種樸素的叙述。傳叙文學就應當是這樣一種没有文采的文學。揚雄說："大文彌樸，質有餘也；鴻文無范，恣意往也。"《太玄》。因爲恣意所適，所以不受拘束；因爲内容充實，所以形式簡單：這正是偉大的文學。

那麽爲什麽要叙述以往的中國傳叙文學呢？這個理由狠簡單。研究政治史的人，不會希望政治復古；研究社會史的人，不會希望社會復古。而且事理是顯然的，即使有人希望政治社會退回原位，事實上也不可能。研究政治史或社會史的人，或是心理上有研究史實的癖好；再不然，就是感覺到這是記載不備的缺憾，而自己有彌補這項缺憾的責任；最重要的，還是認定史實的探討，給與我們一種察往知來的本領。研究政治社會的史實，便會知道政治社會的趨勢。因此我們不妨認爲知道了過去的中國傳叙文學，便會看出當來的中國傳叙文學。

也許有人會說，中國有什麽傳叙文學呢？他會舉出若干種西洋傳叙名著，而要求給他一個對比。没有的，我們舉不出什麽。但是西洋傳叙文學底進展，衹是十八世紀以來的事實。中國《大慈恩寺三藏法師傳》完成的時候，遠在第七世紀，那時西洋傳叙文學又有幾部更好的名著呢？不但如此，即在此後悠悠千載之中，也没有看到幾部卓越的著作。過分地推重本國文學，固然不必；但是過分地貶抑，也未必是。妄自尊大的弊病，正和妄自菲薄一樣。最近幾百年以來，是西洋人發展的時期，政治、經濟、文學、藝術都有長足的進步，這是無可否認的。不幸也就在這二三百年中，中國人正蒙着最大的災禍：歷史上没有長期被異民族征服的國家，正受着異民族底統治；政治經濟都在熙朝盛世的表面之下，急遽倒轉；連帶文學藝術也受到打擊。這是一種不幸，狠容易搖動我們底自信心。但是人類的歷史是長期的，自今以往千百萬年，自今以後還是千百萬年。在長期的歷史中，二三百年衹是短短的一節。單就傳叙文學而論，我們曾經有過光明的時期，我們也會有光明的將來。

在過去的中國傳叙文學裡，漢魏六朝的著作，常會引起注意。第一，這個時期的著作，除去史傳應當別論以外，其餘的差不多都埋没了，衹有在《三國志注》、《世説新語注》這些著作裡，可以找到。這裡所看到的，雖然衹是斷簡殘篇，不過因此更見得珍貴。第二，自從隋開皇十三年五月詔，"人間有撰集國史臧否人物者，皆令禁絶"以後，私家作史的風氣，因此頓息。唐初修《五代史志》，完全成爲官書,私書更沒有抬頭的機會。史學和傳叙文學之間,關係最切,因爲私史底衰落,連帶也成爲傳叙文學底衰落。所以漢魏六朝的傳叙,雖然殘餘無幾,但是不能不稱爲盛;而唐宋以來,文人雖多,傳叙較少,因此也就不能不稱爲衰。這兩種情形,都會使漢魏六朝的傳叙文學引人注意。

我們認識傳叙文學底對象是人,而傳叙文學底使命,便是人性真相底流露。關於人性方面,又有定格和不定格之別。何謂定格?假定某種人底定型如此,而後把他一生的事實,從這個觀點去解釋,這是說人格是固定的。何謂不定格?不假定他底定型何如,祇是收集他一生的事實,從各種觀點去推究,以求得最後的結論,這樣便走上了認爲人性並非固定的路線。倘使史家、史傳家,乃至傳叙文學家,採取了一個觀點,認爲人性是固定的,下筆之先便有某種的成見,于是史實受到成見底影響,而傳叙中的人物,祇成爲作家底心象。這正是近代傳叙家所要排斥的觀念。唐宋以來,有些文學家所寫的人物,常是定格的人物。無論史傳或一般的傳叙裡,我們所看到的祇是事蹟的不同。在人性的叙述方面,便有若干的定型,忠孝奸佞,各類有各類的式樣,每人的行爲,恰恰配合某種式樣,而後由文學家加以相當的叙述。在這一種寫法底後面,常常抹煞了人性底真相,也便摧毀了傳叙文學底使命。

這個當然不能專責傳叙文學家,而祇能說是因爲社會生活影響到私人生活,所以傳叙文學家便祇能寫成這樣的傳叙。本來從唐宋以來,雖然史册上還是免不了許多次的一治一亂,但是大體上社會是穩定了,整個的民族在沒有接收新的推動以前,走上了中年的階段。特立獨行的人物,常常受到社會底歧視,因此也就磨礱圭角,摧方爲圓。等到大家混俗和光以後,當然便不易看到真相,也便不易寫出好的傳叙。

漢魏六朝的時代是不定的,動盪的。社會上充滿了壯盛的氣息,沒有一定的類型,一定的標格。一切的人都是自由地發展。傳叙家所看到的,到處都是真性底流露,所以在叙述方面,容易有較好的成就。正和書法一樣,唐有虞褚顏柳,宋有蘇黃米蔡,這樣便成爲定格了;兩漢的分書,北魏的楷隸,沒有一定的格式,但是漢代斷垣殘壁的遺簡,北魏窮鄉兒女的造像記,儘管長短縱橫,不中欵式,常常引起後人底歆羨。

先舉東方朔爲例。東方朔身爲文學侍從之臣,在後世便會是一個擁笏垂魚、進退閒雅的人物,但是他却自成一格,不可方物,所以《漢書·東方朔傳贊》稱爲"應諧似優,不窮似智,正諫似直,穢德似隱";夏侯湛《東方朔畫贊》稱爲"以爲濁世不可以富貴也,故薄遊以取位;苟出不可以直道也,故頡頏以傲世;傲世不可以垂訓也,故正諫以明節;正諫不可以久安也,故詼諧以取容;潔其道而穢其迹,清其質而濁其文,弛張而不爲邪,進退而不離羣。"這是一個特殊的人物,當然可以寫成一部狠好的傳叙。《東方朔別傳》的作者,學識方面的素養太差了,祇能寫成一部奇言怪語的叙述,這是狠可惜的。

次爲曹操。曹操出身微賤,但是以後破袁紹,殺呂布,降劉琮,走馬超,牢籠名士,延攬人傑,平定中國十之七八,造成曹魏開國之基。在一般的叙述裡,或認爲創業之主,或認爲篡逆之臣,這個祇見得一面。其實曹操還有曹操底私生活。《曹瞞傳》記操"被服輕綃,身自佩小鞶囊,以盛手巾細物,時或冠帢帽,以見賓客"。又說:"每與人談論,戲弄言誦,盡無所隱,及歡悦大笑,至以頭没杯案中,肴膳皆沾污巾幘,其輕易如此。"這裡看出一個活躍的人物,便和史傳底紀載完全不同了。

又如父子的關係,在倫理觀念支配整個社會的時代,子女對於父母沒有措辭的餘地。但是魏晉之間,便不一定如此。路粹《奏孔融》云:"又前與白衣禰衡,跌蕩放言云:'父之與子,當有何親,論其本意,實爲情欲發耳;子之於母,亦復奚爲,譬如寄物瓶中,出則離矣。'"孔融是否有此言論,原不可知,但是不能不認爲大膽的言論。荀彧佐曹操,及董昭等謂操宜進爵魏公,加九錫,荀彧便稱"君子愛人以德,不宜如此"。其後曹操心不能平,荀彧仰藥而死。但是他底侄兒荀攸,仍爲魏尚書令,至死而止。這是荀彧、荀攸底不同。其後袁宏作《三國名臣序贊》,論爲"夫仁義不可不明,則時宗舉其致;生理不可不全,故達識攝其契。相與弘道,豈不遠哉!"這是調停之論。但是荀彧少子粲,便論父彧不如從兄攸:"或立德高整,軌儀以訓物;而攸不治外形,慎密自居而已。"見何劭《荀粲傳》。這便顯然地分出優劣。魏晉之人,不妨有此論,也祇有這樣的議論,見於魏晉的傳叙。

又如男女之間,曹大家《女誡》言:"陰陽殊性,男女異行,陽以剛爲德,陰以柔爲用,男以彊爲貴,女以弱爲美。故鄙諺有云:'生男如狼,猶恐其尫;生女如鼠,猶恐其虎。'"這便替後代的女子,鑄定了一個規模。但是魏晉之間,便不是這樣。我們看到姜叙之母,敕姜叙發兵討馬超,自言"人誰不死,死國,忠義之大者,但當速發,我自爲汝當之,不以餘年累汝也"。其他如趙昂之妻,如龐娥親,皆見皇甫謐《列女傳》。都是激昂慷慨的人物,不屬於温順婉淑的類型。在後代的傳叙文學家手裡,也許還要加以剪裁,但是皇甫謐便直切記下。這也是漢魏六朝的特色。

唐宋以後的人物,見於傳叙文學的,幾乎都有一定的標格,但是漢魏六朝便充滿了這許多不入格的人物：帝王不像帝王，文臣不像文臣，乃至兒子不像兒子，女人不像女人。李德裕說過："好驢馬不入行。"一切人格的人物，常常使人感覺到平凡和委瑣。相反地每一個不入格的人物，都充滿了一種獨來獨往的精神。這是個性，也正是近代傳叙文學家所追求的人物。

假如我們認為漢魏六朝的人物都有獨特的性格，或是漢魏六朝的傳叙都勝過唐宋以來的傳叙，這是無從建立的理論。不過從大體講，漢魏六朝和唐宋以來總有一些差別，也就是這些差別使得我們注意到漢魏六朝的傳叙。至於魏代以後日盛的家傳，以及齊梁以後文士所作的傳叙，常常會有埋沒事實，或是過分重視文辭的風氣，這是傳叙文學底巨害，無可諱言。不過唐宋以來，這種弊病仍是不斷地繼續着。

一般的傳叙，到了唐代，受到一個大的打擊：文人不作傳叙，在韓愈手裡成為當然的理論。韓愈身為史官，柳宗元勉其著作，韓愈說："唐有天下二百年矣，聖君賢相相踵，其餘文武之士，立功名跨越前後者，不可勝數，豈一人卒卒能紀而傳之邪？僕年志已就衰退，不可自敦率。宰相知其無他才能，不足用，哀其老窮齟齬無所合，不欲令四海內有戚戚者，猥言之上，苟加一職榮之耳，非必督責迫蹙令就功役也。賤不敢逆盛指，行且謀引去。且傳聞不同，善惡隨人所見，甚者附黨憎愛不明，巧造語言，鑿空構立善惡事迹。於今何所承受取信，而可草草作傳記，令傳後世乎？"《答劉秀才論史書》。韓愈這種態度，祇是退縮畏葸，逃避現實，但是要在政治混亂、是非不定的當中，著手作傳，還是非常困難。韓愈雖在史官之位，不肯作傳，自有他底理由。但是因此成立了文人不作傳叙的風氣，不能不算是一種損失。

宋太平興國中，徐鉉等編《文苑英華》，其文起自梁末，大部分為唐人的著作，但是一千卷中，共祇有傳五卷，其間又正如章學誠所言："有排麗如碑誌者，自述非正體者，立言有寄託者，借名存諷刺者，投贈類序引者，俳諧為游戲者。"《文史通義·傳記篇》。我們看出傳叙文學方面的成就所以日見貧乏的原故。

文人不作傳叙的理論，一直維持到近代。顧炎武說："列傳之名，始於太史公，蓋史體也。不當作史之職，無為人立傳者，故有碑有誌有狀而無傳。"《日知錄》。方苞說："家傳非古也，必阨窮隱約，國史所不列，文章之士乃私錄而傳之。獨宋范文正公、范蜀公有家傳，而為之者張唐英、司馬溫公耳。此兩人故非文家，於文律或未審，若八家則無為達官私立傳者。"《答喬介夫》。劉大櫆說："古之為達官名人傳者，史官職之。文士作傳，凡為圬者、種樹之流而已。其人既稍顯，即不當為之傳;爲之行狀,上史氏而已。"姚鼐《古文辭類纂序目》引劉氏說。實則他們所說的,止能合於唐宋以來的情形,對於漢魏六朝的情形,全不相涉:那個時代達官貴人有傳,不當作史之職者亦作傳,這是他們沒有見到的。姚鼐對於方苞、劉大櫆底理論,便不甚理會,所以説"古之國史立傳,不甚拘品位,所紀事猶詳,又實錄書人臣卒,必撮序其平生賢否。今實錄不紀臣下之事,史館凡仕非賜諡及死事者,不得爲傳。乾隆四十年,定一品官乃賜諡。然則史之傳者,亦無幾矣。余錄古傳狀之文,並紀茲義,使後之文士得擇之。"《古文辭類纂序目》。以後姚鼐自己作《朱竹君先生傳》,其弟子梅曾亮作《總兵劉公清家傳》、《王剛節公家傳》、《栗恭勤公傳》,都是以事實答復顧炎武以及方苞、劉大櫆等底理論。

但是姚鼐、梅曾亮祇能從文人不作傳叙,回復到文人作傳叙,對於傳叙文學底理論,沒有看到,所作的傳叙,因此也看不出特殊的成就。他們底時代太早了,在這一方面,還沒有受到新的推動。

我們眼前便是新的傳叙文學底推動。世界是整個的,文學是整個的。中國的小説和戲劇,受到新的激蕩,正在一步步地和世界文學接近,而且決定沒有回復到宋人小説和元人雜劇的可能。中國的詩受到新的激蕩以後,還在大海中挣扎,一邊是新體詩底不斷地演進,一邊也有人眷戀已往的陳迹。祇有中國的傳叙文學,好像還沒有受到什麼影響。有人替古人作評傳,但是在方法和材料方面,還沒有多大的進展。也有人提起西洋傳叙文學底理論,但是也還沒有多大的成就。不過中國傳叙文學必然會受到世界文學的推動,是無疑的。這是一個轉變。大家多努力些,便轉變得快;少努力些,便轉變得慢;轉變是一定轉變的。整個的中國文學史,和各國文學史一樣,是一部轉變的文學史,決沒有傳叙文學成爲例外的道理。

衡古瞻今,對於中國傳叙文學底將來,常常會使人發生一種戒慎恐懼的心理。我們底前途是光明的,但是中間還有許多的障礙。

傳叙文學底使命是人性真相底流露,因此我們必須有正視現實的勇氣,然後纔談得上傳叙文學。這一種勇氣,不但人和人底天禀各各不同,就在民族和民族間,距離也甚遠。南史、董狐,固是先正底典型,但是以後許多殺史官、禁私史的記載,都透露了不能正視現實的氣度。唐宋以後文人不作傳叙,一大半還是因爲懼禍。因爲不能正視現實,所以捏造事實:爲偉大人物作傳,嚮壁虛造,添出許多"生而神靈,弱而能言"的故事。過去的傳叙文學裡,這種情形不在少處。倘使將來的傳叙文學裡,還是如此,這便說不到轉變。

其次關於傳叙材料的保存,還有不少的遺憾。名人未必有日記,有日記的也不容人看到。私人底簡札既然隨手散失,公家底檔案又往往塵封高閣。成本的著作,固然不會完全保存,散見於報章雜誌的,又常是事過境遷,從此泥牛入海,永無消息。"工欲善其事,必先利其器。"傳叙材料的搜求,既然如此困難,那麼在現代中國,要想傳叙文學有什麼大的發展,還不容易。

　障礙是不免的,一切都待人類去征服。從漢代《東方朔別傳》、《鍾離意別傳》到唐初《大慈恩寺三藏法師傳》,曾經有過狠大的進展,因此我們對於將來的中國傳叙文學,不妨爲更大的期待。

第二　傳叙文學底名稱和流別

　　傳叙文學就是時人稱爲"傳記文學"的文學，但是爲求名稱確當起見，應該稱爲傳叙文學。

　　在兩漢時代，傳記，專指經籍底訓釋。《東方朔傳》《漢書》卷六十五稱董偃"頗讀傳記"，《鄭玄傳》《後漢書》卷三十五言鄭玄以書戒子益恩，自稱"博綜六藝，粗覽傳記，時靚秘書緯術之奥"、"傳記"二字皆指此。最明顯地見《盧植傳》，《後漢書》卷九十四。植上書稱"今《毛詩》、《左氏》、《周禮》各有傳記，共與《春秋》相表裡"。這裡明指《詩毛傳》、《左傳》和《禮記》。從兩漢到唐，"傳記"兩字底用法都是如此。

　　關於中國傳叙文學底著述，《隋書·經籍志》收入史部雜傳類，這是最古的分類。《舊唐書·經籍志》也收入雜傳類。《新唐書·藝文志》在傳叙文學以外，又加入了其他著述，稱爲雜傳記類。以後《宋史·藝文志》、《明史·藝文志》都稱爲傳記類。其實傳是傳，記是記，并合在一個名稱之下，不能不算是觀念底混淆。清《四庫全書總目》史部仍立傳記類，但是説明"案傳記者，總名也，類而別之，則叙一人之始末者爲傳之屬，叙一事之始末者爲記之屬"。這便把傳和記底界限劃清。《四庫全書總目》傳記類分爲四門：一曰聖賢，二曰名人，三曰總錄，四曰雜錄，附載安禄山、黄巢、劉豫諸書，稱爲別錄，自爲一類。要是把傳和記分開，那麽聖賢、名人、總錄、別錄四門，都是傳之屬；雜錄是記之屬。關於細目的分析，我們不妨有我們底見地，但是傳和記底分別，是不容混淆的。

　　傳記底名稱，不能不另行商定的原因，共有兩點。第一，假如沿襲《新唐書》以來的看法，把叙一人之始末的和叙一事之始末的混在一處，那便是把截然兩類的東西，併在一處，觀念不清。一切科學的分類方法，都是愈分愈精，走向更清楚更明顯的途徑，我們決没有理由在二百年來已經把傳和記底區別認清以後，倒退到觀念混淆的地位。第二，假如我們採用西洋文學的看法，專指叙一人之始末的文學，那麽因爲本來傳記類是指兩方面的，我們現在專指一方面，這便陷於以偏概全底謬誤，同樣也有改訂底必要。

一個名稱底使用,常常因爲時代底不同,而有内容底變遷。就現代的使用語而論,大學不是古代底大學,理學不是宋人底理學。這種内容底變遷,原是無可如何的事。但是像傳記底名稱,用在今日,既不切當,又未普遍;在名稱底後面,既没有研究傳記的專家,也没有討論傳記文學的專書和文章。所以傳記底名稱,只是一個空洞的名辭,嚴格地説,還不能算爲已經成立。

　　"傳記"二字既不適當,應當怎樣呢? 單用一個傳字,切當是切當了,但是違反中國語由單字走向複字的趨勢,而且"傳文學"、"傳研究"底名稱,究竟有些不便。假使採用《隋書》底辦法,稱爲雜傳吧。"雜"字多少有些混亂的印象,諸子之中,兼明儒墨名法,不自成家的稱爲雜家,便是一例。假使採用《史記》底用法,稱爲列傳吧。《史記》底列傳原是對於本紀、書、表及世家而言的,多少給人一些帝王、諸侯不能稱爲列傳底印象。——固然這是一種謬誤的印象,司馬遷底本意止是把綱紀科條的稱爲本紀,輔弼股肱的稱爲世家,並没有帝王稱爲本紀,諸侯稱爲世家底意義。以後班固《漢書·叙傳》稱本紀爲春秋考紀,還保留着司馬遷綱紀科條底遺意。東漢有《皇德傳》三十篇;見《後漢書·侯瑾傳》、《續漢書·五行志》劉昭注及《太平御覽》卷四二六、卷八九一。魏晉之間有《獻帝傳》、見《魏志·武帝紀》裴注。《魏文帝別傳》。見《御覽》卷六九三。晉太康間,盜發魏襄王墓,得古代遺簡,晉人稱其一部爲《穆天子傳》還是受到帝王不妨稱傳底暗示。但是以後便糊塗了。劉知幾對《項羽本紀》應當稱紀稱傳,曾經提出問題,可見這種謬誤的印象,是怎樣地普遍。其次便是列傳底"列"字,多少有些複數的而不是單數的印象;例如列強列國,所指的便不止一強一國。所以若説一本列傳,便不容易引起一個很清楚的觀念。固然《史記》有《呂不韋列傳》、《李斯列傳》,《後漢書》有《竇融列傳》這一類底篇名,原來可以用於單數,但是也因爲有《列仙傳》、《列女傳》、《列士傳》、《列子傳》這些書名,"列"字總有些複數的印象。還有列傳究竟是史書裡某部分底名稱,採用列傳兩字更不容易把這一類文學底觀念和史傳底觀念劃清。所以列傳底名稱還是不妥。

　　或許有人提議用傳狀或傳誌的名稱。狀是行狀,古代確曾作爲傳底一種,例如《先賢行狀》。見《魏志·武帝紀》注。但是後來凡是送上國史館請求立傳的,都稱爲狀,例如行狀與逸事狀之類。狀便成爲傳或史傳底一種原料,不能和傳連繫成爲一個名辭。誌是墓誌,是一種刻石的文字,也和一般的傳不同。清代選家雖用過傳狀或傳誌底名稱,但是我們要確切地表示一種文學底觀念,當然應該採取一個新的名稱。

第二　傳叙文學底名稱和流別

因爲要確切地指示這種文學底觀念,我們可以就古代記一人之本末的兩大類文字——傳和叙——把名稱繫在一起,稱爲傳叙文學,連帶地可用傳叙學、傳叙研究、傳叙家底名稱。

以下便是漢魏六朝傳叙文學中幾個門類底訓釋。

傳底本來是經師對於經典底訓釋:《易》有《繫辭上傳》、《繫辭下傳》、《說卦傳》、《序卦傳》、《雜卦傳》;《書》有《尚書大傳》;《詩》有《毛傳》、《韓詩內傳》、《韓詩外傳》;《春秋》有《公羊傳》、《穀梁傳》、《左氏傳》、《鄒氏傳》、《夾氏傳》;《禮》有《周官傳》。傳止是訓釋的意義,所以劉熙說:"傳,轉也,轉移所在、執以爲信也。"《釋名·釋書契》又說:"傳,傳也,以傳示後人也。"《釋名·釋典藝》。《後漢書·楊倫傳》稱"扶風杜林傳《古文尚書》,林同郡賈逵爲之作訓,馬融作傳,鄭玄注解,由是《古文尚書》遂顯於世"。訓傳注解,處在同一的地位。經典底訓釋稱爲傳,引申言之,文學底訓釋也可稱傳。淮南王安奉漢武帝命,"使爲《離騷傳》,且受詔,日食時上。"《漢書·淮南王安傳》。這是文學底訓釋。古代著作底訓釋,固稱爲傳,引申言之,自己著作底訓釋,也可稱傳。《漢書·王褒傳》稱,益州刺史王襄欲宣風化於衆庶,使褒作《中和》、《樂職》、《宣布詩》,褒既爲刺史作頌,又爲作傳。這篇傳便是《四子講德論》。說見《文選》卷五十一。顏師古《漢書注》,釋王褒又爲作傳一句,言"解釋頌歌之義及作者之意"。可見在西漢中世,爲經書以外的作品或自己的著作另行作傳,是當時的常事。

一部《史記》,便是這個時期底主要作品。後人讀《史記》,因爲這是正史中最古的著作,往往認爲偉大的創造。其實在司馬遷著作底時候,止是有意的模倣。《史記》五大部分:十二本紀模倣《春秋》十二公,八書模倣《禹貢》、《洪範》,十表模倣《春秋曆譜諜》,三十世家模倣《世本》,而以後成爲史傳準繩的七十列傳,也恰恰模倣《春秋》諸傳。《漢書·藝文志》根據《七略》,看定全書底要點,把《太史公書》百三十卷放入春秋類,正是劉歆、班固底特識。認識了這一點,我們便認識史傳本來的面目。趙翼說:"《史記》列傳叙事,古人所無。古人著書,凡發明義理,記載故事,皆謂之傳。"《廿二史劄記》。其實《史記》列傳底本旨,也只在發明義理,記載故事。因爲旨在義理,所以《伯夷列傳》便止見議論,不見叙事。從前人說:"此傳就伯夷出處上主一議論,與列傳不同,蓋變體也。"《古文四象評》引林希元說。這是錯的,豈有七十列傳第一篇即着變體之理,須知就出處立議論,正和隱公元年《公羊傳》就"春王正月"且論相同:這是傳底正體,並非變體。因爲記載故事,所以七十列傳有時止載叢殘小事,而把出處大節付與本紀和世家。例如《管晏列傳》，在管仲傳裡，我們祇看到(一)管鮑之交，和(二)管仲底主張兩節；在晏嬰傳裡，我們也祇看到：(一)晏子事齊三世，顯名於諸侯，(二)晏子交越石父，和(三)晏子薦其御爲大夫三節。我們對於管仲底事業，晏子底大節，都看不到，甚至連二人底沒年也無從知道。假如我們要就《管晏列傳》探求管晏底爲人，那是必然地會失望。但是祇要看到《齊世家》，就明白了。又如在《魏其武安侯列傳》裡，我們看到田蚡未貴以前對於竇嬰底殷勤，及其既貴已後底暴橫；我們看到他底驕妄，看到他挑逗李廣、程不識底陰險，以及最後致竇嬰、灌夫於死底毒辣。這一篇是《史記》中狠有名的篇幅，但在我們讀過全書以後，我們總會知道在《河渠書》和《東越列傳》裡，記着田蚡當國的時候，確實有許多老成謀國之論。司馬相如是司馬遷最推崇的人了，一篇《司馬相如傳》寫得那樣地光采，(傳贊引揚雄語，顯係竄改，姑不論。)但是《平準書》直說"唐蒙、司馬相如開路通西南夷，鑿山通道，巴蜀之民罷焉"。可見《司馬相如列傳》也止是一面之詞，不是司馬相如底全面。爲什麼司馬遷不把傳主底全面放在傳內呢？這裡我們當然可用互見之例去解釋，指出作者示褒貶、明忌諱底用意，但是主要的原因，却在司馬遷作傳的時候，祇把每篇列傳作爲本紀、書、表、世家底訓釋，並沒有認定每篇有什麼獨立的意義。在我們讀隱公元年《公羊傳》鄭伯克段于鄢一篇，我們本不希望在那裡看到鄭莊公底全面，而且《公羊傳》也決不給我們看到鄭莊公底全面。《史記》列傳也是如此。這是史傳不能成爲標準傳叙文學底原因。

然而《史記》列傳畢竟給我們許多有名的篇幅。這個與其認爲司馬遷有意的收獲，無寧認爲無意的成就。《項羽本紀》也是如此，在創作的時候，司馬遷止想把楚漢之間五年的故事有所繫屬，和其餘的本紀一樣"原始察終，見盛觀衰"。但是因爲作者對於項羽的熱情，藉着他底文學的天才，完全透露，這篇文章便成爲不朽的名作。《項羽本紀》如此，許多列傳更如此。寫作底動機儘管止是一種訓釋底工作，其結果則成爲獨立的篇幅，並且在文學上開創了傳叙底體裁。司馬遷底史傳不是標準的傳叙，然而傳底名稱底確定，以至日後離經獨立，司馬遷底功最大。

和傳一樣，叙字或作序。《說文》："序，東西牆也。"又說："叙，次弟也。"叙是本字，序是假借字，所以段玉裁說："《咎繇謨》曰：'天叙有典。'《釋詁》曰：'舒業順叙，緒也。'古或假序爲之。"也是一種經典底訓釋。《易》有《序卦傳》，《詩》有《魯詩序》、《齊詩序》、《韓詩序》、三家詩皆有序說，見魏源《詩古微》。《毛詩序》。經序大抵止言義理，但是有時也記事實。例如，《鄭風·清人》，《毛詩序》："高克好利而不顧其君，文公惡而欲遠之，不能，使高克將兵而禦敵於竟,陳其師旅,翱翔河上,久而不召,衆散而歸,高克奔陳。"又如,《秦風‧渭陽》,《毛詩序》:"康公之母,晉獻公之女,文公遭麗姬之難,未返而秦姬卒,穆公納文公,康公時爲太子,贈送文公于渭之陽。"到了西漢,叙底作用,漸漸離經而獨立,不着重義理而着重事實。最先見於記載的,是司馬相如《自叙》。劉知幾說:"降及司馬相如,始以《自叙》爲傳,然其所叙者,但記自少及長、立身行事而已。"《史通‧序傳》相如《自叙》,今已失傳,無可考。漢代以後記事的叙,大致可分三類。第一類如司馬遷《史記‧自序》,《正義》本序作叙,說見《五帝本紀》贊《正義》。以後接着有班固《漢書‧叙傳》、曹丕《典論‧自叙》、葛洪《抱朴子‧自叙》、沈約《宋書‧自序》、蕭繹《金樓子‧自序》。王充《論衡‧自紀》,也可以放在這一類。最初不過是書中底一篇,不但形式上沒有獨立,而且多是申述作書底宗旨,狠少記載個人底事蹟,所以和原始的經序最接近。第二類便是獨立的篇幅了:攔開司馬相如《自叙》不計,最古的是楊雄《自叙》;見《文選》江文通《恨賦》、李蕭遠《運命論》注。東漢有馮衍《自序》、馬融《自叙》,魏有高貴鄉公《自叙》,晉有袁準《自序》、傅成《自叙》、杜預《自叙》、皇甫謐《自序》、傅暢《自叙》,《御覽》卷六九四引作傅暢《自序》。梅陶《自叙》,見《御覽》卷六四九。《史通‧序傳》言"陶梅《自叙》之作",蓋指此。浦起龍《史通通釋》以爲無考,誤也。梁有華陽子《自叙》、劉峻《自序》,其他如道家之《辛玄子自序》、《陰君自序》,雖出假託,亦可入此類。這是第一類底演變,着重事蹟,形式上也完全獨立,但是所記載的,仍是作者自身底事實。第三類底演變更激進了,便從自身底記載一轉而爲對人的記載。《世說‧言語篇》注引嚴尤《三將叙》,尤爲王莽納言大將軍,這篇是最古的篇幅了。以後便有傅玄《馬鈞序》和夏侯湛《羊秉叙》、夏侯稱《夏侯榮序》,以及嵇紹《趙至叙》,東晉以後有《陶氏叙》,是氏族底總傳,也可屬這一類。叙底三類用法,第一類第二類到唐代尚存在,唐釋道宣《續高僧傳》卷二十一《僧法純傳》引法純《自叙》,便是一例。第三類底用法就罕見了。韓愈《張中丞傳後叙》原是補傳底性質,叙字底意義和《羊秉叙》、《趙至叙》底叙相同。最初李漢編《韓昌黎集》的時候,把這篇不歸入序類而歸入雜著,還是唐代以前的見地。姚鼐把這篇歸入序跋類,便看錯叙字,可見叙底第三類用法,到了後代,不容易引起人底注意。

傳和叙脫離了經典底訓釋以後,經過幾次演變,就大體的用法論,傳是傳人,叙是自叙。自叙和傳人,本是性質類似的著述,除了因爲作者立場不同,因而有必然的區別以外,原來沒有狠大的差異。但是在西洋文學裡,常會發生分類底麻煩。現在把傳叙二字連用,指明這類的文學,同時因爲古代的用法,傳人曰傳,自叙曰叙,這種分別的觀念,是一種原有的觀念,所以傳叙文學,包括自叙近人常稱自傳在內,絲毫不感覺勉強。

　　狀或行狀也是傳叙文學底一種。《史記·高祖功臣侯者年表》,在侯國之下,有功狀一匡,這是功臣事業底記載。漢代稱狀不必指本人身後底記事。皇甫謐《高士傳》:"昭帝時,將軍霍光秉政,表顯義士,郡國條奏行狀,得韓福等五人,行義最高,福以德行徵至京兆,病不得進。"《御覽》卷五○八引。漢詔"有意稱明德者","遣詣相國府,署行義年"。高帝十一年詔,見《漢書·高帝紀》引。蘇林釋爲"行狀年紀",當然也是生前之事。《吳志·步騭傳》:"騭於是條于時事,在荆州界者諸葛瑾、陸遜、朱然、程普、潘濬、裴玄、夏侯承、衛旌、李肅、周條、石幹十一人,甄別行狀,因上書獎勸。"其時諸葛瑾等諸人尚在,所以騭稱"拔俊任賢"。獨有《聖賢群輔錄》稱"魏文帝初爲丞相魏王,所甄表二十四賢,後明帝乃述撰其狀"。這是身後底記載。魏代底《漢魏先賢行狀》、《海內先賢行狀》,大都是這件事底演進。

　　和狀類似的著作,有德行、言行、故事、本事、僞事,大抵是身後底記載,其實等於後來的行狀。《後漢書·李固傳》注引謝承《後漢書》,記李固既死,"固所授弟子潁川杜訪、汝南鄭遂、河內趙承等七十二人,相與哀歎悲憤,以爲眼不復瞻固形容,耳不復聞固嘉訓,乃共論集德行一篇"。其他則有《殷羨言行》,見《世説·政事篇》和《品藻篇》注。《陶侃故事》,見《御覽》卷三三六。《王閎本事》,見《御覽》卷三六八。《石季倫本事》,見《御覽》卷七○三。《徐江州本事》,見《世説·賞譽篇》注。《桓玄僞事》。見《御覽》卷六○五。

　　傳叙文學底另外一個來源便是畫贊。有名的《列女傳》、《列仙傳》,其實都是畫贊底變相,許多東漢以後底傳叙,也是畫贊底變相。在這個情形之下,產生了大量的傳叙,不幸也產生了平凡的作品。《七略》、《別錄》説:"臣向與黃門侍郎歆所校《列女傳》,種類相從,凡七篇,以著禍福榮辱之效,是非得失之分,畫之於屏風四堵。"實則這是倒果爲因之説,漢代宮殿裡先有列女畫像,而後纔有《列女傳》。《漢書·外戚傳》:"李夫人少而蚤卒,上憐憫焉,圖畫其形於甘泉宮。"同書《金日磾傳》:"日磾母教誨兩子,甚有法度,上聞而嘉之。病死,詔圖畫於甘泉宮,署曰休屠王閼氏。日磾每見畫常拜,鄉之涕泣,然後迺去。"同書《叙傳》稱成帝在位,"時乘輿幄坐,張畫屏風,畫紂醉踞妲己作長夜之樂"。這都是畫的女子。《論衡·須頌篇》:"宣帝之時畫圖漢列士,或不在於畫上者,子孫耻之。"這是畫的列士。倘使《列女傳》、《列士傳》確是劉向底作品,他底工作便在選擇適宜的畫像,加以相當的叙述。這便等於現代畫刊附註的文字,其價值不會太高。除了這些畫像以外,名臣列將底畫像,例如麒麟閣十一人,雲臺二十八將之類,更是大衆盡知的事實。關於漢宮畫像底綜述，雖不可考，但從王延壽《魯靈光殿賦》，便可以從藩國底宮殿，想象到天子底宮殿。他説："圖畫天地，品類群生，雜物奇怪，山神海靈，寫載其狀，託之丹青，千變萬化，事各繆形，隨色象類，曲得其情。上紀開闢，遂古之初，五龍比翼，人皇九頭，伏羲鱗身，女媧蛇軀，鴻荒朴略，厥狀睢盱，焕炳可觀，黃帝唐虞，軒轅以庸，衣裳有殊。下及三后，淫妃亂主，忠臣孝子，烈士貞女，賢愚成敗，靡不載敘，惡以誡世，善以傳後。"漢代以後底許多傳敘，便是這"靡不載敘"下面的產物。這種圖畫宮殿底風氣，到曹魏還保留着。何晏《景福殿賦》："圖象古昔，以當箴規，椒房之列，是準是儀。觀虞姬之容止，知治國之佞臣；見姜后之解佩，寤前世之所尊；賢鍾離之讜言，懿楚樊之退身；嘉班妾之辭輦，偉孟母之擇鄰。"這正是魏代底列女圖。也許自魏以來底《列女傳》、《列女後傳》，也取此爲張本。其他如左太沖《魏都賦》所説："丹青焕炳，特有温室，儀形宇宙，歷像賢聖，圖以百瑞，綷以藻詠，芒芒終古，此焉則鏡，有虞作繪，兹亦等競。"也留着圖繢底蹟象，但是却有些朦朧了。

　　漢魏宫廷底畫像，固然成爲傳敘底張本，在郡國方面，畫像也是同樣地盛行，而且產生了更多的著作。郡國方面底畫像大致可分三項。

　　第一項是聖賢底畫像。靈帝光和元年置鴻都門學，畫孔子及七十二弟子像，<small>《後漢書‧蔡邕傳》。</small>這是京都底事。郡國方面，桓帝立老子廟於苦縣之賴鄉，畫孔子像於壁，見《孔氏譜》。<small>《魏志‧倉慈傳》注引。</small>王羲之帖稱："成都學有文翁高朕石室，及漢太守張收畫三皇五帝三代君臣與仲尼弟子，畫皆精妙可觀。"成都學底畫像，不知作於何時，後來産生一部傳敘，這是《隋書‧經籍志》底《蜀文翁學堂像題記》二卷，不著撰人。《唐書‧經籍志》有《益州文翁學堂圖》一卷，大致是同一作品。

　　第二項是刺史郡守底畫像。《後漢書‧朱穆傳》注引謝承《後漢書》，朱穆爲冀州刺史，徵詣廷尉，"穆臨當就道，冀州從事欲爲畫像，置聽事上，穆留板書曰：'勿畫吾形，以爲重負，忠義之未顯，何形像之足紀也。'"《魏志‧曹休傳》注引《魏書》："休祖父嘗爲吴郡太守，休於太守舍見壁上祖父畫像，下榻拜，涕泣。"這都是關於長吏畫像的記載。在同樣的情形下，産生《東陽朝堂像贊》一卷。<small>晉南平太守留叔先撰。</small>見《隋書‧經籍志》，《新唐書‧藝文志》稱《東陽朝堂畫贊》。

　　第三項是鄉賢或流寓底畫像。這種風氣在東漢之末很流行。豫州百城，圖畫陳定、陳紀、陳諶形狀。<small>《後漢書‧陳寔傳》注引《先賢行狀》。</small>延篤鄉里圖其形於屈原之廟。<small>《後漢書‧延篤傳》。</small>李餘年十三，乞代母死，吏不許，自殺，天子與以財幣，圖畫府廷。<small>常璩《梓潼士女志》。</small>涪郭孟妻敬揚爲父報仇，靈帝中平四年，涪令向遵爲立圖。同上。任棠隱身不仕，鄉人圖畫其形，稱任徵君。《御覽》卷五〇八引皇甫謐《高士傳》。管寧避亂遼東，及歸，遼東郡圖其形於府殿，號爲賢者。同上。丁蘭刻木事親，郡縣嘉其至孝通於神明，圖其形象。《御覽》卷四一四引孫盛《逸人傳》。燕邠死黃巾之難，益州牧劉焉嘉之，爲圖像學官。常璩《漢中士女志》。孝女叔先雄，因父溺水，投水死，郡縣爲雄立碑，圖像其形。《御覽》卷三九六引陳壽《益部耆舊傳》。以上都是東漢後半期的事。到晉初還有益州刺史圖畫譙周像於州學之事。《蜀志・譙周傳》注引陳壽《益部耆舊傳》。郡國的耆舊傳、先賢傳、士女志以及像贊畫贊，大多是這些畫像底產物。《隋書・經籍志》有《會稽先賢像贊》，《唐書・經籍志》就有《會稽先賢像傳贊》，《新唐書・藝文志》有《會稽先賢傳像贊》，《隋書・經籍志》有陸凱《吳先賢傳》，《唐書・經籍志》就有《吳國先賢贊》，《新唐書・藝文志》有陸凱《吳國先賢傳》、《吳國先賢傳贊》。我們聯想到《列女傳》有像其贊，不妨假定這些止是同書底許多不同的名稱，傳和傳贊、像贊止是同物異名。

東漢末年世家大族底形成，是中國社會史一件重要的現象。在傳敘文學裡留下的蹟象，便是家傳的勃興。家傳也許不免煩瑣，但是確然成爲傳敘文學底大宗。史傳取材於家傳，也是數見不鮮之例。《隋書・經籍志》有《太原王氏家傳》二十三卷，姚振宗言："按《南史・王玄謨傳》云：'玄謨，太原祁人。六世祖宏，河東太守、緜竹侯，以從叔司徒允之難，棄官北居新興，仍爲新興雁門太守，其自序云爾。'又'王懿，太原祁人，自言漢司徒允弟，幽州刺史懋七世孫。祖宏仕石季龍，父苗仕苻堅，皆至二千石。'史稱自序云爾，又曰自言，則皆本之是傳可知。《北史》載王慧龍、王松年、王邵等傳，亦似本之此書。"《隋書經籍志考證》振宗又考證《晉》、《宋》、《齊》、《梁》及《南史》所載諸王列傳，皆本王褒《王氏江左世家傳》，沈約撰《宋書》，蕭子顯撰《南齊書》，皆在褒前，不應本王褒書，説見後。《晉書》、《南史》所載諸孔列傳，皆本《孔氏家傳》，其言甚辯。

家傳底作者，有時是有名的作家，例如曹操。《魏志・蔣濟傳》注："魏武作《家傳》，自云曹叔振鐸之後。"其次如晉江祚《江氏家傳》，東晉顧愷之《顧氏家傳》，裴松之《裴氏家傳》，後魏崔鴻《崔氏家傳》以及王褒《江左王氏世家傳》。有時家傳底著作者，反爲異姓，例如西晉皇甫謐《韋氏家傳》，《隋志》不著撰人，兩《唐志》皆作皇甫謐。東晉傳暢《裴氏家紀》。

家傳底一種特有的現象，就是有時家傳裡記着作者身後的故事，例如《御覽》卷二二九引《曹氏家傳》記魏武事，《御覽》卷二〇八、卷二六三、卷七三五引《江氏家傳》記江統事。有時在作者未經出世以前，已經被人採用。例如王褒《王氏江左世家傳》。我們初見的時候，也許會詫異,其實事情狠簡單。一切的家傳,正和後代的家譜一樣,祇是積累的產物。曹操作《家傳》,其後西晉曹毗也作《家傳》,見《隋書·經籍志》。所以《曹氏家傳》有魏武底故事。《江氏家傳》有續編之人,所以江祚之子江統底故事,見於題稱江祚的《江氏家傳》。王褒底《江左王氏世家傳》,當然也有所本,例如《世說注》屢引《琅邪王氏譜》。劉孝標注《世說》在王褒前,其事可證。《文選》任彥昇《王文憲集序》注引《琅邪王氏錄》,李善注《選》因在唐初,然以同書謝靈運《述祖德詩》注引《陳郡謝錄》,沈休文《齊安陸昭王碑文》注引稱何法盛《中興書·陳郡謝錄》之例推之,疑《琅邪王氏錄》及《太原郭氏錄》、《世說·惑溺篇》注引。《潁川庾錄》《文選》庾元規《讓中書令表》注引皆與《陳郡謝錄》同爲何法盛《中興書》之篇目。《琅邪王氏譜》、《王氏錄》既同在王褒《江左王氏世家傳》之前,那麼,兩書同爲《王氏世家傳》之藍本,可以想見。蕭子顯、沈約著史的時候,引用兩書,後人率略地稱爲引用王褒《王氏世家傳》,便可以見諒了。這種積累的狀態,在古代很多,所以太史公《司馬相如傳贊》會引到兩漢末年底楊雄,劉向《列女傳》會記載更始皇帝韓夫人底故事。

家傳底名稱,也有不少的變例:如家牒,《御覽》卷五五八引楊雄《家牒》。家錄,《御覽》卷二十九引《李氏家錄》。家書,《續漢書·五行志》劉昭注引《李氏家書》。家紀,《隋書·經籍志》有紀友《紀氏家紀》。家記,《隋志》有《虞氏家記》史,《隋志》有《陸史》。世錄,《隋志》有《明氏世錄》。世傳,《御覽》卷七十五引《殷氏世傳》。世家傳,《隋志》有王褒《江左王氏世家傳》。世紀,《魏志·袁渙傳》注引《袁氏世紀》。世本,《世說·言語篇》注引《摯氏世本》。叙,《世說·言語篇》注引《陶氏叙》。新書。《魏志·杜恕傳》注引《杜氏新書》。除此以外,譜是一種簡單的家傳,兩晉南北朝很盛行,這也是氏族制度底產物。梁王僧孺有《百家譜》三十卷,更是一部集大成的著作。譜裡當然止有小傳,但是有時也有長篇的叙述,例如華嶠《譜叙》,見《魏志·華歆傳》注。《隋書·經籍志》把家傳收入雜傳類,把家譜另入譜系類,其實這是一種不必要的分別。

在氏族制度之下,連帶還有當時的閥閱。《隋書·經籍志》裡關於職官的記載,歸入職官類。但是有時所記的不是官品底高卑,而是官吏底身世,這樣便成爲簡單的傳叙。《隋志》叙目:"搢紳之徒或取官曹名品之書,撰而錄之,別行於世。宋齊已後,其書益繁而篇卷零疊,易爲亡散,又多瑣細,不足可紀,故刪其見存可觀者。"顯然地當時對於職官類中間的分別,已經意識到,可是關於這些記載官吏身世的著作,也受到當時的刪訂。最早的記載是《咸熙元年百官名》,《魏志·鍾會傳》注引。其後有《晉武帝太始官名》、《御覽·職官部》引。《惠帝百官名》,見《唐書·經籍志》。《懷帝永嘉官名》、同上。《元康官名》。《通典·職官》引。關于寮屬的記載,有

《齊王官屬名》、《世說·方正篇》注引。《明帝東宮寮屬名》、《世說·雅量篇》注引。《征西寮屬名》、《世說·言語篇》注引。《庾亮參佐名》、《世說·雅量篇》注引。《大司馬寮屬名》。《世說·賞譽篇》注引。類似的著作有《永嘉流人名》、《世說·德行篇》注引。《名德沙門題目》。《世說·言語篇》注引。《惠帝百官名》底作者陸機,《大司馬寮屬名》底作者伏滔,都是晉代有名的人物;《名德沙門題目》,因孫綽有《名德沙門論》、《名德沙門贊》,疑出於孫綽,也是東晉的名人。伏滔記鄧遐,《世說·黜免篇》注引。孫綽記道壹、《世說·言語篇》注引。竺法汰,《世說·賞譽篇》注引。雖然簡單,確有很生動的筆致。後世的著作如唐《哥舒翰幕府故吏傳》,唐陳翃《郭忠武公將佐略》,清薛福成《湘鄉幕府賓僚記》,都是伏滔底一派,遂成爲正式的傳叙文學。

晉宋以後,《文章叙錄》一類的著作日盛。因爲文學底滋長,頓加了關於文人的記載,原是很自然的事。這些記載裡,往往有許多文人底遺聞軼事,正和張騭底《文士傳》同樣是文人底傳叙。《隋書·經籍志》僅收五種——荀勖《文章家集叙》十卷、摯虞《文章志》四卷、傅亮《續文章志》三卷、宋明帝《晉江左文章志》三卷、沈約《宋世文章志》二卷——附入簿錄類;《唐書·經籍志》附入雜四部書目類,《新唐書·藝文志》附入目錄類,都不免忽視了其中傳叙底意義。除了這幾部以外,還有顧愷之《晉文章志》,《世說·文學篇》注引。王愔《文字志》,《後漢書·張奂傳》注引王愔《文字志》。《世說注》引《文字志》疑即是書。丘淵之《文章錄》。《世說·言語篇》注引。《世說·棲逸篇》注引《文字志·李廞傳》稱"廞躄疾不能行坐,嘗仰臥彈琴,讀誦不輟"。又稱"後避難隨兄南渡,司徒王導復辟之,廞曰:'茂弘乃復以一爵加人!'"確是有血有肉的記載。

秦漢時代,方士神仙之說已盛,到了漢魏之間,天師道之名始見。經過魏晉以來一再的轉變,道家成爲士大夫間底宗教:方士,神仙,服食,鍊汞,採藥,一切都混爲一體。反映於傳叙文學的,爲内傳底勃興。最古的内傳傳主,有《關令内傳》、《漢武帝内傳》,皆見《隋書·經籍志》。其實都是魏晉以來的作品。其他如《太元真人東鄉司命第君内傳》,見《隋志》,《御覽》卷五七二引《太元真人第君内紀》,疑即此書。《南岳夫人内傳》,見《隋志》,不著撰人。兩《唐志》題范邈撰。《隋志》又有項宗《紫虛元君魏夫人内傳》。都是神仙家底傳叙。至如《太清真人内傳》,《御覽》卷六六四引。《無上真人内傳》,《御覽》卷六七五引。這一類的傳主,便成爲亡是公烏有先生了。内傳的記載,除去一部分汗漫之談以外,其餘都在真實的傳叙或幻想的小說之間。這裡的界線狠難確定。不過我們應當知道,在一般社會或個別作家受着宗教的,或類似的狂熱支配的時候,常常認幻爲真,在旁人認爲作者是在顛倒夢想,他自己也許認爲正在描寫實境,一字不苟。所以即使認定内傳一類的著作,也是傳叙,其中自有部分的理由。内傳底内字,就是《後漢書·方術列傳序》"自是習爲内學,尚奇文,貴異數"之内,是神仙家對於道教的尊稱,正和儒家自稱内聖外王之學,佛家自稱内教内典,同樣帶着宗教的色采。葛洪《抱朴子·自序》:"其内篇言神仙方藥、鬼怪變化、養生延年、禳災却禍之事,屬道家;其外篇言人間得失、世事臧否,屬儒家。"所謂《内篇》之内,正和内傳之内相同。從神仙家立場看,除了内傳以外,其餘差不多都是外傳,所以無須在内傳以外,別立外傳底名色。漢魏六朝的著作裡,也沒有任何外傳底存在。近世題稱《漢武帝外傳》的著作,衹是後人底誤題,隋、唐《志》不載此書,唐宋類書亦無引及者。洪頤煊曰:"《外傳》即《内傳》之下卷,由編《道藏》者不知而誤題之耳。"

在傳叙文學許多不同的名稱以外,還有別傳,這是傳叙文學底大宗,所以有人把別傳兩字提出與史傳相對。什麼是別傳呢?我們留到這裡作一個最後最重要的解答。劉知幾說:"賢士貞女,類聚區分,雖百行殊途,而同歸於善,則有取其所好,各爲之録。若劉向《列女》,梁鴻《逸民》,趙采《忠臣》,徐廣《孝子》,此之謂別傳者也。"《史通·雜述》。劉氏所稱的別傳,正是《四庫全書總目》傳記類底總録之屬,叙目稱爲"合衆人之事爲一書"。我們不妨稱爲總傳。劉氏別傳之名,後人既不接受,今姑不論。再就諸家撰述引及別傳者言之。裴松之注《三國志》,已引別傳,劉孝標注《世説新語》所引更多,幾乎要佔所引書名四分之三。《太平御覽》引漢魏六朝別傳,也有一百餘種。所以假如別傳自成一體,那麼這是傳叙文學中最重要的體裁,值得加以重大的注意。

但是就諸家所引別傳考之,常常看到這些記載,同時也屬於其他的篇目,縱使其間有些微的不同,止是古人節引底殘跡,不一定出於兩種的來源。舉十四證於次:

證一 孝武皇帝時,閒居無事,燕坐未央前殿。天新雨止,當此時,東方朔執戟在殿階旁,屈指獨語。上從殿上呼問之:"生獨所語者,何也?"朔對曰:"殿後柏樹上有鵲,立枯枝上,東向而鳴也。"帝使視之,果然。問朔何以知之,對曰:"以人事言之。風從東方來,鵲尾長,傍風則傾,背風則壓,必當順風而立,是以知也。"《御覽》卷九二一引《東方朔別傳》,同書卷三五二引作《東方朔傳》。《隋書·經籍志》有《東方朔傳》八卷,不著撰人。

同前 天下之良馬,挦以捕鼠深宮之中,曾不如跛犬也。《御覽》卷九〇四引《東方朔別傳》,同書卷八九七引作《東方朔傳》,"跛犬"作"跛猫"。

證二 魯女生,長樂人也。少好學道,初服餌胡麻及术,絶穀八十餘年,日更少壯,面如桃花,日行三百里,走及麋鹿。《御覽》卷三六四引《魯女生別傳》,又見《後漢書·方術傳》注引《漢武內傳》,無"少好學道"、"走及麋鹿"二句。

　　同前　　封君達,隴西人也。少好道,初服黃連丸五十餘年,乃入烏鼠山,又於山中服水銀百餘年,還鄉里,年如二十者。常乘青牛,故號爲青牛道士。《御覽》卷九六五引《魯女生別傳》,又見《後漢書》卷一百十二《方術傳》注引《漢武內傳》,無"少好道又於山中"七字,"烏鼠山"作"烏舉山"。

　　證三　　道士姓徐,名延年,仙人以新黃羅衣衣之。《御覽》卷八一六引《徐延年別傳》,同書卷六八九引《列仙傳》作"道士徐延年,平陽人也。見人持新黃羅衣云"。

　　證四　　融四歲,與兄食梨,願引小者。人問其故,答曰:"小兒法當取小者。"《世說·言語篇》注引《孔融別傳》。又《後漢書·孔融傳》注引《孔融家傳》作"年四歲時,與諸兄共食梨,融輒引小者。大人問其故,答云:'我小兒,法當取小者。'"

　　證五　　操破梁孝王棺,收金寶,天子聞之哀泣。《御覽》卷五五一引《曹操別傳》,又《文選》陳孔璋《爲袁紹檄豫州》注引作《曹瞞傳》,兩《唐志》有《曹瞞傳》一卷,《舊志》題吳人作。

　　同前　　時人爲之語曰:"人中有呂布,馬中有赤兔。"《御覽》卷四九六引《曹操別傳》。又《魏志·張遼傳》注引作《曹瞞傳》,"時人爲之語曰"作"時人語曰"。

　　證六　　《御覽》卷二六三、三七六、三八〇、三九〇、四〇〇、四八九、六一七、六三二、九三〇所引《管輅別傳》諸節,皆見《魏志·管輅傳》注引《管輅別傳》。《魏志》注所稱之《別傳》,即《隋書·經籍志》之管辰著《管輅傳》三卷。注斥"辰既短才,又年縣小,又多在田舍,故益不詳。"其言可證。

　　證七　　弼字輔嗣,山陽高平人。少而察惠,十餘歲便好莊老,通辯能言,爲傅嘏所知。吏部尚書何晏甚奇之,題之曰:"後生可畏,若斯人者,可與言天人之際矣!"以弼補臺郎。弼事功雅非所長,益不留意,頗以所長笑人,故爲時士所嫉。又爲人淺而不識物情,初與王黎、荀融善,黎奪其黃門郎,於是恨黎,與融亦不能終。正始中,以公事免。其秋,遇癘疾亡,時年二十四。弼之卒也,晉景帝嗟歎之累日,曰:"天喪予!"其爲高識悼惜如此。《世說·文學篇》注引《王弼別傳》,又《魏志·鍾會傳》注引作何劭《王弼傳》,無"字輔嗣山陽高平人"八字。

　　同前　　弼父爲尚書郎,裴徽爲吏部郎,徽見異之,故問。《世說·文學篇》注引《王弼別傳》。又《魏志·鍾會傳》注引作何劭《王弼傳》。

　　同前　　弼年十餘歲,好老莊,通辯能言。《御覽》卷四六四引《王弼別傳》,又《魏志·鍾會傳》注引作何劭《王弼傳》。

　　同前　　弼性和理,樂游宴,解音律,善投壺。《御覽》卷七五三引《王弼別傳》。又《魏志·鍾會傳》注引作何劭《王弼傳》。

　　證八　　粲字奉倩,潁川潁陰人,太尉彧少子也。粲諸兄儒術論議,各知名。

粲能言玄遠,常以子貢稱夫子之言性與天道,不可得而聞也,然則六籍雖存,固聖人之糠秕。能言者不能屈。《世說·文學篇》注引《荀粲別傳》。又《魏志·荀彧傳》注引作何劭《荀粲傳》,無"潁川潁陰人,太尉彧少子也"十一字,"能言玄遠"作"能言道"。

同前　粲,太和初到京邑,與傅嘏談。嘏善名理,而粲尚玄遠,宗致雖同,倉卒時或格而不相得意。裴徽通彼我之懷,為二家釋。頃之,粲與嘏善。《世說·文學篇》注引《荀粲別傳》,又《魏志·荀彧傳》注引作何劭《荀粲傳》。

同前　粲常以婦人才智不足論,自宜以色為主。驃騎將軍曹洪女有色,粲於是聘焉。容服帷帳甚麗,專房燕婉,歷年餘,婦病亡。未殯,傅嘏往唁粲,粲不哭而神傷。嘏問曰:"婦人才色並茂為難,子之聘也,遺才存色,非難遇也,何哀之甚?"粲曰:"佳人難再得,顧逝者不能有傾城之異,然未可易遇也!"痛悼不能已已,歲餘亦亡,亡時年二十九。粲簡貴,不與常人交接,所交者皆一時俊傑。至葬夕,赴期者裁十餘人,悉同年相知名士也,哭之感動路人。粲雖褊隘,以燕婉自喪,然有識猶追惜其能言。《世說·惑溺篇》注引《荀粲別傳》。又《魏志·荀彧傳》注引作何劭《荀粲傳》,無"粲雖褊隘"以下數句。

同前　粲答兄俁云:"立象以盡意,此非通乎象外者也。象外之意,故蘊而不出矣。"《文選》孫興公《游天台山賦》注引《荀粲列傳》。"列"字為"別"之譌。又《魏志·荀彧傳》注引作何劭《荀粲傳》。

證九　鈞字德衡,扶風人。巧思絕世,不自知其為巧也。居貧。舊綾機五十綜者五十躡,六十綜者六十躡,鈞乃易以十二躡,因感而作,猶自然而成形,陰陽之無窮。《御覽》卷七五二引《馬鈞別傳》。又《魏志·杜夔傳》注引作傅玄《馬鈞序》,無"鈞字德衡扶風人"七字。

證十　蕤年十一,始學摴蒲。祖母費為說往事,有以博奕破業廢身者,於是即棄五木,終身不以為戲。《御覽》卷五一一引《江蕤別傳》,又同書卷三八五作《江氏家傳》。

證十一　至字景真,代郡人,流客緱氏。令新之官,至年十三,與母共道旁觀。母曰:"汝先世非微賤家也,世亂流離,遂為士伍耳。後能至此不?"至答曰:"可耳。"便求就師讀書。早起,聞父耕叱牛聲,釋書而泣。師問其故,答曰:"自傷不能致榮,使老父不免勤苦。"師大異之,稱其當為奇器。《御覽》卷三八五引《趙至別傳》。又《世說·言語篇》注引作嵇紹《趙至叙》,無"世亂流離,遂為士伍耳"九字及"師大異之,稱其當為奇器"十字。

證十二　尼少有清才,文辭溫雅。初應州辟,後以父老歸供養,居家十餘年。父終,晚乃出仕。尼嘗贈陸機詩,機答之,其四句曰:"猗歟潘生,世篤其藻。仰儀前文,丕隆祖考。"位終太常。《魏志·衛顗傳》注引《潘尼別傳》,又《文選》潘正叔《贈陸機出為吳王郎中令》注引作《文章志》,語有節略。

證十三　石勒元康中流宕山東,寄旅平原茌平界,與師歡家傭耕。耳恒聞鼓角鼙鐸之音,勒私異之。《御覽》卷三三八、卷八二二引《石勒別傳》,又《世説‧識鑒篇》注引作《石勒傳》,語略同。

同前　初,勒家園中生人參,葩葉甚盛,于時父老相者皆云:"此胡體奇貌異,有大志量,其終不可知。"勸邑人厚遇之。《御覽》卷九九一引《石勒別傳》,又《世説‧識鑒篇》注引作《石勒傳》,語略同。

證十四　韶齓時,乘白羊車於洛陽市上。咸曰:"誰家璧人?"於是家門州黨,號爲璧人。《世説‧傷逝篇》注引作《衛玠別傳》,又《御覽》卷八二七引作《衛玠傳》,"韶齓時"作"少時"。

從十四證看來,我們可以假定所謂別傳的著作,最初不一定稱爲別傳,有的稱傳,有的稱叙,有的稱家傳,有的止是總傳底一個篇目。因此可以假定別傳二字,祇是引書的人爲求實際的便利,臨時給與的稱呼。裴松之引管辰《管輅傳》而稱爲《管輅別傳》,便是一個確定的證明。這個"別"字是別於《三國志‧管輅傳》的意義。裴注引《曹瞞傳》,因爲史家無曹瞞傳,故不加別。《荀粲傳》、《王弼傳》底前面,加上著者底姓名,也是一種區別。《三國志注》還引了許多別傳,例如華佗、邴原、鄭玄、虞翻、任嘏、趙雲、吳質、費禕、程曉、孫資、曹志、嵇康、潘尼、潘岳、劉廙、盧諶、孫惠等底別傳,作者既無可稱,傳底名稱又和史傳相同,所以一概加別,指示其中區別底意義。這是一點。我們還可以假定在別傳二字普遍應用以後,不經意的引用者常會把本有區別的篇名取消,另行稱爲別傳,例如證五、證九、證十一。這是第二點。倘使漢魏六朝以來的著作,完全保留,我們也許可以從許多方面證實所謂別傳的著作,原來並不稱爲別傳,但是事實不許我們存此奢望,所以祇能作爲假定。在這個假定下面,因爲上述的第一點,我們認定有時後人會有意識地改稱別傳;同樣因爲第二點,我們也認定後人會無意識地改稱別傳。

古代別傳底來源,既然如此複雜,所以不但無法判定別傳底體裁,就是追求別傳二字底意義,也不是一言可盡。討論古代著作的時候,在沒有其他根據的時候,我們祇能仍沿舊習,稱爲別傳,這個祇是討論時候底便利,並不包含承認別傳帶着自成一體底意義。

第三　傳叙文學底蒙昧時期

中國傳叙文學，是比較後起的文學。詩在西周時代已經盛行，辭賦底盛行在戰國時期底楚國，史底記載在東西周間，有著名的著作，一般的散文到了戰國時期，也有高度的成就，但是傳叙文學在這一段時間裡還沒有開始。《穆天子傳》、《燕丹子》，是小說，不是傳叙。《四庫全書總目》認爲"《晏子春秋》，是即家傳；《孔子三朝記》，其記之權輿乎！"又説《晏子春秋》"雖無傳記之名，實傳記之祖也"。現在把《孔子三朝記》攔開，專談傳叙文學。假如認定《晏子春秋》是中國傳叙文學之祖，我們便得承認這止是一個狠寒傖的祖宗。這裡看不到整個的體系，看不到傳主生卒年月，看不到他底世系，看不到他底心理發展，所有的止是若干片段的記載，這些記載有時還是重複的，矛盾的，乃至莫衷一是的。至於作者及成書的時代，仍然是一個無從確定的問題。

《穆天子傳》是西晉時代發見的古籍，漢人相傳的古籍則是《禹本紀》。《史記·大宛列傳贊》："《禹本紀》言'河出崑崙，崑崙其高二千五百餘里，日月所相避隱爲光明也，其上有醴泉瑶池。'"《文選·離騷》王逸注引《禹大傳》"洧槃之水出崦嵫之山"，也是和《禹本紀》同樣的一部書。我們可以看到漢代流行的禹底故事，但是故事止是故事，所以史贊説："至《禹本紀》、《山海經》所有怪物，余不敢言之也。"這便看出《大宛列傳》底作者《大宛列傳》不出於司馬遷，説見司馬貞《史記索隱》及崔適《史記探源》。對於《禹本紀》這一類著作的認識。古人的傳叙，如《關令尹喜內傳》，見《御覽》卷八、卷三十六，又卷二引《關令內傳》，卷九八三引《真人關尹傳》，似即此傳。大致是魏晉以後的著作，今不論。

《史記》是史，其中所有的傳是史傳，倘使我們承認史傳不是標準的傳叙，當然也不論。

西漢傳下來的第一部傳叙是《東方朔傳》。《隋書·經籍志》有《東方朔傳》八卷，不著撰人。《唐書·經籍志》、《新唐書·藝文志》同。《東方朔傳》在現代雖止賸了一些斷片，但是來源狠古，不是後人底僞撰。褚少孫補《史記·滑稽列傳》東方朔故事,自稱"臣幸得以經術爲郎,而好讀外家傳語,竊不遜讓,復作故事滑稽之語六章,編之左方"。《漢書·東方朔傳贊》:"朔之詼諧,逢占射覆,其事浮淺,行於衆庶,童兒牧豎,莫不眩燿,而後世好事者,因取奇言怪語,附著之朔,故詳錄焉。"這些是記載。《東方朔傳贊》又稱"劉向言少時數問長老賢人通於事及朔時者,皆曰朔口諧倡辯,不能持論,喜爲庸人誦説"。這些是傳説。我們可以看到東方朔底故事是怎樣地流行了。

　　殘留的《東方朔傳》,見於諸書者,或稱《東方朔傳》,《世説·文學篇》、《排調篇》注,《水經》卷十九《渭水》注,及《御覽》諸卷。或稱《東方朔別傳》。《世説·規箴篇》注,《文選》司馬子長《報任少卿書》注,及《御覽》諸卷。《御覽》卷三五〇引《東方朔記》,"記"字當是"傳"字之訛。同書卷八九七引《東方朔傳》,與此同爲東方朔答驃騎之語,可證。又同書卷九六八引《東方朔占》,也許正是《漢書·朔傳》所稱"逢占射覆,附著之朔",與《東方朔傳》無涉。

　　在研究古代傳叙的時候,我們要注意單行的傳叙和史傳的關係。假使單行傳叙以史傳爲藍本,它底價值當然降低;假使史傳以單行傳叙爲藍本,那麼即使其中的史實經過修正,單行傳叙底價值仍不可忽視。《東方朔傳》底完成,在《漢書》以前,其證有三:

　　(一)《御覽》卷三九四引《東方朔別傳》:"武帝問朔曰:'公孫丞相、倪大夫等,先生自視何與此哉?'朔曰:'臣觀其舌齒牙,樹頰胲,吐唇吻,擢項頤,結股肱,連膞尻,逶虵其跡,行步踽旅,臣朔雖不肖,尚兼此數子!'"《漢書·東方朔傳》作"上復問朔:'方今公孫丞相、兒大夫、董仲舒、夏侯始昌、司馬相如、吾丘壽王、主父偃、朱買臣、嚴助、汲黯、膠倉、終軍、嚴安、徐樂、司馬遷之流,皆辯知閎達,溢于文辭,先生自視,何與比哉?'朔對曰:'臣觀其舌齒牙,樹頰胲,吐唇吻,擢項頤,結股脚,連膞尻,遺蛇其迹,行步偶旅,臣朔雖不肖,尚兼此數子者。'"實則公孫弘於元朔五年爲相,過了三年,死於元狩二年。公孫弘死後十一年,爲元封元年,兒寬始爲御史大夫。所以公孫丞相與兒大夫不同時。公孫弘死時,司馬遷年二十六歲,其時是否已經入仕,亦未可知。元封三年司馬遷爲太史令。從史實看,《東方朔傳》所記武帝之語,固然是以訛傳訛,其後班固不加深考,採入史傳,便成爲一誤再誤了。

　　(二)《御覽》卷四八五引《東方朔別傳》:"朔書與公孫弘借車曰:'朔當從甘泉,願借外厩之後乘。木槿夕死而朝生者,士亦不必長貧也。'"《漢書·朔傳》記朔文辭,有《從公孫弘借車》一篇。

（三）《世説·排調篇》注引《東方朔傳》："漢武帝在柏梁臺上，使群臣作七言詩，七言詩自此始也。"《漢書·朔傳》記朔文辭，有《屏風》、《殿上柏柱》詩，當即指此。柏梁臺聯句，當然不可信，但是史傳對於此事，却也留下踪跡。

除此以外，還有其他相合之處，不更舉。《東方朔傳》最特殊的一點，是關於他底產地的記載。《漢書》："東方朔，字曼倩，平原厭次人也。"但是《東方朔別傳》《世説·規箴篇》注引則言"朔南陽步廣里人"。這便顯然與《漢書》不同，決不出自《漢書》了。此外，劉向《列仙傳》《文選》謝靈運《會吟行》注引言"東方朔楚人也"。按《漢書·地理志》言南陽爲韓地，其實是一個狠大的錯誤。南陽諸縣如申、鄧、葉、隨、魯陽，都是楚地，有《左傳》及《史記·楚世家》可證。劉向"楚人"兩字，正是受了《東方朔傳》底暗示。至於班固稱爲平原厭次人，或別有考證，未可知。西漢平原郡有富民縣，無厭次縣，至東漢明帝時，富民改稱厭次。《漢書》稱平原厭次人，也不免草率。

《東方朔傳》底完成，必在武帝以後，褚少孫、劉向以前，大致在昭帝、宣帝之間。這裡有些固是史實，大半却是民間底傳説。有一部分不免和史實違背，但是大部分却充滿了民間文學樸素的趣味，觀次列二節可知。

武帝時，上林獻棗，上以所持杖擊未央前殿檻，呼朔曰："叱叱！先生，來來！先生知此筐中何等物也？"朔曰："上林獻棗四十九枚。"上曰："何以知之？"朔曰："呼朔者，上也；以杖擊檻，兩木林也；來來者，棗也；叱叱者，四十九枚。"上大笑，賜帛十匹。《御覽》卷九六五引《東方朔傳》。

孝武皇帝好方士，敬鬼神，使人求神僊不死之藥甚至，初無所得。天下方士四面蜂至，不可勝言。東方朔睹方士虛語以求尊顯，即云上天，欲以喻之，其辭曰："陛下所使取神藥者，皆天地之間藥也，不能使人不死，獨天上藥，能使人不死耳。"上曰："然，天何可上也？"朔對曰："臣能上天。"上知其謾詫，極其語，即使朔上天取不死之藥。朔既辭去，出殿門，復還曰："今臣上天似謾詫者，願得一人爲信驗。"上即遣方士與朔俱往，期三十日而返。朔等既辭而行，日日過諸侯傳飲，往往留十餘日，期又且盡，無上天意。方士謂之曰："期且盡，日日飲酒，爲奈何？"朔曰："鬼神之事難豫言，當有神來迎我者。"於是方士晝卧，良久，朔覺之曰："呼君極久不應，我今者屬從天上來。"方士大驚，還具以聞。上以爲面欺，詔下朔獄。朔啼對曰："朔須幾死者再。"上曰："何也？"朔對曰："天公問臣：'下方人何衣？'臣朔曰：'衣蟲。''蟲何若?'臣朔曰:'蟲喙髻髻類馬,邠邠類虎。'天公大怒,以臣爲謾言,繫臣,使下問。還報'有之,名蠠',天公乃出臣。今陛下苟以臣爲詐,願使人上問之。"上大驚曰:"善。齊人多詐,欲以喻我止方士也。"罷諸方士弗復用也,由此朔日以親近。《御覽》卷九八四引《東方朔別傳》。齊人多詐之語,指方士。《史記·封禪書》言燕齊海上之方士,又言燕齊怪迂之方士,又言海上燕齊之間莫不搤腕,而自言有禁方能神仙矣。所謂齊人者指此,不指東方朔。

傳中所言漢武帝以杖叩未央前殿,把堂高廉遠的武帝,寫成茅茨土階的堯舜,便有些齊東野人之談底氣息了。上天底故事,也充滿了民間詼諧底意味。因此《東方朔傳》實際止是介於傳叙和故事中間的作品。

西漢傳叙流傳至今,確有作者可考者,只有劉向底《列女傳》。《隋書·經籍志》記漢魏六朝列女傳叙共十二種,劉向《列女傳》在外。都受到劉向底提示,可以看到他底影響。《漢書·藝文志》儒家類有劉向所序六十七篇,原注:"《新序》、《說苑》、《世說》、《列女傳頌圖》也。"我們可以確定《列女傳》是他底著作,至於相傳的《列仙傳》、《列士傳》、《孝子圖》,是否包括在此六十七篇之中,便有很大的問題。劉向、劉歆父子,本來都是箭垛式的人物,後人把許多著作,歸到他們底名下,原是可以想像得到的。

《漢書·劉向傳》稱"向以爲王家由內及外,自近者始,故採取詩書所載賢妃貞婦興國顯家可法則,及孽嬖亂亡者,序次爲《列女傳》,凡八篇,以戒天子"。八篇是原來的數字,但是《隋書·經籍志》有《列女傳》十五卷,題劉向撰,曹大家注。八篇和十五卷,是數字底衝突。所以曾鞏《列女傳目錄序》認爲"以《頌義》考之,蓋大家所注,離其七篇爲十四,與《頌義》凡十五篇,而益以陳嬰母及東漢以來凡十六事,非向書本然也"。這當然是一種合理的解釋,附帶地說明了《列女傳》所以附載東漢諸人的來歷。顏之推《顏氏家訓·書證篇》傳有更始韓夫人、明德馬后及梁夫人嫕,皆由後人所羼,非本文也。

其次便是頌底問題。《藝文志》注主張頌爲劉向自撰。《隋書·經籍志》在《列女傳》外有《列女傳頌》一卷,題劉歆撰,便似主張頌爲劉歆所撰。曾鞏說:"隋以《頌義》爲劉歆作,與向列傳不合。今驗《頌義》之文,蓋向之自叙,又《藝文志》有向《列女傳頌圖》,明非歆作也。"這是一種解釋。今《列女傳》西漢以前諸人有頌,東漢以後諸人無頌,所以主張劉向作頌的話,本可成立。姚振宗《隋書經籍志考證》云:"案本志載劉歆此頌,本自一褎,與其父書各不相涉。宋代相傳曹大家注本,乃以向《列女傳》原有之頌,歸之劉歆,自是舛誤。然謂本志因顏氏而襲其誤,則不然。按《書證篇》言《列女傳》向所造,其子歆又作頌。本志豈因是而虛列其目耶?歆之頌,顏氏既見之,唐時又流傳外藩,《文選·思玄賦》李善注引劉歆《列女傳頌》曰:'材女修身,廣觀善惡。'今本一百一十頌中無此文,是可知別爲一書,亡已久矣。"振宗主張劉向、劉歆各有頌,劉向之頌因附《列女傳》而存,劉歆之頌因單行而亡,其説亦有見地。

其次便是《列仙傳》。《漢書·劉向傳》、《藝文志》皆不記此書。《隋志》有《列仙傳贊》三卷,題劉向撰,䂮續,孫綽贊。"䂮續"二字不可解,故《四庫總目提要》言:"按'䂮續'上似脱一字,蓋有續傳一卷,故爲三卷也。今無從校補,姑仍其舊。"續傳之説,出自推想,事理上容或如此。《御覽》卷六六三引劉向《列仙傳》,記載孟事、左慈事、葛洪事各一則。孟,漢明帝時人,慈,漢獻帝時人,洪,晉時人,都在劉向身後,所以必非劉向所記。晉時郭元祖作《列仙傳贊》,亦不爲三人作贊。因此續傳之説,可以成立,而續傳底完成,大致在東晉中世,就是在葛洪、郭元祖兩人之後,孫綽之前。

那麽原傳是否劉向所作的呢?按《漢書·劉向傳》言,向讀淮南枕中《鴻寶苑秘書》,言黃金可成。劉向的思想原有些道家的傾向,但是他底著作,《漢志》全入儒家類,即使六十七篇的大數,不妨兼包"《新序》、《説苑》、《世説》、《列女傳頌圖》"以外的篇目,已經不應有神仙的記載。又《世説·文學篇》注引劉子政《列仙傳》:"歷觀百家之中,以相檢驗,得仙者百四十六人,其七十四人已在佛經,故撰得七十,可以多聞,博識者遐觀焉。"佛經入中國,在東漢之末,更不容劉向於西漢之末,先見佛經,所以《列仙傳》是一部僞書,原無疑義。《御覽》卷六七二引劉向《列仙傳叙》,實際只是《漢書·劉向傳》底節錄,没有什麽價值。

劉向第三部著作是《列士傳》。《隋書·經籍志》有劉向《列士傳》二卷,《唐書·藝文志》同。按《論衡·須頌篇》:"宣帝之時畫圖漢列士,或不在於畫上者,子孫恥之。"又《初學記·職官部》引蔡質《漢官典職》:"尚書奏事,於明光殿中畫古列士,重行書贊。劉光禄既爲《列女傳頌圖》,又取列士之見於圖畫者,以爲之傳。"宣帝畫圖漢列士,和劉向作《列士傳》,都是不爭的事實,所以縱使劉向本傳及《藝文志》都不載《列士傳》篇名,我們仍不妨認爲原在六十七篇總數之中。但是《史記集解》、《索隱》、《正義》、《後漢書注》、《文選注》以及《御覽》諸卷所引《列士傳》"列"字或作"烈"二十幾條之中,没有一個西漢的人物,這便和《論衡》底紀載衝突了。縱使所畫之人,不妨偶有秦代以前的人物,但是所記之人,不應絶無漢代以後的列士。

所以劉向縱有《列士傳》底著作,而殘留的作品,未必是劉向原書。

第四種是《孝子圖》。這也是一部不見劉向本傳和《漢書・藝文志》的書。《隋書・經籍志》、兩《唐志》皆不著錄。《文苑英華》許南容、李南琛對策,並言"梁鴻作《逸人傳》,劉向修《孝子圖》"。《太平御覽》卷四一一引劉向《孝子傳》兩則,一則記郭巨埋兒事,略言"郭巨河內溫人,甚富,父歿,分財二千萬爲兩分,與兩弟,已獨取母供養。妻產男,慮養之則妨供養,乃命妻抱兒,欲掘地埋之"。這類索隱行怪,矯虔干名的事,狠有些後漢人底行逕。又一則載"前漢"董永事,稱爲"前漢",便不是劉向底著作了。馬驌《繹史》卷十引劉向《孝子傳》一則,記舜舐父目,霍然即開,完全和瞽瞍底故事不同,大致也是無識者底妄造。

劉向底著作,流傳下來的只有《列女傳》,但是他在傳叙文學中底地位,顯然地因爲其餘諸書而更見重要。我們看到隋唐諸志所載的許多列女、孝子以及神仙、文士、列子、幼童這些傳叙,我們便可以知道他底影響底重大。這些是好的影響,還是壞的影響呢?《隋書・經籍志》叙目言"劉向典校經籍,始作《列仙》、《列士》、《列女》之傳,皆因其志尚,率爾而作,不在正史"。劉知幾稱這一類的著作爲別傳,論爲"別傳者,不出胸臆,非由機杼,徒以博採前史,聚而成書,其有足以新言,加之別說者,蓋不過十一而已。如寡聞末學之流,則深所嘉尚,至於探幽索隱之士,則無所取材"。《史通・雜述》。這兩種批評,都很正確。不幸劉向底影響,對於中國傳叙文學非常重大,尤其總傳方面,大半全是模做劉向。"不出胸臆,非由機杼"的作者,既然"率爾而作",便不容易有偉大的成就。

一般的傳叙,直到前漢方纔開始,但是自叙方面,也在同時開始了,甚至不妨認爲自叙底發展,還在一般的傳叙以前。這是中國傳叙文學特有的現象。也許有人以爲中國人對於家族的觀念特別強,所以"始述家風,先陳世德",成爲迫切的呼號,因而急速地成立自叙文學。我們把這種理論解釋司馬遷《自序》、班固《叙傳》,固然不妨,但是持以解釋我國第一篇自叙,理由還不充分。

第一篇自叙是司馬相如自叙,原文已經失傳,但是踪跡還可考證。《隋書・劉炫傳》自爲贊曰:"通儒司馬相如、揚子雲、馬季卿、鄭康成等,皆自叙風徽,傳芳來葉。"劉知幾《史通・序傳》:"蓋作者自叙,其流出於中古乎!案屈原《離騷經》,其首章上陳氏族,下列祖考,先述厥生,次顯名字,自叙發迹,實基於此。降及司馬相如,始以自叙爲傳,然其所叙者,但記自少及長,立身行事而已,逮於祖先所出,則蔑爾無聞。"對於祖先的忽視,是司馬相如自叙底本相。《漢書・司馬遷傳》採司馬遷《自序》,《揚雄傳》採揚雄《自叙》,故於司馬氏揚氏先世,所記特詳;假使相如自叙備陳先世，《漢書》決無刪略之理，劉知幾也不至稱爲"蔑爾無聞"。所以中國傳叙文學裡自叙底發展，不是因爲對於家族的觀念特強，而是因爲作者自覺的意味強烈，所以在著述裡留下迹象。

司馬相如生在西漢前半期，他底著作，充滿自由的氣息，不受禮教的約束。劉知幾說："自叙之爲義也，苟能隱己之短，稱其所長，斯言不謬，即爲實錄，而相如自序，乃記其客遊臨邛，竊妻卓氏，以《春秋》所諱，持爲美談，雖事或非虛，而理無可取，載之於傳，不其愧乎！"司馬相如竊妻之事，顯然見於自叙，《漢書·相如傳》所載，當然也以自叙爲本。其實從司馬相如到劉知幾，中間八百年，經過了長時期的隔斷，一切的社會觀念，起了根本的變化，自然會有不同的見解。相如寫作的時候，那種沾沾自喜的情態，可以想見。要是我們拿武帝時館陶公主、陽信公主底行逕，來估量卓文君，也許相如竊妻，在當時並不覺到有隱諱底必要。

相如以後的自叙作者，便要數司馬遷、揚雄。《太史公自序》是一篇家傳户誦的文章。《文選》江淹《恨賦》注引揚雄《自叙》，"雄爲人跌宕"；同書李康《運命論》注又引"雄家代素貧，嗜酒，人希至其門"。按《漢書·揚雄傳贊》首句言"雄之自序云爾"，顏師古注："自《法言》目之前，皆是雄本《自序》之言也。"大致《揚雄傳》多半皆本於自叙。

假如我們認爲王莽底著作，也是自叙，那麼王莽便是一位大量生產的作家了。第一是《自本》，這是和《太史公自序》同類的作品。《漢書·元后傳》引王莽《自本》，稱王氏出於黄帝，黄帝八世生虞舜，又言"元城建公曰：'昔春秋沙麓崩'，晉史卜之曰：'陰爲陽雄，土火相乘，故有沙麓崩，後六百四十五年，宜有聖女興，其齊田乎！'今王翁孺徙，正直其地，日月當之，元城郭東有五鹿之虛，即沙鹿地也。後八十年，當有貴女興天下云。"這是阿諛元后之辭。始建國元年，王莽遣五威將王奇等十二人班符命四十二篇於天下：德祥五事，符命二十五，福應十二，凡四十二篇。《漢書·王莽傳》中。《漢書·五行志》中之下："初元四年，皇后曾祖父濟南東平陵王伯墓門梓柱卒生枝葉，上出屋。後王莽篡位，自說之曰：'初元四年，莽生之歲也。當漢九世火德之厄，而有此祥興於高祖考之門，門爲開通，梓猶子也，言王氏當有賢子，開通祖統，起於柱石大臣之位，受命而王之符也。'"這是德祥五事之一。《王莽傳》中又載莽總說符命事，不錄。以自叙的文字，爲完成政治野心的工具，是文學上罕見的事蹟。

西漢流傳下來的傳叙雖然不多，但是託名西漢或是關於西漢的傳叙，我們可以斷爲僞作者，仍有相當的數量。李少君病死，見《史記·封禪書》，太史公特著

"天子以爲化去不死"一句，這是太史公底微辭，但是《抱朴子》引董仲舒《李少君家錄》《抱朴子內篇·論仙》則言"少君有不死之方，而家貧無以市其藥物，故出於漢，以假塗求其財，道成而去"。這是偽造。李陵《答蘇武書》，首見於《文選》，蘇軾認爲齊梁小兒之作，這是定論。《太平御覽》卷四八九引《李陵別傳》，所記盡爲答蘇武書之辭，這也是偽造。《漢書·揚雄傳贊》，列舉揚雄著作，不及《蜀王本紀》，後人引此，始稱揚雄《蜀王本紀》，《史記·三代世表索隱》引《蜀王本紀》不稱揚雄，《後漢書·張衡傳》注、《文選·蜀都賦》注皆稱。按《御覽》卷三七七引《蜀王本紀》："秦襄王時，宕渠郡獻長人，長二十五丈六尺。"宕渠，後漢郡名，前漢無此郡，所以這也顯然是偽造。

關於西漢的著作，有四種很有名：一、《漢武帝故事》二卷；二、《漢武帝內傳》三卷；三、《漢武洞冥記》一卷；四、《飛燕外傳》。第一、第二兩種，《隋》、《唐志》皆不著撰人，後人題班固撰；第三種《隋志》題郭氏撰；兩《唐志》題郭憲撰。憲東漢人，見《後漢書·方術傳》。第四種題伶玄撰，據自序，玄西漢哀帝時人。《漢武帝故事》，《隋志》入舊事類；《漢武帝內傳》、《漢武洞冥記》，《隋志》入雜傳類。其實四種都是界於傳叙小說間的著作，而小說的意味尤重。這四種書都是後人偽撰，但是因爲講的西漢的故事，在此不妨附記。

《漢武帝故事》，大致是魏晉之間的著作，記武帝"顧謂群臣曰：'漢應六七之厄，法應再受命，宗室子孫誰當應此者？六七四十二代，漢者當塗高也。'群臣進曰：'漢應天授命，祚踰周殷，子子孫孫，萬世不絕，陛下安得此亡國之言，過聽於臣妾乎？'上曰：'吾醉言耳。然自古以來，不聞一姓遂長王天下者，但使失之非吾父子，可矣。'"這裡帶有讖緯底意味，尤其是應驗以後的著作，纔有這樣強烈的自信，正和因爲《左傳》記着"五世其昌，並於正卿，八世之後，莫之與京"，我們便可斷定這是田氏代齊以後的著作一樣。但是所記武帝宿柏谷逆旅一節，確是狠生動的寫作。

又嘗至柏谷，夜投亭宿，亭長不內，乃宿於逆旅。逆旅翁謂上曰："汝長大多力，當勤稼穡，何忽帶劍，群聚夜行，此不欲爲盜則淫耳。"上嘿然不應，因乞漿飲。翁答曰："吾止有溺，無漿也。"有頃還內，上使人覘之，見翁方要少年十餘人，皆持弓矢刀劍，令主人嫗出安過客。嫗歸，謂其翁曰："吾觀此丈夫，乃非常人也，且亦有備，不可圖也。不如因禮之。"其夫曰："此易與耳。鳴鼓會衆，討此群盜，何憂不剋！"嫗曰："且安之，令其眠，乃可圖也。"翁從之。時上從者十餘人，既聞其謀，皆懼，勸上夜去。上曰："去必致禍，不如且止以安之。"有頃，嫗出，謂上曰："諸翁子不聞主人翁言乎？此翁好飲酒，狂悖，不足計也。今日具令公子安眠，無他。"

嫗因還內。時天寒，嫗酌酒，多與其夫及諸少年，皆醉。嫗自縛其夫，諸少年皆走。嫗出謝客，殺雞作食。平明上去，是日還宮，乃召逆旅夫妻見之，賜嫗千金，擢其夫爲羽林郎。《御覽》卷八八、卷一九五引《漢武故事》。

《漢武帝內傳》似乎是一部比較更落後的著作。《武帝故事》記當塗高的讖語，大致是魏晉之間的著作，但是《內傳》所引《玄雲曲》、《步玄曲》、田四非之歌，便是狠成熟的作品，和建安七子之作完全不同。其次《內傳》的名稱，也是晉宋以後的事，所以我們不妨假定爲晉代的作品。《四庫總目提要》認爲齊梁以前，魏晉間文士所爲，是一個審慎的推論。

《漢武洞冥記》，《唐書·經籍志》作《漢別國洞冥記》，《新唐書·藝文志》作《漢武帝別國洞冥記》，《史記·五帝本紀索隱》但稱郭子橫《洞冥記》，書名詳略，微有不同。《索隱》引東方朔云："東海大冥之墟，有釜山，山出瑞雲，應王者之符命，如堯時有赤雲之祥之類。"這便是小說了。《四庫》收入小說類，以此。《提要》云："此書所載，皆怪誕不根之談，又詞句縟艷，亦迥異東京，或六朝人依託爲之。然所引影娥池事，唐上官儀用入詩，時稱博洽，後代文人詞賦引用尤多，蓋以字句妍華，足供採撦，至今不廢，良以是耳。"

《飛燕外傳》自序作者伶玄字子于，潞水人，哀帝時爲淮南相。序稱"子于爲河東都尉，班躅爲決曹，得幸太守，多所取受。子于召躅，數其罪而捽辱之。躅從兄子彪，續司馬《史記》，絀子于，無所收錄"。這是逆探《漢書·藝文志》不錄《飛燕外傳》以及《成帝紀》、《外戚傳》不採用《外傳》的解釋。哀帝時人逆探東漢明帝時的著作，加以解釋，已屬可疑。哀帝時無淮南國，伶玄何以得爲淮南相，事亦非是。自序一則言樊通德"有才色，知書，慕司馬遷《史記》"，再則言班"彪續司馬《史記》"，其實在班彪父子的時代，止稱《太史公書》，不稱《史記》，有《漢書·藝文志》、《司馬遷傳》可考。所以這是一部僞書，確然可見，不但因爲《隋》、《唐志》皆不著錄，直至晁公武《讀書志》方著其名，始可知爲僞作。

諸種以外，有《魯女生別傳》，見《太平御覽》，是《漢武帝內傳》底一部分。《揚雄家牒》見《文選·王文憲集序》注及《御覽》卷三五八、《藝文類聚》卷四〇，牒記揚雄死於天鳳五年，當然也是後代底記載。《世說·言語篇》注引嚴尤《三將叙》，《御覽》卷四三七引作《三將軍論》，記白起、王翦事，是一種平凡的作品。但是除了自叙以外，記人也可稱叙，以這篇爲最古。《漢書·藝文志》有于長《天下忠臣》九篇。原注："平陰人，近世。"顏師古注引劉向《別錄》云："傳天下忠臣。"按是書《漢志》入陰陽家，大致與傳叙無涉。

第四　傳叙文學底產生

　　前漢是傳叙文學底胚胎時期，後漢是她底產生時期。到了建安時代，她便扶牀學步了。這是研究中國文學史的人，所不可不知的事實。
　　本來後漢在文學史上是一個重要的時期。五言詩在前漢已經有了萌芽，但是除了僞撰的虞姬歌，卓文君《白頭吟》，蘇武贈答詩，以及主體不明的《古詩十九首》等篇以外，數不到有名的篇幅。到後漢，便不同了。賦底發展，確是西漢底成績，但是碑銘文到東漢纔產生，直待末年的蔡邕，方能達到最高的成就。史底創作，固然是司馬遷底偉業，但是斷代史底完成，却有待於東漢初期的班固。從東漢到開元時代，除去偶然的例外，一般批評家都把《漢書》推崇到《史記》以上，而且也確有相當的理由。所以後漢在文學史上底位置，不容忽視。現代的文學史家過分重視前漢，還是隱隱地受着韓愈《答劉正夫書》"漢朝人莫不能爲文，獨司馬相如、太史公、劉向、揚雄爲之最"那幾句話底影響。
　　後漢時代開始把本紀和列傳分開，這是觀念底轉變，所關固然止是史傳，但是因爲史傳底獨立，便影響到傳叙文學底生命。在《史記》裏，列傳祇是本紀和世家底訓釋，其實沒有獨立的生命。這個情狀，在班彪、班固父子修史的時候，繼續維持着，所以《漢書·叙傳》稱本紀爲春秋考紀，還是司馬遷以十二本紀擬議《春秋》十二公的行逕。但是當時的官書，便把本紀和列傳截然分開了，這是一個重大的轉變。
　　《太平御覽》卷六〇三引《三國典略》，後周蕭大圜言："昔漢明爲《世宗紀》，章帝爲《顯宗紀》。"章帝修本紀底事實，不可考。《後漢書·東平憲王蒼傳》："帝明帝以所作《光武皇帝本紀》示東平憲王蒼，蒼因上《光武受命中興頌》。"除了本紀以外，還有起居注。《後漢書·后妃紀》記明德馬后"自撰《顯宗起居注》，削去兄防參醫藥事。章帝請曰：'黃門舅旦夕供養且一年，既無褒異，又不錄勤勞，無乃過乎？'太后曰：'吾不欲後代聞先帝數親後宮之家，故不錄也。'"明德馬后底撰述，當然有她底理論，這種以事實遷就理論的看法，祇是一種謬見。

本紀既然分開，列傳也就獨立。《侯瑾傳》《後漢書·文苑傳》："侯瑾又案《漢記》，撰中興以後行事爲《皇德傳》三十篇，行於世。"從《續漢書·五行志》劉昭注及《御覽》卷八九一所引《皇德傳》兩條，我們看到光武底行事。《北海靜王興傳》《後漢書》卷四十四："永寧中，鄧太后召毅平望侯劉毅及騊駼劉騊駼入東觀，與謁者僕射劉珍著中興以下名臣列士傳。"《劉珍傳》《後漢書·文苑傳》："永寧元年，太后又詔珍與騊駼作建武以來名臣傳。"都是指着《東觀漢記》諸傳。這是史底一部分，但是單獨創作，已有史實可指。《蔡邕傳》《後漢書》卷六十："其撰集漢事，未見錄以繼後史。適作《靈紀》及十意，又補諸列傳四十二篇，因李傕之亂，湮没多不存。"也可看出本紀和列傳底分立。至如《應劭傳》《後漢書》卷七十八記應奉"論當時行事著《中漢輯序》"，這便是獨立的傳叙文學，和官家底史書無涉。序與叙同，是傳叙之叙，和序跋之序不同。

前漢的《東方朔傳》，實際止是外家雜記，到了後漢，便有真正獨立的傳叙了。《後漢書·李固傳》稱弟子等論固言迹，以爲《德行》一篇。《唐書·經籍志》有《李固別傳》七卷，原書雖佚，可見是一部巨著。《唐志》又有《梁冀傳》二卷、《何顒傳》一卷，大致其書唐代尚存，故得著錄。後漢一代的別傳，大量地産生，到了建安時代，尤其發達，綜計建安時代的人物有別傳可舉者，比以前任何時代還要多。

整個傳叙文學方面，到了後漢時代突然崛起者，便是郡書底出現。《隋書·經籍志》叙目："後漢光武始詔南陽撰作風俗，故沛三輔有耆舊節士之序，魯廬江有名德先賢之讚，郡國之書，由是而作。"劉知幾説："汝潁奇士，江漢英靈，人物所生，載光郡國，故鄉人學者，編而記之，若圈稱《陳留耆舊》，周斐《汝南先賢》，陳壽《益部耆舊》，虞預《會稽典錄》，此之謂郡書者也。"《史通·雜述》。知幾所舉祇有圈稱《陳留耆舊傳》是後漢的著作，其餘都是魏晉的作品。郡書所記人物，限於鄉土人物，所以叙述方面，受到必然的限制。劉知幾所譏"矜其鄉賢，美其邦族，施於本國，頗得流行，置於他方，罕聞愛異"，正是當然的結論。

郡書所記，常常可補史傳所不及。明德馬后底抑損外家，見《後漢書·后妃紀》，其兄馬廖質誠畏慎，見同書《馬廖傳》，但是圈稱《陳留耆舊傳》稱："楊仁字文義，明帝引見，問當代政治之事，仁對，上大奇之，拜侍御史。明帝崩，是時諸馬貴賤，各爭入宮，仁被甲持戟，遮敕宮門，不令得入。章帝既立，諸馬貴，更讚仁刻峻，於是上善之。"《御覽》卷二二七引。看到《陳留耆舊傳》，便可以瞭解明德馬后崩後，馬廖、馬防兄弟所以數招譴斥，備受禁遏的遠因。史家底記載，有時不免空文，而事實底本相，反在郡書看出。郡書所記，固然間或使人感覺餖飣瑣碎，這也許是因爲我們所看到的祇有斷片的節引，並非原文底本相。

東漢郡書流傳下來的有圈稱《陳留風俗傳》三卷，《隋志》收入地理類，又《陳留耆舊傳》，收入雜傳類。姚振宗《隋書經籍志考證》以爲《隋志》分出《風俗傳》之耆舊二卷入雜傳類，斯則兩書實即一書。《應劭傳》："應奉爲司隸時，並下諸官府郡國各上前人像讚，劭乃連綴其名，爲狀人紀。"《崔瑗傳》："其《南陽文學官志》稱於後世，諸能爲文者，皆自以弗及。"《後漢書》卷八十二。大致都是郡書之類。《華陽國志・後賢志》："益部自建武後，蜀郡鄭伯邑、太尉趙彥信，及漢中陳申伯、祝元靈，廣漢王文表，皆以博學洽聞，作《巴蜀耆舊傳》。壽陳壽以爲不足經遠，乃并巴漢，撰爲《益部耆舊傳》十篇。"鄭伯邑等，大約都是後漢的人物。

碑銘是後漢時代新興的文體，性質和傳叙狠相近，所以有人把碑銘——以及後起的墓誌——合於傳叙，稱爲碑傳。其實中間還有相當的距離。本來傳叙文學是一種介於純文學和史底中間的文學：史傳是史底一部分，和傳叙文學相近，這是傳叙文學底左鄰；碑銘是純文學底一部分，也和傳叙文學相近，這是傳叙文學底右舍。鄰舍是狠接近，但是究竟不是傳叙文學底本身。劉勰說："夫屬碑之體，資乎史才，其序則傳，其文則銘。標序盛德，必見清風方華；昭紀鴻懿，必見峻偉之烈。"《文心雕龍・誄碑》。碑銘文底意義如此，其序底一部分，和傳也還有些不同。

古代的碑祇是一種沒有文字的標識。《儀禮・聘禮》："上當碑，南陳。"鄭注："宮必有碑，所以識日景、引陰陽也。凡碑，引物者，宗廟則麗牲焉，以取毛血。其材，宗廟以石，窆用木。"《禮記・檀弓》："公室視豐碑，三家視桓楹。"鄭注："豐碑，斲大木爲之，形如石碑。"這是古代的情形。《史記・秦始皇本紀》稱上鄒嶧山刻石，上泰山刻石，作琅邪臺刻石，登芝罘刻石，刻碣石門，上會稽祭大禹，望于南海而立石。琅邪、芝罘、碣石三處，祇說刻石；嶧山、泰山、會稽三處，都有立石底紀載。立石刻辭，這是碑銘文底原始。始皇時代，雖然沒有碑銘底字樣，但是刻石底風氣，已經盛行，史稱始皇三十六年，"有墜星下東郡，至地爲石，黔首或刻其石曰：'始皇帝死而地分。'"便是一例。前漢刻石底紀載不多，後漢便大盛了。祀三公山有碑，嵩嶽太室石闕有銘，洛陽橋柱有銘，而巴蜀一帶紀念開道之碑尤盛。一則交通困難，所以鑿山通道，最值得紀念；二則蜀中石質不甚堅硬，易於雕琢；三則經過前漢一代的作育，人材特盛：因此紀念開道之碑便多了。最古的是建武中元二年蜀郡太守何君閣道碑，其後永平九年有鄐君開褒斜道摩崖刻石，永元六年有郫縣摩崖刻石，永元八年有夾江縣摩崖刻石，有南安長王君平鄉道碑。刻石的風氣大開，其中有些無主名的，如郫縣、夾江縣摩崖刻石。有些有主名的，如何君、鄐君、王君諸碑是。再由有主名的刻石,進而於其人生前稱頌其他的功德,則有永和二年敦煌太守裴岑紀功碑,或於其人身後稱頌一般的功德,則有永建三年國三老袁良碑。以上諸文皆見《全後漢文》卷九十七、卷九十八。至此碑銘文纔算正式成立。

　　碑銘文既經成立,便有碑銘文的專家。最初是後漢順帝年間的崔瑗,有名的著作是《河間相張平子碑》。其後是桓帝靈帝年間的蔡邕,有名的著作狠多,收入蕭統《文選》的共兩篇,收入曾國藩《經史百家雜鈔》的共九篇。曾國藩論作碑誌文,以蔡邕爲宗,這便看出他在文學方面的地位。

　　但是碑銘文究竟不是傳叙文學。許多事實上的限制,在兩者底中間建立了不可踰越的界限。碑誌——包括墓誌在內——例須刻石,而石材底尺寸,常有一定的限度,因此碑誌不易有很大的篇幅。兩漢時代的單行傳叙,已有八卷的著作,但是碑誌文字,少有千字以上的大篇。唐宋以後,蘇軾底《富鄭公神道碑》六千八百字,《張文定公墓誌銘》七千三百字,可算打破了一切文章家的限制,成爲碑誌文的巨著,但是比之慧立、彥悰底《大慈恩寺三藏法師傳》十卷,還不足十分之一。文章底長短,固然不是分類的標準,但是惟有較大的篇幅,始能有較詳的叙述,這是無可非難的定論。碑銘文所以不能成爲傳叙文學者,此其一。這個還不十分重要。其次便是體裁底不同。傳叙底性質是善惡備載的,這個可算是傳叙文學從史書那裡帶來的一份遺產。《史記·自序》述列傳之義,便言"扶義俶儻,不令己失時,立功名於天下"。他底原意專指有名的人物,至於善惡臧否,這是另外一件事,所以魏其有傳,武安也有傳;儒林有傳,游俠、佞倖也有傳。這便是以後傳叙文學裡有《董卓別傳》、《桓玄僞事》,以及正史裡有《逆臣傳》、《貳臣傳》底由來。從傳叙文學立場看,這是一個優良的傳統。但是碑銘文便不這樣。碑銘文底原始,只是刻石頌德,所以自此以後,便成爲有褒無貶,只見歌頌,不見譴責的文章。這是體裁的限制,也是碑銘文所以不能成爲傳叙文學底主要原因。蔡邕告盧植說:"吾爲碑銘多矣,皆有慙德,唯郭有道無愧色耳。"《後漢書·郭太傳》這裡看出作者內心的慙悚。以有慙色的作者,寫有慙色的文章,怎樣會成爲傳叙文學呢?唐人斥韓愈所作碑誌之文爲諛墓之作,其實諛墓正是碑誌之文所以成立的理由,我們又怎能專責韓愈呢?

　　初期的碑銘文常有側重銘辭的傾向。本來古代的時候,韻文底發展,常在散文底發展之前。《大雅·生民》一篇,不妨視爲后稷底韻文傳叙,其後入樂成爲娛祖之用。但是到了散文發展以後,尤其像碑銘文這種散文韻文合在一篇以後的場所,側重銘辭,更加顯出純文學底風采。蔡邕底《郭泰碑》,便是這樣。同篇前段對於郭泰底事實，沒有給我們一個顯然的輪廓，我們祇能從那淵懿純穆的文字裡，窺見郭泰底氣象。所以這是一篇純文藝的作品，但是決非傳叙。至如後代王儉《褚淵碑》、沈約《齊安陸昭王碑》，那更經過長時期底推演，和傳叙文學相去更遠了。

以上論碑銘底性質，以下略言總傳底興起。

假如我們承認劉向《列女傳》是傳叙文學底正宗，那麼這是第一部總傳。但是這祇是一種近於畫讚一類的著作，實際比武梁祠畫讚高不了許多。東漢初年的郡書，因為所記的不止一人，不止一事，其實也是總傳，不過我們因為那些止載州郡的人物，便目之為郡書。所以正式的總傳，一直到後漢末年方始成立。趙岐《三輔決錄》、王粲《英雄記》，都可認為這類的作品。《三輔決錄》底紀載固然很簡單，但是本書底序確有相當的價值，替傳叙文學指出一條正路。

傳叙文學底發展，到了後漢末年，在形態上，已經達到一定的局勢。以後唐人作《玄奘傳》，大量地採用傳主底書簡，很有些西方書簡傳底形態。宋人作杜詩年譜、韓文年譜，採用分年底形式，研討作者底生活，總算是傳叙文學底新形態，此外便很少發展了。

從時代底觀念，討論後漢底傳叙，大致可分兩期：第一期從開國之初到質帝本初元年，第二期從桓帝初立到建安之末。這個只是為討論底便利，並沒有確定的界限。大致前期承前漢之末，傳叙文學開始滋生，但是還沒有什麼重要的發展。到了後期，始之則有黨錮之禍，繼之則有漢末之亂，人才輩出，傳叙文學在這個時期便呈蓬蓬勃勃的現象。《隋書·經籍志》叙目稱"靈、獻之世，天下大亂，史官失其常守，博達之士愍其廢絕，各記聞見，以備遺亡"。這期之後，便轉入三國時代，更促起傳叙文學底大盛。

東漢初期的別傳，最先的大約是《王閎本事》，《御覽》卷三六八引。《張純別傳》。《御覽》卷二四一引。王閎為琅邪太守，張純為虎賁中郎將，都是光武建武初年的事。但是這兩篇僅殘賸三十餘字，無從判斷其價值。

到了《鍾離意別傳》，便完全不同了。從《文選注》、《後漢書注》以及《御覽》所引，我們還可以輯到二千字。篇幅既大，叙述也更細緻，字裡行間處處看到鍾離意底面目。這便是一篇有價值的作品。鍾離意，會稽山陰人，建武初年為郡督郵。明帝即位，徵為尚書，後出為魯相，以久病卒官。《後漢書》有傳。把《後漢書·鍾離意傳》和《別傳》比較，我們更看出史傳和一般傳叙底不同。范曄作史，本來以簡潔著名，所以在記載中，削去一切有關個性的細節，但是在《別傳》裡却完全留着，我們更容易認識傳主底真相。《別傳》記着：

> 意遷東平瑕丘令。男子倪直，勇悍有力，便弓弩，飛射左右，百不脫一，桀悖好犯長吏。意到官，召署捕賊掾，敕謂之云："令昔嘗破三軍之衆，不用尺兵，嘗縛猛虎，不用尺繩，但以良計爲之耳。掾之氣勢安若，宜慎之。"因復召直子涉署門下。〔涉〕將游徼，私出入寺門，無所關白，收涉鞭之。直走之寺門，吹氣大言，言無上下意氣。敕"直能爲子屈者，自縛詣令，不則鞭殺其子。"直果自縛。意告曰："令前告汝，嘗縛猛虎，不用尺繩。汝自視何如？虎自縛耶？"敕獄械直父子，結連其頭，榜欲死。掾吏陳諫，及貸之，由是相率爲善。所謂上德之政，鷹化爲鳩，暴虎成狸，此之謂也。《御覽》卷二六八引《鍾離意別傳》。

> 意爲瑕丘令，立春遣戶曹史檀建賷青幘幡白督郵，督郵不受。建留於家，還白意言受。他日意見督郵，而督郵謝意，言所以不受青幘幡者，已自有也。意還，召建問狀，建惶怖叩頭。意曰："勿叩頭，使外聞也。"出因轉署主計史，假遣無期。建歸家，父問之曰："朝大士衆，賢能者多，子何功才，既獲顯榮，假乃無期，寵厚將何謂也？無得有不信於賢主耶？"建長跪，以青幘幡意語父，父嘿然。有頃，令妻設酒殺雞，與建相樂。謂建曰："吾聞有道之君，以義理殺人，無道之君，以血刃加人。長假無期，唯死不還，將何以自裁乎？"酒畢進藥，建遂物故。《御覽》卷三四一引《鍾離意別傳》。

這兩節都可見到鍾離意底爲人：倪直、檀建、檀建之父，也是活潑的人，只有倪涉和檀建之母留着一些影子。但是在范書裡，前節完全刪去，後節也止賸六十五字，鍾離意和檀建父子，便都賸影子了。這不是說范書和《別傳》有什麼軒輊，但是范書和《別傳》對於注意底方面不能不算完全兩樣。

在鍾離意爲魯相的時候，《別傳》還有下列的記載：

> 意爲魯相，到官出私錢萬三千文，付戶曹孔訢修夫子車。身入廟，拭几席劍履。男子張伯除堂下草，土中得玉璧七枚。伯懷其一，以六枚白意，意令主簿安置几間。孔子教授堂下，牀首有懸甕，意召孔訢問："其何甕也？"對曰："夫子甕也。背有丹青，人莫敢發也。"意曰："夫子聖人，所以遺甕，欲以傳示後賢。"因發之，中得素書，文曰："後世修吾書，董仲舒；護吾車，拭吾履，

發吾笥,會稽鍾離意;璧有七,張伯藏其一。"意即召問,伯果服焉。《後漢書·鍾離意傳》注引《鍾離意別傳》。

孔子素書,也許是鍾離意底權術,或是他身後的傳說。這裡充滿了讖緯底氣息,漢朝人對於孔子的觀念,本來是這樣的。

李郃、樊英都是東漢中期的人物。《後漢書》把二人都歸入《方術傳》,不能不算是一種委屈。《樊英別傳》所載樊英對順帝的言論,今見范書。李郃底大節,只有《別傳》裡還保存着。《御覽》卷二五二引《別傳》云:"鄧騭弟豹為將作大匠,河南尹缺,豹欲得之。上及騭兄弟亦欲用,難便召拜,下詔令公卿舉。騭以旨遣人諷公卿悉舉豹。李郃曰:'司隸河南尹當整頓京師,檢御貴戚,今反使親家為之,必不可為後法。'公舉司隸羊浸,不舉豹,豹竟不得尹。恨公卿不舉,對士大夫曰:'李公寧能不舉我,故我不得尹耶!'"鄧豹後來畢竟做到河南尹,但是李郃這一次的爭執,便看出他底風骨。以後其子李固拒絕立蠡吾侯志為帝,其孫李燮拒絕安平王續復國,以至京師有"父不肯立帝,子不肯立王"之語,倘使我們知道李郃不肯舉鄧豹為河南尹的一節,便更易理解。

後漢總傳的作家,最初有梁鴻、蘇順。皇甫謐《高士傳序》云:"梁鴻頌逸民,蘇順叙高士。"即指此。梁鴻,東漢初人,蘇順,和帝時以才學見稱,晚拜郎中,他們都是後漢前期的傳叙家。至于後漢的郡書,便不容易得到肯定的結論。光武始詔南陽撰作風俗,這些郡書,是什麼時候撰集的呢?《陳留者舊傳》,題漢議郎圈稱撰,圈稱何時人,不可考。傳中所載無桓、靈以後人。《廬江七賢傳》,《御覽》卷一五、卷六一一、卷八一一、卷八九七引。《濟北先賢傳》,《後漢書·吳祐傳》注引。《敦煌者舊記》,《續漢書·郡國志》劉昭注引。皆無撰人可考,時代亦難確定。至如《青州先賢傳》《後漢書·史弼傳》注引記陶丘弘事,弘漢末人,見《漢末名士錄》。《廣陵列士傳》,《御覽》卷二六五卷三七四引。始見《唐書·經籍志》,題華隔撰。華隔不知何時人。《御覽》所引一則記劉瑜事,瑜桓帝中拜議郎,及帝崩,與竇武同被誅,《後漢書》有傳。所以我們假定《廣陵列士傳》是後漢後期的作品。

後漢後期的一般傳叙,一時雲起。我們看到的,有《梁冀別傳》、《趙壹傳》、《李固別傳》、《李燮別傳》、《崔寔傳》、《陳寔別傳》、《馬融自叙》、《馬融別傳》、《郭林宗別傳》,以後便到漢末大亂的時代了。《郭林宗別傳》雜見《三國志注》、《世說新語注》、《後漢書注》及《太平御覽》諸書,所引或稱《郭泰別傳》,較之《郭林宗別傳》字句相同,大致是一篇傳,引用者隨意立名,便形似兩傳了。記林宗行事甚詳,旁及諸人,都是活潑有生命的人物。《後漢書‧郭太傳》稱"後之好事或附益增張,故多華辭不經,又類卜相之書,今録其章章效於事者著之篇末"。范曄看到《別傳》全本,所以有此。《別傳》所存,多見范書,但如《御覽》卷八五九所引魏德公一節,仍是極有個性的描畫。語如次:

  林宗嘗止陳國文學,見童子魏德公,知其有異。德公求近其房止,供給洒掃。林宗嘗不佳,夜中令作粥,德公爲之進焉。林宗一啜,怒而呵之曰:"高明爲長者作粥,不如意,使沙不可食。"以杯擿地。德公更爲粥,三進三呵,德公姿無變容,顔色殊悦。林宗乃曰:"始見子之面,今乃知卿心。"遂友善之,卒爲妙士。

  大亂中的人物,今有別傳可考者:董卓、王允、蔡邕、鄭玄、趙岐、盧植、何顒、孔融、邊讓、邴原、司馬徽、董正、潘勖、禰衡、華他。在這幾篇裡面,以鄭玄、孔融、禰衡、邴原四篇別傳比較完整,也寫得較好。《華他別傳》見《三國志注》、《後漢書注》,所引雖詳,大抵和《史記‧倉公列傳》所載淳于意醫藥方案一類,很難看到傳主底個性,而且從内容看來,也可斷定是三國時代的產物。

  鄭玄,《後漢書》有傳,與別傳所記,大致相同。《世説‧文學篇》注引《玄別傳》:"後遇黨錮,隱居著述,凡百餘萬言。大將軍何進辟,玄乃縫掖相見。玄長八尺餘,鬚眉美秀,姿容甚偉。進待以賓禮,授以几杖,玄多所匡正,不用而退。袁紹辟玄,及去,餞之城東,欲玄必醉,會者三百餘人,皆離席奉觴,自旦及暮,度玄飲三百餘杯,而溫克之容,終日無怠。"這一節描寫也狠生動,范書所記便減色了。詳記姿容,在後漢傳叙中也是常見。《李郃別傳》稱"公長七尺八寸,多鬚髯,八眉,左耳有奇表,項枕如鼎足,手握三公之字。"《御覽》卷三六二引。《趙壹傳》稱"趙壹肩高二尺,高自抗竦"。《御覽》卷三六九引。這種寫法,史傳嘗加刪薙,可見作法底不同。

  《孔融別傳》見《世説‧言語篇》注及《御覽》,字句微有不同。《御覽》卷三八五引云:

  融十歲隨父詣京師,聞漢中李公清亮直節,慕之。欲過觀其爲人,遂造公門,謂門者曰:"我是公通家子孫也。"門者白之。公曰:"高明祖父嘗與孤遊乎?"跪而應曰:"先君孔子與明公先李老君同德比義而相師友,則融與公累世通家。"坐衆數十人莫不歎息,咸曰:"異童子也。"太中大夫陳煒後至,曰:"人小了了,大或未必佳。"少府尋聲應曰:"君子之幼時豈當惠乎?"李公撫抃大笑,顧少府曰:"高明長大,必爲偉器。"

這一段故事,《後漢書‧孔融傳》注引《孔融家傳》云:"聞漢中李公清節直亮,意慕之,遂造公門。"語句相合,所以疑《孔融別傳》即《孔融家傳》之別稱。漢中李公當指李燮。孔融生於桓帝永興元年,孔融長於曹操二歲,見《文選》孔融《與曹操論盛孝章書》。曹操歿於建安二十五年,六十六歲,逆推當生於桓帝永壽元年,孔融長二歲,故知生於永興元年。十歲見李燮的時候,正值桓帝延熹五年,是時梁冀已誅,燮徵拜議郎,尚未出爲安平相,見《後漢書‧李固傳》。所以二人底會面,是可能的事。《後漢書‧孔融傳》稱"時河南尹李膺以簡重自居,不妄接士賓客,敕外自非當世名人,及與通家,皆不得白。融欲觀其人,故造膺門"。這是異文,所以注引《孔融家傳》,稱爲與此不同。《世説‧言語篇》言"時李元禮有盛名,爲司隸校尉",便不免以訛傳訛了。延熹五年馮緄薦應奉爲司隸校尉,見《後漢書‧馮緄傳》、《應奉傳》。李燮自稱爲"孤",是後漢高官自稱之語,劉備初得諸葛亮,對關羽、張飛言"孤之有孔明,猶魚之有水也"《蜀志‧諸葛亮傳》可證。"高明"爲後漢稱人之語,《郭林宗別傳》可證。所以從語氣方面看,《孔融別傳》保留了當時對語底神態,因此實際的價值,也許在史傳及《世説》之上。《別傳》又稱:

袁術僭亂,曹操託楊彪與術婚姻,誣以欲圖廢置,奏收下獄,劾以大逆。融聞之,不及朝服,往見操曰:"楊公四世清德,海内所瞻。《周書》父子兄弟罪不相及,況以袁氏歸罪?《易》稱積善餘慶,徒欺人耳!"操曰:"此國家之意。"融曰:"假使成王殺邵公,周公可得言不知耶?縉紳搢紳所以瞻仰明公者,以公聰明仁智,輔相漢朝,舉直措枉,置之雍熙。今橫殺無辜,則海内觀聽,莫不解體。孔融魯國男子,便當拂衣而去。"操不得已,遂理出彪。《御覽》卷四二八引。

也是狠能動人的文字,今《後漢書》入《楊彪傳》。

《邴原別傳》見《魏志》卷十一《邴原傳》注引,約二千字,全文大體完整。篇末言:"太子燕會,衆賓百數十人。太子建議曰:'君父各有篤疾,有藥一丸,可救一人,當救君耶父耶?'衆人紛紜,或父或君。時原在坐,不與此論。太子諮之於原,原勃然對曰:'父也!'太子亦不復難之。"太子是魏太子曹丕,時邴原爲太子長史。

倘使知道在漢末二重宗主主義之下，所謂"君"者，往往就指長官，便可看出曹丕發問，正是故意刁難，衆人紛紜，寫盡當時一幅可憐相，邴原那種夷然不屑的神態，真是躍然紙上。

《司馬徽別傳》見《世說・言語篇》注，寫法又不同，原文僅三百餘字，或經節錄。所稱"劉表子琮往候徽，遣問在不。徽自鋤園，琮左右問：'司馬君在耶？'徽曰：'我是也。'琮左右見徽醜陋，罵曰：'死傭！將軍諸郎欲求見司馬君，汝何家田奴，而自稱是耶？'徽歸，刈頭著幘出見。琮左右見徽故是向老翁，恐向琮道之，琮起，叩頭辭謝徽。徽謂曰：'卿真不可，然吾甚羞之，此自鋤園，唯卿知之耳。'"這已經有味了，又說："有人臨蠶求簇箔者，徽自棄其蠶而與之。或曰：'凡人損己以贍人者，謂彼急我緩也。今彼此正等，何爲與人？'徽曰：'人未嘗求己，求之不與將慙。何有以財物令人慙者！'"

以下討論《三輔決錄》、《漢末英雄記》及《漢末名士錄》。

《隋書・經籍志》："《三輔決錄》七卷，漢太僕趙岐撰，摯虞注。"《唐書・經籍志》同；《新唐書・藝文志》作十卷，"十"當爲"七"之訛，古書"十""七"二字互訛之例甚多。三志皆以此書爲雜傳類之冠。論趙岐對於傳叙文學之觀念，此書應當是雜傳類底第一種。《史通・書志篇》稱"譜牒之作，盛於中古，漢有趙岐《三輔決錄》，晉有摯虞《族姓記》，江左有兩王《百家譜》，中原有《方司殿格》"。又《補注篇》稱"若摯虞之《三輔決錄》，陳壽之《季漢輔臣》，周虞之《陽羨風土》，常璩之《華陽士女》，文言美辭，列於章句，委曲叙事，存於細書"。就今日所見輯本，與其餘諸書相較，皆不相似，劉知幾之言，殊不可解。

《三輔決錄》輯本有三：明陶宗儀輯十五事，見《說郛》；清茆泮林輯《決錄》九十四事，注三十六事，見《十種古逸書》；又張澍二酉堂輯本二卷，未見。

《三輔決錄》久亡，輯本雖有三種，皆本於前人徵引。但是因爲此書有錄有注，前人所引，往往混注於錄，所以在讀到輯本的時候，我們常不能斷定是錄是注。大致古書標引，錄注並列者，如《魏志・明帝紀》注引"《三輔決錄》曰"，又引"注曰"，這裡無須置疑。其次一事兩引，錄注並稱者，如士孫瑞事，《後漢書・董卓傳》注引作錄，《魏志・董卓傳》注引作注，大抵是注非錄，因爲略注稱錄，人之常情，稱錄爲注，本在意外。第三所述之事，在趙岐身後者，必然是注非錄：例如《魏志・荀彧傳》注引《三輔決錄》馬超殺韋康事，在建安十七年；《後漢書・獻帝紀》注引同書金褘、耿紀、韋晃被殺事，在建安二十三年，趙岐卒於建安六年，皆不及見，其文爲注無疑。

《三輔決錄》底價值在作者底一篇序。序稱：

> 三輔者，本雍州之地，世世徙公卿吏二千石及高貲者，以陪諸陵。五方之俗雜會，非一國之風，不但繫於《詩·秦》《豳》也。其爲士，好高尚義，貴於名行，其俗失則趣埶進權，唯利是視。余以不才，生於西土，耳能聽而聞故老之言，目能視而見衣冠之儔，心能識而觀其賢愚。常以玄冬修夜，思而未之得也。忽然而寢，夢黃髮之士，姓元名明，字子真，與余寤言，言必有中。夢中指言褒貶之事，余授其人，子真評之，析微通理，善否之間，無所依違，命操筆者書之。近從建武以來，暨於斯今，其人既亡，行乃可書，玉石朱紫，由此定矣，故謂之《決錄》。

這裡見出趙岐所注意者，不僅是外表底事態，同時注意到心理底不同。就所見所聞，加以衷心的判斷，這就是所謂《決錄》。而且因爲其人已死，所以定論始能成立，這些要點都和現代傳叙文學底觀念相合。所不易解者，就是爲什麼要把判定善否之事，付託給夢寐中的元子真。這便是趙岐底寓言，所謂元明子真者，《乾·文言》："元者，善之長也。"真則能明，明則能善，這是命名底本意。

爲什麼要寫得這樣地渺茫呢？《魏志·荀彧傳》注引《三輔決錄》："嚴象同郡趙岐作《三輔決錄》，恐時人不盡其意，故隱其書，惟以示象。"這裡完全透出那種懼禍的心理。我們在多年之後，讀到本書，也許會認爲作者底過慮。但是趙岐曾因家禍，逃難四方，身藏複壁者數年，其後又因黨禍，身遭禁錮者十餘歲。他底懼禍，一定因爲確然有禍可懼，並非由於本身底膽怯。

但是事實上《三輔決錄》止是一部非常簡略、非常餂飣的著作。所以趙岐對於傳叙文學底觀念，不能不認爲傑出，而他對於傳叙文學底成就，不能不認爲失望。姑舉二事於次：

> 平陵之王，惠孟鏘鏘。激昂嚚述，困於東平。王元《後漢書·隗嚚傳》注引《三輔決錄》。

> 伯郎，涼州人，名不令休其。孟他《魏志·明帝紀》注引《三輔決錄》。孫星衍讀本"其"字絕句，茆泮林從之。今案《詩·庭燎》："夜如何其"，《疏》"其，辭也"。

這樣的記載，便不能使人索解，而且也失去傳叙的趣味。所以就必須有注。伯郎句下注云：

> 伯郎姓孟，名他，扶風人。靈帝時，中常侍張讓專朝政，讓監奴典護家事。他仕不遂，乃以家財賂監奴，與共結親，積年家業爲之破盡。衆奴皆慙，問他所欲。他曰："欲得卿曹拜耳。"奴被恩久，皆許諾。時賓客求見讓者，門下車常數百乘，或累日不得通。他最後到，衆奴伺其至，皆迎車而拜，徑將他車獨入。衆人悉驚，謂他與讓善，爭以珍物遺他。他得之，盡以賂讓，讓大喜。他又以葡萄酒一斛遺讓，即拜涼州刺史。《魏志·明帝紀》注引《三輔決錄注》。

趙岐底紀載，經過摯虞底注釋，纔成爲骨肉停匀的文字。又如《御覽》卷六四一引《三輔決錄》："馬融爲南郡太守。三輔以融在郡貪濁，受主計掾岐肅錢四十萬，融子強又受吏白尚錢六十萬、布三百匹，以肅爲孝廉，向爲主簿。又坐忤大將軍梁冀，竟髠徒朔方。自刺不死，得赦，還拜議郎。"語頗冗長，或者竟是注非錄。總之褒貶善否，是趙岐底膽識，而紀載率略，仍是上承漢代畫讚底窠臼。其後東晉常璩作《西州後賢志》，一本趙岐底成規，同樣失去傳叙底真意。

《漢末英雄記》八卷，見《隋書·經籍志》，題"王粲撰，殘缺，梁有十卷"。《唐書·經籍志》作"《漢書英雄記》十卷，王粲等撰"。《唐書·藝文志》同，作王粲撰。書名卷數及作者，三志略有不同。王粲卒於建安二十二年，書名不應豫題漢末；又《三國志·王粲傳》但言"著詩賦論議垂六十篇"，不言此書，曹丕《與吳質書》歷數同時諸人述作，亦不及此。所以稱王粲撰，確是一個疑竇。《四庫全書》提要言："案粲卒於建安中，其時黃星雖兆，玉步未更，不應名書以漢末，似後人之所追題。然考粲《從軍詩》中，已稱曹操爲聖君，則儼以魏爲新朝，此名不足怪矣。"作者就《從軍詩》"聖君"二字立論，以爲懷新朝之意，其實這是錯的。漢魏之間，聖字底用法狠普遍，蔡邕《琅邪王傅蔡朗碑》："其選士也，抑頑錯枉，進聖擢偉，極遺逸于九皋，揚明德于側陋。"可證。"君"字不但指天子，府主舉主皆可稱君，因此對於府主便也有君臣之義，今人稱爲二重宗主主義。《魏志·臧洪傳》載臧洪《與陳琳書》："足下徼利於境外，臧洪授命於君親。"君指張超，超爲廣陵太守，以洪爲功曹，故有此稱。又《魏書》見《魏志·夏侯惇傳》注稱魏國既建，"時諸將皆受魏官號，惇獨漢官，乃上疏自陳，不當不臣之禮。太祖曰：'吾聞太上師臣，其次友臣。夫臣者貴德之人也，區區之魏，而臣足以屈君乎？'惇固請，乃拜爲前將軍。"這確是不易理解的事，但是祇要記得曹操爲奮武將軍，以惇爲司馬底故事，便知君臣之分已定，夏侯惇底固請，正在情理之中。曹操辟王粲爲丞相掾，因此王粲稱操爲聖君，這是漢魏之間的風氣。《四庫提要》之說，祇見得作者對於漢魏時代底不瞭解。

姚振宗《隋書經籍志考證》："按《續漢・郡國志》會稽郡注引《英雄交爭記》，言初平三年事，知其書本名《英雄交爭記》，其中不盡王粲一人之作，故《舊唐志》題王粲等。"這是持平之論，但是也許竟是三國時代的作品，託名王粲，亦未可知。

《隋志》及兩《唐志》都把《英雄記》歸入雜史類。此書久亡，究屬何若，無從揣測。據後人輯本，見黃奭《漢學堂叢書》。此書不妨認爲傳叙文學底一種。

《英雄記》所記呂布、袁紹、公孫瓚諸人事較備，文字生動，可補史傳所未詳。例如記呂布事：

> 建安元年六月夜半時，布將河內郝萌反，將兵入布所治下邳府，詣廳事閤外，同聲大呼攻閤，閤堅不得入。布不知反者爲誰，直牽婦科頭袒衣，相將從溷上排壁出，詣都督高順營，直排順門入。順問："將軍有所隱不？"布言："河內兒聲。"順言："此郝萌也。"順即嚴兵入府，弓弩並射萌衆，萌衆亂走，天明還故營。萌將曹性反萌，與對戰。萌刺傷性，性砍萌一臂。順砍萌首，牀舁性，送詣布。布問性，言："萌受袁術謀。""謀者悉誰？"性言："陳宮同謀。"時宮在坐上，面赤，傍人悉覺之。布以宮大將，不問也。性言："萌常以此問性，言呂將軍大將有神，不可擊也。不意萌狂惑不止。"布謂性曰："卿，健兒也！"善養視之。創愈，使安撫萌故營，領其衆。《魏志・張邈傳》注引《英雄記》。

這裡見到呂布底倉皇和曹性底憒憒。又如記高順事，言"順爲人清白，有威嚴，不飲酒，不受饋遺，所將七百餘兵，號爲千人，鎧甲鬬具，皆精練齊整，每所攻擊，無不破者，名爲陷陣營。順每諫布，言：'凡破家亡國，非無忠臣明智者也，但患不見用耳。將軍舉動，不肯詳思，輒喜言誤，誤不可數也！'布知其忠，然不能用。布從郝萌反後，更疏順。以魏續有內外之親，悉奪順所將兵以與續，及當攻戰，故令順將續所領兵，順亦終無恨意"。《魏志・張邈傳》注，又《後漢書・呂布傳》注引《英雄記》。高順是大將之才，不幸所事非人，終無所成。

公孫瓚在幽州，也是當時的人傑。記稱"公孫瓚除遼東屬國長史，連接邊寇，每有警，輒厲色憤怒，如赴讐敵，望塵[而]奔，繼之夜戰。虜識瓚聲，憚其勇，莫敢犯之"。《御覽》卷四三七引《英雄記》。至其失敗之因，全在所用非人。《魏志・公孫瓚傳》注引《英雄記》云："瓚統内外,衣冠子弟有材秀者,必抑使困在窮苦之地。或問其故,答曰:'今取衣冠家子弟及善士富貴之,皆自以爲職當得之,不謝人善也。'所寵遇驕恣者,類多庸兒,若故卜數師劉緯臺、販繒李移子、賈人樂何當等三人,與之定兄弟之誓,自號爲伯,三人者爲仲、叔、季,家皆巨億,或娶其女以配己子,常稱古者曲周、灌嬰之屬以譬也。"

《魏志·袁紹傳》稱"董卓呼紹議,欲廢帝立陳留王。卓曰:'劉氏種不足復遺。'紹不應,橫刀長揖而去。"寫得太平淡。《後漢書》稱"卓復言劉氏種不足復遺,紹勃然曰:'天下健者,豈惟董公!'橫刀長揖徑出。"這便生動了,但是"豈惟董公"一句,與上文不相應,《英雄記》所載便狠完備了。《御覽》卷九十二引云:"董卓在顯揚苑,請官僚共議,欲有廢立,謂袁紹曰:'劉氏之種,不足復遺。'紹曰:'漢家君天下四百餘年,恩澤深渥,兆民戴之,恐衆不從公議。'卓曰:'天下之事,豈不在我,我令爲之,誰敢不從?'紹曰:'天下健者不惟董公,紹請立觀之。'橫刀長揖而去。"范書所載出《英雄記》,而文字簡潔遒勁則過之。《英雄記》又載袁紹與公孫瓚戰於界橋南,"瓚敗,紹在後,未到橋十數里,下馬發鞍,見瓚已破,不爲設備,惟帳下强弩數十張大戟士百餘人自隨。瓚部迸騎二千餘匹卒至,便圍紹數重,弓矢雨下。別駕從事田豐扶紹,欲卻入空垣,紹以兜鍪撲地曰:'大丈夫當前鬬死,而入牆間,豈可得活乎?'彊弩乃亂發,多所殺傷。瓚騎不知是紹,亦稍引卻。會麴義來迎,乃散去。"《魏志·袁紹傳》注引《英雄記》。這一節寫袁紹,非常活躍,《魏志·袁紹傳》不載,便黯然寡色。范曄採入《後漢書》,可見《英雄記》底價值了。

《魏志》卷六《袁紹傳》注引《漢末名士録》一則,同卷《劉表傳》注引兩則。原書不知何人所撰,所記八厨八友,及袁術與陶丘洪論何顒事,顯然是時人底記載。"漢末"二字,或係後人追題,或係成於魏初,皆不可知。文字簡略,似不及《英雄記》,但是因爲所輯僅得此三則,我們不易得到定論。

第五　傳叙文學底自覺

　　從黃初元年曹丕即位到泰始元年司馬炎即位爲止，這短短的四十五年之中，史家稱爲三國時代。這是建安時代底延長，然而究竟有些不同。嚴羽《滄浪詩話》分建安、黃初爲二體，曾經受過後人底抨擊，但是建安、黃初中間，確有一些區別。把這一點看清，纔是文學史家或批評家底識力。在傳叙文學方面，到了三國時代，同樣也起了波瀾。

　　本來到了建安時代，傳叙文學已經受到了時代底推動，逐漸展開；黃初以後，當然只是這種形勢底擴大。但是波浪來了。在建安時代或其前，傳叙文學固然是不斷地產生，但是我們不容易看到傳叙文學家。除開自叙那一類的文字以外，縱使我們還能指出幾部書或幾篇底作者，但是他們底寫作是不經意的，甚至是不覺的。趙岐建立了中國傳叙文學底理論，但是他底《三輔決錄》止是一部極簡略的記載；《英雄記》不能說沒有價值，但是這部書底作者、時代，以及原來面目，都不能確定。到了三國時代，一切都不同了。狠多的篇幅都有切實的作者可指，而且我們也可斷言，在他們寫作的時候，都有一番的經意。所以從建安到黃初，不妨認爲這時期的作者，從不覺走上了自覺。

　　怎樣會有這樣的變化呢？這是文學乃至一切藝術必然的過程。詩三百篇就是如此。《鹿鳴》、《文王》、《清廟》、《臣工》，是西周初年的作品，都沒有姓名可指；到了"吉甫作誦，穆如清風"。《烝民》。"家父作誦，以究王訩。"《節南山》。作者，時代，及作詩的目標，始顯然可見。西漢時代的五言詩，止是一種徒歌，但是到了建安時代，面目便大異。整個的漢代，公府畫狠發展，直到吳人曹不興，纔算有成名的畫家。書法也是如此。秦碑固然狠古，但是指爲李斯所書，乃是後人底錯誤。碑中也言隗狀、楊樛諸人，爲甚麼定是李斯呢？真真以書法得名，乃是東漢末年的蔡邕。可知從不覺走上自覺，正是文學或一切藝術必然的過程。傳叙文學當然也如此，而這個自覺的時期，恰恰在三國時代。

　　三國時代的傳叙文學，確有作者可指的如次：

魏文帝《典論自叙》。

魏文帝《海內士品録》二卷。見《唐書·經籍志》。按《隋書·經籍志》作《海內士品》一卷,不著撰人。

魏文帝《列異傳》三卷。見《隋書·經籍志》。

魏明帝《海內先賢傳》四卷。見《唐書·經籍志》。按《隋書·經籍志》作魏明帝時撰。

高貴鄉公《自叙》。見《魏志·三少帝紀》注。

周斐《汝南先賢傳》五卷。見《隋書·經籍志》。

蘇林《陳留耆舊傳》一卷。見《隋書·經籍志》。按諸書引作《廣舊傳》。

王基《東萊耆舊傳》一卷。見《隋書·經籍志》。

劉艾《漢靈獻二帝紀》三卷。見《唐書·經籍志》。按《隋書·經籍志》作《漢靈獻二帝紀》三卷,漢侍中劉芳撰,殘缺,梁有六卷。又諸書引作《獻帝傳》。

嵇康《聖賢高士傳贊》三卷。見《隋書·經籍志》。

管辰《管輅傳》三卷。見《隋書·經籍志》。

曹植《列女傳頌》一卷。見《隋書·經籍志》。

繆襲《列女傳贊》一卷。見《隋書·經籍志》。

鍾會《母傳》。見《魏志·鍾會傳》注。

梁寬《龐娥親傳》。見《魏志·龐淯傳》注引皇甫謐《列女傳》。

李氏《漢魏先賢行狀》三卷。見《唐書·經籍志》。按《隋書·經籍志》作《先賢集》三卷,不著撰人。李氏疑魏時人,附記於此。以上魏。

張勝《桂陽先賢書讚》一卷。見《隋書·經籍志》。按"書"當作"畫"。

謝承《會稽先賢傳》七卷。見《隋書·經籍志》。

陸胤《廣州先賢傳》七卷。見《唐書·經籍志》。

陸凱《吳先賢傳》四卷。見《隋書·經籍志》。

徐整《豫章烈士傳》三卷。見《隋書·經籍志》。

徐整《豫章舊志》八卷。見《唐書·經籍志》。按《豫章烈士傳》疑即出《舊志》,分立篇目,另入雜傳類。以上吳。

諸書以外,尚有作家可記者。《曹瞞傳》一卷,《隋書·經籍志》不著録,見《唐書·經籍志》;《魏志·武帝紀》注屢引此書,稱爲吳人所作,此其一。《魏志·王昶傳》注引《任嘏別傳》:"嘏卒後,故吏東郡程威、趙國劉固、河東上官崇,録其事行及所著書。"此其二。《魏志·劉放傳》注引《孫資別傳》,又稱"資之別傳出自其家"。

此其三。《蜀志》卷十五附《常播傳》："年五十餘卒,書於《舊德傳》。"雖無作者可考,而其書具在。此其四。《魏志・荀攸傳》："公達前後凡畫奇策十二,唯繇_鍾繇知之,繇撰集未就。會薨,故世不得盡聞也。"其書未成,不在此數。至如步騭所上諸葛瑾等十一人行狀,尤在例外。

　　就魏、蜀、吳三國分別立論,在傳叙文學的成就,魏居第一,吳居第二,蜀居第三。本來魏居中原,承兩漢文化中心底餘資,加以三祖陳王底倡導,地廣人衆的憑藉,當然處在領導的地位。蜀地的開化實在吳地之前,但是從西漢到東漢,整個的中國文化,開始由西北轉到東南的趨向:在吳蜀文化的發展方面,即從傳叙文學一節而論,同樣可以看到。以後這個趨勢,也是不斷地加強而顯著。所以吳居蜀前,正是一件可以理解的事。

　　這一個時代裡,有三部篇幅較長的傳叙:(一)《獻帝傳》,(二)《曹瞞傳》,(三)《管輅傳》。第一部底作者,爲獻帝侍從之臣;第二部底傳主,是當時最偉大的人物;第三部底傳主,雖然不甚重要,但是作者爲其親弟,當然知道最詳密。所以三部書都可以成爲偉大的撰述。

　　《獻帝傳》作者劉艾,官爲漢侍中。《後漢書・獻帝紀》,興平元年七月"帝使侍御史侯汶出太倉米豆,爲飢人作糜粥,經日而死者無降。帝疑賦卹有虛,乃親於御坐前量試作糜,乃知非實。使侍中劉艾出讓有司,於是尚書令以下皆詣省閣謝"。此事亦見《獻帝傳》,而更詳密,大致史家所本,即出劉艾此書。劉艾爲天子近臣,至遲當始於是年。興平二年獻帝幸陜,夜度河,劉艾亦與其間,見《獻帝傳》。傳中所記,直至魏明帝青龍二年八月山陽公薨,適孫康嗣立爲止。所以劉艾與獻帝發生親切的關係,至少經過了四十一年,這是傳叙家不易得的遭遇。

　　劉艾又作《靈帝紀》,《三國志注》及《後漢書注》所引尚存六則,語甚簡略。《獻帝傳》見於《魏志注》、《後漢書注》、《續漢書・禮儀志》注、《文選注》及《御覽》者,尚可得兩萬字,可算相當地詳備。原書或稱《漢帝傳》,或稱《獻帝紀》。姚振宗言:"按《初學記》引稱《漢帝傳》,似是劉艾之本名,至魏明帝青龍二年山陽公薨之後,乃更名《獻帝傳》,入晉以後,與《靈帝紀》合爲一帙,乃定名曰《靈獻二帝紀》。"《隋書經籍志考證》。這是揣測之辭,但是我們無從得到更可信的解釋。最奇的是裴松之注《三國志》向以詳愼贍博得名,可是有時稱紀,《魏志・武帝紀》注。有時稱記,《魏志・董卓傳》注。有時稱傳。《魏志・袁紹傳》注。《後漢書注》也是有時稱紀,《董卓傳》注。有時稱傳。同卷。這一定因爲兩個名稱同樣地熟習,所以引用的時候,常常不加抉擇。至於紀、記之異,更屬傳寫之訛,無須置論。

獻帝不是雄才大略的君主,但是不能不算是英明有爲的嗣君,不幸嗣位之初,便遇到董卓專政,卓死以後,續遇李催、郭汜,再待李郭敗亡以後,又遇到曹操,從此遷都許昌,實際度俘虜底生活。然而即在這個生活之中,也還有幾度的波瀾:建安五年,車騎將軍董承等受密詔誅曹操,事洩被殺;十八年,曹操殺伏皇后及二皇子;二十三年,少府耿紀、丞相司直韋晃起兵誅曹操,不克被殺;建安二十五年三月,改元延康,十月禪位,這是名義上的轉變,然而究竟是一種轉變。以後的問題便不是統治權的問題,而是生存的問題了。在殺任城王、殺甄皇后的魏文帝手裡苟全性命,不是一件平常的事,但是總算因應有方,直到明帝年間克終天年。這樣的人物,這樣的生活,恰巧作傳的劉艾又和獻帝有長時期的親切關係,我們應當看到一部動人的傳敘,但是我們所得的止是失望。

　　這個失望,不是因爲劉艾沒有正視現實的勇氣。例如《魏志・明帝紀》注引《獻帝傳》:

　　　〔秦〕朗父名宜祿,爲呂布使,詣袁術,術妻以漢宗室女,其前妻杜氏留下邳。布之被圍,關羽累請於太祖,求以杜氏爲妻,太祖疑其有色。及城陷,太祖見之,乃自納之。宜祿歸降,以爲銍長。及劉備走小沛,張飛隨之,過謂宜祿曰:"人娶汝妻而爲之長,乃忍忍若是耶?隨我去乎?"宜祿從之數里,悔欲還,飛殺之。朗隨母氏畜於公宮,太祖甚愛之,每坐席,謂賓客曰:"世有人愛假子如孤者乎?"

曹操這樣的私生活都可以寫,還有什麼必須忌諱的呢?同樣地也不是因爲劉艾沒有活潑動人的筆致,例如《魏志・董卓傳》注引《獻帝記》:

　　　初,議者欲令天子浮河東下,太尉楊彪曰:"臣弘農人,從此以東有三十六灘,非萬乘所當從也。"劉艾曰:"臣前爲陝令,知其危險,有師猶有傾覆,況今無師! 太尉謀是也。"乃止。及當北渡,使李樂具船。天子步行趨河岸,岸高不得下,董承等謀欲以馬羈相續,以繫帝腰。時中宮僕伏德扶中宮,一手持十匹絹。乃取德絹,連續爲輦。行軍校尉尚弘多力,令弘居前負帝,乃得下登船。其餘不得渡者甚衆,復遣船收諸不得渡者,皆爭攀船,船中人以刀櫟斷其指,舟中之指可掬。

這一節除了最後六字直抄《左傳》,使人憎厭以外,其餘不能不算生動。《獻帝傳》底使人失望,多分是因爲作者只知作史,不知作傳的緣故。傳裡最著力的篇幅,裴松之徵引得最詳細的地方,便是在獻帝下冊禪位以後,左中郎將李伏上表,魏王不許,以後又是若干人表請,若干次不許,最後還是尚書令桓階奏稱已經擇定十月二十九日,登壇受命,而終以"令曰可"三字。文件共是三十八篇,約八千字,止完成魏文帝底一套既定的計劃。其實即使作史,一切和事實無關的空文,都應加以剪裁。王莽篡位,上書者四十八萬七千五百七十二人,倘使一一具錄,《漢書》亦復不成《漢書》。劉艾不知此義,因此所看到的止是字句底填塞,反不如《魏氏春秋》所言"帝升壇禮畢,顧謂群臣曰:'舜禹之事,吾知之矣!'"《魏志·文帝紀》注引。十八字寫盡當時的情實,和魏文底心境。

所以《獻帝傳》底價值,不是傳叙文學的價值,而是史的價值;即就史的價值而論,也不是史才史學史識的價值,而止是若干形同具文的史料的價值。

《曹瞞傳》便是一部和《獻帝傳》大不相同的著作。這部書《隋書·經籍志》不著錄,但是備見裴松之《魏志注》,書底真僞沒有問題。所怪者松之稱吳人作《曹瞞傳》,《魏志·武帝紀》注。吳人是誰呢?不得而知。《唐書·經籍志》沿松之之説,也沒有交代。書中直斥曹操底酷虐變詐,固然不像曹魏的著作,但是吳人底著作,稱曹操爲太祖,也不近情。魏元帝咸熙元年五月,追命舞陽宣文侯爲晉宣王,次年十二月禪位於晉。傳稱司馬懿爲司馬宣王,那麼這部書便像是咸熙以後的作品。姚振宗言:"愚案傳名《曹瞞》,又係吳人所作,其言操少好飛鷹走狗,游蕩無度,又佻易無威重,好音樂,及遣華歆入宮收伏后事,語皆質直,不爲魏諱。故《世説注》、《文選注》所引皆稱操名,惟《魏志》注多稱太祖,自係裴松之所改,非吳人原本。"《隋書經籍志考證》。但是裴松之是宋人,中隔兩朝,爲何要改?縱使牽強附會,稱《武帝紀》注爲行文之便,改曹操爲太祖,但是改司馬懿爲宣王,理由何在?倘使我們假定《曹瞞傳》爲咸熙禪代以後的著作,便可以解答這兩個問題,然而裴松之"吳人作"三字,又不容許我們作如此的假定。所以這一部書底作者,始終是一個謎。

《曹瞞傳》底作者,雖然不能確定,但是對於傳主底個性,寫得非常活躍,尤其對於他底一切小動作,小節目,都給予狠仔細的描寫。在這一點方面,有些接近現代傳叙文學的意味,爲古代中國文學裡所罕見。例如次:

太祖爲人,佻易無威重,好音樂,倡優在側,常以日達夕。被服輕綃,身自佩小鞶囊，以盛手巾細物，時或冠帢帽以見賓客。每與人談論，戲弄言誦，盡無所隱。及歡悅大笑，至以頭没杯案中，肴膳皆沾污巾幘，其輕易如此。然持法峻刻，諸將有計畫勝出己者，隨以法誅之，及故人舊怨，亦皆無餘。其所刑殺，輒對之垂涕嗟痛之，終無所活。初，袁忠爲沛相，嘗欲以法治太祖，沛國桓邵亦輕之，及在兖州，陳留邊讓言議頗輕太祖。太祖殺讓，族其家。忠、邵俱避難交州，太祖遣使就太守士燮，盡族之。桓邵得出首，拜謝于庭中。太祖謂曰："跪可解死耶？"遂殺之。常出軍，行經麥中，令士卒無敗麥，犯者死。騎士皆下馬持麥以相付。於是太祖馬騰入麥中。敕主簿議罪，主簿對以《春秋》之義，罰不加於尊。太祖曰："制法而自犯之，何以率下？然孤爲軍師，不可自殺，請自刑。"因援劍割髮以置地。又有幸姬嘗從晝寢，枕之卧，告之曰："須臾覺我。"姬見太祖卧安，未即寤，及自覺，棒殺之。常討賊，廪穀不足，私謂主者曰："如何？"主者曰："可以小斛以足之。"太祖曰："善。"後軍中言太祖欺衆，太祖謂主者曰："特當借君死以厭衆，不然事不解。"乃斬之，取首題徇曰："行小斛，盗官穀，斬之軍門。"其酷虐變詐，皆此之類也。《魏志·武帝紀》注引《曹瞞傳》。

然以史實考之，往往與《曹瞞傳》不相合。傳稱袁忠爲沛相，常欲以法治曹操。考袁忠爲沛相，爲初平中事。《後漢書·袁閎傳》。中平六年，曹操起兵於己吾，次年初平元年，行奮武將軍事，自後常在兵間，何緣袁忠以區區之沛相，妄圖以法相治，此不可解之一。袁忠南投交阯，獻帝都許，徵爲衛尉，未到卒，有《後漢書》可徵，而《曹瞞傳》稱爲士燮所殺，誤也。傳又稱桓邵拜謝庭中事，是時客交阯者沛國桓曄，一名嚴，爲凶人所訟，死于合浦獄。《後漢書》卷六十七《桓鸞傳》。與桓邵事亦異。

《曹瞞傳》記曹操攻馬超事："時公軍每渡渭，輒爲超騎所衝突，營不得立，地又多沙，不可築壘。婁子伯説公曰：'今天寒，可起沙爲城，以水灌之，可一夜而就。'公從之，乃多作縑囊以運水，夜渡兵作城。比明城立，由是公軍盡得渡渭。"《魏志·武帝紀》注引《曹瞞傳》。曹操渡渭攻馬超，爲建安十六年九月事。今渭水平原，十二月間温度常在零度左右，縱使古今氣候有異，無緣於九月間有灌水築城、一夜冰結之事。此不可解之二。

最甚者則有華歆破壁牽伏皇后之説。《曹瞞傳》云："公遣華歆勒兵入宫收后，后閉户匿壁中，歆壞户發壁，牽后出。帝時與御史大夫郗慮坐，后被髮徒跣過,執帝手曰:'不能復相活耶?'帝曰:'我亦不自知命在何時也!'帝謂慮曰:'郗公,天下寧有是乎?'遂將后殺之,完及宗族死者數百人。"《魏志·武帝紀》注引。殺伏皇后爲曹操酷虐之一大事,然華歆破壁之說,不見《魏志》,其事原不可信。范曄作《後漢書》,始云:"又以尚書令華歆爲郗慮副,勒兵入宮收后,閉戶藏壁中。歆就牽后出,時帝在外殿,引慮於坐,后被髮徒跣行,泣過訣曰:'不能復相活耶?'帝曰:'我亦不知命在何時!'顧謂慮曰:'郗公,天下寧有是邪?'遂將后下暴室,以幽崩。所生二皇子,皆酖殺之。"《後漢書·伏皇后紀》。范書所載,大致本《曹瞞傳》。尚書令之稱,當出其書,爲後人節引者所略。以操之暴橫,破壁牽后,原在意中,即以獻帝、伏后對語論,《魏志·武紀》言:"漢皇后伏氏,坐昔與父故屯騎校尉完書云:'帝以董承被誅怨恨公。'辭甚醜惡。"斯時獻帝正在慄慄自危之中,故有不知命在何時之說,情景亦甚逼真。伏完已死,故《魏志》但言伏后兄弟伏法,而不及完。《曹瞞傳》言完及宗族死者數百人,此則死刑加於身後,尤爲荒誕。

以情理論,華歆未必與聞此事。華嶠《譜叙》言:"文帝受禪,朝臣三公以下,並受爵位,歆以形色忤時,徙爲司徒而不進爵。魏文帝久不懌,以問尚書令陳羣曰:'我應天受禪,百辟羣后,莫不人人悦喜,形于聲色,而相國及公獨有不怡者,何也?'羣起離席長跪曰:'臣與相國曾臣漢朝,心雖悦喜,義形其色,亦懼陛下實應且憎。'"《魏志·華歆傳》注引。《譜叙》之書,出於華歆之孫,豈能必爲信史,然以人情言之,漢魏禪代,與魏晉禪代,其事原屬一致,華嶠爲晉秘書監尚書,豈有故意誇其祖父眷戀故主之思,以取疑於新朝之理。所以這是近於事實的記載。證以魏文踐阼以後,太尉鍾繇由東武亭侯進封崇高鄉侯,司空王朗進封樂平鄉侯,而華歆由相國徙爲司徒,安樂鄉侯如故,則華嶠所言形色忤時之說,殆可置信。這樣的人,居然壞戶發壁,這是不能使人理解的事。

再以尚書令之稱考之。《魏志·華歆傳》稱歆"代荀彧爲尚書令,太祖征孫權,表歆爲軍師"。荀彧卒於建安十七年,《魏志·荀彧傳》。其後征孫權在建安十九年七月,《魏志·武紀》。所以華歆爲尚書令,始於建安十七年而終於建安十九年七月。《後漢書·獻帝紀》:"二十二年夏六月,丞相軍師華歆爲御史大夫",則至斯時猶爲丞相軍師,且不爲尚書令可知。又考《魏志·武帝紀》,建安十八年五月建魏國,十一月初置尚書侍中六卿。同書《荀攸傳》稱"魏國初建,爲尚書令",又言"從征孫權,道薨"。《徐奕傳》稱"魏國既建,爲尚書,復典選舉,遷尚書令"。以下接言太祖征漢中,以奕爲中尉。征漢中事在建安二十年三月。《魏志·武帝紀》。斯知荀攸爲魏尚書令,始於建安十八年十一月,終於次年七月,其後徐奕爲魏尚書令,直至建安二十年三月。殺伏后事在建安十九年十一月,其時華歆既非漢尚書令,而魏尚書令又別有其人。所以范書所根據的《曹瞞傳》如有一部分可信,則勒兵入宮爲郗慮之副者,或爲魏尚書令徐奕,或爲並非華歆之漢尚書令,名不可考。皆與華歆無涉。

　　華歆、王朗都是當時的名士,《曹瞞傳》底作者因爲不瞭解名士底作用,以致陷於這樣的錯誤。當時的名士都負有天下盛名,這便是所謂"公才",《魏志·崔琰傳》。"廊廟器"《蜀志·許靖傳贊》。實際上不一定有經世之才,所以華歆、王朗儘管身負盛名,而一遇孫策,止得幅巾奉迎,束身歸命。第一個知道利用名士者,是曹操,表徵二人,全是曹操底策略。以後用邴原,徵管寧,也出於同樣的心理。劉備不十分瞭解這個作用,有一許靖而不能知,法正説以"天下有獲虛譽而無其實者,許靖是也。然今主公始創大業,天下之人,不可户説,靖之浮稱,播流四海,若其不禮,天下之人以是謂主公爲賤賢也。宜加敬重,以眩遠近,追昔燕王之待郭隗。"《蜀志·法正傳》。"宜加敬重,以眩遠近",這是利用名士底真義。孫權把華歆、王朗送出以後,止得任用顧雍、步騭,總算維持江東底體面。但是大批的名士都在曹魏,文帝以華歆爲司徒,王朗爲司空,鍾繇爲太尉,謂左右曰:"此三公者,乃一代之偉人也,後世殆難繼矣。"《魏志·鍾繇傳》。正是最得意的言論。他們底責任,在爲新朝收拾人望,以後華歆、王朗、陳紀、陳群這一輩人,對許靖、諸葛亮屢次與書招降,算是盡了最大的努力。他們官高而權不重,貪戀富貴,然而也不屈身汙賤。曹操、曹丕決不願意以此相屈,因爲這樣不但會使華歆、王朗失去名士底價值,同時也使曹氏父子喪失利用底意義。所以能夠瞭解曹操、華歆底時代的人,決不會相信華歆有壞户發壁的故事。就在這一點上,我們不妨假定《曹瞞傳》底完成,已在魏末的時候。

　　《曹瞞傳》底注重傳主個性,爲中國傳叙文學所罕見,然而因此更使我們抱憾記載底失實。要希望一部繁重的傳叙,沒有任何的錯誤,這是一種過望,但是在一卷以內,發現許多違反事實的記載,便會降低傳叙文學底價值。

　　《管輅傳》二卷,作者是管輅之弟管辰。管輅底聲譽引起管辰的欣羨,這一部書當然可以成爲有名的作品。但是裴松之説:"前長廣太守陳承祐口受城門校尉華長駿語云:'昔其父爲清河太守時,召輅作吏,駿與少小,後以鄉里,遂加恩意,常與同載周旋,具知其事,云諸要驗三倍於傳。辰既短才,又年縣小,又多在田舍,故益不詳。'"《魏志·管輅傳》注。又説:"案輅自説云:'本命在寅',則建安十五年生也,至正始九年,應三十九,而傳云三十六;以正元三年卒,應四十七,傳云四十八,皆爲不相應也。"同上。今《魏志》注備載管辰是傳,姚振宗云:"案《魏志·傳》注載辰是傳特多,似全錄其文,并其序亦載之。"《隋書經籍志考證》。

《管輅傳》底作法,大體遵照《史記·倉公列傳》和漢魏之間的《郭林宗別傳》、《華佗別傳》,重在醫方之驗,知人之驗,以及占卜之驗。因此所重是事而不是人,而且只是斷片的事蹟而不是連續的紀載。清人撰《四庫總目提要》,認爲究厥本原,則《晏子春秋》是即家傳。《管輅傳》有些和《晏子春秋》相像,其實只是傳叙文學初期的形態。

但是《管輅傳》究竟進步了。對於管輅的總叙,能使我們看出一個不凡的人物。

> 輅年八九歲,便喜仰視星辰,得人輒問其名,夜不能寐,父母嘗禁之,猶不可止。自言家雞野鵠,猶尚知時,況於人乎?與隣比兒共戲土壤中,輒畫地作天文及日月星辰。每答言說事,語皆不常。宿學者人,不能折之,皆知其當有大異之才。及成人,果明《周易》。仰觀風角占相之道,無不精微。體性寬大,多所含受,憎己不讎,愛己不褒,每欲以德報怨。嘗謂忠孝信義,人之根本,不可不厚,廉介細直,士之浮飾,不足爲務也。自言:"知我者稀,則我貴矣,安能斷江漢之流,爲激石之清。樂與季主論道,不欲與漁父同舟,此吾志也。"其事父母孝,篤兄弟,順愛士友,皆仁愛發中,終無所闕。臧否之士,晚亦服焉。《魏志·管輅傳》注引《管輅別傳》。

這裡活潑地把管輅底見地寫出來,"臧否之士"一句,隱藏了許多時人底褒貶。從管輅那種不爲激石之清,不重廉介細直的主張看來,我們也隱隱看到管輅底影子。這正是作者抒寫的本領。裴松之認爲短才,完全是另外一個方向的批評。

清談之風,雖盛於晉,其實正始之中,即已開始。《管輅傳》便有幾段詳細的記載,我們可以看到當時的風尚,這是此傳對於歷史的價值。例如次:

> 琅邪太守單子春雅有材度,聞輅一鸞之雋,欲得見,輅父即遣輅造之。大會賓客百餘人,坐上有能言之士。輅問子春:"府君名士,加有雄貴之姿,輅既年少,膽未堅剛,若欲相觀,懼失精神,請先飲三升清酒,然後言之。"子春大喜,便酌三升清酒,獨使飲之。酒盡之後,問子春:"今欲與輅爲對者,若府君四座之士耶?"子春曰:"吾自欲與卿旗鼓相當。"輅言:"始讀《詩》、

《論》、《易本》，學問微淺，未能上引聖人之道，陳秦漢之事，但欲論金木水火土鬼神之情耳。"子春言："此最難者，而卿以爲易耶！"於是唱大論之端，遂經於陰陽，文采葩流，枝葉橫生，少引聖籍，多發天然。子春及衆士，互共攻劫，論難鋒起，而輅人人答對，言皆有餘，至日向暮，酒食不行。子春語衆人曰："此年少盛有材氣，聽其言論，正似司馬犬子遊獵之賦，何其磊落雄壯！英神以茂，必能明天文地理變化之數，不徒有言也。"《魏志·管輅傳》注引《管輅傳》。

諸葛原字景春，亦學士，好卜筮，數與輅共射覆，不能窮之。景春與輅有榮辱之分，因輅餞之，大有高譚之客，諸人多聞其善卜仰觀，不知其有大異之才。於是先與輅共論聖人著作之原，又叙五帝三王受命之符。輅解景春微旨，遂開張戰地，示以不固，藏匿孤虚，以待來攻。景春奔北，軍師摧衂，自言："吾覩卿旌旗，城池已壞也。"其欲戰之士，於此鳴鼓角，舉雲梯，弓弩大起，牙旗雨集。然後登城曜威，開門受敵，上論五帝，如江如漢，下論三王，如翩如翰。其應者若春華之俱發，其攻者若秋風之落葉，聽者眩惑，不達其義，言者收聲，莫不心服。雖白起之坑趙卒，項羽之塞濉水，無以尚之。于時客皆欲面縛銜璧，求束手於軍鼓之下，輅猶總干山立，未便許之。同前。

魏國別傳很多，用不到在此列舉，約略可論者則有《任嘏別傳》及鍾會《母張夫人傳》。

《任嘏別傳》見《魏志·王昶傳》注，下筆狠細緻。如言"家貧賣魚，會官稅魚，魚貴數倍，嘏取直如常。又與人共買生口，各雇八匹，後生口家來贖，時價直六十匹，共買者欲隨時價取贖，嘏自取本價八匹，共買者慙，亦還取本價。比居者擅耕嘏地數十畝種之，人以語嘏，嘏曰：'我自以借之耳。'耕者聞之，慙謝還地。"這一種不嫌瑣屑的寫法，正和《司馬徽別傳》類似。本來漢魏之間，原有這樣的風氣。《廬江七賢傳》陳翼葬長安書生魏少公事，《列異傳》鮑子都葬長安書生事，《益部耆舊傳》王忳葬京師書生事，都記書生有銀十餅，賣銀一餅以葬，餘着死者棺中，因祝死者魂靈有知，當令其家知其在此，最後果爲其家所知，因致重謝云云。下筆也是同樣地細緻。《七賢傳》等所載，大致原是一事，所以内容大體相同。范曄《後漢書·王忳傳》完全根據《益部耆舊傳》，却忘去了以前還有幾個不同而類似的傳說。

鍾會爲其母作傳，見《魏志·鍾會傳》注。後漢末年已經有婦女底別傳，如《荀采傳》，見《御覽》卷八七；《蔡琰別傳》，見《御覽》卷四三二及其他諸卷。鍾會母張夫人傳是一篇完整的篇幅,合《魏志》注所引兩則觀之,其中並沒有顯然的缺略。所載鍾繇諸妾爭寵傾軋,陰森可怖之狀,躍然紙上。如云:

> 貴妾孫氏,攝嫡專家,心害其賢,數讒毀,無所不至。孫氏辨博有智巧,言足以飾非成過,然竟不能傷也。及姙娠,愈更嫉妬,乃置藥食中。夫人中食,覺而吐之,瞑眩者數日。或曰:"何不向公言之?"答曰:"嫡庶相害,破家危國,古今以爲鑒誡。假如公信我,衆誰能明其事?彼以心度我,謂我必言,固將先我;事由彼發,顧不快耶?"遂稱疾不見。孫氏果謂成侯曰:"妾欲其得男,故飲以得男之藥,反謂毒之!"成侯曰:"得男藥佳事,闇於食中與人,非人情也。"遂訊侍者,具服。孫氏由是得罪出。成侯問夫人:"何能不言?"夫人言其故,成侯大驚,益以此賢之。

魏代底傳叙文學,縱然還沒有什麼偉大的作品,無疑地已經走上發展的途徑。不幸就在這個時期,傳叙文學發生了病態,這便是傳叙家底有意作僞。傳叙文學和一般文學不同的方面,就是在叙述上儘管採取各種文學的形態,但是對於所記的事實,却斷斷不容有絲毫的作僞。文學的形態是外表,忠實的叙述是內容,等到內容方面發生問題,事態就嚴重了。所謂內容方面的問題,便是真僞的問題。這裡也有幾種的分別。有的是傳主底作僞,例如公孫弘位居三公而爲布被,食不重味,劉虞冠敝不改,而妻妾服羅紈,盛綺飾。在這種情形之下,傳叙家能夠直指其僞,這便是傳叙的忠實。有的是傳主底作僞,例如漢高祖爲項羽發喪,哭之而去,而《史記》直記其事,和其他諸傳所記高祖暴抗的故事 例如《周昌傳》、《佞幸列傳》相形,適成爲刻意的諷刺。倘使作者不明此義,只是將僞作真,以訛傳訛,這便降低了傳叙底價值,但是究竟和有意作僞顯然不同。最下的便是傳叙家底作僞,把傳主底真相隱藏了,祇是故意捏造,叙述壞事的固爲謗書,叙述好事的也成穢史。傳叙文學成爲空文,這便是最大的損害,而這種作僞的風氣,在魏代始盛。

我們的時代,對於歷史上正統的觀念,已經轉變了,曹氏代漢、司馬氏代魏的故事,本來用不到過分的重視,但是這四五十年中,矯詐攘奪成爲當時的風氣,於是上焉者容悅取巧,下焉者機巧變詐。影響所至,及於一般的人生,更及於傳叙文學。當時的傳叙裡,作僞底形迹最顯著者:(一)《桓階別傳》,(二)《孫資別傳》。

《桓階別傳》見《北堂書鈔》卷六十九及《太平御覽》諸卷,清陳運溶《麓山書院叢書》有輯本。從輯本裡所看到的,桓階一則德懷遠人,《御覽》卷二六二。次則清儉異常,如云:"階在郡時,俸盡食醬酢,上聞之,數戲之曰:'卿家醬頗得成不耶?'詔曰:'昔子文清儉,朝不謀夕,而有脯糧之秩;宣子守約,簞食魚飧,而有加粱之賜。豈況光光大魏,富有四海,棟宇大臣,而有蔬食,非吾所以禮賢之意也。其賜射鹿師二人,并給媒。'"同上。又云:"文帝嘗幸其第,見諸子無禈,文帝拊手笑曰:'長者子無禈!'乃抱與同乘。是日拜二子爲郎,使黃門齎衣三十囊賜曰:'卿兒能趨,可以禈矣。'"《御覽》卷四八五。其實桓階只是一個參與機密的私人。第一個爲曹操畫篡奪之策的,便是他。《曹瞞傳》言"桓階勸王正位,夏侯惇以爲宜先滅蜀,蜀亡則吳服,二方既定,然後遵舜禹之軌。王從之。及至王薨,悙追恨前言,發病卒"。《魏志·武帝紀》注引。這是桓階自結於曹操的一着。曹操欲立曹植爲世子,"階數陳文帝德優齒長,宜爲儲副,公規密諫,前後懇至"。見《魏志·桓階傳》。階之子嘉尚升遷亭公主,正是二人結合底內幕。其後禪代之際,屢次領銜勸進的就是桓階。卒時,文帝自臨省視,謂曰:"吾方託六尺之孤,寄天下之命於卿。"《魏志·桓階傳》。這是真相,也可見文帝之時,華歆等人只是充位之臣,國家之重,所託反在桓階。至於桓階底清儉,更是笑談。《御覽》卷六八九引《襄陽耆舊記》:"王昌字公伯,爲東平相、散騎常侍,早卒,婦是任城王曹子大女。弟式字公儀,爲度遼將軍長史,婦是尚書令桓階女。昌母聰明有典教,二婦入門,皆令變服下車,不得踰侈。後階子嘉尚魏主,欲金縷衣見式婦,嘉止之曰:'其嫗嚴,固不聽善耳。不須持往,犯人家法。'"《曹瞞傳》底完成,在《桓階別傳》之後,《襄陽耆舊記》更遠在其後,從史料底先後論,當然不如《桓階別傳》。但是《別傳》所叙,以桓階爲主體,《曹瞞傳》及《襄陽耆舊記》所叙,只是側面的投射,一個有意,一個無意,因此反覺可靠,而《桓階別傳》底作僞,更加顯著了。

其次便是《孫資別傳》。文帝黃初之初,改秘書爲中書,以劉放爲中書監,孫資爲中書令,中書成爲君主底親近,這是大權由尚書轉到中書的張本。文帝、明帝兩朝,劉放、孫資大權在握。《世語》言:"放、資久典機要,獻、夏侯獻肇曹肇心內不平,禁中有雞棲樹,二人相謂:'此亦久矣,豈能復幾!'指謂放、資。"這是當時的情實。明帝寢疾,便成爲夏侯獻、曹肇和劉放、孫資爭權的時機。《魏志·明帝紀》稱:"帝寢疾,欲以燕王宇爲大將軍,及領軍將軍夏侯獻、武衛將軍曹爽、屯騎校尉曹肇、驍騎將軍秦朗共輔政。宇性恭良,陳誠固辭。帝引見放、資,入臥內,謂曰:'燕王正爾爲?'放、資對曰:'燕王實自知不堪大任故耳!'帝曰:'曹爽可代宇否?'

放、資因贊成之,又深陳宜速召太尉司馬宣王,以綱維王室。"這是當時的內幕。放、資底計畫,第一步是引曹爽以倒燕王,第二步是引司馬懿以佐曹爽。完成了削弱宗室以後,接下便是司馬懿推翻曹爽政權,從此以後,逐步走上魏晉禪代的途徑,一切只是由於放、資二人把持中書的一念之私。陳壽評二人云:"劉放文翰,孫資勤慎,並管喉舌,權閣當時,雅亮非體,是故譏訕之聲,每過其實矣。"陳壽身居晉代,所言僅能如此,其實這種微詞,透露時人對於放、資二人的議論。但是《孫資別傳》就不是這樣了。明帝臨危,問孫資以誰可用者。《別傳》稱孫資言:"至於重大之任,能有所維綱者,宜以聖意簡擇,如平、勃、金、霍、劉章等一二人,漸樹其威重,使相鎮固,於事爲善。"明帝問:"今日可參平、勃,侔金、霍,雙劉章者,其誰哉?"孫資止說:"又所簡擇,當得陛下所親,當得陛下所信,誠非愚臣之所能識別。"這便是推避責任。《別傳》着此數語,正顯出作者爲孫資洗刷的用意。所以裴松之說:"案本傳《魏志·劉放傳》及諸書並云:'放、資稱贊曹爽,勸召宣王,魏室之亡,禍基於此。'資之《別傳》,出自其家,欲以是言掩其大失,然恐負國之玷,終莫能磨也。"這便判定《孫資別傳》底價值。

　　魏代的總傳,可考者爲《列異傳》、《海內先賢傳》、《先賢行狀》及《聖賢高士傳》。

　　《列異傳》三卷,《隋書·經籍志》題魏文帝作。《魏志·蔣濟傳》注引《列異傳》一則,首言"濟爲領軍",案蔣濟爲領軍將軍,在齊王芳時,不應文帝時即有此稱。所以姚振宗說:"案《唐·經籍志》有《列異傳》三卷,張華撰,《藝文志》小說家有張華《列異傳》一卷,意張華續文帝書而後人合之。"《隋書經籍志考證》。這是一部接近小說的作品,所以《新唐書·藝文志》索性歸入小說類,今不置議。

　　《海內先賢傳》四卷,《隋志》題魏明帝時作。《世說新語注》及《御覽》所引諸條,皆漢魏間人事。《御覽》卷九二二引《先賢傳》云:"周不疑,曹公欲以爲議郎,不就。時有白雀瑞,不疑已作頌,援紙筆立令復作,操奇異之。"倘如《唐書·經籍志》所云,爲魏明帝撰,似不應有曹公、曹操之稱,仍以《隋志》所題爲宜。

　　兩《唐志》有《海內先賢行狀》三卷,李氏撰。《三國志注》、《後漢書注》屢引《先賢行狀》,疑即此書。李氏不知何時人,以《行狀》所載皆漢魏間事,疑爲魏時人。鍾皓、陳登、王烈、田疇、審配諸狀,皆洋洋千餘言,不類其他諸總傳之瑣碎,對於諸人亦有個性底描寫,所以實在是一部佳作。曹操北征袁譚,辛毗歸操,審配爲袁尚守鄴,城破,《行狀》云:

是日生縛配,將詣帳下,辛毗等逆以馬鞭擊其頭,罵之曰:"奴,汝今日真死矣!"配顧曰:"狗輩,正由汝曹破我冀州,恨不得殺汝也!且汝今日能殺生我耶?"有頃,公引見,謂配:"知誰開卿城門?"配曰:"不知也。"曰:"自卿文榮耳!"審配侄。配曰:"小兒不足用,乃至此。"公復謂曰:"曩日孤之行圍,何弩之多也!"配曰:"恨其少耳。"公曰:"卿忠於袁氏父子,亦自不得不爾也。"有意欲活之,配既無撓辭,而辛毗等號哭不已,乃殺之。初,冀州人張子謙先降,素與配不善,笑謂配曰:"正南,卿竟何如我?"配厲聲曰:"汝爲降虜,審配爲忠臣,雖死,豈若汝生耶?"臨行刑,叱持兵者令北向,曰:"我君在北。"《魏志·袁紹傳》注引《先賢行狀》。

嵇康《聖賢高士傳贊》三卷,是一部極享盛名而沒有價值的著作。《魏志·王粲傳》注載康兄喜爲《康傳》云:"撰錄上古以來聖賢隱逸遁心遺名者,集爲《傳贊》,自混沌至於管寧,凡百一十有九人,蓋求之於宇宙之內,而發之乎千載之外者矣,故世人莫得而名焉。"所謂百一十九人者,正如劉敞、劉訏所言:"昔嵇康所贊,缺一自擬。"《南史·隱逸傳》。《史記》有《自序》,《漢書》有《叙傳》,但是嵇康却以空白自標流品,正是極端聰明的辦法。嵇康底人品,當然可以引起後人底敬慕,但是人品是人品,作品是作品,不能因爲人品底高超,便認爲作品的高超。

然而這本書在魏晋以後,確曾享盡一世的浮慕。當時人人想做高士,《高士傳》便成爲愛不忍釋的珍玩。王子猷、子敬兄弟共賞《高士傳》人及贊,子敬賞井丹高潔,子猷云:"未若長卿慢世。"見《世說·品藻篇》。其後子猷作桓沖騎兵參軍,桓沖問其所事,子猷答以"不知何署,時見牽馬來,似是馬曹"。桓問:"官有幾馬。"答以"不問馬,何由知其數"。桓又問:"馬比死多少?"復答:"未知生,焉知死。"見《世說·簡傲篇》。子猷比子敬又高一層,切實做到了慢世,其實祇是一個高傲的白癡,在平時是一個寄生的廢物,在戰時更是一個誤國的姦蠹。這種人正是《高士傳》所陶冶的人才。桓溫讀《高士傳》至於陵仲子,便擲去曰:"誰能作此谿刻自處。"見《世說·豪爽篇》注引皇甫謐《高士傳》於陵仲子事。桓溫是一個磊落的英雄,但是英雄不常見,所以《高士傳》仍爲極享盛名的著作。

從傳叙文學底立場論嵇康《高士傳》沒有價值,因爲這和劉向《列女傳》一樣,也是"不出胸臆,非由機杼"。《列女傳》總算還是摭集經傳所記,縱使荒謬如"夏姬再爲夫人,三爲王后"這類的記載,幸虧夏姬尚有其人,祇是一個記載失實。嵇康《高士傳》便更差了。傳中所載諸人如子州支父、石戶之農、許由、善卷、卞隨、

務光,都是子虛無有之類,已經奇了,更奇的則如劉知幾《史通·雜說》所言:

> 嵇康撰《高士傳》,取《莊子》、《楚辭》二漁父事,合成一篇。夫以國史之寓言,騷人之假說,而定爲實錄,斯已謬矣;況此二漁父者,較年則前後別時,論地則南北殊壤,而輒併之爲一,豈非惑哉!苟如是,則蘇代所言,雙擒蚌鷸,伍胥所遇渡水蘆中,斯並漁父善事,亦可同歸一錄,何止揄袂緇帷之林,濯纓滄浪之水,若斯而已也!
>
> 莊周著書,以寓言爲主。嵇康述《高士傳》,多引其虛辭,至若神有混沌,編諸首錄。苟以此爲實,則其流甚多,至如龜鼈競長,蚊蛇相憐,鶯鳩笑而後言,鮒魚忿以作色,向使康撰《幽明錄》、《齊諧記》,並可引爲真事矣。夫識理如此,何爲而薄周孔哉!

蜀漢的傳叙,可見的不多,諸書所引,有《趙雲別傳》、《費禕別傳》、《蒲元傳》、《李先生傳》。《蒲元傳》記蒲元爲諸葛亮造刀三千口事,《李先生傳》則神仙家,另見。

《趙雲別傳》見《蜀志·趙雲傳》注,頗詳密,記雲不納趙範嫂樊氏,及成都下後,不受城中屋舍及城外桑田事,皆有意致。其他如記街亭敗後,諸葛亮問鄧芝云:"亮曰:'街亭軍退,兵將不復相錄,箕谷軍退,兵將初不相失,何故?'芝答曰:'雲身自斷後,軍資什物,略無所棄,兵將無緣相失。'雲有軍資餘絹,亮使分賜將士。雲曰:'軍事無利,何爲有賜?其物請悉入赤岸府庫,須十月爲冬賜。'亮大善之。"這裡也看出大將底風度。《費禕別傳》見《蜀志·費禕傳》注及《御覽》,如云:"于時軍國多事,公務煩猥,禕識悟過人,每省讀書記,舉目暫視,已究其意旨,其速數倍於人,終亦不忘。常以朝晡聽事,其間接納賓客,飲食嬉戲,加之博弈,每盡人之歡,事亦不廢。董允代禕爲尚書令,欲敩禕之所行,旬日之中,事多愆滯。允乃歎曰:'人才力相縣,若此甚遠,此非吾之所及也。聽事終日,猶有不暇爾。'"《蜀志·費禕傳》注。這裡也看到一個精力絕倫的人。不過即使這幾篇都是蜀漢時撰,我們仍不能不感覺蜀漢傳叙文學底貧乏。

吳國便是一個注重史傳的國家,孫權末年命太史令丁孚、郎中項峻始撰《吳書》。孫亮時,更差韋曜、周昭、薛瑩、梁廣、華覈訪求往事。孫皓時,薛瑩爲左國史,華覈爲右國史。見《吳志·薛綜傳》。私家撰述則有謝承撰《後漢書》百餘卷。見《吳志·謝夫人傳》。其他如《史通·雜說》云:"交阯遠居南裔,越裳之俗,既而士燮裁書,則磊落英才,粲然盈矚。"引節士爕底撰述,大致還是郡書一類。

吳國諸人別傳具在者,有《虞翻別傳》、《陸績別傳》、《諸葛恪別傳》、《孟宗別傳》、《胡綜別傳》、《車浚別傳》、《樓承先別傳》、《葛仙公傳》。葛仙公爲神仙家,別見。諸葛恪是一個非常機敏的人,《別傳》所記,躍然紙上。如云:

> 權嘗饗蜀使費禕,先逆敕群臣:"使至,伏食勿起。"禕至,權爲輟食,而群下不起。禕嘲之曰:"鳳凰來翔,騏驎吐哺。驢騾無知,伏食如故。"恪答曰:"爰植梧桐,以待鳳凰。有何燕雀,自稱來翔。何不彈射,使還故鄉?"禕停食餅,索筆作《麥賦》,恪亦請筆作《磨賦》,咸稱善焉。權嘗問恪:"頃何以自娛而更肥澤?"恪對曰:"臣聞富潤屋,德潤身,臣非敢自娛,修己而已。"又問:"卿何如滕胤?"恪答曰:"登階躡履,臣不如胤;迴籌轉策,胤不如臣。"恪嘗獻權馬,先鑗其耳,范慎時在坐,嘲恪曰:"馬雖大畜,稟氣於天,今殘其耳,豈不傷仁?"恪答曰:"母之於女,恩愛至矣,穿耳附珠,何傷於仁?"太子嘗嘲恪:"諸葛元遜可食馬矢。"恪曰:"願太子食雞卵。"權曰:"人令卿食馬矢,卿使人食雞卵,何也?"恪曰:"所出同耳。"權大笑。《吳志·諸葛恪傳》注引《諸葛恪別傳》。

這類的故事和《費禕別傳》所記"孫權每別酌好酒以飲禕,視其已醉,然後問以國事,并論當世之務,辭難累至。禕輒辭以醉,退而撰次所問,事事條答,無所遺失",《蜀志·費禕傳》注。以及《江表傳》所記諸葛恪難張昭事,見《吳志·諸葛恪傳》注。皆相應,一則見孫權底權術,二則見諸葛恪底機警。

吳時總傳六種,除士爕所錄,未見徵引外,皆見諸書所引。所記如:

> 胡騰部南陽從事,遇大駕南巡,求索總猥。騰表曰:"天子無外,乘輿所幸,便爲京師。臣請荊州刺史比司隸,臣比都官從事。"帝奇其才,悉許之。大將軍西曹掾亡馬,召騰,因作都官鵠頭板召,百官敬服。《御覽》卷六〇六引《桂陽先賢畫讚》。

> 徐徵字君求,蒼梧荔浦人。少有方直之行,不撓之節,頗覽書傳,尤明律令。延熹五年,徵爲中部督郵。時唐衡恃豪貴,京師號爲唐獨語,遣賓客至蒼梧,頗不拘法度。徵便收客郡市,髡笞,乃白太守。太守大怒,收徵送獄。主簿守閤白:"此人無故賣買,既侵百姓,污辱婦女。徐徵上念明政,據刑申耻,今便治郡,無復爪牙之吏。後督郵當徒跣行,奉諸貴戚賓客耳。"太守答:

"知徵爲是,迫不得已。"《御覽》卷二五二引《廣州先賢傳》。

這些撰錄往事,殘碎不完的篇幅,雖然還流露一點個性,但是狠難看出比後漢時代的總傳有什麽進步的地方。

第六　幾個傳叙家底風格

從晉武帝泰始元年到愍帝建興四年,共五十二年,史家稱爲西晉時代。這個時代底前半期,中國從分裂回到統一,後半期惠帝即位以後,不久便是八王之亂,中國經過了幾次大亂,整個地衰弱,接着便是五胡亂華,造成異族入侵的局面。以後更經長時期的分裂和擾亂,一直到隋唐,纔能回復到統一。西晉時代是紛亂和治平底樞紐,在一般文學上因爲承受了中原文化底傳統,再加以自吳入洛的陸機、陸雲兄弟,造成太康文學底光榮,但是在傳叙文學方面,除去幾篇有名的傳叙以外,沒有什麼顯著的進展。

晉代有一點可以注意的風氣,便是當時人作傳的好尚,因此一個人常有兩三種不同的傳叙。嵇喜爲嵇康作傳,見《魏志》二十一《王粲傳》注及《文選》嵇康《養生論》注。東晉孫綽又作《嵇中散傳》,見《文選》顏延之《五君詠》注。這是顯然不同的兩篇。《五君詠》注又引《嵇康別傳》,或爲嵇、孫兩傳底別稱,或別有一篇,尚不可知。王湛字處沖,歷官汝南內史,《御覽》卷二一五引《王處沖別傳》,卷三六六引《王湛別傳》,《世說·賢媛篇》注引《王汝南別傳》,或本係一篇,引者下筆立異,遂似多篇,或本係三篇,隨筆引證,亦不可知。

西晉時代幾篇有名的傳叙:有袁準《自序》,見《魏志·袁渙傳》注引《袁氏世紀》;傅咸《自叙》,見《御覽》卷十一;杜預《自叙》,見《御覽》卷四三一、卷六一四;嵇紹《趙至叙》,見《世說·言語篇》注;《御覽》卷三八五引作《趙至別傳》,又同書卷三六六引作《趙至自叙》,則大誤。陸機《顧譚傳》,見《吳志·顧譚傳》注。至如嵇喜之《嵇康傳》,尤有名,但是除《魏志》及《養生論》兩引以外,不見全篇,最爲可惜。

一篇和史事關係較大的是郭沖《諸葛亮隱沒五事》,見《蜀志·諸葛亮傳》注。《御覽》卷四三〇引作《諸葛亮別傳》。裴松之引《蜀記》云:"晉初扶風王駿鎮關中,司馬高平劉寶、長史榮陽桓隰、諸官屬士大夫共論諸葛亮。于時譚者多譏亮託身非所,勞困蜀民,力小謀大,不能度德量力。金城郭沖以爲亮權智英略,有踰管、晏,功業未濟,論者惑焉,條亮五事隱沒不聞於世者,寶等亦不能復難,扶風王慨然善沖之言。"這是《隱没五事》底由來,但是裴松之卻以爲五事完全是郭沖底虛妄。松之底辯難,常不根據事實,而根據理論,實在不能盡信。例如隱没一事記曹操遣刺客見劉備,開論伐魏形勢甚合,諸葛亮入,魏客神色失措。松之論爲凡爲刺客,皆暴虎馮河,死而無悔者也,因以劉備有知人之鑒而惑於此客爲疑。其實費禕歲首大會,魏降人郭脩在坐,爲脩手刃所害,正是蜀中的故事,可見當時的刺客,不一定是暴虎馮河的悍夫,所以費禕那樣精敏的人,也無從識別。又如四事記亮出岐山,拔冀城,虜姜維,驅略士女數千人還,蜀人皆賀。松之則謂姜維天水之匹夫耳,獲之則於魏何損,拔西縣千家,不補街亭所喪,以何爲功,而蜀人相賀乎?其實諸葛亮一見姜維,便與張裔、蔣琬書,稱"姜伯約甚敏於軍事,既有膽義,深解兵意,此人心存漢室,而才兼於人"。這是何等的器重?松之稱爲天水匹夫,誠爲過甚。拔西縣千餘家,在人口較密的後代,也許不足重輕,但是三國時代,是一個爭取民衆的時代,整個蜀漢領户不過二十八萬,《蜀志》卷三。千餘家便是相當的數目。當時稱賀,正是情理之常。所以松之之論,反不可信。

　　《吳質別傳》是一篇生動的作品。吳質,魏文帝時人,傳稱其子應,晉尚書,又應子康,亦至大位,則作於西晉可知。傳中記吳質罵坐事甚詳。

　　　　質黄初五年朝京師,詔上將軍及特進以下皆會質所,大官給供具。酒酣,質欲盡歡,時上將軍曹真性肥,中領軍朱鑠性瘦,質召優使說肥瘦。真負貴耻見戲,怒謂質曰:"卿欲以部曲將遇我耶!"驃騎將軍曹洪、輕車將軍王忠言:"將軍必欲使上將軍服肥,即自宜爲瘦。"真愈恚,拔刀瞋目,言"俳敢輕脱,吾斬爾。"遂罵坐。質按劍曰:"曹子丹,汝非屠機上肉!吳質吞爾不容喉,咀爾不摇牙,何敢恃勢驕耶?"鑠因起曰:"陛下使吾等來樂卿耳,乃至此耶?"質顧叱之曰:"朱鑠敢壞坐!"諸將軍皆還坐。鑠性急,愈恚,還拔劍斬地,遂便罷也。《魏志·王粲傳》注引《吳質別傳》。

　　不過這還是漢魏常有的風格。西晉時代別有一種風格,便是從清言娓娓的言論裡,傳出傳主底個性。這個當然是清談的風氣成熟以後養成的筆致。正始以來,中原文化已經爛熟了,遂影響到傳叙文學。這裡可以舉出何劭、夏侯湛、傅玄三個作家。他們各有幾篇以上的作品,對於傳叙文學,一定都感覺到創作底興趣。

　　何劭兩篇:《王弼傳》見《魏志·鍾會傳》注,《荀粲傳》見《魏志·荀彧傳》注,都是有名的作品。何劭記弼論聖人不肯言無云："時裴徽爲吏部郎,弼未弱冠,往造焉,徽一見而異之,問弼曰:'夫無者誠萬物之所資也,然聖人莫肯致言,而老子申之無已者何?'弼曰:'聖人體無,無又不可以訓,故不說也。老子是有者也,故恒言無所不足。'"又記弼辯聖人無喜怒哀樂云："何晏以爲聖人無喜怒哀樂,其論甚精,鍾會等述之。弼與不同,以爲'聖人茂於人者神明也,同於人者五情也。神明茂故能體沖和以通無,五情同故不能無哀樂以應物。然則聖人之情,應物而無累於物者也。今以其無累,便謂不復應物,失之多矣。'"《荀粲傳》底風格也是一樣,如云：

粲諸兄並以儒術論議,而粲獨好言道。常以爲子貢稱夫子之言性與天道,不可得聞,然則六籍雖存,固聖人之糠粃。粲兄俣難曰："《易》亦云聖人立象以盡意,繫辭焉以盡言,則微言胡爲不可得而聞見哉?"粲答曰："蓋聖之微者,非物象之所舉也。今稱立象以盡意,此非通於意外者也,繫辭焉以盡言,此非言乎繫表者也。斯則象外之意,繫表之言,固蘊而不出矣。"

夏侯湛三篇：《羊秉叙》見《世說·言語篇》注,《夏侯稱夏侯榮序》見《魏志·夏侯淵傳》注,《辛憲英傳》見《魏志·辛毗傳》注。《辛憲英傳》記其告弟辛敞之言,風神如繪,語如次：

弟敞爲大將軍曹爽參軍。司馬宣王將誅爽,因爽出,閉城門。大將軍司馬魯芝將爽府兵,犯門斬關,出城門赴爽,來呼敞俱去。敞懼,問憲英曰："天子在外,太傅閉城門,人云將不利國家,於事可得爾乎?"憲英曰："天下事有不可知,然以吾度之,太傅不得不爾。明皇帝臨崩,把太傅臂,以後事付之,此言猶在朝士之耳。且曹爽與太傅俱受寄託之任,而獨專權勢,行以驕奢,於王室不忠,於人道不直,此舉不過以誅曹爽耳。"敞曰："然則,事就乎?"憲英曰："得無殆就?爽之才,非太傅之偶也。"敞曰："然則敞可以無出乎?"憲英曰："安可不出?職守,人之大義也。凡人在難,猶或恤之,爲人執鞭而棄其事,不祥,不可也。且爲人死,爲人任,親昵之職也,從衆而已。"敞遂出。宣王果誅爽。事定之後,敞歎曰："吾不謀於姊,幾不獲於義。"

傅玄三篇：《自序》見《意林》,《馬鈞序》見《魏志·杜夔傳》注,《傅嘏傳》見

《魏志·傅嘏傳》注引《傅子》。《馬鈞序》底一半全是傅玄底議論,這便未免太多了;《傅嘏傳》寫得狠得體,如次。

> 是時何晏以材辯顯于貴戚之間,鄧颺好變通,合徒黨,鬻聲名于閭閻,而夏侯玄以貴臣子,少有重名,爲之宗主,求交於嘏而不納也。嘏友人荀粲有清識遠心,然猶怪之,謂嘏曰:"夏侯泰初一時之傑,虛心交子,合則好成,不合則怨至。二賢不睦,非國之利,此藺相如所以下廉頗也。"嘏答之曰:"泰初志大其量,能合虛聲而無實才;何平叔言遠而情近,好辯而無誠,所謂利口覆邦國之人也;鄧玄茂有爲而無終,外要名利,內無關鑰,貴同惡異,多言而妬前,多言多釁,妬前無親。以吾觀此三人者,皆敗德也。遠之猶恐禍及,況昵之乎?"

西晉時代大量生產的傳叙文學家當推皇甫謐,他底著作可考者,有《自序》、《玄晏春秋》三卷、《高士傳》六卷、《逸士傳》一卷、《列女傳》六卷。

《自序》見《文選》皇甫士安《三都賦序》注,又見《御覽》卷七三九。我們所看到的太簡略了,也許就是《玄晏春秋》底一部分,不敢斷言。

《玄晏春秋》三卷,見《隋書·經籍志》,兩《唐志》作二卷。《史記·匈奴列傳》"匈奴單于曰頭曼"句《索隱》云:"案單于姓攣鞮氏,其國稱之曰撐黎孤塗單于,匈奴謂天爲撐黎,謂子爲孤塗,單于者廣大之貌,言其象天,故曰撐黎孤塗單于。又《玄晏春秋》云:'士安讀《漢書》,不詳此言。有胡奴在側,言之曰:"此胡所謂天子。"與古書所說符會也。'"大致這是一部自叙。

《高士傳》是和嵇康《聖賢高士傳》齊名的著作。謐自序云:

> 孔子稱舉逸民,天下之人歸心焉,是以鴻崖先生創高於上皇之世,許由、善卷不降於唐虞之朝。自三代秦漢,達乎魏興,受命中興之主,未嘗不聘巖穴之隱,追逊世之民。是以《易》著束帛之義,《禮》有玄纁之制,詩人發白駒之歌,《春秋》顯子臧之節。故《明堂》、《月令》,以季春之月聘名士禮賢者。然則高讓之士,王政所先。《御覽》卷五〇一引皇甫士安《高士傳》序。

皇甫士安作書的動機,和嵇康相同,所傳的人物相同,所用的材料也相同,因此結果也相同。對於這部有名的著作,當然我們也只能給予相同的評價。所怪的就是現在所能看到的皇甫謐《高士傳》，比原書底篇幅還要多。《四庫全書提要》云："案南宋李石《續博物志》曰：'劉向傳列仙七十二人，皇甫謐傳高士七十二人。'知謐書本數僅七十二人。此本所載乃多至九十六人。考《讀書志》亦作九十六人，而《書錄解題》稱八十七人，是宋時已有二本，皆竄亂非其舊矣。"

《逸士傳》和《高士傳》同見《晉書·皇甫謐傳》。逸士和高士底分別在那裡呢？《三國志注》、《世說注》、《文選注》及《御覽》所引諸條，所記逸士如許由、巢父、公儀潛、荀靖、管寧諸人，詞句皆與《高士傳》相同。也許中間譌竄甚多，現在無從索解了。同時又有張顯《逸民傳》，見《水經注》及《御覽》。

劉向《列女傳》在魏晉之間，還是一部引人注意的著作。曹植有《列女傳頌》一卷，繆襲有《列女傳贊》一卷，項原有《列女後傳》十卷，原始末未詳，疑是三國時人。綦毋邃有《列女傳》七卷，《元和姓纂》："江左有綦毋邃，為邵陽太守。"連同皇甫謐《列女傳》六卷，都受到劉向底影響。皇甫謐是有名的文人，左思作《三都賦》，甚至假名皇甫謐作序，引以自重，見《世說·文學篇》注引《左思別傳》。可以想見，但是在傳叙文學方面，儘管著作甚多，其實沒有多大的價值。不過《列女傳》卻是一個例外。

劉向《列女傳》是一部抄襲的著作，所寫的人，不是疏謬迭見，便是奄然無生氣，所記更始韓夫人，總算有一點影子，但這篇是後來的續纂，與劉向原作無關。皇甫謐《列女傳》便是一部活躍的著作。所記姜叙母、趙昂妻異、酒泉烈女龐娥親、丹陽羅靜，都是極其生動，富于個性的人物，文字也完全跳出抄撮古書的窠臼，打開生路。假如要推舉一部《列女傳》，我寧可推舉皇甫謐底著作。

《龐娥親傳》記娥親為父報仇殺李壽事。報仇殺人在漢魏之間，本屬習見，但是娥親三弟皆死，以一女子手刃父仇，便是驚人的奇事。寫殺人的一節，生氣勃勃，更是自古未見的文字。傳言娥親：

> 夜數磨礪所持刀訖，扼腕切齒，悲涕長歎，家人及鄉里咸共笑之。娥親謂左右曰："卿等笑我，直以我女弱，不能殺壽故也。要當以壽頸血，污此刀刃，令汝輩見之。"遂棄家事，乘鹿車伺壽。至光和二年二月上旬，以白日清時，於都亭之前與壽相遇，便下車扣壽馬叱之。壽驚愕，迴馬欲走，娥親奮刀斫之，並傷其馬。馬驚，壽擠道邊溝中，娥親尋復就地砍之，探中樹闌，折所持刀。壽被創未死。娥親因前欲拔取壽所佩刀殺壽。壽護刀，瞋目大呼，跳梁而起。娥親乃挺身奮手，左抵其額，右捲其喉，反覆盤旋，應手而倒。遂拔其刀，以截壽頭。持詣都亭，歸罪有司，徐步詣獄，辭顏不變。《魏志·龐淯傳》注

引皇甫謐《列女傳》。

此外,西晉總傳尚可考見者:有《魏末傳》、《漢表傳》及《江表傳》,這是三部和正史有關的總傳。

《魏末傳》二卷,《隋書‧經籍志》入雜史類,不著撰人。見《魏志注》、《世說注》及《御覽》。《魏志‧曹爽傳》注引《魏末傳》,記何晏婦金城公主,即晏同母妹事,裴松之云:"晏取其同母妹爲妻,此搢紳所不忍言,雖楚王之妻嫂,不是甚也。設令此言出於舊史,猶將莫之或信,況底下之書乎?"

《漢表傳》見《御覽》卷三一七,又卷三五九引袁希之《漢表傳》云:"費禕領漢節,誘納降附,越巂太守張嶷踐誡禕曰:'昔岑彭率師,來歙仗節,咸皆見害刺客,不鎮重也。今明公位尊權重,宜覽前事。'後歲首禕持節行酒,郭脩以馬鞭中小刀刺禕,禕數日薨。"希之不知何時人,所記馬鞭小刀事,亦補《蜀志》所未詳,疑其書作於晉初。

《江表傳》,西晉鄱陽内史虞溥作。溥爲江左世族,所記極詳密。裴松之言"溥著《江表傳》,亦粗有條貫",語見《魏志‧高貴鄉公紀》注。《三國志注》、《世說注》、《後漢書注》、《文選注》及《御覽》所引《江表傳》,尚得兩萬字,實可補史書所未及。曹操破荊州以後,劉備、孫權相結,破操於赤壁,從此天下三分,吳蜀立國,其後東晉南渡,一切還是沿襲孫吳開國的規模,直到隋唐,纔回到統一的局面。所以赤壁之役,實在是中國史上狠重要的戰役。《蜀志‧諸葛亮傳》稱亮創議求救於孫權,這是一說。《吳志‧魯肅傳》稱劉琮既降,備惶遽奔走,欲南渡江,魯肅到當陽長阪與備會,陳江東彊固,勸備與權併力,備因遣亮使權,這是第二說。裴松之認爲"若二國史官,各記所聞,競欲稱揚本國容美,各取其功。今此二書同出一人,而舛互若此,非載述之體也"。《吳志‧魯肅傳》注。這便指實陳壽底矛盾。以《江表傳》考之,則稱:

孫權遣魯肅吊劉表二子,並令與備相結。肅未至而曹公已濟漢津,肅故進前,與備相遇於當陽,因宣權旨,論天下事勢,致殷勤之意。且問備曰:"豫州今欲何至?"備曰:"與蒼梧太守吳臣有舊,欲往投之。"肅曰:"孫討虜聰明仁惠,敬賢禮士,江表英豪咸歸附之,已據有六郡,兵精糧多,足以立事。今爲君計,莫若遣腹心使,自結於東,崇連和之好,共濟世業,而云欲投吳臣,臣是凡人,偏在遠郡,行將爲人所併,豈足託乎?"備大喜,進住鄂縣,即遣諸葛亮隨肅詣孫權，結同盟誓。《蜀志·先主傳》注引《江表傳》。

證以孫權與陸遜書，論魯肅"決計策意，出張蘇遠矣，後雖勸吾借玄德地，是其一短，不足以損其長也。"見《吳志·呂蒙傳》。顯然地最初的動機出於魯肅，及諸葛亮報聘，大計始定。兩人同為一世俊傑，而魯肅之說在前，諸葛之說在後。以完整之江東容納劉備，於勢為順，以挫敗之劉備求交孫權，於勢為逆。陳壽蜀人，在《諸葛亮傳》歸功於亮，固是人情，在《魯肅傳》稱魯肅提議以後，諸葛亮始往江東，便是史識。這是史家互見之例，讀《江表傳》便使我們對於陳壽底著作，有更大的瞭解。

西晉的家傳可考者有《褚氏家傳》、《江氏家傳》、司馬彪《序傳》及華嶠《譜叙》。《褚氏家傳》，《隋書·經籍志》題褚覬等撰，《唐書·經籍志》題褚結撰，褚陶注。陶見《晉書·文苑傳》，吳平，召補尚書郎，遷九真太守。《江氏家傳》，《隋志》題江祚撰，祚即江統之父，為安南太守，見《御覽》卷二六二引《江祚別傳》。司馬彪《序傳》見《魏志·司馬朗傳》注，彪泰始中為秘書丞。華嶠《譜叙》見《魏志·華歆傳》注及《世說·德行篇》注，嶠西晉秘書監尚書，所記華歆為豫章太守事云：

> 孫策略有揚州，盛兵徇豫章，一郡大恐。官屬請出郊迎，歆曰："無然。"策稍進，復白發兵，又不聽。及策至，一府皆造閣，請出避之，乃笑曰："今將自來，何遽避之有！"頃門下白曰："孫將軍至，請見。"乃前與歆共坐，談議良久，夜乃別去。義士聞之，皆長歎息而心自服也。策遂親執子弟之禮，禮為上賓。是時四方賢士大夫避地江南者甚眾，皆出其下，人人望風。每策大會，坐上莫敢先發言，歆時起更衣，則論議諠譁。歆能劇飲，至石餘不亂，眾人微察，常以其整衣冠為異。江南號之曰華獨坐。《魏志·華歆傳》注引華嶠《譜叙》。

華嶠底記載和《江表傳》所記虞翻說歆迎降，歆明旦出城，遣吏迎策《吳志·虞翻傳》注引《江表傳》的故事，多少有些不同，這是傳聞之異。虞溥記虞翻事，正和華嶠記華歆事，同樣都有先入的成見，不過《譜叙》所寫的華歆，畢竟不失名士底風度。

西晉郡書可考者，有張方《楚國先賢傳》、范瑗《交州名士傳》、白褒《魯國先賢傳》、高範《荊州先德傳》、陳壽《益部耆舊傳》。白褒於咸寧中偕劉頌巡撫荊揚，見《晉書·劉頌傳》。范瑗、高範未詳，張方《楚國先賢傳》，《文選·百一詩》注引作張方賢《楚國先賢傳》，疑應作張方賢，始末亦不詳。諸書皆飣餖無可記，獨《益部耆舊傳》爲特出。《華陽國志·後賢志》："益部自建武後，蜀郡鄭伯邑、太尉趙彥信及漢中陳申伯、祝元靈、廣漢王文表，皆以博學洽聞，作巴蜀耆舊傳。壽以爲不足經遠，乃並巴漢撰爲《益部耆舊傳》十篇。"《史記索隱》、《後漢書注》、《蜀志注》、《文選注》、《水經注》及《御覽》多引其書，是一部與《蜀志》互相表裡的名著。

持《蜀志》與《益部耆舊傳》相較，《耆舊傳》常能詳《蜀志》所未詳，因此對人的記載常有更生動的筆致，如記張嶷，首言嶷出自孤微，而少有通壯之節，以下便説：

> 嶷受兵馬三百人，隨馬忠討叛羌。嶷別督數營在先，至他里，邑所在高峻。嶷隨山立上四五里。羌於要厄作石門，於門上施牀，積石於其上，過者下石槌擊之，無不糜爛。嶷度不可得攻，乃使譯告曉之曰："汝汶山諸種反叛，傷害良善，天子命將討滅惡類。汝等若稽顙過軍，資給糧費，福祿永隆，其報百倍。若終不從，大兵致誅，雷擊電下，雖追悔之，亦無益也。"耆帥得命，即出詣嶷給糧過軍。軍前討餘種，餘種聞他里已下，悉恐怖失所，或迎軍出降，或奔竄山谷，放兵攻擊，軍以克捷。後南夷劉冑又反，以馬忠爲督庲降討冑，嶷復屬焉，戰鬭常冠軍首，遂斬冑。平南事訖，牂牁興古獠種復反，忠令嶷領諸營往討，嶷內招降得二千人，悉傳詣漢中。中節。時車騎將軍夏侯霸謂嶷曰："雖與足下疏濶，然託心如舊，宜明此意。"嶷答曰："僕未知子，子未知我，大道在彼，何云託心乎！願三年之後徐陳斯言。"有識之士以爲美談。中節。嶷風濕固疾，至都寢篤，扶杖然後能起。李簡請降，衆議狐疑，而嶷曰必然。姜維之出，時論以嶷初還，股疾不能在行中。由是嶷自乞肆力中原，致身敵庭。臨發，辭後主曰："臣當值聖明，受恩過量，加以疾病在身，常恐一朝隕没，辜負榮遇。天不違願，得豫戎事。若涼州克定，臣爲藩表守將；若有未捷，殺身以報。"後主慨然爲之流涕。中節。余觀張嶷儀貌辭令不能駭人，而其策略足以入算，果烈足以立威，爲臣有忠誠之節，處類有亮直之風，而動必顧典，後主深崇之。雖古之英士，何以遠踰哉！《蜀志·張嶷傳》注引《益部耆舊傳》。

《隋書·經籍志》史部簿録類有荀朂《雜撰文章家集叙》十卷，摯虞《文章志》四卷，都是西晉的著作。《文章家集叙》便是文士總傳，《文章志》是摯虞《文章流別集》底一部分，集部《文章流別集》四十一卷，注云："梁六十卷，志二卷，論二卷，摯虞撰。"與史部所記卷数略异。這兩部總傳屢見《三國志》、《世說》、《文選》諸注。所見雖祇有殘闕的記載,無從置論,但是如《魏志·王粲傳》注引荀勖《文章敘錄》,《應璩傳》、《劉劭傳》注引同書《杜摯傳》,《裴潛傳》注引同書《裴秀傳》各有二三百字,間或可資考訂。

第七　傳叙文學勃興底幻象

晉室南遷以後,整個的中原受着異民族底蹂躪,大部分的世家大族,紛紛渡江,和江南原有的大姓起了混化的作用,同時留在北方的漢人,也和異族由對立而合作,最後走到同化的途徑。這實在是民族史和文化史上蛻變的時期,但是在東晉文學上所引起的影響並不顯著。一則時間還短,不容易產生重大的變化;二則中原民族和異民族文野的程度相去太遠,不容易發生交流的作用。這種徵象在傳叙文學方面,尤其如此。

東晉傳叙文學方面,所看到的只是量的增加,而不是質的變化。

《隋書·經籍志》史部雜傳類所記東晉的著作,如次:

江敞《陳留志》十五卷。《唐書·經籍志》作江徵。

習鑿齒《襄陽耆舊記》五卷。《唐書·經籍志》作《襄陽耆舊傳》。

虞預《會稽典錄》二十四卷。

留叔先《東陽朝堂像贊》一卷。注稱"晉南平太守留叔先",不知何時人。

熊默《豫章舊志》三卷。注稱"晉會稽太守熊默",不知何時人。

劉彧《長沙舊傳贊》三卷。注稱"晉臨川王郎中劉彧",不知何時人。

習鑿齒《逸人高士傳》八卷。

虞般佐《高士傳》二卷。

孫綽《至人高士傳贊》二卷。

蕭廣濟《孝子傳》十五卷。注稱"晉輔國將軍蕭廣濟",不知何時人。

袁敬仲《正始名士傳》三卷。袁敬仲當作袁宏。

戴逵《竹林七賢論》二卷。

曹毗《曹氏家傳》一卷。

范汪《范氏家傳》一卷。

紀友《紀氏家紀》一卷。

綦母邃《列女傳》七卷。

康泓《道人單道開傳》一卷。疑東晉人。

孫綽《列仙傳贊》。志稱《列仙傳贊》三卷,劉向撰,闕續孫綽贊,故不記卷數。

郭元祖《列仙傳贊》。志稱《列仙傳贊》二卷,劉向撰,晉郭元祖贊。元祖疑東晉人。同書別出郭元祖《列仙讚序》一卷。

葛洪《神仙傳》十卷。

王羲之《仙人許遠遊贊》一卷。《隋志》不著撰人,《唐書·經籍志》題王羲之撰,《新唐書·藝文志》同。

戴祚《甄異傳》三卷。

干寶《搜神記》三十卷。

陶潛《搜神後記》十卷。梁釋慧皎《高僧傳序》稱陶淵明《搜神錄》,知梁人相傳以爲陶潛所作。

祖台之《志怪》二卷。

這個當然不是完密的目錄。《隋書·經籍志》霸史類晉北中郎參軍王度撰《二石傳》二卷,又《二石偽治時事》二卷,常璩撰《漢之書》十卷、《華陽國志》十二卷,雜史類傅暢《晉諸公贊》二十一卷,都是傳叙文學的著作。此外如《蜀志·吳后傳》注引孫盛《蜀世譜》,《史記·太史公自序索隱》引司馬無忌《司馬氏系本》,《蜀志·孟光傳》注引傅暢《裴氏家記》,《御覽》卷七七三引《傅暢故事》,《世說·夙惠篇》注引顧愷之《家傳》,《晉書·虞預傳》言《諸虞傳》十二卷,《初學記》地部引曹毗《志怪》,《抱朴子·自叙》言《隱逸傳》十卷,也都是東晉時代確有作者可考的傳叙。

這個時代,正和西晉時代一樣,同一傳題常會引起幾種不同的著作。有了戴逵《竹林七賢論》,又有袁宏《竹林七賢傳》;見《水經·清水注》及《御覽》諸卷。有了《陶侃別傳》,又有《陶公故事》;有了《丞相別傳》,又有《王丞相德音記》;見《世說·汰侈篇》注。有了《桓玄傳》,又有《桓玄偽事》,到宋代又有何法盛《桓玄錄》。見《文選》殷仲文《南州桓公九井作》注。這當然是傳叙文學大盛以後的現象。

同時也有著述甚多的傳叙家,畧如次:

葛洪《神仙傳》、《隱逸傳》。

孫綽《嵇康傳》、《列仙傳贊》、《名德沙門贊》。見《世説·言語篇》注。

曹毗《曹氏家傳》、《志怪》、《神女杜蘭香傳》。

傅暢《晉諸公贊》、《裴氏家紀》、《自叙》、《傅暢故事》。

顧愷之《家傳》、《顧悦傳》、《世説·言語篇》注。《晉文章志》。《世説·文學篇》注。

袁宏《正始名士傳》、《竹林名士傳》、《中朝名士傳》。《竹林七賢傳》、《文選·五君詠》

注引作《竹林名士傳》。又案《世說・文學篇》注：＂宏以夏侯太初、阮平叔等爲正始名士，阮嗣宗、嵇叔夜等爲竹林名士，裴叔則、樂彥輔等爲中朝名士。＂斯則宏又有《中朝名士傳》。蓋《名士傳》爲總名，而有正始、竹林、中朝諸編之分。

習鑿齒《襄陽耆舊記》、《逸人高士傳》。

孫盛《蜀世譜》、《魏世譜》、《晉世譜》，《魏世譜》見《魏志・三少帝紀》注；《晉世譜》見《世說・言語篇》注，疑與《蜀世譜》同出孫盛。《逸人傳》。見《御覽》卷一四四。

虞般佐《高士傳》、《孝子傳》。見《御覽》卷四一二，＂般佐＂或作＂盤祐＂。

常璩《漢之傳》、《華陽國志・漢中士女志》、《梓潼士女志》、《西州後賢志》、《蜀季書》。見《舊唐書・經籍志》。

虞預《會稽典錄》、《諸虞傳》。

東晉時代最使人驚異的是大量別傳底產生，尤其是同一族姓裡有很多的作品。琅邪王氏則有王含、王敦、王彬、王澄、王舒、王導，《世說・德行篇》注作《丞相別傳》。王遂、王廙、王邵、王薈、王彪之、王獻之、王胡之、王珉、王珣。《世說・言語篇》注引作《王司徒傳》。太原王氏則有王濛，《世說・言語篇》注引作《王長史別傳》。王述、王坦之，《世說・言語篇》注引作《王中郎傳》。王恭。謝氏則有謝安、謝玄，《世說・言語篇》注引《謝車騎家傳》，又《文學篇》注引《謝玄別傳》。謝鯤。郗氏則有郗鑒、郗愔、郗曇、郗超。桓氏則有桓彝、桓溫、桓豁、桓沖、桓石秀、桓玄。司馬氏則有孝文王、司馬晞、司馬無忌。祖氏則有祖逖、祖約。范氏則有范宣、范汪。這是什麼緣故呢？

第一，我們所看到的東晉別傳，大半出自《世說新語注》。章宗源《隋書經籍志考證》列舉《世說注》所引別傳六十九家，注中尚多因複見他書不及列入者。其中即有很多東晉人底別傳。劉義慶撰《世說》，因爲古略近詳的原則，記載許多東晉人底故事，其後劉孝標作注，便引證許多東晉人底別傳，原是很平常的事。

其次，所稱六十九家別傳，其實並不成家。我們已經說過，所謂別傳的著作，最初不一定稱爲別傳，有時止是總傳底一個篇目。魏晉以來，大量的總傳不斷產生，已經爲別傳開着一條路線。尤其是家傳家譜底發展，更是別傳底一個取之不盡的寶藏。在前述的諸家家傳以外，《隋書・經籍志》有《韋氏家傳》一卷，不著撰人；兩《唐志》作皇甫謐《韋氏家傳》三卷，這是西晉確有作者可指的著作。至於《三國志注》所引諸書，如《魏志注》引《袁氏家紀》、《廬江何氏家傳》、《荀氏家傳》、《杜氏新書》、《庾氏譜》、《孫氏譜》、《阮氏譜》、《孔氏譜》、《嵇氏譜》、《劉氏譜》、《陳氏譜》、《王氏譜》、《郭氏譜》、《胡氏譜》；《蜀志注》引《諸葛氏譜》、《崔氏譜》；《吳志注》引《會稽邵氏家傳》、《陸氏世頌》、《王氏譜》：這些雖然不敢斷定全是東晉以前的著作，但是因爲裴松之是宋人，不妨假定大半如此。外此再加劉孝標作《世說新語注》的時候，所見的梁代以前的家傳家譜，見《世說新語注》及《隋書·經籍志》。我們便可以看盡這六十九"家"別傳底由來了。

也許因爲大部分的別傳來自家傳或家譜的原故，我們止看到平凡的傳叙，有時甚至簡單到可憐。姑舉王敦、王導、王獻之三篇於次：

敦字處仲，琅邪臨沂人。少有名理，累遷青州刺史。避地江左，歷侍中、丞相、大將軍、揚州牧。以罪伏誅。《世說·文學篇》注引《王敦別傳》。

王導字茂弘，琅邪人。祖覽，以德行稱。父裁，侍御史。導少知名，家世貧約，恬暢樂道，未嘗以風塵經懷也。《世說·德行篇》注引《丞相別傳》。

祖父曠，淮南太守。父羲之，右將軍。咸寧中詔尚餘姚公主，遷中書令，卒。《世說·德行篇》注引《王獻之別傳》。

一個振蕩東南的英雄，一個安定江左的丞相，一個絕代寡儔的藝術家，都止賸得這樣的一篇別傳！也許《丞相別傳》尚非全文，但是《王敦別傳》、《王獻之別傳》便算首尾完整了，能使我們看到怎樣的人物！所以我們可以認爲量的發展後面，只看到質的退化。這個姑且認作因爲家譜底記載非常簡畧，所以一經引證，只有這樣的別傳。

別傳裡面，偶然也有較好的叙述：

彬爽氣出儕類，有雅正之韻，與元帝姨兄弟，佐佑皇業，累遷侍中。從兄敦下石頭，害周伯仁，彬與顗素善，往哭其尸，甚慟。既而見敦，敦怪其有慘容而問之。答曰："向哭周伯仁，情不能已。"敦曰："伯仁自致刑戮，汝復何爲者哉？"彬曰："伯仁清譽之士，有何罪？"因數敦曰："抗旌犯上，殺戮忠良。"音辭忼慨，與淚俱下。敦怒甚，丞相在坐，代爲之解，命彬曰："拜謝。"彬曰："有足疾，此來見天子，尚不能拜，何跪之有！"敦曰："腳疾何如頸疾？"以親故，不害之。累遷江州刺史、左僕射，贈衛將軍。《世說·識鑒篇》注引《王彬別傳》。

邈字仙民，舉世諮承，傳爲定範。舊疑歲神在卯，此宅之左，即彼宅之右地，何得俱忌？邈以爲太歲之屬，自是游神，譬如日出之時，向東皆逆，非爲定體。《御覽》卷一八○引《徐邈別傳》。

陳兟初爲州主簿，司空何次道帢偏岸，嘲兟頓帢有所蔽也。應聲報曰：

"軏頓以蔽有,明府岸以示無。"《御覽》卷六八八引《潘京別傳》。

　　放字齊莊,監君次子也。年八歲,太尉庾公召見之。放清秀,欲觀試,乃授紙筆令書,放便自疏名字。公題後問之曰:"爲欲慕莊周邪?"放書答曰:"意欲慕之。"公曰:"何故不慕仲尼而慕莊周?"放曰:"仲尼生而知之,非希企所及;至於莊周,是其次者,故慕耳。"公謂賓客曰:"王輔嗣應答,恐不能勝之。"《世説·言語篇》注引《孫放別傳》。庾公建學校,孫君年最幼,入爲學生,班在諸生之後。公問:"君何獨居後?"答曰:"不見船柂邪?在後所以正船。"《御覽》卷七七一引《孫放別傳》。放兄弟並秀異,與庾翼子園客同爲學生。園客少有嘉稱,因談笑嘲放曰:"諸孫於今爲盛。"盛,監君諱也。放即對曰:"未若諸庾之翼翼。"放應機制勝,時人仰焉。《世説·排調篇》注引《孫放別傳》。

　　在這幾篇裡,王彬底侃侃直言,總算藉別傳曲曲傳出。徐邈、陳玧、孫放底言論,還是魏晉以來相傳的風氣,但是即如徐邈,也祇見小巧,比之何晏、荀粲,便遠覺不如。孫放更是貧薄。《衛玠別傳》稱"陳留阮千里有令問當年,太尉王君見而問曰:'老莊與聖教同異?'阮曰:'將無同?'太尉善其言而辟之爲掾,世號之曰三語掾。君見而嘲之曰:'一言可辟,何假三?'阮曰:'苟是天下名望,可無言而辟,復何假於一言。'"《御覽》卷二〇九引《衛玠別傳》。玠,西晉人,然傳稱玠咸和中改葬,丞相王公下教致祭,是當作於東晉之初。這種優游的風格,便非孫放所及。大致從西晉到東晉,一般的風氣,雖然沒有中斷,然而確是不斷地轉移,祇要仔細推究,在傳叙文學裡,也還見到一些朕兆。

　　江左的傳叙文學已經非常充斥的時候,北方依然還是寂寞。除開王度底《二石傳》以外,我們幾乎什麼都沒有聽到。就是王度也還是晉北中郎參軍,更證實北方撰述無人的情態。《世説·識鑒篇》注引《石勒傳》,《御覽》諸卷引《石勒別傳》、《石虎別傳》,或係《二石傳》底節鈔,或另有其他的篇幅,尚不可知。此外《御覽》卷三六三引《陳武別傳》,武休屠胡人,仕於石勒;同書卷九一九引《張鴻傳》,鴻爲慕容晃黃門;《世説·言語篇》注又引《佛圖澄別傳》,北方有別傳者,大致祇有此數。

　　在一般的總傳方面,這個時代也沒有多大的成就。可以提出論述者,只有傅暢《晉諸公贊》、戴逵《竹林七賢論》、袁宏《名士傳》、虞盤祐《高士傳》、習鑿齒《襄陽耆舊記》、虞預《會稽典錄》。

　　《晉諸公贊》散見於《世説注》、《文選注》及《御覽》諸卷。本來的面目何如,我們不得而知,就我們所見的,似乎完全脫去了贊底形式,而只是晉代諸名人底小傳,最長的約有二三百字,最短的不過十余字。倘使我們對於晉代人物有所考證,這還是一部有用的記載。因爲篇幅太小,所記的止是枯燥的陳蹟,偶然有一些生動的叙述,不過是太少了。例如次:

> 吴亡,〔諸葛〕靚入洛,以父誕爲太祖所殺,誓不見世祖。世祖叔母琅邪王妃,靚之姊也,帝後因靚在姊間,往就見焉,靚逃於厠中,於是以至孝發名。時嵇康亦被法,而康子紹死蕩陰之役。談者咸曰:"觀紹、靚二人,然後知忠孝之道區以别矣。"《世說‧方正篇》注引《晉諸公贊》。

《竹林七賢論》也是散見諸書,但因輯入《全晉文》,所以還容易看到。從所輯的看來,好像是竹林七賢底傳叙,並不見議論底痕迹。但是《名士傳》稱:"阮籍喪親,不率常禮,裴楷往弔之,遇籍方醉,散髮箕踞,旁若無人。楷哭泣盡哀而退,了無異色。其安同異如此。"戴逵論之曰:"若裴公之制弔,欲冥外以護内,有達意也,有弘防也。"《世說‧任誕篇》注引《名士傳》。戴逵此論,未輯入《全晉文》。那麼戴逵有論,是不争的事實,只是論前有傳,還保持了傳叙底形式。《七賢論》記王戎事,可見者尚得六節,如次。

> 王戎眸子洞徹,視日而眼明不虧。《藝文類聚》卷十七。
>
> 王戎幼而清秀,魏明帝於宣武場上爲欄,苞虎牙,使力士祖袒,迭與之搏,縱百姓觀之。戎年七歲,亦往觀焉。虎乘間薄欄而吼,其聲震地,觀者無不辟易顛仆,戎亭然不動。帝於閣上見之,使問姓名而異焉。《水經‧穀水注》。
>
> 初,〔阮〕籍與戎父渾俱爲尚書郎,每造渾,坐未安,輒曰:"與卿語,不如與阿戎語。"就戎必日夕而返。籍長戎二十歲,相得如時輩。劉公榮通士,性尤好酒,籍與戎酬酢終日,而公榮不蒙一桮,三人各自得也。戎爲物論所先,皆此類。《世說‧簡傲篇》注。
>
> 王戎女適裴氏,用匱,女爲貸錢一萬,久而不還。女歸,戎色不悦,遽還錢,乃釋。《御覽》卷三八八。
>
> 王戎爲侍中,南郡太守劉肇遺戎筒中布五十端,戎不受而厚報其書。議者以爲譏。世祖患之,爲發詔,議者乃息。《御覽》卷八二〇。
>
> 王戎簡脱,不持儀形,好乘巴白馬,雖爲三司,率爾私行,巡省田園,不從

一人,以手巾插腰。故吏多至大官,相逢,戎輒下道避之。《御覽》卷七一六。

這祇是零零落落的輯文,倘使原書具在,我們一定看到一篇活潑的傳叙。王戎如此,其餘諸賢當然也是如此。本來七賢底故事,在東晉之初很容易引起注意,戴逵、袁宏底撰述,正是這種情形底結果。

袁宏《名士傳》底完成,在戴逵《七賢論》之後。我們所見的太零碎了,實在不能構成任何的結論,也不能説明此書得名的由來。《世説・文學篇》:"袁彦伯作《名士傳》成,見謝公,公笑曰:'我嘗與諸人道江北事,特作狡獪耳,彦伯遂以著書!'"謝安熟習當時故實,袁宏據以著書,這是一時的風氣。同書《賞譽篇》亦言:"謝胡兒作著作郎,嘗作《王堪傳》,不諳堪是何似人,咨謝公,謝公答曰:'世冑字堪亦被遇。堪,烈之子,阮千里姨兄弟,潘安仁中外,安仁詩所謂"子親伊姑,我父惟舅",是許允婿。'"

虞盤祐《高士傳》在同類的著作中,是一部無名的書籍,但是在讀到的時候,能給我們一些新鮮的意味。這不是叙述的新鮮,而是材料的新鮮。嵇康、皇甫謐底著作,常是古書的摘録,因此容易成爲陳腐。虞盤祐底記載便不同。《御覽》卷五一〇引盤祐《高士傳》共五則:皇甫士安、朱沖、劉兆、伍朝、郭文舉五人都是眼前的人物,所以在叙述的時候,不會受到古書底壓迫,如《郭文舉傳》便是一例:

郭文舉,河內軹縣人。年十三,有懷隱志,每行山林,旬日忘歸。父母喪終,辭家不娶,入陸渾、嵩山、少室,乃隱華陰之崖,以觀石室之石函。洛下將役,步擔入吳興餘杭大辟山窮谷無人之地,倚木於樹,苫覆其上,亦無壁鄣。時多虎暴,而文<small>文舉名文</small>獨宿積十餘年。恒著鹿皮裘葛巾。司徒王公迎置果園中。衆人問文曰:"饑而思食,壯而思室,自然之性,先生安獨無情乎?"文曰:"情由意生,意息則無情。"又問:"先生獨處窮山,若疾病遭命終,則爲烏烏所食,顧不酷乎?"文曰:"藏埋者亦爲螻蟻所食,復何異哉?"又問曰:"狼虎害人,先生獨不畏乎?"文曰:"人無害獸之心,獸亦不害人耳。"居園七年,逃歸餘杭。

郭文舉祇是一個平常的人物,盤祐底記載也祇是平常的記載。但是因爲不自矜其高,傳主成爲高士,也因爲不故意求工,這一部《高士傳》便比嵇康、皇甫謐兩書更耐玩味。

《襄陽耆舊記》、《會稽典錄》是兩部郡書。本來郡書和家史，是總傳底兩大類。有一點值得注意的，是郡書底發展在先，東漢時代即有好幾部郡書，那時家史也許祇是一個空名。漢魏之交，家史開始抬頭，東晉南渡以後大盛，一直到梁陳以後，還是不斷地發展；但是即在東晉時代，郡書已經衰落，此後幾乎看不到什麼有名的著作。這是一個現象。也許因為渡江以後，世家大族紛紛南遷，因此對於鄉土的觀念，逐漸削弱，而對於種姓的觀念，則不斷地加強。反映於傳叙文學的，便成為郡書和家史底遞興。

　　《襄陽耆舊記》是一部有名的著作，但是也同樣感受到古書底壓迫。例如《宋玉傳》《御覽》卷三九九《説郛》卷五十八引完全採用宋玉《對楚王問》及《高唐賦》、《神女賦》，已經使人感到文字底拙劣，再造出"赤帝女名曰姚姬，未行而卒，葬於巫山之陽，故曰巫山之女"；《文選‧高唐賦》注引《襄陽耆舊傳》。這便是謠言了。作者把古人底寓言，作為事實，在材料方面不加抉擇，已經是大病，再加以有意造謠，便成為傳叙文學底致命傷。

　　在這本書裡，比較有價值的部分，還是記龐德公、司馬德操、李衡英習和山簡等底故事。時代比較近了，作者用不到強不知以為知地去造謠，而且抒寫現實也不受古人底牽制。這個正和虞盤祐《高士傳》有同樣的價值。尤其因為龐德公等是熟習的名人，更容易引起一般的羨慕。例如次。

　　　　後漢龐德公，襄陽人，居峴山之南，未嘗入城府。躬耕田里，夫妻相待如賓，琴書自娛，覩其貌者肅如也。荊州牧劉表數延請，不能屈，乃自往候之。諸葛孔明每至德公家，獨拜牀下，德公初不令止。司馬德操嘗詣德公，值其渡沔上先人墓，德操逕入其室，呼德公妻子使速作黍："徐元直向云'當來就我與德公談。'"其妻子皆羅拜於堂下，奔走共設。須臾，德公還，直入相就，不知何者是客也。德操年小德公十歲，兄事之，故俗人遂謂龐公是德公名，非也。後遂攜其妻子登鹿門山，託言採藥，因不知所在。《説郛》卷五十八引習鑿齒《襄陽耆舊傳》，諸葛孔明、司馬德操兩節用《後漢書》注引《襄陽記》校。

　　　　吳李衡字叔平，襄陽人，習竺以女英習配之。漢末為丹陽太守。衡每欲治家事，英習不聽。後密遣客十人在武陵龍陽泛洲上作宅，種橘千株。臨死，敕兒曰："汝母每怒吾治家，是故窮如是。然吾州里有千頭木奴，不責汝食，歲上匹絹，亦當足用爾。"衡既亡後二十餘日，兒以白母。英習曰："此當是種柑也。汝家失十客，來七八年，必汝父遣為宅。汝父恒稱太史公言'江陵千樹橘,當封君家。'吾答云:'士患無德義,不患不富。若貴而能貧,方好爾,用此何爲!'"吳末,衡柑成,歲得絹數千匹,家道富足。晉咸康中,其宅上枯薰猶在。《說郛》卷五十八引習鑿齒《襄陽耆舊傳》。

《會稽典錄》是一部郡書,但是因爲所載虞翻、虞汜、虞忠、虞聳、虞昺、虞俊之事甚詳,見《吳志·虞翻傳》及《張溫傳》注。所以帶有一些家史底性質。在記到古代的時候,和《襄陽耆舊記》同樣地犯了不知抉擇史料的大病,例如《史記·越王勾踐世家正義》引《會稽典錄》楚三戶人范蠡,佯狂負俗,宛令文種遣吏進謁的一節,便是明證。但是在本書記到東吳一代的人物,便確然有史的價值,和陳壽《益部耆舊傳》同樣,可以補《三國志》所未詳。

不過兩部書底價值,還有它們不同的地方。陳壽曾爲蜀官,虞預爲虞翻底後裔,一個得諸所聞,一個只是得諸所傳聞,這是不同之一。陳壽所記,包舉益部之全,虞預所記,只有會稽一郡,這是不同之二。在這兩點,我們見到《益部耆舊傳》之長。但是《益部耆舊傳》的人物,對於史事有重大關係的,都採入《蜀志》,所能補的祇是一些無關大體的節目。《會稽典錄》所記,常爲《吳志》所不能詳,因此便增重了本書的價值。

本來陳壽以蜀人而仕於晉,所以對於魏、蜀兩國的故事,都能詳晷得所,但是對於吳的記載,便不免有些隔膜。關於東吳初起的情形,幸虧還有《江表傳》可以供後人底稽考,可是自從魏元帝景元四年蜀亡,到晉太康元年吳亡之間的記載,便是非常缺畧。蜀亡以後,固然增加了對吳的威脅,但是正如陸機《辯亡論》所說:"大蜀蓋藩援之與國,而非吳人之存亡也。"以後從孫休到孫皓,支持了十七年,不能不算是西晉底勁敵。孫皓建衡三年,汜、璜破交阯,殺晉守將,九真、日南皆還屬,顯然還有一度偉大的勝利。但是丞相如萬彧、張悌,大將如施績,忠烈如沈瑩,《吳志》皆無傳,張悌、沈瑩的死難,直到干寶《晉紀》纔有彪炳的記載,這些不能不歸咎於陳壽底疏忽。

孫皓時還有一個大將鍾離牧,《吳志》卷十五有傳,封都鄉侯,徙濡須督,復以前將軍假節,領武陵太守,卒官。這個時期,濡須是直趨建業的要衝,武陵是東下荊州的通道,所以鍾離牧負有重大的責任,不過《吳志》祇有這樣簡畧的幾句,看不出當時的情勢。《會稽典錄》便有下面的記載:

牧之在濡須,深以進取可圖,而不敢陳其策,與侍中東觀令朱育宴,慨然歎息。育謂牧恨於策爵未副,因謂牧曰:"朝廷諸君以際會坐取高官,亭侯功無與比,不肯在人下,見顧者猶以於邑,況於侯也!"牧笑而答曰:"卿之所言,未獲我心也。馬援有言,人當功多而賞薄。吾功不足録,而見寵已過當,豈以爲恨!國家不深相知,而見害朝人,是以默默不敢有所陳。若其不然,當建進取之計,以報所受之恩,不徒自守而已。憤歎以此也。"育復曰:"國家已自知侯,以侯之才,無爲不成,愚謂自可陳所懷。"牧曰:"武安君謂秦王云:'非成業難,得賢難;非得賢難,用之難;非用之難,任之難。'武安君欲爲秦王並兼六國,恐授事而不見任,故先陳此言,秦王既許而不能,卒隕將成之業,賜劍杜郵。今國家知吾,不如秦王之知武安,而害吾者有過范雎。大皇帝時,陸丞相討鄱陽,以二千人授吾。潘太常討武陵,吾又有三千人,而朝廷下議,棄吾於彼,使江渚諸督,不復發兵相繼。蒙國威靈自濟,今日何爲常?向使吾不料時度宜,苟有所陳,至見委以事,不足兵勢,將有敗績之患,何無不成之有!"《吳志·鍾離牧傳》注引《會稽典録》。

這只是《會稽典録·鍾離牧傳》底一部分,但是我們看清了朝臣底鬼蜮,大將底自疑。這是吳亡底根由。其實當時的西晉,已經走上了腐化的途逕,鍾離牧"進取可圖"的議論,並不是無的放矢,但是東吳底腐化,正和西晉一樣,所以最後西晉以大併小,終於造成全盤腐化的局勢,加速了整個民族底崩潰。

《唐書·經籍志》有徐廣《孝子傳》三卷,《隋志》不著録。案徐廣此書,見《史通·雜述》,則曾有此書,本無疑問。不過《説郛》卷五十八所引十六條,其中四條見宗躬《孝子傳》,兩條見周景式《孝子傳》,五條見蕭廣濟《孝子傳》,其餘雜見諸書所引,皆無主名。所以這祇是一部雜湊合鈔的著作,不是徐廣底原書。

第八　劃時代的自敘

從漢魏以來，傳敘文學不斷地演進，但是在東晉的末年，我們所看到的祇是量的增加，不是質的變化，沒有革新的形式，沒有偉大的創作。然而即在東晉和劉宋之間，產生了一部劃時代的作品，這是《法顯行傳》，一個佛教徒底自敘。

佛教徒底傳敘和一般的自敘，在整個的晉代可舉的各有五六種，但是都和《法顯行傳》無從比擬。

佛教徒底傳敘，最先可舉《佛圖澄別傳》，見《世說·言語篇》注。《水經注》有《浮圖澄別傳》，浮圖澄即佛圖澄，其後《御覽》數引其傳，或作浮，卷六十四。或作佛。卷七五九。究竟是一篇傳而傳寫互異，或是兩篇傳而譯音不同，均不可知。所述甚簡單，大抵言其爲石勒、石虎所敬信，能燒香呪雨，逆知禍福等等。又言：「自知終日，開棺無屍，惟袈裟法服在焉。」《世說·言語篇》注。這當然還是佛教未盛，一般人把佛教徒當神仙家看待，因而發生類化的作用，以致影響到傳敘。

其次則有道安。《世說·文學篇》注引《安法師傳》，同書《雅量篇》注引《安和上傳》，《御覽》卷六五五引《道安傳》。

又次則有高坐。《世語·賞譽》、《簡傲》兩篇注皆引《高坐傳》，《言語篇》注引《高坐別傳》，疑本一篇。王季撰《高坐傳》，見王曼穎《與沙門慧皎書》。《高僧傳》卷十四。高坐永嘉中到東晉，傳中完全寫成一個東晉的人物，語如次：

和尚胡名尸黎密，西域人。傳云國王子，以國讓弟，遂爲沙門。永嘉中始到此土，留於太市中。和尚天資高朗，風韻道邁，丞相王公一見奇之，以爲吾之徒也。周僕射領選，撫其背而歎曰：「若選得此賢，令人無恨。」既而周侯遇害，和尚對其靈坐作胡祝數千言，音聲高暢，既而揮涕收淚，其哀樂廢興皆此類。性高簡，不學晉語，諸公與之言，皆因傳譯，然神領意得，頓在言前。

《世語·言語篇》注引《高坐別傳》。

又次則有支遁。《世説·文學篇》注引《支法師傳》,《賞譽篇》注引《支遁別傳》,其餘諸篇注則稱《支遁傳》。支遁是中國人,當然他底佛學也完全採取當時人底看法。《支遁別傳》云:"王仲祖稱其造微之功,不異王弼。"《世説·賞譽篇》注。正是別具深味的評判。

又次則有單道開。道開見《晉書·藝術傳》,《隋書·經籍志》雜傳類有《道人單道開傳》一卷,康泓撰。《法苑珠林》卷十九引康泓《單道開傳贊》,又見《高僧傳》卷九。

關於佛教徒的總傳,有《高逸沙門傳》,法濟撰,見慧皎《高僧傳序》,《世説注》屢引其書,記竺法深、于法開、支遁諸人事。又有《名德沙門題目》,見《世説注》;孫綽有《名德沙門贊》。

晉人底自叙,有皇甫謐、杜預、梅陶,以及傅咸、傅玄、傅暢諸篇,雜見諸書所引,都是狠簡單的記載。傅暢《自叙》言:"年五歲,散騎常侍扶風魯叔虎與先公甚友善,每來往喜與余戲。嘗解余衣襟,披其背,脱余金鐶與侍者,謂余當悋惜,而余笑與之,經數日不索。遂於此見名,言論甚重。"《御覽》卷三八五、卷六九五引。記載幼年的舊事,甚爲詳核。對於考證幼年回憶的人,確是一種資料。晉宋之際,還有一篇陶潛《五柳先生傳》,是一篇一百幾十字的小品文,對於自己的個性,確有入情的描寫。我們讀"閑静少言,不慕榮利,好讀書,不求甚解,每有會意,欣然忘食。性嗜酒,家貧不能恒得,親舊知其如此,或置酒招之。造飲輒盡,期在必醉,既醉而退,曾不吝情去留。環堵蕭然,不蔽風日,短褐穿結,簞瓢屢空,晏如也。"這是一幅速寫,透露陶潛底輪廓,但是對於他一生的經過,仍舊沒有啓示,所以這篇祇是優美的小品文,然而不是傳叙。

就在這時,產生了有名的《法顯行傳》。

《隋書·經籍志》雜傳類有《法顯傳》二卷,又有《法顯行傳》一卷;地理類有《佛國記》一卷。《開元釋教録》作《歷遊天竺記傳》一卷。原注亦云《法顯傳》,自撰述往來天竺事,見《長房録》。《貞元新定釋教目録》卷五作《歷遊天竺記傳》一卷。原注亦云《法顯傳》,法顯自撰,述往來天竺事,見《長房録》。同書卷二十三則作《法顯傳》。原注:亦云《歷遊天竺記傳》。《通典》卷一九一則作《法明遊天竺記》。原注:國諱改焉。其後宋元明清藏經皆稱《法顯傳》。其收入《秘册彙函》、《津逮秘書》、《説郛》、《漢魏叢書》、《唐宋叢書》、《學津討原》者,則稱爲《佛國記》。

綜言之,《隋書·經籍志》之二卷本《法顯傳》,其後失傳。至一卷本之《法顯行傳》,則有《佛國記》、《歷遊天竺記傳》、《法明遊天竺記》、《法顯傳》等之異名。

日本足立喜六作《法顯傳考證》，以《法顯傳》爲名，今稱《法顯行傳》，以還《隋書·經籍志》之舊。

《法顯傳》二卷本已亡，其詳不得而知。《法顯行傳》既係法顯自作，記其歷遊天竺始末，所以不妨假定《法顯傳》是當時人，或時代略後之人爲法顯所作。證以晉宋間傳叙之風甚盛，每人時有傳叙兩種以上之情態，此種假定當可不誤。進一步我們可以假定梁釋慧皎《高僧傳》卷三《宋江陵辛寺釋法顯傳》中的材料，凡不見於《法顯行傳》者，皆出於《法顯傳》二卷本，其後慧皎即據以作傳。這是一個更膽大的假定，但不是不可能的。

《法顯行傳》第一句便是"法顯昔在長安，慨律藏殘闕，遂以弘始二年<small>足立喜六考定作元年</small>歲在己亥，與慧景、道整、慧應、慧嵬等同契，至天竺尋求戒律"。在一部記載旅程的行傳，這個起句，是很應當的。《高僧傳》裡便多了許多故事。我們看到法顯姓龔，平陽武陽人，有三兄，並韶齓而亡。法顯三歲度爲沙彌，十歲遭父憂，葬畢仍即還寺。禪門常說，法顯不怕黑師子，但看不得白絹扇。黑師子底故事不見於《法顯行傳》，而見於《高僧傳》，語如次：

> 將至天竺，去王舍城三十餘里，有一寺，逼冥過之。顯欲詣耆闍崛山，寺僧諫曰："路甚艱阻，且多黑師子，亟經噉人，何由可至？"顯曰："遠涉數萬，誓到靈鷲，生命不期，出息非保，豈可使積年之誠，既至而廢耶？雖有險難，吾不懼也。"衆莫能止，乃遣兩僧送之。顯既至山，日將曛夕，遂欲停宿，兩僧危懼，捨之而還。顯獨留山中，燒香禮拜，翹感舊迹，如覩聖儀。至夜，有三黑師子來蹲顯前，舐脣搖尾。顯誦經不輟，一心念佛。師子乃低頭下尾，伏顯足前，顯以手摩之，呪曰："若欲相害，待我誦竟；若見試者，可便退矣。"師子良久乃去。

法顯歸國以後，就佛馱跋陀於道場寺，譯經百餘萬言，其後卒於辛寺，年八十餘，皆見《高僧傳》。大致二卷本《法顯傳》所載與此畧同。此外是否尚有其他的細目，因爲沒有佐證，止有置之不論。

法顯以後秦弘始元年出國，是年即東晉安帝隆安三年。其後回國，於義熙八年到達青州，次年至京口，夏坐畢，復至建康。義熙十年甲寅，始作《行傳》。其自跋云：

> 法顯發長安六年,到中國,即中天竺。停六年還,三年達青州。凡所遊歷減三十國。沙河已西,迄于天竺,衆僧威儀法化之美,不可詳說。竊惟諸師未得備聞,是以不顧微命,浮海而還,艱難具更。幸蒙三尊威靈,危而獲濟。故竹帛疏所經歷,欲令賢者同其聞見。是歲甲寅。

在自跋後,還有一篇大跋,這是劉宋僧人所作的:

> 是歲甲寅,晉義熙十二年,歲在壽星,夏安居末,迎法顯道人。既至,留共冬齋。因講集之際,重問遊歷。其人恭順,言輒依實。由是,先所畧者,勸皆詳載,顯復具叙始末。自云:"顧尋所經,不覺心之汗流,所以乘危履險,不惜此形者,蓋是志有所存,專其愚直,故投命於不必全之地,以達萬一之冀。"於是感歎斯人,以爲古今罕有。自大教東流,未有忘身求法如顯之比。然後知誠之所感,無窮否而不通,志之所將,無功業而不成。成乎功業者,豈不由忘夫所重,重夫所忘者哉!

在某種意義上,《法顯行傳》底性質,和玄奘底《大唐西域記》類似,因爲兩書都是天竺經行的記載,而且作者也是同樣的高僧。但是中間有一個區別。在《法顯行傳》裡,我們看到法顯底爲人,一切叙述也充滿了主觀的見地;但是在《大唐西域記》裡,我們看不到玄奘,而祇看到所經諸國的叙述。所以前一部是自傳——當然這僅是生命中底一段旅程,而不是整個的生命,和許多自傳一樣——而後一部則是地志。我們不採用《佛國記》底名稱,而仍稱爲《法顯行傳》,原因在此。

法顯同行之人,除去上述慧景、道整、慧應、慧嵬以外,尚有智嚴、慧簡、寶雲、僧景、慧達。其後智嚴、慧簡、慧嵬還高昌,慧達、寶雲、僧景相會於弗樓沙國以後,皆還秦土。同契止餘四人,慧應在佛鉢寺無常,慧景、道整兩人先發至佛頂骨寺。慧景病,道整看護之,法顯獨踰嶺過山。其後三人復會,共度小雪山。不久以後,慧景亦死,《法顯行傳》記載此事,有一節極其悱惻生動的文字:

> 法顯等三人南度小雪山,雪山冬夏積雪。山北陰中遇寒風暴起,人皆噤戰。慧景一人不堪復進,口出白沫,語法顯云:"我亦不復活,便可時去,勿得俱死。"於是遂終。法顯撫之悲號,本圖不果,命也奈何!

最初同行諸人，至此止賸法顯和道整。經過了種種的困苦，終於到達拘薩羅國舍衛城祇垣精舍。《行傳》說：

  法顯、道整初到祇垣精舍，念昔世尊住此二十五年，自傷生在邊城，共諸同志遊歷諸國，而或有還者，或有無常者。今日乃見佛空處，愴然心悲。彼眾僧出，問顯等言："汝從何國來？"答云："從漢地來。"彼眾僧歎曰："奇哉！邊地之人，乃能求法至此。"自相謂言："我等諸師和上，相承已來，未見漢道人來到此也。"

從祇垣精舍以後，經過幾處聖跡，始到耆闍崛山。《行傳》底敘述，不僅寫盡鷲峰底古跡，而且曲傳法顯底悲哽：

  入谷搏山，東南上十五里，到耆闍崛山。未到頭三里，有石窟南向，佛本於此坐禪。西北三十步，復有一石窟，阿難於中坐禪。天魔波旬化作鵰鷲，住窟前，恐阿難。佛以神足力隔石舒手，摩阿難肩，怖即得止。鳥跡手孔今悉存，故曰鵰鷲窟。山窟前有四佛坐處。又諸羅漢各各有石窟坐禪處，動有數百。佛在石窟前，東西經行，調達於山北嶮巇間，橫擲石，傷佛足指處，石猶在。佛說法堂已毀壞，正有塼壁基在。其山峯秀端嚴，是五山中最高。法顯於新城中，買香華油燈，倩二舊比丘，送法顯上耆闍崛山，華香供養，燃燈續明。慨然悲傷，收淚而言："佛昔於此住，說《首楞嚴》。法顯生不值佛，但看遺跡處所而已。"

這幾節文字裡，狠明顯地看到《法顯行傳》不僅是一篇遊歷底記載，而是一篇人性底敘述。我們看到悲歡離合，看到生死無常，看到法顯底慨然生悲，看到印度諸僧底相顧駭嘆。這裡所見的不僅是事蹟而是人生，所以這一篇便成為有價值的自傳。

道整、法顯前往天竺的目標雖同，但是他們終極的目標便不一致。道整求法是自度，法顯求法是度人，所以在印度數年以後，兩人分道，在《行傳》裡留下後列的記載：

  從波羅捺國東行，還到巴連弗邑。法顯本求戒律，而北天竺諸國皆師師口傳,無本可寫,是以遠步乃至中天竺。於此摩訶衍僧伽藍,得一部律,是《摩訶僧祇眾律》,佛在世時,最初大眾所行也。於祇垣精舍傳其本。自餘十八部,各有師資,大歸不異,於小小不同,或用開塞。但此最是廣說備悉者。復得一部抄律,可七千偈,是《薩婆多眾律》,即此秦地眾僧所行者也。亦皆師師口傳,不書之於文字。復於此眾中得《雜阿毗曇心》,可六千偈。又得一部《綖經》,二千五百偈。又得一卷《方等般泥洹經》,可五千偈。又得《摩訶僧祇阿毗曇》。故法顯住此三年,學梵書梵語,寫律。道整既到中國,即中天竺。見沙門法則,眾僧威儀,觸事可觀,乃追歎秦土邊地眾僧戒律殘闕,誓言自今已去得佛,願不生邊地,故遂停不歸。法顯本心欲令戒律流通漢地,於是獨還。

法顯在《行傳》裡,留下這一段樸素的記載。他沒有覺到他底大願,遠在道整不生邊地的意境以上,所以止是淡漠地提到,反把道整底誓言源源本本地敘下。這種不自覺的流露,正是自敘中崇高的意境。《莊子》說:"賊莫大乎德有心而心有睫,及其有睫也而内視,内視而敗矣。"《列禦寇》。自敘裡面過分的自覺,常常落到心有睫的境地,正是作家不得不留意的場所。

法顯本心在於求法,所以自跋說"沙河已西,迄于天竺;眾僧威儀法化之美,不可詳說。竊惟諸師未得備聞,是以不顧微命,浮海而還"。在他到達青州以後,傳言"法顯遠離諸師久,欲趣長安,但所營事重,遂便南下向都,就禪師出律"。所營之事即指出律。《高僧傳》裡有更詳密的記載。

頃之欲南歸,青州刺史請留過冬。顯曰:"貧道投身於不反之地,志在弘通,所期未果,不得久停。"遂南造京師,就外國禪師佛馱跋陀,於道場寺譯出《摩訶僧祇律》、《方等泥洹經》、《雜阿毗曇心》,垂有百餘萬言。

法顯抱定本心,不受任何的誘惑,所以終意達到出律的宏願。但是法顯還是一個血肉交瑩的人,在他底《行傳》裡,也有自然的流露,所以在記載師子國的一節說:

佛至其國,欲化惡龍,以神足力,一足躡王城北,一足躡山頂,兩跡相去十五由延。王於城北跡上起大塔,高四十丈,金銀莊校,眾寶合成。塔邊復起一僧伽藍,名無畏山,有五千僧。起一佛殿,金銀刻鏤,悉以衆寶。中有一青玉像,高二丈許,通身七寶炎光,威相嚴顯,非言所載,右掌中有一無價寶珠。法顯去漢地積年,所交接悉異域人,山川草木,舉目無舊,又同行分披,或留或亡,顧影惟己,心常懷悲。忽於此玉像邊見商人,以晉地一白絹扇供養,不覺悽然,淚下滿目。

一個絕域捨身,忘生求法,無常無我,應無所住而安其心的高僧,看到白絹扇而悽然下淚,這實在是不思議的奇蹟。"舉目無舊"、"顧影惟己"兩句更見出他是怎樣地執著現在,沾泥帶絮,終於不能解脫。然而正從這幾句裡,我們認識法顯不僅是一個高僧,而是和我們一樣地有知覺有感情的人物。倘使我們認定傳叙文學底目標,是人性底真相的叙述,那麼在中國文學裡,《法顯行傳》便是一部重要的著作。

東晉以來,傳叙文學跟着佛教思想而發展,在傳叙底主題方面,尤多關於佛教徒的叙述。中國傳叙文學盛行的時代,又恰巧與佛教盛行的時代印合。那麼,真正的傳叙文學是隨着佛教而輸入,如唐末的變文、平話及宋代的南戲呢?還是因爲佛教輸入而急遽改造,如六朝時代條理完整的散文和音調諧暢的詩歌呢?這是一個重大的問題。

幸虧裴松之、劉義慶替後人留下大批的史料,我們敢說傳叙文學是我們固有的、自然產生的文學,但是因爲傳叙還是散文底一部分,在條理方面,到了晉宋以後,也受到西來的影響,這個只是間接的,次要的,甚至不甚明顯的影響。

第九　思想混亂底反映

一切的文學，都是思想底反映：思想清明的民族或時代，有清明的反映；思想混亂的民族或時代，便有混亂的反映。中國物衆地大，因此不免有混亂的思想蘖牙其間，在文學的各個部門，都看出這種思想底反映，傳叙文學不是例外。

《隋書·經籍志》雜傳類，自劉向《列仙傳贊》三卷起，至《道學傳》二十卷《隋志》不著撰人，兩《唐志》題馬樞撰。止，綜二十七部，皆神仙家傳記之屬。《唐書·經籍志》題曰仙靈，共爲一類。又自劉義慶《宣驗記》三十卷—本作十三卷起，至顏之推《冤魂志》三卷止，皆禎祥變怪之屬，《唐書·經籍志》題曰鬼神，又爲一類。這兩類的著作，可以稱爲傳叙的不多，但是從當時人看來，一大半是傳叙。我們看到《太元真人東鄉司命茅君內傳》、《謝氏鬼神列傳》這類的書目，止覺得荒唐，但是六朝人正在那裡鄭重地作傳。鬼神不但有傳，而且還有自叙，見於《隋志》者有《靈人辛玄子自序》一卷，此外有《陰君自序》，見《神仙傳》卷四、《太平廣記》卷八、《御覽》卷六六四。這些當然是思想混亂底反映。在叙述六朝傳叙文學的時候，因爲要瞭解那個時代，便不能完全畧去。

神仙鬼怪的思想，隨便地說，是道家底思想，其實和古代的老莊思想，並没有密切的關係。這裡有幼稚的宗教觀念，有閎大不經的玄想，以後再經過燕齊方士底錯綜變化，其結果正如《史記·封禪書》所說的"怪迂阿諛苟合之徒自此興，不可勝數"。秦始皇、漢文帝、武帝都受到這種思想的愚弄，徐市、新垣平、李少君、欒大、公孫卿也都因此而得富貴。到了後漢，遂有《列仙傳》底完成。

《列仙傳》託名劉向，是一部古代的著作。《四庫簡明目錄》稱"《漢志》載劉向六十七篇，無此書，疑魏晉間方士所依託，故葛洪《神仙傳》已引之"。實則最先引《列仙傳》者尚有應劭。《漢書·郊祀志》注引應劭曰："《列仙傳》曰：'崔文子學仙於王子喬，化爲白蜺，文子驚，引戈擊之，俯而見之，王子喬之尸也。須臾則爲大鳥，飛而去。'"應劭，後漢靈帝時人，集解《漢書》，見《後漢書·應奉傳》。所以《列仙傳》底完成，一定在應劭以前。應劭所引及《世說注》、《文選注》所引《列仙傳》，常與今本不合,這是以後又經譌竄的證據,今不論。

　　經過王莽用符命,光武信讖言的階段,所以後漢時代,神仙鬼怪之說大盛。范曄《後漢書・方術傳序》稱"自是習爲内學,尚奇文,貴異數,不乏於時矣。是以通儒碩生,忿其姦妄不經,奏議慷慨,以爲宜見藏損"。但是混亂的思想,經過君主底提倡,到了東漢之末,遂成不可收拾的局勢。當時的方士,蜀有李廣,見《御覽》卷九七七引《李先生傳》。吳有于吉,見《後漢書・襄楷傳》注引《江表錄》。葛玄,見《御覽》諸卷引《葛玄傳》《葛仙公傳》《葛仙公別傳》。介象,見《神仙傳》。但是方士薈聚的地方,還是曹魏。

　　《博物志》卷七引曹丕《典論》,備載當時曹操所集方士,計有上黨王真、隴西封君達、甘陵甘始、魯女生、譙國華他字元化、東郭延年、唐雩、冷壽光、河南卜式、張貂、薊子訓、汝南費長房、鮮奴辜、魏國軍吏河南趙聖師、陽城郄儉字孟節、廬江左慈字元放,共十六人。除趙聖師外,諸人皆見《後漢書・方術傳》,唐雩疑即唐虞,郄儉即郝孟節。到了《漢武帝内傳》及葛洪《神仙傳》裡,他們又往往寫成神仙。本來在混亂的思想裡,從方士到神仙,中間沒有多大的界限。

　　曹操所以招集他們的理由狠簡單。曹植《辯字或作辨道論》言:"世有方士,吾王悉所招致,甘陵有甘始,廬江有左慈,陽城有郄儉。始能行氣導引,慈曉房中之術,儉善辟穀,悉號三百歲。本所以集之于魏國者,誠恐斯人之徒,挾姦宄以欺衆,行妖隱以惑民,故聚而禁之也。豈復歡神仙于瀛洲,求安期于海島,釋金輅而履雲輿,棄六驥而羨飛龍哉?自家王與太子及余兄弟,咸以爲調笑,不信之矣。然始等知上遇之有恒,奉不過於員吏,賞不加于無功,海島難得而遊,六紱難得而佩,終不敢進虛誕之言,出非常之語。"曹氏父子是聰明絶頂的人,所以對付這些方士,都狠得當。曹植又論甘始"若遭秦始皇、漢武帝,則復徐市、欒大之徒也。桀紂殊世而齊惡,姦人異代而等僞,乃如此耶!"見《後漢書・甘始傳》及《博物志》引曹植《辯道論》。曹植對於甘始等這些方士的評判如此。

　　但是到了晉代便大變了。政治底腐化,内戰底殘暴,一切都促進了思想底混亂。西晉末年的葛洪,遂成爲神仙方士底領袖,他底《神仙傳》也成爲傳叙文學裡這一類的主要作品。

　　葛洪相信神仙之術,是沒有問題的。《抱朴子内篇・論仙》引曹植《釋疑論》云:"初謂道術,直呼愚民詐僞空言定矣。及見武皇帝試閉左慈等,令斷穀近一月,而顏色不減,氣力自若,常云'可五十年不食'。正爾,復何疑哉!"又云:"令甘始以藥含生魚而煮之於沸脂中,其無藥者,熟而可食,其衘藥者,游戲終日,如在水中也。又以藥粉桑以飼蠶,蠶乃到十月不老。又以住年藥食雞雛及新生犬子,皆止不復長。以還白藥食白犬,百日毛盡黑。乃知天下之事不可盡知,而以臆斷之,不可任也。但恨不能絕聲色,專心以學長生之道耳。"葛洪所引此論,有許多的破綻。《辯道論》的左慈善房中之術,《典論》的左慈善補導之術,見《後漢書·左慈傳》注引《典論》。原是一樣,但是這裡他却擅辟穀之術。《辯道論》稱甘始言"取鯉魚著藥,投沸膏中,奮尾鼓鰓,游行沈浮,有若處淵"。及至曹植問以"寧可試不？"甘始便言"是藥去此踰萬里,始不自行,不能得也"。這裡便指實其事。《辯道論》的曹植方言"以爲調笑,不信之矣",這裡却恨不能專心學長生之道。這不是有兩個左慈,兩個甘始,乃至兩個曹植,而祇是從曹植到葛玄,中間經過一百年。這百年之中,一切都幻化了。在幻化底過程中,產生許多的神仙故事,以及一部僞造的曹植《釋疑論》,最後完成葛洪底《抱朴子》和《神仙傳》。這是曹植、葛洪底不幸,當然也是中國傳叙文學底不幸。

關於神仙的幾部可考的傳叙,大致都出於葛洪底前後。

第一是《陰君自序》,見《神仙傳》。陰君即陰長生。序稱"漢延光元年,新野山北,予受偓君神丹要訣,道成去世,付之名山"。其後又稱"陰君處民間百七十年,色如女子,白日昇天而去"。從東漢安帝延光元年,下數百七十年,至西晉惠帝元康二年,恰恰在葛洪少時。序中又稱"不死之要,道在神丹,行氣導引,俯仰屈伸,服食草木,可得延年,不能度死,以至乎仙"。注重丹砂,這是神仙家底一個派別。最後又言:"惟予束髮,少好道德,棄家隨師,東西南北。委放五濁,避世自匿,三十餘年,明山之側。寒不遑衣,飢不暇食,思不敢歸,勞不敢息,奉事聖師,承歡悅色。面垢足胝,乃見哀識,遂受要訣,思深不測。妻子延年,咸享無極,黄白已成,貨財千億,使役鬼神,玉女侍側。今得度世,神丹之力。"這裡把學仙底過程和得道底結果,完全寫出。

同時期有兩篇神女傳叙:一篇是張敏《智瓊傳》,一篇是曹毗《神女杜蘭香傳》。敏太康初爲益州刺史,毗曹休曾孫,南渡後爲光祿勳。所以兩人都可算是葛洪同時人。

《智瓊傳》見《御覽》卷三九九、卷七二八,及《北堂書鈔》卷一二九。傳言"弦超字義起,夢神女從之,自稱天上玉女,姓成字智瓊,早喪父母,天帝愍之,遣令得下嫁。如此三四旦,覺寤欽想,顯然來遊,乃駕輜軿車,從八婢,自言我天帝玉女,遂爲夫婦。贈詩二百餘言,又著《易》七卷,超皆能通其旨"。《御覽》卷三九九。

《杜蘭香傳》見《御覽》諸卷,是一篇更荒誕的著作。傳言"神女姓杜字蘭香,自云家昔在青草湖,風溺,大小盡没。香時年三歲,西王母接而養之於崑崙之山,於今千歲矣"。《御覽》卷三九六。又言"香降張碩,碩既成婚,香便去絶不來。年餘,碩船行,忽見香乘車於山際,碩不勝驚喜,遥往造香,見香悲喜,香亦有悦色,言語頃時。碩欲登其車,其婢舉手排之,嶷然山立。碩復欲車前上車,奴攘臂排之,碩於是遂退"。《御覽》卷七六九。

這是兩件神異的故事。尤其奇的是智瓊注《易》七卷,蘭香作五言詩,《御覽》卷五〇〇引蘭香降張碩爲詩贈碩云:"縱轡代摩奴,須臾就尹喜。"摩奴是香御車奴,曾忤其旨,是以自御。她們都學會晉人底風尚,不能不算可怪。西王母在《山海經》裡,止是一個"其狀如人,豹尾虎首,蓬髮,暠然白首"的怪物,所以《大人賦》説:"吾乃今日覩西王母,暠然白首,戴勝而穴處兮,亦幸有三足鳥爲之使,必長生若此而不死兮,雖濟萬世不足以喜。"但是現在她却能到中國拯救青草湖的難女。一切都變幻了。

東晉更有兩篇仙人底傳叙。

一篇是《南嶽夫人内傳》一卷,《隋志》不著撰人。葛洪《神仙傳》稱"中候上仙范邈字度世,舊名冰,服虹景丹得道,撰《魏夫人傳》一卷"。兩《唐志》皆題范邈撰。《御覽》卷六七八引《南嶽魏夫人内傳》,也有一段寫到西王母云:

> 於是夫人受王母之命,且還王屋山小有之中,更齋戒三月。九微元君龜山王母,西城真人王方平,太虚真人赤松子,桐柏真人王子喬,並降小有清虚上宫絳房之中,各命侍女,金石發響。於是西母徘徊起立,折腰俯唱曰:"哀此去留會,劫盡天地傾。嘉會絳阿内,相與樂未央。"歌畢須臾,司命神仙諸隸屬,及南嶽神靈迎官並至。西母等與夫人同去,詣天台霍山臺。

《太元真人東鄉司命茅君内傳》一卷,《隋志》題弟子李遵撰。傳稱茅盈以漢元帝時渡江東,治句曲山,大致是西漢人,李遵不知何時人。傳中又言茅君以晉興寧三年七月四日夜初降楊君家。興寧,晉哀帝年號,上去《南嶽夫人傳》所言夫人咸和九年得道之時,凡三十一年,所以假定這是一篇比較落後的著作,但是却不至於太後。劉宋時裴駰作《史記集解》,於《始皇本紀》引《太元真人茅盈内紀》,述茅盈曾祖父濛於華山之中,乘雲駕龍,白日昇天云云。《内紀》疑即《内傳》。所以《茅君内傳》底完成,當在興寧三年以後,《史記集解》成書以前,是一部晉末宋初的著作。

《茅君内傳》紀載西王母上元夫人的一節,寫得非常的妙麗。當然這不是寫實，一切的內傳都不是寫實，而止是寫的幻境和實境接觸的邊緣。

> 西母攜王君、茅盈以詣固衷之宮，固衷，盈二弟也。西母撫背告之曰："汝道雖成，所聞未足，我有所授汝。"乃遣侍女郭密香與上元夫人相聞云："但不相見，四千餘年，天事勞我，致以罕面，可暫來否？當此相待。"上元夫人遣一侍女答曰："阿環再拜上問起居。遠隔絳河，擾以官事，遂違顏色近五千年。仰戀光潤，情係無違。密香至，奉信，承降尊於茅固處。聞命之際，即當飾駕。先被太常君敕，使詣希林，校定三元之籙，正爾暫往，如是當還。還便束帶，願暫少留。"茅固因問王母："不審上元夫人何真也？"曰："三天真皇之母，上元之高真，統領十方玉女之名籙者也。"及上元夫人來，聞雲中簫鼓聲，龍馬嘶鳴。既至，從者甚衆，皆女子，年十六七，容色明逸，多服青綾之衣，光彩奪目。上元年未笄，天姿絕艷，服赤霜之袍，披青錦裘，頭作三角髻，餘髮散於腰，戴九晨夜月之冠，鳴六山火藻之佩，曳鳳文琳華大綬，執流黃揮精劍。入室向王母拜，王母坐止呼之，與同坐北向。上元夫人設廚。王君敕茅盈二弟固衷起拜，稽首而立，命坐復席。

中國社會經過兩晉的沈浸，一切都從熟爛而至腐化，連帶理想中的神仙，也沾染了色情的色彩。《魏夫人內傳》稱太極真人安度明、東華青童君、碧海景林真、清虛真人王子登來降，經過一番訓誨以後，接下便是"四真吟唱，乃命北寒玉女宋聯涓彈九氣之璈，東華玉女烟景珠擊西盈之鍾，雲林玉女賈屈庭吹鳳戾之舞，飛玄玉女鮮于靈金拊九合之節"。《茅君內傳》寫上天夫人，也用同樣的寫法。就是寫西王母，那些"首戴華勝，腰帶虎章，葆蓋沓映，羽旌蔭庭"的句法，也給人以不甚莊嚴的印象。

從《茅君內傳》裡，還透出一些時代落後的意義。本來神仙家講到服食，已經是低一層說法了，但如葛洪談五芝，列舉石芝、木芝、草芝、肉芝、菌芝，《抱朴子內篇·仙藥》。止說服之可以千歲萬歲，長生久視。《茅君內傳》的五芝，意義便變了。《後漢書·馮衍傳》注引之云：

> 句曲山上有神芝五種。一曰龍仙芝，似交龍之相負，服之為太極仙卿。第二名參成芝，赤色有光，其枝葉如金石之音，折而續之，即復如故，服之為太極大夫。第三名燕胎芝，其色紫，形如葵葉，上有燕象，光明洞澈，服一株，

拜爲太清龍虎仙君。第四名夜光芝，其色青，其實正白如李，夜視其實如月光，照洞一室，服一株爲太清仙官。第五名玉芝，剖食拜三官正員御史。

本來馮衍《顯志賦》說"飲六醴之清液兮，食五芝之茂英"；也許止說芝有多種，并非指實之詞，到葛洪便指實了。《茅君内傳》有具體的説明，更把神仙和富貴連繫，表面是羨慕神仙，其實祇是垂涎富貴，這正是思想混亂的現象。

《茅君内傳》又言"西極總真君者，茅司命之師也。節。漢元帝時降陽洛山。節。晉時又降魏夫人於陽洛臺，每以三月十二日同來句曲，推校學仙，別有傳，未顯於世。《神仙傳》云'降蔡經家'者，是此君也"。《御覽》卷六七七引。這便證實《茅君内傳》是葛洪以後的作品。

《漢武帝内傳》是一部時代不甚確定的著作。傳中所言魯女生、東郭延年、封君達、王真等諸人，見《後漢書》卷一一二《方術傳》注引《漢武内傳》。皆與曹操同時。魯女生於董卓亂後，莫知所在，其餘三人則爲曹操所錄。所以這一部書的完成，大致在曹操以後，魯女生等諸人尚能引起時人注意的時代。傳記西王母、上元夫人唱酬事，生動有意致，錄於次：

> 西王母降，命侍女安法嬰歌《玄雲曲》曰："大象雖云寥，我把天地户。披雲汎修輿，倏忽適下土。泰真靈中唱，始知風塵苦。頤神三田中，約精六闕下。"上元夫人自彈雲林之璈，鳴弦駭洞，清音零朗，乃奏《步玄曲》，其辭曰："黃陟真道騰，步玄登天霞。負笈造天關，借問太上家。忽遇紫微圖，真人列如麻。流景清飆起，雲蓋映朱葩。蘭房闢林闕，碧室啟瓊沙。丹臺結空構，曄曄生露華。誰言終有終，扶桑不爲查！"王母命侍女田四非答歌，其辭曰："晨登太霞宫，把此玉水蘭。夕入玄圃闕，採藥掇琅玕。擢足瓠瓜河，織女立津盤。吐納抱景雲，味之當一飡。朝發漫汗府，暮宿鉤陳垣。莫與世人說，行尸此言難。"《御覽》卷五七二引《漢武内傳》。

《四庫提要》論《漢武内傳》云："考徐陵《玉臺新詠序》、郭璞《遊仙詩》、葛洪《神仙傳》、張華《博物志》並引其文，則其書在齊梁以前，其殆魏晉間文士所爲乎！"從思想方面看，《漢武内傳》比較單純，所以也許是較早的作品。

《隋書·經籍志》有《仙人許遠遊傳》一卷，不著撰人，兩《唐志》皆作王羲之《許先生傳》。案《晉書·王羲之傳》，言羲之與許邁遊，自爲之傳，述靈異之跡甚多，不可詳記。則羲之曾有此傳無疑，所述靈異之迹，當然也是思想混亂底結果。《御覽》諸卷引《許邁別傳》，疑即是書。傳云："邁好養生，遣妻歸家，東遊採藥於桐廬山，欲斷穀。以山近人，不得專一，移入臨安。自以無復反期，乃改名遠遊，書與婦別。"《御覽》卷四八九。這是記實，但如所言"邁少名映，有鼠嚙映衣，乃作符占鼠，莫不畢至於中庭。映曰：'齧衣者留，不齧衣者去。'羣鼠皆去，唯一鼠獨留，伏於中庭而不敢動。"《御覽》卷九一一。這便從實境走向幻境了。

　　從魏晉之間起，經過南北朝，神仙鬼怪底傳叙，雖然不是大宗，還是不斷地出現。這是中國傳叙文學底幻境。

第十　南朝文士底動向

東晉以後，經過宋、齊、梁、陳，這是南朝。建國的規模，一切承受了東晉底遺業。劉裕未即位以前，滅南燕，奪洛陽，在軍事上有相當的成就。其後宋文帝時，檀道濟北取河南，國力尚盛。到了蕭齊，這種進取的精神漸形衰落，至梁武帝方始復振，這是南朝全盛的時代。但是盛極則衰，武帝末年，侯景作亂，生民塗炭，其後元帝西遷，梁室已無可爲。江陵之亡，是南朝文化底終結，以後陳霸先開國，雖爲南朝延長三十餘年的生命，但是已經奄奄一息，直待隋代的混一。

在文學方面，大體也還承受東晉的潮流。晉、宋之間，正是神仙思想盛行的時候，在文學上，不能不算是不良的影響。鍾嶸說："永嘉時，貴黃老，尚虛談，於時篇什，理過其辭，淡乎寡味。爰及江左，微波尚傳，孫綽、許詢、桓、庾諸公，皆平典似《道德論》，建安風力盡矣。"《詩品序》。元嘉之初，謝靈運出，風氣轉變，走上"含跨劉郭，凌轢潘左"的途徑。蕭齊而後，永明體放棄氣勢的雄偉，而轉向音律的工巧，正是精力不足的現象。梁武一朝，文學上再度崛起，簡文兄弟，都是文學上的天才，不幸做了皇帝，支持不了風雨飄搖的時代。以後入陳，江南的庾信、王褒、顏之推等北渡，文學上的樞機已經轉移，所賸餘的衹是一些風花雪月的詩人，成爲南朝文化底尾聲。文學底運命，一切都和國家底運命印合。

傳叙文學方面，也還繼承東晉人愛作家傳的風氣。見於《隋書·經籍志》或《唐書·經籍志》、《新唐書·藝文志》，確爲南朝著作，有作家可指者，宋裴伯子《薛常侍家傳》一卷，又《荀氏家傳》十卷，裴松之《裴氏家傳》四卷，梁明粲《明氏世錄》六卷，陸煦《陸史》十五卷，王褒後入北周《江左王氏世家傳》二十卷。諸書如《藝文類聚》、《北堂書鈔》、《元和姓纂》、《太平寰宇記》、《太平御覽》，以及《文選注》、《史記索隱》、《正義》及《後漢書注》所引南朝人士家傳，可舉者亦不尠，以其書出於唐代以來，姑不舉。今舉《世說新語注》所引家傳於次，此中又有已見《三國志注》者，假定爲東晉以前之著作，亦不列入。則有：

《李氏家傳》。《世說·識鑒篇》注，又《續漢書·五行志》劉昭注引《李氏家書》，別爲一書，亦梁時習見者。

《王氏世家》。《世說·品藻篇》王禕之條注引《王氏世家》。按禕之爲王述次子,太原王氏,故此書爲太原王氏世家,與《王氏江左世家傳》之爲琅邪王氏者不同。

《陶氏叙》。《世說·言語篇》注。

《摯氏世本》。《世說·言語篇》注。

《袁氏家傳》。《世說·文學篇》注。又《魏志·袁渙傳》注引《袁氏世紀》別爲一書,其書早出,故裴松之引之。

此外如顏延之《顏府君家傳銘》,見《景定建康志》,則顏氏有家傳;《南齊書·祥瑞志》建元元年有司奏得季子廟沸井,引《孔氏世錄》云云,則孔氏亦有家傳。

魏晉家譜已見前,至於南朝的家譜見於諸書所引者,更是舉不勝舉,僅舉其時百家總譜之見於《隋書·經籍志》譜系類者,則有宋劉湛《百家譜》二卷、梁王儉《百家集譜》十卷、王僧孺《百家譜》三十卷,又《百家譜集抄》十五卷。我們可以想到南朝族譜底盛況。

姚振宗《隋書經籍志考證》列舉南朝諸史列傳出於家傳之證,因此我們可以知道家傳家譜一類的著作,對於史傳的影響。從曹魏起,家傳方面已經開始了作偽的風氣,經過東晉南朝,這種風氣當然只有變本加厲:因爲一則子孫爲祖父作傳,本來就有"子爲父隱"的信條,二則當時既重族望,自然也會走上"隱惡揚善"的塗徑。家傳既不可信,連帶也影響了以家傳爲藍本的國史。所以南朝時代家傳底發展,正是傳叙文學乃至一般史傳底不幸。

南朝傳叙文學還有一個不幸,便是當時文士的重視辭藻。中國文字在偶句方面因爲語法和形聲的關係,本來有其特長。運用得當,可以增加文字之美,但是過分重視辭藻,以致意義不能悉達,便不免成爲病態,尤其在史傳或傳叙方面,是最可遺憾的事。不幸南朝時代,恰恰踏上這一個塗徑。

幾個名人底著作,如任昉《齊司空曲江公行狀》《齊竟陵文宣王行狀》、沈約《齊臨川王行狀》《齊司空柳世隆行狀》、江淹《宋建平王太妃周氏行狀》、裴子野《司空安城康王行狀》,都因爲駢偶的關係,在事實方面叙述不能曲盡。這個還可諉爲行狀之體,與傳略異,不妨自成一格,但是如王僧孺《太常敬子任府君傳》:

  時乃高閶雪宮,廣開雲殿,秋寙春户,冬煖夏清,九醖斯浮,百羞並薦。□□□□,雲銷月朗,聿茲游客,朋來旅見,辭人才子,辯圃學林,莫不含毫咀思,爭高競敏。《藝文類聚》卷四十九引。

這是美麗的駢文,然而不是傳敘。這個風氣,一直傳到唐初,《晉書》底敘述,重疊拖沓,祇是這個風氣底遺毒。劉知幾《史通·敘事篇》:"自茲已降,史道陵夷,作者蕪音累句,雲蒸泉湧,其爲文也,大抵編字不隻,捶句皆雙,修短取均,奇偶相配。故應以一言蔽之者,輒足爲二言,應以三句成文者,必分爲四句。彌漫重沓,不知所裁。是以處道受責於少期,子昇取譏於君懋,非不幸也。"大致駢偶文儘管在辭賦書牘方面,有特殊的應用,但是在敘事方面,祇是一種不適用的文體。

南朝文士所作的單傳不多,但是仍有狠好的篇幅。晉宋之間有陶潛底《孟府君傳》,是一篇有名的著作,龍山落帽,已經成爲膾炙人口的故事。孟嘉爲征西大將軍桓溫長史,傳稱:"溫從容謂君曰:'人不可無勢,我乃特駕御卿。'"又言:"奉使京師,除尚書刪定郎,不拜。孝宗穆皇帝聞其名,賜見東堂,君辭以脚疾,不任拜起,詔使人扶入。"倘使認識當時的桓溫,隱隱已和中朝成了對立的局勢,我們便會知道陶潛正把握着孟嘉託身偏霸,不仕中朝的心理。傳又記嘉遷長史後,"在朝指桓溫之朝。漢魏以來,縣令、太守、刺史、征鎮皆稱朝。《鍾離意別傳》述意爲瑕丘令,戶曹史檀建之父謂建曰:"朝大士衆,賢能者多。"其語可證。隤然仗正順而已,門無雜賓。嘗會神情獨得,便超然命駕,逕之龍山,顧景歡晏,造夕乃歸。"這是爲孟嘉曲原的話。"隤然正順"一句,更寫出桓溫不正不順的意境。

沈約所作,除去前舉兩篇行狀以外,有《齊禪林寺尼淨秀行狀》。《廣弘明集》卷二十三,又見《全梁文》。在這篇文章裡,他脫去駢偶的約束,所以敘述方面狠能盡致,不過還不是一篇引人注意的文章。

江淹有《袁友人傳》,記其友袁叔明事,敘述太簡單了,所以儘管自言"所與神遊者惟陳留袁叔明而已",江淹《自序傳》。但是《袁友人傳》止給我們一個極略的輪廓。

《隋志》有《梁故草堂法師傳》一卷,不著撰人。案《文選·北山移文》注引梁簡文帝《草堂傳》,不知是否即此卷。所引僅三十六字,當然無從據以判定原書的價值。

就所見的南朝單行傳敘論,當然要推蕭統《陶淵明傳》爲第一。這只是一篇不足千字的小品,但是就在區區千言之中,把陶淵明底個性,寫得極明顯。文中引淵明《五柳先生傳》、《與子書》、《示周續之祖企謝景夷》三人詩,共三篇,記淵明與檀道濟對話,與親朋對話,與縣吏對話二,共四次。所記諸人,自淵明外,如檀道濟、王弘、顏延之、淵明妻翟氏,皆神態宛若,即龐通之、檀韶,乃至郡將縣吏諸人,亦約略可見。古人所稱尺幅千里之勢,正可以評此傳。

蕭統作傳的本領,就在把握住淵明"任真自得"的心理。他不是不羨慕官祿,所以謂親朋曰:"聊欲絃歌,以爲三徑之資。"晉人不以居官治生爲諱。《世說·賞譽篇》注引《晉中興士人書》,"王述爲宛陵令,多修爲家之具,初有勞苦之聲,丞相王導使人謂之曰:'名父之子,屈爲小縣,甚不宜爾。'述答曰:'足自當止。'時人未之達也。後屢除州郡,無所造作,世始歎服之。"可證王述、陶潛皆以任真見稱,原不必諱。但是到官以後,便稱"得醉於酒足矣",這是心理的轉折。他不是不爲小官,但是要他束帶見督郵,便解綬去職,自言"豈能爲五斗米折腰向鄉里小兒",這正是世家子弟底意氣。淵明爲陶侃曾孫,見傳。檀道濟饋以梁肉,他麾而去之;王弘具酒相邀,他便欣然共酌。本來要以公田三頃種秫,自稱"吾常得醉於酒足矣",妻子因請種秔,便以二頃五十畝種秫,五十畝種粳。顏延之送錢兩萬,悉遣送酒家,稍就取酒。家釀既熟,便取頭上葛巾灑酒,灑畢復著。一切都是率性而行,一切都是真。傳中前言"任真自得",後言"淵明若先醉,便語客'我醉欲眠,卿可去'。其真率如此。"完全得到淵明底本性,所以在南朝文士傳敘中,這是第一篇。

南朝自敘的文字,除去沈約《宋書序傳》、梁元帝《金樓子自序》這一類以外,可數的有王筠《自序》、江淹《自序傳》及劉峻《自序》。

王筠《自序》狠簡單,所敘的只是"少好鈔書,老而彌篤。愛《左氏春秋》,凡五鈔,餘經及《周官》、《儀禮》、《國語》、《爾雅》、《山海經》、《本草》並再鈔,子史諸集皆一徧"。見《梁書·王筠傳》。也許原文並不止此,但是大致可想。江淹《自序傳》便繁複了,記沈攸之起兵討蕭道成事:

當沈攸之起兵西楚也,人懷危懼,高祖嘗顧而問之曰:"天下紛紛若是,君謂如何?"淹對曰:"昔項強而劉弱,袁衆而曹寡,羽號令諸侯,竟受一劍之辱,紹跨躡四州,終爲奔北之虜。此所謂在德不在鼎,公何疑焉?"帝曰:"聞此言者多矣,其試爲我言之。"淹曰:"公雄武有奇略,一勝也;寬容而仁恕,二勝也;賢能畢力,三勝也;民望所歸,四勝也;奉天子而伐叛逆,五勝也。攸之志銳而器小,一敗也;有威而無恩,二敗也;士卒解體,三敗也;搢紳不懷,四敗也;懸兵數千里而無同惡相濟,五敗也。故豺狼十萬,而終爲我獲焉。"帝笑曰:"君談過矣。"本集。

這是策士底口吻,而且事後追記,也許不可盡信。全篇對於個性的抒述,也看不出什麼。篇末自稱"常願幽居築宇,絶棄人事,苑以丹林,池以綠水,左倚郊甸,右帶瀛澤,青春爰謝則接武平泉,素秋澄景則獨酌虛室,侍姬三四,趙女數人,不則逍遙經紀,彈琴詠詩,朝露幾間,忽忘老之將至云爾。淹之所學,盡此而已矣。"這些祇是虛辭。他底一篇《恨賦》,透露了那種對於宦達的羨慕。蕭齊建國的時候,淹自稱"軍書表記,皆爲草具",但是左轉豫章王記室參軍,再遷散騎侍郎中書侍郎,淹《自序傳》敘官僅至中書侍郎爲止,知其文作於齊時。畢竟滿足不了他底欲望。一篇自敘在這種情緒下面寫出,偏偏到末了要寫出那種澹泊的意境,其結果祇是左支右絀,使人失望。

劉峻《自序》便充滿了他那骯髒的精神,祇是殘餘太少,不能看到全篇底結構。《文選·重答劉秣陵沼書》注引一節,《梁書·劉峻傳》亦引:

> 余自比馮敬通,而有同之者三,異之者四。何則?敬通雄才冠世,志剛金石,余雖不及之,而節亮慷慨,此一同也;敬通值中興明君,而終不試用,余逢命世英主,亦擯斥當年,此二同也;敬通有忌妻,至於身操井臼;余有悍室,亦令家道轗軻,此三同也。敬通當更始之世,手握兵符,躍馬食肉,余自少迄長,戚戚無懼,此一異也;敬通有一子仲文,官成名立,余禍同伯道,永無血胤,此二異也;敬通膂力方剛,老而益壯,余有犬馬之疾,溘死無時,此三異也;敬通雖芝殘蕙焚,終填溝壑,而爲名賢所慕,其風流鬱烈芬芳,久而彌盛,余聲塵寂漠,世不吾知,魂魄一去,將同秋草,此四異也。所以自力爲敘,遺之好事云。

這是一篇抒寫實境的文字,在價值方面,超過同時諸人底敘述,但是太簡單了。

在總傳方面,南朝仍繼承了東晉著重家史、忽視郡書的風氣。同時還看到不少的忠臣孝子底總傳。提倡忠孝,一面給死者以表彰,一面也給生者以做人的模範。傳敘文學於是成爲宣傳的工具。本來傳敘文學多少有些宣傳的意義,但是過分重視宣傳,往往會把傳主寫成固定的人物,祇看到格局的完整,看不到人格的發展,從傳敘文學的立場看來,這是一種病態。

除去家史已見前述以外,劉宋一代的總傳,可舉者如次:

郭緣生《武昌先賢傳》二卷。

劉義慶《徐州先賢傳》一卷、《徐州先賢傳讚》九卷。

劉義慶《江左名士傳》一卷。

張騭《文士傳》五十卷。《隋書·經籍志》題張隱,兩《唐志》皆作張騭,字當作騭。

蕭廣濟《孝子傳》十五卷。《隋志》題晉輔國將軍蕭廣濟。案《御覽》卷七六六引蕭傳何子平條,言"宋大明末饑荒,八年不得營葬"云云,知作於宋時。

王韶之《孝子傳》三卷。《隋志》題王昭之,兩《唐志》皆有王韶之《孝子傳》十五卷。韶之,宋吳興太守,《宋書》有傳,字應作韶。

鄭緝之《孝子傳》十五卷。

師覺授《孝子傳》八卷。

袁淑《真隱傳》二卷。《隋志》不著錄。《宋書·隱逸傳叙》曰:"陳郡袁淑集古來無名高士以爲《真隱傳》。"《藝文類聚》引十事,《太平御覽》同。

范晏《陰德傳》二卷。《隋志》題范泰,兩《唐志》皆作范晏。《御覽》卷五五六引范晏《陰德傳》,字應作晏。

虞通之《妒記》二卷。

虞通之《后妃記》四卷。《隋志》不著錄,見《唐志》。

《武昌先賢傳》、《徐州先賢傳》見於諸書所引者,殘存數條,皆瑣碎不足論。《江左名士傳》遠不及義慶《世説新語》,一則止存斷簡,一則尚有完書,本來無從比擬。

張騭《文士傳》是一部有名的著作,鍾嶸《詩品》稱"張騭《文士》,逢文即書",指此。此書到北宋,止賸十卷,見《崇文總目》。其後《中興總目》則言"《文士傳》五卷,載六國以來文士,起楚芊原,終魏阮瑀。《崇文目》十卷,終宋謝靈運,已疑其不全,今又缺其半"。張騭始末不詳,其書終宋謝靈運,又屢經裴松之《三國志注》引用,則爲劉宋時人可知。南朝一百七十年中,宋歷時最長,凡五十九年。謝靈運死於宋初,及《文士傳》成書,爲松之引用,仍是可能的事。

諸書引《文士傳》,詳略不同,大致中多刪節,故多差異。例如《禰衡傳》云:

孔融數薦衡於太祖,欲與相見,而衡疾惡之,意常憤懣,因狂疾不肯往,而數有言論。太祖聞其名,圖欲辱之,乃錄爲鼓吏。後至八月朝大宴,賓客並會。時鼓吏擊鼓過,皆當脱其故服,易著新衣。次衡,衡擊爲《漁陽參撾》,容態不常,音節殊妙。坐上賓客聽之,莫不慷慨。過不易衣,吏呵之。衡乃當太祖前,以次脱衣,裸身而立,徐徐乃著褌帽畢,復擊鼓參撾,而顏色不怍。太祖大笑,告四坐曰:"本欲辱衡,衡反辱孤。"至今有《漁陽參撾》,自衡造也。融深責數衡,並宣太祖意,欲令與太祖相見。衡許之曰:"當爲卿往。"至十月朝,融先見太祖,説衡欲求見。至日晏,衡著布單衣,疏巾履,坐太祖營門外,以杖捶地,數罵太祖。太祖敕外廐急具精馬三匹,并騎二人,謂融曰:"禰衡豎子乃敢爾,孤殺之,無異於雀鼠。顧此人素有虛名,遠近所聞,今日殺之,人將謂孤不能容。今送與劉表,視卒當何如。"乃令騎以衡置馬上,兩騎扶送至南陽。《魏志·荀彧傳》注引張騭《文士傳》。

　　衡不知先所出,逸才飆舉,少與孔融作爾汝之交。時衡未滿二十,融已五十,敬衡才秀,共結殷勤,不能相違。以建安初北遊,或勸其詣京師貴遊者,衡懷一刺,遂至漫滅,竟無所詣。融數與武帝牋,稱其才,帝傾心欲見,衡稱疾不肯往,而數有言論。帝甚忿之,以其才名不殺,圖欲辱之,乃令錄爲鼓吏。後至八月朝會,大閱試鼓節,作三重閣,列坐賓客。以帛絹製衣,作一岑牟,一單絞及小幝。鼓吏度者,皆當脫其故衣,著此新衣。次傳衡,衡擊鼓爲《漁陽摻撾》,蹋地來前,躡蹬脚足,容態不常,鼓聲甚悲,音節殊妙,坐客莫不慷慨,知必衡也。既度,不肯易衣,吏呵之曰:"鼓吏何獨不易服!"衡便止,當武帝前,先脫幝,次脫餘衣,裸身而立,徐徐乃著岑牟,次著單絞,後乃著幝。畢,復擊鼓摻撾而去,顏色無怍。武帝笑謂四坐曰:"本欲辱衡,衡反辱孤。"至今有《漁陽摻》,自衡造也。爲黃祖所殺。《世說·言語篇》注引《文士傳》。

這是一節詳細生動的敘述,但是在年代方面,便發生嚴重的問題。孔融生於桓帝永壽元年,見前。直至建安十三年黃祖敗亡的時候,建安十三年春孫權征黃祖,是年八月,劉表死,見《吳志·孫權傳》及《後漢書·劉表傳》。黃祖爲權所殺,在劉表未死以前,見《後漢書·劉表傳》。年五十四歲。倘使孔融年已五十,禰衡未滿二十,則禰衡二十六歲被殺之時,見《後漢書·禰衡傳》。至早必在建安十五年,在黃祖被殺以後兩年,這是記年的荒謬。所以《後漢書》定爲"衡始弱冠,而融年四十,遂與爲交友"。《文士傳》紀年既不可信,因此書中一切的記載,都使人發生嚮壁虛造的懷疑。裴松之言:"凡騭虛僞妄作,不可覆疏者,不可勝記。"《魏志·王粲傳》注。就松之所舉,《文士傳》中王粲、徐幹之辭,皆不可信,其言皆有實證。這便確定了《文士傳》在傳敘文學中的地位。

　　劉宋時代,《孝子傳》共有四種,倘使徐廣《孝子傳》確有其書,那麼因爲徐廣入宋尚在,我們便不妨認爲共有五種。又《初學記》卷一引王歆《孝子傳》,歆不詳何時人,其書《隋》《唐志》皆不著錄。所引"竺彌字道綸,父生時畏雷,每至天陰,輒馳至墓,伏墳哭,有白兔在其左右,遂憂卒"一條,略與《北堂書鈔補》所引王韶之《孝子傳》竺彌字道綸條相合。也許王歆即王韶之,歆、韶形近,轉寫時脫一"之"字,遂疑爲兩書。總之這是《孝子傳》一類的傳敘盛行的時代。梁武帝《孝思賦序》:"每讀《孝子傳》,未嘗不終軸,輟書悲恨,拊心嗚咽。"《廣弘明集》卷二十七上。他所讀的《孝子傳》,倘使不指自己底作品,不知是那一部。

何法盛《晉中興士人書》,簡稱《中興書》。是一部類似傳叙的著作,叙述雖然簡單,但是對於東晉人士的性格,都有極好的描繪。例如:

〔陶侃〕嘗檢校佐吏,若得樗蒲博奕之具,投之曰:"樗蒲,老子入胡所作,外國戲耳。圍棋,堯舜以教愚子,博弈,紂所造。諸君國器,何以爲此?若王事之暇患邑邑者,文士何不讀書,武士何不射弓?"識者無以易也。《世説·政事篇》注引《中興書》。

初,桓溫請范汪爲征西長史,復表爲江州,並不就。還都,因求爲東陽太守,溫甚恨之。汪後爲徐州,溫北伐,令汪出梁國。失期,溫挾憾奏汪爲庶人。汪居吴後,至姑孰見溫,溫語其下曰:"玄平乃來見,當以護軍起之。"汪數日辭歸。溫曰:"卿適來,何以便去?"汪曰:"數歲小兒喪,往年經亂,權瘞此境,故來迎之,事竟去耳。"溫愈怒之,竟不屑意。《世説·假譎篇》注引《中興書》。

范汪之事,《世説》記爲"范雖實投桓,而恐以趨時損名",在動機方面,有些不一樣的記載。不過就范汪爲東陽太守,不爲江州刺史的事實看來,也許何法盛底叙述比較可靠。范汪寧仕中朝,不仕藩府的觀念,正和孟嘉相反。桓溫深恨范汪,謿弄孟嘉,因此便可理解。傳叙文學對於史事的貢獻,這是一例。

《文選》沈休文《齊安陸昭王碑文》注引何法盛《中興書·陳郡謝録》,沈休文《奏彈王源》注則稱何法盛《陳郡謝録》,謝靈運《述祖德詩注》但稱《陳郡謝録》。大致《陳郡謝録》爲《晉中興士人書》之篇名,引時或並記作者及總稱,或僅稱作者,不舉總稱,甚或但舉篇名,不及其他。又因其名上舉郡望,下繫氏録,因疑《琅邪王氏録》、《文選》任彦昇《王文憲集序》注。《潁川庾録》、《文選》庾元規《讓中書令表》注。《濟陰卞録》、《文選》任彦昇《爲卞彬謝修卞忠貞墓》注。《太原郭氏録》,《世説·惑溺篇》注。同爲《晉中興士人書》之篇目。

蕭齊前後二十三年,時代較短,其時有名的作家,如沈約等後皆入梁,因此可舉的總傳僅得四種:

崔慰祖《海岱志》二十卷。

蕭子良《止足傳》十卷。《隋志》不著撰人,《唐書·經籍志》題王子良撰,《新唐書·藝文志》題齊竟陵文宣王子良。

宗躬《孝子傳》二十卷。《隋志》題宋躬，兩《唐志》皆作宗。字應作宗。

　　陸澄《雜傳》十九卷。

諸書除宗躬《孝子傳》見於諸書徵引者外，其餘未見。《新唐書·藝文志》於蕭子良《止足傳》外，又有宗躬《止足傳》十卷。姚振宗云："考宗躬與蕭子良同時，其與王植同修《永明律》，子良爲監領，似亦當爲王府官屬，疑祇是一書，故《舊唐志》無宗躬《止足傳》之目，《新志》似重出也。"《隋書經籍志考證》。

　　梁代爲南朝文學最盛之時代，著述至多。傳叙文學中除慧皎《高僧傳》見於後述以外，其他可舉者則有：

　　吳均《吳郡錢唐先賢傳》五卷。《隋志》不著錄，見兩《唐志》、《梁書·吳均傳》著《錢唐先賢傳》五卷。

　　阮孝緒《高隱傳》十卷。

　　虞敬則《高僧傳》十卷。

　　梁武帝《孝子傳》三十卷。《隋志》不著錄，見《新唐書·藝文志》。

　　梁元帝《孝德傳》三十卷。

　　梁元帝《忠臣傳》三十卷。

　　梁元帝《丹陽尹傳》十卷。

　　鍾岏《良吏傳》十卷。

　　任昉《雜傳》三十六卷。《隋志》原注：本一百四十七卷，亡。

　　賀蹤《雜傳》四十卷。《隋志》原注：本七十卷，亡。

　　劉昭《幼童傳》十卷。

　　梁元帝《懷舊志》九卷。

　　梁元帝《全德志》一卷。

　　梁元帝《同姓名錄》一卷。

《藝文類聚》卷三十七有沈約《謝齊竟陵王教撰高士傳啓》，同書卷三十六有沈約《高士贊》。大致沈約撰《高士傳》雖有其事，後未成書。《隋志》列虞敬則《高僧傳》於阮孝緒《高隱傳》及《止足傳》《隋志》不著撰人之間，頗疑不倫。《文選·竟陵王行狀》注引虞孝敬《高士傳》曰："何點常躡草屩，時乘柴車。"姚振宗《隋書經籍志考證》云："此之所謂高僧，大抵如何點、何胤、周顒之流之善于佛理者爲多。周氏立空假義，爲釋家稱重，是義解類中之尤善者，故亦稱《高士傳》，而本志叙次於此，不與後《名僧傳》、《高僧傳》相類次。"

　　阮孝緒《高隱傳》今不可考。《梁書·阮孝緒傳》載其《高隱傳論》略言："夫至道之本,貴在無爲,聖人之跡,存乎拯弊。節丘旦將存其跡,故宜權晦其本;老莊但明其本,亦宜深抑其節。節。若能體茲本跡,悟彼抑揚,則老莊之意,其過半矣。"該書內容何如,仍不可知。鍾岏《良吏傳》見《太平御覽》諸卷,皆斷殘簡略,無從論列。劉昭《幼童傳》見《後漢書·董祀妻傳》注、《太平御覽》諸卷及《說郛》卷五十八,例如:

〔蔡〕邕夜鼓琴,絃絕,琰曰:"第二絃。"邕曰:"偶得之耳。"故斷一絃問之,琰曰:"第四絃。"並不差謬。《後漢書·董祀妻傳》注引劉昭《幼童傳》。

魏太祖幼而智勇。年十歲,嘗浴於譙水,有蛟來逼,自水奮,蛟乃潛退,於是畢浴而還,弗之言也。後有人見大蛇奔逐,太祖笑之曰:"吾爲蛟所擊而未懼,斯畏蛇而恐耶!"衆問乃知,咸驚異焉。《御覽》卷四三六引劉昭《幼童傳》。

夏侯榮字幼權,沛國譙人也。幼聰慧,七歲能屬文,誦書日千言,經目輒識之。《說郛》卷五十八引劉昭《幼童傳》。

曹操驅蛟事,是否見《曹瞞傳》,今《曹瞞傳》已殘佚,不可考。夏侯榮事見夏侯湛所作《夏侯榮序》。榮早歿,但是如蔡琰、曹操,僅記幼年遺事,而把一生的大事,付之闕如,在傳敘文學上,不能不算是狠大的缺憾。所以從取材方面講,《幼童傳》是一個不可爲訓的標題。

梁元帝是一個大量生產的著作家,《金樓子·著書篇》共記著書六百七十七卷,確是驚人的成績。關於傳敘方面的成就,除《自序》見《金樓子》外,有《孝德傳》、《忠臣傳》、《丹陽尹傳》、《懷舊志》、《全德志》,其作尚有《仙異傳》一帙三卷,《金樓子》原注:"金樓年小時自撰。"其書多不經。《黃妳自序》一帙三卷,原注:"金樓小時自撰。"此書多不經。《晉仙傳》一帙五卷,原注:"金樓使顏協撰。"《繁華傳》一帙三卷。原注:"金樓使劉緩撰。"至如《同姓名錄》,《隋志》入史部雜傳類,而《金樓子·著書篇》入丙部,原書未見,無可佐證,當從《金樓子》入丙部。又《隋志》有《顯忠錄》二十卷,題梁元帝撰,兩《唐志》皆題元懌,今不見于《金樓子》,則《隋志》不可信,當從兩《唐志》。

元帝著述雖多,事實上還要經過相當的折扣。《孝德傳》三十卷,自注"金樓合衆家《孝子傳》成此",則其書止是蕭廣濟、師覺授等書底合鈔,沒有獨立的價值。《忠臣傳》三十卷,自注:"金樓自爲序。"今其序見《藝文類聚》卷二十、《初學記》卷十七,略言"且孝子烈女逸民,咸有別傳,至於忠臣,曾無述製。今將發篋陳書,備加檢討"。可見此書所重,祇是迻錄的工作,與元帝無涉。《丹陽尹傳》十卷,自注:"金樓爲尹京時自撰。"序見《藝文類聚》卷五十。

最可惜的是《懷舊志》,雖僅一卷的著作,但却充滿了熱情。元帝序言:

> 吾自北守琅臺,東探禹穴,觀濤廣陵,面金湯之設險,方舟宛委,眺玉筍之干霄,臨水登山,命傳嘯侶。中年承乏,攝牧神州,戚里英賢,南冠髦俊,蔭真長之弱柳,觀茂弘之舞鶴,清酒繼進,甘果徐行,長安群公爲其延譽,扶風長者刷其羽毛。於是駐伏熊,迴結駟,命鄒湛,召王祥,余顧而言曰:"斯樂難常,誠有之矣。日月不居,零露相半,素車白馬,往矣不追,春華秋實,懷哉何已!"獨軫魂交,情深宿草,故備書爵里,陳懷舊焉。《藝文類聚》卷三十四。

顏之推《顏氏家訓・文章篇》:"王籍《入若耶溪》詩云:'蟬噪林逾静,鳥鳴山更幽。'節。孝元諷味,以爲不可復得。至《懷舊志》載於《籍傳》。"又言:"吾家世文章,甚爲典正,不從流俗。節。操行見於《梁史・文士傳》及孝元《懷舊志》。"我們可以想像《懷舊志》是怎樣的一部書。

陳代止是南朝底尾聲。在傳叙文學方面,沒有什麼成就。《隋書・經籍志》有周弘讓《續高士傳》七卷,兩《唐志》作八卷。又《道學傳》二十卷,不著撰人,兩《唐志》有馬樞《道學傳》二十卷。馬樞,《陳書》有本傳,爲梁邵陵王綸學士,隱於茅山。《道學傳》見《文選注》及《太平御覽》諸卷。《文選》江文通《雜體詩》注引云:"夏禹撰真靈之玄要,集天宮之寶書,書以南和丹繒,封以金英之函,檢以玄都之印。"大致是一部神仙家底荒誕的著述。

第十一 《高僧傳》底完成

南朝傳叙文學中最有名的一部是慧皎底《高僧傳》。《隋書·經籍志》有《高僧傳》十四卷,題僧祐撰,這是錯誤的。唐《開元釋教録》云:"梁沙門釋惠皎,慧字通作惠。未詳氏族,學通内外,博訓經律,住嘉祥寺,春夏弘法,秋冬著述,以唱公所撰《名僧》,頗多浮冗,因開例成廣,著《高僧傳》一部,始於漢明帝永平十年,終至梁天監十八年,凡四百五十三載,二百五十七人,傍出附見者二百三十九人,都合四百九十六人。"

僧果《高僧傳後記》云:"右此傳是會稽嘉祥寺僧慧皎法師所撰。法師學通内外,精研經律,著《涅槃疏》十卷、《梵網戒》等義疏,並爲世軌。又撰此《高僧傳》及序共十四卷。梁末承聖二年太歲癸酉,避侯景難,來至湓城,少時講説。甲戌春二月捨化,春秋五十有八。"慧皎没於元帝承聖三年,逆推當生於齊明帝建武四年。其後五年梁武帝即位,是爲天監元年。所以慧皎底一生,恰當南朝文學大盛、佛教昌明的時代。一部《高僧傳》適在此時寫定,是一件並非偶然的事實。

《高僧傳》以前,有過許多佛教徒的傳叙。南朝以來,宋有沙門玄暢《訶黎跋摩傳》,見《釋藏》;王微《竺道生傳》,見《高僧傳序》。齊有竟陵王子良《三寶記傳》,王巾字或作巾《法師傳》十卷。梁有寶唱《名僧傳》三十卷,又《尼傳》二卷;僧祐《薩婆多部傳》五卷,裴子野《衆僧傳》二十卷。外此若法進《江東名德傳》,法濟《高逸沙門傳》,陸杲《沙門傳》,僧祐《三藏記》,郗景興《東山僧傳》,張孝秀《廬山僧傳》,皆見《高僧傳序》,或時代略前,或卷帙不詳。慧皎自序云:"嘗以暇日,遇覽羣作,輒搜檢雜録數十餘家,及晉、宋、齊、梁春秋書史,秦、趙、燕、涼荒朝僞曆,地理雜篇,孤文片記,并博諮故老,廣訪先達,校其有無,取其同異。"他對於以前諸家,曾有這樣的批評:

自漢之梁,紀歷彌遠,世涉六代,年將五百。此土桑門,含章秀發,羣英間出,迭有其人。衆家記録,叙載各異。沙門法濟偏叙高逸一迹,沙門法安但列志節一行,沙門法寶止命遊方一科,沙門法進乃通撰傳論,而辭事闕略,並皆互有繁簡,出沒成異。考之行事,未見其歸。……齊竟陵文宣王《三寶記》傳,或稱佛史,或號僧錄。既三寶共敘,辭旨相關,混濫難求,更爲蕪昧。琅邪王巾所撰《僧史》,意似該綜,而文體未足。沙門僧祐撰《三藏記》,止有三十餘僧,所無甚衆。中書郎郗景興《東山僧傳》、治中張孝秀《廬山僧傳》、中書陸明霞《沙門傳》,各競舉一方,不通今古,務存一善,不及餘行。《高僧傳序》。

慧皎之前,在傳叙方面最有成就的是僧祐、寶唱。僧祐齊時人,撰《薩婆多部傳》,自序略言"初集律藏,一軌共學,中代異執,五部各分。既分五部,則隨師傳習,惟薩婆多部,偏行齊土。……舊記所載五十三人,自兹已後,叡哲繼出,並嗣徽於在昔,垂軌於當今,遺風餘烈,炳然可尋,遂搜訪古今,撰《薩婆多記》,其先傳同異,則並錄以廣聞;後賢未絕,則製傳以補闕。總其新舊九十餘人"。他底《三藏記》不見《隋志》。僧祐弟子寶唱,更踵其師遺志,作《名僧傳》及《比丘尼傳》《隋志》誤題皎法師撰自稱:"豈敢爲僧之董狐,庶無曲筆耳。"又言:"竊以外典鴻文,布在方册,九品六藝,尺寸罔遺,而沙門淨行,獨無紀述,玄宗敏德,名絕終占,擁欵長懷,靡兹永歲。沙門僧祐道心貞固,高行超邈,著述諸紀,振發弘要。寶唱不敏,豫班二落,禮誦餘日,捃拾遺漏。"《名僧傳序》。自從道安撰述經錄以來,佛教徒對於沙門的紀載,不斷地感覺到迫切的要求,不斷地試作,所以終於完成慧皎底作品。

慧皎《高僧傳》好像是對於寶唱《名僧傳》感到不滿而後撰作的,所以序稱"自前代所撰,多曰《名僧》。然名者本實之賓也,若實行潛光,則高而不名,寡德適時,則名而不高。名而不高,本非所紀,高而不名,則備今錄。故省名音,代以高字"。

《高僧傳》二百五十七人,共分爲十篇:一曰《譯經》,二曰《義解》,三曰《神異》,四曰《習禪》,五曰《明律》,六曰《遺身》,七曰《誦經》,八曰《興福》,九曰《經師》,十曰《唱導》。每篇之後,附以贊論。以後唐道宣作《續高僧傳》,宋贊寧作《宋高僧傳》,皆用其例。無形中替後人立下總傳底規模,不能不算慧皎底功業。

對於《高僧傳》不是没有非議的。道宣《續高僧傳》自序:"昔梁沙門金陵釋寶唱撰《名僧傳》,會稽釋惠皎撰《高僧傳》,創發異部,品藻恒流,詳覈可觀,華質有據,而緝裒吳越,叙略魏燕,良以博觀未周,故得隨聞成彩。"從史料的不完備,攻擊慧皎,正是無可反駁的一點。以後《續高僧傳》對於元魏高僧,《譯經篇》補曇曜一人,《義解篇》補曇鸞、道辯、道登、法貞四人,《習禪篇》補天竺僧佛陀一人,《護法篇》補曇無最、道臻二人，《感通篇》補超達、慧達、明琛、道泰、法力、僧朗、僧意、僧照，及天竺僧勒那漫提九人，《讀誦篇》補志湛、法建二人，都是慧皎所遺漏的。

不過倘使知道南北朝間的隔絕，這個還不算狠大的缺憾。所缺憾的是慧皎有時根據道聽塗説，因此發爲毫無佐證的記載。例如《魏長安釋曇始傳》指出魏太武帝拓跋燾因寇謙之及崔浩之議，毁滅佛法，固是史實，但傳言曇始"以元會之日，忽杖錫到宫門。有司奏云：'有一道人，足白於面，從門而入。'燾令依軍法，屢斬不傷。遽以白燾，燾大怒，自以所佩劍斫之，體無餘異，唯劍所著處，有痕如布線焉。時北園養虎於檻，燾令以始餧之，虎皆潛伏，終不敢近。試以天師近檻，虎輒鳴吼。燾始知佛化尊高，黄老所不能及，即延始上殿，頂禮足下，悔其譽失。始爲説法，明辯因果。"這一段記載，已是齊東野人之談，其下又説"燾大生愧懼，遂感癘疾，崔、寇二人次發惡病。燾以過由於彼，於是誅翦二家，門族都盡"。崔浩之死，由於作《國書》三十卷，立石録之，以彰直筆，爲元魏族人所嫉，因陷於死。《曇始傳》中之説，完全出於訛傳，慧皎引爲史料，正是最可惜的。

從整個方面講，《高僧傳》富於人性的描寫，在傳叙文學方面，因此便有狠大的價值。佛教初入中國的時候，信徒都有一般傳教徒常有的勇氣和毅力，其後佛教之興，當然是這種勇氣和毅力底結果。《高僧傳》裡留下這些事實，最可寶貴。例如《吴建業建初寺康僧會傳》所記僧會遇孫權的故事：

> 會曰："如來遷迹，忽逾千載，遺骨舍利，神曜無方。昔阿育王起塔，乃八萬四千。夫塔寺之興，以表遺化也。"權以爲誇誕，乃謂會曰："若能得舍利，當爲造塔，如其虛妄，國有常刑。"會請期七日，乃謂其屬曰："法之興廢，在此一舉，今不至誠，後將何及！"乃共潔齋靖室，以銅瓶加几，燒香禮請，七日期畢，寂然無應，求申二七，亦復如之。權曰："此欺誕。"將欲加罪。會更請三七，權又特聽。會謂法屬曰："宣尼有言：'文王既没，文不在兹乎！'法靈應降而吾等無感，何假王憲，當以誓死爲期耳。"三七日暮，猶無所見，莫不震懼。既入五更，忽聞瓶中鏗然有聲，會自往視，果獲舍利。明旦呈權，舉朝集觀，五色光炎，照耀瓶上。權自手執瓶，瀉於銅盤，舍利所衝，盤即破碎。權大肅然，驚起而曰："希有之瑞也。"會進而言曰："舍利威神，豈直光相而已，乃劫燒之火不能焚，金剛之杵不能碎。"權命令試之。會更誓曰："法雲方被，蒼生仰澤，願更垂神迹，以廣示威靈。"乃置舍利於鐵砧磓上，使力者擊之，於是砧磓俱陷，舍利無損。權大嗟服，即爲建塔，以始有佛寺，故號建初寺。

僧會信仰舍利神變，不恤一死以證其事，這是從信仰來的。信仰底宗教意義較深，所以這一種勇氣，一大半還是宗教底力量，而不是自性的產物。宋京師龍光寺竺道生底勇氣，便不同了。他説一闡提人皆得成佛，這是他未見全經以前，自性產生的結果。只有這種是義理之勇。《道生傳》稱：

> 生既潛思日久，徹悟言外，迺喟然歎曰："夫象以盡意，得意則象忘，言以詮理，入理則言息。自經典東流，譯人重阻，多守滯文，鮮見圓義。若忘筌取魚，始可與言道矣。"於是校閱真俗，研思因果，迺言善不受報，頓悟成佛。又著《二諦論》、《佛性當有論》、《法身無色論》、《佛無淨土論》、《應有緣論》等，籠罩舊説，妙有淵旨。而守文之徒，多生嫌嫉，與奪之聲，紛然競起。又六卷《泥洹》，先至京都，生剖析經理，洞入幽微，乃説一闡提人皆得成佛。於時大本未傳，孤明先發，獨見忤衆。於是舊學以爲邪説，譏憤滋甚，遂顯大衆，擯而遣之。生於大衆中正容誓曰："若我所説反於經義者，請於現身即表癘疾；若與實相不相違背者，願捨壽之時，據師子座。"言竟，拂衣而逝。

從佛性當有，到頓悟成佛，再從頓悟成佛到一闡提人皆得成佛，正是最合邏輯的推論。在譯經未全、滯義尚衆的時候，提出這樣的理論，正是最大的勇氣。《道生傳》底中心在此。

史傳中常有詼詭之趣，例如《史記·滑稽列傳》、《漢書·東方朔傳》，但是後來傳叙文學中便少有了。慧皎《高僧傳》中，却留下一些痕迹。例如：

> 未終之前，隱士王嘉往候安，安曰："世事如此，行將及人，相與去乎？"嘉曰："誠如所言，師且前行，僕有小債未了，不得俱去。"及姚萇之得長安也，嘉時故在城內。萇與符登相持甚久，萇乃問嘉："朕當得登不？"答曰："略得。"萇怒曰："得當言得，何略之有？"遂斬之，此嘉所謂負債者也。萇死後，其子興方殺登，興字子略，即嘉所謂"略得"者也。《晉長安五級寺釋道安傳》。

> 釋慧嵬，不知何許人。止長安大寺。戒行澄潔，多棲處山谷，修禪定之業。有一無頭鬼來，嵬神色無變，乃謂鬼曰："汝既無頭，便無頭痛之患，一何快哉！"鬼便隱形，復作無腹鬼來，但有手足。嵬又曰："汝既無腹，便無五藏之憂，一何樂哉！"須臾復作異形，嵬皆隨言遣之。後冬時，天甚寒雪，有一女子來求寄宿，形貌端正，衣服鮮明，姿媚秀雅，自稱天女，以上人有德，天遣我

來，以相慰喻。談說欲言，勸勉其意。嵬厲志貞確，一心無擾，乃謂女曰："吾心若死灰，無以革囊見試。"女遂凌雲而逝，顧歎曰："海水可竭，須彌可傾，彼上人者，秉志堅貞。"《晉長安釋慧嵬傳》。

從《高僧傳》各篇分論，最先引起注意的，便是篇幅底擴大：《佛圖澄傳》約四千八百字，《鳩摩羅什傳》約四千二百字，《道安傳》約三千四百字，《慧遠傳》約四千四百字，這些都是漢魏別傳比不上的。篇幅底長短，固然不能作為判定優劣底惟一的標準，甚至也非主要的標準。但是惟有在廣大的篇幅裡，纔能得到完密的敘述。王充說過："蓋寡言無多而華言無寡。為世用者，百篇無害；不為用者，一章無補。如皆為用，則多者為上，少者為下。累積千金，比於一百，孰為富者？"《論衡·自紀》。佛教文字比較地繁富，受到佛教影響的文字，也連帶地豐縟。在傳敘文學方面，對於傳主，因此得到更美滿充分的記載，這個當然是一種良好的影響。

各篇之中最引人注意者為《晉長安鳩摩羅什傳》及《晉廬山釋慧遠傳》兩篇。鳩摩羅什為西秦翻經大德，自戒行論，羅什說不上什麼，他底傳中把這件事完全暴露，這是《高僧傳》帶來的一些真意義。讀者狠可從此知道傳敘家應有的忠實。傳中首先逗出破戒之機，以後逐漸把呂光、姚興底威脅完全寫出，而終以羅什底懷慙。其語如次：

至年十二，其母攜還龜茲，諸國皆聘以重爵，什並不顧。時什母將什至月氏北山，有一羅漢見而異之，謂其母曰："常當守護此沙彌。若至年三十五不破戒者，當大興佛法，度無數人，與優波毱多無異。若戒不全，無能為也，止可才明俊乂法師而已。"

光既獲什，未測其智量，見年齒尚少，乃凡人戲之，強妻以龜茲王女。什拒而不受，辭甚苦到。光曰："道士之操，不踰先父，何所固辭！"乃飲以醇酒，同閉密室。什被逼既至，遂虧其節。或令騎牛及乘惡馬，欲使墮落，什常懷忍辱，曾無異色，光慙愧而止。

姚主嘗謂什曰："大師聰明超悟，天下莫二，若一旦沒世，何可使法種無嗣！"遂以伎女十人，逼令受之。自爾已來，不住僧坊，別立廨舍，供給豐盈。每至講說，常先自說譬，如臭泥中生蓮花，但採蓮花，勿取臭泥也。初什在龜茲，從卑摩羅叉律師受律，卑摩後入關中，什聞至欣然，師敬盡禮。卑摩未知被逼之事，因問什曰："汝於漢地大有重緣，受法弟子可有幾人？"什答云："漢境經律未備，新經及諸論等，多是什所傳出；三千徒衆，皆從什受法；但什累業障深，故不受師敬耳。"

鳩摩羅什初學小乘，其後復修大乘。傳中狠著重這一點，其記從須耶利蘇摩習學大乘云："蘇摩後爲什說《阿耨達經》，什聞陰界諸入皆空無相，怪而問曰：'此經更有何義，而皆破壞諸法？'答曰：'眼等諸法非真實有。'什既執有眼根，彼據因成無實，於是研覈大小，往復移時，什方知理有所歸，遂專務方等，乃歎曰：'吾昔學小乘，如人不識金，以鍮石爲妙。'"

傳又言羅什本師盤頭達多聞羅什習大乘法，不遠而至，"什得師至，欣遂本懷，即爲師說《德女問經》，多明因緣空假，昔與師俱所不信，故先說也。師謂什曰：'汝於大乘見何異相，而欲尚之？'什曰：'大乘深淨，明有法皆空，小乘偏局，多滯名相。'中節。往復苦至，經一月餘日，方乃信服。師歎曰：'師不能達，反啓其志，驗於今矣。'於是禮什爲師，言'和尚是我大乘師，我是和尚小乘師矣。'"中間稱引狂人績師之喻：

如昔狂人，令績師績縷，極令細好。績師加意，細若微塵，狂人猶恨其麤。績師大怒，乃指空示曰："此是細縷。"狂人曰："何以不見？"師曰："此縷極細，我工之良匠，猶且不見，況他人耶？"狂人大喜，以付績師，師亦效焉，皆蒙上賞而實無物。汝之空法，亦由此也。

這本是古代印度的故事，在羅什時已經傳入中國。以後再透過了西洋，重行輸入。我們祇知國王底外衣而忘去狂人底細縷了。

鳩摩羅什明揚大乘以後，他底事業應當爲大乘造論，但是他底工作全在譯經底方面，所以傳中祇留下新譯《小品》、《金剛般若》、《十住》、《法華》、《維摩》等三百餘卷底目錄。倘使要求羅什底著作，那就看不到什麼。傳中祇說："什雅好大乘，志存敷廣，常歎曰：'吾若著筆作大乘《阿毗曇》，非迦旃延子比也。今在秦地，深識者寡，折翮於此，將何所論！'乃悽然而止。"這樣證實了鳩摩羅什祇是一個"才明俊乂法師"。

慧遠便是和鳩摩羅什截然不同的人物，他們屬於兩個範疇。羅什是明儁，慧遠是偉大；羅什是傳法的高僧，慧遠是弘道的大師；羅什一生的事業是譯經，慧遠沒有譯經，但是對於譯經的事業，却給與了弘大的影響；羅什爲呂光、姚興所迫，以至破戒,自喻臭泥蓮花,慧遠莊嚴博偉,雖一時梟傑劉裕、桓玄之徒,敢于窺竊神器,而不敢犯及遠公;羅什屈身僭偽,而慧遠樹沙門不敬王者之論。從人格方面講,慧遠與鳩摩羅什簡直無從比擬,這是中國人底光榮,也是晉宋以後佛法大興底根源。慧皎爲遠公作傳,固有所本,在《高僧傳》裡留下四千餘字的長篇,使我們認清第四世紀的名宿,畢竟是傳叙文學裡不可多得的名著。

《慧遠傳》中寫慧遠神態處不一,逐錄二則於次:

> 遠神韻嚴肅,容止方稜,凡豫瞻覲,莫不心形戰慄。曾有一沙門,持竹如意,欲以奉獻,入山信宿,竟不敢陳,竊留席隅,默然而去。有慧義法師,强正不憚,將欲造山,謂遠弟子慧寶曰:"諸君庸才,望風推服,今試觀我如何。"至山,值遠講《法華》,每欲問難,輒心悸流汗,竟不敢語。出謂慧寶曰:"此公定可訝。"其伏物蓋衆如此。

> 盧循初下,據江州城,入山詣遠。遠少與循父嘏同爲書生,及見循,歡然道舊,因朝夕音介。僧有諫遠者曰:"循爲國寇,與之交厚,得不疑乎?"遠曰:"我佛法中情無取捨,豈不爲識者所察,此不足懼。"及宋武追討盧循,設帳桑尾,左右曰:"遠公素主廬山,與循交厚。"宋武曰:"遠公世表之人,必無彼此。"乃遣使齎書致敬,并遺錢米,於是遠近方服其明見。

慧遠有這樣的大無畏的精神,所以後來便能立《沙門不敬王者論》。本來在東晉成帝幼沖,庾冰輔政之時,發生了這個問題,庾冰以爲應當致敬,尚書令何允,僕射褚翌、諸葛恢等以爲不當致敬。其後桓玄也以爲應當致敬,與慧遠書云:"沙門不敬王者,既是情所不了,於理又是所未喻。"慧遠答云:"夫稱沙門者,何耶?謂能發矇俗之幽昏,啓化表之去路,方將以兼忘之道,與天下同往,使希高者抱其遺風,漱流者味其餘津。若然,雖大業未就,觀其超步之迹,所悟固已弘矣。又袈裟非朝宗之服,鉢盂非廊廟之器,沙門塵外之人,不應致敬王者。"這事以後,慧遠又著《沙門不敬王者論》五篇,這是慧遠採取的堅定的立場。傳中又説:"及桓玄西奔,晉安帝自江陵旋於京師,輔國何無忌勸遠候迎,遠稱疾不行。"我們可以由此看出慧皎對於傳主的心契。

東晉正是佛教初盛的時期,所以譯經成爲傳教徒底事業中心。慧遠雖沒有譯述,但是對於譯經的工作,確有重大的贊助,傳中所見不止一處:

初經流江東，多有未備，禪法無聞，律藏殘闕。遠慨其道缺，乃令弟子法淨、法領等，遠尋衆經，踰越沙雪，曠歲方反，皆獲梵本，得以傳譯。昔安法師在關，請曇摩難提出《阿毗曇心》，其人未善晉言，頗多疑滯。後有罽賓沙門僧迦提婆，博識衆典，以晉太元十六年來至潯陽，遠請重譯《阿毗曇心》及《三法度論》。於是二學乃興，并製序標宗，貽於學者，孜孜爲道，務在弘法。每逢西域一賓，輒懇惻諮訪。

　　後有弗若多羅來適關中，誦出《十誦》梵本，羅什譯爲晉文，三分始二，而多羅棄世，遠常慨其未備。及聞曇摩流支入秦，復善誦此部，乃遣弟子曇邕致書祈請，令於關中更出餘分。故《十誦》一部，具足無闕，晉地獲本，相傳至今。葱外妙典，關中勝説，所以來集茲土者，遠之力也。

　　鳩摩羅什入關，爲佛教史上一件大事，不但帶來許多經典，從事翻譯，而且闡揚大乘，廣啟法門。慧遠越境通書，正見出弘揚佛法的熱忱。書中略言："夫栴檀移植則異物同薰，摩尼吐曜則衆珍自積，是惟教合之道，猶虛往實歸，況宗一無像，而應不以情者乎？是故負荷大法者，必以無執爲心，會友以仁者，使功不自已。若令法輪不停軫於八正之路，三寶不輟音於將盡之期，則滿願不專美於絕代，龍樹豈獨善於前蹤。"以後兩人書疏往還，不止一次，皆見於傳。

　　慧遠以前，佛教徒不讀教外的書籍，慧遠少爲諸生，博綜六經，尤善莊老，其後引《莊子》解釋實相，所以其師道安特聽不廢俗書。傳中看到他和殷仲堪論《易》體要，爲雷次宗、宗炳等講喪服，這是他在儒書方面的成就。在佛學方面，傳稱"先是中土未有泥洹常住之說，但言壽命長遠而已。遠乃歎曰：'佛是至極則無變，無變之理，豈有窮耶？'因著《法性論》曰：'至極以不變爲性，得性以體極爲宗。'羅什見論而歎曰：'邊國人未有經，便闇與理合，豈不妙哉！'"慧皎作傳，把遠公底眞實本領，完全托出，正是傳叙家底才能。

　　《慧遠傳》記載遠公將死的一節，寫出臨終不昧，和曾子易簀的叙述，神態絕類，附記於此。

　　以晉義熙十二年八月初動散，至六日困篤。大德耆年，皆稽顙請飲豉酒，不許。又請飲米汁，不許。又請以蜜和水爲漿，乃命律師令披卷尋文，得飲與不，卷未半而終，春秋八十三矣。

第十二　北方的摹本

　　晉太元十一年,拓跋珪即代王位,不久改稱魏王,二十一年即皇帝位,這是後魏底開始。宋文帝元嘉十六年,北涼降魏,從此中國僅餘宋魏兩朝,長時期中成爲南北底對立。其後後魏東西分裂,再由東魏、西魏轉變爲北齊、後周,終由後周征服北齊,混一北方,但是對陳仍是南北對立。最後隋文帝篡周,開皇九年滅陳,分裂了將近三百年的中國,終於統一。然而隋人對於南方來不及消化和融合,自身已經陷入崩潰底塗徑,而混合中國的大業,祇得留給唐人。歷史上稱後魏——連同東魏、西魏——北齊、後周、隋爲北朝,這是和宋、齊、梁、陳等南朝對立的名稱。

　　在政治上軍事上,南北朝永遠是對立。異民族佔據了北方,和殘餘的中原民族,逐漸融合,始終對於南方採取侵畧的姿勢。魏太武帝南征,固然抱着滅宋的野心,其後孝文南遷,其實也是南進的步驟。總算東西分裂以後,向南侵畧的意志,受到挫折,但是北方一經統一,仍舊向南進攻。不過南朝對於北朝,也是永遠取的攻勢。宋武帝、梁武帝幾次北進,都取得主動,即到陳宣帝的時候,吳明徹底北征,雖終於失敗,最初也是取的攻勢。南北朝的時代,中原民族底優秀分子,到了長江流域,還有爭取生存的朝氣,這是不可掩滅的事實。

　　文學方面,南朝始終處於領導地位,北方望塵莫及。異民族入侵以後,對於中國固有的文化,加以有系統的摧殘。太武帝太平真君五年下詔:"自頃以來,軍國多事,未宣文教,非所以整齊風俗,示軌則于天下也。今制自王公以下,至于卿士,其子息皆詣太學,其百工伎巧,騶卒子息,當習其父兄所業,不聽私立學校,違者師身死,主人門誅。"《魏書·太武紀》。這樣地宣文教,比秦始皇"若有欲學者,以吏爲師"的法令,對於文化底摧殘,更要徹底。《宋書·索虜傳》記太武南征,擄掠甚多,與宋太祖書,自言"來秋當往取揚州,大勢已至,終不相縱。頃者索珍珠瑠,畧不相與,今所瘷截骷髏,可當幾許珠瑠也"。完全暴露了野蠻人底本性。在野蠻人底統治下面,當然談不到文學,所以一直到後魏之末,纔算出了溫子昇、邢邵、魏收三個文人。但是魏收模擬任昉,邢邵剽竊沈約,子昇則爲溫嶠之後,祖恭之始北徙,所以三人文章,都出於南方,是不争的事實。至於顏之推、庾信、王褒、江總,更是來自南方,尤無可議。北朝文學,最初的遭遇是摧殘,等到生機蘇醒以後,便是追隨南朝,最後索性把南朝文學移植過來,但是一經移植的作家,在作品上所表現的祇是彫殘衰颯,失去了欣欣向榮的生氣。所以北朝文學祇是一種摹本,在時代方面固然落後,在輪廓方面也是模糊。唐初史家提出南北文學對立的結論,完全是北方作者底偏見,近人繼續着這種理論,更是受到唐初史家底愚弄。

在傳叙文學方面,北方作者也是始終受着南方作者底領導。最初還有幾部郡書,以後家史不斷地發展,終于奪取了郡書底地位。至於文人底傳叙,也同樣地因爲對於辭藻的偏重,掩没了傳叙的本義。思想混亂底反映,縱使在傳叙文學方面,沒有顯著的成就,但是在宗教史上,便發生了極大的波瀾。佛家所稱三武之禍,一再在魏太武帝、周武帝時代發生,三次之中,北朝便佔去兩次,而因爲宗教的混化作用,終于在佛教傳叙中間,暴露了思想底混亂。至于一般佛教徒底傳叙,也顯然地特盛。一切都是南朝傳叙文學底摹本,止是落後了,模糊了。從比較南朝傳叙更加殘缺的記載裡面,看不到任何北朝傳叙文學底特徵。

傳叙文學自東晉以後,家譜、家傳繼續發展,形成了着重家史的風氣。北方也是一樣。這本是最自然的趨勢:南方是因爲中原民族向南的移殖,家史底發達便能維持他們對於血胤的重視;北方則因爲異民族底侵入,和殘餘的中原民族底滋生,起了民族間始則對立,終於融合的作用,對於血胤,也不得不重視。漢姓家譜以外,異民族底譜牒,則有後魏《辯宗録》二卷、元暉業撰。後魏《皇帝宗族譜》四卷、《魏孝文列姓族牒》一卷、《後齊宗譜》一卷、以上見《隋書·經籍志》。《後魏譜》二卷、《齊高氏譜》六卷、《周宇文氏譜》一卷。以上見《唐書·藝文志》。《隋書·經籍志》譜系篇叙目曰:"晉世摯虞作《族姓昭穆記》十卷。齊梁之間,其書轉廣。後魏遷洛,有八氏十姓,咸出帝族;又有三十六族,則諸國之從魏者;九十二姓,世爲部落大人者;並爲河南洛陽人。其中國士人,則第其門閥,有四海大姓、郡姓、州姓、縣姓。及周太祖入關,諸姓子孫有功者,並令爲宗族,仍撰譜録,紀其所承。"這是南北朝間注重族姓的實況。

家傳方面,見於《隋志》雜傳篇者,自《崔氏五門家傳》以下凡九種,不與南朝家傳雜厠,大致可以假定爲北朝的家傳。計有:

《崔氏五門家傳》二卷。《隋志》題崔氏撰,《唐書·藝文志》有崔鴻《崔氏世傳》七卷,《御覽》卷四六五引崔鴻《崔氏家傳》,無"五門"二字,不知即此世傳否。

《暨氏家傳》一卷。

《周齊王家傳》一卷。《隋志》題姚氏撰。據《後周書·姚僧垣》附傳，本書爲姚最撰。

《爾朱家傳》二卷。《隋志》題王氏撰，兩《唐志》皆作《爾朱氏家傳》二卷，王邵撰。

《周氏家傳》一卷。

《令狐氏家傳》一卷。《隋志》不著撰人，兩《唐志》題令狐德棻撰。

《新舊傳》四卷。姚振宗《隋書經籍志考證》言此合新舊二傳以爲一編，不知誰氏。本志子部雜家亦有《新舊傳》四卷，《唐藝文志》亦著錄雜家，豈彙合北朝人雜傳如陸澄、任昉之類歟？

《漢南家傳》三卷。《隋志》不著撰人，《唐書·經籍志》有庾守業《庾氏家傳》三卷，《唐書·藝文志》作《漢南庾氏家傳》三卷，庾守業撰。

《何氏家傳》三卷。《隋志》不著撰人，兩《唐志》有何妥《家傳》二卷。

崔氏、爾朱氏、令狐氏、周齊王及隋何妥都是北方人。《隋志》另有庾裴《庾氏家傳》一卷，列於江祚《江氏家傳》七卷、裴松之《裴氏家傳》四卷之間，是南朝的著作；《漢南家傳》當是北方庾氏家傳，故列于此。

《北史·賀若弼傳》記弼平陳之後，撰其畫策上隋文帝，稱爲《御授平陳七策》，文帝不看，祇說"公欲發揚我名，我不受名，公宜自載家傳"。本來平陳之事，隋人在統一北方、平定隴蜀以後，以壓倒的勢力南下，正和晉人平吳一樣，從大勢方面講，勝利是必然的，但是在戰署的方面，還是幼稚得可笑。即如《平陳七策》所說，第三策"以老馬多買陳船而匿之"；第五條"塗戰船以黃，與枯荻同色"，實際也許確有此事，但要稱爲御授方策，照耀史册，這便非常幼稚。隋文帝拒絕不看，正是他的見識。"公可自載家傳"一語，可以見出當時人對於家傳，是怎樣的看法。從《孫資別傳》到《賀若弼家傳》這一類的著作，正是一步步地走向矯飾浮誇，乃至荒誕稚拙的境界。固然這些祇是特有的例子，然而當時人對於家傳，已經引不起什麼信心，這是從裴松之、隋文帝底言論裡可得的結論。

除了家傳的風氣以外，北朝文人底著作也同樣地以辭害義，這個也是南朝文人底病態，以後再說。

倘使把北方的著作分段來講，最初也還有些郡書的著作，以後却逐步退出傳叙文學底領域。

最先有劉昞《燉煌實錄》二十卷。李暠據涼州的時候，以昞爲儒林祭酒從事郎，及魏太武平涼，拜昞樂平王從事中郎，所以劉昞可算是後魏初期的人物。劉知幾《史通·雜述篇》以常璩、劉昞並稱，認爲"傳諸不朽，見美來茲"。此書以外，則有：

崔慰祖《海岱志》十卷。見《唐書·經籍志》及《新唐書·藝文志》。

陽休之《幽州古今人物志》三十卷。同前。

劉芳《徐州人地錄》四十卷。見《全後魏文》。

都是後魏時代的郡書。《隋書·經籍志》有梁元帝《顯忠錄》二十卷，案《魏書·孝文五王傳》，"清河王懌以忠而獲謗，乃鳩集昔忠烈之士，爲《顯忠錄》二十卷以見意焉。"兩《唐志》皆有元懌《顯忠錄》二十卷，則此書爲元懌所作可證。兩《唐志》又有元暉等《秘錄》二百七十卷，入雜傳類。元暉爲魏宗室，官至尚書左僕射，《魏書》有傳。此書當與任昉、賀蹤之書相類。諸書以外，又有邢臧《特進甄琛行狀》，《全後魏文》止存篇目，無可考。

北齊的著作，止留着劉晝《高才不遇傳》四卷的書名。《後漢書·鄭玄傳》注引北齊劉晝《高才不遇傳論》云："辰爲龍，巳爲蛇，歲至龍蛇賢人嗟。"簡單的十三字，對於全書內容，沒有任何的啓示。

後周一代，沒有看到時代確定的著作，但是這時却有著名的文人，這是庾信。庾信由梁入周，其後至開皇初始卒，雖然身歷三朝，但是一生重要的段落，完全消逝在後周，一大半的著作也完成於此時。他底文章裡，碑銘文字甚多，這是類似傳叙的著作，真正的傳祇有《周使持節大將軍廣化郡開國公丘乃敦崇傳》一篇。《文苑英華》卷七九二，《全後周文》卷十一。但是怎樣的一篇傳呢？一千三百餘字的著作，便有八百餘字浪費在丘乃敦崇底親屬方面，入題以後，我們祇看到"忽忽橫閣，但有誦書；曖曖重帷，惟聞善政。清不置水，明非舉燭，乃是入境移風，非直停車待雨。"這樣的八句，是性格的描寫吧，然而不是。我們所看到的，祇是一幅善意的，然而非常模糊的影子。後面又是"崇清淨爲政，廉明爲法，人不忍背，吏不忍欺。性不飲酒，無所嗜欲，深沈牆仞，喜愠不形，文必正詞，絃惟雅曲，仁義禮節，是所用心，緹袨緗素，愛翫無已"。這算是補充，但是也增加不了多少。在文學方面，看不出傳主的成就，在政事方面，祇看到建德二年丘乃敦崇爲宜州刺史的時候，正在夏秋無雨全國大旱的當中，宜州曾獲大雨，因此蒙到"存心政術，治勤黎人"的溫詔。這是政績。庾信下筆的時候，也許因爲無事可紀，錄此一端，我們讀的時候，便感覺到這是無意的諷刺。

大致這時文人諛墓的風氣，已經普遍在北朝的氛圍中，更加以種族的政治的壓迫，因此遂有這一批傳狀碑誌的著作。本來文勝於質，以辭害義，久已成爲南朝文人底病態，至此更把文學化作商品，成爲沒有內容沒有意義的產物，這更是傳叙文學底不幸。

隋代是北朝的尾聲，但是還有許多可記的著作。除開幾部家傳以外，有盧思道《知己傳》一卷及江總《自敘》、劉炫《自狀》、《自贊》各一篇。《知己傳》未見。江總《自敘》見《陳書·江總傳》，自稱"歷升清顯，備位朝列，不邀世利，不涉權幸。嘗撫躬仰天太息曰：'莊青翟位至丞相，無功可紀；趙元叔爲上計吏，光乎列傳。官陳以來，未嘗逢迎一物，干預一事，悠悠風塵，流俗之士，頗致怨憎，榮枯寵辱，不以介意。太建之世，權移羣小，諂嫉作威，累被摧黜，奈何命也。'時人謂之實錄。"

劉炫《自狀》、《自贊》兩篇，皆見《隋書·劉炫傳》。《自狀》署稱"《周禮》、《禮記》、《毛詩》、《尚書》、《左傳》、《孝經》、《論語》孔、鄭、王、何、服、杜等注，凡十三家，雖義有精粗，並堪講授。《周易》、《儀禮》、《穀梁》用功差少。史子文集，嘉言美事，咸誦於心。天文律曆，窮覈微妙"。大致是一種近於履歷表的記載，但是仍保存着漢人署行義年底本意。《自贊》便是自敘。劉炫值隋末大亂，死於飢寒，這是未死以前的遺言：首言"徒以日迫桑榆，大命將近，故友飄零，門徒雨散，溘死朝露，埋魂朔野，親故莫照其心，後人不見其跡，殆及餘喘，薄言胸臆，貽及行邁，傳示州里，使夫將來俊哲，知余鄙志耳"。這是他寫作的動機。以下歷數平生大幸有四、深恨有一：

> 性本愚蔽，家業貧窶，爲父兄所饒，厠搢紳之末，遂得博覽典誥，窺涉今古，小善著于丘園，虛名聞于邦國，其幸一也。隱顯人間，沈浮世俗，數忝徒勞之職，久執城旦之書，名不挂於白簡，事不染于丹筆，立身立行，慙恧實多，啓手啓足，庶幾可免，其幸二也。以此庸虛，屢動神眷，以此卑賤，每升天府，齊鑣驥騄，比翼鵷鴻，整緗素于鳳池，記言動于麟閣，參謁宰輔，造請羣公，厚禮殊恩，增榮改價，其幸三也。晝漏方盡，大耋已嗟，退反初服，歸骸故里，翫文史以怡神，閱魚鳥以散慮，觀省井閭，登臨園沼，緩步代車，無罪爲貴，其幸四也。仰休明之盛世，慨道教之陵遲，蹈先儒之逸軌，傷羣言之蕪穢，馳騖墳典，釐改僻謬，修撰始畢，圖書適成，天違人願，途不我與，世路未夷，學校盡廢，道不備於當時，業不傳於身後，銜恨泉壤，實在茲乎！其深恨一也。

王劭是隋代一個有名的史家。他有《齊志》十卷，深受劉知幾底推重；又有《隋書》六十卷，雖然不傳，但是唐人修《隋書》的時候，便以他底著作爲藍本。在傳敘文學方面，他有《神尼智仙傳》，其後《隋書·智仙傳》即據此篇。《隋書·經籍志》雜傳類有王劭《舍利感應記》三卷,《法苑珠林》作二十卷,故姚振宗疑爲是書原編二十卷,此三卷或其別本。此外又有《皇隋靈感誌》三十卷,《隋志》不著録。

在史傳和傳叙文學方面,王劭並沒有狠大的成就,但是他却代表了一種趨勢。在討論傳叙文學的時候,不容加以忽略。這是什麽趨勢呢?《隋書·王劭傳》評他底《隋書》云:"多録口敕,又採迂怪不經之語,及委巷之言,以類相從,爲其題目,辭義繁褥,無足稱者。"又言:"劭於是採民間歌謠,引圖書讖緯,捃摭佛經,撰爲《皇隋靈感誌》,合三十卷奏之。上令宣示天下。劭集諸州朝集使,洗手焚香,閉目而讀之,曲折其聲,有如歌詠,經涉旬朔,徧而後罷。上益喜,賞賜優洽。"王劭底《隋書》和《皇隋靈感誌》已經看不見了,但是《廣弘明集》卷十七還保存了《舍利感應記》。這是一部無須收入雜傳類的著作,但是收在那裡,便指示我們如何佛教也避免不了思想混亂和政治壓迫的命運。

混亂的思想在傳叙文學裡面曾經起過一度波瀾。齊時王琰作《冥祥記》十卷,梁時王曼穎作《續補冥祥記》一卷,其實也祇是思想混亂的結果。《隋志》皆入雜傳類。到了隋人代周,便在思想底範圍以外,又添上一層政治的因素。自古得國,揖讓、征誅、篡弒,方法雖然不同,但是像隋文帝那樣徼倖得國的,可算是振古未聞。在後周的時代,楊堅祇是一個不學無術、臨陣脫逃的庸材,其後幸虧女兒爲周宣帝皇后,因而復起,但是地位還是非常的狼狽。及靜帝即位,然後奪天下大權於孤兒寡婦之手,可是尉遲迴稱兵討逆,大局岌岌可危。以後再賴高熲攻擊,觀戰士女的詭計,總算在觀象轉相騰藉的狀況下面,擊潰了尉遲迴,纔能保持權位,更圖篡立。一切全是徼倖,一切全是欺詐。同時,北方的智識階層的中心,佛教徒正因爲周武滅法的經過而消極地不合作,因此更竭力拉攏佛教徒,以取得智識階層底擁護。王劭底著作,在這樣的氛圍之中完成,以取悅於隋文帝,其內容便可想而知了。

《神尼智仙傳》大抵記隋文初生,神尼撫之而曰:"佛法將滅,一切神明均已西去,兒當爲普天慈父,重興佛法,一切神明還來。"及隋文得天下,即言"我興由佛"。故于天下舍利塔內,各作神尼之像焉。《舍利感應記》則言:"皇帝昔在潛龍,有婆羅門沙門來詣宅上,出舍利一裏曰:'檀越好心,故留與供養。'沙門既去,求之不知所在。其後皇帝與沙門曇遷各置舍利于掌而數之,或少或多,並不能定。"本來興王之初,都免不了相當的附會。在古帝先王佔有羣衆心理的時候,便附會到堯後舜裔;在初期儒家思想佔有羣衆心理的時候,便附會到讖緯符命;所以在佛教佔有羣衆心理的時候，便附會到神尼舍利。這個祇是狠簡單的理由，然而這個理由就完成了王劭底著作。除了王劭，同時還有許善心《符瑞記》十卷，不著撰人，《靈異録》十卷、《靈異記》十卷，《北史·許善心傳》："文帝敕善心與崔祖濬撰《靈異記》十卷。"侯君素《旌異記》十卷，《續高僧傳》卷二："侯白奉敕撰《旌異傳》一部二十卷。"都收入《隋志》雜傳類。微倖，迷信，壓迫，獻媚，聯合一致，終于給與傳叙文學以深鉅的創傷。王劭、侯白其實算不上傳叙文學家，但是傳叙文學從他們手裡所受的創傷，却長期留下了遺跡。

姚振宗《隋書經籍志考證》在隋代傳叙之下，補録釋道宣《續高僧傳》三十二卷。道宣生於隋文帝開皇十六年，没於唐高宗乾封二年，所以他的一生，適值隋唐佛教全盛的時期。《續高僧傳》不但補慧皎《高僧傳》所未詳，同時對隋代及唐初的高僧，給與縝密的記載，而且對於隋代政制以及佛教史的方面，也是一部極有價值的書籍。討論隋代史實，過於着重佛教方面，或許有一點畸重的嫌疑，但是假使我們瞭解隋文帝底個性，和他得國底原因，以及其後諸子争立，挾僧侶以自重，和佛教徒在當時智識階層活躍底狀態，那麼我們會知道明白了隋代佛教底情形，便會認識隋代政治底一個方面。

《續高僧傳》成於何時，不得而知。從內容看，大致是一部累積的著作。《道亮傳》稱"至今貞觀十九年，春秋七十七矣"，《慧乘傳》稱"今上時爲秦王"，《智實傳》稱"主上時爲秦王"，《智命傳》稱"今上任總天策"，這是唐太宗時所作的明證。但是《玄奘傳》稱玄奘没於麟德元年，《曇光傳》稱"今麟德二年"，《法冲傳》稱"至今麟德，年七十九矣"。這是唐高宗時代所作的明證。所以《續高僧傳》底叙述，至遲必始自貞觀十九年，至早必終于麟德二年，中間至少歷時二十一年，不能不算是一部用力至勤的名作。

中間還有一部分好像作於隋末唐初，其後未及更定者。隋煬帝大業十三年，李淵入長安，立代王侑爲皇帝，改元義寧，遥尊帝爲太上皇。次年煬帝被弑，元文都等立越王侗爲帝，改元皇泰。唐太宗貞觀三年，魏徵等修《隋書》，削去大業十四年、皇泰元年的年號，直稱義寧二年。但在《續高僧傳》裡，《住力傳》則稱住力值大業"十四年隋室喪亂，道俗流亡，骸若萎朽，充諸衢市，誓以身命守護殿閣"，《智命傳》則稱"皇泰之初，越王即位，歷官至御史大夫"。處處都看出道宣保留了一部份隋末的史料原文，未加筆削。

道宣《續高僧傳》雖然到唐高宗時方始完成，但書中所引傳狀，加以計述，狠可看出隋、陳以來，下及唐初這一段時期內，傳叙文學底情態。南方僧侶傳狀，間見徵引,當然是南北統一以後的現象。

行狀方面,有僧宗撰《拘那羅陀行狀》、智猛撰《惠遠行狀》、道基撰《靖嵩行狀》,及《志念行狀》,明則撰《曇遷行狀》。此外如《智顗傳》言沙門灌頂侍奉多年,歷其景行,可二十餘紙,大約亦是行狀之類。今《大藏經》題稱《隋天台智者大師別傳》,門人灌頂撰,但文言"謹書十條繼於狀末",又稱"披尋首軸,涕泗俱下,謹狀本篇"。原稱行狀,不稱別傳,即此可知。

自傳見於書中者,《法純傳》引其自叙云:"余初出家,依於山侶,晝則給供請衆,暮則聚薪自照,因而誦經,得二十五卷。"

別傳見於書中者,有《靜嵩傳》、《那連提梨耶舍本傳》、《僧曇別傳》、《靈璨別傳》、《信行本傳》、《智顗別傳》、《智顗行狀》、《曇遷別傳》、《覺朗別傳》、《慧達別傳》、《神尼智仙傳》、《明馭別傳》。

《慧稜傳》稱慧稜取一生私記焚之曰:"此私記與他讀之,不得其志矣。"《岑闍梨傳》稱"又遙記云:'却後六十年,當有愚人於寺南立重閣者,然寺基業不虧,閗訟不可住耳。'"皆與自傳相近。《法論傳》稱法論"續叙名僧,將成卷帙"。《净辯傳》稱净辯為《感應傳》一部十卷,《闍提那斯傳》述隋文與闍提那斯問答,即言出《感應傳》,則道宣曾見是書可知。這些都是總傳。

從《續高僧傳》所司傳叙目錄看來,在道宣以前,佛教徒中間傳叙文學還是盛行,所以唐初便有《續高僧傳》以及《大慈恩寺三藏法師傳》等名著,不是偶然的事。但是一般的傳叙,這時已經衰落,祇令人對於以前的盛況,抱着無限的悵惘。

附錄第一 《東方朔別傳》

見《世説新語注》、《文選注》及《太平御覽》諸卷,或稱《東方朔傳》,或稱《東方朔別傳》,疑本一篇,皆記於此,非完本。

朔,南陽步廣里人。《世説·規箴篇》注引《東方朔別傳》。

武帝問朔曰:"公孫丞相、倪大夫等,先生自視何與此哉?"朔曰:"臣觀其舌齒牙,樹頰胲,吐唇吻,擢項頤,結股肱,連膴尻,逶虵其跡,行步踽旅,臣朔雖不肖,尚兼此數子!"《御覽》卷三九四引《東方朔別傳》。

武帝問曰:"刑不上大夫何?"朔曰:"刑者,所以止暴亂,誅不義也。大夫者,天下表儀,萬人法則,所以共承宗廟而安社稷也。"《文選》司馬子長《報任少卿書》注引《東方朔別傳》。

孝武皇帝時,未央宫前殿鐘無故自鳴,三日三夜不止。詔問太史待詔王朔,朔言恐有兵氣。更問東方朔,朔曰:"臣聞銅者山之子,山者銅之母,以陰陽氣類言之,子母相感。山恐有崩陁者,故鐘先鳴。《易》曰:'鳴鶴在陰,其子和之。'精之至也。其應在後五日内。"居三日,南郡太守上書,言山崩,延袤二十餘里。《世説·文學篇》注引《東方朔傳》。上大笑,賜帛三十匹。《御覽》卷五七五引《東方朔傳》多此八字,餘畧同。

武帝時有神雀下,丞相、御史中丞、二千石、諫議臣、博士皆上壽,東方朔獨不賀。帝曰:"羣臣皆賀而獨不賀,何也?"對曰:"恐後有巫爲國害者。"朔因謝疾去。其後卒有巫蠱之事,不知朔竟所終也。《御覽》卷七三五引《東方朔傳》。

漢武帝在柏梁臺上,使羣臣作七言詩。《世説·排調篇》注引《東方朔傳》。

武帝常飲酎,以八月九月中,禾稼方盛熟,夜漏下水十刻,微行乃出。《御覽》卷二引《東方朔別傳》。

孝武皇帝時,人有殺上林鹿者,武帝大怒,下有司殺之。羣臣皆相阿:"殺人主鹿,大不敬,當死。"東方朔時在旁曰:"是人罪一,當死者三:使陛下以鹿之故殺人,一當死;使天下聞之,皆以陛下重鹿賤人,二當死也;匈奴即有急,推鹿觸之,三當死也。"武帝默然,遂釋殺鹿者之罪。《御覽》卷四五七引《東方朔別傳》。

孝武皇帝時,閒居無事,燕坐未央前殿。天新雨止,當此時,東方朔執戟在殿階旁,屈指獨語。上從殿上呼問之:"生獨所語者,何也?"朔對曰:"殿後柏樹上有鵲,立枯枝上,東向而鳴也。"帝使視之,果然。問朔何以知之,對曰:"以人事言之。風從東方來,鵲尾長,傍風則傾,背風則蹙,必當順風而立,是以知也。《御覽》卷九二一引《東方朔別傳》。新雨生枝滑,故枝澀,故立枯枝上。"上大笑,賜帛十匹。《御覽》卷三五二引《東方朔傳》多此數句,餘累同。

朔於上前射覆,中之,郭舍人亟屈,被榜,上輒大笑。《御覽》卷三九一引《東方朔別傳》。

"南山有木名曰柘,良工材之可以射,射中人情如掩兔,舍人數窮,何不早謝!"上乃搏髀大笑也。同前。

上置蜻蛉蓋下,使朔獨射之。朔對曰:"馮翊馮翊,六足四翼,頭如珠,尾正直,長尾短項,是非勾婁即蜻蛉。"上曰:"善。"賜帛十匹。《御覽》卷九五〇引《東方朔別傳》。

占人被召,見人以罔求鶉鶉飛入罔,知必有罪。非入罔,罪字故也。《御覽》卷九二四引《東方朔別傳》。

凡占長吏東耕,當視天,有黃雲來覆車,五穀大熟。青雲致兵,白雲致盜,烏雲多水,赤雲有火。《御覽》卷八引《東方朔傳》。

孝武皇帝時幸甘泉,至長平坂,上馳道,中央有蟲覆而赤,如生肝狀,頭目口齒鼻耳盡具。先驅旄頭馳還以聞,曰:"道不可御。"於是上止車,遣侍中馳往視之,還,盡莫知也。時東方朔從,在後屬車,上召朔,使馳往視之。還,對曰:"怪哉!"上曰:"何謂也?"朔曰:"秦始皇時,拘繫無罪,幽殺無辜,衆庶怨恨,無所告訴,仰天而歎曰:'怪哉!'感動皇天,此憤氣之所存也,故名之曰怪哉。是地必秦之獄處也。"上有詔,使丞相公孫弘案地圖,果秦之獄處也。上曰:"善,當何以去之?"朔曰:"夫積憂者,得酒而去之。"以置酒中,立消靡。上大笑曰:"東方生真所謂先生也,何以報先知之聖人哉?"乃賜帛百疋。《御覽》卷六四三引《東方朔傳》。

武帝時,上林獻棗,上以所持杖擊未央前殿檻,呼朔曰:"叱叱,先生,來來!先生知此筐中何等物也?"朔曰:"上林獻棗四十九枚。"上曰:"何以知之?"朔曰:"呼朔者,上也;以杖擊檻,兩木,兩木,林也;來來者,棗也;叱叱者,四十九枚。"上大笑,賜帛十匹。《御覽》九六五引《東方朔傳》。

孝武皇帝好方士，敬鬼神，使人求神僊不死之藥甚至，初無所得。天下方士四面蜂至，不可勝言。東方朔睹方士虛語以求尊顯，即云上天，欲以喻之。其辭曰："陛下所使取神藥者，皆天地之間藥也，不能使人不死，獨天上藥能使人不死耳。"上曰："然天何可上也？"朔對曰："臣能上天。"上知其謾詑，極其語，即使朔上天取不死之藥。朔既辭去，出殿門，復還曰："今臣上天似謾詑者，願得一人爲信驗。"上即遣方士與朔俱往，期三十日而返。朔等既辭而行，日日過諸侯傳飲，往往留十餘日，期又且盡，無上天意。方士謂之曰："期且盡，日日飲酒爲奈何？"朔曰："鬼神之事難豫言，當有神來迎我者。"於是方士晝卧，良久，朔遽覺之曰："呼君極久不應，我今者屬從天上來。"方士大驚，還具以聞。上以爲面欺，詔下朔獄。朔啼，對曰："朔須幾死者再。"上曰："何也？"朔對曰："天公問臣：'下方人何衣？'臣朔曰：'衣蟲。''蟲何若？'臣朔曰：'蟲喙髯髯類馬，邠邠類虎。'天公大怒，以臣爲謾言，繫臣使下問。還報有之，名蠶，天公乃出臣。今陛下苟以臣爲詐，願使人上問之。"上大驚曰："善。齊人多詐，欲以喻我止方士也。"罷諸方士弗復用也，由此朔日以親近。《御覽》卷九八四引《東方朔別傳》，又卷八二五引《東方朔別傳》畧同。

朔書與公孫弘借車曰："朔當從甘泉，願借外廐之後乘。木槿夕死而朝生者，士亦不必長貧也。"《御覽》四八五引《東方朔別傳》。

驃騎難諸博士，朔對曰："騏驎綠耳，蜚鴻華騮，天下良馬也。將以捕鼠於深宮之中，曾不如跛貓。"《御覽》卷八九七引《東方朔傳》。

朔與弟子偕行，渴，令弟子叩道邊家求飲，不知姓名，主人開門不與。須臾，見伯勞飛集主人門中李樹上，朔謂弟子曰："此主人姓李，名伯當，爾但呼李伯當。"果有李伯當應，即入取飲。《御覽》卷九二三引《東方朔別傳》。

朔與三門生俱行，見一鳩，占皆不同。一生曰："今日當得酒。"一生曰："其酒必酸。"一生曰："雖得酒，不得飲也。"三人皆到主人。須臾，主人出酒樽中，即安於地，羸而覆之，卒不得酒。出門問，"見鳩飲水，故知得酒；鳩飛集梅樹上，故知酒酸；鳩飛去，所集枝折墮地，折者傷覆之象，故知不得飲也。"《御覽》卷九七○引《東方朔別傳》。

附録第二 《鍾離意別傳》

見《後漢書注》、《文選注》及《太平御覽》,非完本。

意字子阿,會稽山陰人也。《御覽》卷二六四。

汝南黃讜爲會稽太守。據《御覽》卷二五三引《鍾離意別傳》補"汝南"二字。建武十四年,吴大疾疫,署意中部尉督郵。意乃露車不冠,身循行病者門,人家至,賜與醫藥,詣神廟爲民禱祭,召録醫師百人,合和草藥。恐醫小子或不良,毒藥齊賊害民命,先白吞嘗,然後施行。其所臨護四千餘人,並得差愈。後日府君出行災害,百姓攀車涕泣曰:"明府君不須出也,但得鍾離督郵,民皆活也。"《御覽》卷七二二。

太守竇翔召意,署功曹史。意乃爲府立條式,威儀嚴肅,莫不靖恭。後日竇君與意相見,曰:"功曹須立嚴科,太守觀察,朝晡,吏無大小,莫不畏威。"《御覽》卷二六四。

揚州刺史夏君三辟意九江從事,三府側席。夏君見意曰:"刺史得京師書,聞從事有令問,刺史何惜王家之爵,不貢賢者!"乃表上尚書。《御覽》卷二六五。

司徒侯霸辟意,署議曹掾,以詔書送囚徒三百餘人到河北。連陰,冬盛寒,徒皆貫連械,不復能行。到弘農縣,使令出見錢,爲徒作襦袴,各有計數。令對曰:"被詔書,不敢妄出錢。"意曰:"使者奉詔命,寧私行耶?出錢便上尚書,使者亦當上之。"光武皇帝得上狀,見司徒侯霸曰:"所使吏何乃仁恕用心乎?誠良吏也。"襦袴既具,悉到前縣,給賜糜粥。後謂徒曰:"使者不忍善人嬰刑饑寒,感惻於心。今已得衣矣,欲悉解善人械桎,得逃去耶?"皆對曰:"明使君哀徒,恩過慈父,身成灰土,不敢逃亡。"意復曰:"徒中無欲歸候親者耶?"其有節義名者五六十人,悉解械桎,先遣之,與期日會作所,徒皆先期至也。《御覽》卷六四二。

意遷東平瑕丘令。男子倪直,勇悍有力,便弓弩,飛射走獸,百不脱一,桀悖好犯長吏。意到官,召署捕賊掾,敕謂之云:"令昔嘗破三軍之衆,不用尺兵,嘗縛暴虎,不用尺繩,但以良計爲之耳。掾之氣勢安若,宜慎之。"因復召直子涉署門下。將游徼,私出入寺門,無所關白,收涉鞭之。直走之寺門,吹氣大言,言無上下意氣。敕:"直能爲子屈者,自縛誠令,不則鞭殺其子。"直果自縛。意告曰:"令前告汝,嘗縛暴虎,不用尺繩。汝自視何如?虎自縛耶?"敕獄械直父子,結連其頸,榜欲死。掾吏陳諫,乃貸之,由是相率爲善。所謂上德之政,鷹化爲鳩,暴虎成貍,此之謂也。《御覽》卷二六八。

意爲瑕丘令,立春遣户曹史檀建齎青幘幡白督郵,督郵不受。建留於家,還白意言受。他日意見督郵,而督郵謝意,言所以不受青幘幡者,己自有也。意還,召建問狀,建惶怖叩頭。意曰:"勿叩頭,使外聞也。"出因轉署主計史,假遣無期。建歸家,父問之曰:"朝大士衆賢能者多,子何功才,既獲顯榮,假乃無期,寵厚將何謂也?無得有不信於賢主耶?"建長跪,以青幘幡意語父,父嘿然。有頃,令妻設酒殺雞,與建相樂。謂建曰:"吾聞有道之君,以義理殺人,無道之君,以血刃加人。長假無期,唯死不還,將何以自裁乎?"酒畢進藥,建遂物故。《御覽》卷三四一。

顯宗以意爲尚書,時交趾太守坐贓千金,徵還伏法。以資物簿入大司農,詔班賜群臣。《御覽》卷四二六引作"意爲尚書。交趾太守張恒居官貪亂,臧賕千金,珠璣玩寶,乃有石數。收臧簿入司農,詔悉以珠賜諸尚書,尚書皆拜受。"意得珠璣,悉以委地,不拜賜。帝怪而問其故,對曰:"臣聞孔子忍渴於盜泉之水,曾參迴車於勝母之閭,惡其名也。此臧穢之寶,誠不敢拜受。"帝嗟歎曰:"清乎尚書之言!"乃更以庫錢三十萬賜意。《御覽》卷六四一。

意爲尚書僕射。其年匈奴來降,詔賜縑三百匹。尚書侍郎暨酆受詔,誤以三千匹賜匈奴,帝大怒,鞭酆欲死。意獨排省閤入諫。明帝以合大義,恚損怒消。帝謂意曰:"非鍾離尚書,朕幾降威於此郎!"《御覽》卷二一一。

孝明帝作北宮,意復諫曰:"頃天旱不雨,陛下躬自敕責,避正殿之榮。今日雨而不濡,豈政有改耶?是天威未消也。愚以爲可命大匠止功作諸室,減省不急,以助時氣。"奏聞,有詔曰:"朕之不德,敢不如教。"即日中沛然大雨。《御覽》卷四五五。

意爲魯相,到官出私錢萬三千文,付户曹孔訢修夫子車。身入廟,拭几席劍履。《後漢書·鍾離意傳》注。

意省堂有孔子小車乘,皆朽敗,意自糴俸,雇漆膠之直,請魯民治之,及護几席劍履。《續漢書·郡國志》劉昭注。

男子張伯除堂下草,土中得玉璧七枚。伯懷其一,以六枚白意,意令主簿安置几前。孔子教授堂下牀首有懸甕,意召孔訢問:"此何甕也?"對曰:"夫子甕也,背有丹書,人莫敢發也。"意曰:"夫子聖人,所以遺甕,欲以懸示後賢。"因發之,中得素書,文曰:"後世修吾書,董仲舒。護吾車,拭吾履,發吾笥,會稽鍾離意。璧有七,張伯藏其一。"意即召問,伯果服焉。《後漢書·鍾離意傳》注。

嚴遵昔與光武俱爲諸生,暮夜宿息,二人寒不得寢臥,更相謂曰:"他日豪貴,憶此勿相忘。"別後數年,光武有天下,徵遵,不至也。《御覽》卷三十四。又卷三九三引,"俱爲諸生"下有"游涉他縣同門精學"八字。

《周書》言秦史趙覬以私恨告園民吳旦生,盜食宗廟御桃。旦生對曰:"民不敢食也。"王曰:"剖其腹,出其桃。"《史記》惡而書之曰:"桃食之,當有遺核,王不知此而剖人腹以求桃,非理也。"《御覽》卷九六七。

按此二則當係鍾離意語,不審何時言此,故記於傳末。

附録第三 《郭林宗別傳》

見《太平御覽》。又《魏志·衛臻傳》、《王昶傳》注引《郭林宗傳》，《世說·德行篇》、《政事篇》注，《後漢書·黄憲傳》、《郭太傳》注引《郭泰別傳》，疑即《郭林宗別傳》。泰字或作太。非完本。

郭泰字林宗。《御覽》卷四〇九引《郭林宗別傳》。

林宗家貧，初欲游學，無資，就姊夫貸五千錢，乃遠至成皋，從師受業。併日而食，衣不蔽形，常以蓋幅自鄣出入，入則戶前，出則掩後。《御覽》卷四八五引《郭林宗別傳》。

林宗儀貌魁梧，身長八尺，音聲如鍾，當時以爲準的。《御覽》卷三八八引《郭林宗別傳》。

林宗游洛陽，見河南尹李膺，膺大奇之，於是名震京師。復歸鄉里，衣冠諸儒送至河上，車數千兩，林宗唯與膺同舟而濟。衆賓望之，以爲神仙焉。《御覽》卷三八〇引《郭林宗別傳》。

泰以有道君子徵，同邑宋子俊勸使往。泰遂辭以疾，闔門教授。《御覽》卷六一三引《郭林宗別傳》。

林宗每行宿逆旅，輒躬灑掃，及明去。後人至，見之曰："此必郭有道昨宿處也。"《御覽》卷一九五引《郭林宗別傳》。

林宗名益顯，士爭歸之，載刺常盈車。《御覽》卷六〇六引《郭林宗別傳》，又見《後漢書·郭太傳》注引《郭泰別傳》。

鄉人見太，皆於牀下拜。《御覽》卷五四二引《郭太別傳》。

林宗嘗行陳梁間，遇雨，故其巾一角沾而折。二國學士著巾，莫不折其角，云作林宗巾，其見儀則如此。《御覽》卷六八七引《郭林宗別傳》。

林宗秀立高時，澹然淵渟。蔡伯喈告盧子幹、馬日磾曰："爲天下作碑銘多矣，未嘗不有慙色，唯郭先生碑頌無愧色耳。"《御覽》卷三八八引《郭子別傳》。

泰字林宗，有人倫鑒識，題品海内之士，或在幼童，或在里肆，後皆成英彦，六十餘人。自著書一卷,論取士之本。未行,遭亂亡失。《世説·政事篇》注引《郭泰別傳》。

郭泰字林宗,入潁川則友李元禮,至陳留則結符偉明,之外黄則親韓子助,過蒲亭則師仇季智,止學舍則收魏德公,觀耕者則拔茅季偉,皆爲名士。至汝南見袁閬,不宿而去,從黄憲三日乃去。過新蔡,薛勤問之曰:"足下見袁奉高不宿而去,從黄叔度乃彌日,何也?"《後漢書·黄憲傳》注引《郭泰別傳》作"時林宗過薛恭祖,恭祖問曰:'聞足下見袁奉高,車不停軌,鑾不輟軛,從叔度乃彌信宿也。'"泰曰:"奉高之流,雖清而易挹。《世説·德行篇》注引《郭泰別傳》作"薛恭祖問之,泰曰:'奉高之器,譬諸泛濫,雖清易挹也。'"叔度汪汪,若千頃之陂,澄之不清,撓之不濁,難測量也。"《御覽》卷四四四引《郭林宗別傳》。

林宗嘗止陳國文學,見童子魏德公,知其有異。德公求近其房止,供給灑掃。林宗嘗不佳,夜中命作粥,德公爲之進焉。林宗一啜,怒而呵之曰:"高明爲長者作粥,不如意,使沙不可食。"以杯擲地。德公更爲粥,三進三呵,德公姿無變容,顔色殊悦。林宗乃曰:"始見子之面,今乃知卿心。"遂友善之,卒爲妙士。《御覽》卷八五九引《郭林宗傳》。

茅容字季偉,陳留人,年四十餘耕於野。時與等輩避雨樹下,衆皆夷倨,容獨危坐。林宗見而奇異,與共言,因請寓宿。旦日,容殺鷄爲饌。林宗爲已設,既而以供其母,自以菜蔬與客同飯。林宗起拜之曰:"卿賢乎哉!"因勸令學,卒以成德。《御覽》卷四一四引《郭林宗別傳》。

宿仲琰爲部從事,嘗柴車駕牛,編荆爲當。《御覽》卷七七六引《郭林宗別傳》。

鉅鹿孟敏字叔達,敦樸質直,客居太原,雜處凡俗,未有所名。嘗至市貿甑,荷擔墮地,壞之,徑去不顧。適林宗見而異之,因問曰:"壞甑可惜,何以不顧?"客曰:"甑既已破,視之何益?"林宗賞其介決,因以知其德行,謂必爲美士,勸令讀書。游學十年,遂知名,三府並辟不就,東夏以爲美賢。《世説·黜免篇》注引《郭林宗別傳》。

[衞]茲弱冠與同郡圈文生俱稱盛德。林宗與二人共至市,子許買物,隨價讎直,文生訾訶,減價乃取。林宗曰:"子許少欲,文生多情,此二人非徒兄弟,乃父子也。"後文生以穢貨見損,茲以烈節垂名。《魏志·衞臻傳》注引《郭林宗傳》。

叔優、季道幼少之時,聞林宗有知人之鑒,共往候之,請問才行所宜,以自處業。林宗笑曰:"卿二人皆二千石才也。雖然,叔優當以仕宦顯,季道宜以經術進。若違才易務,亦不至也。"叔優等從其言。叔優至北中郎將,季道代郡太守。《魏志·王昶傳》注引《郭林宗傳》。

賈淑字子厚,林宗鄉人,雖世有冠冕而性險害,邑里患之。林宗遭母憂,淑來弔之,而鉅鹿孫咸直亦至。咸直以林宗賢而受惡人弔,心怪之,不進而去。林宗遽追而謝曰:"賈子厚誠凶德,然洗心向善。仲尼不逆互鄉,故許其進也。"淑聞之,改過自厲,終成善士。又林宗有母喪,徐穉往弔,置生芻一束於廬前而去。林宗曰:"此必南州徐孺子也。詩不云乎:'生芻一束,其人如玉。'吾無德以堪之。"
《御覽》卷五六一引《郭太別傳》。

附録第四 《趙雲別傳》

見《蜀志・趙雲傳》注,非完本。

雲字子龍。據《御覽》卷三七六引《趙雲別傳》補三字。身長八尺,姿顔雄偉,爲本郡所舉,將義從吏兵詣公孫瓚。時袁紹稱冀州牧,瓚深憂州人之從紹也,善雲來附,嘲雲曰:"聞貴州人皆願袁氏,君何獨迴心,迷而能反乎?"雲答曰:"天下訩訩,未知孰是。民有倒懸之厄。鄙州論議,從仁政所在,不爲忽袁公私明將軍也。"遂與瓚征討。時先主亦依託瓚,每接納雲,雲得深自結託。雲以兄喪,辭瓚暫歸,先主知其不反,捉手而別。雲辭曰:"終不背德也。"先主就袁紹,雲見於鄴。先主與雲同床眠卧,密遣雲合募得數百人,皆稱劉左將軍部曲。紹不能知,遂隨先主至荆州。

見《蜀志・趙雲傳》注,下皆同。

初,先主之敗,有人言雲已北去者,先主以手戟擿之,曰:"子龍不棄我走也。"頃之雲至。從平江南,以爲偏將軍,領桂陽太守,代趙範。範寡嫂曰樊氏,有國色,範欲以配雲。雲辭曰:"相與同姓,卿兄猶我兄。"固辭不許。時有人勸雲納之,雲曰:"範迫降耳,心未可測,天下女不少。"遂不取。範果逃走,雲無纖介。先是,與夏侯惇戰於博望,生獲夏侯蘭。蘭是雲鄉里人,少小相知,雲白先主活之,薦蘭明於法律,以爲軍正,雲不用自近,其慎慮類如此。先主入益州,雲領留營司馬。此時先主孫夫人,以權妹驕豪,多將吳吏兵,縱橫不法。先主以雲嚴重,必能整齊,特任掌内事。權聞備西征,大遣舟船迎妹,而夫人内欲將後主還吳,雲與張飛勒兵截江,乃得後主還。

益州既定,時議欲以成都中屋舍及城外園地桑田,分賜諸將。雲駁之曰:"霍去病以匈奴未滅,無用家爲,今國賊非但匈奴,未可求安也。須天下都定,各反桑梓,歸耕本土,乃其宜耳。益州人民初罹兵革,田宅皆可歸還,令安居復業,然後可役調,得其歡心。"先主即從之。夏侯淵敗,曹公争漢中地,運米北山下數千萬囊。黄忠以爲可取,雲兵隨忠取米。忠過期不還,雲將數十騎輕行出圍,迎視忠等。值曹公揚兵大出,雲爲公前鋒所擊,方戰,其大衆至,勢逼,遂前突其陣,且鬭且却。公軍散,已復合,雲陷敵,還趣圍。將張著被創,雲復馳馬還營迎著。公軍追至圍。此時沔陽長張翼在雲圍內,翼欲閉門拒守,而雲入營,更大開門,偃旗息鼓。公軍疑雲有伏兵,引去。雲擂鼓震天,惟以戎弩於後射公軍。公軍驚駭,自相蹂踐,墮漢水中死者甚多。先主明旦自來,至雲營圍,視昨戰處,曰:"子龍一身都是膽也。"作樂飲宴至暝。軍中號雲爲虎威將軍。孫權襲荊州,先主大怒,欲討權。雲諫曰:"國賊是曹操,非孫權也。且先滅魏,則吳自服。操身雖斃,子丕篡盜,當因衆心,早圖關中,居河渭上流,以討凶逆。關東義士,必裹糧策馬,以迎王師。不應置魏,先與吳戰,兵勢一交,不得卒解也。"先主不聽,遂東征,留雲督江州。先主失利於秭歸,雲進兵至永安,吳軍已退。

亮曰:"街亭軍退,兵將不復相錄;箕谷軍退,兵將初不相失,何故?"芝答曰:"雲身自斷後,軍資什物,略無所棄,兵將無緣相失。"雲有軍資餘絹,亮使分賜將士。雲曰:"軍事無利,何爲有賜?其物請悉入赤岸府庫,須十月爲冬賜。"亮大善之。

後主詔曰:"雲昔從先帝,功績既著。朕以幼沖,涉塗艱難,賴恃忠順,濟於危險。夫謚所以敘元勳也,外議雲宜謚。"大將軍姜維等議以爲:"雲昔從先帝,勞績既著,經營天下,遵奉法度,功效可書。當陽之役,義貫金石,忠以衛上,君念其賞,禮以厚下,臣忘其死。死者有知,足以不朽,生者感恩,足以殞身。謹案《謚法》:'柔賢慈惠曰順,執事有班曰平,克定禍亂曰平。'應謚雲曰順平侯。"

附錄第五 《邴原別傳》

見《魏志·邴原傳》注,疑非完本。

原字根矩。據《御覽》卷二〇九引《邴原別傳》補三字。十一而喪父,家貧早孤。鄰有書舍,原過其旁而泣。師問曰:"童子何悲?"原曰:"孤者易傷,貧者易感。夫書者,必皆具有父兄者,一則羨其不孤,二則羨其得學,心中惻然而爲涕零也。"師亦哀原之言,而爲之泣曰:"欲書可耳。"答曰:"無錢資。"師曰:"童子苟有志,我徒相教,不求資也。"於是遂就書。一冬之間,誦《孝經》、《論語》。自在童亂之中,嶷然有異。及長,金玉其行。欲遠游學,詣安丘孫崧。崧辭曰:"君鄉里鄭君,君知之乎?"原答曰:"然。"崧曰:"鄭君學覽古今,博文彊識,鉤深致遠,誠學者之師模也。君乃舍之,躧屣千里,所謂以鄭爲東家丘者也。君似不知,而曰然者何?"原曰:"先生之説,誠可謂苦藥良鍼矣,然猶未達僕之微趣也。人各有志,所規不同,故乃有登山而採玉者,有入海而採珠者,豈可謂登山者不知海之深,入海者不知山之高哉!君謂僕以鄭爲東家丘,君以僕爲西家愚夫邪?"崧辭謝焉。又曰:"兗、豫之士,吾多所識,未有若君者,當以書相分。"原重其意,難辭之,持書而別。原心以爲求師啟學,志高者通,非若交游待分而成也,書何爲哉,乃藏書於家而行。原舊能飲酒,自行之後,八九年間,酒不向口。單步負笈,苦身持力,至陳留則師韓子助,潁川則宗陳仲弓,汝南則交范孟博,涿郡則親盧子幹。臨別,師友以原不飲酒,會米肉送原。原曰:"本能飲酒,但以荒思廢業,故斷之耳。今當遠別,因見餞餞,可一飲讌。"於是共坐飲酒,終日不醉。歸以書還孫崧,解不致書之意。後爲郡所召,署功曹主簿。時魯國孔融在郡,教選計當任公卿之才,乃以鄭玄爲計掾,彭璆爲計吏,原爲計佐。融有所愛一人,常盛嗟嘆之。後恚望,欲殺之,朝吏皆請。時其人亦在坐,叩頭流血,而融意不解。原獨不爲請,融謂原曰:"衆皆請而君何獨不?"原對曰:"明府於某,本不薄也,常言歲終當舉之,此所謂吾一子也。如是,朝吏受恩未有在某前者矣,而今乃欲殺之。明府愛之,則引而方之於子,憎之,則推之欲危其身。原愚,不知明府以何愛之,以何惡之?"融曰:"某生於微門,吾成就其兄弟,拔擢而用之。某今孤負恩施。夫善則進之,惡則誅之,固君道也。往者應仲遠爲泰山太守,舉一孝廉,旬月之間而殺之。夫君人者,厚薄何常之有!"原對曰:"仲遠舉孝廉,殺之,其義焉在?夫孝廉,國之俊選也。舉之若是,則殺之非也;若殺之是,則舉之非也。《詩》云:'彼己之子,不遂其媾。'蓋譏之也。語云:'愛之欲其生,惡之欲其死。既欲其生,又欲其死,是惑也。'仲遠之惑甚矣,明府奚取焉?"融乃大笑曰:"吾直戲耳!"原又曰:"君子於其言,出乎身,加乎民。言行,君子之樞機也,安有欲殺人而可以爲戲者哉?"融無以答。是時漢朝陵遲,政以賄成,原乃將家人入鬱洲山中。郡舉有道,融書喻原曰:"脩性保貞,清虛守高,危邦不入,久潛樂土。王室多難,西遷鎬京,聖朝勞謙,疇咨儁乂。我徂求定,策命懇惻。國之將隕,嫠不恤緯,家之將亡,緹縈跋涉。彼匹婦也,猶執此義。實望根矩,仁爲己任,授手援溺,振民於難。乃或晏晏居息,莫我肯顧,謂之君子,固如此乎!根矩,根矩,可以來矣!"原遂到遼東。遼東多虎,原之邑落獨無虎患。原嘗行而得遺錢,拾以繫樹枝,此錢既不見取,而繫錢者愈多。問其故,答者謂之神樹。原惡其由己而成淫祀,乃辨之,於是里中遂斂其錢以爲社供。後原欲歸鄉里,止於三山。孔融書曰:"隨會在秦,賈季在翟,諮仰靡所,歎息增懷。頃知來至,近在三山。《詩》不云乎:'來歸自鎬,我行永久。'今遣五官掾,奉問榜人舟楫之勞,禍福動靜告慰。亂階未已,阻兵之雄,若萁弈爭梟。"原於是遂復反還。積十餘年,後乃遁還。南行已數日,而度甫覺。度知原之不可復追也,因曰:"邴君所謂雲中白鶴,非鶉鷃之網所能羅矣。又吾自遣之,勿復求也。"遂免危難。自反國土,原於是講述禮樂,吟咏詩書,門徒數百,服道數十。時鄭玄以博學洽聞,注解典籍,故儒雅之士集焉。原亦自以高遠清白,頤志澹泊,口無擇言,身無擇行,故英偉之士向焉。是時海內清議,云青州有邴、鄭之學。魏太祖爲司空,辟原署東閣祭酒。太祖北伐三郡單于,還住昌國,燕士大夫。酒酣,太祖曰:"孤反,鄰守諸君必將來迎,今日明旦,度皆至矣。其不來者,獨有邴祭酒耳!"言訖未久,而原先至。門下通謁,太祖大驚喜,寧履而起,遠出迎原,曰:"賢者誠難測度,孤謂君將不能來,而遠自屈,誠副饑虛之心。"謁訖而出,軍中士大夫詣原者數百人。太祖怪而問之,時荀文若在坐,對曰:"獨可省問邴原耳!"太祖曰:"此君名重,乃亦傾士大夫心。"文若曰:"此一世異人,士之精藻,公宜盡禮以待之。"太祖曰:"固孤之宿心也。"自是之後,見敬益重。原雖在軍歷署,常以病疾,高枕里巷,終不當事,又希會見。河內張範,名公之子也,其志行有與原符,甚相親敬。令曰:"邴原名高德大,清規邈世,魁然而峙,不爲孤用。聞張子頗欲學之,吾恐造之者富,隨之者貧也。"魏太子爲五官中郎將,天下向慕,賓客如雲,而原獨守道持常,自非公事,不妄舉動。太祖微使人從容問之,原曰:"吾聞國危不事冢宰,君去不奉世子,此典制也。"於是乃轉五官長史,令曰:"子弱不才,懼其難正,貪欲相屈,以匡勵之。雖云利賢,能不惄惄!"太子燕會,衆賓百數十人,太子建議曰:"君父各有篤疾,有藥一丸,可救一人,當救君邪,父邪?"衆人紛紜,或父或君。時原在坐,不與此論。太子諮之於原,原悖然對曰:"父也。"太子亦不復難之。

附錄第六 《孫資別傳》

見《魏志·劉放傳》注及《賈逵傳》注，非完本。

資字彥龍。幼而岐嶷。三歲喪二親，長於兄嫂。講業太學，博覽傳記，同郡王允一見而奇之。太祖爲司空，又辟資。會兄爲鄉人所害，資手刃報讎，乃將家屬避地河東，故遂不應命。尋復爲本郡所命，以疾辭。友人河東賈逵謂資曰："足下抱逸群之才，值舊邦傾覆，主將殷勤，千里延頸，宜崇古賢桑梓之義，而久盤桓，拒違君命，斯猶曜和璧於秦王之庭，而塞以連城之價耳。竊爲足下不取也。"資感其言，遂往應之，到署功曹，舉計吏。尚書令荀彧見資，歎曰："北州承喪亂已久，謂其賢智零落，今日乃復見孫計君乎！"表留以爲尚書郎。辭以家難，得還河東。《魏志·劉放傳》注。

資舉河東計吏，到許，薦〔賈逵〕於相府曰："逵在絳邑，帥厲吏民，與賊郭援交戰，力盡而敗，爲賊所俘，挺然直志，顏辭不屈，忠言聞於大衆，烈節顯於當時。雖古之直髮據鼎，罔以加也。其才兼文武，誠時之利用。"《魏志·賈逵傳》注。

諸葛亮出在南鄭，時議者以爲可因大發兵就討之。帝意亦然，以問資。資曰："昔武皇帝征南鄭，取張魯，陽平之役，危而後濟。又自往拔出夏侯淵軍，數言南鄭直爲天獄中，斜谷道爲五百里石穴耳。言其深險，喜出淵軍之辭也。又武皇帝聖於用兵，察蜀賊栖於山巖，視吳虜竄於江湖，皆撓而避之，不責將士之力，不爭一朝之忿，誠所謂見勝而戰，知難而退也。今若進軍就南鄭討亮，道既險阻，計用精兵，又轉運鎮守南方四州遏禦水賊，凡用十五六萬人，必當復更有所發興。天下騷動，費力廣大，此誠陛下所宜深慮。夫守戰之力，力役三倍，但以今日見兵，分命大將據諸要險，威足以震懾強寇，鎮靜疆場，將士虎睡，百姓無事。數年之間，中國日盛，吳蜀二虜，必自罷疲。"帝由是止。時吳人彭綺又舉義江南，議者以爲因此伐之，必有所克。帝問資，資曰："鄱陽宗人前後數有舉義者，衆弱謀淺，旋輒乖散。昔文皇帝嘗密論賊形勢，言洞浦殺萬人，得船千萬，數日間船人復會，江陵被圍歷月，權裁以千數百兵住東門，而其土地無崩解者，是有法禁，上下相奉持之明驗也。以此推綺，懼未能爲權腹心大疾也。"綺果尋敗亡。《魏志·劉放傳》注，以下皆同。

是時孫權、諸葛亮號稱劇賊，無歲不有軍征，而帝總攝羣下，内圖禦寇之計，外規廟勝之畫，資皆管之。《文選》潘安仁《關中詩》注引《孫資別傳》作"成規之畫，資皆管之"。然自以受腹心，嘗讓事於帝曰："動大衆，舉大事，宜與羣下共之，既以示明，且於探求爲廣。"既朝臣會議，資奏當其是非，擇其善者推成之，終不顯己之德也。《文選》任彦昇《王文憲集序》注引《孫資別傳》作"朝臣會議，資奏是非，擇善者推而成之，終不顯己之德"。若衆人有譴過，及愛憎之説，輒復爲請解，以塞譖潤之端。如征東將軍滿寵、涼州刺史徐邈，並有譖毀之者，資皆盛陳其素行，使卒無纖介。寵、邈得保其功名者，資之力也。初，資在邦邑，名出同類之右，鄉人司空掾田豫、梁相宗豔，皆妬害之，而楊豐黨附豫等，專爲資構造謗端，怨隙甚重。資既不以爲言，而終無恨意。豫等慙服，求釋宿憾，結爲婚姻。資謂之曰："吾無憾心，不知所釋，此爲卿自薄之，卿自厚之耳。"乃爲長子宏取其女。及當顯位，而田豫老疾在家，資遇之甚厚，又致其子於本郡，以爲孝廉。而楊豐子後爲尚方吏，帝以職事譴怒，欲致之法，資請活之，其不念舊惡如此。

帝詔資曰："吾年稍長，又歷觀書傳中，皆嘆息無所不念。圖萬年後計，莫過使親人廣據職勢，兵任又重。今射聲校尉缺久，欲得親人，誰可用者？"資曰："陛下思深慮遠，誠非愚臣所及。書傳所載，皆聖聽所究，向使漢高不知平、勃能安劉氏，孝武不識金、霍付屬以事，殆不可言。文皇帝始召曹真還時，親詔臣以重慮，及至晏駕，陛下即阼，猶有曹休外内之望。賴遭日月，御勒不傾，使各守分職，纖介不聞。以此推之，親臣貴戚，雖當據勢握兵，宜使輕重素定。若諸侯典兵，力均衡平，寵齊愛等，則不相爲服；不相爲服，則意有異同。今五營所領見兵，常不過數百，選授校尉，如其輩類，爲有儔匹。至於重大之任，能有所維綱者，宜以聖意簡擇如平、勃、金、霍、劉章等一二人，漸殊其威重，使相鎮固，於事爲善。"帝曰："然。如卿言，當爲吾遠慮所圖。今日可參平、勃，侔金、霍，雙劉章者，其誰哉？"資曰："臣聞知人則哲，惟帝難之。唐虞之聖，凡所進用，明試以功。陳平初事漢祖，絳、灌等謗平有受金盜嫂之罪。周勃以吹簫引彊，始事高祖，亦未知名也。高祖察其行跡，然後知可付以大事。霍光給事中二十餘年，小心謹慎，乃見親信。日磾夷狄，以至孝質直，特見擢用，左右尚曰：'妄得一胡兒而重貴之。'平、勃雖安漢嗣，其後勃被反名，平劣自免於吕須之讒。上官桀、桑弘羊與霍光争權，幾成禍亂。此誠知人之不易,爲臣之難也。又所簡擇,當得陛下所親,當得陛下所信,誠非愚臣之所能識別。"

大將軍爽專事,多變易舊章。資嘆曰:"吾累世蒙寵,加以豫聞屬託,今縱不能匡弼時事,可以坐受素餐之禄耶?"遂固稱疾。九年二月,乃賜詔曰:"君掌機密三十餘年,經營庶事,勳著前朝。暨朕統位,動賴良謀,是以曩者增崇寵章,同之三事,外帥群官,内望讜言。屬以年耆疾篤,上還印綬,前後鄭重,辭旨懇切。天地以大順成德,君子以善恕成仁,重以職事,違奪君志,今聽所執,賜錢百萬,使兼光禄勳少府,親策詔君養疾于第。君其勉進醫藥,頤神和氣,以永無疆之祚。"置舍人官騎,加以日秩肴酒之膳焉。

附錄第七 《曹瞞傳》

見《魏志·武帝紀》、《袁紹傳》、《張邈傳》、《荀彧傳》注,《後漢書·獻帝紀》、《袁紹傳》、《呂布傳》注,《水經注》、《文選注》及《太平御覽》,又《御覽》引《魏武別傳》、《曹操別傳》,疑即《曹瞞傳》,皆附入,非完本。

太祖一名吉利,小字阿瞞。《御覽》卷五一二引《曹瞞傳》。

嵩,夏侯氏之子,夏侯惇之叔父。太祖於惇爲從父兄弟。《魏志·武帝紀》注引《曹瞞傳》。

太祖少好飛鷹走狗,游蕩無度,其叔父數言之于嵩,太祖患之。後逢叔父於路,乃陽敗面喎口,叔父怪而問其故。太祖曰:"卒中惡風。"叔父以告嵩,嵩驚愕,呼太祖,太祖口貌如故。嵩問曰:"叔父言汝中風,已差乎?"太祖曰:"初不中風,但失愛於叔父,故見罔耳。"嵩乃疑焉。自後叔父有所告,嵩終不復信,太祖於是益得肆意矣。同上。

太祖初入尉廨,繕治四門,造五色棒,縣門左右,各十餘枚。有犯禁者,不避豪彊,皆棒殺之。後數月,靈帝愛幸小黃門蹇碩叔父夜行,即殺之。京師斂跡,莫敢犯者。近習寵臣咸疾之,然不能傷,於是共稱薦之,故遷爲頓丘令。同上。

拜操典軍都尉,還譙,沛士卒共叛襲擊之。操得脫身亡走,竄平河亭長舍,稱曹濟南處士。臥養足創八九日,謂亭長曰:"曹濟南雖敗,存亡未可知,公幸能以車牛相送,往還四五日,吾厚報公。"亭長乃以車牛送操。未至譙數十里,騎求操者多,操開帷示之,皆大喜。始寤是操。《御覽》卷四六七引《曹操別傳》。

武皇帝爲兗州,以畢諶爲別駕。兗州亂,張孟卓刧諶母弟。帝見諶曰:"孤綏撫失和,聞卿母弟爲張邈所執,人情不相遠,卿可去孤自遣,不爲相棄。"諶涕泣曰:"當以死自效。"帝亦垂涕答之。諶明日便走。後破下邳,得諶,還以爲掾。《御覽》卷二六三引《曹操別傳》。

自京師遭董卓之亂,人民流移東出,多依彭城間。遇太祖至,坑殺男女數萬口於泗水，水爲不流。陶謙帥其衆軍武原，太祖不得進，引軍從泗南攻取慮、睢陵、夏丘諸縣，皆屠之，雞犬亦盡，墟邑無復行人。《魏志·荀彧傳》注引《曹瞞傳》。

操引兵入峴，發梁孝王冢，破棺，收金寶數萬斤，天子聞之，哀泣。《御覽》卷八一一引《曹操別傳》。又《文選》陳孔璋《爲袁紹檄豫州》注引《曹瞞傳》略同。

呂布梟勇，且有駿馬，時人爲之語曰："人中有呂布，馬中有赤兔。"《御覽》卷四九六引《曹操別傳》。又《魏志·呂布傳》注引《曹瞞傳》略同。

廬江太守劉勳，理明城，恃兵強士勇，橫於江淮之間，無出其右者。孫策惡之，時已有江左，自領會稽太守，使人卑辭厚幣而說之曰："海昏上繚宗人，數欺下國，患之有年矣，擊之路由不便，幸因將軍之神武而臨之。且上繚國富廩實，吳娃越姬充於後庭，明珠大貝被於帑藏，取之可以資軍，雖蜀郡成都金碧之府，未能過也。策願舉弊邑士卒以爲外援。"勳然之。劉曄諫曰："上繚雖小而城堅池深，守之則易，攻之則難，不可旬月而拔也。且見疲於外而國虛於内，孫策多謀而善用兵，乘虛襲我，將何禦之？而將軍進屈於敵，退無所歸，羝羊觸藩羸其角，不能退，不能進，其在兹乎！"勳不從，遂大興師伐上繚，其廬江果爲策所襲，勳窮蹙，遂奔曹公。《御覽》卷三一五引《曹瞞傳》。

公聞攸來，跣出迎之，撫掌笑曰："子遠，卿來，吾事濟矣。"既入坐，謂公曰："袁氏軍盛，何以待之？今有幾糧乎？"公曰："尚可支一歲。"攸曰："無是，更言之。"又曰："可支半歲。"攸曰："足下不欲破袁氏邪？何言之不實也！"公曰："向言戲之耳，其實可一月，爲之奈何？"攸曰："公孤軍獨守，外無救援而糧穀已盡，此危急之日也。今袁氏輜重有萬餘乘，在故市烏巢屯，軍無嚴備。今以輕兵襲之，不意而至，燔其積聚，不過三日，袁氏自敗也。"公大喜，乃選精銳步騎，皆用袁軍旗幟，銜枚，縛馬口，夜從間道出，人抱束薪。所歷道有問者，語之曰："袁公恐曹操鈔略後軍，遣兵以益備。"聞者信以爲然，皆自若。既至，圍屯大放火，營中驚亂，大破之，盡燔其糧穀寶貨，斬督將眭元進、騎督韓莒子、呂威璜、趙叡等首，割得將軍淳于仲簡鼻，未死，殺士卒千餘人，皆取鼻，牛馬割脣舌，以示紹軍。將士皆怛懼。時有夜得仲簡，將以詣麾下，公謂曰："何爲如是？"仲簡曰："勝負自天，何用爲問乎？"公意欲不殺，許攸曰："明旦鑒于鏡，此益不忘人。"乃殺之。《魏志·武帝紀》注引《曹瞞傳》。又《後漢書·袁紹傳》注引《曹瞞傳》略同。

遣候者數部，前後參之，皆曰："定從西道，已在邯鄲。"公大喜，會諸將曰："孤已得冀州，諸君知之乎？"皆曰："不知。"公曰："諸君方見，不久也。"同上。

買，尚兄子。《魏志·袁紹傳》注引《曹瞞傳》。

時寒且旱,二百里無復水,軍又乏食,殺馬數千匹以爲糧,鑿地入三十餘丈,乃得水。既還,科問前諫者,衆莫知其故,人人皆懼。公皆厚賞之,曰:"孤前行乘危以徼倖,雖得之,天所佐也,故不可以爲常。諸君之諫,萬安之計,是以相賞,後勿難言之。"同上。

公將過河,前隊適渡,超等奄至,公猶坐胡床不起。張郃等見事急,共引公入船。河水急,比渡,流四五里,超等騎追射之,矢下如雨。諸將見軍敗,不知公所在,皆惶懼,至見乃悲喜,或流涕。公大笑曰:"今日幾爲小賊所困乎?"同上。

時公軍每渡渭,輒爲超騎所衝突,營不得立,地又多沙,不可築壘。婁子伯説公曰:"今天寒,可起沙爲城,以水灌之,可一夜而就。"公從之,乃多作縑囊以運水,夜渡兵作城,比明城立。由是公軍盡得渡渭。同上。又《水經·渭水注》引《曹瞞傳》作"多作縑囊以湮水,夜汲作城"。超遂數挑戰,不利,操縱虎騎夾擊,大破之,超遂走涼州。據《後漢書·獻帝紀》注引《曹瞞傳》補二十一字。

公遣華歆勒兵入宮收后,后閉户匿壁中。歆壞户發壁,牽后出。帝時與御史大夫郗慮坐,后被髮徒跣過,執帝手曰:"不能復相活耶?"帝曰:"我亦不自知命在何時也!"帝謂慮曰:"郗公,天下寧有是乎?"遂將后殺之。完及宗族死者數百人。《魏志·武帝紀》注引《曹瞞傳》。

曹公征張魯,至陽平。張魯使弟衛據陽平關,橫山築城十餘里。攻之不拔,乃引軍還。賊見大軍退,其守備懈,公乃密遣騎將等乘險夜襲,大破之。《御覽》卷三一五引《曹瞞傳》。

是時南陽間苦繇役,音於是執太守東里衮,與吏民共反,與關羽連和。南陽功曹宗子卿往説音曰:"足下順民心,舉大事,遠近莫不望風。然執郡將,逆而無益,何不遣之?吾與子共勠力,比曹公軍來,關羽兵亦至矣。"音從之,即釋遣太守。子卿因夜踰城亡出,遂與太守收餘民圍音。會曹仁軍至,共滅之。《魏志·武帝紀》注引《曹瞞傳》。

王更修治北部尉廨令過於舊。同上。

桓階勸王正位,夏侯惇以爲宜先滅蜀,蜀亡則吳服,二方既定,然後遵舜禹之軌,王從之。及至王薨,惇追恨前言,發病卒。同上。

王自漢中至洛陽,起建始殿,據《御覽》卷九六九引《曹瞞傳》補十一字。使工蘇越徙美梨,掘之根傷,盡出血。越白狀,王躬自視而惡之,以爲不祥,還遂寢疾。《魏志·武帝紀》注引《曹瞞傳》。

爲尚書右丞司馬建公所舉,及公爲王,召建公到鄴,與歡飲。謂建公曰:"孤今日可復作尉否?"建公曰:"昔舉大王時,適可作尉耳。"王大笑。建公名防,司馬宣王之父。同上。

太祖爲人,佻易無威重,好音樂,倡優在側,常以日達夕。被服輕綃,身自佩小鞶囊,以盛手巾細物,時或冠帢帽以見賓客。每與人談論,戲弄言誦,盡無所隱。及歡悦大笑,至以頭没杯案中,肴膳皆沾污巾幘,其輕易如此。然持法峻刻,諸將有計畫勝出己者,隨以法誅之。及故人舊怨,亦皆無餘。其所刑殺,輒對之垂涕嗟痛之,終無所活。初,袁忠爲沛相,嘗欲以法治太祖,沛國桓邵亦輕之,及在兗州,陳留邊讓言議頗侵太祖。太祖殺讓,族其家。忠、邵俱避難交州,太祖遣使就太守士燮,盡族之。桓邵得出首,拜謝於庭中。太祖謂曰:"跪可解死邪?"遂殺之。常出軍,行經麥中,令士卒無敗麥,犯者死。騎士皆下馬持麥以相付。於是太祖馬騰入麥中,敕主簿議罪。主簿對以《春秋》之義,罰不加於尊。太祖曰:"制法而自犯之,何以帥下?然孤爲軍帥,不可自殺,請自刑。"因援劍割髮以置地。又有幸姬,常從晝寢,枕之卧,告之曰:"須臾覺我。"姬見太祖卧安,未即寤,及自覺,棒殺之。常討賊,廩穀不足,私謂主者曰:"如何?"主者曰:"可以小斛以足之。"太祖曰:"善。"後軍中言太祖欺衆,太祖謂主者曰:"特當借君死以厭衆,不然,事不解。"乃斬之,取首題徇曰:"行小斛,盜官穀,斬之軍門。"其酷虐變詐,皆此之類也。同上。

武皇帝子中山恭王袞尚儉約,教敕妃妾,紡績織紝,習爲家人之事。《御覽》卷四三一引《魏武別傳》。

附録第八　鍾會《張夫人傳》

見《魏志·鍾會傳》注。

夫人張氏,字昌蒲,太原兹氏人,太傅定陵成侯之命婦也。世長吏二千石。夫人少喪父母,充成侯家,修身正行,非禮不動,爲上下所稱述。貴妾孫氏,攝嫡專家,心害其賢,數讒毀無所不至。孫氏辨博有智巧,言足以飾非成過,然竟不能傷也。及姙娠,愈更嫉妒,乃置藥食中,夫人中食,覺而吐之,瞑眩者數日。或曰:"何不向公言之?"答曰:"嫡庶相害,破家危國,古今以爲鑒誡。假如公信我,衆誰能明其事?彼以心度我,謂我必言,固將先我,事由彼發,顧不快耶!"遂稱疾不見。孫氏果謂成侯曰:"妾欲其得男,故飲以得男之藥,反謂毒之!"成侯曰:"得男藥佳事,闇於食中與人,非人情也。"遂訊侍者具服,孫氏由是得罪出。成侯問夫人何能不言,夫人言其故,成侯大驚,益以此賢之。黄初六年,生會,恩寵愈隆。成侯既出孫氏,更納正嫡賈氏。

夫人性矜嚴,明於教訓,會雖童稚,勤見規誨。年四歲授《孝經》,七歲誦《論語》,八歲誦《詩》,十歲誦《尚書》,十一誦《易》,十二誦《春秋左氏傳》、《國語》、十三誦《周禮》、《禮記》,十四誦成侯《易記》,十五使入太學問四方奇文異訓。謂會曰:"學猥則倦,倦則意怠;吾懼汝之意怠,故以漸訓汝,今可以獨學矣。"雅好書籍,涉歷衆書,特好《易》、《老子》,每讀《易》孔子説鳴鶴在陰、勞謙君子、籍用白茅、不出户庭之義,每使會反覆讀之,曰:"《易》三百餘爻,仲尼特説此者,以謙恭慎密,樞機之發,行己至要,榮身所由故也。順斯術已往,足爲君子矣。"正始八年,會爲尚書郎,夫人執會手而誨之曰:"汝弱冠見叙,人情不能不自足,則損在其中矣,勉思其戒!"是時大將軍曹爽專朝政,日縱酒沉醉。會兄侍中毓宴還,言其事。夫人曰:"樂則樂矣,然難久也。居上不驕,制節謹度,然後乃無危溢之患。今奢僭若此,非長守富貴之道。"嘉平元年,車駕朝高平陵,會爲中書郎,從行。相國宣文侯始舉兵,衆人恐懼,而夫人自若。中書令劉放、侍郎衛瓘、夏侯和等家皆怪問：“夫人一子在危難之中，何能無憂？”答曰：“大將軍奢僭無度，吾常疑其不安。太傅義不危國，必爲大將軍舉耳。吾兒在帝側，何憂？聞且出兵，無他重器，其勢必不久戰。”果如其言，一時稱明。會歷機密十餘年，頗豫政謀。夫人謂曰：“昔范氏少子爲趙簡子設伐邾之計，事從民悦，可謂功矣。然其母以爲乘僞作詐，末業鄙事，必不能久。其識本深遠，非近人所言，吾常樂其爲人。汝居心正，吾知免矣。但當脩所志，以輔益時化，不忝先人耳。常言人誰能皆體自然，但力行不倦，抑亦其次。雖接鄙賤，必以言信。取與之間，分畫分明。”或問：“此無乃小乎？”答曰：“君子之行，皆積小以致高大，若以小善爲無益而弗爲，此乃小人之事耳。希通慕大者，吾所不好。”會自幼少，衣不過青紺，親營家事，自知恭儉，然見得思義，臨財必讓。會前後賜錢帛數百萬計，悉送供公家之用，一無所取。年五十有九，甘露二年二月暴疾薨。比葬，天子有手詔，命大將軍高都侯厚加贈贈，喪事無巨細，一皆供給。議者以爲公侯有夫人，有世婦，有妻有妾，所謂外命婦也。依《春秋》成風、定姒之義，宜崇典禮，不得總稱妾名，於是稱成侯命婦。殯葬之事，有取於古制，禮也。

附録第九　何劭《荀粲傳》

見《魏志·荀彧傳》注。

　　粲字奉倩,潁川潁陰人,太尉彧少子也。據《世説·文學篇》注引《荀粲別傳》補十一字。粲諸兄並以儒術論議,而粲獨好言道,常以爲子貢稱夫子之言性與天道,不可得聞,然則六籍雖存,固聖人之糠粃。粲兄俣難曰:"《易》亦云聖人立象以盡意,繫辭焉以盡言,則微言胡爲不可得而聞見哉?"粲答曰:"蓋理之微者,非物象之所舉也。今稱立象以盡意,此非通於意外者也。繫辭焉以盡言,此非言乎繫表者也。斯則象外之意,繫表之言,固藴而不出矣。"及當時能言者不能屈也。又論父彧不如從兄攸。彧立德高整,軌儀以訓物,而攸不治外形,慎密自居而已。粲以此言善攸,諸兄怒而不能迴也。太和初,到京邑與傅嘏談。嘏善名理,而粲尚玄遠,宗致雖同,倉卒時或有格而不相得意。裴徽通彼我之懷,爲二家騎驛,頃之,粲與嘏善,夏侯玄亦親。常謂嘏、玄曰:"子等在世塗間,功名必勝我,但識劣我耳!"嘏難曰:"能盛功名者,識也,天下孰有本不足而末有餘者邪?"粲曰:"功名者,志局之所獎也。然則志局自一物耳,固非識之所獨濟也。我以能使子等爲貴,然未必齊子等所爲也。"粲常以婦人者,才智不足論,自宜以色爲主。驃騎將軍曹洪女有美色,粲於是娉焉,容服帷帳甚麗,專房歡宴。歷年後,婦病亡,未殯,傅嘏往喭粲,粲不哭而神傷。嘏問曰:"婦人才色並茂爲難,子之娶也,遺才而好色。此自易遇,今何哀之甚?"粲曰:"佳人難再得!顧逝者不能有傾國之色,然未可謂之易遇。"痛悼不能已,歲餘亦亡,時年二十九。粲簡貴,不能與常人交接,所交皆一時俊傑。至葬夕,赴者裁十餘人,皆同時知名士也,哭之,感慟路人。

附録第十　何劭《王弼傳》

見《魏志·鍾會傳》注。

　　弼字輔嗣,山陽高平人。據《世説·文學篇》注引《王弼別傳》補八字。弼幼而察慧,年十餘,好老氏,通辯能言。父業,爲尚書郎。時裴徽爲吏部郎,弼未弱冠,往造焉。徽一見而異之,問弼曰:"夫無者,誠萬物之所資也,然聖人莫肯致言,而老子申之無已者何?"弼曰:"聖人體無,無又不可以訓,故不説也。老子是有者也,故恒言無所不足。"尋亦爲傅嘏所知。于時何晏爲吏部尚書,甚奇弼,歎之曰:"仲尼稱後生可畏,若斯人者,可與言天人之際乎!"正始中,黄門侍郎累缺。晏既用賈充、裴秀、朱整,又議用弼。時丁謐與晏争衡,致高邑王黎於曹爽,爽用黎,於是以弼補臺郎。初除,覲爽,請間,爽爲屏左右,而弼與論道移時,無所他及,爽以此嗤之。時爽專朝政,黨與共相進用,弼通儻不治名高。尋黎無幾時病亡,爽用王沈代黎,弼遂不得在門下,晏爲之歎恨。弼在臺既淺,事功亦雅非所長,益不留意焉。淮南人劉陶善論縱橫,爲當時所推。每與弼語,常屈弼。弼天才卓出,當其所得,莫能奪也。性和理,樂游宴,解音律,善投壺。其論道傅會文辭,不如何晏,自然有所拔得,多晏也。頗以所長笑人,故時爲士君子所疾。弼與鍾會善,會論議以校練爲家,然每服弼之高致。何晏以爲聖人無喜怒哀樂,其論甚精,鍾會等述之。弼與不同,以爲聖人茂於人者神明也,同於人者五情也,神明茂故能體沖和以通無,五情同故不能無哀樂以應物,然則聖人之情,應物而無累於物者也。今以其無累,便謂不復應物,失之多矣。弼注《易》,潁川人荀融難弼大衍義,弼答其意,白書以戲之曰:"夫明足以尋極幽微,而不能去自然之性。顔子之量,孔父之所預在,然遇之不能無樂,喪之不能無哀。又常狹斯人,以爲未能以情從理者也,而今乃知自然之不可革。足下之量,雖已定乎胸懷之内,然而隔踰旬朔,何其相思之多乎?故知尼父之於顔子,可以無大過矣。"弼注《老子》,爲之《指畧》,致有理統。著《道畧論》,注《易》,往往有高麗言。太原王濟好談,病《老》《莊》,常云:"見弼

《易注》,所悟者多。"然弼爲人淺而不識物情,初與王黎、荀融善,黎奪其黄門郎,於是恨黎,與融亦不終。正始十年,曹爽廢,以公事免。其秋遇癘疾亡,時年二十四,無子絶嗣。弼之卒也,晉景王聞之,嗟歎者累日,其爲高識所惜如此。

附録第十一　夏侯湛《辛憲英傳》

見《魏志·辛毗傳》注。又《世語》曰："辛毗女憲英適太常羊耽，外孫夏侯湛爲其傳。"

憲英聰明有才鑒。初，文帝與陳思王爭爲太子，既而文帝得立，抱毗頸而喜曰："辛君知我喜不？"毗以告憲英，憲英歎曰："太子，代君主宗廟社稷者也。代君不可以不戚，主國不可以不懼，宜戚而喜，何以能久？魏其不昌乎！"弟敞爲大將軍曹爽參軍，司馬宣王將誅爽，因爽出，閉城門。大將軍司馬魯芝將爽府兵，犯門斬關，出城門赴爽，來呼敞俱去。敞懼，問憲英曰："天子在外，太傅閉城門，人云將不利國家，於事可得爾乎？"憲英曰："天下有不可知，然以吾度之，太傅殆不得不爾！明皇帝臨崩，把太傅臂，以後事付之，此言猶在朝士之耳。且曹爽與太傅俱受寄託之任，而獨專權勢，行以驕奢，於王室不忠，於人道不直，此舉不過以誅曹爽耳。"敞曰："然則事就乎？"憲英曰："得無殆就！爽之才，非太傅之偶也。"敞曰："然則敞可以無出乎？"憲英曰："安可以不出？職守，人之大義也。凡人在難，猶或恤之，爲人執鞭而棄其事，不祥，不可也。且爲人死，爲人任，親昵之職也，從衆而已。"敞遂出。宣王果誅爽。事定之後，敞歎曰："吾不謀於姊，幾不獲於義。"逮鍾會爲鎮西將軍，憲英謂從子羊祜曰："鍾士季何故西出？"祜曰："將爲滅蜀也。"憲英曰："會在事縱恣，非持久處下之道，吾畏其有他志也。"祜曰："季母勿多言。"其後會請子琇爲參軍，憲英憂曰："他日見鍾會之出，吾爲國憂之矣。今日難至吾家，此國之大事，必不得止也。"琇固請司馬文王，文王不聽。憲英語琇曰："行矣，戒之！古之君子，入則致孝於親，出則致節於國，在職思其所司，在義思其所立，不遺父母憂患而已。軍旅之間，可以濟者，其惟仁恕乎！汝其慎之。"琇竟以全身。憲英年至七十有九，泰始五年卒。

附錄第十二　傅玄《馬鈞序》

見《魏志·杜夔傳》注。

馬先生,天下之名巧也。少而游豫,不自知其爲巧也。《御覽》卷七五二引《馬鈞別傳》作"鈞字德衡,扶風人。巧思絶世,不自知其爲巧也。"當此之時,言不及巧,焉可以言知乎?爲博士,居貧,乃思綾機之變,不言而世人知其巧矣。舊綾機五十綜者五十躡,六十綜者六十躡,先生患其喪功費日,乃皆易以十二躡。其奇文異變,因感而作者,猶自然之成形,陰陽之無窮,此輪、扁之對不可以言言者,又焉可以言校也。先生爲給事中,與常侍高堂隆、驍騎將軍秦朗争論於朝,言及指南車,二子謂古無指南車,記言之虚也。先生曰:"古有之,未之思耳,夫何遠之有!"二子哂之曰:"先生名鈞,字德衡,鈞者器之模,而衡者所以定物之輕重,輕重無準而莫不模哉!"先生曰:"虚争空言,不如試之易效也。"於是二子遂以白明帝,詔先生作之,而指南車成。此一異也,又不可以言者也,從是天下服其巧矣。居京都,城内有地,可以爲園,患無水以灌之,乃作翻車,令童兒轉之,而灌水自覆,更入更出,其巧百倍於常。此二異也。其後人有上百戲者,能設而不能動也。帝以問先生:"可動否?"對曰:"可動。"帝曰:"其巧可益否?"對曰:"可益。"受詔作之。以大木彫構,使其形若輪,平地施之,潛以水發焉。設爲女樂舞象,至令木人擊鼓吹簫,作山嶽,使木人跳丸擲劍,緣絙倒立,出入自在,百官行署,舂磨鬭雞,變巧百端。此三異也。先生見諸葛亮連弩,曰:"巧則巧矣,未盡善也。"言作之可令加五倍。又患發石車,敵人之於樓邊縣濕牛皮,中之則墮,石不能連屬而至。欲作一輪,縣大石數十,以機鼓輪爲常,則以斷縣石飛擊敵城,使首尾電至。嘗試以車輪縣瓴甓數十,飛之數百步矣。有裴子者,上國之士也,精通見理,聞而哂之,乃難先生,先生口屈不對。裴子自以爲難得其要,言之不已。傅子謂裴子曰:"子所長者言也,所短者巧也;馬氏所長者巧也,所短者言也。以子所長,擊彼所短,則不得不屈;以子所短,難彼所長,則必有所不解者矣。夫巧,天下之微事也,有所不解而難之不已,其相擊刺,必已遠矣。心乖於内,口屈於外,此馬氏所以不對也。"傅子見安鄉侯,言及裴子之論,安鄉侯又與裴子同。傅子曰:"聖人具體備物,取人不以一揆也:有以神取之者,有以言取之者,有以事取之者。有以神取之者,不言而誠心先達,德行顔淵之倫是也。以言取之者,以變辯是非,言語宰我、子貢是也。以事取之者,若政事冉有、季路,文學子游、子夏。雖聖人之明盡物,如有所用,必有所試,然則試冉、季以政,試游、夏以學矣。游、夏猶然,況自此而降者乎!何者?懸言物理,不可以言盡也,施之於事,言之難盡而試之易知也。今若馬氏所欲作者,國之精器、軍之要用也。費十尋之木,勞二人之力,不經時而是非定。難試易驗之事而輕以言抑人異能,此猶以己智任天下之事,不易其道以御難盡之物,此所以多廢也。馬氏所作,因變而得是,則初所言者不皆是矣。其不皆是,因不用之,是不世之巧無由出也。夫同情者相妒,同事者相害,中人所不能免也。故君子不以人害人,必以考試爲衡石,廢衡石而不用,此美玉所以見誣爲石,荆和所以抱璞而哭也。"於是安鄉侯悟,遂言之武安侯,武安侯忽之,不果試也。此既易試之事,又馬氏巧名已定,猶忽而不察,況幽深之才、無名之璞乎!後之君子,其鑒之哉!馬先生之巧,雖古公輸般、墨翟、王爾,近漢世張平子,不能過也。公輸般、墨翟皆見用於時,乃有益於世。平子雖爲侍中,馬先生雖給事省中,俱不典工官,巧無益於世。用人不當其才,聞賢不試以事,良可恨也。

附錄第十三　郭沖《諸葛亮隱没五事》

《蜀志·諸葛亮傳》注引《蜀記》曰："晉初，扶風王駿鎮關中，司馬高平劉寶、長史滎陽桓隰諸官屬士大夫共論諸葛亮。於時譚者多譏亮託身非所，勞困蜀民，力小謀大，不能度德量力。金城郭沖以爲亮權智英畧，有踰管、晏，功業未濟，論者惑焉，條亮五事隱没不聞於世者，寶等亦不能復難。扶風王慨然善沖之言。"

亮刑法峻急，刻剥百姓，自君子小人咸懷怨歎。法正諫曰："昔高祖入關，約法三章，秦民知德，今君假借威力，跨據一州，初有其國，未垂惠撫，且客主之義，宜相降下，願緩刑弛禁，以慰其望。"亮答曰："君知其一，未知其二。秦以無道，政苛民怨，匹夫大呼，天下土崩，高祖因之，可以弘濟。劉璋暗弱，自焉已來有累世之恩，文法羈縻，互相承奉，德政不舉，威刑不肅。蜀土人士，專權自恣，君臣之道，漸以陵替，寵之以位，位極則賤，順之以恩，恩竭則慢。所以致弊，實由於此。吾今威之以法，法行則知恩，限之以爵，爵加則知榮，榮恩並濟，上下有節。爲治之要，於斯而著。"

曹公遣刺客見劉備，方得交接，開論伐魏形勢，甚合備計。稍欲親近，刺者尚未得便會，既而亮入，魏客神色失措。亮因而察之，亦知非常人。須臾，客如廁，備謂亮曰："向得奇士，足以助君補益。"亮問所在，備曰："起者其人也。"亮徐歎曰："觀客色動而神懼，視低而忤數，姦形外漏，邪心内藏，必曹氏刺客也。"追之，已越牆而走。

亮屯於陽平，遣魏延諸軍并兵東下，亮惟留萬人守城。晉宣帝率二十萬衆拒亮，而與延軍錯道，徑至前，當亮六十里所，偵候白宣帝說亮在城中兵少力弱。亮亦知宣帝垂至，已與相偪，欲前赴延軍，相去又遠，回迹反追，勢不相及，將士失色，莫知其計。亮意氣自若，敕軍中皆卧旗息鼓，不得妄出菴幔，又令大開四城門，掃地却洒。宣帝常謂亮持重，而狠見勢弱，疑其有伏兵，於是引軍北趣山。明日食時，亮謂參佐拊手大笑曰："司馬懿必謂吾怯，將有彊伏，循山走矣。"候邏還白,如亮所言。宣帝後知,深以爲恨。

亮出祁山,隴西、南安二郡應時降,圍天水,拔冀城,虜姜維,驅畧士女數千人還蜀。人皆賀亮,亮顏色愀然,有戚容,謝曰:"普天之下,莫非漢民,國家威力未舉,使百姓困於豺狼之吻。一夫有死,皆亮之罪,以此相賀,能不爲愧。"於是蜀人咸知亮有吞魏之志,非惟拓境而已。

魏明帝自征蜀,幸長安,遣宣王督張郃諸軍,雍、涼勁卒三十餘萬,潛軍密進,規向劍閣。亮時在祁山,旌旗利器,守在險要,十二更下,在者八萬。時魏軍始陳,幡兵適交,參佐咸以賊衆彊盛,非力不制,宜權停下兵一月,以并聲勢。亮曰:"吾統武行師,以大信爲本,得原失信,古人所惜。去者束裝以待期,妻子鶴望而計日,雖臨征難,義所不廢。"皆催遣令去。於是去者感悦,願留一戰,住者憤踴,思致死命,相謂曰:"諸葛公之恩,死猶不報也。"臨戰之日,莫不拔刃爭先,以一當十,殺張郃,却宣王,一戰大尅,此信之由也。

附錄第十四　皇甫謐《龐娥親傳》

見《魏志·龐淯傳》注引皇甫謐《列女傳》。

　　酒泉烈女龐娥親者，表氏龐子夏之妻，祿福趙君安之女也。君安爲同縣李壽所殺，娥親有男弟三人，皆欲報讎，壽深以爲備。會遭災疫，三人皆死。壽聞大喜，請會宗族，共相慶賀，云："趙氏彊壯已盡，唯有女弱，何足復憂！"防備懈弛。娥親子淯出行，聞壽此言，還以啓娥親。娥親既素有報讎之心，及聞壽言，感激愈深，愴然隕涕曰："李壽，汝莫喜也，終不活汝！戴履天地，爲吾門户，吾三子之羞也。焉知娥親不手刃殺汝，而自微倖邪？"陰市名刀，挾長持短，晝夜哀酸，志在殺壽。壽爲人凶豪，聞娥親之言，更乘馬帶刀，鄉人皆畏憚之。比鄰有徐氏婦，憂娥親不能制，恐逆見中害，每諫止之，曰："李壽，男子也，凶惡有素，加今備衛在身。趙雖有猛烈之志，而彊弱不敵。邂逅不制，則爲重受禍於壽，絶滅門户，痛辱不輕也。願詳舉動，爲門户之計。"娥親曰："父母之讎，不同天地共日月者也。李壽不死，娥親視息世間，活復何求！今雖三弟早死，門户泯絶，而娥親猶在，豈可假手於人哉！若以卿心况我，則李壽不可得殺；論我之心，壽必爲我所殺，明矣。"夜數磨礪所持刀訖，扼腕切齒，悲涕長歎，家人及鄰里咸共笑之。娥親謂左右曰："卿等笑我，直以我女弱不能殺壽故也。要當以壽頸血污此刀刃，令汝輩見之。"遂棄家事，乘鹿車伺壽。至光和二年二月上旬，以白日清時，於都亭之前，與壽相遇，便下車扣壽馬，叱之。壽驚愕，迴馬欲走，娥親奮刀斫之，并傷其馬。馬驚，壽擠道邊溝中。娥親尋復就地斫之，探中樹蘭，折所持刀。壽被創未死，娥親因前欲取壽所佩刀殺壽，壽護刀瞋目大呼，跳梁而起。娥親廼挺身奮手，左抵其額，右椿其喉，反覆盤旋，應手而倒。遂拔其刀，以截壽頭，持詣都亭，歸罪有司，徐步詣獄，辭顔不變。時禄福長漢陽尹嘉不忍論娥親，即解印綬去官，弛法縱之。娥親曰："讎塞身死，妾之明分也。治獄制刑，君之常典也。何敢貪生以枉官法？"鄉人聞之，傾城奔往，觀者如堵焉，莫不爲之悲喜慷慨嗟嘆也。守尉不敢公縱，陰語使去,以便宜自匿。娥親抗聲大言曰:"枉法逃死,非妾本心。今讎人已雪,死則妾分,乞得歸法,以全國體。雖復萬死,於娥親畢足,不敢貪生爲明廷負也。"尉故不聽所執,娥親復言曰:"匹婦雖微,猶知憲制,殺人之罪,法所不縱。今既犯之,義無可逃。乞就刑戮,隕身朝市,肅明王法,娥親之願也。"辭氣愈厲,面無懼色。尉知其難奪,彊載還家。涼州刺史周洪、酒泉太守劉班等並共表上,稱其烈義,刊石立碑,顯其門閭。太常弘農張奐貴尚所履,以束帛二十端禮之。海內聞之者,莫不改容贊善,高大其義。故黃門侍郎安定梁寬追述娥親,爲其作傳。玄晏先生以爲父母之讎,不與共天地,蓋男子之所爲也。而娥親以女弱之微,念父辱之酷痛,感讎黨之凶言,奮劍仇頸,人馬俱摧,塞亡父之怨魂,雪三弟之永恨,近古以來,未之有也。《詩》云:"修我戈矛,與子同仇。"娥親之謂也。

附錄第十五　釋法顯《法顯行傳》

　　法顯昔在長安，慨律藏殘缺，於是遂以弘始二年歲在己亥，與慧景、道整、慧應、慧嵬等同契，至天竺尋求戒律。

　　初發跡長安，度隴，至乾歸國夏坐。夏坐訖，前行至耨檀國。度養樓山，至張掖鎮。張掖大亂，道路不通。張掖王段業遂留爲作檀越。於是與智嚴、慧簡、僧紹、寶雲、僧景等相遇，欣於同志，便共夏坐。

　　夏坐訖，復進到燉煌。有塞，東西可八十里，南北四十里。共停一月餘日。法顯等五人隨使先發，復與寶雲等別。燉煌太守李暠供給度沙河。沙河中多有惡鬼，熱風，遇則皆死，無一全者。上無飛鳥，下無走獸，遍望極目，欲求度處，則莫知所擬，唯以死人枯骨爲標識耳。

　　行十七日，計可千五百里，得至鄯善國。其地崎嶇薄瘠，俗人衣服粗與漢地同，但以氈褐爲異。其國王奉法，可有四千餘僧，悉小乘學。諸國俗人及沙門盡行天竺法，但有精粗。從此西行，所經諸國類皆如是，唯國國胡語不同，然出家人皆習天竺書、天竺語。

　　住此一月日。復西北行十五日，到焉夷國。焉夷國僧亦有四千餘人，皆小乘學，法則齊整。秦土沙門至彼都，不預其僧例。法顯得符行堂公孫經理，住二月餘日。於是還與寶雲等共。爲焉夷國人不修禮義，遇客甚薄，智嚴、慧簡、慧嵬遂返向高昌，欲求行資。法顯等蒙符公孫供給，遂得直進。西南行，路中無居民，沙行艱難，所經之苦，人理莫比。在道一月五日，得到于闐。

　　其國豐樂，人民殷盛，盡皆奉法，以法樂相娛。衆僧乃數萬人，多大乘學，皆有衆食。彼國人民星居，家家門前皆起小塔，最小者可高二丈許。作四方僧房，供給客僧及餘所須。國主安頓供給法顯等於僧伽藍。僧伽藍名瞿摩帝，是大乘寺，三千僧共揵搥食。入食堂時，威儀齊肅，次第而坐，一切寂然，器鉢無聲。净人益食不得相喚，但以手指麾。慧景、道整、慧達先發，向竭叉國。法顯等欲觀行像，停三月日。其國中十四大僧伽藍，不數小者。從四月一日，城裡便掃灑道路，莊嚴巷陌。其城門上張大幛幕，事事嚴飾，王及夫人、采女皆住其中。瞿摩帝僧是大乘學，王所敬重，最先行像。離城三四里，作四輪像車，高三丈餘，狀如行殿，七寶莊校，懸繒幡蓋。像立車中，二菩薩侍，作諸天侍從，皆金銀彫瑩，懸於虛空。像去門百步，王脫天冠，易著新衣，徒跣持華香，翼從出城。迎像，頭面禮足，散華燒香。像入城時，門樓上夫人、采女遙散衆華，紛紛而下。如是莊嚴供具，車車各異。一僧伽藍則一日行像。白月一日爲始，至十四日行像乃訖。行像訖，王及夫人乃還宮耳。其城西七八里有僧伽藍，名王新寺。作來八十年，經三王方成。可高二十五丈，雕文刻鏤，金銀覆上，衆寶合成。塔後作佛堂，莊嚴妙好，梁柱、户扇、窗牖皆以金薄。別作僧房，亦嚴麗整飾，非言可盡。嶺東六國諸王，所有上價寶物，多作供養，人用者少。

　　既過四月行像，僧韶一人隨胡道人向罽賓。法顯等進向子合國，在道二十五日，便到其國。國王精進，有千餘僧，多大乘學。住此十五日已，於是南行四日，至葱嶺山，到於麾國安居。

　　安居已止，行二十五日，到竭叉國，與慧景等合。值其國王作般遮越師。般遮越師，漢言五年大會也。會時請四方沙門，皆來雲集。集已，莊嚴衆僧坐處，懸繒幡蓋，作金銀蓮華，著繒座後，鋪淨坐具。王及群臣如法供養，或一月二月，或三月，多在春時。王作會已，復勸諸群臣設供供養，或一日、二日、三日、五日，乃至七日。供養都畢，王以所乘馬，鞍勒自副，使國中貴重臣騎之，并諸白氎、種種珍寶、沙門所須之物，共諸群臣，發願布施。布施已，還從僧贖。其地山寒，不生餘穀，唯熟麥耳。衆僧受歲已，其晨輒霜。故其王每請衆僧，令麥熟然後受歲。其國中有佛唾壺，以石作之，色似佛鉢。又有佛一齒，其國人爲佛齒起塔。有千餘僧，盡小乘學。自山以東，俗人被服粗類秦土，亦以氈褐爲異。沙門法用轉勝，不可具記。其國當葱嶺之中。自葱嶺已前，草木果實皆異，唯竹及安石榴、甘蔗三物，與漢地同耳。

　　從此西行向北天竺國。在道一月，得度葱嶺。葱嶺冬夏有雪。又有毒龍，若失其意，則吐毒風，雨雪，飛沙礫石。遇此難者，萬無一全。彼土人即名爲雪山人也。度嶺已，到北天竺。始入其境，有一小國名陀歷，亦有衆僧，皆小乘學。其國昔有羅漢，以神足力，將一巧匠上兜率天，觀彌勒菩薩長短色貌，還下，刻木作像。前後三上觀，然後乃成。像長八丈，足趺八尺，齋日常有光明，諸國王競興供養。今故現在。

　　於此順嶺西南行十五日。其道艱岨，崖岸嶮絶，其山唯石，壁立千仞，臨之目眩，欲進則投足無所。下有水，名新頭河。昔人有鑿石通路施傍梯者，凡度七百，度梯已，躡懸絙過河。河兩岸相去減八十步。九譯所絕，漢之張騫、甘英皆不至此。衆僧問法顯："佛法東過，其始可知耶？"顯云："訪問彼土人，皆云古老相傳，自立彌勒菩薩像後，便有天竺沙門齎經、律過此河者。像立在佛泥洹後三百許年，計於周氏平王時。由茲而言，大教宣流，始自此像。非夫彌勒大士繼軌釋迦，孰能令三寶宣通，邊人識法。固知冥運之開，本非人事，則漢明帝之夢，有由而然矣。"度河便到烏萇國。

其烏萇國是正北天竺也。盡作中天竺語，中天竺所謂中國。俗人衣服、飲食，亦與中國同，佛法甚盛。名衆僧止住處爲僧伽藍，凡有五百僧伽藍，皆小乘學。若有客比丘到，悉供養三日，三日過已，乃令自求所安常。傳言佛至北天竺，即到此國也。佛遺足跡於此，跡或長或短，在人心念，至今猶爾。及曬衣石、度惡龍處，悉亦現在。石高丈四尺，闊二丈許，一邊平。慧景、慧達、道整三人先發，向佛影那竭國。法顯等住此國夏坐。

坐訖，南下到宿呵多國，其國佛法亦盛。昔天帝釋試菩薩，化作鷹、鴿，割肉貿鴿處。佛即成道，與諸弟子遊行，語云："此本是吾割肉貿鴿處。"國人由是得知，於此處起塔，金銀校飾。從此東下五日行，到犍陀衛國，是阿育王子法益所治處。佛爲菩薩時，亦於此國以眼施人。其處亦起大塔，金銀校飾。此國人多小乘學。

自此東行七日，有國名竺刹尸羅。竺刹尸羅，漢言截頭也。佛爲菩薩時，於此處以頭施人，故因以爲名。復東行二日，至投身餧餓虎處。此二處亦起大塔，皆衆寶校飾。諸國王、臣民競興供養，散華然燈，相繼不絕。通上二塔，彼方人亦名爲四大塔也。

從犍陀衛國南行四日，到弗樓沙國。佛昔將諸弟子遊行此國，語阿難云："吾般泥洹後，當有國王名罽膩伽，於此處起塔。"後罽膩伽王出世，出行遊觀，時天帝釋欲開發其意，化作牧牛小兒，當道起塔。王問言："汝作何等？"答曰："作佛塔。"王言："大善。"於是王即於小兒塔上起塔，高四十餘丈，衆寶校飾。凡所經見塔廟，壯麗威嚴都無此比。傳云："閻浮提塔，唯此爲上。"王作塔成已，小塔即自傍出大塔南，高三尺許。佛鉢即在此國。昔月氏王大興兵衆，來伐此國，欲取佛鉢。既伏此國已，月氏王等篤信佛法，欲持鉢去，故大興供養。供養三寶畢，乃校飾大象，置鉢其上，象便伏地不能得前。更作四輪車載鉢，八象共牽，復不能進。王知與鉢緣未至，深自愧歎。即於此處起塔及僧伽藍，並留鎮守，種種供養。可有七百餘僧,日將欲中,衆僧則出鉢,與白衣等種種供養,然後中食。至暮燒香時復爾。可容二斗許,雜色而黑多,四際分明,厚可二分,甚光澤。貧人以少華投中便滿,有大富者,欲以多華而供養。正復百千萬斛,終不能滿。寶雲、僧景止供養佛鉢便還。慧景、慧達、道整先向那竭國,供養佛影、佛齒及頂骨。慧景病,道整住看。慧達一人還,於弗樓沙國相見,而慧達、寶雲、僧景遂還秦土。慧應在佛鉢寺無常。由是法顯獨進,向佛頂骨所。

西行十六由延,便至那竭國界醯羅城。城中有佛頂骨精舍,盡以金薄、七寶校飾。國王敬重頂骨,慮人抄奪,乃取國中豪姓八人,人持一印,印封守護。清晨,八人俱到,各視其印,然後開户。開户已,以香汁洗手,出佛頂骨,置精舍外高座上,以七寶圓椹椹下,琉璃鍾覆上,皆珠璣校飾。骨黄白色,方圓四寸,其上隆起。每日出後,精舍人則登高樓,擊大鼓,吹螺,敲銅鉢。王聞已,則詣精舍,以華香供養。供養已,次第頂戴而去。從東門入,西門出。王朝朝如是供養禮拜,然後聽國政。居士、長者亦先供養,乃修家事。日日如是,初無懈倦。供養都訖,乃還頂骨於精舍。中有七寶解脱塔,或開或閉,高五尺許,以盛之。精舍門前,朝朝恒有賣華香人,凡欲供養者,種種買焉。諸國王亦恒遣使供養。精舍處方四十步,雖復天震地裂,此處不動。

從此北行一由延,到那竭國城。是菩薩本以銀錢貿五莖華,供養定光佛處。城中亦有佛齒塔,供養如頂骨法。城東北一由延,到一谷口,有佛錫杖,亦起精舍供養。杖以牛頭旃檀作,長丈六七許,以木筒盛之,正復百千人,舉不能移。入谷口四日西行,有佛僧伽梨,亦起精舍供養。彼國土亢旱時,國人相率出衣,禮拜供養,天即大雨。那竭城南半由延,有石室,博山西南向,佛留影此中。去十餘步觀之,如佛真形,金色相好,光明炳著,轉近轉微,髣髴如有。諸方國王遣工畫師模寫,莫能及。彼國人傳云,千佛盡當於此留影。影西百步許,佛在時剃髮剪爪。佛自與諸弟子共造塔,高七八丈,以爲將來塔法,今猶在。邊有寺,寺中有七百餘僧。此處有諸羅漢、辟支佛塔乃千數。

住此冬三月,法顯等三人南度小雪山。雪山冬夏積雪,山北陰中遇寒風暴起,人皆噤戰。慧景一人不堪復進,口出白沫,語法顯云:"我亦不復活,便可時去,勿得俱死。"於是遂終。法顯撫之悲號:"本圖不果,命也奈何!"復自力前,得過嶺。南到羅夷國。近有三千僧,兼大小乘學。住此夏坐。坐訖,南下,行十日,到跋那國。亦有三千許僧,皆小乘學。從此東行三日,復渡新頭河,兩岸皆平地。過河有國,名毗荼。佛法興盛,兼大小乘學。見秦道人往,乃大憐愍,作是言:"如何邊地人,能知出家爲道,遠求佛法?"悉供給所須,待之如法。

從此東南行減八十由延,經歷諸寺甚多,僧衆萬數。過是諸處已,到一國,國名摩頭羅。又遥捕那河,河邊左右有二十僧伽藍,可有三千僧,佛法轉盛。凡沙河已西天竺諸國,國王皆篤信佛法。供養衆僧時,則脱天冠,共諸宗親、群臣手自行食。行食已,鋪氈於地,對上座前坐,於衆僧前不敢坐床。佛在世時諸王供養法式,相傳至今。

從是以南,名爲中國。中國寒暑調和,無霜雪。人民殷樂,無户籍官法,唯耕王地者乃輸地利,欲去便去,欲住便住。王治不用刑罔,有罪者但罰其錢,隨事輕重,雖復謀爲惡逆,不過截右手而已。王之侍衛、左右皆有供禄。舉國人民悉不殺生,不飲酒,不食葱蒜,唯除旃荼羅。旃荼羅名爲惡人,與人別居,若入城市,則擊木以自異,人則識而避之,不相唐突。國中不養豬、雞,不賣生口,市無屠酤及酤酒者,貨易則用貝齒,唯旃荼羅、獵師賣肉耳。自佛般泥洹後,諸國王、長者、居士爲衆僧起精舍供養,供給田宅、園圃、民户、牛犢,鐵券書録,後王王相傳,無敢廢者,至今不絶。衆僧住止房舍、床褥、飲食、衣服,都無缺乏,處處皆爾。衆僧常以作功德爲業,及誦經坐禪。客僧往到,舊僧迎逆,代擔衣鉢,給洗足水,塗足油,與非時漿。須臾息已,復問其臘數,次第得房舍、臥具,種種如法。衆僧住處,作舍利弗塔、目連、阿難塔,并阿毘曇、律、經塔。安居後一月,諸希福之家勸化供養僧,行非時漿。衆僧大會説法。説法已,供養舍利弗塔,種種香華,通夜然燈。使彼人作舍利弗本婆羅門時詣佛求出家。大目連、大迦葉亦如是。諸比丘尼多供養阿難塔,以阿難請世尊聽女人出家故。諸沙彌多供養羅云。阿毘曇師者,供養阿毘曇。律師者,供養律。年年一供養,各自有日。摩訶衍人則供養般若波羅蜜、文殊師利、觀世音等。衆僧受歲竟,長者、居士、婆羅門等。各將種種衣物、沙門所須,以布施衆僧,衆僧亦自各各布施。佛泥洹已來,聖衆所行威儀法則,相承不絶。自渡新頭河,至南天竺,迄于南海,四五萬里,皆平坦,無大山川,正有河水耳。

從此東南行十八由延,有國名僧迦施,佛上忉利天三月爲母説法來下處。佛上忉利天,以神通力,都不使諸弟子知。未滿七日,乃放神足。阿那律以天眼遥見世尊,即語尊者大目連:"汝可往問訊世尊。"目連即往,頭面禮足,共相問訊。問訊已,佛語目連:"吾卻後七日,當下閻浮提。"目連既還,于時八國大王及諸臣民不見佛久,咸皆渴仰,雲集此國,以待世尊。時優鉢羅比丘尼即自心念:"今日國王、臣民皆當奉迎佛,我是女人,何由得先見佛?"即以神足,化作轉輪聖王,最前禮佛。佛從忉利天上東向下，下時化作三道寶階：佛在中道七寶階上行；梵天王亦化作白銀階，在右邊執白拂而侍；天帝釋化作紫金階，在左邊執七寶蓋而侍。諸天無數從佛下。佛既下，三階俱沒于地，餘有七級現。後阿育王欲知其根際，遣人掘看，下至黃泉，根猶不盡。王益信敬，即於階上起精舍，當中階作丈六立像，精舍後立石柱，高三十肘，上作師子，柱内四邊有佛像，内外映徹，淨若琉璃。有外道論師與沙門諍此住處，時沙門理屈，於是共立誓言："此處若是沙門住處者，今當有靈驗。"作是言已，柱頭師子乃大鳴吼見證。於是外道懼怖，心伏而退。佛以受天食三月故，身作天香，不同世人。即便浴身，後人於此處起浴室，浴室猶在。優鉢羅比丘尼初禮佛處，今亦起塔。佛在世時，有剪髮、爪作塔，及過去三佛并釋迦文佛坐處、經行處，及作諸佛形像處，盡有塔，今悉在。天帝釋、梵天王從佛下處亦起塔。此處僧及尼可有千人，皆同衆食，雜大小乘學。住處有一白耳龍，與此衆僧作檀越，令國内豐熟，雨澤以時，無諸災害，使衆僧得安。衆僧感其惠，故爲作龍舍，敷置坐處，又爲龍設福食供養。衆僧日日衆中別差三人，到龍舍中食。每至夏坐訖，龍輒化形作一小蛇，兩耳邊白。衆僧識之，銅杅盛酪，以龍置中。從上座至下座行之，似若問訊，遍便化去，年年一出。其國豐饒，人民熾盛，最樂無比。諸國人來，無不經理，供給所須。

寺北五十由延有一寺，名火境。火境者，惡鬼名也。佛本化是惡鬼，後人於此處起精舍，布施阿羅漢，以水灌手，水瀝滴地，其處故在。正復掃除，常現不滅。此處別有佛塔，善鬼神常掃灑，初不須人工。有邪見國王言："汝能如是者，我當多將兵衆住此，益積糞穢，汝復能除不？"鬼神即起大風，吹之令淨。此處有百枚小塔，人終日數之，不能得知。若至意欲知者，便一塔邊置一人已，復計數人，人或多或少，其不可得知。有一僧伽藍，可六七百僧。此中有辟支佛食處泥洹地，大如車輪。餘處生草，此處獨不生。及曬衣地處，亦不生草。衣條著地跡，今故現在。

法顯住龍精舍夏坐。坐訖，東南行七由延，到罽饒夷城。城接恒水，有二僧伽藍，盡小乘學。去城西六七里，恒水北岸，佛爲諸弟子說法處。傳云說無常苦、說身如泡沫等。此處起塔猶在。度恒水，南行三由延，到一村，名呵梨。佛於此中說法、經行、坐處，盡起塔。

從此東南行十由延，到沙祇大國。出沙祇城南門，道東，佛本在此嚼楊枝，刺土中，即生長七尺，不增不減。諸外道婆羅門嫉妒，或斫或拔，遠棄之，其處續生如故。此中亦有四佛經行、坐處，起塔故在。

從此北行八由延,到拘薩羅國舍衛城。城內人民希曠,都有二百餘家,即波斯匿王所治城也。大愛道故精舍處,須達長者井壁,及鴦掘魔得道、般泥洹、燒身處,後人起塔,皆在此城中。諸外道婆羅門生嫉妒心,欲毀壞之,天即雷電霹靂,終不能得壞。出城南門千二百步,道西,長者須達起精舍。精舍東向開門,門戶兩廂有二石柱,左柱上作輪形,右柱上作牛形。精舍左右池流清淨,林木尚茂,衆華異色,蔚然可觀,即所謂祇洹精舍也。佛上忉利天爲母説法九十日,波斯匿王思見佛,即刻牛頭栴檀作佛像,置佛坐處。佛後還入精舍,像即避出迎佛。佛言:"還坐。吾般泥洹後,可爲四部衆作法式。"像即還坐。此像最是衆像之始,後人所法者也。佛於是移住南邊小精舍,與像異處,相去二十步。祇洹精舍本有七層,諸國王、人民競興供養,懸繒幡蓋,散華燒香,燃燈續明,日日不絶。鼠銜燈炷,燒花幡蓋,遂及精舍,七重都盡。諸國王、人民皆大悲惱,謂栴檀像已燒。卻後四五日,開東小精舍戶,忽見本像,皆大歡喜。共治精舍,得作兩重,還移像本處。法顯、道整初到祇洹精舍,念昔世尊住此二十五年,自傷生在邊地,共諸同志遊歷諸國,而或有還者,或有無常者,今日乃見佛空處,愴然心悲。彼衆僧出,問顯等言:"汝從何國來?"答云:"從漢地來。"彼衆僧歎曰:"奇哉!邊地之人乃能求法至此。"自相謂言:"我等諸師和上相承以來,未見漢道人來到此也。"精舍西北四里有榛,名曰得眼。本有五百盲人,依精舍住此。佛爲說法,盡還得眼。盲人歡喜,刺杖著地,頭面作禮。杖遂生長大,世人重之,無敢伐者,遂成爲榛,是故以得眼爲名。祇洹衆僧中食後,多往彼榛中坐禪。祇洹精舍東北六七里,毘舍佉母作精舍,請佛及僧,此處故在。祇洹精舍大援落有二門,一門東向,一門北向,此園即須達長者布金錢買地處。精舍當中央,佛住此處最久。説法、度人、經行、坐處,亦盡起塔,皆有名字。乃孫陀利殺身謗佛處。出祇洹東門,北行七十步,道西,佛昔共九十六種外道論議,國王、大臣、居士、人民皆雲集而聽。時外道女名旃柘摩那,起嫉妒心,乃懷衣著腹前,似若妊身,於衆會中謗佛以非法。於是天帝釋即化作白鼠,齧其腰帶斷,所懷衣墮地,地即劈裂,生入地獄。及調達毒爪欲害佛,生入地獄處。後人皆標識之。又於論議處起精舍,精舍高六丈許,裡有坐佛。其道東有外道天寺,名曰影覆,與論議處精舍夾道相對,亦高六丈許。所以名影覆者,日在西時,世尊精舍影則映外道天寺;日在東時,外道天寺影則北映,終不得映佛精舍也。外道常遣人守其天寺,掃灑燒香,然燈供養。至明旦,其燈輒移在佛精舍中。婆羅門恚言:"諸沙門取我燈,自供養佛。"爲爾不止。婆羅門於是夜自伺候,見其所事天神持燈繞佛精舍三匝,供養佛已,忽然不見。婆羅門乃知佛神大，即捨家入道。傳云，近有此事。繞祇洹精舍有十八僧伽藍，盡有僧住處，唯一處空。此中國有九十六種外道，皆知今世後世，各有徒衆。亦皆乞食，但不持缽。亦復求福，於曠路側立福德舍，屋宇、床臥、飲食，供給行路人及出家人、來去客，但所期異耳。調達亦有衆在，常供養過去三佛，唯不供養釋迦文佛。舍衛城東南四里，琉璃王欲伐舍夷國，世尊當道側立，立處起塔。城西五十里，到一邑，名都維，是迦葉佛本生處。父子相見處、般泥洹處，皆悉起塔。迦葉如來全身舍利亦起大塔。

從舍衛城東南行十二由延，到一邑，名那毘伽，是拘樓秦佛所生處。父子相見處、般泥洹處，亦有僧伽藍，起塔。從此北行，減一由延，到一邑，是拘那含牟尼佛所生處。父子相見處、般泥洹處，亦皆起塔。從此東行，減一由延，到迦維羅衛城。城中都無王民，甚如坵荒，只有衆僧、民户數十家而已。白淨王故宮處，作太子母形像，乃太子乘白象入母胎時。太子出城東門，見病人迴車還處，皆起塔。阿夷相太子處，與難陀等撲象、挽射處，箭東南去三十里入地，今泉水出，後世人治作井，令行人飲之。佛得道，還見父王處。五百釋子出家，向優波離作禮，地六種震動處。佛爲諸天説法，四天王守四門，父王不得入處。佛在尼拘律樹下，東向坐，大愛道布施佛僧伽梨處，此樹猶在。琉璃王殺釋種子，釋種子先盡得須陀洹，立塔，今亦在。城東北數里有王田，太子樹下觀耕者處。城東五十里有王園，園名論民。夫人入池洗浴，出池北岸二十步，舉手攀樹枝，東向生太子。太子墮地行七步，二龍王浴太子身，浴處遂作井。及上洗浴池，今衆僧常取飲之。凡諸佛有四處常定：一者成道處，二者轉法輪處，三者説法論議伏外道處，四者上忉利天爲母説法來下處。餘者則隨時示現焉。迦維羅衛國大空荒，人民希疏，道路怖畏白象、師子，不可妄行。

從佛生處東行五由延，有國名藍莫。此國王得佛一分舍利，還歸起塔，即名藍莫塔。塔邊有池，池中有龍，常守護此塔，晝夜供養。阿育王出世，欲破八塔作八萬四千塔，破七塔已，次欲破此塔，龍便現身，持阿育王入其宮中，觀諸供養具已，語王言："汝供若能勝是，便可壞之持去，吾不與汝爭。"阿育王知其供養具非世之有，於是便還。此中荒蕪，無人灑掃。常有群象以鼻取水灑地，取雜華香而供養塔。諸國有道人來，欲禮拜塔，遇象大怖，依樹自翳，見象如法供養。道人大自悲感：此中無有僧伽藍可供養此塔，乃令象灑掃。道人即捨大戒，還作沙彌，自挽草木，平治處所，使得浄潔，勸化國王作僧住處，己爲寺主。今現有僧住，此事在近。自爾相承至今，恒以沙彌爲寺主。從此東行三由延，太子遣車匿、白馬還處,亦起塔。從此東行四由延,到炭塔,亦有僧伽藍。

復東行十二由延,到拘夷那竭城。城北雙樹間希連河邊,世尊於此北首而般泥洹。及須跋最後得道處,以金棺供養世尊七日處,金剛力士放金杵處,八王分舍利處,諸處皆起塔,有僧伽藍,今悉現在。其城中人民亦稀曠,止有衆僧民戶。

從此東南行十二由延,到諸梨車欲逐佛般泥洹處。而佛不聽,戀佛不肯去。佛化作大深塹,不得渡。佛與鉢作信遣還。其處立石柱,上有銘題。

自此東行五由延,到毘舍離國。毘舍離城北,大林重閣精舍,佛住處,及阿難半身塔。其城裡本菴婆羅女家,爲佛起塔,今故現在。城南三里,道西,菴婆羅女以園施佛,作佛住處。佛將般泥洹,與諸弟子出毘舍離城西門,迴身右轉,顧看毘舍離城,告諸弟子:"是吾最後所行處。"後人於此處起塔。城西北三里,有塔,名放弓仗。以此名者,恒水上流有一國王,王小夫人生一肉胎。大夫人妒之,言:"汝生不祥之徵。"即盛以木函,擲恒水中。下流有國王遊觀,見水上木函,開看,見千小兒,端正殊特,王即取養之。遂使長大,甚勇健,所往征伐,無不摧伏。次伐父王本國,王大愁憂。小夫人問王:"何故愁憂?"王曰:"彼國王有千子,勇健無比,欲來伐吾國,是以愁耳。"小夫人言:"王勿愁憂!但於城東作高樓,賊來時,置我樓上,則我能卻之。"王如其言。至賊到時,小夫人於樓上語賊言:"汝是我子,何故作反逆事?"賊曰:"汝是何人,云是我母?"小夫人曰:"汝等若不信者,盡仰向張口。"小夫人即以兩手搆兩乳,乳各作五百道,俱墮千子口中。賊知是我母,即放弓仗。二父王於是思惟,皆得辟支佛。二辟支佛塔猶在。後世尊成道,告諸弟子:"是吾昔時放弓仗處。"後人得知,於此立塔,故以名焉。千小兒者,即賢劫千佛是也。佛於放弓仗塔邊,告阿難言:"我卻後三月,當般泥洹。"魔王嬈固阿難,使不得請佛住世。從此東行三四里,有塔。佛般泥洹後百年,有毘舍離比丘,錯行戒律,十事證言佛說如是。爾時諸羅漢及持律比丘凡有七百僧,更檢校律藏。後人於此處起塔,今亦在。

從此東行四由延,到五河合口。阿難從摩竭國向毘舍離,欲般涅洹。諸天告阿闍世王,阿闍世王即自嚴駕,將士衆追到河上。毘舍離諸梨車聞阿難來,亦復來迎,俱到河上。阿難思惟:"前則阿闍世王致恨,還則梨車復怨。"即於河中央入火光三昧,燒身而般泥洹,分身作二分,一分在一岸邊。於是二王各得半身舍利,還歸起塔。

度河南下一由延,到摩竭提國巴連弗邑。巴連弗邑是阿育王所治,城中王宮殿皆使鬼神作,累石起牆闕,彫文刻鏤,非世所造。今故現在。阿育王弟得羅漢道,常住耆闍崛山,志樂閑靜。王敬心請於家供養。以樂山靜,不肯受請。王語弟言:"但受我請,當爲汝於城裡作山。"王乃具飲食,召諸鬼神而告之曰:"明日悉受我請,無座席,各自齎來。"明日,諸大鬼神各持大石來,辟方四五步,坐訖,即使鬼神累作大石山。又於山底以五大方石作一石室,可長三丈,廣二丈,高丈餘。有一大乘婆羅門子,名羅沃私婆迷,住此城裡,爽悟多智,事無不達,以清淨自居。國王宗敬師事,若往問訊,不敢並坐。王設以愛敬心執手,執手已,婆羅門輒自灌洗。年可五十餘,舉國瞻仰。賴此一人,弘宣佛法,外道不能得加陵衆僧。於阿育王塔邊,造摩訶衍僧伽藍,甚嚴麗。亦有小乘寺,都合六七百僧衆,威儀庠序可觀。四方高德沙門及學問人,欲求義理,皆詣此寺。婆羅門子師亦名文殊師利,國内大德沙門、諸大乘比丘,皆宗仰焉,亦住此僧伽藍。

凡諸中國,唯此國城邑爲大。民人富盛,競行仁義,年年常以建卯月八日行像。作四輪車,縛竹作五層,有承櫨、楄戟,高二丈許,其狀如塔。以白氎纏上,然後彩畫作諸天形像。以金、銀、琉璃莊校其上,懸繒幡蓋。四邊作龕,皆有坐佛,菩薩立侍。可有二十車,車車莊嚴各異。當此日,境內道俗皆集,作倡伎樂,華香供養。婆羅門子來請佛,佛次第入城,入城內再宿。通夜然燈,伎樂供養,國國皆爾。其國長者、居士各於城中立福德醫藥舍,凡國中貧窮、孤獨、殘跛、一切病人,皆詣此舍,種種供給。醫師看病隨宜,飲食及湯藥皆令得安,差者自去。阿育王壞七塔,作八萬四千塔。最初所作大塔,在城南三里餘。此塔前有佛腳跡,起精舍,戶北向塔。塔南有一石柱,圍丈四五,高三丈餘。上有銘題,云:"阿育王以閻浮提布施四方僧,還以錢贖,如是三反。"塔北三四百步,阿育王本於此作泥梨城。中央有石柱,亦高三丈餘,上有師子。柱上有銘,記作泥梨城因緣及年數日月。

從此東南行九由延,至一小孤石山。山頭有石室,石室南向,佛坐其中,天帝釋將天樂般遮彈琴樂佛處。帝釋以四十二事問佛,佛一一以指畫石,畫跡故在。此中亦有僧伽藍。從此西南行一由延,到那羅聚落,是舍利弗本生村。舍利弗還於此中般泥洹,即此處起塔,今亦現在。

從此西行一由延,到王舍新城。新城者,是阿闍世王所造,中有二僧伽藍。出城西門三百步,阿闍世王得佛一分舍利起塔,高大嚴麗。出城南四里,南向入谷,至五山裡。五山周圍,狀若城郭,即是蓱沙王舊城。城東西可五六里,南北七八里。舍利弗、目連初見頞鞞處,尼犍子作火坑、毒飯請佛處,阿闍世王酒飲黑象欲害佛處,城東北角曲中,耆舊於菴婆羅園中起精舍請佛及千二百五十弟子供養處,今故在。其城中空荒,無人住。

入谷,搏山東南上十五里,到耆闍崛山。未至頭三里,有石窟南向,佛本於此坐禪。西北三十步,復有一石窟,阿難於中坐禪,天魔波旬化作鵰鷲,住窟前恐阿難,佛以神足力隔石舒手摩阿難肩,怖即得止。鳥跡、手孔今悉存,故曰鵰鷲窟山。窟前有四佛坐處,又諸羅漢各各有石窟坐禪處,動有數百。佛在石室前,東西經行。調達於山北嶮巇間橫擲石傷佛足指處,石猶在。佛説法堂已毀壞,止有塼壁基在。其山峰秀端嚴,是五山中最高。法顯於新城中買香華油燈,倩二舊比丘送法顯到耆闍崛山。華香供養,然燈續明,慨然悲傷,收淚而言:"佛昔於此住,説《首楞嚴》。法顯生不值佛,但見遺跡處所而已。"既於石窟前誦《首楞嚴》。停止一宿,還向新城。

出舊城北行三百餘步,道西,迦蘭陀竹園精舍今現在,衆僧掃灑。精舍北二三里有尸摩賒那。尸摩賒那者,漢言棄死人墓田。搏南山西行三百步,有一石室,名賓波羅窟,佛食後常於此坐禪。又西行五六里,山北陰中有一石室,名車帝。佛泥洹後,五百阿羅漢結集經處。出經時,鋪三空座,莊嚴校飾,舍利弗在左,目連在右。五百數中少一阿羅漢,大迦葉爲上座。時阿難在門外不得入。其處起塔,今亦在。搏山亦有諸羅漢坐禪石窟甚多。出舊城北,東下三里,有調達石窟。離此五十步,有大方黑石。昔有比丘在上經行,思惟是身無常苦空,得不淨觀,厭患是身,即捉刀欲自殺。復念世尊制戒,不得自殺,又念雖爾,我今但欲殺三毒賊,便以刀自刎。始傷肉得須陀洹,既半得阿那含,斷已成阿羅漢果,般泥洹。

從此西行四由延,到伽耶城,城内亦空荒。復南行二十里,到菩薩本苦行六年處,處有林木。從此西行三里,到佛入水洗浴,天案樹枝得攀出池處。又北行二里,得彌家女奉佛乳糜處。從此北行二里,佛於一大樹下石上,東向坐食糜,樹、石今悉在。石可廣長六尺,高二尺許。中國寒暑均調,樹木或數千歲,乃至萬歲。從此東北行半由延,到一石窟。菩薩入中,西向結跏趺坐,心念:"若我成道,當有神驗。"石壁上即有佛影現,長三尺許,今猶明亮。時天地大動,諸天在空中白言:"此非是過去、當來諸佛成道處。去此西南行,減半由延,到貝多樹下,是過去、當來諸佛成道處。"諸天説是語已,即便在前唱導,導引而去。菩薩起行,離樹三十步,天授吉祥草,菩薩受之。復行十五步,五百青雀飛來,繞菩薩三匝而去。菩薩前到貝多樹下,敷吉祥草,東向而坐。時魔王遣三玉女從北來試,魔王自從南來試,菩薩以足指按地,魔兵退散,三女變老。自上苦行六年處,及此諸處,後人皆於中起塔立像,今皆在。佛成道已,七日觀樹受解脱樂處,佛於貝多樹下東西經行七日處，諸天化作七寶堂供養佛七日處，文鱗盲龍七日繞佛處，佛於尼拘律樹下方石上東向坐，梵天來請佛處，四天王奉鉢處，五百賈客授麨蜜處，度迦葉兄弟師徒千人處，此諸處亦盡起塔。佛得道處有三僧伽藍，皆有僧住。眾僧民户供給饒足，無所乏少。戒律嚴峻，威儀、坐起、入眾之法，佛在世時聖眾所行，以至于今。佛泥洹已來，四大塔處相承不絕。四大塔者：佛生處，得道處，轉法輪處，般泥洹處。

阿育王昔作小兒時，當道戲。遇釋迦葉佛行乞食，小兒歡喜，即以一掬土施佛。佛持還，泥經行地。因此果報，作鐵輪王，王閻浮提。乘鐵輪案行閻浮提，見鐵圍兩山間地獄治罪人，即問群臣："此是何等？"答言："是鬼王閻羅治罪人。"王自念言："鬼王尚能作地獄治罪人，我是人主，何不作地獄治罪人耶？"即問臣等："誰能為我作地獄主治罪人者？"臣答言："唯有極惡人能作耳。"王即遣臣遍求惡人。見池水邊有一人，長壯黑色，髮黃眼青，以脚鉤兼魚，口呼禽獸，禽獸來便射殺，無得脱者。得此人已，將來與王。王密敕之："汝作四方高牆，内植種種華果，作好浴池，莊嚴校飾，令人渴仰。牢作門户，有人入者，輒捉，種種治罪，莫使得出。設使我入，亦治罪莫放。今拜汝作地獄主。"時有比丘次第乞食入其門，獄卒見之，便欲治罪。比丘惶怖，求請須臾，聽我中食。俄頃，復有人入，獄卒内置碓臼中擣之，赤沫出。比丘見已，思惟此身無常苦空，如泡如沫，即得阿羅漢果。既而獄卒捉内鑊湯中，比丘心顔欣悦，火滅湯冷，中生蓮華，比丘坐上。獄卒即往白王："獄中奇怪，願王往看。"王言："我前有要，今不敢往。"獄卒言："此非小事，王宜疾往。"更改先要，王即隨入。比丘為説法，王得信解，即壞地獄，悔前所作眾惡。由是信重三寶，常至貝多樹下，悔過自責，受八戒齋。王夫人問："王常遊何處？"群臣答言："恒在貝多樹下。"夫人伺王不在時，遣人伐其樹倒。王來見之，迷悶躃地。諸臣以水灑面，良久乃蘇。王即以塼累四邊，以百甖牛乳灌樹根。身四枝布地，作是誓言："若樹不生，我終不起。"作是誓已，樹便即根上而生，以至于今。今高減十丈。

從此南三里行，到一山，名雞足，大迦葉今在此山中。擘山下入，入處不容人，下入極遠有旁孔，迦葉全身在此中住。孔外有迦葉本洗手土，彼方人若頭痛者，以此土塗之即差。此山中即日故有諸羅漢住，彼方諸國道人年年往供養迦葉，心濃至者，夜即有羅漢來，共言論，釋其疑已，忽然不現。此山榛木茂盛，又多師子、虎、狼，不可妄行。

法顯還向巴連弗邑。順恒水西下十由延，得一精舍，名曠野，佛所住處，今現有僧。復順恒水西行十二由延，到迦尸國波羅㮈城。城東北十里許，得仙人鹿野苑精舍。此苑本有辟支佛住，常有野鹿栖宿。世尊將成道，諸天於空中唱言："白淨王子出家學道，卻後七日當成佛。"辟支佛聞已，即取泥洹，故名此處爲仙人鹿野苑。世尊成道已，後人於此處起精舍。佛欲度拘驎等五人，五人相謂言："此瞿曇沙門本六年苦行，日食一麻一米，尚不得道，況入人間，恣身口意，何道之有！今日來者，慎勿與語。"佛到，五人皆起作禮處。復北行六十步，佛於此東向坐，始轉法輪度拘驎等五人處。其北二十步，佛爲彌勒授記處。其南五十步，翳羅鉢龍問佛："我何時得免此龍身？"此處皆起塔，見在。中有二僧伽藍，悉有僧住。

　　自鹿野苑精舍西北行十三由延，有國名拘睒彌。其精舍名瞿師羅園，佛昔住處。今故有衆僧，多小乘學。從東行八由延，佛本於此度惡鬼處。亦嘗在此住，經行、坐處皆起塔。亦有僧伽藍，可百餘僧。

　　從此南行二百由延，有國名達嚫。是過去迦葉佛僧伽藍，穿大石山作之，凡有五重：最下重作象形，有五百間石室；第二層作師子形，有四百間；第三層作馬形，有三百間；第四層作牛形，有二百間；第五層作鴿形，有一百間。最上有泉水，循石室前繞房而流，周圍迴曲。如是乃至下重，順房流，從户而出。諸層室中處處穿石，作窗牖通明。室中朗然，都無幽闇。其室四角穿石作梯蹬上處。今人形小，緣梯上，正得至昔人一脚所躡處。因名此寺爲波羅越，波羅越者，天竺名鴿也。其寺中常有羅漢住。此土丘荒，無人民居。去山極遠方有村，皆是邪見，不識佛法、沙門、婆羅門及諸異學。彼國人民常見人飛來入此寺。于時諸國道人欲來禮此寺者，彼村人則言："汝何以不飛耶？我見此間道人皆飛。"道人方便答言："翅未成耳。"達嚫國幽嶮，道路艱難，難知處。欲往者，要當齎錢貨施彼國王，王然後遣人送，展轉相付，示其逕路。法顯竟不得往，承彼土人言，故說之耳。

　　從波羅㮈國東行，還到巴連弗邑。法顯本求戒律，而北天竺諸國皆師師口傳，無本可寫，是以遠涉，乃至中天竺。於此摩訶衍僧伽藍得一部律，是《摩訶僧祇衆律》，佛在世時最初大衆所行也，於祇洹精舍傳其本。自餘十八部各有師資，大歸不異，於小小不同，或用開塞，但此最是廣說備悉者。復得一部抄律，可七千偈，是《薩婆多衆律》，即此秦地衆僧所行者也。亦皆師師口相傳授，不書之於文字。復於此衆中得《雜阿毗曇心》，可六千偈。又得一部《綖經》，二千五百偈。又得一卷《方等般泥洹經》，可五千偈。又得《摩訶僧祇阿毗曇》。故法顯住此三年，學梵書、梵語，寫律。道整既到中國，見沙門法則，衆僧威儀，觸事可觀，乃追歎秦土邊地，衆僧戒律殘缺，誓言："自今已去至得佛，願不生邊地。"故遂停不歸。法顯本心欲令戒律流通漢地，於是獨還。

順恒水東下十八由延，其南岸有瞻波大國。佛精舍、經行處及四佛坐處，悉起塔，現有僧住。從此東行近五十由延，到多摩梨帝國，即是海口。其國有二十四僧伽藍，盡有僧住，佛法亦興。法顯住此二年，寫經及畫像。於是載商人大舶，泛海西南行，得冬初信風，晝夜十四日，到師子國。

彼國人云，相去可七百由延。其國本在洲上，東西五十由延，南北三十由延。左右小洲乃有百數，其間相去或十里、二十里，或二百里，皆統屬大洲。多出珍寶珠璣。有出摩尼珠地，方可十里。王使人守護，若有採者，十分取三。其國本無人民，正有鬼神及龍居之。諸國商人共市易，市易時鬼神不自現身，但出寶物，題其價直，商人則依價置直取物。因商人來往住故，諸國人聞其土樂，悉亦復來，於是遂成大國。其國和適，無冬夏之異，草木常茂，田種隨人，無有時節。

佛至其國，欲化惡龍。以神足力，一足躡王城北，一足躡山頂，兩跡相去十五由延。王於城北跡上起大塔，高四十丈，金銀莊校，衆寶合成。塔邊復起一僧伽藍，名無畏山，有五千僧。起一佛殿，金銀刻鏤，悉以衆寶。中有一青玉像，高二丈許，通身七寶炎光，威相嚴顯，非言所載。右掌中有一無價寶珠。法顯去漢地積年，所與交接，悉異域人，山川草木，舉目無舊，又同行分披，或流或亡，顧影唯己，心常懷悲。忽於此玉像邊見商人，以晉地一白絹扇供養，不覺悽然，淚下滿目。其國前王遣使中國，取貝多樹子，於佛殿傍種之。高可二十丈，其樹東南傾，王恐倒，故以八九圍柱拄樹。樹當拄處心生，遂穿柱而下，入地成根。大可四圍許，柱雖中裂，猶裹其外，人亦不去。樹下起精舍，中有坐像，道俗敬仰無倦。城中又起佛齒精舍，皆七寶作。王淨修梵行，城內人敬信之情亦篤。其國立治已來，無有饑荒喪亂。衆僧庫藏多有珍寶、無價摩尼，其王入僧庫遊觀，見摩尼珠，即生貪心，欲奪取之。三日乃悟，即詣僧中，稽首悔前罪心。因白僧言，願僧立制，自今已後，勿聽王入庫看，比丘滿四十臘，然後得入。

其城中多居士、長者、薩薄商人。屋字嚴麗，巷陌平整。四衢道頭皆作說法堂，月八日、十四日、十五日，鋪施高座，道俗四衆皆集聽法。其國人云："都可六萬僧，悉有衆食，王別於城內供五六千人衆食，須者則持大鉢往取，隨器所容，皆滿而還。"佛齒常以三月中出之。未出前十日，王莊校大象。使一辯說人，著王衣服，騎象上，擊鼓唱言："菩薩從三阿僧祇劫，苦行不惜身命。以國、妻、子及挑眼與人，割肉貿鴿，截頭布施，投身餓虎，不吝髓腦。如是種種苦行，爲衆生故。成佛在世四十五年，說法教化，令不安者安，不度者度，衆生緣盡，乃般泥洹。泥洹已來一千四百九十七年,世間眼滅,衆生長悲。卻後十日,佛齒當出至無畏山精舍。國內道俗欲殖福者,各各平治道路,嚴飾巷陌,辦衆華香供養之具。"如是唱已,王便夾道兩邊,作菩薩五百身已來種種變現,或作須大拏,或作睒變,或作象王,或作鹿、馬。如是形像,皆彩畫莊校,狀若生人。然後佛齒乃出,中道而行,隨路供養,到無畏精舍佛堂上。道俗雲集,燒香然燈,種種法事,晝夜不息。滿九十日,乃還城內精舍。城內精舍至齋日則開門戶,禮敬如法。無畏精舍東四十里,有一山,中有精舍,名跋提,可有二千僧。僧中有一大德沙門,名達摩瞿諦,其國人民皆共宗仰。住一石室中四十許年,常行慈心,能感蛇鼠,使同止一室而不相害。

城南七里有一精舍,名摩訶毘訶羅,有三千僧住。有一高德沙門,戒行清潔,國人咸疑是羅漢。臨終之時,王來省視,依法集僧而問:"比丘得道耶?"其便以實答言:"是羅漢。"既終,王即按經律,以羅漢法葬之。於精舍東四五里,積好大薪,縱廣可三丈餘,高亦爾,近上著栴檀、沉水諸香木,四邊作階上,持淨好白氎周匝蒙積上。作大輿床,似此間轜車,但無龍魚耳。當闍維時,王及國人、四衆咸集,以華香供養。從輿至墓所,王自華香供養。供養訖,輿著積上,酥油遍灌,然後燒之。火然之時,人人敬心,各脫上服,及羽儀傘蓋,遙擲火中,以助闍維。闍維已,收檢取骨,即以起塔。法顯至,不及其生存,唯見葬時。王篤信佛法,欲爲衆僧作新精舍。先設大會,飯食僧。供養已,乃選好上牛一雙,金銀寶物莊校角上。作好金犁,王自耕頃四邊,然後割給民戶、田宅,書以鐵券。自是已後,代代相承,無敢廢易。

法顯在此國,聞天竺道人於高座上誦經云:"佛缽本在毘舍離,今在揵陀衞,竟若干百年,法顯聞誦時有定歲數,但今忘耳。當復至西月氏國;若干百年,當至于闐國;住若干百年,當至屈茨國;若干百年,當復來到漢地;住若干百年,當復至師子國;若干百年,當還中天竺。到中天已,當上兜術天上。彌勒菩薩見而歎曰:'釋迦文佛缽至。'即共諸天華香供養七日。七日已,還閻浮提,海龍王持入龍宮。至彌勒將成道時,缽還分爲四,復本頻那山上。彌勒成道已,四天王當復應念佛如先佛法。賢劫千佛共用此缽,缽去已,佛法漸滅。佛法滅後,人壽轉短,乃至五歲。五歲之時,粳米、酥油皆悉化滅,人民極惡,捉木則變成刀杖,共相傷割殺。其中有福者逃避入山,惡人相殺盡已,還復來出,共相謂言:'昔人壽極長,但爲惡甚,作諸非法故,我等壽命遂爾短促,乃至五歲。我今共行諸善,起慈悲心,修行仁義。'如是各行信義,展轉壽倍,乃至八萬歲。彌勒出世,初轉法輪時,先度釋迦遺法中弟子、出家人,及受三歸五戒八齋法供養三寶者,第二第三次度有緣者。"法顯爾時欲寫此經,其人云:"此無經本,我止口誦耳。"

法顯住此國二年,更求得《彌沙塞律》藏本,得《長阿含》、《雜阿含》,復得一部《雜藏》,此悉漢土所無者。得此梵本已,即載商人大船,上可有二百餘人。後係一小船,海行艱嶮,以備大船毀壞。得好信風,東下二日,便值大風,船漏水入。商人欲趣小船,小船上人恐人來多,即斫絙斷,商人大怖,命在須臾,恐船水漏,即取粗財貨擲著水中。法顯亦以君墀及澡罐并餘物棄擲海中,但恐商人擲去經像,唯一心念觀世音及歸命漢地衆僧:"我遠行求法,願威神歸流,得到所止。"如是大風晝夜十三日,到一島邊。潮退之後,見船漏處,即補塞之,於是復前。海中多有抄賊,遇輒無全。大海彌漫無邊,不識東西,唯望日月星宿而進。若陰雨時,為逐風去,亦無所准。當夜闇時,但見大浪相搏,晃然火色,黿鼉水性怪異之屬,商人荒遽,不知那向。海深無底,又無下石住處。至天晴已,乃知東西,還復望正而進。若值伏石,則無活路。如是九十許日,乃到一國,名耶婆提。

其國外道、婆羅門興盛,佛法不足言。停此國五月日,復隨他商人大船,上亦二百許人,齋五十日糧,以四月十六日發。法顯於船上安居,東北行趣廣州。一月餘日,夜鼓二時,遇黑風暴雨。商人、賈客皆悉惶怖,法顯爾時亦一心念觀世音及漢地衆僧。蒙威神祐,得至天曉。曉已,諸婆羅門議言:"坐載此沙門,使我不利,遭此大苦。當下比丘置海島邊,不可為一人令我等危嶮。"法顯本檀越言:"汝若下此比丘,亦并下我!不爾,便當殺我。汝其下此沙門,吾到漢地,當向國王言汝也。漢地王亦敬信佛法,重比丘僧。"諸商人躊躇,不敢便下。于時天多連陰,海師相望僻誤,遂經七十餘日。糧食、水漿欲盡,取海鹹水作食。分好水,人可得二升,遂便欲盡。商人議言:"常行時正可五十日便到廣州,爾今已過期多日,將無僻耶?"即便西北行求岸,晝夜十二日,到長廣郡界牢山南岸,便得好水、菜。但經涉險難,憂懼積日,忽得至此岸,見藜藿菜依然,知是漢地。

然不見人民及行跡,未知是何許。或言未至廣州,或言已過,莫知所定。即乘小船,入浦覓人,欲問其處。得兩獵人,即將歸,令法顯譯語問之。法顯先安慰之,徐問:"汝是何人?"答言:"我是佛弟子。"又問:"汝入山何所求?"其便詭言:"明當七月十五日,欲取桃臘佛。"又問:"此是何國?"答言:"此青州長廣郡界,統屬晉家。"聞已,商人歡喜,即乞其財物,遣人往長廣。太守李嶷敬信佛法,聞有沙門持經像乘船泛海而至,即將人從至海邊,迎接經像,歸至郡治。商人於是還向揚州。劉沇青州請法顯一冬一夏。夏坐訖,法顯離諸師久,欲趣長安,但所營事重,遂便南下向都,就禪師出經律。

　　法顯發長安,六年到中國,停六年,還三年達青州。凡所遊歷,減三十國。沙河已西,迄于天竺,衆僧威儀法化之美,不可詳説。竊惟諸師未得備聞,是以不顧微命,浮海而還,艱難具更,幸蒙三尊威靈,危而得濟,故竹帛疏所經歷,欲令賢者同其聞見。

　　是歲甲寅。晉義熙十二年,歲在壽星,夏安居末,慧遠迎法顯道人。既至,留共冬齋。因講集之際,重問遊歷。其人恭順,言輒依實。由是先所略者,勸令詳載。顯復具叙始末。自云:"顧尋所經,不覺心動汗流。所以乘危履險,不惜此形者,蓋是志有所存,專其愚直,故投命於不必全之地,以達萬一之冀。"於是感歎斯人,以爲古今罕有。自大教東流,未有忘身求法如顯之比。然後知誠之所感,無窮否而不通;志之所將,無功業而不成。成夫功業者,豈不由忘夫所重,重夫所忘者哉!

附録第十六　陶潛《晉故征西大將軍長史孟府君傳》

見陶潛本集。

君諱嘉，字萬年，江夏鄂人也。曾祖父宗，以孝行稱，仕吳司空。祖父揖，元康中爲廬陵太守。宗葬武昌新陽縣，子孫家焉，遂爲縣人也。君少失父，奉母二弟居，娶大司馬、長沙桓公陶侃第十女，閨門孝友，人無能閒，鄉閭稱之。沖默有遠量。弱冠，儔類咸敬之。同郡郭遜以清操知名，時在君右，常歎君溫雅平曠，自以爲不及。遜從弟立亦有才志，與君同時齊譽，每推服焉。由是名冠州里，聲流京邑。太尉潁川庾亮以帝舅民望，受分陝之重，鎮武昌，并領江州，辟君部廬陵從事。下郡還，亮引見，問風俗得失，對曰："嘉不知還傳，當問從吏。"亮以麈尾掩口而笑。諸從事既去，喚弟翼語之曰："孟嘉故是盛德人也。"君既辭出外，自除吏名，便步歸家，母在堂，兄弟共相歡樂，怡怡如也。旬有餘日，更版爲勸學從事。時亮崇修學校，高選儒官，以君望實，故應尚德之舉。太傅河南褚裒簡穆有器識，時爲豫章太守，出朝宗亮。正旦大會，州府人士率多，時彥君坐次甚遠。裒問亮："江州有孟嘉其人，何在？"亮云："在坐，卿但自覓。"裒歷觀，遂指君謂亮曰："將無是耶？"亮欣然而笑，喜裒之得君，奇君爲裒之所得，乃益器焉。舉秀才，又爲安西將軍庾翼府功曹，再爲江州別駕、巴丘令、征西大將軍譙國桓溫參軍。君色和而正，溫甚重之。九月九日，溫游龍山，參佐畢集，四弟二甥咸在坐。時佐吏並著戎服，有風吹君帽墮落，溫目左右及賓客勿言，以觀其舉止。君初不自覺，良久如廁，溫命取以還之。廷尉太原孫盛爲諮議參軍，時在坐，溫命紙筆令嘲之。文成示溫，溫以著坐處。君歸，見嘲笑而請筆作答，了不容思，文辭超卓，四座歎之。奉使京師，除尚書刪定郎，不拜。孝宗穆皇帝聞其名，賜見東堂，君辭以脚疾不任拜起，詔使人扶入。君嘗爲刺史謝永別駕，永會稽人，喪亡，君求赴義，路由永興。高陽許詢有雋才，辭榮不仕，每縱心獨往，客居縣界，嘗乘船近行，適逢君過，歎曰:"都邑美士,吾盡識之,獨不識此人,唯聞中州有孟嘉者,將非是乎！然亦何由來此?"使問君之從者,君謂其使曰:"本心相過,今先赴義,尋還就君。"及歸,遂止信宿,雅相知得,有若舊交。還至,轉從事中郎,俄遷長史。在朝隤然,仗正順而已。門無雜賓,常會神情獨得,便超然命駕,逕之龍山,顧景酣宴,造夕乃歸。温從容謂君曰:"人不可無勢,我乃能駕御卿。"後以疾終於家,年五十一。始自總髮,至於知命,行不苟合,言無夸矜,未嘗有喜愠之容。好酣飲,逾多不亂。至於任懷得意,融然遠寄,傍若無人。温嘗問君:"酒有何好而卿嗜之?"君笑而答曰:"明公但不得酒中趣爾。"又問:"聽妓,絲不如竹,竹不如肉。"答曰:"漸近自然。"中散大夫桂陽羅含賦之曰:"孟生善酣,不愆其意。"光禄大夫南陽劉耽昔與君同在温府,淵明從父太常夔嘗問耽:"君若在,當已作公不?"答云:"此本是三司人。"爲時所重如此。淵明先親,君之第四女也。《凱風》寒泉之思,寔鍾厥心,謹按採行事,撰爲此傳。懼或乖謬,有虧大雅君子之德,所以戰戰兢兢,若履深薄云爾。

　　贊曰:孔子稱進德修業,以及時也。君清蹈衡門,則令問孔昭,振纓公朝,則德音允集。道悠運促,不終遠業,惜哉！仁者必壽,豈斯言之謬乎！

附録第十七　蕭統《陶淵明傳》

見宋本《陶淵明集》。

陶淵明，字元亮，或云潛字淵明，潯陽柴桑人也。曾祖侃，晉大司馬。淵明少有高趣，博學善屬文，穎脱不群，任真自得。嘗著《五柳先生傳》以自況曰："先生不知何許人也，不詳姓字。宅邊有五柳樹，因以爲號焉。閑静少言，不慕榮利。好讀書，不求甚解，每有會意，欣然忘食。性嗜酒，而家貧不能恒得，親舊知其如此，或置酒招之。造飲輒盡，期在必醉，既醉而退，曾不恡情去留。環堵蕭然，不蔽風日，短褐穿結，箪瓢屢空，晏如也。嘗著文章自娱，頗示己志，忘懷得失，以此自終。"時人謂之實録。親老家貧，起爲州祭酒，不堪吏職，少日自解歸。州召主簿，不就，躬耕自資，遂抱羸疾。江州刺史檀道濟往候之，偃卧瘠餒有日矣。道濟謂曰："賢者處世，天下無道則隱，有道則至，今子生文明之世，奈何自苦如此！"對曰："潛也何敢望賢，志不及也。"道濟饋以粱肉，麾而去之。復爲鎮軍建威參軍，謂親朋曰："聊欲絃歌，以爲三徑之資，可乎？"執事者聞之，以爲彭澤令。不以家累自隨，送一力給其子，書曰："汝旦夕之費，自給爲難，今遣此力，助汝薪水之勞。此亦人子也，可善遇之。"公田悉令吏種秫，曰："吾常得醉於酒，足矣。"妻子固請種秔，乃使二頃五十畝種秫，五十畝種秔。歲終，會郡遣督郵至，縣吏請曰："應束帶見之。"淵明歎曰："我豈能爲五斗米，折腰向鄉里小兒！"即日解印綬去職，賦《歸去來》。徵著作郎，不就。江州刺史王弘欲識之，不能致也。淵明嘗往廬山，弘命淵明故人龐通之齎酒具，於半道栗里之間邀之。淵明有脚疾，使一門生、二兒舁籃輿，既至欣然，便共飲酌。俄頃弘至，亦無迕也。先是，顔延之爲劉柳後軍功曹，在潯陽，與淵明情款。後爲始安郡，經過潯陽，日造淵明飲焉，每往必酣飲致醉。弘欲邀延之坐，彌日不得。延之臨去，留二萬錢與淵明，淵明悉送酒家，稍就取酒。嘗九月九日出宅邊菊叢中坐，久之，滿手把菊。忽值弘送酒至，即便就酌，醉而歸。淵明不解音律，而蓄無絃琴一張，每酒適，輒撫弄以寄其意。貴賤造之者,有酒輒設。淵明若先醉,便語客:"我醉欲眠,卿可去。"其真率如此。郡將嘗候之,值其酒熟,取頭上葛巾漉酒,漉酒畢,還復著之。時周續之入廬山,事釋慧遠,彭城劉遺民亦遁迹匡山,淵明又不應徵命,謂之潯陽三隱。後刺史檀韶苦請續之出州,與學士祖企、謝景夷三人共在城北講禮,加以讎校,所住公廨近於馬隊,是以淵明示其詩云:"周生述孔業,祖謝響然臻。馬隊非講肆,校書亦已勤。"淵明妻翟氏亦能安勤苦,與其同志。自以曾祖晉世宰輔,恥復屈身後代,自宋高祖王業漸隆,不復肯仕。元嘉四年,將復徵命,會卒,時年六十三,世號靖節先生。

附録第十八　釋慧皎《晉廬山釋慧遠傳》

見《高僧傳》。

釋慧遠,本姓賈氏,雁門婁煩人也。弱而好書,珪璋秀發。年十三,隨舅令狐氏遊學許、洛。故少爲諸生,博綜六經,尤善《莊》、《老》。性度弘博,風鑒朗拔,雖宿儒英達,莫不服其深致。年二十一,欲渡江東,就范宣子共契嘉遁。值石虎已死,中原寇亂,南路阻塞,志不獲從。

時沙門釋道安立寺於太行恒山,弘贊像法,聲甚著聞,遠遂往歸之。一面盡敬,以爲真吾師也。後聞安講《波若經》,豁然而悟,乃歎曰:"儒道九流,皆糠秕耳。"便與弟慧持投簪落彩,委命受業。既入乎道,厲然不群,常欲總攝綱維,以大法爲己任。精思諷持,以夜續晝,貧旅無資,縕纊常闕,而昆弟恪恭,始終不懈。有沙門曇翼,每給以燈燭之費,安公聞而喜曰:"道士誠知人矣。"遠藉解於前因,發勝心於曠劫,故能神明英越,機鑒遐深。安公常歎曰:"使道流東國,其在遠乎!"年二十四,便就講説。嘗有客聽講,難實相義,往復移時,彌增疑昧。遠乃引《莊子》義爲連類,於是惑者曉然,是後安公特聽慧遠不廢俗書。安有弟子法遇、曇徽,皆風才照灼,志業清敏,並推伏焉。

後隨安公南遊樊河。僞秦建元九年,秦將苻丕寇斥襄陽,道安爲朱序所拘,不能得去,乃分張徒衆,各隨所之。臨路,諸長德皆被誨約,遠不蒙一言。遠乃跪曰:"獨無訓勖,懼非人例。"安曰:"如公者豈復相憂。"遠於是與弟子數十人,南適荆州,住上明寺。後欲往羅浮山,及届潯陽,見廬峰清静,足以息心,始住龍泉精舍。此處去水大遠,遠乃以杖扣地曰:"若此中可得棲立,當使朽壤抽泉。"言畢,清流涌出,後卒成溪。其後少時潯陽亢旱,遠詣池側讀《海龍王經》,忽有巨蛇從池上空,須臾大雨。歲以有年,因號精舍爲龍泉寺焉。時有沙門慧永,居在西林,與遠同門舊好,遂要遠同止。永謂刺史桓伊曰:"遠公方當弘道,今徒屬已廣,而來者方多。貧道所棲褊狹,不足相處,如何?"桓乃爲遠復於山東更立房殿,即東林是也。遠創造精舍，洞盡山美，卻負香爐之峰，傍帶瀑布之壑，仍石壘基，即松栽構，清泉環階，白雲滿室。復於寺內別置禪林，森樹煙凝，石筵苔合。凡在瞻履，皆神清而氣肅焉。

遠聞天竺有佛影，是佛昔化毒龍所留之影，在北天竺月氏國那竭呵城南古仙人石室中，經道取流沙西一萬五千八百五十里，每欣感交懷，志欲瞻睹。會有西域道士叙其光相，遠乃背山臨流，營築龕室，妙算畫工，淡彩圖寫，色疑積空，望似煙霧，暉相炳煥，若隱而顯。遠乃著銘曰："廓矣大像，理玄無名。體神入化，落影離形。迴暉層巖，凝映虛亭。在陰不昧，處闇逾明。婉步蟬蛻，朝宗百靈。應不同方，跡絶杳冥。"其一。茫茫荒宇，靡勸靡獎。淡虛寫容，拂空傳像，相具體微，沖姿自朗。白毫吐曜，昏夜中爽。感徹乃應，扣誠發響。留音停岫，津悟冥賞。撫之有會，功弗由曩。其二。旋踵忘敬，罔慮罔識。三光掩暉，萬像一色。庭宇幽藹，歸途莫測。悟之以靖，開之以力。慧風雖遐，維塵攸息。匪聖玄覽，孰扇其極。其三。希音遠流，乃眷東顧。欣風慕道，仰規玄度。妙盡毫端，運微輕素。託綵虛凝，殆映霄霧。跡以像真，理深其趣。奇興開衿，祥風引路。清氣迴軒，昏交未曙。髣髴神容，依稀欽遇。其四。銘之圖之，曷營曷求？神之聽之，鑒爾所修。庶茲塵軌，映彼玄流。漱情靈沼，飲和至柔。照虛應簡，智落乃周。深懷冥託，宵想神遊。畢命一對，長謝百憂。其五。"

又昔潯陽陶侃經鎮廣州，有漁人於海中見神光，每夕艷發，經旬彌盛。怪以白侃，侃往詳視，乃是阿育王像，即接歸，以送武昌寒溪寺。寺主僧珍嘗往夏口，夜夢寺遭火，而此像屋獨有龍神圍繞。珍覺馳還寺，寺既焚盡，唯像屋存焉。侃後移鎮，以像有威靈，遣使迎接，數十人舉之至水，及上船，船又覆沒，使者懼而反之，竟不能獲。侃幼出雄武，素薄信情，故荊、楚之間，為之謠曰："陶惟劍雄，像以神標。雲翔泥宿，邈何遙遙。可以誠致，難以力招。"及遠創寺既成，祈心奉請，乃飄然自輕，往還無梗。方知遠之神感，證在風謠矣。於是率衆行道，昏曉不絶，釋迦餘化，於斯復興。既而謹律息心之士，絶塵清信之賓，並不期而至，望風遙集。

彭城劉遺民、豫章雷次宗、雁門周續之、新蔡畢穎之、南陽宗炳、張萊民、張季碩等，並棄世遺榮，依遠遊止。遠乃於精舍無量壽像前，建齋立誓，共期四方。乃令劉遺民著其文曰："惟歲在攝提格七月戊辰朔二十八日乙未，法師釋慧遠貞感幽奧，宿懷特發。乃延命同志息心貞信之士百有二十三人，集於廬山之陰般若臺精舍阿彌陀像前，率以香華敬薦而誓焉。惟斯一會之衆，夫緣化之理既明，則三世之傳顯矣；遷感之數既符，則善惡之報必矣。推交臂之潛淪，悟無常之期切，審三報之相催，知險趣之難拔。此其同志諸賢，所以夕惕宵勤，仰思攸濟者也。蓋神者可以感涉，而不可以跡求。必感之有物，則幽路咫尺；苟求之無主，則眇茫河津。今幸以不謀，而僉心西境，叩篇開信，亮情天發，乃機象通於寢夢，欣歡百於子來。於是雲圖表暉，影侔神造，功由理諧，事非人運。茲實天啟其誠，冥運來萃者矣，可不剋心重精疊思以凝其慮哉。然其景績參差，功德不一，雖晨祈云同，夕歸攸隔。即我師友之眷，良可悲矣，是以慨焉。胥命整衿法堂，等施一心，亭懷幽極，誓茲同人，俱遊絕域。其有驚出絕倫，首登神界，則無獨善於雲嶠，忘兼全於幽谷，先進之與後昇，勉思策征之道。然復妙觀大儀，啟心貞照，識以悟新，形由化革。藉芙蓉於中流，蔭瓊柯以詠言，飄雲衣於八極，泛香風以窮年。體忘安而彌穆，心超樂以自怡。臨三塗而緬謝，傲天宮而長辭。紹衆靈以繼軌，指太息以爲期。究茲道也，豈不弘哉！"

　　遠神韻嚴肅，容止方棱，凡預瞻睹，莫不心形戰慄。曾有沙門持竹如意，欲以奉獻，入山信宿，竟不敢陳，竊留席隅，默然而去。有慧義法師，强正少憚，將欲造山，謂遠弟子慧寶曰："諸君庸才，望風推服，今試觀我如何。"至山，值遠講《法華》，每欲難問，輒心悸汗流，竟不敢語。出謂慧寶曰："此公定可訝。"其伏物蓋衆如此。殷仲堪之荆州，過山展敬，與遠共臨北澗論《易》體，移景不勌。見而歎曰："識信深明，實難爲庶。"司徒王謐、護軍王默等，並欽慕風德，遙致師敬。謐修書曰："年始四十，而衰同耳順。"遠答曰："古人不愛尺璧而重寸陰，觀其所存，似不在長年耳。檀越既履順而遊性，乘佛理以御心，因此而推，復何羨於遐齡。聊想斯理，久已得之，爲復酬來信耳。"盧循初下據江州城，入山詣遠。遠少與循父嘏同爲書生，及見循，歡然道舊，因朝夕音問。僧有諫遠者曰："循爲國寇，與之交厚，得不疑乎？"遠曰："我佛法中情無取捨，豈不爲識者所察，此不足懼。"及宋武追討盧循，設帳桑尾，左右曰："遠公素主廬山，與循交厚。"宋武曰："遠公世表之人，必無彼此。"乃遣使齎書致敬，并遺錢米，於是遠近方服其明見。

　　初經流江東，多有未備，禪法無聞，律藏殘闕。遠慨其道缺，乃令弟子法净、法領等遠尋衆經，踰越沙雪，曠歲方反，皆獲梵本，得以傳譯。昔安法師在關，請曇摩難提出《阿毘曇心》，其人未善晉言，頗多疑滯。後有罽賓沙門僧伽提婆，博識衆典，以晉太元十六年來至潯陽。遠請重譯《阿毘曇心》及《三法度論》，於是二學乃興，并製序標宗，貽於學者。孜孜爲道，務在弘法，每逢西域一賓，輒懇惻諮訪。聞羅什入關，即遣書通好曰："釋慧遠頓首：去歲得姚左軍書，具承德問。仁者曩絕殊域，越自外境，于時音譯未交，聞風而悅，但江湖難冥，以形乖爲歎耳。

頃知承否通之會,懷寶來遊,至止有問,則一日九馳,徒情欣雅味,而無由造盡,寓目望途,固已增其勞佇。每欣大法宣流,三方同遇,雖運鍾其末,而趣均在昔。誠未能扣津妙門,感徹遺靈。至於虛衿遺契,亦無日不懷。夫旃檀移植,則異物同薰,摩尼吐曜,則衆珍自積。是惟教合之道,猶虛往實歸,況宗一無像,而應不以情者乎!是故負荷大法者,必以無報爲心。會友以仁者,使功不自己。若令法輪不停軫於八正之路,三寶不輟音於將盡之期,則滿願不專美於絶代,龍樹豈獨善於前蹤。今往比量衣裁,願登高座爲著之,并天漉之器,此既法物,聊以示懷。"什答書曰:"鳩摩羅耆婆和南。即未言面,又文辭殊隔,導心之路不通,得意之緣圮絶。傳驛來況,粗承風德,比復如何,必備聞一途,可以蔽百。經言,末後東方當有護法菩薩,勗哉仁者,善弘其事。夫財有五備,福、戒、博聞、辯才、深智,兼之者道隆,未具者疑滯,仁者備之矣。所以寄心通好,因譯傳意,豈其能盡,粗酬來意耳。損所致比量衣裁,欲令登法座時著,當如來意,但人不稱物,以爲愧耳。今往常所用鍮石雙口澡灌,可備法物之數也。并遺偈一章曰:'既已捨染樂,心得善攝不?若得不馳散,深入實相不?畢竟空相中,其心無所樂。若悦禪智慧,是法性無照。虛誑等無實,亦非停心處。仁者所得法,幸願示其要。'"遠重與什書曰:"日有涼氣,比復何如?去月法識道人至,聞君欲還本國,情以悵然。先聞君方當大出諸經,故來欲便相諮求,若此傳不虛,衆恨可言。今輒略問數十條事,冀有餘暇一二爲釋。此雖非經中之大難,欲取決於君耳。"并報偈一章曰:"本端竟何從?起滅有無際。一微涉動境,成此頽山勢。惑想更相乘,觸理自生滯。因緣雖無主,開途非一世。時無悟宗匠,誰將握玄契。來問尚悠悠,相與期暮歲。"後有弗若多羅來適關中,誦出《十誦》梵本,羅什譯爲晉文。三分始二,而多羅棄世,遠常慨其未備。及聞曇摩流支入秦,復善誦此部,乃遣弟子曇邕致書祈請,令於關中更出餘分,故《十誦》一部具足無闕。晉地獲本,相傳至今。葱外妙典,關中勝說,所以來兹土者,遠之力也。外國衆僧,咸稱漢地有大乘道士,每至燒香禮拜,輒東向稽首,獻心廬岳。其神理之跡,故未可測也。先是中土未有泥洹常住之説,但言壽命長遠而已。遠乃歎曰:"佛是至極,至極則無變,無變之理,豈有窮耶?"因著《法性論》曰:"至極以不變爲性,得性以體極爲宗。"羅什見論而歎曰:"邊國人未有經,便闇與理合,豈不妙哉!"

秦主姚興欽德風名,歎其才思,致書慇懃,信餉連接,贈以龜兹國細縷雜變像,以申欵心,又令姚嵩獻其珠像。釋論新出,興送論并遺書曰:"《大智論》新譯訖,此既龍樹所作,又是方等旨歸,宜爲一序,以申作者之意。然此諸道士,咸相推謝，無敢動手，法師可爲作序，以貽後之學者。"遠答書云："欲令作《大智論》序，以申作者之意。貧道聞懷大非小褚所容，汲深非短綆所測。披省之日，有愧高命，又體羸多疾，觸事有廢，不復屬意已來，其日亦久。緣來告之重，輒粗綴所懷。至於研究之美，當復期諸明德。"其名高遠固如此。遠常謂《大智論》文句繁廣，初學難尋，乃抄其要文，撰爲二十卷。序致淵雅，使夫學者息過半之功矣。

後桓玄征殷仲堪，軍經廬山，要遠出虎溪，遠稱疾不堪。玄自入山，左右謂玄曰："昔殷仲堪入山禮遠，願公勿敬之。"玄答："何有此理，仲堪本死人耳。"及至見遠，不覺致敬。玄問："不敢毀傷，何以剪削？"遠答云："立身行道。"玄稱善。所懷問難，不敢復言，乃說征討之意，遠不答。玄又問："何以見願？"遠云："願檀越安穩，使彼亦無他。"玄出山，謂左右曰："實乃生所未見。"玄後以震主之威，苦相延致，乃貽書騁說，勸令登仕。遠答辭堅正，確乎不拔，志踰丹石，終莫能迴。俄而玄欲沙汰衆僧，教僚屬曰："沙門有能申述經誥，暢說義理，或禁行修整，足以宣寄大化。其有違於此者，悉皆罷遣。唯廬山道德所居，不在搜簡之例。"遠與玄書曰："佛教凌遲，穢雜日久，每一尋至，慨憤盈懷。常恐運出非意，淪湑將及。竊見清澄諸道人，教實應其本心。夫涇以渭分，則清濁殊勢，枉以直正，則不仁自遠。此命既行，必一理斯得，然後令飾僞者絕假通之路，懷直者無負俗之嫌。道世交興，三寶復隆矣。"因廣立條制，玄從之。

昔成帝幼沖，庾冰輔正，以爲沙門應敬王者。尚書令何充、僕射褚昱、諸葛恢等奏不應敬禮，官議悉同充等。門下承冰旨爲駮，同異紛然，竟莫能定。及玄在姑熟，欲令盡敬，乃與遠書曰："沙門不敬王者，既是情所未了，於理又是所未喻，一代大事，不可令其體不允。近八座書，今以呈君，君可述所以不敬意也。此便當行之事一二，令詳盡想，必有以釋其所疑耳。"遠答書曰："夫稱沙門者何耶？謂能發矇俗之幽昏，啓化表之玄路，方將以兼忘之道，與天下同往。使希高者抱其遺風，漱流者味其餘津。若然，雖大業未就，觀其超步之跡，所悟固已弘矣。又袈裟非朝宗之服，鉢盂非廊廟之器，沙門塵外之人，不應致敬王者。"玄雖苟執先志，恥即外從，而睹遠辭旨，趑趄未決。有頃玄篡位，即下書曰："佛法宏大，所不能測，推奉主之情，故興其敬。今事既在己，宜盡謙光，諸道人勿復致禮也。"遠乃著《沙門不敬王者論》，凡有五篇：一曰《在家》，謂在家奉法，則是順化之民，情未變俗，跡同方內，故有天屬之愛，奉主之禮。禮敬有本，遂因之以成教。二曰《出家》，謂出家者，能遁世以求其志，變俗以達其道。變俗則服章不得與世典同禮，遁世則宜高尚其跡。大德故能拯溺俗於沈流，拔玄根於重劫。遠通三乘之津，近開人天之路。如今一夫全德,則道洽六親,澤流天下。雖不處王侯之位,固已協契皇極,在宥生民矣。是故內乖天屬之重,而不逆其孝;外闕奉主之恭,而不失其敬也。三曰《求宗不順化》,謂反本求宗者,不以生累其神,超落塵封者,不以情累其生。不以情累其生,則其生可滅;不以生累其神,則其神可冥。冥神絕境,故謂之泥洹。故沙門雖抗禮萬乘,高尚其事,不爵王侯,而沾其惠者也。四曰《體極不兼應》,謂如來之與周孔,發致雖殊,潛相影響,出處咸異,終期必同。故雖曰道殊,所歸一也。不兼應者,物不能兼受也。五曰《形盡神不滅》,謂識神馳騖,隨行東西也。此是論之大意。自是沙門得全方外之跡矣。

及桓玄西奔,晉安帝自江陵旋于京師,輔國何無忌勸遠候覲,遠稱疾不行。帝遣使勞問,遠修書曰:"釋慧遠頓首:陽月和暖,願御膳順宜。貧道先嬰重疾,年衰益甚,狠蒙慈詔,曲垂光慰,感懼之深,實百于懷。幸遇慶會,而形不自運,此情此慨,良無以喻。"詔答:"陽中感懷,知所患未佳,其情耿耿。去月發江陵,在道多諸惡情,遲兼常,本冀經過相見。法師既養素山林,又所患未瘳,邈無復因,增其歎恨。"陳郡謝靈運負才傲俗,少所推崇,及一相見,肅然心服。遠內通佛理,外善群書,夫預學徒,莫不依擬。時遠講《喪服經》,雷次宗、宗炳等並執卷承旨。次宗後別著義疏,首稱雷氏,宗炳因寄書嘲之曰:"昔與足下共於釋和上間,面受此義,今便題卷首稱雷氏乎?"其化兼道俗,斯類非一。

自遠卜居廬阜三十餘年,影不出山,跡不入俗。每送客遊履,常以虎溪爲界焉。以晉義熙十二年八月初動散,至六日困篤,大德耆年,皆稽顙請飲豉酒,不許,又請飲米汁,不許,又請以蜜和水爲漿。乃命律師,令披卷尋文,得飲與不,卷未半而終,春秋八十三矣。門徒號慟,若喪考妣,道俗奔赴,轂繼肩隨。遠以凡夫之情難割,乃制七日展哀,遺命使露骸松下,既而弟子收葬。潯陽太守阮保,於山西嶺鑿壙開隧,謝靈運爲造碑文,銘其遺德,南陽宗炳又立碑寺門。初,遠善屬文章,辭氣清雅,席上談吐,精義簡要。加以容儀端整,風彩灑落,故圖像于寺,遐邇式瞻。所著論序銘贊詩書集爲十卷,五十餘篇,見重於世。

附　　錄

探索中國傳叙文學發展道路的珍貴記錄
——讀朱東潤先生的兩種遺著
陳尚君

收入本書的兩本著作,是我的老師朱東潤先生抗戰間隨武漢大學避地四川樂山期間所著,也是先生中年轉治傳叙文學(現在一般習稱傳記文學)最初的著作。二書在先生生前都没有出版,但都已經先生親自編訂定稿或接近定稿。其中《八代傳叙文學述論》一稿,于 2006 年由復旦大學出版社出版。《中國傳叙文學之變遷》則爲首度整理出版。

一

朱東潤先生(1896—1988),名世溱,以字行,江蘇泰興人。早年先後就讀于泰興蒙學堂、襟江小學。後入上海南洋公學附屬小學,得從唐文治先生習古文辭。1913 年末得吴稚暉先生推薦到英國留學三年。歸國後任教于廣西第二中學(在梧州)、南通師範學校,1929 年入武漢大學,其間皆教授英語。1932 年始講授中國文學批評史,乃轉入中文系。1942 年移講席于重慶柏溪之中央大學,1947 年後曾輾轉任教于無錫國專、齊魯大學、滬江大學。1952 年院系調整,轉入復旦大學任教。1957 年後曾長期擔任中文系主任。

朱先生學術啓蒙于清末,對傳統詩文誦讀寫作得到良好的培養,年十七就學英倫,更對西方學術和英國文學有很深切的瞭解。在專力從事中國文史研究以前,曾有十五年時間從事英國語言文學的講授,這使他的研究格局和氣象與民國期間一般中文系教授有很大不同。對先生一生影響很大的兩位老師,都抱有强烈的淑世精神。先生曾説到從唐先生那裏體會到古詩文的噴薄之美和情韻之美。唐先生曾爲交通大學文治堂題聯:"人生唯以廉潔重,世界全靠骨氣撑。"在朱先生身上也始終保持這種傳統士人的精神氣度。吴稚暉在近現代史上當然是有爭議的人物,但朱先生從學時,適當他民初從事革命宣傳之際,吴對傳統學術和中外文化的認識，以及對學術和政治的敏銳，也在很大程度上改變了朱先生的學術和人生選擇。

朱先生今存最早的學術文字，似乎可以舉到 1913 年末在英國編譯《歐西報業舉要》，自序首云："近數年來，吾國報章爲數較多，或者不察，目爲進步，西人聞之，亦相引證，以爲真進步矣。實則所謂進步云者，不過指其數目上之關係，於本體之果進步與否，尚爲疑問。吾人對之宜加針砭，不宜妄稱道也。"這一年他十七歲。該稿從次年 3 月始，在《申報》曾連載數十日。其間因要自籌學費和生活費用，曾大量翻譯歐洲文學著作，今知有《驃騎父子》、《波蘭遺恨錄》、《踏雪東征傳》等。但他最早發表的學術論文，當爲《新月月刊》二卷九期（1929 年 10 月）所刊《詩人吳均》，最早具有獨立開創意義的學術領域，則爲中國文學批評史。

先生曾自述，因當時武漢大學中文系守舊氣氛濃厚，文學院院長聞一多教授建議他開設中國文學批評史課程。他用一年時間，至 1932 年寫出講義初稿，截止到明末錢謙益，援據英國學者高斯在《英文百科全書》對批評之定義爲"判定文學上或藝術上美的對象之性質及價值之藝術"，藉此闡明文學批評之性質、對象與分類，批評與文學盛衰之關係，以及文學批評文獻之取資。這部講義經 1933 年、1937 年兩次增改，已經漸趨成熟，但卻因遭遇戰火的意外，遺失了定稿的下半部。1944 年由開明書店出版的《中國文學批評史大綱》，是 1937 年本前半部和 1933 年本後半部的拼合本。雖然其間已經有多部文學批評史著作出版，但這部《大綱》是第一部從上古到近代的通史，批評文獻的發掘和理論思路的闡發都有獨到之處，學界普遍視該書爲該學科三部奠基著作之一。整個 30 年代，先生發表了文學批評的系列論文，後結集爲《中國文學批評論集》（開明書店，1947 年），又研治《詩經》，多發前人所未言，後結集爲《讀詩四論》（商務印書館，1940 年）。1940 年初因授課需要，又撰成《史記考索》（開明書店，1948 年）一書。成就之豐碩，當時已堪稱難得，但先生并不感到滿足。《讀詩四論》定稿時，有詩云："彈指蔽泰華，冥心淪九有。小夫竊高名，君子慎所守。肯以金石姿，下羨蜉蝣壽！乾坤會重光，相期在不朽。"人生短暫，學術常新，應該不斷追求新的開拓，新的創造。在對中國文學作出全面觀照後，他更多地考慮中國文學無論研究還是寫作，都應該有大的突破，他希望從西方文學中找尋新的道路。

在樂山艱苦的環境和繁忙的授課之餘，先生想到的是："世界是整個的，文學是整個的。中國的小説和戲劇，受到新的激蕩，正在一步步地和世界文學接近"，詩歌"還在大海中掙扎，一邊是新體詩的底不斷地演進，一邊有人眷戀已往的陳蹟。祇有中國的傳叙文學,好像還沒有多大的進展"。他堅持認爲"傳叙文學底使命是人性真相底流露"(均見《八代傳叙文學述論·緒言》),決心爲此作徹底的探究。

先生的努力從閱讀西方理論開始。當時能够找到唯一的理論著作是法國莫洛亞的《傳叙文學綜論》,他從圖書館借出,用一個月時間連讀帶譯,掌握了這部理論:"西洋文學裡,一位重要的傳主,可能有十萬字乃至一二百萬字的傳記,除了他的一生以外,還得把他的時代,他的精神面貌,乃至他的親友仇敵全部交出,烘託出這樣的人物。"(《朱東潤自傳》第 256 頁)他結合早年對英國文學的閱讀,特别推尊鮑斯維爾的《約翰遜博士傳》和斯特拉哲的《維多利亞女王傳》,對英國古典和近代傳叙的作派有一簡略説明:"一部大傳,往往從數十萬言到百餘萬言。關於每一專案的記載,常要經過多種文卷的考訂。這種精力,真是使人大吃一驚。這種風氣,在英國傳叙文學裡一直保持到維多利亞時代。一切記載,更加翔實而確切,而證明的文卷,亦更加繁重而艱辛,於是引起二十世紀初年之'近代傳叙文學'。這一派底作風,總想活潑而深刻,同時極力擺脱證件的桎梏。其實仍是一步步腳踏實地,没有蹈空的語句。"(《八代傳叙文學述論·緒言》)

先生的工作從兩方面展開。一方面是研究中國歷代傳叙文學的歷史,先後完成本書收入的兩部著作,以及其他一些單篇論文,部分在 40 年代前中期發表。另一方面是探索中國傳叙文學的創作,反覆斟酌後,選定明代隆慶、萬曆間的權相張居正,一位在生前身後都有爭議,但先生認爲是一位在錯綜複雜的政治糾葛中爲民族生存和發展作出重要努力的人物,在抗戰最困難的時期,寫出這樣的人物,具有激勵士氣的意義。1943 年完成的《張居正大傳》,成爲中國現代傳記文學的經典著作。

先生從 1939 年開始的學術選擇,堅持到生命的最後一息。

二

先生自存有稿本兩册,扉頁題《傳叙文學述論》,有題記云:"此書上下二册,述於一九三九,次年畢事。初名《傳叙文學之變遷》,後擷爲《八代傳叙文學述論》,未付刊。扉頁已失,姑粘此紙,以志始末。東潤,一九七六年一月。"估計是"文革"抄没手稿退還後曾稍作整理,有幾篇手稿裝訂時次第有錯亂,所幸内容完整,未有缺失。

稿本共包含十五篇文章,目録如下:一、《晏子春秋》;二、《〈史記〉及史家底傳叙》;三、《〈三國志注〉引用的傳叙》;四、《〈世説新語注〉引用的傳叙》;五、《法顯行傳》;六、《高僧傳》;七、《續高僧傳》;八、缺題文;九、《〈大慈恩寺三藏法師傳〉述論》十、《唐代文人傳叙》;十一、《宋代的三篇行狀》;十二、《宋代的年譜》;十三、《全祖望〈鮚埼亭集〉碑銘傳狀》;十四、《傳叙文學與人格》;十五、《傳叙文學底真實性》。其中缺題一篇,就《續高僧傳》所涉隋代佛教與政治關係展開論述,并對隋二帝有很獨到的評述。但從前一篇的結束語看,此篇似不在全稿的論述計劃以内,估計是讀書有所感悟臨時起興而作。我代擬題爲《〈續高僧傳〉所見隋代佛教與政治》,先期交《世界宗教研究》2015年1期發表,仍作爲本書附録收入。

以上各文之完成時間,可以在文稿中找到内證。如在討論全祖望碑狀成就時,特别寫到清初東南抗清之艱苦卓絶,認爲"正和最近抗戰中的中條山遊擊戰一樣,在民族戰爭中發生最大的牽制力量"。《〈史記〉及史家底傳叙》説到趙將趙括的失敗:"正同一九四〇年世界大戰,德國軍隊把法國第一軍團以及英比聯軍截斷在佛蘭德斯一樣。"都是就當時時事引發議論,後者所述爲1940年6月敦刻爾克撤退前的歐陸戰事。

上述各文,有幾篇經增寫曾在40年代的學術期刊刊出,具體篇目是:《〈大慈恩寺三藏法師傳〉述論》,刊《文史雜誌》創刊號(1941年4月);《傳叙文學與人格》,刊《文史雜誌》二卷一期(1942年1月);《法顯行傳》一篇,改題爲《論自傳及〈法顯行傳〉》,刊《東方雜誌》三十九卷第十七號(1943年);《傳叙文學的真實性》,刊《學識雜誌》1947年12月號。此外,《〈三國志注〉引用的傳叙》、《〈世説新語注〉引用的傳叙》、《法顯行傳》、《高僧傳》四篇的部分内容,與《八代傳叙文學述論》稍有重疊,大約就是朱先生題記所述"後擷爲《八代傳叙文學述論》"之意。其中《法顯行傳》、《高僧傳》兩章重見約各佔三分之二,而另二章則因一偏重專書論述,一側重時代發展,舉例多同而論述則各異。當然,本稿爲初稿,論述未及深入者自有,《八代傳叙文學述論》則爲進一步研究後的系統論述,二者是遞進的關係。其餘各篇,此前均未曾發表。

先生曾在自傳中説到"自己對于這部叙述很不滿意",因此一直没有出版。在這部著作裹,確實看到最初拓荒的粗糙和不成熟。比如《〈三國志注〉引用的傳叙》、《〈世説新語注〉引用的傳叙》兩節,是據諸書輯録傳叙資料時的最初文獻分析,就保存各類别傳家譜較多的二書分别加以論列。但二書資料有較多交叉,裴注《三國》雖然早于劉注《世説》,但所引佚書的時代則各有先後。稍晚作《八代傳叙文學述論》時,就不採取這一方式,而是採取東漢至東晉各時期傳叙成就分别論列的方式。對《續高僧傳》的研究，肯定其"和慧皎原著有相等價值"，并揭示此書對慧皎書的批評和補充，其所依據的文獻來源，所撰在世人物生傳的體例特殊，并看到該書對禪宗不滿、與玄奘就譯經的分歧以及所見周齊隋唐佛道二教遞盛的事實。雖然都具卓見，但就傳叙文學立場說，顯然還沒能完全展開。

但就全稿來看，先生顯然是希望借助各歷史時期有代表性的論著，來揭示中國傳叙文學的發展脈絡，最後兩篇則重在闡發英國傳叙文學的學術精神和文學面貌，以及具體的寫作方法，對文獻取資利用的原則和避忌。在論述的系統深入，以及是否就此即能完成對中國傳叙文學的總結，先生的不滿意帶有強烈的學術自省和刻意追求。但就各具體篇章來說，則都能自成議論，多有發明，體現先生在學術鼎盛時期的獨特體悟。

第一篇關于《晏子春秋》的考察，是針對《四庫提要》認爲該書是家傳"權輿"的説法，認爲"這裡看不到傳主生卒年月，看不到他的世系，看不到他的心理發展，所有的止是若干片斷的堆積"。這是有關傳叙起源的大問題。

《〈史記〉及史家底傳叙》是一篇議論《史記》叙事方法和傳叙寫法的很難得的力作。1940年初，因安排是年秋開設《史記》課程，乃從年初研讀《史記》，閱時六月撰成《史記考索》一書，凡論史例者四篇，史實者三篇，史注者四篇，輯佚者三篇，附録四篇。先生自序稱"屬海内雲擾，鄉邑淪陷，遂肆意著述，藉遣殷憂"。出版後久已享譽學林，是20世紀《史記》研究的代表著作之一，但内容以文獻考訂爲主，缺乏人物傳記與全書評騭之專論。本文談到正史的範圍，講到史傳與傳叙文學的聯繫與區隔，《史記》互見體例之運用及其局限，特別討論到《管晏列傳》、《魏公子傳》、《魏其武安侯傳》以及項羽、劉邦本紀之人物叙寫的成就和偏失，恰可彌補上述缺憾。全文筆力健旺，議論風發，分析細緻，識透紙背，處處顯示融貫東西、參悟古今的氣象格局。如對楚漢爭戰最後勝負的關鍵，先生認爲"倘使把當時雙方戰略和天下大勢擱開不說"，項羽因爲世代將家，"對於部下的賞賚，是比較地慎重，換言之，就是慎重名器"。"而劉邦止是一個無賴，他手下的大多是時代的渣滓，這正是陳平説的'士之頑鈍嗜利無恥者'。渣滓當然有渣滓的道理，在這一大群的頑鈍無恥之徒，他們沒有宗旨，沒有信義，所看到的止是高官厚禄，玉帛子女。恰恰劉邦看清楚這一點，所以他成功了。他的成功的因素，就是不惜名器。"這裡説清了歷史上的許多事情，值得甄味。再如關于武安侯田蚡的評價，因爲《魏其武安侯列傳》的名聲，似乎是久有定評了，先生揭出《史記·東越列傳》和《平準書》的記載，指出田蚡"老成謀國"的幹練。關于信陵君爲人和圍魏救趙的真相,也非淺學者所能及。

《〈三國志注〉引用的傳叙》和《〈世説新語注〉引用的傳叙》兩篇,是分别論述二書所存漢魏兩晉雜傳類文本之文學價值。《八代傳叙文學述論》在完成此一時期散佚傳叙文獻後有更詳盡深入的分析,在此從略。

本書有五篇談中古僧傳的文學成就。就我所知,先生是持積極入世態度的學者,對佛教之空寂、輪迴、蟬蜕等作爲似乎并不太贊同。他研讀僧傳,是從人物傳叙的文學成就,僧傳所述出家人的人生感悟和生命體驗加以分析論列。對《法顯行傳》,先生認爲法顯的自叙與玄奘的《大唐西域記》雖然都記載天竺經行的過程,但後者只是客觀地叙述諸國情況,因而只是一部地志,而《法顯行傳》則以生命中一段旅程的記録,主觀地表達了個人的感受,"是一篇人性底叙述"。如禪門公案"法顯不怕黑師子,但看不得白絹扇",先生列舉《高僧傳》卷三所載:

> 將至天竺(略),顯獨留山中,燒香禮拜,翹感舊跡,如覩聖儀。至夜,有三黑師子來蹲顯前,舐脣搖尾。顯誦經不輟,一心念佛,師子乃低頭下尾,伏顯足前。顯以手摩之,呪曰:"若欲相害,待我誦竟;若見試者,可便退矣。"師子良久乃去。

認爲這應是《法顯行傳》已佚失的內容,寫出法顯求法之堅定執著,置生死于度外。而《行傳》載:"顯去漢地積年,所與交接悉異域人,山川草木,舉目無舊。又同行分析,或留或亡,顧影唯己,心常懷悲。忽於此玉像邊見商人以晉地一白絹扇供養,不覺悽然,淚下滿目。"先生評述云:"我們看到悲歡離合,看到生死無常,看到法顯底慨然生悲,看到印度諸僧底相顧駭歎。""一個絶域捨身,忘生求法,無常無我,應無所住而安其心的高僧,看到白絹扇而凄然下淚,這實在是不思議的奇蹟。'舉目無舊'、'顧影唯己'兩句更見出他是怎樣地執著現在,霑泥帶絮,終於不能解脱。然而正從這幾句裡,我們認識法顯不僅是一位高僧,而是和我們一樣地有知覺有感情的人物。倘使我們認定傳叙文學底目標,是人性底真相的叙述,那么在中國文學裡,《法顯行傳》便是一部重要的著作。"譽爲"劃時代的自叙"。

慧皎《高僧傳》,在中國佛教史上當然是空前的著作,先生特别注意到此書各傳篇幅擴大,如佛圖澄傳四千八百字,鳩摩羅什傳四千二百字,道安傳三千二百字,慧遠傳四千四百字,因而可作完密的叙述,且"富於人性的描寫"。如《晉長安鳩摩羅什傳》和《晉廬山釋慧遠傳》兩篇。鳩摩羅什一生的主要事業是譯經，但中間受到吕光、姚興的威脅，以致一再破戒，常懷忍辱而無異色。而對於慧遠，則處處寫出其弘法的堅定和人格的偉大。先生特別舉出"遠神韻嚴肅，容止方稜，凡預瞻視，莫不心形戰慄"的幾個事例，認爲："慧遠莊嚴博偉，雖一時梟傑劉裕、桓玄之徒，敢於窺竊神器，而不敢犯及遠公。"引述傳中沙門見慧遠心悸汗流而不敢語，以及其臨終不昧的一段："六日困篤，大德耆年皆稽顙請飲豉酒，不許；又請飲米汁，不許；又請以蜜和水爲漿，乃命律師令披卷尋文，得飲與不，卷未半而終。"認爲其人格是"中國人的光榮，也是晉宋以後佛法大興的根源"。

《高僧傳》以後，先生特別關注道宣《續高僧傳》，認爲與慧皎書"有相等價值"。道宣至少歷時二十一年而成書，"是一部用力至勤的著作"。指出道宣有意補錄《高僧傳》所缺的北方名僧，在文獻採據方面用力尤深，但對立傳"偏重交遊，全憑主觀"，以及爲在世僧人立傳，則持保留態度。他在道宣著作裡，特別讀到三個特殊的叙述，一是對于禪宗的不滿，僅爲達磨、慧可立傳，不涉他僧，且有"四世之後，便成名相"、"道竟幽而且玄，故末緒竟無榮嗣"等惡評。二是在譯經主張上，對於當時名盛一時的玄奘頗多批評，反對他的直譯、廣譯，認爲"布在唐文，頗居繁複"，在不得不作的讚譽中，也頗多諷刺。三是對北朝、隋唐以來佛教遞盛的記載。同時，也指出僧傳之洩憤偽訛，《釋曇始傳》關于魏道武帝抑佛後"大生愧懼，遂感癘疾，崔、寇二人，次發惡病。燾以過由於彼，於是誅剪二家門族都盡"，就全屬捏造。這些方面的分析都極具獨見，雖然稍爲有些偏離了傳叙文學的中心。

另缺題一篇，應屬臨時起興之作。初唐史家受到官方叙事立場的影響，極力貶抑隋代的政治建樹和隋煬帝之道德爲人，先生意外發現，道宣編錄僧史，另有取資，且絕不願受官方史家的局限，因而得以真實保存隋二帝行事的真貌。先生據以評述隋文、隋煬父子："假如我們要把隋文和隋煬對比，顯然地他們屬於兩個不同的範疇。文帝陰狠，煬帝潤大；文帝鄙嗇，煬帝豪縱；文帝是校計升斗的田舍翁，煬帝是席豐履厚的世家子。要在中國史上找一個和煬帝相比的人物，我們只可推舉漢武帝：他們同樣是詞華橫溢的天才，雄才大略的君主。不過煬帝的結局，遇到意外的不幸，成爲歷史的慘劇，再加以唐代史家全無同情的叙述，和《迷樓記》這些向壁虛造的故事，於是煬帝更寫成童昏，留爲千秋的炯戒。這不能不算是歷史上的冤獄。"這樣評說，無論當時或現在，似乎都有些驚世駭俗。其實煬帝"南平吳會，北却匈奴"是《隋書》已有的評價，開鑿大運河今人也已有共識。先生特別關注到,"隋文父子雖然同是隆興佛法,但是隋文是崇拜佛法,而隋煬正經是領導佛法了"。他看到文帝因僥倖獲得政權,因而更加迷信祥瑞,迷狂佛徒,在度僧、建塔、送舍利乃至自稱弟子等行爲,均僅限于經像報應。而煬帝與智者大師的交往,則禮敬設會,悲類受囑,生死如一,對天台宗的弘傳關係極大。又舉煬帝之接納胡僧、組織譯經、清理度僧、設置經藏,以及向日韓傳播佛教等諸端,以見其爲政之闊大不苟細。至于從開皇後期到仁壽間,隋文五子各自倚靠僧團,經營佛教,組織勢力,謀求政治地位的作爲,以及僧人依附諸王之情節,更屬在在都有,先生羅列分析,各得頭緒。先生對《續高僧傳》的閱讀,突顯了他一貫強調讀史應能入木三分、力透紙背的精神。我整理本文,去歲末在復旦歷史系中古時代格國際會議上介紹後,得知孫英剛教授前此也已就《續高僧傳》所見太子承乾的爲人爲政作了詳盡的論述,在海外發表。看來會讀書的學人,雖時代迥隔,感覺仍是相通的。

先生特別推重唐初玄奘門人爲其師所撰《大慈恩寺三藏法師傳》,認爲其"布局之偉大、結構之完密,不特爲中國文學中所罕見,即以第七世紀前歐西諸國之傳叙文學比之,亦甚少有出其右者"。

《唐代文人傳叙》一篇,中心是討論韓愈所倡文人不作傳的偏見,認爲這一偏見阻扼了主流文人從事傳叙寫作的熱情。對唐人傳叙,有存世作品的全面考察,特別表出陸羽《陸文學自傳》述曾爲優伶,陸龜蒙《甫里叙述傳》述曾"躬負畚鍤",因坦白而令人欽服。對韓柳文"寫人情處有極細密處"給以肯定,對韓碑大量諛墓的記述也給以明白的揭發。

《宋代的三篇行狀》一文,在遺憾宋人繼續文人不作傳之局促,以及古文家寫碑誌刻意求簡的同時,特別揭出三篇行狀,"比較接近傳叙文學的正軌"。第一篇是蘇軾的《司馬溫公行狀》,九千五百字,"開了長篇文字的先河"。雖然覺得以司馬光舊派領袖的地位,一生滲入當代政治組織之履歷豐富,加上蘇軾和他始終保持密切接觸,沒有按西洋寫法寫成數十萬字的傳叙有些可惜,但因爲已經突破傳統的局限,因而有許多精彩的記錄。先生特別節錄司馬光勸仁宗早立太子,與王安石、宋神宗討論新法的兩節,後者之分析既提到司馬光立論的不足,也肯定他"老成謀國的用心"。《行狀》對司馬光廢新法的肯定,對差役法弊害不著一辭,先生特別舉蘇轍《東坡先生墓誌銘》對此不同的叙述,認爲這是"前人作文的體裁",也指示今人讀書的立場。第二篇是朱熹《張魏公行狀》,長達四万三千七百字,爲空前的長篇,因而對"傳主的生平,更進而對于傳主的父母,有詳盡的叙述"。先生列舉了幾節特別精彩的段落。一是紹興十六年張浚欲劾秦檜而猶豫不決,其母誦其父對策詞"臣寧言而死于斧鉞,不忍不言而負陛下",鼓勵直言。二是建炎三年平定苗劉之亂二十五天間的逐日紀事,認爲是"中國傳叙文學罕見的先例"。三是張浚經營關陝的卓識和富平之敗的影響。先生雖然認爲富平之敗"從一隅講,這是失敗,從大局講,這是成功",但也直述張浚誣殺部下之不德,和朱熹寫此敗結果的"太輕"。四是金主亮南侵時張浚起復後的果決有爲。五是措置兩淮和靈壁之敗的責任,先生認爲朱熹有意爲張浚"規避責任",因與傳主之子張栻私交甚深而不免有所隱飾。第三篇是黃榦的《朱子行狀》,一万六千字,雖篇幅較小,但作者爲朱熹女婿,又是最信任的門生,相從數十年,因而得有很親切的觀察,加上作者成文後曾長期擱置,反覆修改,因此而具獨到的成就。先生更看重的,則是黃榦在《行狀書後》《行狀成告家廟文》中對傳叙作法的極有見地的理論闡述,文長不具引。

《宋代的年譜》,主要談似乎與傳叙文學有密切關聯的年譜在宋代出現的原因,重點分析呂大防所撰杜甫、韓愈二譜雖有開創之功,但僅略具梗概,且缺漏註誤尤多,實在不足爲訓。雖然年譜一體在南宋後作者衆多,似乎已成重要的傳記形式,先生對此始終有所保留。

《全祖望〈鮚埼亭集〉碑銘傳狀》一篇,是先生較早論述明清之際史事的論文,似乎已可看到晚年寫作《陳子龍及其時代》的一些先兆。在討論全祖望碑狀成就時,先生特別注意追溯鄞縣全氏先世本是明代世臣,自六世祖時入仕,到他祖父一輩他山、式公、北空適當明清鼎革之際,都義無反顧地投身抗清戰場,而他的師友前輩,故家遺族,都還保存歷史的記憶。對明遺民之向望景慕,爲先賢往哲保存文獻的强烈願望,讓他立意尋訪故老,追尋舊蹟,考訂事實,發爲碑狀。先生特別指出:"祖望著述的特點,就是他的直書不諱的態度。"因此對于錢肅樂、張煌言等抗清名臣的個人能力、道德欠缺都有很直率的記錄,也因爲如此,對錢之"孤忠耿耿",張之"百折不回",就有更令人信服的生動的記錄。先生也指出,祖望著述動機當然有"故國之感","但卻沒有反抗新朝的意識","不含有敵視清室的意義",這是讀全氏碑狀尤應理解的地方。

《傳叙文學與人格》《傳叙文學底真實性》,主要闡發英、法學者對于西洋傳叙文學的見解,以及對建構中國傳叙文學的重大理論問題的分析。《八代傳叙文學述論》對此論述更詳,可參下章。

本書稿因與《八代傳叙文學述論》合爲一册印行,爲避免書名重複或致引起不必要的誤解，仍採用先生題記和自傳中原用的書名《中國傳叙文學之變遷》。

三

《八代傳叙文學述論》卷首先生自序作於民國三十一年(1942)五月，是此書寫定的時間。寫作契機緣於1940年秋教育部規定大學中文系可以開傳記研究課，武漢大學遂請人開設以唐宋八大家古文爲主的傳記文學課。先生早年留學英國，對於西方傳記文學有着濃厚興趣，清楚地認識到二十四史的列傳只是史傳，韓柳歐蘇的碑誌只是速寫，都不是傳記。在讀了一批西方傳記文學理論和作品後，決心探索中國傳叙文學發展的道路。

先生認爲以英國爲代表的西方傳叙文學，篇幅宏大，除了叙述傳主的一生，還應該把他的時代，他的精神面貌，以至他的親友讎敵全部展現，寫出獨特而真實的人物。中國古代史傳確實有着悠久的傳統，但在致力的方向上，有着根本的不同。先生用西方傳記文學的眼光來審視，看到了秦漢的史傳、六朝的別傳僧傳、唐宋的碑狀、明清的年譜，以及梁啟超的幾部評傳，雖然也都各有成就，但也頗多遺憾。史傳的目標是寫史寫事，碑狀年譜過於刻板虛假，梁啟超的評傳把一個人的事功分割成幾塊來叙述，不免有"大卸八塊"的遺憾。先生認爲傳叙文學的使命是要寫出活潑生動的人性，要以確鑿可信的文獻爲依憑，盡可能真實地反映傳主的生命歷程。中國古代曾經有過傳叙文學的輝煌，但唐宋以後沒有能夠得到繼續，對於過去的成就，應該加以發掘和闡述。"知道了過去的中國文學，便會看出當來的中國傳叙文學。"(《八代傳叙文學述論·緒論》)

作爲一本特殊的文學史著作，本書在當時是有開拓意義的工作。爲什麽選取漢魏六朝呢？先生認爲那一時代雖然動盪不定，但"社會上充滿了壯盛的氣息，沒有一定的類型，一定的標格。一切的人都是自由地發展"(同前)。看上去帝王不像帝王，文臣不像文臣，兒子不像兒子，女人不像女人，但都充滿獨來獨往的精神，不像唐宋以後人物都有一定的標格。但要叙述此一時期傳叙文學發展的歷史，最大的困難是現存資料似乎只有幾部僧傳，別傳見於記載的雖有數百種之多，但大部分失傳了，只有片段散在群籍之中，清代的輯佚學家很少注意及此，沒有前人輯錄的成績可以援據。先生是實幹型的學者，既有志於此，即從最原始文獻的搜求積累開始，從漢唐之間史乘、類書、古注等古籍中爬羅剔抉，輯錄出四百多種相關的作品，爲本書的寫作奠定了基礎。可惜的是，先生輯出的傳叙，僅有十四種作爲本書附錄得以保存。從這十多種輯本，可以瞭解他對輯錄規範的掌握，絕不遜於清代的輯佚名家。其餘部分沒有留下輯本，也可能沒有最後編定，但基本面貌可以從全書中得到部分的反映。先生作任何選題，都堅持從最基本的文獻閱讀、輯錄、考證、編年等工作開始，這一治學態度貫穿了他的一生，本書更體現了這種精神。

　　古籍輯佚是一項辛苦的工作。其基本的原則和方法，清代學者已經確定，先生的工作只是遵循規範，涉及前人沒有完成的領域。因爲有了此項文獻調查的準備，本書各章對於相關著作，無論存佚，都有準確而完整的描述和考訂，舉證極其豐備。但這些僅是本書寫作的基礎，本書的主要目標是考察和評判漢魏六朝傳敘文學的成就和局限。

　　先生對於傳敘文學成就的評判，既經認定傳敘文學的對象是人，不同於重於紀事的史，也不同於可以虛構的小說。傳敘寫作的生命是真實，必須文獻有徵，必須真實地記錄傳主的生平，同時又應具備文學性。先生認爲《曹瞞傳》注重傳主個性的描寫，很仔細地記錄傳主的小動作，接近現代傳敘文學的意味。先生對於魏晉傳敘中具有獨特個性人物的記敘，給以很高的讚賞。他認爲皇甫謐《列女傳》所記龐娥親爲父報仇的故事中，"寫殺人的一節，生氣勃勃，更是自古未有的文字"。認爲夏侯湛《辛憲英傳》敘事"風神如繪"。又特別讚賞西晉傳敘中"從清言娓娓的言論裡，傳出傳主的個性"（均見第六《幾個傳敘家的風格》）。

　　先生認爲，漢魏六朝的傳敘文學，經過東漢的萌芽，魏晉的長育，在東晉以後的僧傳中達到了成熟。具體已詳前節對《中國傳敘文學之變遷》有關幾篇的介紹。

　　然而，傳敘文學的真實和生動，不同於史家敘事的真實，也不同於小說誇張虛構的有趣。先生認爲，傳敘"文學的形態是外表，忠實的敘述是內容"（第五《傳敘文學的自覺》），內容的真僞在鑒別時，需要讀者融通典籍，有所洞見。先生特別指出，有的是傳主的作僞，比如公孫弘位居三公而爲布被、漢高祖爲項羽發喪之類，傳敘家能夠直指其僞，便是傳敘的真實。但如果傳敘家隱藏真相，故意捏造，"敘述壞事的固爲謗書，敘述好事的也成穢史"（第五《傳敘文學的自覺》）。《桓階別傳》敘桓階清儉異常，在郡俸盡食醬，乃至文帝幸其第見諸子無褌，似乎都是美德。先生列舉事實，指出桓階是爲曹操畫策篡奪的參與機密的人物，又是文帝受禪時領銜勸進并臨終顧命的顯要，其家之奢侈，當時爲眾所知。《別傳》所述清儉，是作者有意的作僞。同樣，在討論《孫資別傳》時，先生認爲孫資和劉放在魏文帝和明帝朝因親近君主而大權在握，當明帝臨終時，二人以一己之私利，引曹爽以傾燕王，復引司馬懿以佐曹爽，終於演成了魏晉禪代的故事。但《別傳》則稱孫資在明帝顧問時僅答以"宜以聖意簡擇"，先生認爲這是推避責任，顯出作者爲孫資洗刷的用意，是另一種作僞。

與故意作僞稍有不同的以下幾類情況，先生也都予以揭示。如《曹瞞傳》以傳聞爲事實，因而減損了其價值。如敘曹操因私憤而殺袁忠、桓劭，其實並不合史實。而所敘華歆破壁牽伏皇后一事，也出於杜撰。至於當時有巨大影響，後代也具很高評價的嵇康《聖賢高士傳贊》，先生則認爲是"極享盛名而沒有價值的著作"（第五《傳敘文學的自覺》）。原因在於這部書所舉高士，許多都是子虛烏有的人物，甚至如劉知幾所揭那樣，將《莊子》和《楚辭》中託言的兩個漁父，捏合成一個人。在評價庾信《丘乃敦崇傳》時，先生特別指出諛墓的風氣影響於北朝的傳敘，形成一批沒有內容、沒有意義的產物，是傳敘文學的不幸。在作出這些分析評價時，先生都有很具體的舉證，在考證中表達了對世事人情的透徹體悟。比方前面提到的華歆一例，《後漢書》據以採信，晚出的《三國演義》中也稱及，是很有名的事件。先生既指出華歆在曹丕受禪時因眷戀故主而以形色忤時，以情理不會做壞戶發壁之事，又考其時華歆已不在尚書令之任，尚書令應別有其人。就考證來說，僅此已經很充分，先生則更一步指出，華歆是當時的名士，曹操特別注意招攬天下名士，以爲自己收拾人望。名士身負重名，不屈身汙濊，曹操也不以此相屈，否則就失去了名士的意義。這樣的考述酣暢透徹，出人意表而又在情理之中，非大手筆不辦。

《八代傳敘文學述論》完成之時，先生已着手寫作《張居正大傳》，書中許多表述，可以看到當時的努力目標和遵循原則。《張居正大傳》以後先生所有的傳記作品，都遵循英國近世傳敘文學擺脫證件而又活潑、深刻的寫法，所有事實都經過極其詳密的考證，做到了信而有徵。如何達到信而有徵呢？先生認爲學者要善於利用各類文獻，但同時又要注意任何文獻都有其局限性，史傳的局限眾所周知，西方學者重視的自敘、回憶錄、日記、書簡、著作，以及中國的自撰年譜一類，也都有各自的局限。先生認爲，優秀的傳敘家應該善於分析和駕馭各類文獻，努力追尋事實的真相，"把一切僞造無稽的故事刪除，把一切真憑實據的故事收進"（《八代傳敘文學述論·緒論》）。學者不僅要有貫通文獻的學力，同時應有辨析人事、體悟情委的悟性和膽識。先生的著作就每每顯示出此種敏銳和識見。對先生不太熟悉的讀者，讀先生的著作，都感到不循舊規，喜立新說，且常常對於新說的依據并不作很具體的文獻交待。與先生接觸多了，就知道他的新說大多是勤奮而深入地閱讀群籍,始終堅持用自己的眼光讀書,融通史實,具體分析,加上敏銳的史識和體悟,一點一滴積累而得,決非率爾之談。

《八代傳叙文學述論》寫成後,先生作了認真修改定稿,親筆題簽,裝訂成冊,珍藏行篋,并在晚年多篇回憶文章中談到此書,頗爲重視。當時的出版環境已經比較寬鬆,本書也沒有任何違忌内容,但一直沒有謀求出版,原因不甚清楚。如果硬要揣測,我以爲可能一是當時對一些問題的見解後來有所變化,比如當時稱傳叙而不讚成稱傳記,50 年代後即有所改變,70 年代寫的自傳中提及本書,稱爲《八代傳記文學叙論》,也似乎可以看到這一變化;二是他後來似乎更看重于傳叙文學的寫作,希望以傳叙文學創作的實際成績來爲中國傳叙文學的未來開闢道路,並堅持始終,直到去世,對於古代傳叙成就的研究,可能反而看輕了。

《八代傳叙文學述論》是先生四十六歲時的著作,完成於他一生學術精力最鼎盛的時期。全書舉證豐富,考辯周詳,議論駿爽,筆力雄勁,處處可以顯見當時開疆拓土的執著奮發。雖然六十四年後方首次出版,其學術意義并沒有隨時間推移而有所减損。先生當時疾呼因應世界文學的趨勢,建立可以無愧於世界文學之林的中國傳叙文學,至今仍不失其現實意義。先生對於漢魏南北朝傳叙文學作品的全面發掘,在此基礎上對此一時期傳叙文學成就的評驚,至今尚無學者超越先生當時已經達到的廣度和深度。當然更重要的,是留下了他在學術轉型過程中的系統思考,對於瞭解先生一生的治學道路和成就,意義十分重大。此外,還可以指出的是,先生一生治學範圍極廣,但以往還沒有魏晉南北朝時期的專著出版,本書可以彌補這一缺憾。先生中年以後的著作,大多以叙事和議論見長,而將爲此而作的文獻梳理和考訂工作,掩映在叙述之中。本書則將乾嘉考據之學與西學的弘通融於一編,可以見到先生另一方面的成就。

四

以上兩部書稿,《中國傳叙文學之變遷》完成于 1940 年,《八代傳叙文學述論》則寫成于 1942 年 5 月。這一時期,是中國抗日戰爭最艱苦的時期,朱先生本人雖然沒有到前綫去從軍殺敵,但他的生活和著述是融入到那個時代裡去的,他以自己的努力,爲抗戰時期的中國學術留下特殊的記録。

我想在此稍微叙述一下朱先生在寫作二書期間的個人經歷和生活狀態。

全國抗戰的爆發,顯然不在朱先生預料之内。他在 1937 年初,因爲居家狹窄,子女衆多,準備在泰興老家動工造房,至 8 月還未完成,武漢大學開學已近,祇能將事務交待給夫人鄒蓮舫，趕回武漢。此後戰火遍及江東，先生憂國憂家，待到學期課程一結束，馬上取道香港、上海回到泰興。居家近一年，到1938年11月，上海轉來電報，告武漢大學已經内遷四川樂山，正式上課，"大家都在後方爲這即將來臨的大時代而努力"，要求在次年1月15日前趕到。先生稍有猶豫，但在夫人"家庭的一切有我"鼓勵下，決心西行。從上海乘船往香港，復搭船到海防，過河内、昆明，到達重慶，又改乘飛機，在截止日前兩日到校。因爲要開設新課六朝文選讀，先生覺得六朝的最具代表性的大賦，祇是讀過，没有寫作的體會，乃仿西晉潘岳《西征賦》，述自泰興至樂山西行沿途之所見所感，成《後西征賦》五千餘言，傷痛時事，縱論得失，感慨蒼茫，意境雄渾，爲近代以來罕見之閎篇。賦從抗戰爆發寫起："惟民國之肇建，粤二十有六載，夷則奏於清秋，殺機發於宇内。於時封豕長蛇，礪牙磨喙，俯窺幽燕，右擊恒代，馳驅滄博，割裂海岱；將欲收河朔爲外藩，隳長城與紫塞。"寫出淞滬抗戰之壯烈："蓋南翔十萬之衆，咸與敵而拼命；然後雕題鑿齒之徒，始頟首而稱慶。江東子弟，化爲國殤，邦家殄瘁，人之云亡。"也寫出一路之所見和感慨。最後説到抗戰中大學教育的使命："國學既遷，來依兹土；别珞珈之煙雲，闢高標之林莽。（略）值風雨之飄搖，猶絃頌之不息；斯則詩書之淵泉，人倫之準式。至治待兹而裨贊，鴻文於斯而潤色；將非開誠心而布公道，焕大猷而建皇極也歟？"

先生在樂山，先住府街安居旅館，樂山被轟炸後，移住半壁街，再遷竹公溪，與葉聖陶對溪而居。他曾在《八代傳叙文學述論》自序中寫到當時生活之艱苦："住的是半間幽暗的斗室，下午四時以後便要焚膏繼晷。偶然一陣暴雨，在北牆打開一個窟窿，光通一綫，如獲至寶，但是逢着寒風料峭、陰雨飛濺的時候，只得以圍巾覆臂，對著昏昏欲睡的燈光，執筆疾書。"當時正處於抗戰相持階段最困難時期，先生離家萬里，獨處後方，於此可見他生活艱苦的狀況。晚年所寫自傳中，叙述了二書寫作的過程：

> 自己對於這部叙述（指《中國傳叙文學之變遷》）很不滿意，因爲對於漢魏六朝的叙述太簡略了。事實上没有足够的材料，叙述也就必然地簡略。這樣我就開始了輯佚的工作。我從《漢書注》、《後漢書注》、《三國志注》、《文選注》以及類似的畸零瑣碎的著作裡搜求古代傳記的殘篇斷簡。有時只是幾個字、十幾個字，有時多至幾萬字。我利用這些材料和道家、佛家的材料寫成一部《八代傳記文學叙論》。記得一九四一年夏季的一天，我在吾廬裡

正在抄集的時候,空襲警報來了,是夏天,身上著的白衣服不宜於跑警報,只好伏在窗下。兇惡的敵人在附近轟炸以後,揚長而去。我從窗下爬起來,依舊抄錄《慧遠傳》,作爲這部作品的附錄。

在稍早的一次轟炸中,來自泰興的經濟系二十五歲學生李其昌不幸遇難,先生爲撰墓誌銘,稱"二十八年八月十九日,敵飛機襲樂山,投彈於龍神祠大學宿舍,君自外來,及門而炸彈發,遂遇難,年二十五歲"。70年代末,我還聽先生說到此事,特別講到當時爬在石上書丹的情景。在如此艱苦的條件下,先生不滿足已有的成績,努力開拓學術的新域,從最基本的文獻工作做起,對傳叙文學的歷史作兩千多年上下貫通的考察,這種氣魄,"真是使人大喫一驚"。當年沒有立項,也沒有考核,教授工作重心在授課,教授而能有專著,已經是很好的成績,像先生這樣傾全力於開拓學術道路的,更屬難能可貴。在上述兩部書稿中,可以看到他的學術視野從上古一直延續到當前,在大量具體文獻考訂中參悟歷史真相,作出獨到的評述。稍晚成書的《張居正大傳》,則要梳理明初以來政事舉措之得失,要揭示張的家世淵源與人事糾葛,在詳密的事件脈絡和人事衝突中揭示張的政治建樹、成功與失敗的根源。雖然最後完成的是三十萬字的傳記,但所作文獻閱讀當在千萬字以上,所作文件考訂如寫出來也可有幾百萬字之多。按照英國近世傳叙的做法,這些雖然沒有寫出,但細節卻一點也沒有簡省,這是認真閱讀朱先生傳記創作的每一位讀者都能體會到的。

1939年至1942年是抗戰最艱苦的時期,汪精衛集團公開投日,歐洲戰場戰火遍地,日軍席捲中國東部和東南亞後,又挑起珍珠港事件,對美國宣戰,世界大戰全面爆發。先生雖避居樂山,但始終關注戰爭情勢,論著中也時常見到激昂的抗敵情緒。他說漢初以來北方諸郡"沒有一處不受到匈奴的屠戮","最後武帝纔決定採用賈生的策略,實現文帝的決心"。"其後一切的戰略,都由武帝獨斷,恰恰遇着衛青、霍去病承意順命,如臂使指,當然功無不克,一直等到匈奴北徙,幕南無王庭之後,中華民族纔得到喘息的機會。以後再由元帝收拾局面,但是這個民族生存的大功,還是在武帝手內奠定的。"這裡說的當然是漢與匈奴的關係,討論的完全是漢代國勢的安危和底定,但能說其間沒有眼前的殷憂嗎?在討論到朱熹《張魏公行狀》時,特別引錄行狀原文:"公(指張浚)素念國家艱危以來,措置首尾失當,若欲致中興,必自關陝始,又恐虜或先入陝陷蜀,則東南不復能自保,遂慷慨請行。"并說明建炎間張浚的計劃是"自任關陝,由韓世忠鎮淮東,呂頤浩、張俊、劉光世扈駕入秦"。但在建炎四年金人南下,張浚被迫出兵牽制,導致富平大敗。先生認爲行狀對此寫得太輕了,"其實自此以後,關陝一帶完全淪陷,幸虧吳玠、吳璘保守和尚原、大散關,阻遏金人入蜀之計,但是從此東窺中原,幾于絶望,不能不由張浚負責"。1939年東南多已淪陷,國民政府入川,軍事形勢與南宋之重心在東南不同,而維持大局,控守關陝、湖湘之大勢則同。在這裡,先生借對南宋初年軍事布局之認識,提出國勢安危之關鍵所在。在討論全祖望碑狀成就時,先生特別寫到清初東南抗清之艱苦卓絶:"當魯王盤踞舟山的時期,寧波、餘姚一帶山寨林立,作爲海中的聲援,山寨沒有陷落以前,清兵不敢下海,正和最近抗戰中的中條山遊擊戰一樣,在民族戰爭中發生最大的牽製力量。"又説:"在山寨底掙扎當中,浙江世家子弟幾乎全參加了。"特別表彰"錢肅樂是一個孤忠耿耿的大臣,張煌言便是一個百折不回的鬭士"。在這些地方,説的是清初,又何嘗不是當時全民抗戰的現實呢?

五

兩部書稿都是先生親筆書寫于對折雙面有行格的毛邊紙上。《中國傳叙文學之變遷》凡二百三十一頁,《八代傳叙文學述論》凡二百三十頁,均爲單頁十行,每行四十餘字,後者折頁書縫處都手寫了書名。本次出版前,均作了一些技術性處理。原稿凡引書一律不用書名號,引文的標點也與現在的規範稍有不同,付排前均作了適當加工。夾注文字,原稿採用雙行夾注,本次改爲單行小字注。《中國傳叙文學之變遷》中所引《史記》據中華書局2013年新點校本有所校改,《續高僧傳》原稿所據當爲金陵刻經處所引四十卷本,也據中華書局2014年新出郭紹林校點三十一卷本校改,引書卷次也作了改動。所引全祖望《鮚埼亭集》則據上海古籍出版社2000年朱鑄禹匯校本有所改訂。《八代傳記文學叙論》附錄部分,考慮到先生當時的用書條件,此次校訂時參酌了章巽《法顯傳校注》、湯用彤校注本《高僧傳》,《陶淵明集》則校了《續古逸叢書》影宋本。其他引書凡有疑問處,也曾參校了通行善本和今人點校本。整理時儘量保存原稿的面貌,除前述細節外,一律不做增刪改動,如按照當時習慣使用的狠(很)、底(的)等字,也都仍予保留。這樣處理是否妥當,殊無把握,如有錯誤,當然由我負責。

最後,謝謝朱邦薇女士授權整理朱先生的遺著。《八代傳叙文學述論》2006年初版時,承復旦大學出版社時任社長賀聖遂先生約稿,責任編輯韓結根校讀,唐雯博士代爲校訂。這次適逢復旦大學110周年校慶,朱先生兩種遺著得以合併問世,承復旦大學出版社總編孫晶編審約稿,責任編輯宋文濤先生認真校訂,羅劍波博士、侯體健博士、楊奇霖同學協助做過部分校錄,中文系領導對整理先哲遺著給以支持,也在此一併致謝。整理中錯失訛奪恐仍多有,敬望方家有以賜教。

陳尚君

2015 年 3 月 22 日于復旦大學光華樓

朱東潤先生傳略

朱東潤先生(1896—1988),名世溱,以字行,江蘇泰興人。早年先後就讀於泰興蒙學堂、襟江小學。後入上海南洋公學附屬小學,得從唐文治先生習古文辭。1913年末,得吳稚暉先生推薦到英國留學三年。1916年歸國後,任教於廣西第二中學(在梧州),1919年起任教南通師範學校十年,1929年入武漢大學,其間皆教授英語。1932年始講授中國文學批評史,乃轉入中文系。1942年移講席於重慶柏溪之中央大學,1947年後曾輾轉任教於無錫國專、齊魯大學、滬江大學。1952年院系調整,轉入復旦大學任教。1957年後曾長期擔任中文系主任。1988年2月10日去世,享年九十二歲。

朱東潤先生是我國著名的傳記文學家、文學史家、教育家和書法家。他早年曾系統學習傳統詩文和學術,留學英國曾譯介英歐文學。1932年起講授中國文學批評史,所著《中國文學批評史大綱》為該學科奠基著作之一。其間研讀《詩經》著成《讀詩四論》,研讀《史記》出版《史記考索》,在各自領域皆有獨到建樹。自1939年起,轉治傳記文學。研究中國歷代傳記文學,成《中國傳叙文學之變遷》和《八代傳叙文學述論》二書;探索中國傳記文學之創作,40年代著《張居正大傳》和《王陽明大傳》(已佚),50年代後著《陸游傳》、《梅堯臣傳》、《杜甫叙論》、《陳子龍及其時代》、《元好問傳》。是中國當代傳記文學的開拓奠基人,所著也取得廣泛的國際聲譽。有關中國歷代文學之論文則結集為《中國文學論集》。60年代曾主編高校統編教材《中國歷代文學作品選》。從二十歲起習書,由篆書入手,進而習隸書、行、楷各體,所書蒼虬勁峭,皆造其極。

朱東潤先生論著要目

《讀詩四論》,商務印書館,1940年。上海古籍出版社1981年改題《詩三百篇探故》,增加《詩三百篇成書中的時代精神》一篇。

《中國文學批評史大綱》,開明書店,1944年。

《中國文學批評論集》,開明書店,1947年。

《史記考索》,開明書店,1948年。1996年華東師範大學出版社本增附《漢書考索》、《後漢書考索》。

《左傳選》,古典文學出版社,1956年4月。

《陸游傳》,中華書局上海編輯所,1960年3月。

《陸游研究》,中華書局上海編輯所,1961年。

《陸游選集》,中華書局上海編輯所,1962年12月。

《梅堯臣傳》,中華書局,1979年5月。

《梅堯臣集編年校注》,上海古籍出版社,1980年11月。

《梅堯臣詩選》,人民文學出版社,1980年10月。

《中國歷代文學作品選》(主編,六卷本),上海古籍出版社,1980年。

《杜甫敘論》,人民文學出版社,1981年3月。

《中國歷代文學作品選》(主編,簡編二卷本),上海古籍出版社,1981年。

《中國文學論集》,中華書局,1983年。上卷即《中國文學批評論集》。

《陳子龍及其時代》,上海古籍出版社,1984年。

《李方舟傳》,上海遠東出版社,1996年2月。

《元好問傳》,收入《朱東潤傳記作品全集》,東方出版中心,1999年1月。

《朱東潤自傳》,收入《朱東潤傳記作品全集》,東方出版中心,1999年1月。

《八代傳敘文學述論》,復旦大學出版社,2006年12月。

《朱東潤文存》,上海古籍出版社,2014年11月。

復旦百年經典文庫書目

第一輯

修辭學發凡　文法簡論	陳望道著/宗廷虎、陳光磊編(已出)
宋詩話考	郭紹虞著/蔣　凡編(已出)
中國傳叙文學之變遷　八代傳叙文學述論	朱東潤著/陳尚君編(已出)
詩經直解	陳子展著/徐志嘯編(已出)
文獻學講義	王欣夫著/吳　格編(已出)
明清曲談　戲曲筆談	趙景深著/江巨榮編(已出)
中國土地關係史稿　中國土地制度史	陳守實著/姜義華編(已出)
中國經學史論著選編	周予同著/鄧秉元編(已出)
西方史學史散論	耿淡如著/張廣智編(已出)
中外歷史論集	周谷城著/姜義華編(已出)
中國問題的分析　荒謬集	王造時著/章　清編(已出)
中國思想研究法　中國禮教思想史	蔡尚思著/吳瑞武、傅德華編(已出)
長水粹編	譚其驤著/葛劍雄編(已出)
古代研究的史料問題　五十年甲骨文發現的總結　五十年甲骨學論著目　殷墟發掘	胡厚宣著/胡振宇編(已出)
古史新探	楊　寬著/高智群編(即出)
《法顯傳》校注　我國古代的海上交通	章　巽著/芮傳明編(已出)
滇緬邊地擺夷的宗教儀式　中國帆船貿易與對外關係史論集　男權陰影與貞婦烈女：明清時期倫理觀的比較研究	田汝康著/傅德華編(已出)
諸子學派要詮　秦史	王蘧常著/吳曉明編(即出)
西方哲學論譯集	全增嘏著/黃頌杰編(即出)
哲學與中國古代社會論集	胡曲園著/孫承叔編(已出)
儒道佛思想散論	嚴北溟著/王雷泉編(即出)
《浮士德》研究　席勒	董問樵著/魏育青編(已出)

圖書在版編目(CIP)數據

中國傳敘文學之變遷　八代傳敘文學述論/朱東潤著;陳尚君編.—上海：
復旦大學出版社,2015.8
(復旦百年經典文庫)
ISBN 978-7-309-11358-7

Ⅰ.中… Ⅱ.①朱…②陳… Ⅲ.①傳記文學-文學史-中國　②傳記文學-古典文學研究-中國-漢代～魏晉南北朝時代　Ⅳ.I207.5

中國版本圖書館 CIP 數據核字(2015)第 069387 號

中國傳敘文學之變遷　八代傳敘文學述論
朱東潤　著　陳尚君　編
責任編輯/宋文濤

復旦大學出版社有限公司出版發行
上海市國權路 579 號　郵編:200433
網址:fupnet@fudanpress.com　http://www.fudanpress.com
門市零售:86-21-65642857　　團體訂購:86-21-65118853
外埠郵購:86-21-65109143
山東鴻君杰文化發展有限公司

開本 787×1092　1/16　印張 24.75　字數 397 千
2015 年 8 月第 1 版第 1 次印刷

ISBN 978-7-309-11358-7/I·904
定價:72.00 圓

如有印裝質量問題,請向復旦大學出版社有限公司發行部調換。
版權所有　　侵權必究